Johann Nissen

Altes Testament

SALZWASSER
VERLAG

Johann Nissen

Altes Testament

Unveränderter Nachdruck der Originalausgabe von 1864.

1. Auflage 2022 | ISBN: 978-3-75259-761-5

Verlag: Salzwasser Verlag GmbH, Zeilweg 44, 60439 Frankfurt, Deutschland
Vertretungsberechtigt: E. Roepke, Zeilweg 44, 60439 Frankfurt, Deutschland
Druck: Books on Demand GmbH, In de Tarpen 42, 22848 Norderstedt, Deutschland

Unterredungen

über die

Biblischen Geschichten.

Ein

praktisches Handbuch für Schullehrer

von

J. Nissen,
weiland Schullehrer in Glückstadt.

Mit einem Vorwort

vom

sel. Dr. Cl. Harms.

Band I.

Altes Testament.

Zehnte Auflage.

Kiel.

1864.

Vorwort.

Um ein Vorwort ist von dem Herrn Verfasser der Unterzeichnete ersucht worden, wie es denn nicht selten ist, daß ein älterer, bekannterer Mann den jüngern, minder bekannten bei dem lesenden Publikum, so zu sprechen, einführt.

Wenn ein Vorwort eine Vorrede wäre, und ich fände mich im Stande dazu, eine Vorrede zu schreiben, so wüßte ich wohl, was derselben für ein Inhalt gegeben werden sollte. Dieß würde ich zu zeigen versuchen, Antworten sollte sie geben auf diese Fragen: 1) Wie sind Geschichte und Lehre, hier, biblische Geschichte und Bibellehre von einander verschieden? sind sie auch, wie man das von etwas Anderem sagt, unmischbar und untrennbar? 2) was heißt es: Geschichte, und hier, biblische Geschichte vortragen? denn vorgelesen oder abgelesen soll sie doch ja nicht werden; 3) in Betreff der alttestamentlichen Geschichte insonderheit, was von der hat ein Lehrer ganz unvorgetragen zu lassen? und welches Maßes darf er neutestamentliche Lehre heranziehen, so wie auch Außerbiblisches? Nach gegebener Antwort auf diese Frage würde ich dann sagen und nochmals fragen: Kennt man denn bis jetzt ein Buch, in welchem durch Exempel auf diese Fragen so geantwortet wird, wie es geschiehet in dem gegenwärtigen? dem einen wird das darin, dem andern das darin nicht ganz gefallen, ist es auch ja in solcher Art das erste Buch, aber, das Beßre ist des Guten Feind, weiß Jemand ein andres Buch, welches er lieber in den Händen oder auf dem Tisch derjenigen sähe, die der Jugend die biblische Geschichte vortragen? ich setze hinzu, die zu ihrer Selbstbelehrung und Erbauung mit der biblischen Geschichte sich beschäftigen? Mit dem Wort eines römischen Dichters, Horazens, gesagt, welches ich dem Herrn Verfasser in den Mund lege und ihn es sagen lasse insonderheit zu einem Jeden, der seines Amtes ist, — mit seiner Zustimmung, danach ist er mir bekannt, geschiehet es freilich nicht —:

Hast du von Treffenderm Kunde,
Sag's als offener Mann, sonst lasse dir Meines zu Dienst sein.

Wolle der geneigte Leser jetzt den Vorwörtner entlassen, denn er steht in der That hier an des Vorworts Gränze, und den weitern Raum einer Vorrede hat er nicht beschreiten wollen. Bloß Eines noch möchte er hinzufügen bei dieser Gelegenheit, man spricht nicht alle Tage zum Publikum, dieses: Eine Bibelausgabe sollten wir haben für den Schul- und den Hausgebrauch, so mit durchgängigen Noten und so compreß gedruckt wie die, kurz benannte, Funk'sche, versteht sich, mit nicht an Stellen unnützen und ungläubigen Noten, eine solche Ausgabe oder eine neue Uebersetzung, welche freier, dreister, wie die von Meyer'sche gethan, berichtigte.

Harms.

Vorrede des Verfassers
zur
zweiten Auflage.

Seit den 14 Jahren, daß ich an meiner jetzigen Schule, einer Mittelschule, arbeite, ist es mir immer klarer geworden, daß die biblische Geschichte des A. und N. T. der eigentliche Kern der Religion ist. Denn das Reich Gottes, sowohl im Großen, Ganzen, in seinem weltgeschichtlichen Gang, in seiner Darstellung auf Erden, als auch, wie es jetzt noch bei den Einzelnen entsteht und besteht, ist Geschichte und hat seine Geschichte, somit also auch Anfang, Fortgang, Entwicklung und Ende. Wohin aber mit der Lehre, wird man hiernach fragen, die doch auch in der Bibel in so reichlichem Maße enthalten ist? Die biblische Geschichte führt uns das menschliche Leben in den verschiedensten Gestalten und Ständen vor. Sie selbst richtet aber höchst selten über die Thaten ihrer Personen, und wir wüßten nicht, ob wir Manches loben oder tadeln sollten, da die Ansichten Einzelner sowohl, als ganzer Nationen, gar sehr in dem, was Lob und Tadel verdient, von einander abweichen, und mit Recht fragt Harms, 95 Theses: Nenne mir Jemand eine Sünde, die Jedermann dafür hält? Ist nun das menschliche Urtheil über Recht und Unrecht so vage, so subjectiv, wie erwünscht muß es uns da sein, daß Gott selbst durch die Lehre in der Schrift unser Urtheil bestimmt und leitet, so daß wir jetzt einen sichern Maßstab haben, wonach wir das Verhalten jeder biblischen Person, und auch unsere eigenen Handlungen messen können. Daher mußte auch das Gesetz aufgeschrieben werden, um in seiner Objectivität und Unveränderlichkeit unserer Wandelbarkeit gegenüber zu stehen. Für die Geschichte des Reichs Gottes ist aber auch die Lehre bedeutend. Wir haben in den Briefen der Apostel so manche Erklärung über die Bedeutung einer Begebenheit im Reiche Gottes, z. B. über die Auferstehung Jesu, worauf die Geschichte selbst, z. B. die Geschichte von der Auferstehung Jesu, sich gar nicht einläßt. Es können daher Geschichte und Lehre in der Bibel nie getrennt werden. Die Geschichte wird gemessen von der Lehre, als mit einem göttlichen Maß; und durch die Geschichte wird erst die Lehre, die sonst als ein todtes Object uns gegenüber stehen würde, unser Eigenthum, und in unsere Persönlichkeit ganz verflochten. Ist nun das Kind mit den großen Thaten Gottes bekannt, und weiß (durch die Lehre) ihre Bedeutung, so hat es (objective) Religion. Daß nun unsere Religion eine Geschichte hat, daß unsere christlichen Feste eine Geschichte als Grund haben, mit unserer eigenen Geschichte innigst verwebt (s. B. 2, Festunterredungen), das ist ihr großer Vorzug vor der falschen, heidnischen Religion, die bloß eine Lehre hat. Freilich haben die Heiden Göttergeschichten genug, aber es fehlt ihren Geschichten das, was sie zur Geschichte im wahren Sinne des Worts macht. Denn eine Geschichte (das Wort nach doppelter Abstammung, Schicht von schehen, geschehen; und von schichten, scheiden) sieht bei ihren Begebenheiten nothwendig auf Zeit, Zusammenhang, Ordnung, und führt alles Einzelne auf eine Einheit, auf eine Summa zurück. So bilden denn auch alle einzelnen biblischen Geschichten eine Geschichte des Reichs Gottes, die mit dem „Anfang" anhebt, im Verlauf der Zeit, und in Ordnung und Aufeinanderfolge fortgeht, und bis an das Ende der Tage hinausläuft, wohin Blick und Seufzer gerichtet sind. (Offenb. am Letzten: Ich komme bald. Amen. Ja, komm, Herr Jesu! *)

*) Auch der Begriff der Religion stellt sich am besten aus der Religionsgeschichte, aus der Geschichte des Reichs Gottes heraus. Religion ist nicht, wie man oft hört und liest: Erkenntniß und Verehrung

Wo ist aber in der Mythologie der Inder, Griechen und Germanen die Aera, mit der die Geschichte anhebt? Wo ist der ordentliche, geschichtliche Verlauf, die Entwicklung, das Ende? Läuft nicht bald Alles nach dem Anfang in einzelnen Geschichten auseinander? Und wenn sich auch, wie in den indischen Religionen, Jahreszahlen vorfinden, so sieht man diesen bald durch ihre Uebertriebenheit das *Gemachte* an, statt daß die Bibel ihre Geschichte selber schreibt. Man hat oft Herodot den Vater der Geschichte genannt, obgleich es in Wahrheit Mose ist; denn Herodot fängt erst seine Geschichte an, wo die Geschichten Israel's sich schließen, nemlich mit dem assyrischen und babylonischen Reich. In die Zeiten der Richter fallen die hellenischen Sagen von Jason, Herkules ꝛc., und in die Zeit Saul's der trojanische Krieg. Wie herrlich nun, daß wir Lehrer können in die Schule treten mit einer Geschichte, die, wenn ich so sagen soll, einen methodischen Gang nimmt, und uns zuerst in die Welt und die Dinge um uns, dann in die Familie, und endlich in ein Volk hineinführt. Noch ein größerer Vorzug ist, daß wir eine religiöse Geschichte haben, worin Gott und Menschen stets mit einander handeln, was in den anziehendsten Geschichten der Griechen und Römer fehlt. „Die griechischen und römischen Geschichten (Herodot, Livius) sind beschränkt auf eine bestimmte, einseitig aufgefaßte, und nur meist das äußere Leben darstellende Volksthümlichkeit. Die hebräische Geschichtsschreibung ist auch national, aber sie geht von einem Mittelpunkt aus, *den alle Menschen fühlen und haben*, dem religiösen. Sich Gottes bewußt werden, als Herrn, Gesetzgebers, Wohlthäters, das müssen alle Menschen; und der Wechseleinfluß dieses Bewußtseins, das allein ist das wirkliche Leben der Menschheit, und weder die sinnliche Lust, noch die abstracte Beschaulichkeit. Dieses Leben, wie es täglich von unsern Augen sich wiederholt, wie es aber oft nicht verstanden wird, wird in Klarheit und Frische in den biblischen Geschichten dargestellt.“ K. H. *Sack*, Ueber den Werth und Gebrauch der historischen Bücher des A. T. in der Christoterpe auf 1835. — *Dadurch wird denn auch die Bibel das Erziehungsbuch für die ganze Menschheit.* Denn alle Erziehung Gottes mit den Menschen ist nichts anders, als Erlösung im Rathe Gottes beschlossen vor der Welt her, und aus-

Gottes; denn ich kann Gott erkennen und verehren, ohne daß ich weiter mit ihm in Verbindung stehe, ohne *daß ich etwas von ihm habe.* Dies Letztere ist aber in der Religion wesentlich. Religion ist: *Gemeinschaft mit Gott* (Bund, Gott ist mein, ich bin sein). *Die Geschichte* sagt uns, daß diese Gemeinschaft mit der Schöpfung begann, daß sie durch die Sünde aufgehoben wurde, daß sie durch die Geschichte Jesu und durch die Erlösung sich wieder anknüpfte, und daß sie bei dem Einzelnen durch den heiligen Geist zur Heiligung sich gestaltet. S. mehr, *Petri*, Lehrbuch der Religion. Hannover. 2te Aufl. 1842. §. 1.

geführt in der Zeit. Welch' eine Tiefe der Weisheit und Liebe Gottes, wenn wir diesem Plane Gottes in der heiligen Geschichte nachgehen. Die Anknüpfung der Gemeinschaft mit Gott wird gleich mit dem ersten Menschen gemacht dadurch, daß Gott mit ihm spricht und sich so ihm offenbart. Diese Gemeinschaft wird durch die Sünde der ersten Eltern aufgehoben, von Gott aber wieder angeknüpft durch die gegebene Verheißung (das sogenannte erste Evangelium), noch ehe Adam das Paradies verläßt, und hinaus muß in die Wüste. Dann scheint es oft, als verlöre sich die labende Quelle dieser Verheißung, woran sich unsere Eltern nach dem Fall hielten, im Sande, und als wäre sie selber nur Sand, vom Winde der Zeit verweht. Aber plötzlich taucht sie herrlicher in Abraham's Geschichte auf, und fließt lieblich durch die ganze Patriarchengeschichte. Wir verlieren nochmals oft ihre Spur, bis der Mann nach dem Herzen Gottes erscheint, durch den der Geist Gottes uns „vom fernen Zukünftigen" weissagt. Dann sind die Propheten schon die Evangelisten des A. T., und der letzte derselben spricht die Weissagung aus: Siehe, ich komme bald. Und Er kommt, lebt, leidet, stirbt, steht auf und fährt in den Himmel. Aber seine Geschichte hat damit kein Ende. Seine Himmelfahrt ist seine Thronbesteigung, und die Missionsgeschichte unter Juden und Heiden ist bloß der weitere Verlauf seiner Geschichte, wie sie schon in den Evangelien angedeutet ist. Das ist kurz der großartige Zusammenhang, das ist Geschichte des Reichs Gottes, wie keine Religion, keine sonstige Geschichte sie hat. — Dazu kommt die Wahrheit dieser Geschichte in sich selber. Ich möchte hier aufmerksam machen auf einen Beweis für die Wahrheit des A. T., den jedes Kind mit Augen sehen, mit Händen greifen kann, und der alle sogenannten historischen Beweise übertrifft, der aber lange nicht genug in Schulen und auch sonst hervorgehoben wird. Dieser Beweis ist das Dasein der Juden, zusammengehalten mit ihrem Gesetz. Die Juden sind da; ungeachtet alles Drucks, den sie zu allen Zeiten und bei allen Völkern haben ausstehen müssen, haben sie sich unverwüstlich erhalten. Sie haben noch heutigen Tages ihre bestimmten Satzungen und Feste, grade so, wie es in den Büchern Mosis vorkommt, und gar Manches, was nach den Begriffen anderer Völker als höchst schimpflich gilt, z. B. die Beschneidung. Das ist nun nicht blos etwas, das seit gestern so ist, sondern wie es anderweitig die alten Schriftsteller bezeugen, das ist seit Jahrtausenden so bei ihnen gewesen. Wie unverwüstlich bei ihnen Gesetz und Sitte ist, davon hatten wir noch in diesem Jahre einen Beweis. Auf einer Judenversammlung zu Göttingen waren von 36 Stimmen nur Eine Stimme für Abschaffung der Beschneidung, während 35 Stimmen für Beibehaltung derselben waren. Es giebt kein einziges Volk in der Welt, von dem man dieses sagen könnte. Alle alten Völker, die mit den Juden zu gleicher Zeit existirten, sind untergegangen, und wenn auch von einzelnen noch die Rudera da sein mögen, so haben sie doch das alte Gesetz und die alte Sitte nicht mehr, oder es fehlt ihnen, wie z. B. den Zigeunern, ihre Geschichte. Woher diese Erscheinung in der Geschichte? 5 Mos. 28 giebt uns Aufschluß. V. 33: Du wirst Unrecht leiden und zerstoßen werden dein Lebenlang. V. 37: Du wirst ein Scheusal, ein Sprüchwort und Spott sein unter allen Völkern: V. 43: Der Fremdling, der bei dir ist, wird über dich steigen, und immer oben schweben; du aber wirst herunter steigen, und immer unterliegen. V. 46: Bis in Ewigkeit werden (diese Unglücksfälle, Flüche) Zeichen an dir sein. V. 48: Deinem Feinde wirst du dienen in Hunger und Durst und Blöße, er wird ein eisern Joch auf deinen Hals legen. V. 62: Es wird eurer wenig Pöbel überbleiben. V. 64: Der Herr wird dich zerstreuen unter alle Völker. V. 65: Unter denselben Völkern wirst du kein bleibendes Wesen haben, und deine Fußsohlen werden keine Ruhe haben. Der Herr wird dir daselbst ein bebendes Herz geben, verschmachtete Augen und verdorrete Seele. V. 66: Tag und Nacht wirst du dich fürchten, und deines Lebens nicht sicher sein*). — Das hat Moses vor 3300 Jahren geschrieben, und ist es nicht, ich frage Jeden, der das Volk der Juden bei uns, und besonders im türkischen Reiche kennt, ist es nicht, als wäre es gestern geschrieben? (Wir sehen hier nur auf die Erfüllung dieser Flüche in der Gegenwart, und sehen davon ab, daß — wundersam genug — der Zustand der Juden eben so war im persischen Reich, nach dem Buche Esther, unter den Römern, und im Mittelalter auch.) Wo hätte je ein Mensch so die Geschichte dieses Volks, ihr Schicksal, ihre Zerstreuung, ihre Bedrückung, ihr Leben und Treiben, ihre Rathlosigkeit, ihre Verzagtheit, die zum Sprüchwort geworden ist, schreiben können Jahrtausende vorher! Wahrlich, das ist ein Beweis für die Göttlichkeit der Bücher Mosis, und des auf dem Gesetz basirten A. T. überhaupt; ein Beweis, der auf jedem Jahrmarkt mit Augen zu sehen ist. Schon einem Pascal galt dieser Beweis viel. Siehe seine Gedanken über die Religion, Ausgabe von Kleuker, den

*) Manche andere Züge des Fluchs in diesem Capitel sind deshalb in der Geschichte nicht zum Vorschein gekommen (z. B. V. 61: bis du vertilget werdest), weil der Ungehorsam Israel's doch auch mit Gehorsam vermischt war. Wie Gehorsam und Ungehorsam bei dem Volke sich vermischte mit Uebergewicht des letztern, so mischte sich auch bei ihm wundersam Segen und Fluch mit offenbarer Ueberwiegung des Fluchs. Denn daß auch in Israel ein Segen ist, liegt eben so offenbar vor, als der Fluch, nur, wie gesagt, ist der letztere überwiegend. Siehe den Anhang: die Weissagungen über Israel.

8ten Abschnitt, der zur Ueberschrift hat: Bild eines Menschen, der sich an Gott müde gesucht hat durch die bloße Vernunft, und die Schrift zu lesen anfängt. — Dazu der innere Beweis, von dem Knapp, Vorrede zur Bilderbibel für die Jugend, 1842, mit Recht sagt: „Welch' eine herrliche Summe von Gottesgedanken, welch' eine Legion der trefflichsten Menschen, welch' eine Menge der herrlichsten Erfolge und geistlichen Siege müßte man entkräftigen und vernichten, wenn man die Wahrheit der Bibelgeschichte umstoßen wollte! Und was hätte man dann als trostlose Trümmer, für welche kein Bibelfeind auch nur den mindesten Ersatz zu bieten vermag? Ja, ein jämmerlicherer Tausch ließe sich in aller Welt nicht machen."

Eine Geschichte nun, die so göttlich, so menschlich, so herrlich, so wahr, so segensreich da steht, kann mit Recht auch für die Schule die vollste Beachtung verlangen. Ich nahm deshalb auch täglich eine Stunde, wöchentlich also sechs Stunden zu diesem Unterricht, und konnte nun darin mehr thun, als bloß die reine Geschichte geben. Es wollte mir aber nicht recht zusagen, einzelne moralische oder religiöse Lehren aus der Geschichte zu ziehen, wie alle mir bekannten biblischen Historienbücher es thun, sondern die einzelne Geschichte sollte mir irgend einen Hauptpunkt zeigen, eine Person, eine Sache, um die sich alles Andere reihte, und von wo aus sich das Uebrige organisch entwickeln ließe. Da entstand denn diese Arbeit. Man wolle sie als einen Versuch hinnehmen, da diese Art der Bearbeitung ihre großen Schwierigkeiten hat, die derjenige am besten fühlen wird, der Aehnliches unternimmt. Die Vortheile aber solcher Betrachtungsweise leuchten in die Augen; die Geschichte gewinnt durch das Thema eine Einheit; durch die Einheit wird die zu betrachtende Person oder Sache in ein helleres Licht gestellt, als wenn man dies und das mechanisch herausnimmt; durch den geschichtlichen Gang und die logische Verbindung der Lehre damit wird dem Lehrer die Unterredung erleichtert, und zugleich dem Schüler das Behandelte behaltbarer.

Zweierlei blieb mir bei der Bearbeitung durchgängig die Hauptsache: zu entwickeln, was Gott in der Geschichte thut, und was der Mensch thut. Denn die heilige Geschichte ist, wenn man will, Offenbarung im zwiefachen Sinne: sowohl eine Offenbarung Gottes, als auch eine Offenbarung des menschlichen Herzens.*) Wie nun Gott in seinem Reiche regiert, und wie sich das menschliche Herz zu solcher Regierungsweise stellt, das soll dem Kinde durch

*) Pascal pflegte zu sagen, daß der Mensch durch die Bibel eine ganz neue Wissenschaft bekomme, nemlich eine Wissenschaft des Herzens.

die biblischen Geschichten hingelegt werden. Sodann wird darauf hingewiesen, daß es damit noch eben so ist, wie vor Jahrtausenden. Die biblischen Geschichten sind die rechten Tagesgeschichten, sie wiederholen sich täglich: Dieselbe Klage, die die Israeliten in der Wüste führten, hörte man im Jahre 1838 kurz vor der Erndte, als es unaufhörlich regnete in unserm Holstein; denselben Weg nimmt noch die Sünde, wie bei Eva; in den Volkstumulten des A. T. geht es eben so her, wie jetzt bei ähnlichen Anlässen; eine edlere Feinheit und Sitte, als Abraham sie zeigt in dem Handel mit den Kindern Heth, giebt es auch jetzt noch nicht, u. A. Behandelt man mit Rücksicht hierauf die Geschichte, so schwindet die Kluft der Jahrtausende, die Geschichte wird des Kindes eigene Geschichte, sie verwächst mit seinem eigenen Leben. Auch ist sie dann nicht ein bloßes Beispiel mehr, sie ist des Kindes eigenes Leben, und das Gotteswort: Wandle vor mir und sei fromm, ist dann nicht bloß zu Abraham, sondern zu dem Kinde selbst gesprochen. Somit wird die alte Geschichte neu durch eine Art Wiedergeburt (Palingenesie). Das Jahrtausende alte Glaubensleben der Männer Gottes steht da, wie jetzt die einsame Ceder auf dem Libanon; wir Lehrer haben die Weisung, das Glaubensleben der Kinder dahinauf ranken zu lassen, damit das Reich Gottes, so wie es ewig alt ist, auch ewig jung werde und bleibe, wie ein immer grüner Lianenwald, ein Garten Gottes. Daher hat denn auch die Charakteristik der Männer Gottes, z. B. Abraham, Moses, David, Elias, mich besonders beschäftigt.

Daß ich die Lehre aus einer Geschichte des A. T. nicht an sich, sondern in Beziehung zu den Aussprüchen des N. T. betrachtet habe, wird man wohl nicht tadeln, da uns Christen nicht eine jüdische, sondern eine christliche Betrachtungsweise des A. T. geziemt. Dadurch gewinnt das N. T. ganz besonders, nicht bloß, weil so die Lehren Christi und der Apostel durch Anwendung auf diesen concreten Fall lebendiger und anschaulicher werden, sondern die Höhe des N. T., in der das Element der Erlösung liegt, stellt sich bei der Gelegenheit auf eine in die Augen fallende Weise heraus; man sehe nur z. B. die Unterredung: Abraham's Friedfertigkeit. Doch durfte auch nur die Herrlichkeit des Christenthums wie durch einen Schleier durchblicken, um nicht den historischen Weg zu verlassen, um das eigentlich Christliche nicht vorweg zu nehmen, und um auch dem A. T. sein Recht zu lassen.

Mein Verfahren beim Unterricht war nun dieses: Ich erzählte die Geschichte frei nach der Bibel, ich kann wohl sagen, aus der Bibel, denn ohne Noth wich ich nicht von dem Ausdrucke derselben. Selten wurden Zahn's biblische Historien zur Hand genommen. Wir Lehrer sollten uns, so viel nur irgend thunlich, und je älter wir werden, von biblischen Historienbüchern frei machen; denn in einem Historienbuche vermißt man dies, in dem andern das, in manchen steht Manches ganz unrichtig. Was kann auch wohl besser die Bekanntschaft mit dem Worte Gottes fördern, als dieser tägliche Verkehr mit demselben aus der Quelle, schon von Berufs wegen. Bei Erzählung der Geschichte in der Schule erklärte ich gleich mit, was im Ausdruck, oder in der Sache dunkel war, erzählte sie zum zweitenmale kurz, ohne Erklärungen, fragte sie darauf ab, und ließ sie von den Kindern wieder erzählen, so daß auf jeden Schüler ein paar Sätze kamen.*) Wichtige Aussprüche wurden gleich mit gelernt dadurch, daß ich sie vorsprach, und sie mehrmals im Chor nachsprechen ließ. Damit war gewöhnlich die Stunde hingegangen und die Geschichte war gefaßt. Die folgende Morgenstunde war nun der Betrachtung der Geschichte gewidmet; oft wurden mehrere Stunden dazu genommen. Die kleinen Reime, Gesangverse, Sprüche, wurden gleich im Gang der Unterredung mit auswendig gelernt, indem ich sie ein paar Mal im Chor nachsprechen ließ. Doch ließ ich dann und wann auch einige aus Bibel und Gesangbuch lernen, und aus dem Kopfe auf die Tafel schreiben. So verwandte ich das halbe Jahr von Ostern bis Michaelis auf die Geschichten des A. T. und das andere halbe Jahr auf die des N. T., so daß in einem Jahre der Cursus einmal durchgemacht war.

Indem ich die Unterredungen etwas erweiterte, glaube ich dadurch das Material für alle Schulklassen gegeben zu haben, womit freilich nicht gesagt ist, daß Alles gegeben werden soll. Aber der Lehrer muß mehr in seinem Laden haben, als ihm gerade für heute abgeholt wird, sonst wenden sich die Käufer unlustig von ihm weg. Ich setze, wie sich von selbst versteht, verständige Lehrer und Leser voraus (andere will man nicht), und glaube, daß nicht viel Verstand dazu gehört, das für die Klasse Brauchbare aus der Unterredung heraus zu nehmen. Wer das nicht einmal kann, der wird auch dann nichts lehren können, wenn man ihm auch das Material noch so mundgerecht vorschneidet. Die Elementarschule hat fast nur die Geschichte, und versenkt sich ganz darein, ohne viele Anwendung. Denn je kleiner die Kinder sind, desto mehr machen sie sich selber die Anwendung unmittelbar aus der Geschichte. Die kleineren oft angebrachten Reime, Sprüche, Sprüchwörter sind für sie zum Auswendiglernen im Chor. Die Mittelschule führt vollständiger in die Geschichte ein, und nimmt Vieles aus der Unterredung,

*) Dies Erzählen der Kinder hat mehrfachen Nutzen: Es übt in der Sprache, übt in der Bibelsprache, giebt ohne Weiteres Bekanntschaft mit vielen wichtigen Aussprüchen der heiligen Schrift, und ist die beste Uebung, Kinder zum guten Ausdruck zu führen. Die eine Geschichte eignet sich freilich besser dazu, als die andere.

je nachdem die Schule hoch oder niedrig steht. Was die heilige Geschichte, besonders die des A. T. in der Oberklasse soll, darüber werde ich mich in einem eigenen Aufsatze, den man im zweiten Bande finden wird, ausführlicher aussprechen. Es sollte mich freuen, wenn ich für die Lehrer durch dieses Buch einen kleinen Beitrag zu einem tieferen Erfassen der biblischen Geschichte gegeben hätte, woran es noch so sehr mangelt. Hat eine Schule nur zwei Klassen, so muß man die Mittelklasse als halb in die Elementar- und halb in die Oberklasse verlegt sich denken, und danach das Rechte zu treffen wissen.

Man wird finden, daß die Unterredungen nicht nach Einem Maßstabe zugeschnitten sind; das hat darin seinen Grund, daß die biblischen Geschichten es auch nicht sind. Manchmal spricht eine Geschichte so gewaltig und laut, daß sie alle Betrachtung zurückdrängt, und nur Auge und Herz auf den Verlauf ihrer Begebenheiten will gerichtet haben; so ist es mit Joseph's Geschichte. Dann ziehen sich aber auch andere Geschichten wieder so in das Innere zurück, daß sie durchaus eine Betrachtung verlangen, damit die das Innere zu etwas Aeußerem mache, und entweder, wie bei Abraham, die Herrlichkeit des frommen Gemüths hervorhebe, oder, wie bei Pharao, die Verstockung des gottlosen Herzens zeige. Jede einzelne biblische Geschichte hat, wie jeder einzelne Mensch, seine eigenthümliche Physiognomie, die muß man vorerst kennen zu lernen suchen, wenn die Darstellung derselben in der rechten Weise geschehen soll; das Vorwort vor den Unterredungen führt manchmal darauf hin.

Der hebräische Grundtext durch ein H. angezeigt, ist meistens nach Gerlach und Baumgarten. Er ist mehr für den Lehrer aufgenommen, als für den Schüler. Der verständige Lehrer wird, wo auch Luther's Uebersetzung bedeutend abweicht, wie sie das im A. T. manchmal thut, nicht viel Wesen davon in der Schule machen, und durch ein: eigentlich heißt es wörtlich so und so, die Sache beseitigen. Dem Lehrer aber wird der Grundtext zum genauern Verständniß sehr nützlich sein können, ohne daß die Herrlichkeit der Lutherischen Bibelübersetzung dadurch in seinen Augen verliert. — Die angeführten Gesänge sind aus dem Gesangbuch für die Herzogthümer Schleswig und Holstein, das in jeder holsteinischen Buchhandlung zu haben ist.

In dieser zweiten Auflage des Werks ist die Urgeschichte gänzlich umgearbeitet, und man wird da das Bestreben des Verfassers finden, sich noch näher an die Geschichte anzuschließen, weil er immer mehr zu der Ueberzeugung kommt, daß die Geschichte unmittelbar so sehr spricht. Auch ist die Geschichte Pharao's und Elias' überarbeitet. Sonst sind noch hier und da allenthalben Verbesserungen angebracht. Durch den Aufsatz zum Schluß: Die Weissagungen über Israel, möchte ich bei dem Lehrer Interesse wecken zum weitern Studium der ältern und neuern jüdischen Geschichte, und Theilnahme an der Bekehrung Israel's. Was man der Schule davon giebt, mag den Zweck haben, die Göttlichkeit der heiligen Schrift darzuthun, und den Kindern die Juden nach der Wahl, Röm. 11, 28, lieb zu machen.

Die der Unterredung vorgesetzte Betrachtung bezieht sich fast immer auf das Innere der Geschichte; oft ist sie ein Erguß meines Innern, und was ich beim Lesen der Geschichte fühlte, oft sollte sie eine Schwierigkeit in der Geschichte heben, den Zusammenhang nachweisen u. s. w. Auch aus diesen Betrachtungen möchte in der Schule ein und das andere Wort zu brauchen sein. In den Unterredungen ist oft das Allgemeine vorangestellt zum leichtern Ueberblick des Lehrers. Die oft angebrachten Fragen: Wie? Weshalb? rc. sollen veranlassen, daß der Lehrer nicht daran vorbei gehe, sondern nach Ursache, Zweck, Beweis rc. frage. Der zweite Band dieser Unterredungen behandelt die Geschichte des N. T.

Mit dem Gebet war das Werk dem Druck übergeben, daß es möge zu Bau SEINES Hauses mit helfen, und — von Vielen ist es freundlich aufgenommen worden. Nun, wir danken DIR, und rühmen den Namen Deiner Herrlichkeit. Lege auch auf diese neue Auflage Deinen Segen. Wir wissen wohl, herabgebeten und herabgebetet muß werden Dein Reich, wo es kommen soll. Denn was sind wir, daß wir sollten geben, nehmen, aus eigener Kraft; von Dir ist es Alles gekommen, und aus Deiner Hand, aus Deiner Fülle haben wir's gegeben. Nun, gieb weiter, Herr Jesu, mein König, mir, den Lesern, Lehrern, Kindern. Laß die Ströme Deines Geistes sich ergießen über unsern Geist, daß unser liebes Deutschland Deines Ruhmes voll werde, und wir in Deiner Gemeinschaft, in Deiner Liebe selig uns fühlen, — und einst mit Dir das Brod essen mögen in der Vollendung Deines Reichs. Amen!

Neumünster, 1844.

Zur siebenten Auflage. Da die sechste Auflage dieses Buchs im ersten Bande vor einem Jahre viele Vermehrungen und Verbesserungen erhalten hat, so ist jetzt, nachdem die Auflage vergriffen war, nur Einiges hinzugekommen und verbessert. Umgearbeitet sind die beiden Unterredungen: Hanna, die Mutter Samuel's, und David bei Absalom's Empörung. Neu hinzugekommen ist die Behandlung fast des ganzen Buchs

Daniel: Daniel's Jugend, Das Traumbild Nebucadnezar's, Nebucadnezar's Schrift an die Völker, Belsazar's Gastmahl, Daniel in der Löwengrube, der Menschensohn und der Antichrist, die 70 Wochen; dann auch Nehemia. — Der treue Gott lege denn auch Seinen Segen auf diese Auflage, und lasse Alles gereichen zu Seines Namens Preis, und zum wahren Heil der Kinder.

Glückstadt, Ostern 1856.

Der Verfasser.

Zur neunten Auflage. Somit übergeben wir den lieben deutschen Lehrern von Neuem die alte Gabe. Es ist die vorliegende Auflage schon die zweite, welche nach dem Tode des Verfassers nothwendig geworden ist, gewiß ein hinreichender Beweis, daß noch immer das Bedürfniß, von welchem die vielen Auflagen dieses Werkes ein Zeugniß geben, nicht befriedigt ist. Wie wir uns schon beim Erscheinen der sechsten Auflage der „Unterredungen über den kleinen Katechismus von J. Nissen" ausgesprochen haben, dürfen wir nicht in der Weise an dem Werke ändern, wie es der Verfasser gethan hat, und daher haben wir an dieser Auflage, außer der Berichtigung von Druckfehlern und unrichtigen Angaben der Bibelstellen, keine Aenderung vorgenommen. — Gerne hätten wir jetzt das Werk durch eine Lebensbeschreibung des Verfassers bereichert gesehen. Leider aber ist der langjährige Freund und College des Verstorbenen, Herr Lehrer Nielsen in Glückstadt, der diese Arbeit übernommen hatte, zuerst durch eine anhaltende Krankheit und nun durch seinen Heimgang an der Ausführung verhindert worden.

Wir schließen mit dem Wunsche, daß durch dies Werk auch noch ferner in unsern Schulen ein lebendiger und fruchtbringender Unterricht in der biblischen Geschichte gefördert werde.

Itzehoe, Ostern 1861.

J. Schmalmack.

Inhaltsverzeichniß.

Anhang.

Schöpfung der Welt.

1 Mos. 1 bis Cap. 2, 1—3.

Dies erste Capitel der heiligen Schrift führt uns gleich in die Herrlichkeit des Wortes Gottes hinein. Die große Frage: Woher der Anfang der Dinge? hat von den ältesten Zeiten her bis auf unsere Tage Philosophen und Naturforscher beschäftiget. Es ist sehr interessant, das Ergebniß der Wissenschaft mit unserer einfachen mosaischen Schöpfungsgeschichte zusammenzuhalten. Wir thun es hier, soweit es für unsern Zweck erforderlich ist. Die Alten (Heiden) hatten vorzüglich zwei Schöpfungsgeschichten (Kosmogonien), die im Wesentlichen, wenn wir von der Abentheuerlichkeit und Verwirrung, die darin herrscht, absehen, dieses enthalten. Die Eine: Die Materie, der Urstoff, hat (die Atome haben) neben den Göttern eine Ewigkeit, und die Götter machen, ordnen und formiren die Welt. So sagt der römische Dichter Ovid: Irgend ein Gott (so unbestimmt also) hat das Chaos entwickelt (das Chaos wird also vorausgesetzt), die Materie geordnet, den Streit der Elemente aufgehoben, und dann Himmel und Erde und Thiere hervorgebracht. — Die Andere: Aus dem Weltei hat sich die Welt mit den Göttern entwickelt; Gott und Welt sind Eins, die Götter sind nur die Seele, die bewegende, belebende, regierende Kraft des Materiellen (Pantheismus). Man sieht, daß in beiden Schöpfungsgeschichten die Götter nicht über, sondern neben und in der Welt dastehen, und mit der Welt ewig sind; oder mit ihr auch erst ihre Entstehung und Bildung erhalten. Die erleuchtetsten Heiden, Homer, Platon, kennen keinen unumschränkten Gott, sondern ihre Götter sind durch die Natur beschränkt und in ihr verflochten. Auch in der persischen Religion sind Licht und Finsterniß mit ihren Göttern ewig, und im ewigen Kampf, und kommen nie aus diesem Gegensatz heraus (Dualismus). Plattner, Aphorismen, B. 1, S. 651: „Die Ewigkeit der Materie ist so gewiß von allen heidnischen Weltweisen geglaubt worden, als es gewiß ist, daß die sich selbst überlassene Vernunft auf den Gedanken einer Schöpfung aus Nichts nicht kommen wird.“ Hegel, Religionsphilosophie: „Das Schaffen Gottes ist sehr verschieden von dem

Hervorgehen, oder davon, daß die Welt hervorging aus Gott. Alle Völker haben Geogonie, oder was damit zusammenhängt, Kosmogonie, in dieser ist Grundkategorie immer das Hervorgehen, nicht das Geschaffenwerden." Daraus ergiebt sich nun auch das Wesen des Heidenthums. Alles Heidenthum ist Naturreligion, weil die Götter ganz in dem Naturleben befangen sind. Göttliches und Irdisches, Ewiges und Zeitliches, Freiheit und Nothwendigkeit, Gott und Welt sind im Heidenthum nie rein geschieden, sondern unmittelbar Eins.

Dagegen gestaltet sich in diesem ersten Cap. Moses' und in der heiligen Schrift überhaupt Alles ganz anders. Hier sind Himmel und Erde nicht ewig und anfangslos, sondern es wird für beide ein Anfang gesetzt. Gott giebt der Welt den Anfang, er schuf sie, er war also vor dem Anfang, das kann denn nichts Anderes heißen, als er war ewig. So ist Gott selber von der Welt unabhängig, und steht nicht in, sondern über derselben. Mit dem Anfang des Erschaffenen entstand das Sein außer Gott, Raum; und mit dem Anfang, als Gegensatz der Ewigkeit Gottes, die Zeit. Alles eben Gesagte lehrt schon der erste Vers der Bibel. Ueberhaupt spricht die Schrift von der unumschränktesten Herrschaft Gottes über die Welt in den mächtigsten Ausdrücken. Wir geben einige Stellen. Jehovah wickelt den Himmel ein wie einen Brief; er verschließt das Meer mit seinen Thüren und setzt ihm Damm und Riegel; er spricht zum Meer: Bis hierher sollst du kommen und nicht weiter, hier sollen sich legen deine stolzen Wellen; wenn er zornig wird, bebet die Erde, und die Grundfesten der Berge regen sich; er breitet den Himmel aus wie einen Teppich; er schauet die Erde an, so bebet sie; er rühret die Berge an, so rauchen sie. — Welch einen Gott haben wir doch den Heiden gegenüber! Keine Schranke (durch Fatum, Schicksal) ist ihm gesetzt. Ihm kann man mit unumschränktem Vertrauen sich hingeben. Wie mußten schon die heiligen Männer des A. T. mit diesem Gedanken ganz andere Männer sein, als die Heroen der Heiden. So ist es auch, besonders ist dies in dem Charakter Moses', David's und Elias' erkennbar. Man lese, was David anlangt, nur einmal Ps. 18.

In neueren Zeiten hat man oft die Naturwissenschaften gegen die mosaische Schöpfungsgeschichte geltend machen wollen. So sagt Ballenstedt in seinem seichten Buche: die Urwelt, B. 2: „Wenn wir gleich der Wahrheit nie ganz auf den Grund kommen werden, so sind wir doch schon um ein Großes in der Sache (die Art und Weise der Schöpfung) weiter gekommen, als man zu Zoroaster's und Moses' Zeiten war, weil wir jetzt eine bessere Kenntniß der Natur und der innern Beschaffenheit unsers Erdbodens haben, und können hierin also schon viel weiter und heller sehen, als die Menschen der Vorwelt." Daß die Naturwissenschaft gewaltige Fortschritte gemacht hat, wird Niemand bestreiten wollen. Sie hat sich auch oft genug daran gemacht, aus sich heraus eine Geschichte der Erdbildung zu liefern. Schon Lichtenberg kannte zu seiner Zeit (1795) die 50 Hypothesen über die Erdbildung, machte sich aber darüber lustig, indem er sagt, daß 9 Zehntel dieser 50 Hypothesen mehr zur Geschichte des menschlichen Geistes, als zu der der Erde gehörten, und daß die edlen Naturforscher, von nachbildendem Kunsttriebe beseelt, wie sie auf der Erde Seethiere fanden ohne Spur von See, uns Konklusionen ohne Spur von Prämissen liefern. — So findet es sich auch, wenn man sich von Tholuck, vermischte Schriften, B. 2, S. 157, die bedeutsamsten jener Hypothesen eines Descartes, Burnet, Whiston, Leibnitz, Büffon, de Lüc, und der neuesten Neptunisten und Vulkanisten vorführen läßt. Die widersprechendsten Meinungen finden sich da, und das Brockhaus'sche Conversationslexikon hält es für das Sicherste in diesem Punkt, „lieber noch auf die Zukunft zu warten, welche die Räthsel lösen werde." Ueber die Schöpfung der Erde konnte auch aus einem natürlichen Grunde die Naturwissenschaft nichts sagen, da sie nichts Analoges in dem Bereich der jetzigen Weltzeit kennt. Es fehlen, nach Lichtenberg, die Prämissen zu den Konklusionen. Dies erkennt die Schrift geradezu an, wenn sie Hebr. 11, 3 ganz richtig sagt, daß eine Schöpfung der Welt aus Nichts nur dem Glauben erkennbar ist; und es kann also kein Naturforscher uns die Geschichte der Schöpfung weder erzählen, noch erklären. Diese Schranke ihrer Wissenschaft haben auch neuerdings die größten Naturforscher bescheiden anerkannt. Hören wir ein paar Stimmen. Schubert, Geschichte der Natur, B. 1, S. 490: „Die Wissenschaft vermag hier (der Abschnitt handelt vom Entstehen der Erdfeste) nicht von Zeiträumen zu reden; das Moment des Entstehens sei ein Zeitraum von Jahrtausenden, oder ein Augenblick gewesen, in beiden Fällen bleibt der Vorgang einer anfänglichen Schöpfung der großen Kunst des Menschen ein unnachahmliches und unauflösliches Räthsel." A. v. Humboldt: „Die Kosmogonie setzt die Existenz aller jetzt in dem Weltall zerstreuten Materie voraus, und beschäftigt sich nur mit den mannigfaltigen Zuständen, welche diese Materie durchlaufen ist, bis sie ihre dermalige Form und Mischung erhalten hat. Was außer diesem Kreise liegt, gehört zu den Anmaßungen der philosophirenden Vernunft." Muncke: „Der Ursprung des Weltalls überhaupt, und somit auch desjenigen Theils desselben, welcher unsere Erde ausmacht, liegt ganz außerhalb des Gebiets menschlicher Kenntniß. Der bescheidene Naturforscher verweist dieses daher aus dem Gebiet der Physik in das Gebiet des religiösen Glaubens, wohin es bis jetzt noch gehört." Siehe auch Muncke, Elemente der Naturlehre 4. Aufl. 1842, S. 211, und dessen Handbuch der Naturlehre B. 2, S. 404. — „Wann entquollen die Ströme den Höhen, und wann furchten sich die Thäler aus? Wann wölbte sich die blaue Atmosphäre über die Erdfeste? Wann ward es lebendig in der Tiefe des Wassers, auf der frischgrünenden Erde und unter dem Himmel? Wann endlich blies Gottes lebendiger Odem den Erdenkloß an, der zum Menschen wurde?" So fragt Wagner (Geschichte des Menschen. Siehe auch Sartorius, Lebensspiegel, B. 2, 1843. S. 134: Fragen über die Bildungsgeschichte der Erde) und fährt dann fort: „Diese Fragen vermag die Naturforschung unserer Tage nicht zu beantworten." — Nun denn, um so mehr freuen wir uns, daß wir eine Kosmogonie, vom Geiste Gottes selber geschrieben, vor uns haben. Wollen nun auch nicht durch jeden Wind der Lehre des neuesten Naturforschers unsere alte, ehrwürdige mosaische Schöpfungsgeschichte aufgeben oder in Zweifel ziehen, und dies um so weniger, da sich die gründlichsten Naturforscher unserer Tage mehr der mosaischen Schöpfungsgeschichte anschließen, als dies vor 30 Jahren und weiter zurück der Fall war. Heißt es doch im Conversationslexikon, 8. Aufl., S. 564: „Schon jetzt zeigt sich in den Resultaten, welche man, ungeachtet der verschiedensten Richtungen und Auslegungen der Naturforscher, als reinen Gewinn und als möglichst sichergestellt in der Geologie betrachten kann, die größte Uebereinstimmung mit dem ersten Buch Moses." Wir geben noch einen Beleg zu der Wahrheit dieser Stelle. In L. Choulant, die Vorwelt der organischen Wesen auf der Erde ꝛc. 1843 heißt es: (der Verfasser ist weder für, noch gegen die mosaische Urkunde, sondern läßt sich rein von wissenschaftlichen Resultaten leiten, und stellt die Edda fast höher als die Genesis; ungeachtet dieser schiefen Ansicht sagt er:) „Die mosaische Schöpfungsgeschichte, die älteste geschriebene Urkunde des Menschengeschlechts, das älteste Buch, das wir besitzen, verdient schon in dieser Hinsicht unsere vollste Beachtung, und noch mehr werden wir von dieser einfachen Erzählung angezogen, wenn wir sie von Allem, was die neuere Naturforschung gelehrt hat, auffallend bestätigt finden." Prof. Andreas Wagner, der Choulant Geist und Kenntniß zuschreibt, und der sein Buch in Tholuck's Anz. 1845, Nr. 16 recensirt, setzt hinzu: so urtheilt der Naturforscher über die mosaische Schöpfungsgeschichte; man vergleiche hiemit das wegwerfende Urtheil, das sich darüber der Theolog, der Gothaische General-Superintendent Bretschneider, erlaubt hat. — Wie unbefangen und sicher die Schrift auch neben der Wissenschaft ihren Gang geht, davon wolle man weiter unten, bei der Schöpfung des Lichts, ein Beispiel sehen.*)

*) Es ist in einer Recension der 4. Aufl. dieses Buchs dem Verfasser der Vorwurf gemacht worden, als wolle er die Wahrheit der heiligen Schrift damit beweisen, daß auch die neuern Forschungen der Geologen, Astronomen und Physiker damit übereinstimmen. — Dies ist nicht ganz meine Meinung, und deshalb sind hier die vielen Citate aus der Physik ꝛc. nicht angeführt. Die Sache steht bei mir so: Alle Physiker, Geologen und Astronomen können mir mit ihrer Wissenschaft die Wahrheit der heiligen Schrift nicht beweisen. Wenn auch die Natur-Wissenschaft das Gegentheil sagt von dem, was die Schrift über natürliche Dinge behauptet, so würde sie mir dadurch meinen Glauben an die Wahrheit der Schrift

Wir gehen nun in die Geschichte selber hinein, indem wir zu dem Text die Erklärung geben.

V. 1 lehrt den Anfang aller Dinge von Gott.

V. 2, H. Und die Erde war Wüstenei und Oede.

Es fragt sich hier, ob die Wüstenei und die Oede — das Chaos — die ursprüngliche Schöpfung ist, oder ob zwischen V. 1 und 2 eine Zeit liegt, wo das V. 2 Gemeldete eintrat. Es will

nicht nehmen können. Daß mir die Aussprüche der heiligen Schrift absolute Wahrheiten sind, kann mir nur aus dem Glauben kommen, d. i. aus der persönlichen, individuellen, unmittelbaren inneren Anschauung und Ueberzeugung. Somit ist der Glaube eine Gabe, eine Gnade Gottes, den die Natur mit ihrer Betrachtung nie geben kann. Der Astronom Laplace giebt für diese Behauptung den Beweis. Er sagt: Ich habe unter allen Sternen geforscht, habe aber Gott nicht gefunden. Mit Beziehung auf dies Wort sagt Rückert sehr wahr: Der große Astronom sprach: Alle Himmelsflur hab' ich durchforscht, und nicht entdeckt von Gott die Spur. Hat er nicht recht gesagt? Bei Mond- und Sonnenflecken, im Sternennebel dort ist Gott nicht zu entdecken. Wer Gott will finden dort, der muß ihn mit sich bringen; nur wenn er in dir ist, siehst du ihn in den Dingen. — Man kann ihn aber nur durch den Glauben mit in die Natur hineinbringen. Wenn nun aber die wissenschaftliche Betrachtung der Natur uns auf Aehnliches führt, wovon wir durch den Glauben an das Wort der Schrift schon fest überzeugt sind, so ist uns das eine große Freude; und zeigt uns dann auch die Naturgemäßheit und Vernünftigkeit dessen, was wir durch den Glauben unmittelbar schon als Wahrheit anschauten, wofür wir aber keine äußern Gründe hatten. So wollte z. B. die Naturwissenschaft die Abstammung des Menschengeschlechts, die dem Schriftgläubigen unmittelbar gewiß ist, lange Zeit hindurch nicht gelten lassen. Selbst Oken läßt die Menschen im Schlamme des Meeres als Embryonen entstehen, dort keimartig athmen, von allerlei Gewürm sich nähren, und nach Jahren aus dem Meer in der Fluth zu Dutzenden an das Land verschlagen werden. Wenn nun aber die neueste Naturforschung feste und gesicherte Beweise aufgestellt hat für die Einheit des Menschengeschlechts (Wagner, Gesch. der Urwelt, A. v. Humboldt, Kosmos, S. 379 u. f.), soll man sich dessen nicht freuen, daß doch die Schrift Recht behält? Unser unmittelbares Gefühl und unser Denken kommen dadurch immer mehr in Harmonie. Wenn es aber auf dem Gebiet der Natur noch Dinge giebt, wo sich die heilige Schrift und die Wissenschaft nicht einigen können, so kann das einerseits an einer unrichtigen Exegese liegen, die im Lauf der Zeit immer mehr zum wahren Verständniß kommen wird; anderseits auch in der Schranke der Wissenschaft, die noch lange nicht am Ende ihrer Forschungen ist. — Wir wollen der Naturforschung keine Grenzen setzen, ihr auch nicht aus der Schrift Gesetze vorschreiben; gehe sie gern ihren Gang selbstständig fort. Mag sie es uns aber auch nicht verwehren, wenn wir ihre Resultate in Zweifel ziehen, sobald sie dem Wort Gottes widersprechen. Wir haben um so mehr Ursache dazu, da, je mehr die Naturwissenschaften ausgebildet werden, sie sich auch den Aussprüchen der Schrift nähern, was das Naturhistorische anlangt. Um so mehr nimmt aber auch ein schriftgläubiger Lehrer Antheil an dem, was die Wissenschaft der Natur oft durch mühsame Untersuchungen feststellt. Die beiden größten Wissenschaftsmänner auf dem Naturgebiet, Carl Ritter als Geograph, und Alexander v. Humboldt als Naturforscher, kommen meistens überein mit dem, was die Schrift hat.

nemlich unserm Begriff einer reinen Schöpfung Gottes nicht zusagen, daß das erste Werk Gottes eine totale Unordnung und Finsterniß sollte gewesen sein. Die Analogie der Erzeugungen Gottes in der jetzigen Weltzeit zeigt uns auch ganz das Gegentheil. So dürfen wir wohl annehmen, daß der junge Himmel und die junge Erde schön aus der Hand Gottes hervorgingen. Woher aber die Wüstenei und die Oede und die Finsterniß auf der Tiefe? Wir antworten: Dieses Chaos ist durch den Fall der Engel herbeigeführt, und haben dafür diese Gründe. Hiob 38, 7 wird gesagt, daß die Kinder Gottes, die Engel, die Zuschauer der Erdenschöpfung in den sechs Tagen waren. So waren sie vor dem Zeitraum in V. 2 da. Auch der Fall der Engel geht nach der Schrift der Geschichte des Menschen vorher, da die Schlange sich schon im Paradiese findet. Dazu kommt noch, daß in der Schrift an vielen Stellen die Finsterniß und das wogende Meer das Symbol des Bösen ist, und daß die bösen Geister noch — warum denn auch nicht damals? — ihre Wirksamkeit auf der Erde haben, 2 Cor. 4, 4. Eph. 2, 2. C. 6, 12. Wenn nun nachher die Erde um der Menschen willen verflucht ist (verflucht sei die Erde um deinetwillen), so wird auch im Anfang der ursprüngliche Erdzustand in den Fall der Geister hineingezogen sein.*) Demnach umschreiben wir V. 1 und 2 also: Die Gottheit, die in Ewigkeit war, schuf am Anfange der Zeit Himmel und Erde herrlich, aber sie wurde Wüstenei und Oede und Finsterniß. Als nun (durch wie lange Zeit hindurch, ist nicht gesagt) die Erde diese Gestalt hatte, Wüstenei, Oede, Finsterniß war, da H. brütete der Geist Gottes über den Wassern. Es berichtet uns V. 1 also die Urschöpfung, und V. 2 die Verwandlung der Urschöpfung in ein Chaos. V. 3 ff. wird uns nun die Erneuerung der Schöpfung in den 6 Tagen erzählt. Es ist also diese letztere Schöpfung nicht als die Urschöpfung zu fassen, sondern wie gesagt, als eine Neugestaltung der Erde in 6 Tagen.

Der erste Tag, V. 3—5. **Gott sprach.** Man sagt oft von solchen Ausdrücken, daß sie menschlich von Gott reden, das hieße: Weil der Mensch spricht, spricht Gott. Umgekehrt ist es erst richtig: Weil Gott spricht, spricht der Mensch, der nach dem Bilde Gottes gemacht ist. Wenn wir sagen: Gott spricht, so nehmen wir es eigentlich, abstrahiren aber dabei von unsern fleischernen Sprachorganen, und bescheiden uns, daß wir dies Sprechen Gottes nicht weiter erklären können.**) Weiter bauen wir aber auf dieses Spre-

*) Seit den ältesten Zeiten hat sich in manchen theologischen Schulen die Tradition erhalten, daß von dem Fall der Engel das Chaos herbeigeführt ist; auch Leibnitz war dieser Ansicht geneigt. S. Tholuck, verm. Schriften, B. 2. S. 230.

**) Ein Recensent dieses Buches wünscht, daß wir uns näher darüber erklären möchten, wie wir die Ausdrücke: Gott sprach, Gott sahe, Gott benannte 2c. eigentlich nehmen könnten. Wir antworten: wir haben dies

chen Gottes bei der Schöpfung dieses: Das Wort offenbart das Wesen des Menschen, so auch bei Gott. Daher findet sich, weil das Wort Gottes einmal in die Schöpfung hineingesprochen ist, in ihr auch die Offenbarung des Wesens Gottes, Röm. 1, 20, wenn freilich die Offenbarung in der Schrift uns erst Auge und Ohr, dies Wort zu vernehmen, öffnen muß. — Gott sahe, daß das Licht gut war. Auch dies Sehen Gottes ist ein eigentliches, und zeigt an, daß das Licht als etwas außer Gott Vorhandenes existirt. Das Licht war gut, somit ist es Gott mit der Schöpfung desselben ein Ernst gewesen. — Da ward aus Abend und Morgen der erste Tag. Nicht weil die Hebräer von Abend zu Morgen rechneten, steht hier dieser Ausdruck, sondern weil es hier so steht und die Sache so ist, rechneten die Juden so. Wenn es über die Schöpfung des Lichts Abend und Morgen wird, so ist das Licht nicht in einem Nu erschaffen, sondern es ist allmählig aus der Finsterniß hervorgegangen. Die Urfinsterniß, V. 2, wird geordnet in eine geregelte Finsterniß: Nacht; damit beginnt das Tagewerk Gottes. Die Nacht ist also der erste Theil des Tages, und aus der Nacht entsteht das Licht. Schon die Alten erkannten es, daß alle Schöpfung mit der Nacht beginnt, wenn sie sagen: Die Nacht ist die Mutter der Dinge. So ist es noch: das Wachsthum der Pflanzen geschieht meistens bei Nacht, auch die meisten Geburten geschehen dann. Außer den Juden begannen auch die Griechen, Germanen und Gallier den Tag mit der Nacht und sie erkannten also die Natur der Nacht richtig. Nach Schubert, Lehrbuch der Sternkunde, 2. Aufl. S. 185, zählen die Engländer und Araber noch so. — Es fragt sich nun weiter: sind hier wirkliche Tage oder Perioden zu verstehen? Wir sagen Tage, aus folgenden Gründen. Das Wort Tag erscheint hier zum ersten Mal, und Gott selber giebt hier den Namen, welcher Name, eine bestimmte Zeit von 24 Stunden andeutend, nachher immer wiederkehrt und dieselbe Bedeutung hat. Die Erzählung ist einfach, und verlangt die einfachste Deutung. Die 6 Schöpfungstage mit dem Ruhetage entsprechen und sollen auch genau den 6 Arbeitstagen mit dem Sabbath entsprechen, nach 2 Mos. 20, 9—11. Cap. 31, 15—17. Die Meinung von Perioden ist besonders von Naturforschern aufgestellt, nach deren Beobachtungen und Entdeckungen Vieles nicht die Schöpfung eines Erdentages sein konnte. Wie viel aber die Naturforscher von der Schöpfung wissen, und daß sie eigentlich nichts davon wissen,

schon in diesem Buche selbst gethan. Besonders verweisen wir in der Geschichte der Sündfluth auf die Stelle, wo wir 1 Mos. 6, 6 über die Reue und die Bekümmerniß Gottes sprechen, und wo wir uns vollständig über die bibl. Anthropopathien ausgesprochen haben. Wir haben auch noch jetzt nichts weiter hinzu zu fügen, als daß man von diesem Allgemeinen aus leicht die Anwendung auf einzelne Anthropopathien machen kann. Man sehe auch die von uns unter dem siebenten Tagewerk angeführte schöne Stelle von Gerlach.

darauf ist schon oben hingewiesen. Doch versteht auch Buckland, die Urwelt und ihre Wunder, S. 11, Tage bei der erneuerten Schöpfung, da er annimmt, daß sich die Urwelt in dem Zeitraum zwischen V. 1 und 2 gebildet hat. — Wie kann aber von Tagen die Rede sein, ehe die Sonne war? Den Einwand hat schon der Heide Celsius gemacht. Antwort: das Licht, das vor der Erleuchtung durch die Sonne da war, machte das Zeitmaß. Es wechselte mit der Finsterniß, und da dieser Wechsel hier Tag und Nacht genannt wird, so muß die Sache selbst dem Wechsel von Tag und Nacht, der jetzt durch die Sonne vermittelt wird, gleich gewesen sein.

Der zweite Tag, V. 6—8. Das Wort Veste soll hier heißen: eine feste Scheidung zwischen den Wassern. Die Gewässer werden nemlich hier in Gewässer am Himmel und in Erdengewässer getheilt, wie die Schrift auch sonst theilt, z. B. Ps. 148, 4. Zwischen beiden Gewässern ist nun die Veste, eine feste Scheidung, irgend eine Kraft, die da verursacht, daß die beiden Gewässer nicht wieder zusammenkommen. Die Veste wird nun von Gott Himmel benannt, und die Gewässer darüber sind die Wolken. Die Wissenschaft weis't es weiter nach, wie die schweren Wolken können von der Luft getragen werden; Grund ist die Schwere der Luft und die Expansionskraft der Dünste. — Das Wort Himmel hat im H. (Baumgarten, Commentar zum A. T. 1843, S. 17) die Bedeutung: höhere Regionen, und so unterscheidet der Sprachgebrauch eben wie im Deutschen mehrere Stufen dieser höheren Regionen, z. B. Vögel des Himmels, die Wolken am Himmel, die Sterne am Himmel. So 5 Mos. 10, 14. 1 Kön. 8, 27. Ps. 148, 4. 2. 2 Cor. 12, 2. Die Veste ist hier die niedrigste Stufe, worüber sich noch die Gewässer, die Wolken befinden.

Der dritte Tag, V. 9—13. Die Gewässer der Erde erhalten ihren besondern Ort, das Meer und die Erde wird trocken. Die Pflanzen entstehen. Der Same und die Frucht werden hier hervorgehoben, weil dadurch die Pflanze besteht, und es sich hier zeigt, daß dies Bestehen des Gewächsreichs in der Schöpfung seinen Grund hat. Was wir die göttliche Erhaltung nennen, das ist also in der Schöpfung begründet. Jedes Gewächs soll „in seiner Art" Frucht tragen. Dadurch erhält das Pflanzenreich seine Ordnung, wonach die Arten und Geschlechter nicht in einander gehen, sondern jedes Gewächs nur seines Gleichen erzeugt.

Der vierte Tag, V. 14—19. Hier ist nicht von der Entstehung der Himmelskörper an sich die Rede, sondern nur von ihrer Entstehung für die Erde, indem sie derselben dienen. Hiob 38, 7 wird das Dasein der Sterne bei der Bildung der Erde vorausgesetzt. Sonne, Mond und Sterne hießen hier H. Leuchten, Lichtträger, dienende Lichter, die durch ihr Licht H. die Zeichen der Zeiten geben. Bis zum vierten Tage war die Scheidung von Tag und Nacht unmittelbar durch das Licht bewirkt; vom vierten Tage an aber muß das Sonnen-, Mond- und Sternenlicht diese Abwechslung bewirken. — Wenn die Sonne hier die Leuchte des Tages genannt wird, so sieht man an dem Ausdruck, wie unmittelbar fest der Schrift die Unabhängigkeit des Lichts von der Sonne steht. Denn die Leuchte hat anders nichts mit dem Licht zu thun, als daß sie es trägt. Auf welchem mühsamen Wege ist aber die Wissenschaft zu dem Resultat gelangt, daß das Licht etwas für sich Bestehendes, und von der Sonne Unabhängiges ist! Die Zeichen der Zeiten, die Sonne, Mond und Sterne geben, sind Tage und Jahre. — Die Leuchten sind hier an die Veste des Himmels gesetzt. Das Wort Veste heißt auch hier „feste Scheidung"; es ist die Kraft, die die Himmelskörper in ihren Bahnen hält, daß sie nicht mit der Erde zusammen kommen, und die die Wissenschaft die Centralkräfte nennt (Centripetal-, Centrifugalkraft).

Der fünfte Tag, V. 20—23. H . . . es sollen wimmeln die Wasser vom Gewimmel der lebendigen Seele und Vögel sollen fliegen über dem Angesicht der Veste des Himmels (Luther hat: unter dem Himmel). Und Gott schuf die großen Ungeheuer und jede lebendige Seele, die sich reget, von welchen wimmeln die Wasser. — Das Thierleben beginnt in der Schöpfung. Die niedern Thierklassen werden zuerst gebildet. Sie werden angeredet: Seid fruchtbar. — Ihr Bestehen wird gesichert dadurch, daß sie sich mehren sollen. Die Fortpflanzung soll aber nur „in ihrer Art" geschehen, und somit haben die bestimmten Thierklassen und Ordnungen auch hier, wie im Pflanzenreiche, in der Schöpfung ihren Grund. Die Vermehrung soll nur Wiederholung der ersten Exemplare sein.

Der sechste Tag, V. 24—31. Am fünften Tage beleben sich die untern (Erd-) Gewässer mit Wasserthieren, und die obern Gewässer (die Wasser über der Veste, die Wolken) mit Vögeln des Himmels; am sechsten Tage wird das Trockne belebt. So ist denn Leben auf der ganzen Erde. Das Thierreich hat hier drei Theile, wilde Thiere, Vieh, d. h. zahme Thiere und Gewürm, d. h. die kleinen Thiere des Landes. — Auch der Mensch wird an dem Tage zum Bilde Gottes geschaffen, und Menschen und Thieren wird, V. 29, 30, das Gewächsreich zur Nahrung angewiesen, denn die Schöpfung hat es nicht auf Zerstörung des Lebens angelegt. Erst nach dem Fall des Menschen wurde es anders, und der Mensch erhielt Macht über das Thierleben, C. 9, 3. Die Creatur seufzt jetzt mit unter dem Druck der Sünde, Röm. 8. Es ist aber auch ihr eine Zeit verheißen, wo sie Frieden haben soll. Jes. 11, 6—8, C. 65, 25.

Der siebente Tag, C. 2, 1—3. Vollendet sind Himmel und Erde am siebenten Tage Ruhen — aufhören; Gott ruhete, gleichbedeutend mit vollendet, zu Ende gebracht; d. h. seine schöpferische Thätigkeit hörte auf, und die Hervorbringung neuer Geschöpfe ist jetzt das Werk der Erhaltung. Man hat diese Ruhe nicht als ein Ausruhen aufzufassen. Gott erquickte sich nach der Schöpfung, heißt es 2 Mos. 31, 17, d. h. er fühlte die seligste Schöpferfreude. „Gott, indem er eine Welt schuf, die in einer Folge von Zeiten sich entwickelt, lebt auch mit ihr ein zeitliches Leben, unbeschadet seiner etwaigen Unveränderlichkeit. Durch die Liebe theilt er die Seligkeit seiner Geschöpfe, und bei jeder Entfaltung der ihnen verliehenen Herrlichkeit vernimmt er einen himmlischen Lobgesang. Die heilige Schrift weiß nichts von einem Gott, der in ewig starrer Einerleiheit alle Dinge, vergangene, gegenwärtige und zukünftige, immer zugleich erblickte; sondern der, indem er die Welt mit ihrem Könige, dem Menschen, erschaffen hat, auch menschlich und zeitlich mit ihr lebt und, vermöge seiner Liebe, Freude und Schmerz mit ihr theilt, nur daß beides aufgehoben wird in seiner ewigen Seligkeit; bis daß er endlich im Fleische sogar mit ihr und für sie leidet und durch Leiden zu seiner Herrlichkeit wieder eingehet." v. Gerlach, A. T. 1. S. 9. — Gott segnete und heiligte den siebenten Tag, d. h. sonderte ihn von den übrigen Tagen ab. Nun ist C. 1, 28 der Mensch in das Werk Gottes eingesetzt. Die Woche, mit ihrer Arbeit und Sabbathruhe, soll nicht blos eine Erinnerung sein an die Schöpfung und an die Erquickung Gottes nach derselben, sondern der Mensch soll auch Theil haben an dem sechstägigen Werk Gottes in der Woche und an der Erquickung des Werks am Schlusse der Woche, an dem Sabbath, der die Vollendung des Werks und den Segen der Arbeit in sich befaßt. Die Schöpfungswoche ist Norm unserer Woche, als die wir Gottes Gehülfen und Mitarbeiter sind.

Die Unterredung.

Die Geschichte der Schöpfung.

(Interpretirend.)

Das erste Capitel der Bibel erzählt uns die Geschichte der Schöpfung der Welt. Wir wollen es auslegend betrachten. V. 1 gelesen. Hier wird gesagt, daß Gott Himmel und Erde (die Welt) schuf. Schuf — das Wort erklärt die Schrift selber, wenn sie sagt Hebr. 11, 3: die Welt ist aus nichts geworden, und Röm. 4, 17: Gott ruft dem, das nicht ist, daß es sei. So ist also eine Schöpfung (Gottes) unendlich verschieden von dem Machen (eines Menschen). Wie? und ihr könnt nun selber sagen, was es heißt: Gott schuf. Wann ist nun nach V. 1 die Schöpfung geschehen? Wenn wir von dem Anfange einer Sache sprechen (des Christenthums, eines Krieges), so denken wir an eine bestimmte Zeit in der Welt. Hier wird aber die Welt erschaffen, also die Zeit in der Welt mit. Im Anfange heißt hier: als die Zeit in der Welt begann, anfing. Vor der

Schöpfung war also keine Zeit. Gesang 125 fängt an: Es war noch keine Zeit, es war nur Ewigkeit. Was ist da Gegensatz von der Zeit? Hat nun Gott die Welt geschaffen, so ist es vor der Zeit gewesen, d. h. ewig. Dieser Vers sagt also: 1) Die Welt hat einen Anfang gehabt. 2) Den Anfang hat sie von Gott, also nicht durch sich selbst oder sonst woher. 3) Gott ist vor dem Anfang gewesen, ewig. So ist auch nach diesem Verse gleich zu sagen, wer höher ist, Gott oder die Welt. Beweis aus dem Verse. Es ist sehr erfreulich, dieses zu wissen, Gott ist unendlich höher und größer als die ganze Welt. Wir wollen sehen. Viele Dinge und Personen in der Welt sind sehr mächtig im Vergleich zu mir: Gewitter, Sturm, Feuer, Wasser, Regen und Sonnenschein, Könige. Sie können uns schaden. Wie das Gewitter? Der Sturm rc.? Wohin dann? Warum zu Gott? Durch die Schöpfung und die tägliche Erhaltung dieser Dinge und Personen ist er ihr Herr, lenkt sie, hindert sie. Nennt mir eine Angst, eine Noth; ich will aus der Schrift antworten. Woher nehmen wir Speise? Ps. 50, 10: Alle Thiere im Walde sind mein, und das Vieh auf den Bergen, wo sie bei Tausenden gehen. Wie retten wir uns vor dem Wasser (Marschländer)? Hiob 38, 11: Bis hierher sollst du kommen und nicht weiter; hier sollen sich legen deine stolzen Wellen. Ich habe einen mächtigen Feind. Ps. 18, 30: Mit dir kann ich Kriegsvolk zerschmeißen und mit meinem Gott über die Mauer springen. Ja, ja, der Wolken, Fluth und Winden bestimmte im Anfange schon Lauf und Bahn, der wird schon Wege finden, es hat keine Noth.

V. 2. Die Erde war wüst und leer (oder öde) und finster und mit Wasser bedeckt. Wüst, d. h. es lag durcheinander, ohne Ordnung. Leer oder öde, es war nichts auf der Erde. Warum nichts? Wasser bedeckte die Oberfläche. Aber so sollte es nicht bleiben, denn Jes. 45, 18: Gott hat die Erde nicht gemacht, daß sie leer soll sein, sondern sie zubereitet, daß man darauf wohnen soll. Denn, auch ein Wort der Schrift: Er hat Lust am Leben. Diese Zubereitung der Erde folgt nun. Sie beginnt damit, daß Gottes Geist auf dem Wasser schwebte. Eigentlich heißen die Worte in der hebr. Sprache, worin das A. T. geschrieben ist: der Geist Gottes brütete über den Wassern. Brüten, Aehnlichkeiten: 1) Es bringt Leben in das Leblose. 2) Es geschieht allmählig. (Mit 21 Tagen erst kommt das vollständige Küchlein aus dem Ei.) Wer brachte nun dies Leben allmählig in die Schöpfung? Also nicht von selbst, Gott ist es wieder, der die Erde zubereitet. Sein Geist ordnet, ähnlich unser Geist.

Erstes Tagewerk, V. 3—5. Gott sprach. Das Mittel also, das Gott bei Schöpfung des Lichts anwandte, ist Sprechen. Welche Wirkung hat dies Sprechen Gottes? Wir sagen im Sprüchwort: Das kostet mir nur ein Wort, anzuzeigen, wie leicht es uns ist, wie mächtig unser Wort ist. Welche Mächtigkeit des Wortes Gottes hier! Eine Welt zu schaffen, dazu braucht Gott nicht Legionen

Engel, nein, ein Wort. Ps. 33, 9: So Er spricht, so geschieht es; so Er gebeut, so steht es da. Wie lange Zeit geht über die Schöpfung des Lichts hin, V. 5? Aus Abend und Morgen wird der volle Tag. So ist also auch das Licht allmählig geworden. Wir denken uns dieses so: die erste Thätigkeit Gottes an diesem Tage ist, daß er die ungeordnete Finsterniß, V. 2, zu einer geordneten Finsterniß macht, wo es also Abend und Nacht wird. Als nun die Finsterniß geordnet ist, so geht daraus allmählig (wie noch ähnlich jetzt) das Licht hervor, und scheinet. Der Abend ist also der Anfang, die Nacht der erste Theil, und der volle Tag die Vollendung des Werks der Lichtschöpfung. Gott sahe, V. 4, das geschaffene Licht an, und es war gut. Bei dem einzelnen Werk thut Gott hier also, wie er, V. 31, bei dem Ganzen thut: Gott sahe an Alles —. Als Gott Licht und Finsterniß — die Sache — geschieden hatte, giebt er, V. 5, selber die Namen, welche? Tag, Nacht. So noch, der einmalige Wechsel von Licht und Finsterniß heißt noch Tag, wobei wir freilich von Morgen zu Abend rechnen. Das erste Tagewerk ist also dieses: 1) Aus der ungeordneten Finsterniß, V. 2, wird eine geordnete Finsterniß, die mit Abend und Nacht anfängt, und daraus geht der Morgen und das Licht hervor. 2) Gott sieht seine Schöpfung an und das Licht ist gut. 3) Gott selber benennt beides.

Zweites Tagewerk, V. 6—8. V. 2 sind ungeordnete Wasser. Die werden jetzt geordnet und geschieden, V. 7, in Wasser unter der Veste und Wasser über der Veste. Die Veste, V. 6, soll ein Unterschied, d. h. eine Scheidung zwischen den Wassern sein. Ein Theil der Wasser bleibt auf der Erde, unter der Veste; ein Theil steigt in die Höhe und wird Wasser über der Veste, oder — welchen Namen habt ihr sonst? Nehmt, wenn ihr nicht wißt, Spr. 8, 28 zu Hülfe: Er vestete die Wolken droben, da er befestigte die Brunnen der Tiefe. Hiob 26, 8: Gott faßt das Wasser zusammen in seine Wolken, und die Wolken zerrissen darunter nicht. Es muß also eine Kraft da sein, die die Millionen Tonnen Wassers in den Wolken hält, und sie von den Erdwassern scheidet. Diese (unsichtbare) Kraft, die die feste Scheidung macht, heißt hier Veste. Gott selber giebt der Veste den Namen Himmel. Die Scheidung dauert noch, der Name auch: die Wolken des Himmels. Das Werk des zweiten Tages ist also: 1) Gott schafft die Wolken. 2) Er schafft eine Kraft (Schwere der Luft, Auflösung der Wasser in Dünste, was hier aber nicht weiter berührt wird), die die Wolken trägt, Veste. 3) Er benennt die Veste: Himmel.

Drittes Tagewerk, V. 9—13. Welche Gestalt hat die Erde noch am zweiten Tage? Jetzt gehen auf Gottes Befehl die Erdenwasser an einen besondern Ort und das Trockne entsteht. Beides erhält von Gott die Namen: Erde, Meer. Dann muß das Trockne Gras, Kraut und Bäume hervorbringen. Zugleich sollen die Gewächse sich besamen, d. h. Samen geben, woraus neue Gewächse kommen. Wenn also jetzt Jemand sagte, daß aus dem Samen die Gewächse entstehen, das kommt von selbst so, was wollt ihr dann darauf antworten? Nein, die Ordnung ist bei der Schöpfung gemacht. Ein Jegliches nach seiner Art, V. 11. 12. Der Same einer gewissen Pflanze soll in der Art der Pflanze bleiben. Eine Bohne soll also stets eine Bohne und nie eine Rübe bringen. Das Werk des dritten Tages hat zwei Theile. Zuerst wird die Erde trocken und die Wasser auf derselben erhalten ihren bestimmten Ort. Dann gehen aus der Erde die Gewächse hervor. Bei den Gewächsen macht Gott zwei Einrichtungen und Ordnungen, die nun schon 6000 Jahre bestehen. 1) Die Gewächse sollen sich durch Samen erhalten. 2) Der Same soll nie aus der Art seiner Pflanze gehen.

Viertes Tagewerk, V. 14—19. Gott schafft Lichter. Eigentlich heißt es Leuchten. Was ist eine Leuchte? Sie trägt das Licht und strahlt es von sich zum Dienst. So hier Sonne, Mond und Sterne. Es heißt hier: sie sollen scheinen auf die Erde, sollen da Zeiten geben, sollen da Tag und Nacht regieren. Es ist hier von den Himmelskörpern also in sofern nur die Rede, als sie der Erde dienen. Was diese ungeheuren Weltkörper für sich selber sind, davon ist hier bei der Schöpfung der Erde nichts gesagt. Bis zum dritten Tage mußte das Licht Tag und Nacht bringen. Wie das gewesen ist, können wir weiter nicht sagen. Am vierten Tage schafft Gott es, daß Sonne, Mond und Sterne (die Gott wohl schon früher geschaffen hatte nach V. 1 und Hiob 38, 6. 7) der Erde diesen Dienst thun müssen. Gott setzte sie — für diesen Dienst nemlich — an die Veste des Himmels. In V. 6 war Veste die feste Scheidung zwischen den Wolken und der Erde und hieß da Himmel. Hier ist Veste auch „feste Scheidung" zwischen der Erde und den Himmelskörpern, d. h. die Kraft, die die Himmelskörper in ihren Bahnen erhält und macht, daß sie nicht mit der Erde zusammenkommen. Sie geben Zeichen und Zeiten. Welche zwei sind hier genannt? Das Werk des vierten Tages: Sonne, Mond und Sterne müssen die Erde erleuchten.

Fünftes Tagewerk, V. 20—23. Bisher war noch kein Leben auf der Erde, jetzt beginnt das Leben daselbst. Das Wasser wird belebt mit Wasserthieren und die Luft mit Vögeln. Auch sie sollen, wie die Pflanzen, fruchtbar sein und sich mehren. Woher also der Grund, daß diese Thiere, Insekten, Fische, Vögel, sich so sehr mehren? Ps. 104, 25: Im Meere wimmelt es ohne Zahl beide große und kleine Thiere. Die Fortpflanzung soll aber auch nur „in ihrer Art" geschehen, was heißt das? Das Werk des fünften Tages ist also dieses: 1) Wasserthiere und Vögel werden geschaffen. 2) Sie werden angeredet, V. 22. 3) Der Segen wird über sie gesprochen, d. h. die Mehrung. 4) Diese Mehrung soll aber nur in ihrer Art geschehen.

Sechstes Tagewerk, V. 24—31. Das fünfte Tagewerk weis't auf das zweite hin, wie? Da die Bildung der Wolken und der Erdengewässer, hier die Belebung beider. Das sechste Tagewerk weis't auf das dritte hin, wie? Da die Bildung des Trocknen, hier die Belebung desselben. So ist nun die ganze Erde (Wasser, Luft, Erde) belebt. Wir bemerken sonst noch als das Werk dieses Tages dieses: 1) Die Landthiere sind aus Erde geschaffen, V. 24, und sie sollen auch nur ihre Art wieder erzeugen. 2) Die Menschen werden geschaffen zum Bilde Gottes. 3) Der Mensch soll Pflanzenspeisen essen, V. 29. 4) Die Thiere auch, V. 30, also keine Raubthiere. 5) Gott sieht die ganze Schöpfung an, sie ist gut.

Der siebente Tag, C. 2, 1—3. Am siebenten Tag vollendete Gott die Schöpfung, V. 2, d. h. er brachte es vollständig zu Ende durch die Ruhe, die die Vollendung des Werks ist. Er schafft aber ja noch jedes Jahr Thiere, Pflanzen? Das ist keine Schöpfung, sondern Erhaltung, worauf Gott gleich bei der Schöpfung Rücksicht genommen hat. Wo sahen wir das eben? Gott ruhete, d. h. er hörte auf. Dann segnete und heiligte er diesen siebenten Tag. Das Besondere dieses Tages ist also: 1) Die Ruhe Gottes. 2) Die Heiligung dieses Tages.

So haben wir denn Gott in der Schöpfung seiner Welt zugesehen. Was wollen wir dazu sagen? Offenb. 4, 11: Herr, du bist würdig zu nehmen Preis und Ehre, denn du hast alle Dinge geschaffen und durch deinen heiligen Willen haben sie das Wesen. So höre denn freundlich an und laß dir wohlgefallen, was wir dir bringen, was wir dir singen: Preis und Ehre. (Gesungen: Allein Gott in der Höh' sei Ehr'. V. 1 und 2.)

Anfang der Geschichte des Menschen. Paradies.

1 Mos. 2, 4—25.

Wir besprechen hier diesen Abschnitt ausführlich, sowohl weil er so wichtig ist, als auch, weil in den biblischen Historienbüchern die Wichtigkeit und Herrlichkeit dieser Geschichte so oft übersehen wird. Schon bei der Geschichte der Schöpfung der Welt haben wir die Schöpfung des Menschen mitgenommen, wie es 1 Mos. 1 vorkam, indem der Mensch nicht blos der Schöpfung mit angehört, sondern auch als Herr in den Mittelpunkt und Zusammenhang der ganzen Schöpfung hinein gestellt ist. Mit C. 2, 4 fängt nun die besondere

Geschichte des Menschen an mit den Worten, H.: „Dies ist die Geschichte des Himmels und der Erde, da sie geschaffen wurden an dem Tage, da Jehovah Elohim Erde und Himmel machte.“ D. h. dies, nemlich das Folgende, die Geschichte des Menschen, ist die weitere Geschichte, Entwicklung des Himmels und der Erde; denn mit dem Herrscher der Erde entwickelt sich grade die Erde weiter. In diesem Abschnitt steht nun durchgehend Jehovah Elohim (L. Gott der Herr), statt daß es in dem vorigen Abschnitt stets Elohim (L. Gott) hieß. V. 5 und 6 H.: „Und es war noch kein Gesträuch des Feldes auf Erden, und kein Kraut des Feldes sproßte noch, denn Gott der Herr hatte noch nicht regnen lassen auf Erden, und war kein Mensch, der das Land bauete; aber ein Nebel ging auf von der Erde, und feuchtete alles Land.“ D. h. als die Bäume und das Kraut noch nicht waren, da, V. 7, machte Gott den Menschen. Am dritten Tage waren freilich die Pflanzen geschaffen, hatten sich aber am sechsten Tage, als Gott die Menschen schuf, noch nicht völlig entwickelt; das Hervorgehen aus der Erde geschah allmählig, und ein Beförderungsmittel des Wachsthums ist hier der Nebel, der das Land feuchtete. — Da sprach Gott, H.: (Hier gehen wir zu C. 1, 26. 27 zurück) „Lasset uns Menschen machen in unserm Bilde, nach unserer Aehnlichkeit; die da herrschen über die Fische im Meere, und über die Vögel unter dem Himmel, und über das Vieh, und über die ganze Erde, und über alles Gewürm, das auf Erden kriechet. Und Gott schuf den Menschen ihm zum Bilde, zum Bilde Gottes schuf er ihn und er schuf sie (die Menschen) einen Mann und eine Frau.“ So hat die Erde einen Herrscher, der nach dem Rathe Gottes und in seinem Bilde erschaffen wird. Das Nähere und Besondere aber über die Schöpfung der beiden ersten Menschen ist dieses, C. 2, 7: Gott der Herr machte den Menschen*) aus Staub von der Erde, und belebte ihn dadurch, daß er ihm den göttlichen Odem in seine Nase hauchte; so wurde der Mensch zu einer lebendigen Seele, die innigst mit dem Leibe vereinigt wurde. Der Leib ist also aus dem Staube der Erde (aus einem Erdenkloße) gemacht, aber den Geist hat der Mensch von oben (Pred. 12, 7), sein Leben stammt aus dem göttlichen Leben. — V. 8. Im Osten, gegen Aufgang der Sonne zu (von Israel aus nemlich), lag die Landschaft Eden, d. h. Land der Wonne; darin pflanzte Gott der Herr einen Garten (den wir gewöhnlich das Paradies nennen; das Wort heißt Lustgarten, H. Pardes. S. Namen-Register der Pfaff'schen Bibel), dahinein setzte er den Menschen, den er eben gemacht hatte. Also die schönste Gegend der jungen Erde

*) Adam heißt Mensch: den Namen hat Gott selber gegeben, 1 Mos. 1, 26. C. 5, 2. Das Wort hängt zusammen mit Erde (Adamah), und mit Schimmer und Schönheit, und bezeichnet seine Herkunft, C. 3, 19: Du bist Erde; seine Gestalt und sein Eigenthum, C. 1, 28: Herrschet über die Erde. v. Meyer, Inbegriff der christlichen Glaubenslehre. S. 127.

bereitet Gott selber zum Wohnort für seinen Liebling, den er eben zu seinem Bilde geschaffen hatte, V. 9. Auch ließ Gott in diesem Garten Edens, im Paradiese, aufwachsen allerlei Bäume, sowohl schön von Ansehen, als auch von köstlicher Frucht. In der Mitte des Gartens stand der Baum des Lebens, d. i. ein Baum, der das Leben mittheilte, was C. 3, 22 ausdrücklich gesagt wird. Der ursprüngliche Mensch nemlich war nicht dem Tode unterworfen, aber sein Leib hatte doch die Möglichkeit zu sterben, der Genuß der Frucht des Lebensbaumes sollte ihn am Leben erhalten. Auch war daselbst der Baum des Erkenntnisses Gutes und Böses. Wenn der Baum des Lebens davon den Namen hat, daß er das Leben mittheilt, so können wir hier wohl ähnlich annehmen, daß dieser Baum die Erkenntniß des Guten und Bösen mittheilt. Wie das? davon nachher. Der Garten wird nun in den folgenden Versen weiter beschrieben. In dem Garten hatte ein Strom seine Quelle, der ungetheilt durch denselben floß, und sich am Ausgange des Gartens in vier Arme theilte. (Das besagt V. 10.) Es wird nun beschrieben, in welcher Richtung diese Ströme flossen, welche Richtung aber wohl sehr durch die Sündfluth verändert ist. Das Ganze weis't nach Armenien hin, wo auch Noah landete, und dort mag das Paradies gewesen sein. V. 15: Der Lustgarten im Lande der Wonne ist von Gott selber bereitet, der Mensch ist hineingesetzt, damit er denselben bauete, d. h. weiter bearbeitete, und ihn bewahrte, hütete, daß er ihn nicht verlor. V. 16. 17: Gott der Herr gebot dem Menschen: Du sollst essen von allerlei Bäumen im Garten; aber von dem Baum des Erkenntnisses Gutes und Böses sollst du nicht essen; denn welches Tages du davon issest, wirst du des Todes sterben. Gott sprach mit Adam; hier haben wir also die erste Offenbarung Gottes an die Menschen. Adam kam nicht durch Betrachtung der Natur ꝛc. zum Bewußtsein von Gott, nein, unmittelbar durch den Umgang mit Gott. Das Sprechen Gottes ist hier eigentlich zu nehmen, wie nachher auch das Wandeln im Garten, C. 3. — Der Mensch war im Bilde Gottes geschaffen, sein Geist hatte das Leben Gottes in sich; demgemäß war auch sein Leib eingerichtet. Dies Bild war aber nur als Anlage ihm gegeben, und durch Freiheit, d. h. hier durch Wahlfähigkeit, konnte er das Bild Gottes an sich entstellen, und auch auf der andern Seite immer weiter entwickeln. Der Mensch war zur Herrschaft gesetzt, C. 1, 28, und hatte er sie erreicht, so war das Bild Gottes bei ihm zur Vollendung gekommen. Das war sein Beruf, seine Aufgabe, von Gott ihm ursprünglich gegeben. Dazu werden ihm nun auch die Mittel gegeben; dem Leib die Arbeit, die Thätigkeit im Garten; dem Geist das Hüten, Bewahren des Gartens. Jedes Hüten setzt eine feindliche Macht voraus, die das Gut rauben will; so hier. Der Mensch soll durch seinen Geist diese Macht besiegen; er kann es, die Möglichkeit ist ihm durch das Bild Gottes gegeben. Besiegt er sie, so gelangt er geistig zur Herrschaft, und durch Befolgung des Gebots Gottes auch geistlich, und wird sich so erst wahrhaft des Bildes Gottes bewußt; oder mit andern Worten: was ihm als Anlage gegeben war, das hatte er dann durch Freiheit sich erworben; er trug es nun als etwas Reelles an sich, was ihm, so zu sagen, als Form anerschaffen war. Dies der Grund des Verbots. — Der Baum des Lebens theilte Leben mit. Wenn du von diesem Baume issest, so wirst du sterben, heißt es hier; daraus schließen wir, daß die Frucht dieses Baumes auch physisch das Leben zerstörte. So hat es sich in der Folge auch herausgestellt, denn das „des Todes sterben" bedeutet zunächst den leiblichen Tod, wie C. 3, 19 ausdrücklich zeigt. Indem Gott aber den Baum mit einem Verbot umgab: du sollst nicht davon essen, und der Mensch that es doch, so wurde das Physische etwas Moralisches, das ursprünglich Schlimme (die lebenverderbende Frucht) etwas Böses. Das göttliche Leben — Gott heilig, rein, kein Böses in sich — war aus dem menschlichen Geist gewichen, das Böse war eingelassen, aufgenommen, und nun folgte nach natürlicher Entwicklung der Tod, der geistliche Tod, den die Schrift, besonders das N. T., weiter kennen lehrt. Somit bezeichnet Tod hier Beides, den leiblichen und den geistlichen Tod. Die Liebe Gottes stellt sich bei diesem Verbot auf zweierlei Weise heraus. Gott ist hier wie ein Vater, der warnt: rührt es nicht an, es schadet euch*); und der auch als Erzieher zugleich die Kraft üben will, um zur Vollkommenheit zu führen, und der in dem mitgetheilten Bilde Gottes Anlaß genug zur Beherrschung gegeben hatte. Es ist auch — nebenbei erwähnen wir es — von Einigen angewandt worden: da Gott den Fall vorher wußte, so konnte er den Baum weglassen. Darauf erwiedern wir zweierlei: Die freie Entwicklung des Menschen, die durchaus nöthig war und noch ist, ließ das nicht zu; und der Mensch ist durch die Erlösung durch Christum, wodurch Gott wieder geholfen hat, und die vor der Schöpfung schon beschlossen war, unendlich herrlicher geworden, als er ursprünglich werden konnte; auch ist die Heiligkeit und Gerechtigkeit Gottes durch die Erlösung herrlicher geoffenbart worden, als es sonst hätte geschehen können. Nun folgt die Schöpfung des Weibes von V. 18 an. Gott sprach, als er eben den Menschen geschaffen hatte, am sechsten Tage also noch: es ist nicht gut, daß der Mensch allein sei; ich will ihm, H., eine Hülfe machen, die ihm entspreche. Gott führte nun allerlei Thiere, am fünften und sechsten Tage geschaffen, zu dem Menschen, daß er, der Mensch, sähe, wie er sie nennete. Der Mensch sollte nemlich in das Wesen der Thiere sehen, blicken, und an jedem Thiere irgend etwas Eigenthümliches bemerken, und nach dieser Eigenthümlichkeit dem

*) Wenn man aber fragt, wie kann denn eine schädliche Frucht in die reine Schöpfung kommen, und in einen Garten gar, den Gott selber gepflanzt hat? so weis't das hin auf die dämonische Macht, die freilich schon einmal gebrochen war (siehe zu Mos. 1, 2), die wir aber bald im Garten wieder finden.

Thiere seinen Namen geben; denn die Namen, die das hohe Alterthum gab, waren nicht irgend etwas Zufälliges, wie es jetzt bei uns in der Ausbildung unserer Sprache ist; sondern der Name bezeichnete den in Wort gefaßten Ausdruck des Wesens des Dinges, wie wir dies in den biblischen Namen Adam, Heva, Noah, Abraham 2c. sehen. Wenn nun, V. 20, Adam jeglichem Vieh und Vogel seinen Namen giebt, nach dem Wesen eines Jeden, so sehen wir, daß die Anfänge des Menschengeschlechts keineswegs so geistigarm gewesen sind, als Viele meinen*) V. 20, H.: Aber für einen Menschen fand er

*) Gewöhnlich wird in den Lehrbüchern der Geschichte der Culturzustand der Vorwelt als höchst roh und unvollkommen geschildert, und aus diesem rohen, unvollkommenen Zustand hätte sich nach und nach die Menschheit heraus- und heraufgearbeitet, bis zu der Höhe, worauf wir stehen. Zu dieser Ansicht kam man durch Beobachtung der jetzigen wilden Völkerschaften; wenn man sahe, wie der halbthierische Neger die Abgottsschlange anbetet, und die Gewandtheiten des lüsternen Affen beachtet und nachahmt, wie der Kamtschadale den ernsten Bär anstaunt, und wie der Südamerikaner nichts Eifrigeres zu thun hat, als mit den bunten Federn und den Schnäbeln seiner Vögel sein Haupt zu zieren; — bis alle drei jetzt etwas Besseres lernen. Somit käme man aber consequent zu dem Schluß, oder vielmehr zu dem Anfang: Gott hat den Menschen zum Menschenfresser geschaffen, aber er arbeitete sich zum Menschen herauf. Dagegen hat aber die Schrift: Gott schuf den Menschen im Bilde Gottes, und setzt mit Nachdruck hinzu: im Bilde Gottes schuf er ihn. Danach ist also der Urstand der Menschen der vollkommenste gewesen, und was wir später finden, da, wo die Geschichte der einzelnen Völkerschaften beginnt, das stellt sich schon als Entartung, als ein durch die Sünde herbeigeführtes Versunken- und Herabgekommensein dar. Wir fragen aber erst: was ist denn wahre Cultur? Sie ist nichts Aeußeres, sie wohnt im Innern des Menschen und verklärt das Aeußere mit. A. v. Roon, Grundzüge der Erd-, Völker- und Staatenkunde, III. 1. S. 352, beschreibt die Cultur der Urmenschen sehr schön so: „Er war aller bestialischen Rohheit unfähig, rein; in den Künsten und Kenntnissen dieser Welt unerfahren und ungeübt, zugleich aber reich befähigt, vernunftthätig, mit aller geistigen Klarheit, mit heller, sinnlich ungetrübter Weltanschauung, ein Kind Gottes mit dem lebendigen Gefühl für das Göttliche und Sittliche, der Prototypus des einst zur höchsten Vollendung gedeihenden Culturmenschen.“ Wäre die Cultur von geringen, dürftigen Anfängen ausgegangen, so wären auch zunächst diejenigen Wissenschaften ausgebildet, die für die Bedürfnisse des Lebens sorgen. Das ist aber keinesweges der Fall, sondern die erhabenste der Wissenschaften, die Astronomie, ist grade unter allen Zweigen der Naturwissenschaften am frühesten vorhanden gewesen; dann die Wissenschaft der Steine, als worin sich das obere Licht wieder abspiegelt; darauf wurde ausgebildet die Geschichte der Pflanzen, und erst zuletzt die Wissenschaft der Thiere; — ein unleugbarer Beweis, daß die Cultur nicht den Weg von unten nach oben, sondern den entgegengesetzten nahm, und daß das Geistige früher im Menschen wach wurde, als das Leibliche; natürlich, denn der Mensch, im Bilde Gottes geschaffen, fühlte seine Verwandtschaft mit den Lichtregionen dort oben, und sein Geist sehnte sich dahin, und forschte. So — um nur ein Beispiel anzuführen — sagt Schubert, Geschichte der Natur, B. 1, S. 18 — kannten die ältesten Aegypter die wahre Bahnbewegung der Venus und des Merkurs um die Sonne, da doch die Schwierigkeiten sehr groß sind, welche dem Erforschen des wirklichen Umlaufs der Planeten entgegenstehen, wie das unsere wissenschaftliche Astronomie von Hip-

nicht ein hülfreiches Wesen, das ihm entspräche. Adam konnte sich also von den Thieren unterscheiden, war sich bewußt geworden, daß er nicht zu ihnen gehöre, daß er weit über ihnen stehe. Adam sucht seines Gleichen, er sucht sich Selber aus sich. Zugleich bemerken wir noch die freundliche Erziehungsweise Gottes bei Adam schon, bei uns noch: Gott will etwas geben, thun; ich will ihm eine Hülfe schaffen. Nun erweckt er in Adam das Verlangen, die Sehnsucht darnach. Er stillet dann dies Verlangen, und die Freude wird überschwenglicher, der Dank inniger So bei uns in den niedern, wie in den höhern Gebieten: Der Hunger entsteht, und mit ihm das Verlangen nach Speise, das Gott stillet. — V. 21: Da ließ Gott einen tiefen Schlaf auf den Menschen fallen, und nahm einen vom

parch bis auf Copernikus und Keppler erfahren hat, und die Bewegungen dieser beiden Planeten besonders höchst complicirt sind. Welcher Südsee-Insulaner würde wohl dahin kommen, und wohnte er auch unter allen Gnomonen und Obelisken Aegyptens, und gäbe man ihm auch Jahrtausende Zeit? Noch andere Gründe, die wir nur kurz berühren wollen, sprechen für die hohe Cultur der Urwelt. 1) Die Tradition bei allen Völkern von einem verloren gegangenen Paradiese, von einem goldenen Zeitalter, worauf das silberne 2c., die Verschlimmerung, folgte. 2) Die Tradition von der Wiederkehr dieses goldenen Zeitalters, welche Tradition durch die heilige Schrift für uns zur Gewißheit wird. 3) Die Sage von dem frühern Umgange und dem Verkehr der Menschen mit Gott 4) Die Sprache der alten Welt. „Eine so abgerundete Sprache, sagt W. v. Humboldt, wie die Homerische, muß schon lange in den Wogen des Gesanges hin- und hergegangen sein, schon Zeitalter hindurch, von denen uns keine Kunde geblieben ist" Und — gehen wir noch höher in die Zeit hinauf — wo die Bibel uns allein den Weg zeigt, und nehmen aus dem Zeitalter Mosis den Lobgesang, 2 Mos. 15; oder den Schwanengesang Jakobs, 1 Mos. 49; oder aus Hiob die Sprüche der Alten, C. 8, 11—22. Welche Sprache! die auf die wahre Cultur schließen läßt. 5) Bauten und Denkmäler, in allen Gegenden der Erde: die Arche, die Ruinen von Babylon, Petras 2c.; Felsen-Inschriften in Südamerika, die den jetzt dort wohnenden Völkern gar nicht angehören können, ja, die ihnen völlig fremd sind; andere Denkmäler der Cultur in Ländern, die seit historischen Zeiten nie von gebildeten Völkern bewohnt gewesen sind.

Wozu diese Bemerkung? Daß man die sinnende Weisheit der Alten gehörig schätze, nach dem Maßstabe der wahren Cultur nemlich, und daß man nicht die Cultur der Gegenwart, und Alles, was jetzt dafür ausgegeben wird, zu hoch anschlage, und Alles für Gold nehme: Tanzmeister auf den Dörfern; Herren- und Damengesellschaften in den Flecken; Kunstsinn- und Kunstgeschwätz in den Städten; Complimentirbücher und Regeln des Anstandes; Verehrung von Sängern, Geigenspielern, Bühnenspielern, Taschenspielern: aus der Haut fahren vor lauter Gefühl im Kunstgenuß u. s. w. Seien wir Lehrer auf unsrer Hut, und nüchtern, und gehen voran, und lassen wir unser Licht leuchten, wo es sein soll, durch wahre innere Cultur, und bilden auch das Volk nicht fränkisch, sondern ernst, wie es dem Deutschen geziemt, und in der Einfalt froh, und führen wir zur wahren innern Bildung, die nur im Christenthum vollendet wird, denn das Wesen dieser Welt vergehet. Dazu helfe denn auch die Kenntniß der Cultur des Uralterthums, so viel wir davon wissen, an ihrem Theile mit. Wir verweisen noch, was moderne Cultur anlangt, auf eine Stelle im Schlesw.-Holst. Gnomon, 2. Aufl. S. 275—279.

ganzen ablösbaren Theil an Adam*), und bildete daraus das Weib, und verschloß die Stätte (an Adam wieder) mit Fleisch. Und brachte sie zu ihm, heißt es kurz V. 22. Wir brauchen uns nicht zu scheuen, die Worte hier ganz zu nehmen, wie sie da stehen: Gott selber hat die Frau dem Manne zugeführt, und ist, wie die Alten es schön und richtig ausdrückten, der erste Brautführer gewesen, und somit der Freund, Joh. 3, 29, der sich gewiß hoch über des Bräutigams Stimme wird gefreut haben. Hier finden nun auch die Worte, Cap. 1, 28, am besten ihre Einschaltung: und führete sie ihm zu, und Gott sprach zu ihnen (dies die Einsegnung der ersten Ehe): Seid fruchtbar und mehret euch und füllet die Erde, und machet sie euch unterthan, und herrschet über die Fische im Meere und über die Vögel unter dem Himmel und über alles Thier, das auf Erden kriecht; sehet da, ich habe euch gegeben allerlei Kraut, das sich besamet auf der ganzen Erde; und allerlei fruchtbare Bäume, die sich besamen zu eurer Speise. Cap. 2, 23. Adam sprach: Das ist doch Bein von meinem Beine und Fleisch von meinem Fleische. Adam, als er erwacht von dem Schlaf, sieht die Veränderung, die mit seinem Leibe vorgegangen, indem ein früherer Theil davon ausgeschieden ist. Er weiß nichts von der Entstehung des Weibes, aber er weiß gleich, als er Eva sieht, daß er in ihr findet, was er suchte; weiß, daß sie seines Gleichen ist, ja weiß, daß sie vom Manne genommen ist. Er benennt sie nun auch, wie er früher den Thieren Namen gegeben hat. Hier haben wir eine Probe der Namengebung Adams: Männin**), weil sie vom Manne hergenommen ist. Wie tief blickt der Name in das wahre Wesen der Ehe hinein, in dies erste Verhältniß des Menschen zum Menschen: Wie nahe wird das Weib dem Manne gestellt! Wenn man uns kluge Kinder des jüngsten Tages, uns Gebildete, gefragt hätte um einen Namen, welchen möchten wir gegeben haben? — 25: Und sie waren beide nackend, der Mensch und sein Weib, und schämten sich nicht; somit wird der Stand beider als ein Stand wahrhafter Unschuld bezeichnet, indem Scham, wie später nach dem Falle, das Bewußtsein und das leibliche Zeichen einer eingetretenen Störung ist. — So behauptet die Schrift also die Abstammung des Menschengeschlechts von Einem Paare. Unsere besten Naturforscher stimmen dem zu. A. v. Humboldt, Kosmos, Entwurf einer physischen Weltbeschreibung, 1844. Bd. 1. S. 385: „Indem wir die Einheit des Menschengeschlechts behaupten, widerstreben wir auch jener unerfreulichen Annahme von höhern und niedern Menschenracen. Es giebt bildsamere, höher gebildete, durch geistige Cultur veredelte, aber keine edlere Volksstämme."

*) Luther hatte Rippe, v. Meyer Seite, Hofmann und mit ihm Baumgarten geben das H. Wort wie oben.

**) „Männin ein Ehrenname, der sie dem Manne gleichstellt, und welchen auch nur die deutsche Sprache der heiligen nachsprechen kann." Krummacher, Paragraphen zur heiligen Geschichte. S. 43.

Dies für den Lehrer, dem es überlassen bleiben muß, wie viel er von Obigem seiner Schule mittheilen will. Dreierlei muß sich aber in jeder Schule — von der Elementarschule bis zur höchsten — aus der Geschichte nothwendig herausstellen, und vom Lehrer hervorgehoben werden. Das Erste: die Vaterliebe Gottes. Er erschafft die ersten Menschen in seinem Bilde, pflanzt für sie den Garten, erscheint ihnen, und spricht mit ihnen, nimmt sie in seine Schule (übt Adam's Geist, der den Thieren Namen geben muß), warnt sie vor schädlichen Dingen, stillet das Verlangen Adam's nach seines Gleichen, knüpft beide durch die engsten Bande ehelicher Liebe an einander, und segnet ihre Ehe ein. — Das Zweite: die Hoheit des Menschen in Gottes Augen. Der dreieinige Gott beräth sich, als er an die Schöpfung des Menschen geht, setzt ihn zum Herrscher der Erde, der Mensch sieht die Gestalt Gottes, höret das Wort des Schöpfers Himmels und der Erde zu ihm gesprochen. — Das Dritte: das Wesen der Ehe*). Ein Mann und ein Weib; das Weib soll dem Manne eine Hülfe sein, soll seinem Wesen ganz entsprechen, ist ein Theil seiner Selbst, worauf denn auch der Apostel die Ermahnung gründet, Eph. 5, 28: daß die Männer ihre Weiber lieben sollen, als (nicht wie, als — Gleichheit, wie — Aehnlichkeit) ihre eigenen Leiber; wer sein Weib liebet, der liebet sich selbst; denn Niemand hat je sein eigen Fleisch gehasset, sondern er nährt und pflegt es. — Wie weit ist man aber im Heidenthum hievon abgekommen**). Erst das Christenthum hat das Weib in die alten von Gott ihm verliehenen Rechte wieder eingeführt.

Da die Lehre der Schrift vom Bilde Gottes in dem Menschen sich auf unsere Geschichte gründet, und zugleich eine wichtige und schwierige ist, so gehen wir hier darauf noch weiter ein, und geben zum Schluß eine eigene Unterredung darüber. 1 Mos. 1, 26,

*) Die Schöpfung des Weibes werde erzählt, wie die Bibel sie erzählt, ohne viel ab- und zuzuthun, auch ohne viele Deutung, nur so viel das Wort: darum. V. 24 die Deutung selbst giebt. Wie aber, wenn ein Kind näher nachfragte? Ich frage meinerseits wieder: Kannst du erklären, wie das weiße Mehl aus der schwarzen Erde kommt? Darum auch gerade heraus auf weitere Nachfrage: Ich weiß es nicht, und — wie es ja auch die Wahrheit ist, — kein Mensch auf Erden kann's euch erklären. Aber die innige, unauflösliche Verbindung, worauf der Text hinweis't, ist hier die Hauptsache. Könnte auch eine Rippe, ein Theil aus dem Leibe gelös't werden ohne Schaden? Wo Ehetrennung ist, da ist Sünde, der Satz steht fest, da geschieht irgend einem Theil, oft beiden Theilen, Schaden. Daher ist unsere Geschichte wichtig, und mit Recht in die Eheformel aufgenommen. Wir verschweigen sie daher nicht, wie einige biblische Historienbücher thun. Luther sagt oft in Briefen an seine Freunde: Grüßet eure Rippe, und man fühlt es da dem Worte ab, daß es die Liebe zugleich mit bezeichnet, was unsere andern deutschen Ausdrücke für die „Männin" nicht haben: Frau, Gemahl, Weib: darum der Zusatz: liebe Frau, was bei Rippe nicht Noth thut, da Niemand je sein eigen Fleisch gehasset hat. Eph. 5.

**) Man sehe die interessante Schrift: W. Hoffmann, die Erziehung des weiblichen Geschlechts in Indien. 3. Aufl. 1853.

H.: Lasset uns Menschen machen in unserm Bilde, nach unserer Aehnlichkeit. Wenn nun gleich hinzugefügt wird: die da herrschen &c., so sieht man daraus, worin das Bild Gottes hauptsächlich müsse bestanden haben. Die Herrschaft über die Kreatur übt aber der Mensch durch seinen Geist, und nur durch den Leib, so weit derselbe die Abspiegelung des freien Geistes ist. Das Bild Gottes ist also der Geist, der erst den Menschen zum Menschen macht. Auch nach dem Fall trägt der Mensch das Bild Gottes an sich, wie die Schrift es selber an mehreren Stellen anerkennt. Es ist aber dem natürlichen Menschen nicht möglich, in dem Grade das Bild Gottes wieder zu erlangen, worin Adam es besaß. In dem Sinne sprechen wir vom verlorenen Ebenbilde Gottes, welchen Ausdruck übrigens die Schrift nicht hat und kennt. Daher kann denn auch die Schrift, Col. 3 und Eph. 4, auffordern, den neuen Menschen anzuziehen, welcher erneuert wird zur Erkenntniß (Gottes) nach dem Ebenbilde dessen, der ihn geschaffen hat. Denn durch die Erlösung ist dem Christen die Möglichkeit gegeben, das ursprüngliche Ebenbild Gottes, wie Adam es hatte, wieder zu erlangen. — Der Mensch ist im Bilde Gottes geschaffen. So war also Gott das Urbild und der erste Mensch das Abbild von Gott. Wollen wir also den Menschen als Bild von Gott beschreiben, so ist wohl der einfachste Weg, wir zeichnen das Urbild und weisen dann im Menschen das Abbild davon nach. Da ist es denn wahrhaft überraschend, wie sehr die Lehre der Dreieinigkeit mit der Dreiheit (Trichotomie) des menschlichen Geistes gleichkommt, nur mit dem Unterschied, daß dies Dreifache in unserm Geiste nur Kräfte sind, in Gott aber Personen. Gott eine Einheit, der menschliche Geist auch; in Gott eine unerforschte Dreieinigkeit, auch in unserm Geiste ist, obwohl Einheit, doch eine Dreiheit; Erkenntnißvermögen, Gefühl, Wille, die sich, für uns unerforschlich, bedingen und durchdringen; der Vater der Schöpfer und Herrscher, dasselbe der Mensch durch sein Erkenntnißvermögen hauptsächlich, wodurch er die Erde beherrscht; der Sohn die erlösende Liebe, entsprechend dem menschlichen Gefühlsvermögen, wo die Liebe die Wurzel ist; der heilige Geist, der immer als ein nach außen Wirkendes in Gott vorgestellt wird (er brütete über den Wassern der Schöpfung, er will uns heiligen), entsprechend unserm Willensvermögen; wie ferner im göttlichen Wesen die drei Personen an Allem, was die Gottheit angeht, Theil nehmen: der Sohn an der Schöpfung, Joh. 1, der Vater an der Erlösung &c., so ist auch bei der Dreiheit unseres Geistes ein Zusammenfließen, daß wir nur in der Abstraction und nicht in der Wirklichkeit und Thatsächlichkeit die Erkenntniß, das Gefühl und den Willen einzeln hinstellen können. Wo wäre z. B. ein Erkennen, woran Gefühl und Wille nicht Antheil hätten? wo eine Liebe, die nicht mit dem Erkennen zugleich wirkte? — Danach werde nun die Disposition zu einer Unterredung, wie der erste Mensch das Bild Gottes ist, angelegt, je nach der Fähigkeit der Kinder. Je vollständiger bei den Kindern die

Erkenntniß des dreieinigen Gottes ist, desto schöner läßt sich das Bild zeichnen; wo nur dürftige Kenntnisse sind, da faßt man mehr die Hauptpunkte in's Auge. Nachstehende Unterredung ist in einer Mittelklasse gehalten, in der eine Abtheilung schon einmal die ganze Bibl. Geschichte A. und N. T. gehört hatte. Das Resultat muß aber immer sein: die Betrachtung und das Gefühl der unendlichen Liebe Gottes, der nichts, auch doch gar nichts für sich behalten, sondern von Allem, so viel wir's ertragen können, mittheilen will; so kommen denn auch die Kinder am ersten zum Gefühl, was das Wort: Gott ist unser Vater, wiegt.

Die Unterredung.

Der Mensch ein Bild Gottes. 1) Nachweisung des Bildes aus dem Urbilde. 2) Ein Bedenken, ob wir auch dieses Bild an uns haben.

Als Gott am sechsten Schöpfungstage Menschen schaffen wollte, sprach er, V. 26: Lasset uns Menschen machen. Lasset uns, also die Mehrheit. Früher war immer das Wort Gottes befehlend gesprochen bei der Schöpfung: Es seien Lichter, die Erde bringe hervor —; hier anders. Schon V. 2 ist des Geistes Gottes erwähnt. Auch im N. T. wird gesagt, daß der Sohn Gottes und der heilige Geist mit die Welt geschaffen haben. Ihr wisset nun wohl, wer diese „uns" sind? Lasset uns, das klingt, als wenn sie sich berathen, wie man thut, wenn man ein wichtiges Werk vorhat. Die Schöpfung des Menschen ist also das Werk des dreieinigen Gottes, und in den Augen Gottes ein sehr wichtiges.

1) **Ein Bild, das uns gleich sei.** Ein Bild hat Aehnlichkeit mit dem, was es abbildet; Ding und Bild davon haben etwas gemeinschaftlich, z. B. der Mensch hat eine Hand, das Bild des Menschen auch. Wer ein Bild machen, zeichnen will, muß das abzubildende Ding selber kennen. Erst das Ding, dann das Bild. Wollen wir wissen, was der erste Mensch mit Gott gemeinschaftlich hatte, worin er Gott ähnlich war, so müssen wir wissen, was Gott hat, was er also auch von sich abgeben kann. Darüber belehrt die heilige Schrift allein. In der Kürze ist im zweiten Hauptstück des kleinen Katechismus gesagt. Die drei Artikel handeln von den drei Personen der Dreieinigkeit. Der Vater ist der Schöpfer. Wie haben wir ihn in der Schöpfung kennen gelernt, was er also auch an Adam abgeben konnte? Er war vor der Schöpfung, ewig. Das konnte bei den ersten Menschen gar nicht angehen, warum nicht? Zur Ewigkeit Gottes gehört aber auch das stete Bleiben, Fortleben. Gab Gott davon?

Wenn du von dem Baum issest, so sollst du des Todes sterben. Also lässest du es bleiben, so stirbst du nicht, bist unsterblich. So ist also von der Ewigkeit Gottes dem Menschen so viel mitgetheilt, als es an sich möglich war. Was? — Gott als Schöpfer der Welt ist auch Herr der Welt. Von der Herrschaft giebt er dem Menschen: Herrschet über die Fische im Meer rc. Wie Gott ein König über Alles ist, so sollte der Mensch ein kleiner König der Erde sein. So Adam; den Garten sollte er bauen und so beherrschen, daß er nach seinem Willen sich fügte; wie er die Thiere benennen würde, so sollten sie heißen, V. 19. Das ist Herrschaft. — In der Schöpfung sehen wir, wie Gott die Dinge so ordentlich gemacht hat, Weisheit. Gott schuf, ernährt alle Thiere, daher kennt er sie, Allwissenheit. Weisheit, Allwissenheit; beide Wörter haben ihre Wurzel in Wissen. Gott gab Adam aus seinem Wissen, oder, wie wir auch sagen, von seiner Erkenntniß. Adam sollte den Garten bauen, so mußte er sich besinnen, und besinnen können, wie er es am besten machen wollte. Er sollte den Garten bewahren, so mußte er wissen, wie das am besten geschehen könnte. V. 19: Adam sollte die Thiere ansehen, und sie dann benennen nach dem, was er daran bemerkte. Von dem tiefen Wissen Adam's haben wir auch in dem Worte Männin einen Beweis, welchen Namen er Eva giebt. Was erkennt ihr in dem Namen? So war Adam ein Schüler, Gott selber der Lehrer, die Dinge der Welt die Schule, darin der Mensch sein Erkennen und Wissen übte. So hat also der Vater seinen Liebling ausgestattet mit Unsterblichkeit, Herrschaft, Erkenntniß.

Gott ist die Liebe. Göttliche Liebe hat der Vater gezeigt in der Schöpfung, wie? Noch sichtbarer ist die göttliche Liebe in dem Sohne Gottes, der den Himmel verließ und ein armes Menschenkind wurde, litt und starb aus Liebe zu den Menschen. Durch den Sohn Gottes sind alle Dinge gemacht, Joh. 1, also auch Adam. Und wenn Adam nach dem Bilde, oder in der Aehnlichkeit des Sohnes Gottes geschaffen wurde, so hat der Sohn Gottes ihm vorzüglich göttliche Liebe in sein Gemüth gegeben. Davon sehen wir auch bei Adam. Er benennt Eva, V. 23, nach seinem Namen: Männin, was Liebe anzeigt.

Eph. 4, 23. 24: Erneuert euch aber im Geist eures Gemüths, und ziehet den neuen Menschen an, der nach Gott geschaffen in rechtschaffener Gerechtigkeit und Heiligkeit. Also der nach Gott geschaffene Mensch, d. i. Adam, ist in Gerechtigkeit und Heiligkeit geschaffen. Weil der Mensch frei wählen sollte, so gab Gott ihm nicht Heiligkeit und Gerechtigkeit mit; aber Gott rüstete ihn mit Allem aus, gab ihm Alles mit, was dazu gehörte, Gerechtigkeit und Heiligkeit zu erlangen. Die Person der Gottheit aber, die selbst heilig ist und die Heiligung wirkt, ist nach dem dritten Artikel der heilige Geist. So können wir wohl sagen, der heilige Geist hat Adam aus seiner Fülle diese Anlage zur Gerechtigkeit und Heiligkeit gegeben. —

So war Adam geschaffen. O, welch' ein Paradies in ihm, besser als das Paradies mit den schönen Strömen und Bäumen um ihn! Die Erkenntniß Gottes des Vaters, die Liebe Gottes des Sohnes, die Heiligkeit des heiligen Geistes, und dadurch die Gemeinschaft mit den drei Personen der Gottheit spiegelten sich in ihm ab. Das heißt im Bilde Gottes erschaffen.

2) Wir sind auch Menschen, sind auch Adam's Kinder. Wie steht's denn um uns? haben wir auch Gottes Bild an uns? Ich höre, die Antworten fallen verschieden. Wir wollen erst die Schrift befragen. 1 Mos. 5, 1: Gott machte Adam zu seinem Bilde. V. 3: Adam zeugte einen Sohn, Seth, der seinem Bilde ähnlich war, d. h. der auch das Bild Gottes an sich hatte. So hat also nach dem Sündenfall Seth das Bild Gottes an sich gehabt. Cap. 9, 6: Wer Menschenblut vergießet, deß Blut soll auch durch Menschen vergossen werden, denn Gott hat den Menschen zu seinem Bilde gemacht. 1 Cor. 11, 7: Der Mann soll das Haupt nicht bedecken, denn er ist Gottes Bild. Jac. 3, 9: Durch die Zunge fluchen wir den Menschen, nach dem Bilde Gottes gemacht. Was beweisen diese Stellen? Andere Beweise. Auch unsere Seele soll ewig bleiben; wir beherrschen die Erde, bauen sie, fangen die Fische, schießen die Vögel, vor dem Menschen fürchten sich die Thiere; ihr könnt lernen, wißt etwas wie Adam; wir können Gott und Menschen lieben; können gerecht sein gegen Andere und heilig. Ja, jeder Mensch hat noch Gottes Bild an sich.

Aber nicht in dem Grade wie Adam. Der Leib ist jetzt sterblich. Wir beherrschen die Creaturen nicht vollständig: das Gewässer reißt die Dämme ein, die Thierbändiger gehen zwar mit Tigern und Löwen um, aber mancher hat schon sein Leben dabei eingebüßt; morgenländische Könige halten sich eigene Leute, die ihnen die Fliegen abwehren müssen. Wie viel Haß ist doch in der Welt! Ungerechtigkeit, Unheiligkeit! Wo ist aber da das Bild des Gottes, der die Liebe ist und keinen Haß kennt? Es sind auch bei den Heiden allerlei Mittel angewandt, um die Menschen gerecht, liebreich und heilig zu machen, z. B. Gesetze, Einrichtungen, aber es blieb, wie es war. Daraus folgt denn, daß die Menschen durch sich selbst das Bild Gottes, wie Adam es hatte, gar nicht wieder erlangen können.

Durch Christum werden wir wieder vollständig Gottes Bild. Röm. 8, 3: Was dem Gesetz (bei den Juden) unmöglich war (was war dem Gesetz unmöglich?), das that Gott und sandte seinen Sohn. Unser Leib stirbt zwar, aber weil Jesus dem Leibe nach auferstand, so soll auch unser Leib auferstehen und ewig leben. Die höchste Liebe hat uns Christus durch die Erlösung erzeigt. Nun fragen wir: Herr, was willst du, daß ich dir thun soll? Und das Wort Gottes antwortet, Eph. 4, 24 ff.: Ziehet den neuen Menschen an, der nach Gott geschaffen ist in rechtschaffener Gerechtigkeit und Heiligkeit. V. 25: Leget die Lügen ab. V. 26: Zürnet nicht. V. 28: Stehlet nicht. V. 29: Sündigt nicht in Worten. V. 30: Denn ihr betrübt den heiligen Geist. V. 32: Vergebet, denn Gott hat euch vergeben in Christo. Aus Liebe meiden wir nun die Sünde, die Liebe Christi dringet mich. So ist dir, dem Christen, das Bild Gottes eingedrückt, Heiligkeit und Gerechtigkeit, drücke du es aus; was meine ich? Was dir dann noch fehlt, ersetzt die Gerechtigkeit Christi, und — vor Gott bist du durch Christum vollständig sein Bild, wie Adam, Röm. 8, 1: So ist nun nichts Verdammliches an denen, die in Christo Jesu sind, die nicht nach dem Fleisch wandeln, sondern nach dem Geist. Auch Röm. 5, 1. —

Das Bild Gottes und Christi immer mehr an uns auszudrücken, das Gelübde thun wir mit den Worten eines alten Gesanges: Liebe, die du mich zum Bilde deiner Gottheit hast gemacht; Liebe, die du mich so milde nach dem Fall mit Heil bedacht: Liebe, dir ergeb' ich mich, dein zu bleiben ewiglich. — Liebe, die du mich erkoren, eh' ich noch geschaffen war; Liebe, die du Mensch geboren, und mir gleich ward'st ganz und gar: Liebe, dir ergeb' ich mich, dein zu bleiben ewiglich. — Liebe, die für mich gelitten, und gestorben in der Zeit; Liebe, die mir hat erstritten ew'ge Lust und Seligkeit: Liebe, dir ergeb' ich mich, dein zu bleiben ewiglich. — Liebe, die du Kraft und Leben, Licht und Wahrheit, Geist und Wort; Liebe, die sich bloß gegeben mir zum Heil und Seelenhort: Liebe, dir ergeb' ich mich, dein zu bleiben ewiglich. — Liebe, die mich wird erwecken aus dem Grab der Sterblichkeit; Liebe, die mich wird umstecken mit dem Laub der Herrlichkeit: Liebe, dir ergeb' ich mich, dein zu bleiben ewiglich.

Der Sündenfall.

1 Mos. 3.

Die Geschichte des Sündenfalls erzählt man am besten mit den Worten der Bibel. Jedes Wort ist hier wichtig. Es weiset sich da nach, daß die Sünde innerlich, tief im Herzen, ihren Ursprung hat, und daß der Unglaube an ein ausgesproch'nes Wort Gottes die eigentliche Wurzel derselben ist. Die böse Lust hätte nie aufkommen können, wenn Eva, wie zuerst V 2 und 3, an Gottes Wort fest gehalten hätte. Gott hat gesagt: esset nicht davon, es ist nicht gut; und sie dachte, V. 6, es ist doch gut, davon zu essen. So hatte sie aufgehört, Gott zu glauben, Gottes Wort ließ sie fallen. Da kam denn die böse Lust, und zog in das eben vom Glauben verlassene (ungläubige) Herz hinein, und setzte sich darin als Sünde fest. Die böse Lust verdunkelte nun die richtige Erkenntniß, und die innere Sünde als Lust brach äußerlich hervor in Ungehorsam. Schnell wächst die Sünde: Unglaube, böse Lust, Ungehorsam, Verführung, Verdeckung und Versteckung. Die Folge ist Strafe und Elend. Das ist die Geschichte der ersten Sünde, das ist die Geschichte jeder. Harms: die erste Sünde ist Mutter und Muster jeder Sünde.

Daraus sehen wir nun auch, wo man bei sich selber, und bei den Kindern in der Schule den Feind angreifen muß: innerlich; und daß man Alles gewonnen hat, wenn man hat das Herz zum Glauben gebracht. Ich sage manchmal zu einem Kinde, das gelogen hat und nicht gestehen will: du glaubst gar nicht an einen Gott, und spreche dann weiter darüber. Das Kind erschrickt, weil es so leicht gewöhnt wird, Wissen von Gott und Glauben an Gott als ein Ding zu nehmen. Du glaubst nicht an einen Gott, hat aber volle Wahrheit. Wo ist nemlich der Glaube, daß Gott gesagt hat: du sollst nicht lügen? wo der Glaube, daß Gott in's Herz hinein sieht? wo der Glaube, Gott straft? Wäre dieser Glaube, dies „nicht zweifeln an dem, was man nicht siehet" (die beste Definition), wäre dieser Glaube vor der Lüge da, so wäre die Lüge rein unmöglich; wäre er nach der Lüge da, so wäre Bekenntniß, Reue, Bitte, Vorsicht die unausbleibliche Folge. So etwas einmal bei den Kindern durchzusprechen, bei den Schulvergehungen, die so sehr die innere Verderbung fördern, als Lüge, Rache, Diebstahl, Heuchelei, ist sehr wichtig. Die Kinder kommen so erst einmal zum Gefühl, was Glaube an Gott im Allgemeinen ist, und wo dies Gefühl recht geweckt ist, da kann der Unterricht über den Glauben erst recht verständlich werden. Der Kopf bringt dann das über den Glauben Gehörte dahin, wohin es gehört, in's Herz. Es war eine große, wichtige Frage, die einmal ein vornehmer Mann dem frommen Spener vorlegte, und die dieser nie vergessen konnte: Wie bringen wir den Kopf zum Herzen? Sollte nicht die richtige Antwort diese sein: Bereite erst dem Kopf eine Stätte im Herzen durch Weckung des Gefühls für den Glauben, und dann bringe den Kopf selber dahin? zu verstehen: der Unterricht komme nach. Wer so erzogen ist, dem sind folgende Sätze nicht sehr unverständlich: Stärke uns den Glauben; ja, ja, wir erfahren täglich, wie schwach er ist; der Glaube ist nicht Jedermanns Ding, wir wollen nicht daran, wollen die Lust nicht aufgeben; unser Glaube ist der Sieg, der die Welt überwindet.

Die Unterredung.

Die Geschichte der Sünde. 1) Nach ihrem Ursprung. 2) Nach ihren Folgen.

1) **Die Schlange,** V. 1. Hier im Paradiese findet sich eine Schlange. Die Schlange spricht zu Eva. Wie das gewesen ist, wissen wir nicht, aber es war eine Sprache, die der Mensch verstand, wie das Gespräch zeigt. Was spricht sie?' Ja, sollte Gott gesagt haben: Ihr sollt nicht essen von allen Bäumen im Garten. Was wollte sie damit sagen? Gott hat es nicht gesagt. Sie will also das Wort Gottes ungewiß machen. Gottes Wort ungewiß machen wollen, ist böse. Ja, es ging noch weiter, V. 4: Ihr werdet mit nichten des Todes sterben, d. h. Gottes Wort ist Lüge. Die Kreatur war aber, Cap. 1, 31, gut erschaffen; daher konnte diese Sprache nicht von einer natürlichen Schlange kommen. War es nicht die Sprache des Menschen, auch nicht die Sprache der Natur, so mußte es die Sprache eines bösen Geistes sein, und die Schlange nur das Werkzeug, dessen sich der Teufel bedient. Dies sagt das N. T. auch. Sie nennt diesen bösen Geist Teufel, d. h. Verkläger, oder auch Satan, d. h. Widersacher. Jesus nennt ihn, Joh. 8, 44, den Mörder von Anfang; wie ist er das hier? Den Vater der Lüge, wie? Offenb. 20, 2: Er (ein Engel) griff den Drachen, die alte Schlange, welche ist der Teufel und der Satan. Der Apostel nennt, 2 Cor. 11, 3, die Sprache der Schlange Schalkheit, List, es muß also wohl etwas dahinter stecken. So lange nemlich die Menschen wußten: Gott hat's gesagt, so lange hatten sie nur Einen Weg, Eine Regel; wenn sie aber dachten: Wer weiß, ob oder ob nicht, wenn sie ungewiß waren, zweifelten, so waren zwei Wege da, und der richtige war schwieriger zu finden.

Eva's Antwort, V. 2. 3. Zu Adam war das von Gott gesagt, und Eva war damals noch nicht geschaffen, C. 1, 16. 17. Eva weiß es hier. Wir sehen daraus, daß Adam und Eva sich mit einander besprechen konnten, besprochen haben. Eva weiß also ganz bestimmt, Gott hat's gesagt, sie kennt Gottes Gebot und hält daran fest. So lange sie das thut, kann der Feind ihr nichts anhaben.

Die Schlange wieder, V. 4, 5: Ihr werdet mit nichten des Todes sterben. Gott hatte das Gegentheil gesagt, so wollte die Schlange sagen: Gottes Wort ist Lüge. Wie satanisch, frevelhaft und frech, zu sagen: Gottes Wort ist Lüge! — Zugleich war es List des Teufels. Die ersten Menschen mußten früher mit großer Scheu den Baum betrachten, der ihnen Tod und Verderben bringen konnte. Glaubten sie das aber nicht mehr, so sahen sie den Baum gleichgültiger an, die Scheu davor verschwand. Weiter: Gott weiß, daß, welches Tages —. Wieder List. Der Baum war benannt: Baum des Erkenntnisses Gutes und Böses; von dem Namen nimmt der Verführer Veranlassung, Lust nach der Frucht zu erwecken. Mit nichten des Todes sterben, die Worte sollen die Furcht vertreiben; sein wie Gott, die Worte sollen Lust erwecken.

Die erste Sünde, V. 6. Eva sahe, daß von dem Baum gut zu essen wäre. Gott hatte früher gesagt, es ist nicht gut. So hatte sie aufgehört, Gott zu glauben. Mit Unglauben begann die Sünde im Innern. Der Baum war lieblich anzusehen. Das war er früher auch gewesen, aber es hatte keinen Eindruck gemacht. Warum nicht? wegen des Verbots Gottes. Eva glaubte, der Baum machte klug. Gott hatte gesagt: ihr werdet des Todes sterben; das brachte Abscheu vor dem Baum, so lange sie den Worten Gottes glaubte. Jetzt glaubt sie den Worten der Schlange, (welchen?) und das erweckt Lust. In das ungläubige Herz zieht die Lust, und die Sünde ist innerlich schon vollbracht. Und sie aß; so wird die Sünde äußerlich, wird That. Und sie gab ihrem Manne „neben sich," wie es H. noch dazu heißt. Adam war also bei dem ganzen Gespräch zugegen. Was hätte er als Mann thun sollen? Aber er weigert sich nicht, sondern ißt auch. So ist von Beiden die Sünde geschehen.

Wir sehen hier, was Sünde ist, und wie sie auch noch bei uns entspringt. Adam und Eva übertreten ein ausdrückliches Gebot Gottes, das ist es. So noch, wer Sünde thut. Auch entsteht die Sünde noch jetzt wie damals. Sollte Gott gesagt haben: du sollst nicht stehlen, lügen, dich rächen, d. h. sollte es auch ein Gebot Gottes sein? Da ist Zweifel. Die Schrift sagt: Die Gottlosen werden in die ewige Pein gehen. Sollt' es auch wahr sein? Zweifel; die Furcht vor Gott schwindet, und damit die Furcht vor der Uebertretung. Die böse Lust zieht nun ein. (Die Rache ist süß; mit Lüge könntest du dir durchhelfen; du kannst in einer Nacht mehr stehlen, als du in vier Wochen verdienst.) Aus dem anfänglichen Zweifel wird Unglaube, d. h. das Wort Gottes, die Drohung der Strafe wird nicht mehr geglaubt, und die Sünde ist im Innern vor Gottes Augen schon geschehen. Nun öffnet sich der Mund zur Lüge und zum Betrug, die Hand stiehlt; die Sünde wird äußerlich, geht in die Glieder, wird That. Daher spricht die Schrift, die die Sünde in ihrer Tiefe nachweis't, so viel von Glauben und Unglauben. Suche die Sünde nicht im Munde und in der Hand: wo denn?

2) **Die Folgen**, V. 7: Da wurden ihrer Beider Augen aufgethan, und wurden gewahr, daß sie nackend waren. Der Verführer hatte, V. 5, gesagt: Eure Augen werden aufgethan, ihr werdet sein wie Gott, und wissen, was gut und böse ist. Es ist geschehen, was der Verführer sagte, und Gott selber sagt es, V. 22: Adam ist geworden als unser einer und weiß, was gut und böse ist. In so fern war das Wort Wahrheit. Aber es war in einem andern Sinn wahr geworden, als die ersten Menschen es meinen mogten; in so fern war das Wort des Verführers Lüge. So nemlich: Adam und

Eva wußten früher nur, was gut war, und kannten das Böse nicht. Jetzt wußten sie, was gut und böse war; gut nach ihrem frühern Zustande, böse nach ihrem jetzigen. Sie waren wie Gott. Gott weiß das Gute, denn er hat es im höchsten Grade in sich. Gott weiß aber auch das Böse. Gott hat es nicht in sich, er hat es auch nicht erschaffen, aber da er alle Dinge kennt, so kennt er auch das Böse, das da ist. Der Mensch wußte aber vom Bösen auf andere Art; er wußte, ich habe es in mir. Und das Gefühl, das daraus entstand, war Scham, ein Gefühl, das sie früher nicht gekannt hatten. V. 8: Sie hören die Stimme Gottes des Herrn, der im Garten ging*). Sie versteckten sich, Furcht; wieder ein neues Gefühl, das sie früher nicht gekannt hatten. Hatte Adam, der im Bilde Gottes geschaffen war, Gemeinschaft mit dem höchsten Gut, wovor sollte er sich dann fürchten? Aber jetzt wußte er, ich und Gott, wir sind geschiedene Personen, er ist nicht mein Freund, und so kam Furcht vor Gott, der da straft, wie Adam es in seinem Gewissen schon fühlte.

Dieselben Folgen hat die Sünde noch. Der Sünder weiß von dem Bösen, daß er es begangen hat, böses Gewissen. Dazu lügt die Sünde noch, d. h. sie verspricht viel und hält nichts. Beispiele: Der Geiz spricht: Du könntest darben auf deine alten Tage; sammle, gieb nichts weg. Wie ist das Lüge? Du Narr, diese Nacht wird man deine Seele von dir fordern. Wie lügt die Lüge? Die Lüge: Du kannst in einer Nacht mehr stehlen, als du in vier Wochen verdienst. Die Schande vor Menschen, das Gefängniß, — und in der Ewigkeit, ich wollte sagen in der Hölle, da wird's erst recht offenbar werden, wie die Sünde nicht hält, was sie verspricht. Darum trauet den Menschen nicht, die sie euch in's Herz säen wollen mit lieblichen Worten, mit Gesang und Klang; trauet der Sünde nicht, Kinder, wenn sie aus den Tiefen des eigenen Herzens heraufsteigen will mit ihrer lügenhaften Sprache. Scham und Furcht sind noch, wie bei den ersten Eltern, die natürlichen Folgen der Sünde. Das Gewissen sagt: Du unrein, er rein, also du nicht in seiner Gemeinschaft. Vor Menschen kann man die Sünde verstecken, entschuldigen; vor Gott auch? Ps. 139: Wo soll ich hinfliehen vor deinem Angesicht. Ps. 90: Unsere Missethat stellest du vor dich, unsere unerkannte Sünde in das Licht vor deinem Angesicht. Dies weiß der Sünder, und so entsteht Furcht im Gewissen, die ihm die Rückkehr zu Gott erleichtern soll.

Die Strafe der Schlange, V. 14. 15. Die Worte sind an die eigentliche Schlange gerichtet. Die Strafe ist sinnbildlich (ein Abbild mit einem Sinn). Das ganze Wesen der jetzigen Schlange

*) Die Stimme des Gehenden ist hier das Rauschen des Fußtritts (1 Kön. 14, 6), die eigentliche Stimme Gottes erst V. 9. Man braucht sich nicht zu scheuen, dies eigentlich zu verstehen, wie der Text es augenscheinlich will: Gott ging sichtbar und hörbar im Garten.

sollte uns an die Sünde erinnern. Verflucht vor allen Thieren; Menschen und Thiere fliehen die Schlange, so sollten wir entsetzen vor der Sünde. Sie kriecht im Staube; so erniedrigt die Sünde. Sie muß Staub mit ihrer Nahrung verschlucken; so macht die Sünde elend. V. 15 sagt: 1) Es soll Feindschaft zwischen den Menschen und den Schlangen sein; welche Worte sagen das? 2) Diese Feindschaft soll auf den Samen Beider übergehen. 3) Der Same des Weibes wird siegen. 4) Aber nicht ohne Schmerz. Diese Worte sind wieder eigentlich und auch zugleich sinnbildlich. Same ist Nachkommenschaft; Schlangensame, was von der Schlange herrührt, die Sünde. Der Gegensatz ist Weibessame, Nachkommenschaft des Weibes, wie das ursprüngliche Weib, Gott dienend, Gott getreu. Man nennt diese Stelle das erste Evangelium, d. h. die erste frohe Botschaft von der Erlösung, die freilich hier noch sehr dunkel und ganz im Allgemeinen ausgesprochen ist. Denn Gott verheißt hier: die Menschheit wird über das Böse siegen. Wir deuten dies mit Recht auf Christum. Er ist durch Maria ein Weibessamen, und ist, 1 Joh. 3, 8, erschienen, die Werke des Teufels zu zerstören, und hat dies durch Schmerz und Leiden vollbracht. — So enthält diese Stelle eine Drohung für den Satan und das Böse; welche; und zugleich eine Verheißung für die Menschheit und das Gute; welche? So wird es auch von Eva aufgefaßt und von ihr geglaubt. C. 4, 1.

Die Strafe des Weibes, V. 16. Geburtsschmerzen und Unterwürfigkeit unter den Mann. Die Vaterliebe Gottes spricht aber in dieser Drohung zugleich wieder eine Verheißung für die Menschheit aus. Es war den ersten Eltern der Tod gedroht; hier wird gesagt, die Menschheit soll nicht untergehen. Du wirst, H., Söhne gebären; ein Neues, was Adam und Eva noch nicht wußten. Waren die Söhne geboren, so konnte auch der Sieg über das Böse kommen, durch den Samen des Weibes.

Die Strafe Adam's, V. 17—19. Mühe und Arbeit auf der Erde, die um der Menschen willen von jetzt an verflucht ist, und — der letzte Ausgang der Tod. „Nur wenn der Mensch im Geiste Gottes lebt, ist er ein Geist, den Segenshauch umschwebt. Die Erde ist des reinen Menschen Haus, und fällt er selbst, der Segen zieht hinaus. Sein Fall muß sein Gebiet im Grund erschüttern, wie Donner folgt dem Blitz in Ungewittern.“ — Das ist ein Vers aus J. P. Lange, die Verfinsterung der Welt, dargestellt in einem Cyklus von Lehrgedichten und Liedern (Berlin, 1838), einem Buch voll reicher, tiefsinniger, christlicher Gedanken und Einblicke in die Schöpfung vor dem Fall und nach demselben. Es sei den Lehrern, die Sinn haben für Symbolik der Natur und für sinnige Naturbeobachtung, bestens empfohlen. Der Verfasser hat noch mehr Werke der Art geschrieben.

Adam's Glaube, V. 20. Adam nannte sein Weib Heva.

Früher hatte er sie Männin genannt, jetzt giebt er ihr einen andern Namen. Woher dies? Heva heißt Leben, die Lebengeberin. Es war Eva eben verheißen: Du wirst Söhne gebären; was liegt noch in der Verheißung? Dies sieht Adam noch nicht. Wenn er aber seinem Weibe den Namen Lebengeberin giebt, so erkennt er etwas, was er nicht sieht. Er glaubt dem Worte Gottes. Glaube wird hier zum ersten Mal an Adam und in der heiligen Schrift überhaupt bemerkt. Bei Eva finden wir ihn C. 4, 1.

Die Entlassung aus dem Garten. V. 21—24. V. 21: Gott tödtet ein Thier, in welchen Worten von V. 21 liegt das? Es tritt hier also zum ersten Male der Tod in die Schöpfung, und die ersten Menschen erfahren nun, was es heißt: des Todes sterben. Mit dem Fell des getödteten Thieres bekleidet Gott die Menschen. Der Mensch hatte früher mit großen Baumblättern sich bedeckt; hier bekleidet Gott ihn selber, zum Zeichen, daß es nach dem Fall seine Ordnung ist, daß der Mensch sich schämen und Schamgefühl haben soll. Ja, so lange noch der Mensch sich schämt, ist Hoffnung der Bekehrung da. Wenn wir es auch an Adam und Eva tadeln, daß sie nicht ein aufrichtiges Bekenntniß ablegen, sondern die Sünde verstecken wollen, wie sie sich selber verstecken; so müssen wir es doch loben, daß sie sich schämten. — V. 22: Adam ist geworden als unser einer, und weiß, was gut und böse ist. Ja, aber mit welcher Verschiedenheit noch? Gott weiß das Böse außer sich, das Gute in sich; der Mensch weiß das Böse in sich, das in ihm herrscht von jetzt an, und das Gute, als gehabt, vergangen. Der Mensch hatte die Wahl gehabt zwischen Leben und Tod, wie? Das Essen von dem Baume des Lebens hätte ihm ewiges Leben gegeben. Er hatte den Tod gewählt, so konnte er also nicht leben. Der Baum des Lebens hatte seine Kraft nicht verloren; hätte nun der Mensch sich selber zum Tode verdammt, so mußte er auch den Garten verlassen, damit die Drohung an ihm erfüllt würde. Dies geschieht. Gott selber, V. 23, läßt ihn aus dem Garten Edens, und lagerte vor dem Garten die Cherubim mit dem flammenden Schwerdt. H. Die Cherubim sind Wesen, welche das erschaffene Leben in der höchsten Stufe besitzen; die höchsten Wesen der Schöpfung, die den Thron Gottes umgeben*). — So hat denn die Sünde eine Kluft zwischen Gott und Menschen befestigt, und das Paradies ist verschwunden seitdem. Aber es kam eine heilige Nacht auf Erden, und mit ihr Einer, der eher war als die Morgensterne, und als die Kinder Gottes, und eher war als die heiligen Wächter der Cherubim, der schloß wieder auf die Thür zu Gottes Paradies, der Cherubim flammt nicht mehr dafür, Gott sei Lob, Ehr' und Preis. Amen.

*) Offenb. 4, 6. Was Luther da durch Thiere übersetzt hat, sind Cherubim. Diejenigen Wesen, die das erschaffene Leben im höchsten Grade besitzen, müssen den Weg zum Baum des Lebens bewahren.

Das Paradies.

Brüder, wir alle werden wallen in Gottes Paradies, wo Christus ist. O stürb' ich heute schon, zu wallen in Gottes Paradies, wo Christus ist. Schubart.

Dich, dich such' ich, heil'ges Eden, deiner Sonne schön'res Licht! dich, wovon die Dichter reden, ach den Dichtern glaub' ich nicht. — Steig' ich an der Zeiten Leiter um Jahrtausende zurück, jedes, jedes weist mich weiter, nirgends find' ich Eden's Glück. — Jeden Weg bin ich gegangen, suchte dich von Land zu Land, bis ich mit bethränten Wangen immer mich betrogen fand. — Deine Bäume grünten heller, süßer war dein Blumenduft, deine Früchte reiften schneller, milder wehte deine Luft. — Besser waren deine Bürger! überall der Liebe Spur! deine Thiere keine Würger, und kein Grab auf deiner Flur! — Frag' ich nach den Palmenhainen, ach, so wandelt Schmerz mich an, und vor Wehmuth muß ich weinen, daß ich sie nicht finden kann. — Will kein Engel hin mich tragen in das schöne Wunderland? will mir Keiner, Keiner sagen, wo der Baum des Lebens stand? — Ach! was hilft mir mein Vertrauen? Nein, ein Eden gab es nie. Konnt' ich Thor so gläubig bauen auf ein Bild der Phantasie? — Doch, was ist das? darf ich hoffen? Hell und heller wird der Pfad. Steht der Garten Gottes offen? Ist's ein Cherub, der mir naht? — „Mensch, warum nach Eden's Auen wendest du den Blick zurück, vorwärts, vorwärts mußt du schauen, nur dort oben blüht dein Glück." — „Nicht mehr rückwärts darfst du sehen, in's verlorne Paradies. Jene Pfade mußt du gehen, die dir Jesus Christus wies." — „Glaub' an ihn, sei rein von Sünden! Und du wirst, am Ziel der Bahn, noch ein schön'res Eden finden, als einst Adam's Augen sahn." — Hier verschwand der Himmelsbote. Aufwärts war mein Blick gewandt: und im ew'gen Morgenrothe schaut' ich jetzt das Friedensland. (Bibl. Geschichten des A. T. in Versen von Kirsch. 1828.)

Cain und Abel.

1 Mos. 4.

Gleich nach dem Sündenfall und auch hier bei Cain treffen wir das Gewissen als ein böses Gewissen an. Ich muß mich verbergen vor deinem Angesicht, spricht Cain, und Adam versteckt sich mit seinem Weibe vor dem Angesichte Gottes des Herrn unter die

Bäume im Garten. Weshalb? Ihre Seele wußte, Gottes Geist weiß mit von dem, was ich weiß. Denn das Gewissen ist ein Wissen unserer Seele mit dem Wissen Gottes. Daß dies der wahre Begriff von Gewissen ist, das zeigt sich in der lateinischen Sprache noch deutlicher, als im Deutschen: conscientia (conscientia mit wissen). „Das Gewissen ist die Stimme eines Wechselgesprächs der Menschenseele, nicht mit sichtbar lebenden Wesen ihrer Art, sondern mit einer Welt des verborgenen Lebens in Gott." Schubert, Lehrbuch der Menschen- und Seelenkunde. S. 126. Wollen wir irgend etwas thun (die Gedanken und Wünsche, in so fern sie in das moralische Gebiet gehören, nehmen wir auch hier als That), so weiß unsere Seele, Gott weiß das mit, was ich denke, wünsche und thue. So zeigt sich das Gewissen bei Kindern; bei denen, die eine Offenbarung haben, z. B. bei David, dem das Herz schlug, als er das Volk hatte zählen lassen, 2 Sam. 24; und auch bei Heiden: die Schiffsleute in der Geschichte Jonas loosen, damit sie erfahren, um wessentwillen es ihnen so schlecht geht; so nehmen sie also stillschweigend ein höheres Etwas an, das mit weiß von ihren geheimsten Gedanken und Thaten. Nun soll sich der Mensch durch dies Wissen seiner Seele, durch dies Bewußtsein, bestimmen lassen, in den Willen Gottes einzugehen. Er kann aber auch widerstehen und sagen: Nein, mag Gott es auch wissen, ich thue es doch nicht. Nach dieser Verschiedenheit entsteht das gute und auch das böse Gewissen.

Das gute Gewissen ist ein Mitwissen des Guten und der Seligkeit im Guten mit dem göttlichen Wissen. Gott selbst ist das höchste Gut. Läßt sich nun unsere Seele bewegen durch den Gedanken: Gott weiß es mit, in den göttlichen Willen, in das Gute einzugehen; so weiß sich auch die Seele in der Gemeinschaft mit Gott, dem höchsten Gut, und der höchste Seelenfriede ist die Folge davon. Dann ist das höchste Gut unser, wir haben mit demselben Gemeinschaft, und wissen es, keine Creatur darf uns antasten. In diesem Wissen seiner Seele ruft Paulus: Wer will uns scheiden von der Liebe Gottes? und hat alle Fürsten der Schrecken: Trübsal, Angst, Verfolgung, Hunger, Schwerdt 2c., weit unter sich. In dem Gefühl stand er vor Agrippa, wo er sprach: ich wollte, daß Alle, die mich heute hören, Solche würden, wie ich bin, d. h. ein solches Bewußtsein der Gemeinschaft mit Gott hätten, denn sein Gewissen war ihm, wie er Röm. 9, 1 sagt, ein inneres Zeugniß. Eben so übte er sich auch „zu haben ein unverletztes Gewissen beides gegen Gott und Menschen." In solchem Mitwissen seiner Seele, mit dem, was Gott von ihm wußte und das Volk auch, stand Samuel vor Israel, sprechend: Antwortet wider mich, ob ich Jemandes Ochsen oder Esel genommen habe? Ob ich Jemand habe Gewalt oder Unrecht gethan? Ob ich von Jemandes Hand ein Geschenk genommen und mir die Augen habe blenden lassen? Und die

Uebereinstimmung des Wissens der Seele Samuel's, die ihm als gutes Gewissen innerlich gewiß war, mit dem Wissen der Seelen des Volks, weiset sich auch in dem folgenden Verse aus: du hast uns keine Gewalt gethan und hast von Niemandes Hand etwas genommen. Dies gute Gewissen hat das Siegel: (die innerliche Gewißheit, wie durch Brief und Siegel) der Herr kennet die Seinen. 2 Timoth. 2. Wir haben dann eine Freudigkeit zu Gott, der alle Dinge erkennet. 1 Joh. 3, 20. 21. Wenn nun die Gemeinschaft mit Gott die höchste Höhe ist, die der menschliche Geist erreichen kann, so ist das gute Gewissen nichts Anderes, als dies Wissen davon, also die höchste Seligkeit, der höchste Friede selber.

Das böse Gewissen im Gegentheil weiß sich auch in dem Mitwissen Gottes, aber auf eine ganze andere Weise. Vor der schlechten That weiß die Seele, Gott weiß mit, was du thun willst, und schon dieser Gedanke faßt in sich: thu' es nicht. Dennoch läßt sich der Mensch durch dies Wissen des Mitwissens Gottes nicht abhalten, er thut die schlechte That. Da tritt nun zuerst in der Seele das Bewußtsein der Geschiedenheit von Gott hervor, und dies Bewußtsein hat schon Unfrieden, Furcht im Gefolge. Denn da man sich nicht im Bunde mit Gott weiß, wer soll da schützen schon gegen die mächtige Natur um uns, in der schon das Rauschen eines Blattes uns erschreckt? Aber nicht bloß das, sondern wir fühlen und wissen es auch innerlich, daß wir eine Schuld auf uns geladen haben, als wir doch in die Sünde hineingingen, obgleich das Mitwissen Gottes von unserer That vor unserer Seele stand. Die Schuld aber ist das größte Uebel, und Schuld und Strafe sind unzertrennlich verbunden. Daher erschreckt uns nun nicht bloß die Natur als Natur, das Blatt als Blatt, sondern wir sehen darin einen Boten Gottes, der die Strafe ankündigen oder das Strafamt selbst ausrichten soll. So ist denn das böse Gewissen negativ das Wissen, daß man von der Gemeinschaft mit Gott und der Seligkeit darin ausgeschlossen ist; positiv das Sich Wissen der eigenen Seele in einer anderen Gemeinschaft, der des Teufels, und daher die Hölle hier. Denn wie Judas, der ein Teufel genannt wird, — Einer unter euch ist ein Teufel, — und der Teufel selber nicht wesentlich, sondern nur graduell verschieden waren, so mag denn auch zwischen dem bösen Gewissen (der Hölle hier), und der Hölle dort nur ein gradueller Unterschied Statt finden, was nemlich dies Geschiedensein von Gott anlangt, diesen einen Punkt. Welch' ein furchtbares Gefühl dies Wissen der Seele ist: Ich bin von Gott geschieden, Gott weiß es, ich weiß es, ich weiß, es ist meine Schuld, ich weiß, Gott straft; — welch' ein furchtbares Gefühl dies ist, das zeigt uns die Geschichte mehrfach. Wenn Klopstock in seinem Messias, Gesang 7., das Ende Judas' schildert, so ist das furchtbare Wahrheit im Gewande der Dichtung. Auch Cromwell's Leben ist in der Hinsicht merkwürdig. Man sehe Becker, Weltgeschichte, 6te Ausgabe von Loebell. S. 425. Und das war derselbe Cromwell, der im Militairrathe, während man über den Tod des Königs Karl I. verhandelte und zuletzt das Todesurtheil unterschrieb, dem gegenübersitzenden Freunde ein Polsterkissen an den Kopf warf, und die mit Dinte gefüllte Feder seinem Nachbar zum Scherz in's Gesicht strich, welches beides er von den Geneckten wieder hinnehmen mußte. So äußert sich bei ihm das Gewissen ähnlich, wie bei Cain und Judas; vorher Alles nicht achtend, nachher die furchtbarste Angst. — Eine Stelle aus Schubert, Lehrbuch der Menschen- und Seelenkunde, S. 126, stehe nun noch hier. „Es ist der Spiegel des göttlichen Seins und Wesens, in welchem die Menschenseele, der hiezu im Gewissen das Organ gegeben ist, ihr eigenes Thun beschauet. Hierbei verdient eine, oft von Forschern der Natur der Seele gemachte Bemerkung ein Erwähnen; jene Beobachtung, welche ein plötzliches Erwachen in der Seele von schweren Verbrechern wahrnahm, wenn diese in die Nähe solcher Menschen kamen, in denen jene Kraft sehr mächtig war, welche man als die des Gottbewußtseins bezeichnen könnte. Der Mensch, in welchem der höhere Frieden des Geistes mit allen seinen Kräften der Ewigkeit lebt, vertritt in diesen Fällen bei einem Andern, dessen Inneres durch das Bewußtsein schwerer Schuld unstät und flüchtig ist, die Stelle jenes göttlichen Spiegels, in welchem sonst das Gewissen des Menschen das eigne Thun anschaut. Verbrecher, welche vor dem Auge des frivolen Richters, so sehr er sie auch bedräuete, Alles leugneten, und hiebei in kalter Härte unbewegt blieben, sind zuweilen bloß durch die Blicke eines Menschen, in denen jene höhere Kraft der Ewigkeit lebte, bewegt, und durch ihn in Kurzem zum Geständniß der That geführt worden. Denn ein gutes Gewissen, beides vor Menschen und vor Gott, und der innere feststehende Friede, der mit ihm verbunden ist, erscheinen, dem innern, unstät bewegten Unfrieden gegenüber, wie eine feste Felsenwand, von welcher das Echo der inneren Stimme des Gewissens zum Schrecken des Hörers zurückschallt, und diesen, gleich dem Nachtwandler, der seinen eignen Namen vernimmt, erweckt."

Bei Adam haben wir, C. 3, 20, Glauben an die göttliche Verheißung gefunden, bei Eva finden wir ihn hier. V. 1. H.: Ich habe erworben einen Mann (ein Männliches). So glaubt sie der Verheißung, daß ihr Same, und zwar der männliche (die Söhne), den Feind besiegen soll. „Diese Worte können das Magnificat der Eva genannt werden, denn eine inhaltsreichere Freude hat bis auf Maria keine Mutter empfunden." F. Delitzsch, die biblisch-proph. Theologie, 1845. Cain heißt Waffe. Auch dieser Name, den sie dem Erstgebornen giebt, deutet hin auf Glauben an das Wort Gottes von dem siegreichen Kampf ihres Samens gegen den Samen der Schlange. Habel heißt ein Hauch (Nichtigkeit). Der Name deutet wohl hin auf das Weinen und Leiden ihres kleinen Cain. — Hebr. 11, 4 wird gesagt, daß durch den Glauben Abel's dessen Opfer vor Gott größer war, als Cain's. V. 6. 7. heißt H.: Ist nicht, wenn du gut handelst, Erhebung des Angesichts? (Zeichen eines guten Gewissens, Hiob 11, 15. Cap. 22, 26) und wenn du nicht gut handelst, so lauert die Sünde vor der Thür, und ihre Gier steht nach dir; du aber sollst über sie herrschen. V. 13, H.: Meine Schuld ist zu groß zum Tragen. Er beklagt also nicht, wie Luther hat, die Größe der Sünde. V. 15, H.: Der Herr setzte dem Cain (also nicht an Cain) ein Wunderzeichen. V. 15 soll ein Trost für Cain sein, welcher Trost seinen Grund nicht in Cain hat, der ungläubig ist, sondern in der Verheißung Gottes von dem Samen des Weibes. V. 16: Land Nod heißt Land der Verbannung, im Gegensatz gegen Eden, Land der Wonne. Wie es unter den Nachkommen Cain's herging, zeigen uns die Verse 18—24. Lamech nahm zwei Weiber, also gegen die ursprüngliche Ordnung Gottes, und gegen die Erkenntniß Adam's, daß das Weib als Männin frei neben dem Manne stehen soll. Ada heißt Schmuck; Zilla Schatten, vielleicht vom schönen Haarwuchs; Naema heißt die Schöne, Liebliche. V. 23, 24 ist poetisch und ein Lied. H.: Einen Mann habe ich erwürget, weil er mich geschlagen, und einen Jüngling, weil er mich verwundet. Weiter will er sagen: Cain stand unter dem Schutz Jehovah's; ich halte mich durch meinen eigenen Arm weit sicherer; denn ja eben hatte er seinen Grimm und seine Rache gezeigt. So beginnt die Geschichte der Cainiten mit einer Mordthat und endet mit einer zwiefachen. V. 25, 26. Seth heißt Ersatz. Was Luther predigen vor dem Namen Gottes nennt, heißt eigentlich rufen bei oder mit dem Namen Jehovah's, entweder als Lobpreisung oder als Bitte. Es ist der Anfang eines regelmäßigen Gottesdienstes; was wir predigen nennen, liegt aber dieser ersten Zeit noch fern. Henoch, C. 5, 21—24. Von ihm steht zweimal, H.: Er wandelte mit Gott. Dieser Ausdruck findet sich nur noch bei Noah wieder, C. 6, 9. Von Abraham heißt es, C. 17, 1: wandeln vor Gott. Der erste Ausdruck bezeichnet ein vertraulicheres Verhältniß, das an den Umgang im Paradiese erinnert, C. 3, 8. Henoch heißt Geweihter. Daß hier von einer Wegnahme ohne Tod die Rede ist, lehrt der Text augenscheinlich, denn eben vorher hieß es immer: Er starb, er starb, und jetzt plötzlich: Er war nicht mehr, denn Gott nahm ihn weg, V. 24. Siehe über Henoch noch die Stelle im N. T. Judä, V. 14, 15.

Die Unterredung.

Cain's Betragen und Gottes Verhalten gegen ihn.

1) Cain's Opfer, — Gottes Urtheil. 2) Cain's Grimm, — Gottes Liebe. 3) Cain's Mord, — Gottes Fluch.

1) **Cain's Opfer, Gottes Urtheil.** Cain und Abel bringen jeder ein Opfer. Opfer heißt Darbringung, Gabe. Sie erkennen und zeigen durch diese Opfer, Gaben, zuerst, daß sie wissen, Gott hat Alles ihnen gegeben, und dann, daß sie eine Schuld gegen Gott auf sich haben, die sie durch diese Gaben gleichsam abtragen wollen. Obgleich sie nun Beide eins und dasselbe thun, so sahe doch Gott Abel's Opfer gnädig an, Cain's Opfer aber gefiel ihm nicht. Daraus sehen wir: daß Gott noch nicht zufrieden ist, wenn wir das Werk thun. Was heißt das: Zwei thun dasselbe, und es ist doch nicht dasselbe? — Weshalb gefiel ihm Cain's Werk nicht? Er sahe Cain und sein Opfer nicht gnädig an. Also an Cain selbst hatte Gott kein Wohlgefallen, daher gefiel ihm auch sein Werk nicht. Weshalb gefiel ihm Cain nicht? Wenn du fromm bist, so bist du angenehm. Also: bist du nicht fromm, so bist du unangenehm. Cain war unangenehm. Ursache: er war nicht fromm. Abel dachte wohl, wenn er opferte: Gott hat's gegeben, er ist mir nichts schuldig; es ist seine Liebe; ich will ihn wieder lieben; er opferte und that es also aus Liebe zu Gott, war fromm. Cain dachte wohl: Gott hat's gegeben; ich gebe ihm wieder, damit er mir noch mehr gebe. Er war nicht fromm, that es nicht aus Liebe zu Gott, sondern nur zu seinem eigenen Nutzen, aus Eigennutz. So sagt Gott noch bei all' unserm Werk: bist du fromm, d. h. thust du das Werk aus Liebe zu mir, so bist du angenehm, so ist es in meinen Augen gut; bist du nicht fromm, thust du es nicht aus Liebe zu mir, so ist es nicht gut, sondern es hat nur den Schein. Wir wollen dies an einigen Werken erläutern. — Gebet. Wo es andächtig (an=denken) ist, da ist Liebe zu Gott, und es ist ihm wohlgefällig. Gebet mit zerstreutem Sinn in der Schule, im Hause, in der Kirche ist ihm mißfällig; ebenso ein Gebet, das von Menschen beachtet sein will (Matth. 6). Davon heißt es, Jac. 4, 3: Ihr bittet und krieget nichts, darum, daß ihr übel bittet. — Kirchen= und Abendmahlgehen. Zu hören; zu lernen; sich zu erbauen, d. h. im Guten weiter zu kommen; Vergebung der Sünden zu erlangen, da ist das Werk angenehm. Warum? Es kommt aus Liebe zu Gott, mit dem man in Gemeinschaft sein will. Dagegen: Andere thun es: Langeweile; Neugierde; sich zu zeigen; für fromm gehalten zu werden. Warum ist es Gott unangenehm? Du bist nicht fromm, d. h. die Liebe zu Gott fehlt dabei,

du liebst entweder dich oder andere Menschen mehr. — Geben. Gott giebt so viel; die Menschen sind meine Brüder, Gott ist der Vater, der es haben will; — im Gegentheil: Andere geben auch; es wird davon gesprochen; man giebt uns dann wieder, und vielleicht mehr wieder, als wir gegeben haben. — Lernen in der Schule. Gott giebt dazu die Kraft; Gott will es haben; ich möchte gerne immer besser werden; es ist mir eine wahre Freude, von Gott zu hören; Jesus 12 Jahr alt. Dagegen: ich will der Erste sein; will gelobt werden; will es nur wissen, ohne mich um das Thun zu bekümmern. — Das heißt fromm sein, und nicht fromm sein. Danach prüfe auch du dein Opfer, das du Gott bringst, deinen Gottes-Dienst.

2) **Cain's Grimm, Gottes Liebe.** Als nun Gott das Opfer Cain's nicht gefiel, da, V. 5, ergrimmte Cain und seine Gebehrden verstellten sich. Woher? Er mochte meinen, sein Bruder wäre schuld, daß sein Opfer nicht gnädig angesehen wurde: Haß. Mein Bruder steht besser bei Gott als ich; der Verdruß darüber: Neid. Gott hätte ihn können gehen lassen. Aber nein. Er belehrt ihn. Wie? Leset V. 7. — Ein Unterthan ergrimmt gegen den König oder dessen Einrichtungen: (das: bist du fromm, so bist du angenehm, ist auch eine Einrichtung Gottes). Der König geht zu ihm in's Haus und stellt es ihm vor, spricht mit ihm. Das ist ein schwaches Abbild von dem, was der König der Könige hier bei einem geringen Menschen thut. Diese wichtigen Worte Gottes enthalten eine Belehrung. Wo? mit einer Verheißung. Wo? und eine Warnung. Wo? Was soll das? Cain soll aufmerksam werden, die Ursache des Mißfallens Gottes in sich suchen, und den Haß und den Neid fahren lassen. Welche Liebe Gottes! Also: Cain's Grimm — Gottes Liebe. Noch so. Gottes Liebe kommt jeden Morgen zu euch im Religionsunterricht, wo er spricht: sei fromm, mein Kind, so bist du angenehm; das Wort Gottes belehrt von Gottes Liebe. Nennt Einiges. Und doch — gehen die Menschen in dem Grimm Cain's und in allen Sünden dahin. Nennt Einiges: Lüge, Rache, Neid, Unbarmherzigkeit ꝛc. Kann das gut gehen? Die Frage will noch keine Antwort haben.

3) **Cain's Mord, Gottes Fluch.** Haß und Neid waren in Cain's Herzen schon vorhanden. Sie konnten aber daraus vertrieben werden durch das Wort Gottes, das ihm eben gesagt worden war. Dann mußte er aber erst demselben glauben. Ja, so ist es; — ich bin nicht fromm; — so bin ich Gott nicht angenehm, ich fühle es; — Haß und Neid sind schon in mir, es könnte noch weiter kommen; — so schlecht bin ich und — doch redet der, der mir Alles giebt, so freundlich mit mir; — welche Liebe! — Nun es soll nicht umsonst zu mir geredet sein, es soll anders werden. Das wäre so ungefähr der Weg gewesen. Dann hätte seine Frömmigkeit bald die Sünde, die vor der Thür lauerte, vertrieben. Da-

gegen war er dem Worte Gottes ungläubig. Ich soll schuld sein? mein Bruder nicht? Ich soll der Sünde nicht ihren Willen lassen? Warum nicht? So wurde dem Worte Gottes nicht geglaubt, es wurde überhört, es ging, statt in's Herz, am Herzen vorüber. Die Thür war der Sünde weiter geöffnet, und Haß und Neid brachen in einer That aus dem Herzen heraus und wurden Mord. Nun verstehen wir ohne Weiteres, was es heißt, wenn die Schrift sagt, 1 Joh. 3, 15: Wer seinen Bruder hasset, der ist ein Todtschläger. In dem Haß liegt schon im Keim der Mord mit, wenn man der Sünde nicht wehret, sondern ihr ihren Willen läßt. Und nun geht es schnell weiter: ich weiß es nicht, Lüge; soll ich meines Bruders Hüter sein? Trotz und Heuchelei. Also Neid, Haß, Mord, Lüge, Heuchelei, Trotz. O, wie klein fängt es an und wie furchtbar endet es! Diese Reihenfolge von Sünden nennt die heilige Schrift den Weg Cain's. Brief Judä V. 11: „Wehe ihnen: denn sie gehen den Weg Cain's." Hütet euch vor solchem Wege.

Wer seine Missethat leugnet, dem wird's nicht gelingen. Als nun Cain nicht bekennen will, da zeigt ihm Gott, daß er's wohl weiß, V. 10: Was hast du gethan! Das Blut deines Bruders hat Stimme und schreiet. Was heißt das? Jeder Gedanke, jede That liegt vor Gott so offen da, als ein Geschrei, das jetzt Jemand hier in der Schule machen würde, vor eurer aller Ohren da läge. Nun giebt Gott die Strafe. V. 11: Und nun verflucht seist du auf der Erde. „Und nun" darüber gehen wir zuerst nicht hin. Die unendliche Liebe Gottes gegen Cain haben wir eben gesehen. Wie noch? die wurde von Cain hinweggeworfen. Wie noch? dann heißt es: und nun: und damit bereitet sich das vor, was nun folgt: der Fluch Gottes. Fluch. Dem Segen entgegengesetzt. Den Begriff des Segens hat Luther wohl am schönsten getroffen: Mehrung, Füllung, nicht bloß in leiblichen Dingen, Segen an Gras, Kindern ꝛc., sondern auch in Dingen, die das Wesen des Geistes Gottes ausmachen (in geistlichen Dingen), Fülle an Liebe Gottes, Friede in Gott, Freude an Gott. Fluch das Gegentheil. V. 12 steht die nähere Erläuterung. Der Acker soll dir sein Vermögen nicht geben; also Beraubung des Segens in leiblichen Dingen. Unstät und flüchtig sollst du sein auf Erden. Kein Friede, keine Freude. Also: Beraubung des Segens in geistlichen Dingen. Das fühlt Cain gleich. V. 14: Ich muß mich verbergen vor deinem Angesicht. Dieser Fluch Gottes über Cain ist treffend geschildert Hiob 15, V. 20–30. Ich will die Verse lesen, und ihr sollt mir sagen, inwiefern sie Anwendung auf Cain finden. — Und noch heutiges Tages ist es wie vor fast 6000 Jahren. V. 7 heißt eigentlich: bist du fromm, so ist Aufhebung des Angesichts da, d. h. so darfst du deinen Blick frei aufschlagen. Das darf der Sünder nicht. Denn er weiß: Einer weiß meine Bosheit mit: er warnte, aber ich wollte nicht hören; er wird strafen; er straft schon, ich fühle es. Deisen innern Fluch nennt man das böse Gewissen. Furchtbares Gefühl! Nirgends Ruhe! nirgends Freude! nirgends Friede! Dem Bösewicht wird alles schwer, er thue, was er thu', die Sünde treibt ihn hin und her, und läßt ihm keine Ruh'. Der Wind im Hain, das Laub am Baum saust ihm Entsetzen zu; er findet nach des Lebens Raum im Grabe keine Ruh'. O Kinder, hütet euch! Gott läßt sich nicht spotten. Das thut ihr, wenn ihr sein Wort überhört, euch daran nicht kehrt, der Sünde nicht wehrt. Noch heißt es: Heute. Heute, so ihr seine Stimme höret, so verstocket eure Herzen nicht. Das ist nicht mein Wort, das ist Gottes Wort an euch. Heute, so ihr seine Stimme höret, so verstocket eure Herzen nicht.

Höret und betrachtet nun noch mit mir ein Gedicht.

Cain am Ufer des Meeres.

Weh', o wehe mir! wohin treibt mich mein geschlagener Sinn! Gottes Ströme brausen her Abel's Blut! es ist das Meer! Bis zur Erde letztem Rand hat die Rache mich gebannt! Wo kein Jammer noch geklagt, hat mich Abel's Blut gejagt! Wehe mir! des Bruders Blut donnert in der wilden Fluth! In des Felsenufers Schall! in der Grotten Wiederhall! Wie den Stein das Meer umfleußt, so umstürmen meinen Geist Seelenangst und Qual und Wuth, Gottes Schrecken, Abel's Blut! Oeffnet, Wogen, euren Schlund! denn der Muttererde Mund trank sein Blut, da ich ihn schlug, und vernahm des Rächers Fluch! Oeffnet, Wogen, euren Schlund und enthüllet euren Grund! Ach umsonst! die Rache wacht auch im Schooß der alten Nacht! In der tiefsten Tiefe Graun würd' ich Abel's Schatten schaun, würd' ihn schauen, ob ich flöh auf des höchsten Berges Höh'. Würde dieses Leibes Staub aller Wirbelstürme Raub; o so schaute Cain doch Gottes Feuereifer noch! Ohne Maaß und ohne Zahl wüthet meiner Seele Qual, sonder Gränzen ferner Zeit währet sie in Ewigkeit. Denn mich traf des Rächers Fluch, als ich meinen Bruder schlug; wehe! wehe! wehe mir! Gottes Schrecken folgen mir!

F. L. Stolberg.

Die Sündfluth.

1 Mos. 6—9.

Die Geschichte der Sündfluth (eigentlich Sintfluth, d. h. große Fluth) hat zwei Momente: Ein Altes hört auf und ein Neues fängt an. Die alte Welt schließt sich mit dem Untergange aller Gottlosen, der nähere Umgang Gottes mit den Menschen hört auf, und auch manche physische Erdeinrichtungen enden, worauf auch die Geschichte der Natur hinweist. Ein Neues beginnt mit Noah, wie Cap. 9 es ausdrücklich zeigt. Mit ihm und der Menschheit überhaupt wird ein Bund errichtet, der die Erhaltung der Welt, der Menschen und der Thiere zum Zweck hat, ein Naturbund, wie man ihn gewöhnlich nennt. Dieser Naturbund und die ganze da gesetzte Verfassung dauert noch und soll dauern, C. 8, 22, so lange die Erde steht. Von Noah an datirt sich also die jetzige Erdeinrichtung auch im Physischen.

Die Gottlosen. Das Leben der Cainiten haben wir, Cap. 4, 17—24, gesehen, besonders an dem gottlosen Lamech. Gott klagt hier: Der Menschen Bosheit ist groß; das Tichten und Trachten ihrer Herzen ist nur böse immerdar. Und die Geschichte sagt: Die Erde war verderbet vor Gottes Augen, und voll Frevels; alles Fleisch hatte seinen Weg verderbet auf Erden. So waren also Alle in das Verderben hineingezogen, es war, „eine Welt der Gottlosen," wie es 2 Petr. 2, 5 heißt. Diese Welt ging unter in der großen Fluth. Aber die ewige Liebe ließ diese Welt der Gottlosen nicht sinken, und das N. T. führt sie noch einmal unsern Blicken vor, 1 Petr. 3, 19. 20: In demselben (Geiste nemlich, nach dem göttlichen Geiste) ist Christus auch hingegangen und hat gepredigt den Geistern im Gefängniß, die etwa nicht glaubeten, da Gott einstmals harrete und Geduld hatte zu den Zeiten Noah. Wenn die Stelle auch dunkel ist, so sagt sie doch: 1) die Geister der Zeitgenossen Noah's waren im Todtenreich. 2) Christus hat ihnen gepredigt, d. h. im neuen Testament immer: das Evangelium verkündiget; gewiß, daß sie es annehmen möchten, und so zur Gnade kämen. Welche Mächtigkeit des Erlösungswerks Christi! welche Liebe! Das heißt: Suchen, was verloren ist, suchen, auch Jenseits noch.

Noah. Sein Name bedeutet Trost (Ruhe). Er war der Zehnte von Adam. Beim Ausbruch der Sündfluth war er 600 Jahre alt, und lebte nach derselben noch 350 Jahre, daß sein ganzes Alter ward 950 Jahre. Die hohen Jahre der Patriarchen vor der Sündfluth sind wirkliche Jahre gewesen. Den besten Beweis dafür giebt unsere Geschichte selbst. Nach C. 7, 11 und C. 8, 14 hat die Fluth 1 Jahr und 11 Tage gedauert, das sind (ein Mondjahr 354 Tage und 11 Tage) 365 Tage, die kommen auch, wenn wir die Tage in C. 7, 12. 17, und C. 8, 3—7, V. 8—10 und V. 13 summiren. Siehe die Berechnung in Lisco A. T. S. 28. Die Jahre in dem Alter der Patriarchen sind also, mit wenig Unterschied (11 Tage) gerechnet, wie wir noch jetzt rechnen. Wollte man sagen, es sind Monate gewesen, so wird Alles lächerlich, dann hätte z. B. Henoch, nach C. 5, 21, mit 5 Jahren geheirathet. Auch zählt Josephus eine ganze Reihe alter Schriftsteller auf, die das tausendjährige Alter der ersten Menschen bezeugen. Dies hohe Alter war aber gewiß für die Erzväter selbst kein fühlbarer Segen, da Lamech, der Vater Noah's, von Mühe und Arbeit auf der von dem Herrn verfluchten Erde spricht. Wichtig wird aber dies lange Leben für die Mittheilung der Offenbarungen Gottes, denn aus der Vergleichung der Lebensalter ergiebt sich, daß Adam noch mit Noah's Vater Lamech 56 Jahre zusammen gelebt hat und Noah mit Abraham noch 58 Jahre. Auch nahm Noah, was an Bildung und Kunst aus der alten Welt bleiben sollte, in die neue mit hinüber. Es ist ein unvergleichlich Großes, daß Noah mitten in einer Welt der Gottlosen fromm blieb. Sein Opfer heißt, C. 8, 20, ein Brandopfer, wobei alles Genießbare verbrannt wurde. Zweck dieses Opfers war Aussöhnung mit Gott. Wenn Noah nicht selber Gott naht, sondern mittelst eines Andern, eines Reinen dem Heiligen, Reinen, so spricht er damit seine Verschuldung aus, und daß er nicht seiner Gerechtigkeit, sondern der Gnade Gottes seine Rettung verdankt. So befaßt denn dieses Brandopfer zugleich den Dank mit in sich.

Die Reue und das Bekümmerniß Gottes in seinem Herzen. C. 6, 6. Die Schrift redet von Gott in Ausdrücken, die von der menschlichen Gestalt und von dem Leibe des Menschen hergenommen sind (Anthropomorphismen), z. B. Gott geht, hört, sieht, spricht; so wie auch in Ausdrücken, die den Gemüthsregungen der Menschen entlehnt sind, z. B. Gott zürnt, bejammert etwas, Jon. 4, 10, bereuet, erquickt sich, untersucht, merkt, gedenkt (Anthropopathien). Dem gegenüber lehrt sie an andern Stellen durchaus die Geistigkeit Gottes: Gott ist ein Geist, Joh 4, 24, Gott wohnt in einem Lichte, wo Niemand zukommen kann, 1 Tim. 6. Niemand hat ihn je gesehen, Joh 1 u. a. Stellen. Auch lehrt sie die Unwandelbarkeit Gottes, die Ewigkeit seiner Rathschlüsse, und daß ihm nichts unerwartet kommt, z. B. Apg. 15: Gott sind alle seine Werke bewußt von der Welt her, Röm. 11: Gottes Gaben und Berufung mögen ihn nicht gereuen (wörtlich: sind nicht der Reue unterworfen). Jac. 1: Bei ihm ist keine Veränderung, u. a. St. Ja die Schrift ist darin so offen, sicher und frei, daß sie beide Gegensätze neben einander stellt, z. B. 1 Sam. 15, 11: Es reuet mich, daß ich Saul zum Könige gemacht habe, und V. 29: Es lügt der Held in Israel nicht und gereuet ihn nicht. Wie hat man nun solches aufzufassen und diese Gegensätze anzusehen? Es ist oft gesagt, in dem Wesen Gottes befinde sich diese Wandelbarkeit, diese Veränderung nicht, die Schrift rede nur so um des Menschen willen, der sich das geistige

Wesen Gottes sonst nicht denken könne. Das heißt denn kürzer: Alle solche Ausdrücke sind nur bildlich von Gott gesprochen, sie haben keine Wahrheit in dem Wesen Gottes, man muß sie daher geistig umdeuten. Allein solche Erklärung denkt offenbar zu geringe von Gott, sie setzt erst den Menschen und nach dem Menschen Gott; Gott ist nach dieser Erklärung ein Vater, weil der Mensch ein Vater ist, Gott zürnt, weil der Mensch zürnt. Die Schrift dagegen kehrt das ganze Verhältniß um: Gott ist nicht nach dem Bilde des Menschen gemacht, sondern der Mensch ist nach dem Bilde Gottes gemacht, und der Mensch ist ein Vater, weil Gott der rechte Vater ist über Alles, was Kinder heißt, im Himmel und auf Erden; der Mensch zürnt, bereuet, erquickt sich, weil Gott es thut*). Diese Bemerkung stellt uns das sogenannte Menschliche in Gott als etwas Reelles, in der Persönlichkeit Gottes Gegründetes hin, das volle Wahrheit hat. Es kommt nun noch darauf an, es uns deutlich zu machen, was wir von diesen Gegensätzen, worin die Schrift redet, zu denken haben. Es hat zuerst volle Wahrheit, daß Gott Geist ist, den kein Mensch gesehen hat, noch sehen kann, daß er unveränderlich ist, daß seine Rathschlüsse ewig sind, daß ihn nichts reuet, und daß er durch die Gottlosigkeit der ganzen Welt in seiner Seligkeit nicht gestört wird u. A. Es hat aber auf der andern Seite eben so volle Wahrheit, daß Gott Liebe ist. Aus Liebe schuf er die Welt, aus Liebe gab er sich selber in der Zeit in die Welt hinein. Er lebt, so zu sagen, mit ihr eine Geschichte, verflechtet sich in die Geschichte seines Volks, nimmt aus Liebe den innigsten Antheil an Allem, was dem Geschöpf, seinem Werk, begegnet. Deutlicher wird uns dieses durch die Erscheinung der Gottheit in dem Sohne Gottes, wo wir die zwei Seiten wieder finden. Der Sohn Gottes ist in Allem, so auch was diese Vermensch-

*) Eine Bemerkung für den Religionsunterricht möge hier ihre Stelle finden. Man hört und lies't so oft, wenn z. B. von Gott als Vater die Rede ist, daß erst das menschliche Verhältniß zwischen Vater und Sohn hingestellt, und dann gesagt wird: So ist es auch zwischen Gott und den Menschen. Daß dieses nach dem Obigen verkehrt ist, ist leicht einzusehen. Zudem stellt man ein sündhaftes Verhältniß auf (auch der menschliche Vater versündigt sich gegen sein Kind), was, auf Gott angewandt, nicht paßt. Was in dem Worte: Gott ist Vater, liegt, das muß uns die Schrift sagen, und die menschlichen Verhältnisse können nur untergeordnet und analog, wo sie passen, in Betracht kommen, können uns aber nicht den Ausdruck erklären. — Noch eins. Die jetzige Zeit scheuet sich, im Religionsunterricht die Anthropopathien zu gebrauchen, und z. B. von dem Herzen Gottes zu reden, weil sie fürchtet, Gott als Mensch darzustellen. Die Bibel hat diese Furcht nicht, warum nicht? weil sie recht gut weiß, daß Gott kein Mensch ist. Setzen wir auch im Unterricht dieses als Gegengewicht, so brauchen wir uns nicht zu scheuen, zu sagen: du betrübst den heiligen Geist, Gott bricht das Herz, er streckt die Hände nach dir aus den ganzen Tag ꝛc. Denn mit unserer vermeintlichen Idee Gottes ist es nichts, wenn wir nicht zuerst in dies Concrete und in die Gegenwart hinein wollen. Ohne eine Persönlichkeit Gottes, die Leben hat, und für mich Leben hat, kommt man gar nicht zu einer Idee Gottes.

lichung anlangt, das sichtbare Abbild Gottes. Er hat es ausdrücklich gesagt, daß die Liebe der Grund seiner Menschlichkeit gewesen ist. Er, der als Sohn Gottes von Ewigkeit und ohne Geschichte ist, hat als Mensch eine Geschichte erlebt; er, der nicht bedurfte, daß Jemand Zeugniß gäbe von einem Menschen, und der wohl wußte, was im Menschen war, Joh. 2, nahm zu an Weisheit; er, den Niemand einer Sünde zeihen konnte, und dem somit die Folge der Sünde, Schmerz, Tod, hätte unbekannt sein müssen, versenkte sich in unsern Schmerz, betrübte sich, litt, starb, und daneben zugleich hatte er das volle Bewußtsein, daß er von Gott gekommen war. Ja, wir finden gerade in solchen Momenten des Lebens Jesu, wo sich seine Menschlichkeit so recht stark herausstellt, seine unwandelbare Göttlichkeit gleich daneben. Derjenige, der eben auf einem Kissen schläft, spricht zugleich: Schweig, Meer, und verstumme. In Gethsemane tritt der Schmerz stark hervor: Vater, willst du, so nimm diesen Kelch von mir; aber dies Reinmenschliche geht zugleich in dem vollkommenen Gehorsam auf: doch nicht mein, sondern dein Wille geschehe. Wie nun der Sohn Gottes als Erlöser aus Liebe sich in unsere Menschlichkeit versenkte, so der Vater aus Liebe als Schöpfer. Es versteht sich von selbst, daß wir damit keineswegs eine Menschwerdung des Vaters behaupten, sondern die Menschlichkeit unseres Herrn nur als Analogie aufstellen. Wir glauben aber damit bewiesen zu haben, daß, wie die Menschlichkeit Christi volle Wahrheit hat und neben seiner Göttlichkeit ganz gut besteht, so auch, was von Menschlichkeiten dem Vater in der Schrift beigelegt wird. Daß wir dabei von der Sünde ganz wegsehen, braucht wohl nicht erst erinnert zu werden; wie die Schrift es selber sagt, daß Gott nicht wie ein Mensch etwas bereuet; auch behaupten wir ja nicht, daß Gott mit einer fleischernen Zunge spricht u. s. w. Es läßt sich aber die Schrift gar nicht darauf ein, es uns zu erklären, wie das Reinmenschliche von der Gottheit Christi durchdrungen und überwunden wurde; eben so auch setzt sie es uns nicht aus einander, wie den unwandelbaren Gott etwas betrüben, reuen kann. Wie sollte es uns denn einfallen, diese Gegensätze einigen zu wollen! Es ist uns genug, daß sie wahr sind bei dem Sohn wie bei dem Vater. Eine andere Frage ist es aber: Warum spricht die Schrift so menschlich von Gott? 1) Kommen wir immer wieder darauf zurück, weil es Wahrheit ist. Ist Gott die Liebe, ist das sein Wesen, so kann ihm unmöglich die Schlechtigkeit der Menschen, die er zu seinem Bilde geschaffen hat, gleichgültig sein. Sein Werk ist verdorben, das ist die Bekümmerniß in seinem Herzen; er vernichtet sein Werk, weil es ihn reuet, sonst hätte er es stehen lassen. 2) Die Schrift will uns ganz in die Wahrheit der Geschichte versetzen. Sie will uns die göttlichen Rathschlüsse eröffnen, nicht, wie sie von Ewigkeit her bestimmt waren (freilich sie waren von Ewigkeit bestimmt), sondern wie sie durch das Verhalten der Menschen sich bestimmen. Es ist, als wenn Gott durch die Geschichte zu uns spräche: Seht's, ihr Menschen, ich gebe es euch in die Hand, ich ehre, die mich ehren, und die mich suchen, finden mich. Ich habe euch Leben und Fluch vorgelegt, aber freilich, daß ihr das Leben erwählet. So ist es der menschlichen Freiheit gerade förderlich, und Luther sagt irgendwo tief wahr: Gott, wenn er Menschen ziehen will, mußte ein Mensch mit werden. Nun steht uns die Sünde durch diese Bekümmerniß, durch diese Reue Gottes in ihrem Gräuel lebendiger vor Augen, aber auch, indem er dennoch die Welt untergehen läßt, dem gegenüber die Heiligkeit, Gerechtigkeit und Liebe Gottes (dies Letztere 1 Petr. 3, 19. 20), und nur durch diese absoluten Eigenschaften Gottes wird die Reue und der Schmerz überwunden, und die Herrlichkeit des ewigen, unveränderlichen Gottes strahlt so in dieser Veränderlichkeit am schönsten hervor. 3) Was mit dem eben Gesagten in Verbindung steht: Wie nahe wird uns durch diese Menschlichkeit Gott gebracht! Erst dadurch wird mir Gott wahrhaft ein lebendiger Gott, der gerade in dem Augenblick erscheint, hört, hilft, wo ich der Hülfe bedarf, und dabei mein Gebet, das ich diesen Augenblick thue, in Betracht zieht. So thun wir denn, gerade durch diese Anthropomorphismen und Anthropopathien einen Blick in die Pädagogie Gottes mit uns. Welche Tiefen der göttlichen Liebe! Aus Liebe erschafft Gott die Welt und den Herrscher der Welt, den Menschen; aus Liebe begiebt er sich mit in die Welt hinein, nimmt an allen unsern Leiden den innigsten Antheil. Es bricht ihm das Herz, wie er selbst bei den Propheten sagt. Welche Tiefen der göttlichen Weisheit! Durch solche Vater-Liebe will die Schrift uns, die Kinder, groß ziehen zur Freiheit der Kinder Gottes, und uns so der göttlichen Natur theilhaftig machen.

Die Gnadenfrist, C. 6, 3. Wir sprechen bei der Gelegenheit sowohl ein Wort über die Frist, als auch über die Gnade. H.: Und es sprach Jehovah: Mein Geist soll in dem Menschen nicht immerdar erniedrigt sein, in ihrer Verirrung sind sie Fleisch, und seine Tage sollen sein 120 Jahre. Der Geist Jehovah's in dem Menschen ist der menschliche Geist, in so fern er Gottes Bild ist. Den letzten Satz des Verses verstehen sehr viele Ausleger: Das menschliche Leben soll künftig nur 120 Jahre sein. Luther, und viele Ausleger mit ihm, verstehen ihn von einer Frist zur Buße, die 120 Jahre dauerte. Sprachlich läßt sich das Richtige nicht bestimmen, daher bleibt schon die Schule am liebsten bei dem Sinne unserer Bibel. Auch scheint, 1 Petr. 3, 19: Gott harrete und hatte Geduld zu den Zeiten Noah's, unsere Stelle als Bußfrist zu verstehen. Dazu kommt noch, daß die Bibel immer bei größeren Strafgerichten Gottes eine Bußfrist nach der Ankündigung giebt: die Amoriter bekamen 400 Jahre, 1 Mos. 15; die Niniviten 40 Tage, Jon. 3; Nebucadnezar ein Jahr, Dan. 4; und die Juden nach Christi Verwerfung 40 Jahre Zeit zur Buße. Diese Langmuth Gottes ist Gnade Gottes, daher diese Frist Gnadenfrist. Gott ist gnädig, d. h. er straft den Sünder nicht, wie er es verdient, sondern giebt ihm unverdient Gutes*). Damit man fühlt, was Gottes Gnade ist, setzen wir noch Folgendes hierher. Der unendliche Gott erschafft den Menschen in seinem Bilde. Wie nahe stehen sich da Gott und Mensch; welche Liebe, Gnade! Aber der Mensch will das Bild Gottes nicht; er wirft es weg, wie Adam; trotzt, wie Cain; redet frech, wie der gottlose Lamech; und doch reicht Gott ihm täglich dar allerlei Gutes zu genießen, geht ihm nach, warnt aus Liebe, giebt ihm Zeit, sich zu besinnen; welche Gnade! Aber der Mensch achtet es noch nicht, und gehet in der Sünde dahin. Das bekümmert Gott in seinem Herzen. Da thut er in der Fülle der Zeit etwas so Großes, daß er nicht mehr thun kann, und es erscheint die Gnade Gottes allen Menschen in der Erscheinung seines lieben Sohnes, und derselbe muß auch den Gottlosen der Sündfluth noch im Todtenreich predigen. Welche Gnade! Und noch täglich wird zu der Predigt von der Erlösung die Gabe des heiligen Geistes gegeben, der ein neues Herz in uns schaffen will. So ist denn wahr: Was wir davon denken, was wir sagen können, ist ein Schatten nur zu nennen; Tag für Tag zu leiden, Tag für Tag zu dulden so viel Millionen Schulden, und dazu ohne Ruh' Lieben für das Hassen: Herr, wer kann das fassen! — Solchen Begriff giebt uns die heilige Schrift von dem gnädigen Gott. Außer der Offenbarung finden wir dieses nirgends. Gott ist groß! sagt der Mahomedaner; Gott ist die Liebe! sagt der Christ. Auch die Heiden wissen nur von dem großen Gott zu sagen. Ja, daß Gott ein gnädiger Gott ist, lag den Menschen so fern, obgleich Gott es in Thatsachen vom Anfang des Menschengeschlechts gezeigt hatte, daß Gott selbst es zuerst als Lehre verkündigt hat. Die erste eigentliche und feierliche Belehrung von der Gnade Gottes steht 2 Moses 34, 6. Diese hochwichtigen Worte Gottes finden in vielen andern Stellen des A. T. ihre weitere Auslegung, besonders in Ps. 103. Und es ist nur die höchste Spitze dieses Wortes, wenn es im N. T. und im Christenthum heißt: Also, also, Joh. 3, 16. Nur Einen Schluß aus dem Gesagten: Das Christenthum kann von keiner Religion überboten werden, sie mag nun schon vorhanden sein, oder die Philosophie mag sie uns erst

*) Gott ist gerecht, wird gewöhnlich erklärt: Er belohnt das Gute und bestraft das Böse. Gegen diesen Begriff ist nichts einzuwenden. Nur kann von Lohn des Guten bei Gott gar nicht die Rede sein, da kein Mensch vor Gott Verdienst, also auch keine Ansprüche auf Lohn hat. Daher fällt das: er belohnt das Gute, das er befiehlt, von selbst weg, und es bleibt in dem Begriff nur das Bestrafen des Bösen übrig. Indeß spricht die Schrift vielfach von Lohn, und der Herr selber: es soll euch im Himmel wohl belohnt werden. Dieser Lohn verhält sich nun zur Gerechtigkeit Gottes also, daß er freilich ohne Verdienst, aber doch nicht nach Willkur, sondern nach Würdigkeit, also auch nach Recht und Gerechtigkeit, vertheilt wird. Solcher Lohn wurde Noah zu Theil, weil er dessen würdig war. Dieser Theil der Gerechtigkeit Gottes fällt aber dann ganz mit der Gnade Gottes zusammen. — Dies für den Lehrer.

bringen sollen. Warum nicht? Es hat die höchsten Motive, und darüber hinaus sind keine weiter denkbar. Was die Gnade Gottes aus einem Menschen machen kann, darüber wolle man noch folgende Stellen nachlesen. Phil. 4, 12. 13. 1 Cor. 15, 9. 10. Eph. 3, 7—9. 1 Tim. 1, 13. 14.

Die große Fluth. Sie ist mit sehr lebendigen Farben in der Schrift geschildert, besonders C. 7, 10—14. Die Geschichte versenkt sich ganz in die Sache hinein, und die öftern Wiederholungen an der eben bezeichneten Stelle sollen uns dieses Zornbild Gottes, wie Luther es nennt, recht vor die Augen stellen. Zugleich bricht aber, wie die Sonne aus düstern Wolken, aus diesem Zornbild die Gnade Gottes hervor, wenn es V. 23 zweimal heißt: Also ward vertilget Alles, was auf dem Erdboden war, und danach gleich: Allein Noah blieb übrig und was mit ihm in dem Kasten war. — Wie entstand die Sündfluth? V. 11: Es brachen auf die Brunnen der großen Tiefe, und thaten sich auf die Fenster (H. Schleusen, Gitter) des Himmels. Diese Ausdrücke weisen zurück auf den Zustand am zweiten Schöpfungstage; die Gewässer, die dort durch die Veste geschieden sind, kommen wieder zusammen. Auch die Physik hält es aus mehreren Thatsachen für sehr wahrscheinlich, daß im Innern der Erde große Wassermassen vorhanden sind. Nach V. 19. ging die Fluth über die hohen Berge unter dem Himmel; so ist also die Fluth eine allgemeine gewesen, weil alle Menschen verderbet waren, und der Mensch die ganze Erde mit in das Verderben hineingezogen hatte. Auch die Geschichte der Natur hat gegen eine allgemeine, große Fluth jetzt nichts mehr einzuwenden (Buckland, Cuvier, v. Humboldt u. A.), und der Montblanc, der Himalaja und die Cordilleren tragen die Spuren davon noch jetzt an ihrer Stirn (v. Humboldt fand Knochen des Mastodont, ein ganz ausgestorbenes Thiergeschlecht, auf den Cordilleren, 7800 Fuß hoch, und Webb gar 16,000 Fuß hoch auf dem Himalaja). Neben dem Zeugniß der Natur von einer großen Fluth steht ein zweites Zeugniß in den Sagen der Völker. Je näher dem Wohnsitz der ersten Menschen, desto übereinstimmender und fast wörtlich findet es sich mit der heiligen Schrift. Man hat indische, chaldäische, griechische, chinesische Sagen, wo man gar mit weniger Veränderung die Namen Noah's und seiner Söhne wieder findet. Auch amerikanische Sagen, die man sonst bezweifelte, sind durch v. Humboldt bestätigt worden. Sogar bei den Südsee-Insulanern dieselben Sagen. Die genaue Uebereinstimmung mit der Schrift, und wieder die Abentheuerlichkeit in der Abweichung von derselben, besonders bei den indischen Sagen, ist sehr interessant zu lesen. S. Tholuck, vermischte Schriften, Band 1; Schubert, Geschichte der Natur, Band 1, und ausführlich Stolberg, Geschichte der Religion Jesu, Band 1, Beilage. — Es heißt, C. 6: Ich will hinfort die Erde verderben, denn das Tichten und Trachten der Menschen ist böse immerdar, und Cap. 8, 21: Ich will hinfort die Erde nicht verderben, denn das Dichten des menschlichen Herzens ist böse von Jugend auf. Diese letztere Stelle ist so zu verstehen: Ich will nicht, — denn sonst müßte stets eine Sündfluth wiederkehren und das Menschengeschlecht ganz und gar verderben. Gott nimmt hierbei, wie V. 21 offenbar zeigt, auf das Brandopfer Noah's Rücksicht. Er verschont und duldet wegen der Versöhnung. — Nach 1 Petr. 3, 18—21 ist das Wasser der Sündfluth ein Vorbild der Taufe, dies ist sie durch das Untergehen eines Schlechteren, — der alte Mensch soll ersäuft werden — und das Erhalten eines Edleren, der neue Mensch soll wieder auferstehen, — durch dasselbe Wasser.

Die Arche. Gott selber giebt, C. 6, an, wie der Bau der Arche eingerichtet werden soll. Die Länge war 300 Ellen, die Breite 50 Ellen und die Höhe 30 Ellen, das giebt 450,000 Cubikellen. Eine Elle ist (5 Mos. 3, 11) 1½ Fuß. Das ist freilich ein Riesenbau, aber wir finden solche Bauten im hohen Alterthum durchgängig. Manche haben in den hier angegebenen Verhältnissen viel Unzweckmäßiges gefunden, Sachverständige haben aber anders geurtheilt. Was wollen noch die Theologen, heißt es in Tholuck, lit. Anz. 1843 (Nr. 24?), wenn selbst ein französischer Viceadmiral, der um 1800 ein Werk über Schifffahrt schrieb, in den Dimensionen der Arche nichts Monströses fand? Die Arche hatte drei Stockwerke und Kammern, H., Nester und Zellen. Was Luther Fenster übersetzt. V. 16: Ein Fenster sollst du daran machen, heißt Licht, nemlich eine Oeffnung (der ganzen Länge nach), durch die das Licht dringt. Man hat ohne Weiteres oft darüber abgesprochen, daß nicht alle Thiergattungen in der Arche Raum hatten. Allein der Oberbaurath Silberschlag hat in seiner Geogonie mit großem Fleiß die hier angegebenen Verhältnisse betrachtet, und gefunden, daß für alle Thiergattungen und für Futter auf ein Jahr hinlänglich Raum da war. Zudem sind die vielen Thierspecies gewiß auf wenige Hauptgattungen zurückzuführen, eben wie die verschiedenen Menschenracen auf Einen Stammvater. Woher aber nahm Noah das verschiedene Futter für die verschiedenen Thiere? Darauf antwortet die Erdkunde: Die klimatischen Verhältnisse waren damals anders, als sie jetzt sind. Die Thiere kommen zu Noah in den Kasten, weil die Thiere damals noch den Menschen näher standen, als es jetzt der Fall ist. Nach der Sündfluth wird den Menschen die Herrschaft über die Thiere gegeben, aber: durch Furcht und Schrecken. Auch sehen wir noch jetzt in dem Instinct der Thiere, besonders der Zugvögel, etwas Aehnliches, als dort das Kommen zu der Arche.

Der Bund Gottes mit den Menschen. Weil dieser Bund, der erste, den Gott mit den Menschen macht, mehr das natürliche Verhältniß Gottes zur Welt betrifft, so nennt man ihn den Naturbund. Alte Bestimmungen werden auf's Neue wieder gesetzt: der Ehestand, die Herrschaft über die Creatur, der obrigkeitliche Stand. Als Grund, daß der Mörder wieder getödtet werden soll, wird, V. 6.

angegeben, weil der Mörder das Bild Gottes und somit die Majestät Gottes angreift. Daher muß der Mörder, der auch Gottes Bild ist, ein eben so Großes zur Ausgleichung wieder einsetzen. Die Verheißung des Bundes ist: die Welt soll nicht mehr im Wasser untergehen. Das Bundeszeichen, für Gott sowohl, als für den Menschen, ist der Regenbogen, der jetzt vielleicht zum erstenmal erscheint. Der Regenbogen wird damit nicht allein zu einem Symbol, sondern auch zu einem Unterpfande der Gnade Gottes. In der dunkeln Wolke erscheint der farbige Bogen, wie die Gnade in der Sündhaftigkeit. Je dunkler der Grund, desto glänzender der Bogen — Alle Verheißungen Gottes ruhen auf einem dunkeln Grunde; ein Wort, das Dr. Harms einmal in meiner Schule sagte.

Die Unterredung.

Was uns die Geschichte der Sündfluth lehrt

1) von Noah; 2) von Gott.

1) **Noah.** Gesungen Gesang 93: Gott, vor dessen Angesichte nur ein reiner Wandel gilt. — Die Sündfluth kam 1656 Jahr nach Erschaffung der Welt. C. 7, 1: Gehe in den Kasten, denn dich habe ich gerecht ersehen vor mir zu dieser Zeit. Hier spricht Gott selber den Grund der Erhaltung Noah's aus: Er ist gerecht, d. h. recht vor Gott, ist wie er sein soll, und wie Gott ihn haben will. Wir fragen: Was ist es denn, was ihn gerecht macht vor Gott? Hebr. 11, 7 steht's: Durch den Glauben hat Noah Gott geehret, und die Arche zubereitet zum Heil seines Hauses, da er einen göttlichen Befehl empfing von dem, was man noch nicht sahe; durch welchen (Glauben) er verdammete die Welt, und hat ererbet die Gerechtigkeit, die durch den Glauben kommt. Also der Glaube. Was glaubte er denn, ohne es zu sehen? 1) Die Strafe wird kommen. 2) Mögen alle Andern es auch bespotten. Daher wird Noah ausgezeichnet unter seinen Zeitgenossen, C. 6, 9: Noah war ein frommer Mann und ohne Wandel und führete ein göttliches Leben zu seinen Zeiten.*) 3) Mag sie auch 120 Jahr ausbleiben; daher

*) Noah führete ein göttliches Leben zu seinen Zeiten. Zu den Zeiten Noah's nemlich erreichte das Verderben die höchste Höhe. Aller Glaube an Gott, alle Verehrung des Schöpfers der Welt, alle Hoffnung und Furcht seiner zukünftigen gerechten Vergeltung war unter den Menschen hinweg gekommen; die nothwendige Folge davon war, daß alle Bande gelöst waren, und unzüchtige Gräuel und tyrannischer Frevel in ungeheurem Maß die Erde verderbte. So kann wohl die Geschichte mit großem Nachdruck von Noah sagen, er habe ein göttliches Leben geführt zu

wird er auch 2 Petri ein Prediger der Gerechtigkeit genannt, weil er das kommende Strafgericht gewiß oft verkündigt hat. 4) Ich werde errettet. Da dies Alles ihm so gewiß war, als ob er es sähe, so war es natürlich, daß er die Arche bereitete zum Heil seines Hauses. Daher lesen wir mehrmals seinen Gehorsam, C. 6, 22: Noah that Alles, was ihm Gott gebot. Cap. 7, 5: Noah that Alles, was ihm der Herr gebot. Er bauete die Arche, wie Gott ihm anwies, ging hinein und heraus dann, wenn Gott es ihm sagte. So hat er Gott durch Glauben, der sich immer durch Gehorsam gezeigt, geehrt. Deshalb war er Gott recht, gerecht vor Gott. Und Gott ehrte ihn wieder, nach einer Regel, die Gott selber gesetzt hat: Ich ehre den, der mich ehret. C. 6, 8: Noah aber fand Gnade vor dem Herrn? wie? Als Alles unterging, wurde er erhalten. — Wie du glaubst, so lebst du. Du siehst und hörst täglich Böses von Kindern, Erwachsenen: Lüge, schandbare Worte, Rache, Betrug, Ungefälligkeit, wie Noah. Da ist Glauben nöthig: Gott sieht es, er hat's verboten, er straft es. Lerne es von Noah. Andere spotten wohl deiner, daß du es nicht mitmachen willst, daß du es auch gar zu genau nimmst. Wie kannst du dann ein Prediger sein, wenn du auch nur Knecht, Magd, Handwerker bist? Dein Wandel predige, wie Noah's Wandel; was meine ich? Unter Gottlosen fromm, mit Hunden muß man heulen, sagt ein Sprichwort; was meint es? Nein, Noah's Leben lehrt uns besser; was?*) Viel Böses seh' ich als ein Kind, und Böses lernet man geschwind; behüte, Gott, mich jeden Tag, daß ich nichts Böses lernen mag. Wohl dir dann; wie Gott aus Tausenden und vielleicht Millionen Menschen auf den Einen Gerechten, Noah, sah und ihm gnädig war, so wird er dir gnädig sein als Knecht, Magd, Bewohner eines kleinen Orts, von Wenigen gekannt. Der Herr gedachte

seinen Zeiten. In der Zeit der alleräußersten Verruchtheit, Bosheit und Schande, da nur ein rechtliches menschliches Leben schon eine Seltenheit war, stand er unter seinen Zeitgenossen da, das Eine tausendmal verlachte, verhöhnte, gekränkte Beispiel einer himmlischen Gesinnung, und eines wahrhaftigen Wandels vor Gott im Glauben. Noah gehört eben um deßwillen zu den größten und heiligsten Menschen, weil unter allen Menschen kein Einziger in solchem Maße wie er, nicht nur etwa die Genossen seiner Stadt, seines Landes und Volks, sondern seine ganze Mitwelt gegen sich gehabt hat; kein Anderer in solchem Maße der Einzige seines Sinnes und Wandels in der Welt zu seiner Zeit gewesen ist, wie er. Lebte auch noch so ein Einzelner wie Methusalah, nun so war das ein Einzelner, Alter, der in der Stille leben mogte. Noah aber mußte in der Welt leben, sich der Welt entgegen stellen, der Welt ihre Ungerechtigkeit und ihr Verderben verkündigen, und auffordern zur Sinnesänderung und Umkehr." Menken, Erklärung des elften Capitels des Briefes an die Hebräer. 1821.

*) „Nur an seinem Schöpfer wollt' er hangen. Alles Machtgebild der ersten Erde, aller Sünder lüsternde Geberde, aller Grimm des hochgemuthen Spottes, alles Säumen des verborgnen Gottes, — nichts hat seinen Glauben ihm benommen; darum ist er ob der Fluth geschwommen, als viel Millionen Creaturen heulend in des Abgrunds Tiefe fuhren." Knapp, Gedichte, neueste Folge. 1843.

an Noah, C. 8, 1. Gedenke auch meiner, mein Gott, im Besten. Das sei auch unser Gebet, wie es das Gebet des frommen Nehemia war, C. 13, 31.

2) **Gott. Es reuete ihn, daß er die Menschen gemacht hatte, und es bekümmerte ihn in seinem Herzen,** als die Bosheit der Menschen groß war auf Erden, und das Dichten und Trachten ihres Herzens nur böse war immerdar, C. 6, 6. Hier werden Gott Reue und Bekümmerniß beigelegt. So zeigt es auch die Geschichte. Gott läßt die Welt untergehen, so ist es ihm leid, daß sie da ist; das ist der Schmerz. Diese Welt, die er jetzt untergehen läßt, hat er gemacht; sie ist sein Werk; so reuet ihn seine Schöpfung. Freilich bereuet Gott nicht wie ein Mensch, wie die Schrift sagt, 4 Mos. 23, 19: Gott ist nicht ein Menschenkind, daß ihn etwas gereue. Menschenkind, der Ausdruck zeigt hin auf unsere Ohnmacht. Wenn wir etwas bereuen, so wollen wir es gerne ändern, aber wir können nicht. So Gott nicht; warum nicht? Was wir aber bereuen, was uns bekümmert, das ist uns nicht gleichgültig. So Gott hier. Gott heißt in der Bibel: der rechte Vater über Alles, was Kinder heißt im Himmel und auf Erden. Als Vater, als der rechte Vater fühlt, leidet er Alles mit, was seine Kinder, die Menschen, die Sein Bild an sich tragen, leiden. O, wie groß ist der Mensch! Wenn der König durch unsern Ort käme, und wir wüßten, dies und das würde ihn, wenn er's sähe, betrüben, was würden wir thun? Kinder, ihr könnt den König der Könige betrüben, könnt sein Herz bekümmern, womit? Wenn das Dichten und Trachten böse ist immerdar und es will nie anders werden, mögtet ihr das? Ich frage noch einmal auf euer Gewissen: Kinder! wollt ihr euren Vater im Himmel betrüben? Nun vergeßt euer Gelübde nicht, und erschreckt vor dem Gedanken.

Gottes Zorn. Wir lesen C. 7, 10—24. Es ist bei dieser Erzählung, als wenn Jemand das Grauenhafte selbst mit angesehen hat, und schildert es uns nun, V. 21, wie alles Fleisch unterging, wie, V. 22, Alles starb, was einen lebendigen Odem im Trocknen hatte, wie, V. 23, Alles vertilget ward, was von Menschen und Vieh auf dem Erdboden war, und zuletzt noch einmal: Das ward Alles vertilget. Die Schrift spricht von dem Zorn Gottes, den sehen wir hier. Sie sagt, Röm. 1: Der Zorn Gottes wird offenbar über das gottlose Wesen der Menschen. Wodurch offenbarte derselbe sich hier? Es ist in dem Spruch und auch in unserer Geschichte gesagt, woher dieser Zorn ist; woher denn? Den tiefen Abscheu, den Gott vor der Sünde hat, nennt die Schrift Gräuel. Gott hat alle Dinge erschaffen, und steht daher mit allen Dingen in einer gewissen Verbindung; nichts ist vor ihm gering, gemein. Eins aber ist es, dessen Schöpfer er nicht ist, wovon sein Wesen völlig geschieden ist, die Sünde. Ist er selbst von der Sünde gesondert (Sünde, sündern, sundern, sondern), so gefällt sie ihm auch nicht an dem Menschen. — Dies ist die Heiligkeit Gottes. Gott ist heilig, heißt, er hat keine Gemeinschaft mit der Sünde, und die Sünde gefällt ihm an den Menschen nicht. Daß Gott über die Sünde zürnt, daß er heilig ist, das ist etwas Innerliches in dem Wesen Gottes, das man freilich äußerlich nicht sehen kann. So wie aber die Thaten des Menschen von dem innern Wesen des Menschen zeugen, so zeugt auch das Thun Gottes von dem innern Wesen Gottes. Was thut Gott hier? Gott straft die Sünder, d. h. er ist gerecht. So ist also die Gerechtigkeit Gottes nur eine äußere Darlegung seines inneren Zorns über die Sünde, seiner Heiligkeit. Ps. 5, 5: Du bist nicht ein Gott, dem gottloses Wesen gefällt, wer böse ist, bleibet nicht vor dir. Wo ist in dem Spruch von der Heiligkeit Gottes die Rede? Wo von der Gerechtigkeit?

Gottes Gnade. Gegen die Gottlosen. So wie die Menschen sündigten, hätte Gott sie gleich strafen können. Er aber giebt ihnen 120 Jahre Frist zur Buße. Das ist Gutes, das sie nicht fordern konnten, unverdient. Daß Gott den Sünder nicht gleich straft, wie er es verdient, sondern ihm unverdient Gutes giebt, das ist Gnade. Daher heißt diese Frist Gnadenfrist (eine Frist aus Gnaden). Wer böse ist, der bleibet nicht vor dir (wegen der Heiligkeit Gottes). Die Gnade Gottes zieht den Sünder wieder heran, daher stammt das Wort Gnade von na, nahen, hinneigen. Das N. T. läßt uns noch heller die Gnade Gottes erkennen gegen diese gottlosen Menschen, die dem Herzen Gottes eine Klage auspressen, wie sie nie wieder daraus ertönt ist. 1 Petri 3, 19. 20: In demselben (göttlichen Geiste) ist Christus auch hingegangen und hat gepredigt den Geistern im Gefängniß, die etwa nicht glaubten, da Gott einsmals harrete und Geduld hatte zu den Zeiten Noah's. Was lehrt diese wichtige Stelle? In wiefern kann das Gnade genannt werden? So hat die Stelle, Tit. 2, 11, recht: Es ist erschienen die heilsame Gnade Gottes allen Menschen. Das ist göttliche Gnade.

Gegen Noah. V. 8: Noah fand Gnade vor dem Herrn. Das fühlte Noah wohl. Er brachte ein Brandopfer. Durch dasselbe bekannte derjenige, der es darbrachte, immer: solchen Tod hätte ich verdient wegen meiner Sünde. Gott hat mich in der Fluth erhalten, es ist nicht mein Verdienst, es ist Gottes Gnade. Adam war gut erschaffen, also der gute Mensch: Noah ist nicht mehr der gute Mensch, sondern muß Gnade von Gott annehmen, ein Beweis, daß er ein Sünder ist, wie alle Menschen es sind. — Dies Opfer war zugleich Dank. Herz, wende dich mit frommem Danke zu Gott, wie der genes'ne Kranke; vergiß nie, täglich ihn zu loben, denn alles Gute kommt von Oben.

Der Bund Gottes mit den Menschen. Auch dieser floß aus der Gnade Gottes. Das Wort Bund stammt ab von binden. Der Bund bindet, knüpft zwei an einander, hier Gott und

Menschen. Wenn sonst zwei einen Bund machen, so haben sie beide Vortheil davon, hier bloß der Mensch. Auf Seiten Gottes treibt sein Wesen, die Liebe, ihn, einen Bund mit den Menschen zu machen. In unserer Geschichte wird zum ersten Mal in der Bibel der Bund erwähnt. Schon als Gott Noah die Sündfluth ankündigte, spricht er C. 6, 18: Aber mit dir will ich einen Bund aufrichten. C. 9, 8. 9: Weiter sprach Gott zu Noah und seinen Söhnen mit ihm: Siehe, ich richte mit euch einen Bund auf und mit eurem Samen nach euch, und mit allem lebendigen Thier bei euch. Also gehet dieser Bund alle Menschen an. Wir bemerken in diesem Bunde dreierlei: Die Bundesordnung, die Bundesverheißung, das Bundeszeichen. Die Bundesordnung, steht C. 9, 1—7. 1) Der Ehestand wird wieder eingesetzt, in welchem Verse? 2) Die Herrschaft über die Creatur wird gegeben, aber (was nicht bei Adam war) durch Furcht und Schrecken. 3) Erlaubniß des Fleischessens. Luther sagt: Dies Wort bestellet die Fleischbank und steckt an Spieß Hasen, Hühner und Gänse, und zieret und füllet den Tisch mit allerlei Gerichten. Darum soll man diese Wohlthat, dadurch dem Menschen das Regiment über die Thiere gegeben wird, nicht gering achten. 4) Tödtung des Mörders. Grund: Der Mensch ist Gottes Bild und man verletzt in dem Menschen Gottes Majestät. Da ist also meistens die alte Ordnung, die durch die Sünde gebrochen war, wieder aufgerichtet. Die Bundesverheißung, C. 9, 11: Ich richte meinen Bund also mit euch auf, daß hinfort nicht mehr alles Fleisch verderbet soll werden mit dem Wasser der Sündfluth, und soll hinfort keine Sündfluth mehr kommen, die die Erde verderbe. Welche Verheißung also? Schon Cap. 8, 21. 22 war gesagt: Ich will hinfort nicht mehr schlagen Alles, was da lebet, wie ich gethan habe; so lange die Erde steht, soll nicht aufhören Saat und Erndte, Frost und Hitze, Sommer und Winter, Tag und Nacht. Diese Verheißung ist nun schon an 5000 Jahre hindurch erfüllt worden. So hält der liebe Gott, was er verheißt. Und wir zagen so leicht, wenn Mißwachs eintritt, sprechend: Ach, nun müssen wir alle verhungern! Warum ist das gar nicht möglich? Das Bundeszeichen, V. 12—17. Es ist der Regenbogen. Gott also sieht den Regenbogen an, und denkt an seinen Bund. Ja, er hat Jahrtausende nachher noch an denselben gedacht. Jes. 54 spricht Gott, V. 9, von Noah, dem er geschworen hat, und V. 10 heißt es: Denn es sollen wohl Berge weichen und Hügel hinfallen, aber meine Gnade soll nicht von dir weichen und der Bund meines Friedens soll nicht hinfallen. Was zeigen diese Worte? Jer. 33, 25: So spricht der Herr: Halte ich meinen Bund nicht mit Tag und Nacht, und die Ordnung des Himmels und der Erde? — Wofür ist diese Stelle wieder ein Beweis? Wenn Gott also seines Bundes gedenkt, er, der doch nichts davon hat, wie vielmehr sollten wir desselben gedenken, wir, die wir Alles davon haben! Tröstet euch dessen, Kinder, wenn ihr groß werdet und die Sorgen euch graue Haare machen wollen. Gottes Gnade steht noch, und „sein Zeuge in den Wolken," wie der Regenbogen, Ps. 89, heißt, ist noch heute Zeuge und augenscheinlicher Beweis davon, daß Gottes Gnade noch steht. Schämt euch denn, mit Angst zu zittern vor entfernten Ungewittern; sagt, wenn euch ein Unfall droht: Warum sorg' ich? lebt doch Gott!

Der Regenbogen.

Ich will euch nicht sagen, wovon wir jetzt sprechen wollen, ihr mögt es selber finden aus einem Räthsel von Schiller, was wir satzweise betrachten. Von Perlen baut sich eine Brücke hoch über einen grauen See. Da ist die Rede von einer Brücke. Von Perlen, also nicht eine natürliche von Stein. Perlenstickerei ist gewöhnlich bunt, auch diese Brücke wohl buntfarbig. Eine gewöhnliche Brücke wird von Menschen gebaut, diese nicht, sie bauet sich selbst. Wunderlich! Sie baut sich auf im Augenblicke, und schwindelnd steigt sie in die Höh. Bei einer natürlichen Brücke muß man Wochenlang bauen, hier nur einen Augenblick. Sonst sind viele Menschen erforderlich, hier baut sie sich selbst im Augenblick. Eine große Höhe macht schwindelnd, also diese Brücke ist sehr hoch. Der höchsten Schiffe höchste Masten gehn unter ihrem Bogen hin. Die genauere Bestimmung. Sie selber trug noch keine Lasten und scheint, wenn du ihr nahst, zu fliehn. Was ist da wieder das Unterscheidende von einer natürlichen Brücke? Sie wird erst mit dem Strom und schwindet, so wie des Wassers Fluth versiegt. Bei einer natürlichen Brücke ist erst der Strom, dann die Brücke; hier werden Strom und Brücke zugleich. Nun sprich, wo sich die Brücke findet, und wer sie künstlich hat gefügt. — Nun ihr es errathen habt, will ich das Räthsel noch einmal langsam hersagen; seht zu, ob Alles auf den Regenbogen paßt.

Entstehung. Der Name Regenbogen zeigt, daß es ein Bogen ist, der durch den Regen entsteht. Wenn ein Glas voll Wasser in die Sonne gestellt wird, so erscheint, von der Seite gesehen, das Wasser buntfarbig. So ungefähr ist es mit den Farben des Regenbogens. Hinter uns haben wir die Sonne, vor uns die Regenwolke, der Sonne gegenüber. Das Sonnenlicht fällt auf die Regenwolke, es kann nicht hindurch, die Strahlen gehen zurück, und erscheinen farbig in unsern Augen.

Zu Gottes Preis. Wenn wir den Regenbogen sehen, so wollen wir erst thun, was Sir. 43, 12 steht: Siehe den Regenbogen an, und lobe den, der ihn gemacht hat, denn er hat sehr schöne Farben. Also zuerst ihn ansehen. Das thut Jedermann gerne, warum? Wie viele Farben? welche sind hauptsächlich zu sehen? Das Zweite, was der Spruch verlangt, vergessen aber Viele, was? den loben, der ihn gemacht hat. Wenn ein Maler etwas malen will, so muß er Farben haben, hier ohne Farbenmaterial; muß manchen Strich machen, hier im Augenblick; muß die Hände brauchen, hier von den unsichtbaren Händen Gottes so regelmäßig gezeichnet als Kreisstück. Wie herrlich ist Gott, wie meisterhaft sind seine Werke; das bedenke, wenn du den Regenbogen siehst, und lobe den, der ihn gemacht hat.

Zeichen des Bundes. Wo kommt der Regenbogen zuerst in der Schrift vor? Gleich nach der Sündfluth. Die Stelle heißt so 1 Mos. 9, 13—15: Meinen Bogen habe ich gesetzt in die Wolken, der soll das Zeichen sein des Bundes zwischen mir und der Erde. Und wenn es kommt, daß ich Wolken über die Erde führe, so soll man meinen Bogen sehen in den Wolken. Alsdann will ich gedenken an meinen Bund zwischen mir und euch und allem lebendigen Thier in allerlei Fleisch, daß nicht mehr hinfort eine Sündfluth komme, die alles Fleisch verderbe. — Gott richtet, wovon einige Verse vorher steht, einen Bund auf mit Noah und seinen Nachkommen. Der Regenbogen soll nun von dem Bunde das Zeichen sein, daher heißt der Regenbogen auch in der Schrift Ps. 89, 38: Der Zeuge in den Wolken. Was nemlich bezeugt und zeigt er uns noch heutiges Tages? Das Wort Bund stammt ab von binden. Gott verbindet sich wieder mit den Menschen. Waren sie denn getrennt? wodurch? Von dieser Verbindung ist denn auch der Regenbogen ein schönes Abbild. In dem Räthsel heißt er eine Brücke. Die Brücke verbindet zwei Stücke Landes mit einander, die sonst getrennt wären; hier Himmel und Erde. Und es scheint, als könne man auf dem Regenbogen gen Himmel fahren. Daher nannten schon unsere alten deutschen, heidnischen Vorfahren den Regenbogen „eine Brücke, wodurch die Götter vom Himmel zur Erde niedersteigen." — Auch die Beschaffenheit der Zwei — Gott und Menschen — die hier einen Bund machen, bildet der Regenbogen ab. Die finstere*) Wolke ist ganz das Gegentheil des hellen, lichten Regenbogens. Versucht Beides zu deuten. Die dunkle Wolke ist das Menschenherz, das auch seinen dunklen Grund hat, wie Gott selber sagt 1 Mos. 8, 21: das Dichten des menschlichen Herzens ist böse von Jugend auf. Dagegen ist Gott —, sprecht es weiter. Das Heilige, Reine, und das Finstere, Böse kommen hier in dem Bunde zusammen. Dem heiligen, reinen Gott sollte nemlich der unreine, unheilige Mensch ewig fern

*) So steht Hebr. 1 Mose 9, 14, wo Luther bloß Wolke hat.

bleiben. Aber Gott nahet sich ihm hier zuerst wieder, ist gnädig. Gnade stammt von na, nahe. Diese Gnade zeigte er in der Verheißung: Es soll keine Sündfluth wieder kommen, die die Menschheit schon tausend Mal wieder verdient hätte; und in der andern Verheißung: So lange die Erde steht, soll nicht aufhören Saat und Erndte ꝛc. So ist noch heute der Regenbogen der Zeuge der Gnade Gottes. Davon erzählen die Hauptfarben des Regenbogens uns weiter: Blau, Roth, Grün. Blau, das Bild des Himmels, der feststeht, also Abbild der Treue Gottes, die nun schon an 5000 Jahre die Verheißung gehalten hat; welche? Roth, Liebe und Gnade. Grün (wenn im Frühling die Erde sich in Grün kleidet, so hoffen wir die angenehmere Zeit), die Hoffnung, er wird künftig gnädig sein; wie er versprochen hat Jes. 54, 10. Der Bund meines Friedens soll nicht hinfallen. Gott spricht: Mein Bogen soll in den Wolken sein, daß ich ihn ansehe und gedenke an den ewigen Bund. Das Zeichen ist hiernach also für ihn. Freilich, Gott vergißt nie diesen Bund; aber wir Menschen in unserm Kleinmuth fürchten das doch so oft. Wie freundlich ist hier Gott. Er macht sich selber ein Zeichen, daß wir doch glauben sollen, Er sei unser rechter Vater, und wir seine lieben Kinder. Denkt euch die Sache ungefähr so: Ein geringer Mann kommt zu einem König, und bittet um Etwas. Der König spricht: Es soll dir gewährt werden. Ach, spricht der Arme, Herr König, vergessen Sie es doch nicht. Es soll nicht vergessen werden, antwortet der König, aber zum Ueberfluß will ich's gleich hier vor deinen Augen in meine Schreibtafel schreiben. Warum that der König dies Letztere? Der Arme sollte desto zuversichtlicher glauben, es wird geschehen. So kommt auch Gott unserm schwachen Glauben zu Hülfe. Er vergißt nie unser Vater zu sein, laßt uns denn auch nicht vergessen, seine Kinder zu sein, die ihn kindlich fürchten, lieben, und ihm vertrauen. — Dazu wollen wir uns ermuntern, wenn wir den Regenbogen sehen.

Selig, wer dich liebet; selig, wer sich übet, Gottes Kind zu sein. Diese heil'gen Triebe geuß durch deine Liebe unsern Herzen ein; daß dein Bild so rein und mild dort im schönen Himmelssaale ewig aus uns strahle. Amen!

Der Thurmbau und die Sprachverwirrung zu Babel.

1 Mos. 11.

Der Kirchenvater Augustinus hat ein schönes Wort gesagt: „Der Stolz hat die Sprachen verwirret, und Christi Demuth hat dieselben wieder vereinigt. Aus einer Sprache wurden viele; wundre dich nicht, die Hoffart that's. — Aus vielen Sprachen wurde eine; wundre dich nicht, die Liebe that's.“ — Setzen wir ein paar Worte hinzu zum tiefen Eingehen in den Sinn der Worte Augustin's. Der Stolz hat die Sprachen verwirret. Ja, und das Leben der Menschen unter einander mit. Denn der Stolz, der Hochmuth will, wie die folgende Unterredung zeigen wird, etwas sein auf eigne Hand, ohne Gott zu bedürfen. Da geht denn jeder Stolze seinen Weg, lebt für sich, thut nach eignem Willen, und es ist nicht abzusehen, wo aus dieser Verwirrung die Einheit herkommen soll; so viele Hochmüthige, so viele Parteien. Wo Hoffart ist, da ist Zerstreuung, das ist eine natürliche Strafe, die Gott mit dem Stolz verbunden hat. Er zerstreuet, die hoffärtig sind in ihres Herzens Sinn. Luc. 1, — dagegen: Christi Demuth hat die Sprachen wieder vereinigt. Ja, und das Leben der Menschen unter einander vereinigt in Gott. Denn die Erlösung Christi, als die Grundthat seiner Demuth, läßt von vorn herein das Leben auf eigne Hand gar nicht zu. Schon das Bedürfniß der Erlösung läßt uns von uns selber wegsehen. Dann kommt das Evangelium und weis't uns hin auf Gottes Gnade, die den Sohn gesandt hat. Alle sind Sünder, aber Alle umfaßt die Gnade Gottes in Christo. Da ist eine große Einheit in der Mannigfaltigkeit, und diese Einheit ist gerade in dem höchsten Gut, in Gott, von dem die Erlösung ausgeht. Nun mag eine äußere Trennung in den verschiedenen Sprachen sein, die hindert nicht; dasselbe Bedürfniß, dieselbe Gnade, die auf Alle blickt und auf die Alle blicken, dieselbe Anerkennung und Lobpreisung dieser Gnade, hat sich durch alle Sprachen hindurch im Christenthum gefunden. Aber, möchte man einwenden, eben eine solche Einheit können das Judenthum und der Mahomedanismus herbeiführen, die ja auch ihre Einheit in dem wahren Gott haben Freilich haben sie, aber ihnen fehlt zur rechten und vollständigen Einigung mit Gott und den Brüdern das Lebens-Element, das nur Einigung auch unter Menschen giebt: die Liebe. Ist nun die Erlösung die höchste Liebe Gottes gegen Alle, so erfolgt auch als Wirkung der Erlösung die höchste Einigung der Menschen unter einander, die ihre Wurzel hat in der Liebe Gottes. Daher wurde durch die Erlösung Christi aus vielen Sprachen Eine: Die Liebe that's. „Wenn sie solche Liebe wüßten, alle Menschen würden Christen.“ (Novalis.)

Es hatte alle Welt eine Zunge und eine Sprache, V. 1. Mit diesen Worten weis't die Schrift auf eine Ursprache hin. Wenn wir an die Abstammung des Menschengeschlechts von Einem Paar glauben, so werden wir eine Ursprache auch sehr natürlich finden. Diese kann nach der Schrift keine andere als die hebräische gewesen sein, weil die hebräische Sprache durch ihre Namen Adam, Ischa (Männin), Eva, ꝛc., bis in den Anfang hinaufgeht. Da nun der Urzustand des Menschengeschlechts rein und einfach war, so muß es auch die Sprache gewesen sein. Wir haben auch bereits einen Beweis gehabt, wie tief die Sprache Adam's in das wahre Wesen eines Dinges einzudringen vermogte, als wir betrachteten, wie Adam die Dinge benennt und sein Weib. „Die hebräische Sprache ist von sehr fester, einfacher Bildung; in allen Gegenständen, welche das Verhältniß des Menschen zu Gott betreffen, von ungemeinem Reichthum*); eine sehr geistige, an den Gedanken sich anschmiegende Sprache, mit wenigen, den Schall nachahmenden Wörtern; für das praktische Leben aber ungelenk, für die bloß verständige Gedankenbewegung ungeeignet.“ Gerlach, A. T. — Die Sprache überhaupt ist ein Geschenk Gottes, Er ist es, der schon bei der Bildung des Körpers auf die Sprache Rücksicht nahm. „Zur Sprache (sagt W. v. Humboldt, der Meister der Sprachen in unserer Zeit) paßt die den Thieren versagte aufrechte Stellung des Menschen: denn die Rede will nicht dumpf am Boden verhallen, sie verlangt sich frei von den Lippen zum Ohr zu ergießen, von dem Ausdruck des Blicks und der Mienen, so wie von der Geberde der Hände begleitet zu werden, und sich zugleich mit Allem zu umgeben, was den Menschen menschlich bezeichnet. Der Mensch nöthigt den articulirten Laut, die Grundlage und das Wesen alles Sprechens, seinen körperlichen Werkzeugen durch den Drang seiner Seele ab; und das Thier würde das Nemliche zu thun vermögen, wenn es von gleichem Drange beseelt wäre.“ So erscheint der Ursprung der Sprache auch in der Schrift. Adam hat Niemanden, mit dem er spricht, als er die Thiere benennt, aber sein Geist treibt ihn, das, was er innerlich erschaut, auch äußerlich durch die Sprache darzustellen. Sprache ist ein Theil der Naturkunde des Geistes, sagt v. Humboldt, daraus folgt, daß bei Thieren eigentlich gar nicht von Sprache die Rede sein kann. — Wenn die Sprache überhaupt ein göttliches Geschenk ist, so sind die Sprachen mehr menschlich. Die Sprache eines Volkes ist die Erscheinung des Geistes eines Volkes, eben wie die Sprache des Individuums den Geist desselben äußerlich darstellt. Alle Sprachen sind durchaus organisch (von innen heraus); und wie alles organische Leben und Bewegen unserm Geiste zusagt, so auch die Beschäftigung mit den Sprachen

*) So wird in Stang, Einl. in die Schriften des A. und N. Bundes behauptet, daß die hebräische Sprache das Vertrauen zu Gott durch 14 verschiedene Wörter andeuten könne.

Die unendliche Mannigfaltigkeit*) darin zeigt die Herrlichkeit und die Tiefe des menschlichen Geistes. In dieser Mannigfaltigkeit der Sprachen deckt uns aber die heilige Schrift eine Nachtseite auf, wovon die Wissenschaft nichts weiß. Wenn sie den Ursprung dieser Mannigfaltigkeit in dem Thurmbau zu Babel nachweis't, so ist es hier die Sünde, die sie herbeigeführt hat, und das Gericht Gottes, das sie, (diese Mannigfaltigkeit) vollzogen hat. „Ein Mensch versteht nicht des andern Zunge. Das ist wahrlich eine traurige Erscheinung, denn sie offenbart den Zwiespalt, der in die Menschheit eingedrungen ist. Von Nichtverstehen geht es fort zum Nichtachten, von da ist ein kleiner Schritt zur Befehdung und zum Kriege, diesem unersättlichen Schwerdte, mit welchem die Menschheit in ihren eigenen Eingeweiden wüthet. Und unter diesem Gesichtspunkte erscheint uns die herrliche Mannigfaltigkeit der Zungen und Völker als eine tiefe Verirrung auf Erden, als ein ewiger Kampf Aller gegen Alle.“ Baumgarten, theologischer Commentar zum A. T. 1842. 1. B. S. 154.

Die Menschen hatten bei diesem Thurmbau einen doppelten Zweck: sie wollen sich einen Namen machen, und wollen der Zerstreuung vorbeugen. C. 6, 4 hatten sich schon die Gewaltigen vor der Sündfluth einen Namen gemacht, auf dem Wege fahren diese hier fort. Der Thurm sollte bis an den Himmel reichen; das ist nicht bloße Redefigur, es ist Ausdruck des höchsten Hochmuths, der nichts über sich wissen will. V. 4, H.: Damit wir nicht zerstreuet werden. Gott hatte den Söhnen Noah's gesagt: füllet die Erde. Diesem Willen Gottes, Bevölkerung der Erde, wollen sie sich widersetzen. Hochmuth und Widersetzlichkeit gegen Gottes Rath ist also Zweck dieses Baues. Die Gemeinschaft der Menschen und Völker unter einander ist freilich Ziel der Wege Gottes, aber diese Einheit soll geistig und geistlich sein; Christus: daß sie eines seien, gleich wie wir. Hier aber war eine Vereinigung durch die Sünde, die auch ihre Kraft hat, gleich wie der Repräsentant der Sünde, der Teufel. Solche Vereinigung hindert Gott hier, wie er es nachher immer gehindert hat, wenn der Hochmuth des aus Staub gebauten Menschen eine Universalmonarchie errichten wollte, bei Alexander und neuerdings bei Napoleon. Denn im Reiche Gottes steht als Gesetz — fester als die Mauern des Thurms zu Babel —: Er zerstreut, die hoffärtig sind in ihres Herzens Sinn. Auf welche Weise die Verwirrung der Sprache, d. h. der Unterschied in der Sprache, daß Einer den Andern nicht verstehen konnte, geschehen ist, das wissen wir nicht. Gewiß hat die innere Sünde, die Selbstsucht, der Hochmuth, die innere Geschiedenheit, die durch die Sprache nur äußerlich hervortrat, sehr vielen Antheil daran. Das ist aber nicht hinlänglich,

*) Balbi nimmt 2000 verschiedene Sprachen an, und weiset deren 800 in mehr als 5000 Dialecten nach. S. den interessanten Abschnitt in A. v. Roon, Darstellung der allgemeinen Verhältnisse und Erscheinungen der Völkerkunde. 1840. S. 409.

diese Erscheinung zu erklären, und wir müssen, wie der Text das auch augenscheinlich will, eine unmittelbare Einwirkung Gottes auf die Sprachorgane annehmen. Ueber den Thurm noch dieses: „In dem alten Babylon fand sich ein ungeheurer Thurm mit einem Tempel des Belus, viereckig, auf jeder Seite $^{1}/_{16}$ deutsche Meile lang, in der Mitte ein viereckter Thurm, halb so lang und breit, auf diesem wieder ein anderer Thurm, und so weiter, bis acht; um alle diese Thürme ging ringsherum ein Aufgang mit Ruhebänken; auf dem letzten Thurm stand ein großer Tempel mit einem gepolsterten Sitz und goldenen Tisch, ohne Bild. Neulich sind die gewaltigen Trümmer dieses Baues wieder aufgefunden und beschrieben worden; er wird jetzt Birs Nimrud, Burg Nimrod's, genannt. Von der Ostseite erscheint er als ein länglichter Hügel, dessen Grundlage über 2000 Fuß im Umfange hat. Die jetzige Höhe bis an die Grundfläche des darauf stehenden Thurms ist 200 Fuß, der Thurm hat 35 Fuß. Er besteht aus schönen in Feuer gebrannten Backsteinen. Man unterscheidet nur noch drei Absätze von den acht, die er enthielt. Dies scheinen also die Ueberreste des Thurms zu sein, welchen damals die Menschen baueten, vielleicht die ältesten Trümmer auf der ganzen Erde." Gerlach A. T. S. 58.

Die Unterredung.

Der Hochmuth.

1) Wie er sich zeigt. 2) Wie Gott ihn ansieht und straft.

1) **Wie der Hochmuth sich zeigt.** Vers 4. Die Menschen zu der Zeit wollen einen Thurm bauen, dessen Spitze bis an den Himmel reicht. Hauptzweck: Sie wollen sich einen Namen machen. Ein Name allein soll heilig sein. Die erste Bitte des Vater Unsers. Je mehr wir Alles, was Beziehung auf Gott hat, heilig halten, desto herrlicher wird auch unser Name, desto höher stehen wir selbst. Warum? weil wir Gott ähnlich werden, und je näher Gott, desto höher steht der Mensch. Beispiele: du bist fleißig, weil Gott es befiehlt, giebst gern Andern, weil Gott dir giebt; Jemand will eine Sünde von dir, du willigst nicht ein, weil Gott es verboten hat. So steht dein Name hoch, weil du Gottes Namen hoch hältst. Das ist die Ordnung, hoch zu kommen. In unserer Geschichte ist es anders. Auf Gott sehen sie nicht. Ihren Namen (sich selbst) wollen sie ehren, ohne sich um Gott zu bekümmern. So sind sie, wie die Menschen zur Zeit der Sündfluth: Kinder der Menschen. Warum? Der Mensch ist ihnen das Höchste und Jeder sich selbst; und alles An-

dere, was sonst noch sein könnte, sogar Gott und sein Name, muß dem Menschen dienen. Will nun der Mensch auf seine eigne Hand hoch kommen, wie in unserer Geschichte, ohne auf Gott zu sehen, so ist er hochmüthig. Hochmuth ist ein Muth oder Sinn, der hoch steigt, ein zu hoher Muth. Der Mensch will etwas, was er nicht kann: ohne Gott etwas sein und thun. Dies ist an sich unmöglich, denn „er muß in allen Dingen, damit sie uns gelingen, mit Hülfe segnen Rath und That." — Dies ist so leicht einzusehen, und doch ist von Alters her der Hochmuth (Stolz) eine Hauptsünde der Menschen gewesen. Worin denn beiläufig ein Beweis liegt, wie tief die Sünde im Herzen steckt, und daß sie da heraus kommt, wie auch Christus sagt: Aus dem Herzen kommen heraus arge Gedanken rc. Von Alters her: die ersten Menschen wollten werden wie Gott. Aber sie wollten es werden ohne Gott und nicht durch ihn, so thaten sie gegen sein Gebot. Das war Hochmuth. Was heißt das? Selbsterhöhung, d. h. eben so eine Erhöhung durch sich selbst, ohne Gott. Wie tief der Stolz in dem Menschenherzen gewurzelt ist, davon sagt ein morgenländischer Spruch also: Leichter hebst du einen Berg mit der Nadelspitze aus der Wurzel, als du den Stolz aus dem Herzen ausreutest. Tief ist er in ihm, und unsichtbarer, als die Fußstapfen einer Fliege auf dem Felsen in dunkler Nacht. Ja, sehen wir unser Herz an. Wir alle wollen geehrt werden, wollen gerne hoch steigen auch vor Menschen. Ist es Sünde? Nein und ja. Mit Gott hoch steigen wollen, ist nicht Sünde. Wie machen wir es? Du thust deine Pflicht treu als Schüler, Bursche, Gesell, Knecht, Mädchen, Hausherr, Lehrherr, weil Gott es will. Menschen ehren dich und sagen: Freund, rücke hinauf. Du nimmst es an, und giebst es Gott wieder. Wie meine ich das? Du sprichst: Durch dich, o Gott, bin ich's, mit dir steige ich, du gabst Kraft, Gelegenheit, Segen. David wurde aus einem Hirtenknaben ein König. Er nahm die Krone hin, aber sprach: Wer bin ich, Herr, Herr, und was ist mein Haus, daß du mich bis hieher gebracht hast? 2 Sam. 7, 18. — Dagegen sind diejenigen hochmüthig, die hoch steigen wollen und hoch stehen wollen ohne Gott. Beispiele: Ein Schüler zeigt sich stets mit dem, was er weiß und kann. Ich frage: bedenkst du auch, daß Gott die Gaben giebt? sonst würdest du Gott danken und schweigen. Du bist reicher als Andere, sprichst davon, lässest es sehen, verachtest Andere. Bedächtest du: hab' ich's nicht geerbt? Gab Gott nicht Kräfte und Gelegenheit? Hat er nicht die Arbeit gesegnet? so schweigest du. Was mag wohl ein Vornehmer, der stolz ist, meinen, er sei nun ein Hufner in einem Dorfe, oder ein Amtmann in der Stadt? Wie zeigt sich ein Mann, der für den Ort viel thut, stolz? Also ganz wie damals. Sie wollen sich einen Namen machen, ohne sich an Gott zu kehren. So zeigt sich der Hochmuth.

2) **Wie sieht nun Gott solchen Hochmuth an, und wie straft er ihn?** Sie sprechen, V. 4: Wohlauf, lasset uns.

Dagegen spricht Gott auch, V. 7: Wohlauf, lasset uns. Sie wollen etwas thun ohne Gott. Erfolg: Sie können's nicht. Das Werk gelingt nicht, und sie müssen es liegen lassen. Gott spricht: Ich will auch etwas thun ohne euch, will das Werk hindern. Erfolg: er hindert es. Was wir hindern, gefällt uns nicht. Daraus ist zu sehen, daß ihm der Stolz und die Selbsterhöhung der Menschen nicht gefiel. Der Stolz kann ihm auch unmöglich gefallen. Beweis: Gott ist die Liebe. Mit seiner Liebe, die er hat, will er Alle beglücken. Dazu ist aber unsererseits erforderlich, daß wir seine Liebe in unser Herz gehen lassen, und wissen, wer wir sind und wer er ist. Wo wir so Alles von ihm hinnehmen, und nach seinem Willen richten; da ist Seligkeit, da ist wahre Hoheit, ein Abglanz des Allerhöchsten. Das will aber der Hochmüthige nicht. Er sagt gleichsam: ich stehe durch mich selber, wo ich stehe, ich will es auch weiter noch auf eigene Hand versuchen. So vergißt der Stolze, wer er ist, und wer Gott ist (vergißt sein Verhältniß zu Gott). So fängt aus dem Stolz ein Leben ohne Gott an. Was ich will, thue ich dann, nicht was Gott will, und es geht vom Stolz in alle andern Sünden hinein: Verachtung Anderer: Pharisäer im Tempel; Hartherzigkeit: Pharao; Grausamkeit: Herodes' Kindermord. Das sollte das Herz Gottes nicht schmerzen? Ja es geht bis zu dem Wahnsinn, wo man sich selber für Gott hält. Da, da hat der Stolz sein Ziel. Wollt ihr mit dahin? ihr schauert. So ist es aber. Die mehrsten Wahnsinnigen in den Irrenanstalten sind Stolze, die sich für Könige rc. halten. Ein alter Lehrer hat wahr gesagt: Ein hoffärtiger Mensch, der in allen Dingen seinem eigenen Sinn folget, bedarf keines Teufels, der ihn zum Bösen versuche, er ist sich selbst Teufels genug. Regiert dich Stolz und Ruhmbegier, sieh zu, wer liegt vor deiner Thür (vor der Thür deines Herzens)? Die That schlecht, bös und gottverflucht, die dich zu ihrem Thäter sucht. Sinn: der Stolze ist zu allen Schlechtigkeiten fähig. So treibt denn solchen Teufel hinaus. Mittel: Ein Leben in der Gegenwart Gottes. Nun sind auch ohne Weiteres einige Bibelsprüche verständlich. Luc. 16, 15: Was hoch ist unter den Menschen, das ist ein Gräuel vor Gott. Erklärung: Wo Glanz, Pracht, Herrlichkeit ist und angestaunt wird, und es wird dabei nur der Mensch und sein Vermögen angesehen und nicht Gott, wie der große Haufe es thut, das ist ein Gräuel vor Gott. Thu' du nicht so. Du siehst ein großes Menschenwerk: Schiffe, Maschinen, Kirchen, so lobe den Menschen, der das Werk ausdachte und vollführte, aber vergiß nicht, Gott zu preisen, der alles Wissen und Ausdenken und Thun dem Menschen giebt. (Ps. 94, 10: „Der die Menschen die Wissenschaft lehrt," wörtlich.) — 1 Petri 5, 5: Den Hoffärtigen widerstehet Gott. Ja, auch hier. Er hinderte das Werk und verwirrete die Sprache. Die Ruinen des Thurms zu Babel stehen noch heutigen Tages Gebt ihnen eine passende biblische Inschrift: Den Hoffärtigen widerstehet Gott. Oder eine echt deutsche:

Gott steuert die Bäume, daß sie nicht in den Himmel wachsen. Was heißt das? — Und was sie fürchten, V. 4, wörtlich: „Daß wir nicht zerstreut werden," das geschieht ihnen gerade zur Strafe. V. 8: „Also zerstreute sie der Herr von dannen in alle Länder." Auf dieselbe Weise hat Gott mehrmals den Stolz bestraft. Eure Eltern wissen zu erzählen von Napoleon. Ihm war halb Europa nicht genug, ihm wurde Alles genommen, ihm wurde ein einsamer Felsen im Meere zur Wohnung gegeben, und ein Mann bewachte ihn und ging allenthalben mit, wenn er aus- und einging. So ist Sprüche Sal. 10, 24 wahr: Was der Gottlose (merkt: Gottlose, der sich auch, wie der Hochmüthige, von Gott los macht), was der Gottlose fürchtet, das wird ihm begegnen.

Wir nun nicht so. Sondern wir nehmen als die Summa der Lehre aus unserer heutigen Unterredung mit in's Herz, in's Leben, Jerem. 9, 23. 24: So spricht der Herr: Ein Weiser rühme sich nicht seiner Weisheit, ein Starker rühme sich nicht seiner Stärke, ein Reicher rühme sich nicht seines Reichthums; sondern wer sich rühmen will, der rühme sich deß, daß er mich wisse und kenne, daß Ich der Herr bin, der Barmherzigkeit, Recht und Gerechtigkeit übet auf Erden; denn Solches gefällt mir, spricht der Herr.

Was der Trotz gen Himmel thürmet,
Stürzt als Nebel in die Nacht;
Was die Demuth baut, beschirmet
Gottes Gnade, Gottes Macht.*)

Abraham's Auszug.

1 Mos. 12.

Noah war 600 Jahr alt, als die Sündfluth kam, und lebte nach derselben 350 Jahr. 600 Jahr hat er mit Methusalah zusammengelebt, und noch 58 Jahre mit Abraham (nach Abraham's Geburt). Er erhielt dem Menschengeschlechte die Erfindungen, Künste, und das Wissen der alten Welt vor der Fluth, besonders aber, was viel wichtiger ist, die Verheißung, das Opfer, die Feier des siebenten Tages und die Geschichte des Paradieses und der Urwelt. Auch außer der Theokratie (des Gottesreichs) stehende Männer hatten Kunde davon: Melchisedech, der König und Priester von Salem, und Hiob. „Die Zerstreuung der Menschen beim Thurmbau zu Babel, und die

*) J. P. Lange, Biblische Dichtungen. S. 20.

Zertheilung der Erde zu Peleg's Zeit, 100 Jahre nach der Sündfluth, verhinderten eine solche Gottlosigkeit, als sie vor der Sündfluth Statt gefunden hatte, und bereiteten darauf vor, daß Ein Volk aus der Masse und Menge aller Menschen und Völker herausgenommen werden, und die Bestimmung erhalten konnte, dem ganzen Menschengeschlechte Erkenntniß Gottes und der Wahrheit bis auf die schicklichste Zeit allgemeiner Mittheilung zu bewahren. Verheißung und Glaube, die sonst in schwankende und leere Sage ausgeartet wären, konnten dann in der nöthigen Bestimmtheit erhalten, und es konnte im Kreise des erwählten und abgesonderten Volkes auf den verheißenen Heiland der Welt immer mehr belehrend vorbereitet werden." G. Menken, Versuch einer Anleitung zum eignen Unterricht in den Wahrheiten der heiligen Schrift. S. 86. — Obgleich es nun nach der Sündfluth auch offenbar war, daß Gott sei (Röm. 1, 19), denn Gott hatte es offenbart, so (V. 21) priesen die Menschen ihn doch nicht als Gott, noch dankten sie ihm, sondern sie wurden in ihrem Dichten eitel und das unverständige Herz wurde verfinstert. Nun verwandelten sie (V. 23) die Herrlichkeit des unvergänglichen Gottes in ein Bild gleich dem vergänglichen Menschen und der Vögel und der vierfüßigen Thiere. So schildert der Apostel hier und in den folgenden Versen den Ursprung, das Wesen und die Folgen des Götzendienstes. Gehe man mit Röm. 1, 19—32 unter die Heiden, sie mögen wohnen, wo auch in allen fünf Welttheilen, das Bild paßt, und die Stelle zeichnet sie. Es ist hier nicht der Ort, darauf weiter einzugehen; wir verweisen auf Stolberg, Geschichte der Religion, B. 2 Beilage, wo der dreifache Charakter des Götzendienstes: Lüge, Unzucht, Mord aus der Geschichte der Heiden mit vielen Beispielen dargethan wird; um so interessanter zu lesen, da in der ganzen Abhandlung von S. 300 bis 346 auf unsere Stelle, Röm. 1, gar nicht Rücksicht genommen ist. So kam denn der Götzendienst auf, weil die Menschen das ursprünglich Geoffenbarte nicht behielten, sondern das verdorbene Herz den Verstand mit auslöschte. Da trat die Liebe Gottes in's Mittel und erwählte durch neue Offenbarungen den Mann, mit dem wir eine neue Zeit des Gottesreichs setzen: Abraham.

Die biblische Geschichte hat sich bisher in großen Begebenheiten bewegt: die Schöpfung, das Paradies, die ersten Menschen, die Verdorbenheit der Welt und ihre Strafe. Jetzt läßt sie uns einkehren in das gastliche Zelt eines einzelnen Mannes, und wir fühlen uns da für den Augenblick, als wäre der lebendige Gott für die übrige Welt nicht da, sondern nur für Abraham. Die historische Darstellung des Patriarchenlebens Abraham's ist in der Bibel groß durch Einfachheit. Verdirb es nicht, lieber junger Lehrer, wenn du es den Kindern erzählst, es ist ein Segen darin. Ein morgenländischer Duft weht da und erquickt das trauernde Gemüth, das eben noch mit dem Dichter große Hoffnungen zu der Menschheit faßte: Denn Gottes

Erde, ja, nun ist sie rein! Und aus dem weiten, schauerlichen Sarg, der aller Frevler sinkendes Gebein in seiner Höhlung Bergestiefen barg, ist eine Wiege worden, blüthenvoll, darin ein Kindlein wieder lächeln soll. (Knapp.) Aber es erscheint uns anders, und Alles sehen wir jetzt mit Götzendienst erfüllt. Lassen wir denn auch die übrige Welt und bauen uns eine Hütte neben der Hütte des Patriarchen im Mamrehain, und leben mit ihm, und erlernen von ihm ein Leben im Glauben, in der Liebe und in der Hoffnung!

Die Unterredung.

Gottes Befehle und des Menschen Verhalten.

1) Gottes Befehle. a. Gott fordert. b. Gott fordert Schweres. c. Gott erleichtert durch Verheißung die schwere Forderung. 2) Des Menschen Verhalten. a. Der Mensch glaubt der Verheißung. b. Der Mensch ist gehorsam der schweren Forderung. c. Der Mensch findet die Forderung leicht.

Schluß. Abraham's Dienst V. 7 und 8.

Mit Abraham beginnt eine neue Zeit in der Geschichte der Offenbarungen Gottes. Blicken wir noch einmal auf die Offenbarungen Gottes in den verflossenen 2000 Jahren zurück. Gott schuf die Welt, erste Offenbarung seiner Macht und Liebe; den Menschen zu seinem Bilde; gab nach dem Fall die Verheißung; läßt die Sündfluth kommen, — Offenbarung seiner Heiligkeit und Gerechtigkeit; — macht mit Noah und seinen Nachkommen, C. 9, V. 9—17, den Naturbund; und veranlaßt durch die Verwirrung der Sprachen beim Thurmbau die Trennung in Völkerschaften. Die Völker verlassen ihn und dienen den Götzen. Da erwählt Gott Abraham, dem er sich in unserer heutigen Geschichte offenbart.

1) a. Und der Herr sprach zu Abraham: Gehe aus deinem Vaterlande, und von deiner Freundschaft, und aus deines Vaters Hause, in ein Land, das ich dir zeigen will. Hier fordert Gott zweierlei von Abraham. Zuerst ein Ausgehen aus dem Vaterhause, wo schon Götzendienst war, Josua 24, 2. Dann auch ein Eingehen in ein anderes Land. Auf dieselbe Weise fordert Gott noch etwas von uns. Ein Ausgehen auch aus Götzendienst. Was ist für uns Götzendienst? Im N. T. wird Geiz Abgötterei genannt und der Geizige ein Götzen-

diener. (Col. 3, 5. Eph. 5, 5.) Wenn du das Geld lieber hast als Gott, und um Geld zu erlangen, Gottes Gebot übertrittst, betrügst, lügst, hartherzig bist. An einer andern Stelle (Phil. 3, 18. 19) wird gesagt, daß bei Vielen der Bauch ihr Gott ist. Schön Essen und Trinken geht ihnen über Alles, der Geschmack, überhaupt die Lust der Sinne; alle Tage herrlich und in Freuden leben, wie der reiche Mann im Evangelio. Dann wird anderswo (1 Sam. 15, 23) Widerstreben Abgötterei und Götzendienst genannt, d. h. Ungehorsam, ein Entgegensetzen des eigenen Willens gegen Gottes Willen, als Rache, Zorn schandbare Worte, überhaupt jede Sünde. Also du sollst heraus aus dem Geiz (Augenlust, 1 Joh. 2, 16), dem Bauchdienst (Fleischeslust), und dem Widerstreben (hoffärtiges Leben), das ist überhaupt aus der Abgötterei. — Dann wurde Abraham das Land gezeigt, wo er hinein sollte. Dir auch! Leset Micha, 6, 8. Aus dem Götzendienst heraus, in den Dienst Gottes hinein. Ein Dreifaches ist hier dem eben genannten Dreifachen entgegengesetzt: Widerstreben und hoffärtiges Leben — Demuth; Bauchdienst und Fleischeslust als Sorge für sich nur — Liebe gegen Andere; Augenlust — Hinblicken auf Gottes Wort. Also: Gott fordert einen Ausgang, einen Eingang. So gehe denn aus, gehe ein unter Gottes Beistand! Haue deine Götzen muthig um, es sei Geiz, Wollust oder Ruhm.

b. Gehe aus deinem Vaterlande. Was ist Vaterland? Denke dir, du solltest aus dem Vaterlande in ein Land, wo du die Sprache nicht einmal kennst. Es ist schwer. Ja, der Mensch hat eine natürliche Liebe zu dem Lande, wo er geboren ist, und wenn er's verlassen muß, verläßt er's mit Thränen. Gehe aus deiner Freundschaft. Wären noch 50 oder 100 von Abraham's Bekannten und Freunden mitgereist, so hätte er doch mit ihnen umgehen können im fremden Lande. Die Forderung: ziehe aus, wird schwerer. Und aus deines Vaters Hause. Gar die zu des Vaters Hause gehören (die Familie) sollen zurückbleiben. Du gingest wohl mit, wenn nur dein Vater und deine Mutter mitgingen. Bei Abraham war es anders. Wie immer noch schwerer wird die Forderung: Ziehe aus. Doch, wendet ihr mir ein, es verlassen auch Viele jetzt ihr Vaterland und reisen nach Amerika, es muß so schwer doch nicht sein. Wenn Auswanderer in ein fremdes Land wollen, so fragen sie Menschen oder Bücher: Was ist das für ein Land? fruchtbar? Wie sind die Bewohner? Kann ich mein Geschäft dort treiben? Ist es nahe? fern? Ueber diese Fragen suchen sie gewisse und zuverlässige Antwort, und dann erst reisen sie hin und bleiben auch. In dem Befehle Gottes an Abraham heißt es bloß: in ein Land, das ich dir zeigen will. Summa: Gott forderte Schweres von Abraham. Wodurch wurde es noch schwer? Verlasse 1) Vaterland, 2) Freundschaft, 3) Familie; 4) es wurde nichts über das Land gesagt. — Auch für uns sind Gottes Forderungen schwer. Ich weiß etwas, A, was Gott verboten hat und was dir zu lassen schwer wird, weißt du es auch? Ich weiß etwas, was unserm G. schwer wird, wißt ihr es auch; Anderes: Flucher, Zornmüthige, Träge, Rachsüchtige, Geizige, Spieler, Säufer, Diebe. Welches Gebot Gottes wird Jedem von Diesen schwer? in Bibelsprüchen geantwortet. Den Rachsüchtigen: Rächet euch selber nicht, ich will vergelten, spricht der Herr. Dem Zornmüthigen: Lasset die Sonne nicht über euren Zorn untergehen. Dem Diebe: Du sollst nicht stehlen 2c. Die Tugend kostet Fleiß und Müh', so auch der Sieg der Lüste.

c. Wir lesen noch einmal, V. 2 und 3. Hier verspricht Gott Etwas; Gutes. Verheißung. Wie Schweres Gott von Abraham forderte, haben wir eben gesehen. Was sollte nun die Verheißung dabei? Gott erleichtert durch Verheißung die schwere Forderung. So macht es eine liebe Mutter. Sie könnte fordern: stricke fleißig, und das Kind müßte aus Liebe zur Mutter fleißig sein. Doch setzt die Mutter eine Verheißung dazu: Wenn du morgen den Strumpf fertig hast, so gebe ich dir einen Schilling. Es soll die schwere Forderung erleichtern. Schwer sind die Forderungen Gottes und aus Liebe sollen wir Gott gehorchen. Damit uns nun der Gehorsam aus Liebe leichter wird, sind uns in der heiligen Schrift die allergrößten Verheißungen gegeben. Ich will euch einen Blick hinein thun lassen, und mache bei jedem Bibelspruche zwei Fragen: Wie heißt die Forderung Gottes darin? Wie heißt die Verheißung Gottes darin? Das vierte Gebot aus den zehn Geboten. Marc. 16, 16: Wer da gläubet und getauft wird —. Offenb. 2, 10: Sei getreu bis in den Tod, so will ich dir —. 1 Mos. 4, 7: Bist du fromm, so bist du angenehm —. Jac. 4, 8: Nahet euch zu Gott, so nahet Er sich zu euch —. Matth. 7, 7: Bittet, so wird euch gegeben, suchet, so werdet ihr —. Matth. 5, 44. 45: Liebet eure Feinde — auf daß ihr Kinder seid —. Ps. 50, 15: Rufe mich an in der Noth, so will ich dich —. Matth. 10, 32: Wer mich bekennet vor den Menschen —. Apstg. 16, 31: Glaube an den Herrn Jesum Christum —. Matth. 5: Die acht Seligpreisungen; und viele andere Sprüche mehr, die man auf jedem Blatt der Bibel finden kann. Diese Verheißungen gehen uns Alle an. Erkenne darin die Liebe Gottes, die gerne das Schwere leicht machen will. Sie giebt Alles hin, die Welt, den Himmel, den Sohn Gottes, um deine Liebe wieder zu haben.

2) a. So hatte Gott Alles an Abraham gethan, was er thun konnte. Was? Er hatte ein Gebot gegeben (Welches?) und zur leichtern Befolgung desselben die köstlichsten Verheißungen dazu. Welche? V. 2: Ich will dich zum großen Volke machen; V. 3: in dir sollen alle Geschlechter auf Erden gesegnet werden, und bald darauf V. 7: deinem Samen will ich dies Land geben. Mehr war auf Seiten Gottes nicht zu thun. Es kam nun darauf an, wie Abraham sich benahm. Er hätte denken können: ich bin hier in einem glücklichen

und ruhigen Besitz, das lasse ich wohl bleiben, das, was ich sehe und habe, gegen das hinzugeben, was ich noch nicht sehe. Dann hätte er der Verheißung Gottes nicht geglaubt. Er konnte auch denken: ich sehe das freilich Alles noch nicht, aber Gott hat's gesagt, das ist mir genug, darauf verlasse ich mich. So that er. Er glaubte, d. h. was er noch nicht sahe, das war ihm so sicher und gewiß, als wenn er es vor Augen sähe. So wir. All' die köstlichen Verheißungen: du sollst selig werden, sollst die Krone des Lebens haben, bist mein Kind, ich will dich einmal bekennen als den Meinigen, es soll dir wohl gehen, du bist mir angenehm: das sind lauter Dinge, die du nicht mit Augen sehen, mit Händen greifen kannst, du sollst glauben, d. h. du sollst in dir, innerlich, so gewiß davon sein, als du äußerlich, durch deine Augen davon gewiß bist, daß ich vor dir stehe. Was der Glaube ist, das läßt sich gar nicht schöner und kürzer sagen, als Hebr. 11, 1 geschehen ist: Es ist aber der Glaube eine gewisse Zuversicht deß, daß man hoffet, und nicht zweifelt an dem, das man nicht siehet.

b. V. 4: Da zog Abraham aus, wie ihm der Herr gesagt hatte. Weil ihm also innerlich Alles gewiß war, was Gott verhieß, so gewiß, als sähe er es vor Augen, so that er, wie der Herr gesagt hatte; kurz: weil er glaubte, war er gehorsam der schweren Forderung. Daß sein Gehorsam aus seinem innern Herzensglauben kam, sagt auch die Schriftstelle Hebr. 11, 8. So ist es noch. Gehorsam ist die Frucht des Glaubens. Was heißt das? Der Glaube der Baum. Erst der Baum, dann die Frucht. Was heißt das? Der Gehorsam gegen Gottes Gebot ist ein sichtbares Zeichen des unsichtbaren Herzensglaubens. Wo kein Glaube ist, da ist kein Gehorsam. Umgekehrt: Wo kein Gehorsam ist, da ist auch der Glaube noch nicht. In dem Augenblick, wo du eine schlechte That thust, hast du den Glauben verloren. Wie du glaubst, so lebst du.

c. Gott versprach Abraham ein viel größeres Gut, als er schon hatte. Daran war Gottesliebe gegen ihn zu erkennen. Abraham glaubte an diese Liebe Gottes und also auch, daß Gott ihm ganz gewiß geben werde, was er versprochen hatte. Die Liebe Gottes hatte die Forderung gegeben. Diese Liebe Gottes erkannte, glaubte Abraham, und aus Liebe war er gehorsam. Was aus Liebe gethan wird, wird leicht. Was wir früher als schwer bezeichneten, davon sagen wir jetzt, es wurde ihm leicht. So noch die Verheißung — eigentlich die Liebe Gottes darin, — muß erkannt und geglaubt werden, so ist der Mensch gehorsam, und findet die Forderungen Gottes nun leicht. Die Liebe Gottes muß dein Herz durchdringen, dann wirst du auch das Schwerste leicht vollbringen. Nun konnte Johannes sagen, 1 Joh. 5, 3: Gottes Gebote sind nicht schwer. Warum? Durch das Erlösungswerk waren ihm die größesten Verheißungen gegeben. (Welche noch? siehe früher.) Diesem glaubte er, und nun gab er gerne die Lust der Augen, des Fleisches und der Welt hin, um das Höchste zu erlangen. Der Gehorsam mußte leicht werden. Paulus sagt, Philipp 4, 13: Ich vermag Alles durch den, der mich mächtig macht, Christus. Der Gehorsam ist Paulus nicht schwer geworden. An einer andern Stelle sagt er: Die Liebe Christi dringet mich. Die Liebe, die Christus ihm erzeigt hatte, brachte bei ihm eine Gegenliebe hervor, die ihn trieb, drängte, Alles zu erfüllen, was Christus forderte. Alles mußte ihm nun leicht werden. Woran liegt es nun, daß der Rachsüchtige das Gebot: rächet euch selber nicht, schwer findet? Die Liebe Gottes wird nicht, und alle die Verheißungen Gottes: du sollst selig sein, sollst mein Kind sein, werden noch nicht so geglaubt, als sähe man sie. Mittel, wie nun Trägen, Spielern, Wollüstigen, Säufern, Zornmüthigen, Fluchern die Forderungen Gottes leicht werden: Glaube. Ein zornmüthiger Knecht sagte oft: Es ist mir nicht möglich, den Zorn zu unterdrücken, Menschen und Thiere machen mir zu viel Verdruß. Sein Herr hielt ihm einen schönen, neuen Thaler hin und sagte: Diesen will ich dir schenken, wenn du heute kein zorniges Wort von dir hören lässest. Der Knecht hielt es, obgleich die andern Dienstboten ihn reizten. Der Herr gab ihm den Thaler und sagte — nun, was mag er gesagt haben? — Der Glaube an die Verheißung machte die schwere Forderung leicht.

V. 7 und 8: Abraham bauete Altäre, er predigte. Der Altar war zum Loben und Danken. Weshalb? Das Verheißene: große Nachkommenschaft ꝛc. war ihm, als wenn er es schon hätte, durch seinen Glauben daran. Daher Preisen, Loben. Weß das Herz voll ist, deß geht der Mund über. Was man mit Preisen und Loben thut, das wird leichter. Dann predigte Abraham. Er wollte und wünschte, daß Alle diesen gnädigen, liebreichen Gott kennen möchten. So du. Glaubst du an die großen Verheißungen Gottes (Welche noch? wir können sie nicht zu oft hören), so wirst du sagen: Nie wird dein Lob genug besungen, und wären unsre Haare Zungen, sie sängen deinen Ruhm nicht aus. Ist der Glaube in dir fest, so sprich es gerne aus an Andere. Du bist Knecht, Mädchen, Hausherr: lehre, ermahne, warne, tröste. Du sollst auch ein Prediger sein, wie Abraham; wie bist du es als Schulkind? als Lehrbursche? als Gesell? als Meister? als Vater? Darum die Bitte am Schluß: Herr, stärke uns den Glauben.

Andeutungen

zu einer andern Unterredung über Abraham's Auszug.

1) Ziehe aus. Gott verlangt von uns auch ein Ausgehen. Die Sünde klebet uns an. Sie ist nahe verwandt mit unsern Nei-

gungen. Da heraus. Nach den zehn Geboten. Du sollst nicht. Laß ab vom Bösen.

2) In ein anderes Land. Wie heißt es? Das entgegengesetzte Gute. Das Reich Gottes ist entgegengesetzt der Welt, d. i. dem Leben in der Sünde. Da hinein. Du sollst — nach den zehn Geboten. Gegensätze: heraus aus der Rachsucht, hinein in die Feindesliebe; heraus aus der Lüge, hinein in die Wahrheitsliebe u. a.

3) Ich will dir's zeigen. Micha 6, 8: Es ist dir gesagt, Mensch, was gut ist. In welchem Spruche zugleich die Grundbedingungen angegeben sind: die Gebote halten, Liebe üben, demüthig sein. Das Gewissen weiset. Die heilige Schrift weiset. Christus der Weg. Wo liegt das Land? Das Reich Gottes ist inwendig in euch. Im Innern, im Herzen muß der Anfang gemacht werden.

4) Da will ich dich segnen. Die Seligkeit derer, die im Reiche Gottes wohnen. Die Seligpreisungen. „Das Reich Gottes ist Gerechtigkeit und Friede und Freude im heiligen Geist; wer darin Christo dienet, der ist Gott wohlgefällig und den Menschen werth." Röm. 14, 17. 18.

5) Folge wie Abraham. Baue ihm einen Altar in deinem Herzen, was heißt das? Predige Andern, daß sie aus der Weltgemeinschaft in's Reich Gottes gehen. So machst du dich selig, und die dich hören mit.

Abraham's Friedfertigkeit.

1 Mos. 13.

Fast mit Beziehung auf unsere Geschichte sagt der Herr: Selig sind die Sanftmüthigen, denn sie sollen das Erdreich, d. h. das verheißene Land, besitzen. So hat es sich bei Abraham bewährt. Er hat etwas hingenommen, ohne heftig zu werden, hat die Schwäche Lot's getragen, hat das scheinbar Größte und Beste verschmäht, und genommen, was man nachließ. Aber es war das Kleinste verloren, oder Nichts verloren und das Größte gewonnen. Die herrlichen Auen Sodom's wurden bald von den Fluthen des todten Meeres überdeckt, aber seinem Samen ist das verheißene Land geworden. Lot hatte, V. 10, seine Augen aufgehoben und die Gegend am Jordan besehen. Nun spricht auch Gott, V. 14, zu Abraham: Hebe auch deine Augen auf und siehe von der Stätte, wo du wohnest, nach allen Weltgegenden, denn alles Land, das du siehest, will ich dir geben und deinem Samen ewiglich. Freilich war es nun an Abraham, das zu glauben. Abraham glaubte, denn V. 18, er bauete im Mamrehain bei Hebron dem Herrn einen Altar, den kindlichen Dank ihm zu bringen für die abermalige Wiederholung der großen Verheißung, deren Erfüllung er nicht sahe und doch sahe. Die Verheißung des Herrn steht noch. Selig noch die Sanftmüthigen, die tragen und vertragen können, und haben Geduld, und arbeiten und werden nicht müde, Offenb. 2, sie sollen das verheißene Land besitzen. Wir Christen warten aber eines neuen Himmels und einer neuen Erde nach Seiner Verheißung, in welcher Gerechtigkeit wohnet. 2 Petr. 3, 13, und schon im folgenden Verse gründet darauf der Apostel die Ermahnung: darum, meine Lieben, so thut Fleiß, daß ihr vor mir in Frieden erfunden werdet. Selig sind die Friedensstifter, denn sie sollen Gottes Kinder heißen. Davon weiß das ganze Heidenthum nichts, es kennt keinen heilig zeugenden Gott, sondern weiß nur von Kindern der Götter im physischen Sinne; erst das Christenthum lehrt uns diese Würde.

Wir haben doch eine schöne Sprache: Frieden. Schon in dem Klang der Aussprache liegt die Sache. Was eigentlich Frieden ist und was in dem Klang des Worts liegt, das hat Augustinus sehr schön also bezeichnet: „Der Frieden ist eine Fröhlichkeit des Gemüths, eine Ruhe der Seele, eine Einfalt des Herzens, ein Band der Liebe; er benimmt heimlichen Groll und heimliche Feindschaft, stillet den Krieg, dämpfet den Zorn, unterdrücket die Hoffärtigen, liebet die Demüthigen, vereinigt die Getrennten, beruhigt die Feinde, ist Jedermann beliebt, erhebt sich nicht, ist nicht aufgeblasen. Wer ihn hat, behalte ihn; wer ihn verloren hat, der suche ihn und jage ihm nach." Wir wünschen freilich Alle Frieden mit uns selbst und mit Anderen, und Jeder jaget ihm nach auf seine Weise. Oft wird das ganze Leben darauf verwendet, und Tausende mit grauen Haaren müssen sagen: ich habe es nicht gefunden. Ein von Gott mit reichen Gaben begabter Mann, Göthe, bekennt am Ende seines Lebens: „Ach, ich bin des Wogens müde, banger Schmerzen, wilder Lust! Gottes Friede! Gottes Friede! Komm' und wohn' in meiner Brust." (Evangel. Kirchenztg., Dec. 1839.) Wer fühlt nicht schon in dem Rhythmus dieser Klage die Trauer und die Sehnsucht des unbefriedigten, leeren Herzens! Wir wollen als Gegensatz einen Andern hören. Milder im Herzen, sanfter im Liede tönt kein Entzücken, strömet kein Leben, als dein Erquicken, himmlischer Friede! — Selige Herzen, die ihn gefunden! sieh', bei dem theuern, gütigen Heiland dürfen sie feiern selige Stunden. (Knapp, ältere Gedichte, B. 1, S. 149.) Ja, es giebt auch nur Ein Mittel, zum Frieden mit sich selbst und Andern zu gelangen: der Friede mit Gott. Diesen Frieden aber erlangt man nur durch Christum. Christus ist unser Friede und hat Frieden gemacht, er hat die Feindschaft getödtet durch sich selbst und ist gekommen und hat verkündigt im Evangelio den Frieden. Eph. 2.

Frieden mit Gott haben wir nur durch unsern Herrn Jesum Christum, wenn wir gerecht geworden sind durch den Glauben. Röm. 5. Das war auch die Predigt der Apostel: Apostgsch. 10, 36. Auch Abraham sahe den Tag Christi und freuete sich, Joh. 8, 56, und durch den Glauben an die Erlösung durch Christum war auch sein Herz zum Frieden mit Gott gelangt. In unserer Geschichte wird er ein Kind Gottes; wie Gott an ihm gethan hatte, so thut er wieder. Gott heißt in der Schrift oft ein Gott des Friedens, weil die größte That Gottes, die Erlösung, nur den Zweck hat, Frieden zu schaffen. Das Reich Gottes ist Friede und Freude im heiligen Geist, Röm. 14, 17, und von diesem Zweck des Reiches Gottes nimmt der Apostel in V. 19 schon Veranlassung zu der Ermahnung her: Darum laßt uns dem nachstreben, das zum Frieden dienet. Das geht uns Schullehrer denn ganz besonders an, als die wir auch Boten sind, die den Frieden verkündigen sollen. Habe ihn erst selber, so kannst du ihn desto besser den Kindern verkündigen. O, wer da bedenkt, wie viel er Gott zu tragen giebt, der wird auch gerne etwas tragen von den Eltern, von den Kindern. Er wird aber auch erfahren, was Abraham und alle Friedensstifter und Sanftmüthigen mit ihm erfahren haben, daß sie nie zu kurz gekommen sind, sondern das längste Ende haben, nemlich die Verheißung Gottes: *sie sollen Gottes Kinder heißen, sie sollen das Erdreich besitzen.*

Die Unterredung.

Die Friedfertigkeit.

1) Begriff. 2) Schwierigkeiten. 3) Lohn.

1) **Begriff.** Nach V. 2 war Abraham sehr reich und nach V. 5 auch Lot. Ihr Reichthum bestand hauptsächlich in Vieh. Für viel Vieh gehört viel Weide. Die war nicht genug da. Hätte Einer gesagt: ich will die Weide haben, und der Andere auch, so wäre Streit entstanden. Einer mußte wegziehen. Hätte aber Einer gesagt: ziehe du weg, ich will hier bleiben, und der Andere auch das, so wäre wieder Streit gewesen. Nun aber sprach Abraham zu Lot, V. 8: Lieber, laß nicht Zank sein 2c. Absicht dieser Rede: *Abraham wollte keinen Streit haben.*

V. 7 gelesen. Da war also schon Streit. V. 8 gelesen. Also der Streit der Leute war Abraham zuwider. Als Lot wegzog, hatte der Streit ein Ende. Das war auch gewiß die Absicht, warum er Lot die Wahl der Gegend ließ. Welche? *Abraham wollte dem Streit ein Ende machen*, oder er wollte den Frieden wieder herstellen. Hier sehen wir also an Abraham zweierlei: Er wollte keinen Streit haben, wo er noch nicht war; da, wo schon Streit war, da wollte er den Frieden wieder herstellen. Daher nennen wir ihn friedfertig, zum Frieden fertig. Der Friedfertige ist immer bereit, Frieden zu halten. Wo also Friede ist, da will er, daß Friede bleibt und nicht das Gegentheil, Streit, entsteht. Wo aber schon Streit ist, da will er, daß der Streit aufhöre, und wieder Friede werde. Kurz: Friedfertig ist derjenige, der keinen Streit haben mag. Der Christ soll friedfertig sein. Marc. 9, 50, Jesus: Habt Frieden unter einander. — Hebr. 12, 14: Jaget dem Frieden nach. — Röm. 12, 18: Ist es möglich, so viel an euch ist, so habt mit allen Menschen Frieden. Es ist ein Ruhm, wenn man von einem Christen sagen kann, was man von Melanchthon und dessen Vater sagt: daß beide nie in ihrem Leben einen Proceß gehabt haben. — Welchen Grund zur Friedfertigkeit führt nun Abraham an? — Welches Mittel wählt er?

2) **Schwierigkeiten.** Es ist so vieles in dem Menschenherzen, das diese edle Tugend der Friedfertigkeit nicht will aufkommen lassen. Wenn Abraham heftig geworden wäre, so wäre der Friede gestört: Zorn. Wenn Abraham seinen Willen nur hätte gelten lassen und durchsetzen wollen: Eigensinn. Wenn er das Beste für sich genommen hätte: Eigennutz. Wenn er gedacht hätte: ich der Aeltere, der Reichste, soll ihm nachgeben? ich soll der erste sein, der die Hand reicht? Stolz. Also Zornmüthigkeit, Eigensinn, Eigennutz, Stolz, die hindern noch täglich den Frieden in der Schule — unter Geschwistern — im Hause — im Dorfe, im Flecken und in der Stadt. Beispiele. Pflanze denn das Gegentheil, wie Abraham. Zornmüthigkeit — Sanftmuth. Freundlich und ernst, das mische wohl, wenn dir's mit Menschen glücken soll. Der Ernst zuweilen wehe thut, die Freundlichkeit macht's wieder gut. Eigensinn — Nachgeben. Der Klügste giebt nach. Warum ist der der Klügste? Er erspart sich viel Verdruß. Eigennutz — Hingeben eines Rechts, eines kleinen Vortheils. Wer Freude hat am Processiren, wird statt Gewinnens stets verlieren. Genügsamkeit des Friedens wegen bringt einem Hause Gottes Segen. Stolz — Demuth, Ueberwindung. Sei gern der Erste, der die Hand bietet. — Das Alles aber sind schöne Lehren, die nicht viel ausrichten, wenn nicht noch eins hinzukommt, denn das Unkraut steckt tief. Abraham's Friedfertigkeit war eine Frucht seines Glaubens. Beweis. Ich habe Gottes Verheißung der Mehrung, das Land zu besitzen; der glaube ich, und damit komme ich nicht zu kurz, wenn es auch so scheint; durch seine Offenbarungen hat Gott in mir Friede geschafft, wie sollt' ich nicht gern mit Andern in Frieden leben. Du, ein Christ, hast in deinem Glauben noch mehr Antriebe zur Friedfertigkeit, als es Abraham hatte. Wir wollen diesmal nur diesen Vers durchsprechen: Du, Gott, vergiebst mir jede Schuld, schenkst mir so viele Gaben; und ich, ich sollte

nicht Geduld mit meinem Bruder haben? Ich will verzeihn, wie du vergiebst, ich will ihn lieben, wie du liebst. Also: Gott vergiebt, ich vergebe; Gott schenkt, ich schenke; Gott hat Geduld, ich habe Geduld; Gott verzeiht und liebt, ich verzeihe und liebe. Das, l. K., sind die Gedanken, damit sollt ihr das Unkraut, Zornmüthigkeit, Eigensinn, Eigennutz, Stolz, wovor die edle Pflanze Friedfertigkeit nicht aufkommen kann, aus dem Herzen ausreißen. Thut das, und vergeßt den Vers nicht: Du, Gott, vergiebst mir jede ꝛc.

3) **Lohn.** Denkt euch Abraham's Hauswesen, 318 Knechte; auf Lot's Seite wohl nicht viel weniger. Der tägliche Streit über die Weiden, über die Brunnen. Dies wurde Abraham täglich vorgetragen. Welcher Verdruß, welche Unruhe für ihn und für die Leute mit. Jac. 3, 16: Wo Neid und Zank ist: da ist eitel Unordnung und böses Ding. Abraham's Friedliebe trug seinen Lohn in sich; als sie getrennt waren, kehrte gewiß Ruhe und Freude bei Abraham und bei seinen Knechten ein. Da hat Abraham wohl erfahren, was Sprüche 17, 1 steht. Noch so. Wo Friede ist, ist Ruhe und Freude. Ich will euch dies nur sagen: Wenn Leute Streit haben, sich schelten und zanken, da betrachtet sie recht genau, welcher Aerger, welcher Verdruß. Die Eintracht baut das Haus, die Zwietracht reißt es nieder. Was heißt das? Ps. 133, 1: Siehe, wie fein und lieblich ist es, daß Brüder einträchtig bei einander wohnen, V. 3, denn daselbst verheißt der Herr Segen und Leben immerdar.

Wir lesen V. 14—17. Warum hier gerade die Wiederholung der Verheißung von C. 12, 7 in noch deutlicheren Worten? Es sollte offenbar ein Lohn seiner Friedfertigkeit sein. Als wollte Gott sagen: Lot hat, V. 10, die Augen aufgehoben und für sich das Beste genommen, aber hebe du deine Glaubensaugen auf (was heißt das?), ich verspreche wieder, was ich dir schon einmal versprochen habe. Wir Christen haben noch dieselbe Verheißung in den Worten Christi: Selig sind die Sanftmüthigen, denn sie sollen das Erdreich (eigentlich das verheißene Land) besitzen. Ja es scheint verloren, und ist doch gewonnen: Friede ernährt, Unfriede verzehrt! im Unterliegen siegen. Die Gottseligkeit, wovon die Friedfertigkeit ein wesentliches Stück ist, hat auch die Verheißung dieses Lebens. Der höchste Lohn der Friedfertigkeit ist aber ausgesprochen in den Worten Christi: Selig sind die Friedfertigen, denn sie sollen Gottes Kinder heißen. „Kind Gottes," das Wort ist leicht ausgesprochen, aber schwer ist, hinzulegen, was darin liegt. Gott heißt oft in der Schrift (Röm. 15, 33. 16, 20) ein Gott des Friedens. Friede zu stiften, war die Absicht, warum er Jesum sandte. Bringst du Frieden in die Gemüther, besonders den Frieden Gottes, so folgst du ihm, wie ein Kind, dem guten Vater. Du bist sein Kind, also hast du seinen Schutz. Bist sein Kind, lebst also in seiner Gemeinschaft. Bist sein Kind, hast seine Würde. Davon wußte kein Heide. Eine kleine Geschichte: Die dänischen Missionäre in Trankebar wollten einst das N. T. durch einen Eingebornen in's Malabarische übersetzen lassen. Als nun dieser zu den Worten kam 1 Joh. 3, 1: Sehet, welche Liebe hat uns der Vater erzeiget, daß wir Gottes Kinder heißen sollen, da wollte er es nicht wagen, dieselben buchstäblich zu übersetzen, und sagte: Nein, es ist zu hoch, es ist zu viel gesagt, daß Gott uns seine Kinder heißen sollte! Er wollte übersetzen: Seht, welche Liebe hat uns der Vater erzeiget, daß wir dem Vater die Füße küssen dürfen. Also das Allerhöchste kannst du erlangen, kannst ein Kind Gottes werden. Möchtest du es? Nun, so pflanze Frieden in die Herzen.

Friedensliedchen.

Friedlich wandelt Stern an Stern dort am blauen Himmel, Zank und Hader ist dort fern, fern das Kriegsgetümmel. — Friedlich fließt durch junges Grün hier die Silberquelle, und die Sterne spiegeln drin ruhig sich und helle. — Erd' und Himmel ruft uns zu: Menschen, lebt in Frieden! Sonst, ach, ist euch keine Ruh' und kein Glück beschieden. — Friedlich wollen wir denn sein, uns einander lieben, stets in Eintracht uns erfreun, Andre nie betrüben. — Dann fließt, wie die Quelle hier, uns dahin das Leben, bis im ew'gen Frieden wir über Sternen schweben.

Schmid.
(Blüthen, dem blühenden Alter gewidmet. S. 34.)

Zusammenhang. V. 1: Die Sterne sind friedlich, und doch ist da eine Menge, eine Bewegung. — V. 2: Das Wasser der Quelle auch. — V. 3: Also Erd' und Himmel lehren uns Frieden. — V. 4: Entschluß. — V. 5: Lohn.

Abraham rettet Lot.

1 Mos. 14.

Die Unterredung.

Wie sich wahre Liebe zeigt:

1) thätig, 2) glaubensvoll (vertrauensvoll und muthvoll), 3) uneigennützig, 4) demüthig.

1) Die Sodomer und Lot mit hatten alle ihre Güter verloren; sie waren selbst gefangen und sollten wohl gar als Sklaven gebraucht oder verkauft werden; sie waren unglücklich. Die ganze Geschichte zeigt, daß Abraham dies Unglück nicht gleichgültig war; zuerst fühlte er etwas, es dauerte ihn, ging ihm zu Herzen: Mitleiden. Mitleiden; er fühlte das Leiden mit. Dabei wäre wohl Mancher stehen geblieben, er hätte die Menschen bedauert und es damit gut sein lassen. Abraham nicht so. Die Schlacht mit Kedor Laomor war eine That. Er zeigte dadurch äußerlich, daß seine innerliche Menschenliebe eine wahre war, sonst hätte er sich nicht von der Stelle bemüht. Thätig ist die Menschenliebe, wo man es durch eine That zeigt, daß man die Menschen gerne aus ihrer Noth befreien will. — Wenn Abraham's Liebe thätig war, so sollte unsere christliche Liebe noch vielmehr so sein. Warum? Das ein andermal. Wie viele Christen aber bleiben beim bloßen Mitleiden stehen, ohne daß ihre Liebe thätig wird. Sie machen es, wie Jac. 2, 15. 16 steht. Also: Eine Noth ist da; sie sprechen Worte aus, als wenn ihnen die Noth zu Herzen ginge. Gott berathe euch; so noch: Ach, welch ein Unglück, das ist doch traurig, die Leute sind zu bedauern. Und dabei bleibt es, beim bloßen Bemitleiden. Was hülfe ihnen das? Also das ist nicht genug. Man soll mehr thun. Was? geben, was des Leibes Nothdurft ist, thätig zeigen, daß das Mitleiden, die Menschenliebe wahr ist. — Abraham sagt gar Nichts, jammert nicht viel, sondern geht gleich zur That. So macht es wahre, thätige Liebe. Ein kurzes Wort, wodurch man sein inniges Bedauern ausdrückt, und dann — thun, helfen. Ihr habt wohl schon bemerkt, daß diejenigen Menschen, die so sehr jammern über das Unglück Anderer, gewöhnlich weniger thun. Was heißt es nun, wenn ich zu euch sage: die das Mitleid auf der Zunge haben, haben es selten im Herzen? Das ist falsche Liebe. Davor wird gewarnt Röm. 12, 9: Die Liebe sei nicht falsch. Was heißt

das nun? Anweisung zur thätigen Liebe: leihe in der Schule; hilf, wo du Aufseher und Nachseher bist; ist ein Armer krank auf der Nachbarschaft, so bitte die Mutter um Essen für ihn; thue gerne einen Gang für Andere; hilf den Dienstboten, ohne daß es dir befohlen ist. So erwachsen: Hungrige speisen, Nackende kleiden rc. Gehe hin und thue desgleichen, sagt Jesus zu dem Schriftgelehrten, als wollte er sagen: sprich nicht viel, thue.

2) Mancher an Abraham's Stelle hätte auch wohl thätig helfen mögen, dabei wären ihm aber andere Gedanken in den Sinn gekommen: der König Kedor Laomor und die drei Könige mit ihm haben mehr Leute als ich, was wohl seine Richtigkeit hatte; ich setze meine Hirten und Heerden in Gefahr; ich könnte selbst gefangen und getödtet werden. Alles das dachte Abraham nicht. Zuerst sah er auf die Noth. Dann auf Gott: Es ist etwas Gutes, was ich vorhabe, Gott wird helfen, beistehen. Das war Glauben. So war seine Liebe glaubensvoll: Gott wird beistehen; was ich nicht kann, wird er thun. Nun kannte aber Abraham seinen Gott, V. 22, als den höchsten Gott, der Himmel und Erde besitzet. Hatte er das innige Bewußtsein: Gott der Höchste ist auf meiner Seite, so war ihm nicht mehr bange. Der Glaube macht Muth, muthvoll. So ist es immer gewesen; wo wahre Liebe zu Menschen war, da ging sie hervor aus dem Glauben. Was heißt das? und war begleitet mit Muth. Die Apostel wollten Allen den Segen des Christenthums bringen, sie hatten Menschenliebe. Hätten sie auf ihre geringe Person gesehen, so wären sie wohl zu Hause geblieben; der Glaube gesellte sich dazu: Gott wird helfen, Christus ist mit uns. Nun fühlten sie sich stark, muthvoll, und gleichsam trotzig, sagt Paulus: Wer will uns scheiden von der Liebe Gottes rc. und hat Alles, was Macht hat, unter sich. Luther, der aus Liebe zu den Menschen viele schwere Arbeiten gethan hat (nennt einige?), sagte, als er schwere bedenkliche Sache hatte: die Sache steht in Deß Händen, der auf's großmüthigste sagen darf: Niemand wird sie aus meinen Händen reißen. Ich wollte auch nicht, daß sie in unsern Händen stünde. Ich habe viele Sachen in meiner Hand gehabt, und habe sie alle verloren, welche ich aber auf Gott habe werfen können, die hab' ich ganz und unverloren. — So noch. Was man in Gottes Namen anfängt, das geht auch in Gottes Namen hinaus. Darum, möchtest du gerne andere Menschen lieben und für sie etwas thun, wie Abraham, Paulus, Luther, so pflanze erst Glauben in dein Herz. Warum? Das giebt Muth, Zuversicht, wo Schweres zu thun ist. Ps. 18, 30: Mit dir kann ich Kriegsvolk zerschmeißen und mit meinem Gott über die Mauer springen.

3) Aber vielleicht mochte Abraham denken: ich will es wagen, der Feind hat große Güter, ich will über ihn herfallen und will sie ihm nehmen, daß ich durch die Schätze noch reicher werde? Nein. Denn als der König von Sodom sagte: Gieb mir die Leute, die

Güter behalte dir; da sprach Abraham die schönen Worte V. 22. Also er suchte in der ganzen Sache nicht seinen eigenen Nutzen (eigen=nützig, un=), Abraham's Liebe war uneigennützig. Das ist wahre Liebe. Die Liebe suchet nicht das Ihre. 1 Cor. 13. — O, wie oft findet man jetzt das Gegentheil! Ein Mann in schönen Kleidern bittet ein Kind, ihn irgendwo hinzuzeigen, und ein Handwerksbursche bittet; ein Fuhrmann nimmt den mit, der ihm etwas giebt, und den nicht, der ihn doch bittet, ihm aber nichts geben kann; Einer hilft darum bloß, daß Andere ihm wieder helfen sollen, sonst würde er es nicht thun. Alle suchen das Ihre, daher nennt man sie auch selbst=süchtig. Von solchen sagt Jesus: sie haben ihren Lohn dahin. Ja, sie wollen Geld, Gegendienst, und erhalten es. Eine kleine, wahre Geschichte uneigennütziger Liebe, in unserm Vaterlande geschehen, die nicht soll vergessen werden. Im Jahre 1840 im Mai brach in Bredenbeck, Kirchspiels Bovenau, in einer kleinen Wohnung Feuer aus. In derselben befanden sich 4 Kinder, die unfehlbar verbrannt wären, wenn nicht Hülfe gekommen wäre. Der Tagelöhner Jochim Katerbom war in der Nähe, hört den Jammer der Kleinen, der ihm an's Herz dringt. Er, seinen gewissen Untergang vor Augen sehend, stürzt sich in das Feuer, rettet alle vier Kinder, verbrennt sich aber so stark, daß er nach 14 Tagen der unsäglichsten Leiden seinen Geist aufgeben muß. Dieser Mann war gar ein Ausländer, ein Preuße, und hinterließ eine Wittwe und vier ganz kleine Kinder in der größten Armuth. (Kieler Correspondenz=Blatt Nr. 46, 1840.)

4) Abraham zeigte sich hier als Held, tapfer. Seine eigenen Leute, die gefangenen Sodomer, zwei Könige, sahen auf ihn; allenthalben, wodurch der Zug ging, sahe man auf ihn. Da konnte sich leicht in Abraham's Herz der Gedanke einschleichen: ich bin doch ein wichtiger Mann, habe doch gethan, was Andere nicht können, ich, von mir ging es aus. Stolz. So war es bei Abraham nicht. Schon Melchisedek, V. 20, preiset Gott, den Höchsten (und nicht Abraham), der die Feinde in Abraham's Hände beschlossen hat. Und Abraham gab den Zehnten. Das sollte ein Dank gegen Gott sein. Er erkennt also: Gott gab Kraft, Sieg. Auch spricht er zu dem König von Sodom: behalte Alles, daß du nicht sagest, du habest Abraham reich gemacht. Nein, man sollte sagen: Gott hat Abraham reich gemacht. Bei seiner Liebe war Abraham demüthig. So haben andere große Männer, die viel waren und für die Menschen thaten, Gott die Ehre gegeben. Wir wollen wieder Paulus und Luther nehmen. Paulus mußte einmal beweisen, daß er mehr gethan hatte, als alle andern Apostel, setzt aber gleich hinzu, 1 Cor. 15, 10: nicht aber ich, sondern Gottes Gnade, die mit mir ist. Von sich dagegen sagt er, wenn er von seinem großen Werke spricht, 2 Cor. 11, 30: So ich mich je rühmen soll, will ich mich meiner Schwachheit rühmen. Bei dem großen Liebeswerk war er demüthig.

Luther giebt Gott die Ehre bei dem großen Werk, das er gethan hat. Gesang von ihm Nr. 483. Eine feste Burg ist unser Gott. V. 2: Mit unsrer Macht ist nichts gethan, wir sind gar bald verloren. So spricht Luther ein andermal von dem Segen, den seine Bibelübersetzung gestiftet hat, wie sauer es ihm geworden ist, und daß Andere es ihm nicht hätten nachmachen können. Dann heißt es weiter: Aber ich habe nicht meine Ehre darinnen gemeint, das weiß Gott, mein Herr: sondern habe es zu Dienst gethan den lieben Christen und zu Ehren Einem, der droben sitzt, der mir alle Stunden so viel Gutes thut, daß, wenn ich tausendmal so viel und fleißig dolmetschte, dennoch nicht eine Stunde verdient hätte, zu leben, oder ein gesund Auge zu haben. Es ist Alles Seine Gnade und Barmherzigkeit, was ich bin und habe, darum soll es auch Alles Ihm zu Ehren dienen mit Freuden und von Herzen. Die Liebe blähet sich nicht, 1 Cor. 13. Wie viel haben die Männer gethan, und du wolltest dich blähen bei dem Wenigen, was du thust? Herr Gott! wir geben von dem Deinen; wir thun aus deiner Kraft, die du darreichst; dir allein die Ehre.

Oeftere Wiederholung der Verheißung Gottes bei Abraham, und endliche Erfüllung.

Erzählt wird 1 Mose 15, V. 1—7. Cap. 17, V. 1—6. V. 15—17. Cap. 18, V. 1—15, und daß ein Jahr danach Isaak geboren wurde, als Abraham hundert Jahre alt war. Cap. 21.

Die hier zusammengebrachten kleinen Abschnitte aus Abraham's Leben haben eine unbeschreibliche Lieblichkeit durch die Art und Weise des Umgangs Gottes mit Abraham. In dem Herzen Abraham's sehen wir, Cap. 15, 1, Furcht. Furcht? möchten wir fragen, wo kommt die her bei einem Manne, der so eben mit Sieg und Ruhm war aus der Schlacht zurückgekehrt? bei einem Manne, der sich mit Gott im Bunde wußte? — Das eben sind die schwachen Stunden des Herzens. Das menschliche Herz ist wie ein Schiff auf dem Meere: zwischen Furcht und Hoffnung fahren wir dahin. Irgend etwas, entweder Furcht vor neuen Kriegen, oder stille Betrübniß über Kinderlosigkeit hatte sich bei Abraham festgesetzt. In einer schlaflosen Nacht bedenkt er Alles. Das zerstoßene Rohr will zerbrechen, das glimmende Tocht will verlöschen. Aber nein! wie könnte die ewige Liebe dies zugeben. Das zerstoßene Rohr wird er nicht zerbrechen, und das glimmende Tocht wird er nicht auslöschen.

Gott selber ist es, der nun in einer Erscheinung den Faden wieder anknüpft. Da Abraham Gott nicht sucht, so sucht Gott ihn: Abraham. Ich! dein Schild, dein Lohn; als wollte Gott sagen: kennst du mich denn nicht mehr! Dieser Einblick Gottes in sein betrübtes Herz, und diese Theilnahme, die öffnen es zu einer lauten Klage, nicht über Gott, sondern vor Gott, dem theilnehmenden Freund. V. 2: Herr, Herr, was willst du mir geben? Ich gehe dahin ohne Kinder, und mein Leibeigner, mein Hausverwalter, wird mein Erbe sein (wörtlich). O, wie so gar keine Erinnerung an die Verheißung Gottes; wie so schwach, schwankend erscheint hier der Glaube. Statt Glauben und Ruhe haben Unglaube, oder vielmehr Vergessenheit und Furcht Besitz von dem Herzen genommen. V. 3: Mir hast du keinen Samen gegeben. Nun spricht Gott V. 4 ganz bestimmt: Er soll nicht dein Erbe sein, sondern der von deinem Leibe kommen wird, soll dein Erbe sein. Diese Bestimmtheit Gottes ist ein leiser Anstoß, als wollte Gott ihm etwas Früheres in's Gedächtniß rufen; zugleich sollte diese Bestimmtheit gleichsam sympathetisch wieder die „feste Zuversicht" bei Abraham hervorrufen. Aber in dessen Herzen ist es dunkel, dunkel. Da, V. 5, **leitete** Gott ihn hinaus (wie es wörtlich heißt) und sprach: Siehe gen Himmel und zähle die Sterne, kannst du sie zählen? Also soll dein Same werden. O welche Kindlichkeit und Lieblichkeit in der Erzählung! Es ist ein Leben in dem alten, fast 4000 Jahre alten Wort, es spricht das Herz an, man lies't es und lies't es wieder, und es wird Einem nie alt. Welch ein herrliches Symbol! Aeußerlich Nacht und Dunkel — auch in Abraham's Herzen; aber Gottes Wort hat einmal Licht gemacht, und hell und freundlich leuchten jetzt die Sterne in dem Dunkel — Gottes Wort und Verheißung sollten das dunkle, trübe Herz Abraham's erhellen und es freundlich stimmen, daß der Frieden, die Ruhe, die Klarheit, die am Sternenhimmel waltet, wieder hineinziehen konnten. Vor Allem anbetungswürdig erscheint hier aber die unendliche, herablassende Liebe Gottes, die nicht müde wird, das abgewandte Herz auf allerlei Weise, und zuletzt auf eine so liebliche, wieder zu suchen. Das heißt Vater sein, der rechte Vater über Alles, was Kinder heißt im Himmel und auf Erden. Eine solche Liebe geht nicht irre, konnte an Abraham nicht irre gehen. Alle alten Erinnerungen wachen auf, auf dem dunkeln Grunde seines menschlichen Herzens spiegeln sich die Verheißungen Gottes nun desto klarer ab, die Furcht schwindet, und Ruhe und Frieden kehren wieder. V. 6: Abraham glaubte dem Herrn. Hier findet sich zum erstenmal in der Schrift das Wort Glaube, dessen Wesen wir schon an Adam, C. 3, 20, bemerkt haben. Das Wort Glaube heißt H. eigentlich fest sein; also: Abraham hielt fest an Jehovah. Nach dem natürlichen Lauf der Dinge war Abraham ohne Hoffnung leiblicher Erben, wie er es eben aussprach. Die ganze Macht dieses natürlichen Denkens wurde aber in Abraham durch etwas Anderes, Stärkeres überwunden, was hier Glaube genannt wird. Der Glaube ist der Sieg, der die Welt überwindet. Durch diesen Glauben ist Abraham jetzt recht vor Gott, er ist gerecht, ohne Schuld, sein Glaube wird ihm zur Gerechtigkeit gerechnet. Nun erinnert ihn Gott, daß er noch immer derselbe, der alte Gott ist, V. 7. Abraham fordert nun ein Zeichen, V. 8. Wo Solches im Glauben erbeten wird, da nimmt Gott es nicht ungnädig auf; so hier, so bei Gideon, Richter 6, 36 ff., so bei Hiskias, 2 Kön. 20, 8: im Unglauben erbeten, ist es ihm aber mißfällig; so bei Zacharias, Lucas 1, 18; so bei den Schriftgelehrten und Pharisäern, Matth. 12, 38. 39. Gott zeigt ihm nun auf eine symbolische Weise das Schicksal seiner Nachkommen.

Aber ein Jahr geht nach dem andern hin. Sarah's Weiberklugheit (wie nachher Rebecca's bei Jacob) glaubt ein Mittel gefunden zu haben, die Verheißung ihrer Erfüllung näher zu bringen, indem sie Abraham Hagar zum Kebsweibe giebt, Cap. 16. Elf Jahre, nachdem zuerst die Verheißung gegeben war, wird Ismael geboren. Abraham's Hoffnung richtet sich auf ihn hin. Aber auch der war's nicht, und bei einer Namensänderung (Ab-Ram, hoher Vater, in Ab-Raham, Vater vieler Völker,) wird wieder der Blick noch weiter hinausgeführt, und als Abraham dazu lacht, C. 17, 17, da wird die Zeit der Erfüllung genau bestimmt, V. 21: im andern Jahr um diese Zeit. So sehen wir denn, je weiter hinaus und auch zugleich je näher die Zeit der Erfüllung war, desto mehr häufen sich die Erscheinungen Gottes zur Glaubensstärkung Abraham's. Und nun folgt die liebliche Erzählung, C. 18, wo Gott Abraham in menschlicher Hülle erscheint. So geht Gott mit seinem Freunde um.

Die Unterredung.

Die öftere Wiederholung und späte Erfüllung der Verheißung soll

1) Gottes Treue offenbaren und so 2) unsern Glauben stärken.

1) Die Verheißungen Gottes an Abraham: ich will dich zum großen Volke machen; in dir sollen gesegnet werden alle Geschlechter der Erden, wurden zum erstenmal gegeben, als Abraham 75 Jahr alt war, C. 12, 4. 100 Jahr alt erhielt Abraham den Sohn Isaak, auf den die erste Verheißung sich bezog. Es lagen ganze

25 Jahre dazwischen. Die Verheißung wurde spät erfüllt. Aber sie wurde denn doch erfüllt; gewiß. So ist es auch mit andern Verheißungen Gottes gewesen. Die Verheißung im Paradiese von dem Weibessamen wurde 4000 Jahre nachher an Jesu erfüllt. Noch: Bittet, heißt es, und die Verheißung steht dabei: so werdet ihr nehmen. Wir beten, und erhalten es oft nicht gleich, sondern erst spät. Gottes Verheißungen werden oft spät, aber gewiß erfüllt. O, wie freudig macht uns dies, wenn wir an Verheißungen denken, die noch erst ihre Erfüllung finden sollen! Christus spricht: Es soll Ein Hirt und Eine Heerde werden. Des Menschen Sohn wird einmal sichtbar wiederkommen auf die Erde in seiner Herrlichkeit; die Todten werden auferweckt werden; Christus wird Gericht halten; das ewige Leben für die Frommen. Auf dieses Alles ist schon über 1000 Jahr gehofft, aber wir zagen nicht: Gottes Verheißungen finden, wenn auch späte, doch gewisse Erfüllung wie bei Abraham.

Sehen wir nun einmal weiter, wie sich Gott benahm, da bei Abraham eine so lange Zeit war zwischen Verheißung und Erfüllung, C. 12, 2. 3. 7: 1) Ich will dich zum großen Volke machen. 2) Durch dich sollen alle Völker gesegnet werden. 3) Dieses Land. Dieses, besonders das Zweite, nennt man auch den Segen Abraham's. C. 13, 14—17, dieselbe Verheißung noch mehr erweitert: Alles das Land, das du siehst, deine Nachkommen zahllos, wie der Staub auf Erden. C. 15, 1, dieselbe Verheißung: zahllos, wie die Sterne am Himmel. V. 13. 14. 16, pilgern, dienen und plagen des Samens, Alles sollte 400 Jahre dauern; ein fremdes Land wird ihn aufnehmen, dann wird er wieder hierher kommen. C. 17, 7. 8 wird dieselbe Verheißung mit dem Bunde der Beschneidung besiegelt. Dann, je mehr sich die Zeit der Erfüllung nähert, C. 17, 19—21, der Sohn soll Isaak heißen; genaue Zeitbestimmung: um diese Zeit im andern Jahr. So auch C. 18, 14: um diese Zeit des Lebens, d. h. über ein Jahr um diese Zeit. Und nun folgt, C. 21, die Erfüllung der Verheißung. Hier sehen wir also, 1) daß Gott so sehr oft dieselbe Verheißung wiederholt; 2) daß er immer mehr und Neues dazuthut; 3) daß er sich auch immer in seiner Verheißung gleich bleibt, immer Neues, und doch immer dasselbe. Wir gehen von Abraham ab und sehen auf unsere Zeit. Uns sind auch Verheißungen gegeben. Wiederholt einige. Wir können sie uns nicht zu oft vorhalten (siehe die Geschichte: Abraham's Auszug). Wiederholt Gott denn diese Verheißungen auch? Ja, durch Menschen. Er läßt sie euch mehr wiederholen, als er es bei Abraham that: täglich in der Schule, sonntäglich in der Kirche. Seine großen Verheißungen hat Gott einmal in der Bibel niedergelegt, Christus hat auch befohlen, daß davon gepredigt werden soll (gehet hin und lehret alle Völker), damit die großen Verheißungen uns zu Gute kommen; Jeder hat eine Bibel im Hause. Fühlst du, wie lieb dich

6*

Gott hat? — Aber kommt denn auch Neues dazu, wie bei Abraham? Wenn du die Bibel in der Hand hast, hast du sie damit noch nicht im Herzen. Was meine ich? Wer da hat, dem wird immer mehr gegeben. Heute lernst du etwas, du benutzest es, denkst: ich will mich danach richten. Morgen lernst du etwas Andres aus Gottes Wort, das ist dir neu und du freuest dich. So ist auch mir die Bibel alt und neu. Was heißt das? Luther vergleicht einmal die Bibel mit einem Apfelbaum und sagt: ich schüttele jedes Jahr daran und immer fallen noch einige Aepfel herab. Was wollte er damit sagen? Sprichwort: Die Bibel läßt sich nicht auspredigen. Was heißt das? Aber auch immer gleich bleibt sich Gott in seinen Verheißungen. Den Beweis müßt ihr selbst führen können. Wie? Die eben genannten Verheißungen Gottes sind ja Jahrtausende alt und gelten heute noch. Bist du fromm, so bist du angenehm, wurde zu Cain gesagt vor fast 6000 Jahren, und das gilt noch heutigen Tages. Abraham glaubte dem Herrn und das rechnete ihm Gott zur Gerechtigkeit. 2000 Jahre nach Abraham ließ Gott noch denselben Weg verkündigen durch die Apostel, Hebr. 11, 6. Röm. 3, 28 und Gal. 5, 6. Da also steht's, was gilt und nur gilt vor Gott. Also: Gott bleibt sich durch alle Zeiten in seinen Verheißungen gleich und erfüllt sie auch. Dies nennen wir die Treue Gottes. Gott ist treu, heißt also: was er einmal in seinem Worte Gutes versprochen hat, das hält er dir, mir, Allen zu aller Zeit, die Jahre machen darin keine Aenderung. Sprichwort: Es lebt noch der alte Gott. Wenn wir diese Treue Gottes kurz bezeichnen wollen, so sagen wir: es ist seine Liebe, die sich durch alle Zeiten gleich bleibt. Die Treue Gottes hat sich bei Abraham durch eine Thatsache schon gezeigt. Gott lehrt uns sich selber so kennen. Wir lesen 2 Mose 34, 6. 4 Mose 23, 19. 5 Mose 32, 4. 1 Thess. 5, 24. 2) Was konnte aber Abraham es nützen, daß die Verheißung so oft wiederholt wurde, daß stets Neues hinzukam, und sie sich doch im Wesentlichen stets gleich blieb? Abraham glaubte, das haben wir gleich zu Anfang seiner Geschichte gesehen, denn er gehorchte ja und zog aus Haran, wie Gott ihm gebot. Doch war er auch ein Mensch. Er fürchtete sich; er sprach: Herr, Herr, was willst du mir geben? Ich gehe dahin ohne Kinder; er lachte und sprach in seinem Herzen: Soll mir hundert Jahre alt ein Kind geboren werden? Daraus sehen wir, daß es doch auch Stunden in seinem Leben gab, wo sein Glaube schwach, schwankend, dunkel war, besonders da die Erfüllung sich so lange hinzog. Dies waren freilich nur vorübergehende Stunden, und über sein Leben gilt, was der Apostel sagt, Röm. 4, 19: er ward nicht schwach im Glauben. Die öftere Wiederholung der Verheißung sollte nun den schwachen Glauben in solchen Stunden stärken. Beispiel. Ein entfernter Freund verspricht dir etwas. Es kommt nicht gleich. Er schreibt nach einiger Zeit und erinnert sich selbst an sein Versprechen, das belebt deinen Glauben: er hat's doch noch nicht vergessen rc. Daß diese Absicht Gottes: Stärkung des Glaubens, bei Abraham erreicht ist, sehen wir C. 15, 6. Gott wiederholt die Verheißung, und Abraham glaubt dem Herrn, heißt es dann. Kurz: Gott war Abraham treu, Abraham war Gott treu. Was meine ich? — Dieselbe Absicht hat Gott noch, wenn er täglich in der Schule, sonntäglich in der Kirche seine großen Verheißungen wiederholen läßt. Welche noch? Die öftere Wiederholung der Verheißungen Gottes soll unsern Glauben daran stärken. Ach, und wie vielmehr thut das bei uns noch Noth, als bei Abraham. Wärst du wohl ausgezogen, wenn Gott gesagt hätte: ziehe aus? Ich glaube kaum. Unser Glaube wie schwach oft! Sind die Menschen glücklich, so denken sie nicht an Gott und an den Himmel; sind sie unglücklich, so sehen sie nur auf ihre Leiden und klagen und jammern. Da kömmt nun die göttliche Liebe und hält dem Unglücklichen das Wort vor: Sei getreu bis in den Tod, so will ich dir die Krone des Lebens geben. O, sagt der Unglückliche, das hat mich einmal recht erquickt. Wie? Eine kranke Frau erhielt von dem Prediger das heilige Abendmahl. Auch eine Verheißung dabei? Einsetzungsworte: Vergebung der Sünden. Sie sagte: Das hat mich einmal recht erquickt. Eine alte Verheißung: Vergebung der Sünden, war ihr wiederholt. So läßt Gott täglich in der Schule wiederholen: Sei fromm, mein Kind, so bist du angenehm; räche dich nicht, so bist du mein Kind; höre und bewahre Gottes Wort, so bist du selig; sei reines Herzens, du sollst mich schauen; sei friedfertig, du sollst wieder Frieden haben mit mir; vergieb gerne, ich will dir auch vergeben. Warum alles das? Nun, ihr seht, wie treu Gott gegen euch ist, seid ihm denn auch wieder treu wie Abraham. Was meine ich? Lasset uns halten an dem Bekenntniß der Hoffnung und nicht wanken, denn er ist treu, der sie verheißen hat. Hebr. 10, 23.

Ein getreues Herz zu wissen, hat des höchsten Schatzes Preis; der ist selig zu begrüßen, der ein solches Kleinod weiß. Mir ist wohl beim höchsten Schmerz, denn ich weiß ein treues Herz. — Gunst kehrt oft sich nach dem Glücke, Gold und Ueberfluß zerstäubt, Schönheit läßt uns bald zurücke, ein getreues Herz nur bleibt. Mir ist wohl beim höchsten Schmerz, denn ich weiß ein treues Herz. (Paul Flemming.) Die beiden Verse sind wie ein Räthsel. Weißt du die Lösung, mein Kind? Kennst du das treue Herz? — Ges. 100. Gott ist getreu —.

Abraham's Fürbitte für Sodom.

1 Mos. 18, V. 16—33.

Mit welcher gespannten Aufmerksamkeit hören die Kinder zu, wenn man ihnen diese Geschichte mit den Worten der Bibel erzählt. Daher thue man doch ja nichts ab oder zu, zu dem, was da steht. Wenn Gott Abraham seinen Geliebten (Jes. 41, 8), und die Schrift ihn den Freund Gottes nennt, so giebt unsere Geschichte den schönsten Beleg, wie sehr ihm solche Benennungen zukommen. Wir aber nehmen aus unserer Geschichte Gelegenheit, einmal über die Fürbitte zu sprechen. Welch einen Werth hat doch die Fürbitte, sowohl für den, der sie thut, als auch für den, wofür sie geschieht, und welch einen Werth zugleich vor Gott, an den man die Fürbitte richtet. Dies Alles scheint aber, wenn man die neuen Lehrbücher der Religion ansieht, noch gar nicht genug erkannt zu sein. Obgleich wir hier bei Abraham und bei Mose die Fürbitte in ihrer edelsten Gestalt erblicken, so ist es doch durch die Erlösung und durch das Leben Jesu und der Apostel erst völlig klar geworden, daß das christliche Leben ohne Fürbitte gar nicht sein kann. Wie der Christ, der sich zum Bilde Gottes erneuen will, immer auf Gott sieht als das Urbild, und auf Jesum als das sichtbare Ebenbild des Vaters, und danach seine Handlungsweise einrichtet, so ist die herzliche Liebe in der christlichen Fürbitte auch aus der herzlichen Liebe Gottes und Christi in der Erlösung hervorgegangen. Eine große Liebe hat einmal Alle und auch mich umfaßt, meine Liebe umfasse sie wieder. Eine Liebe hat einmal auch für mich gebeten (Joh. 17, 20). Ich öffne gern und willig die Lippen zur Fürbitte auch für Andere. So ist die Fürbitte in dem Herzen Gottes geboren, hat da ihren Ursprung und kommt so in das unsrige. Eine wahre herzliche Fürbitte ist das schönste und zugleich das höchste Kennzeichen der Liebe, weil der Fürbittende nicht allein für seine Person thut, was er kann, und so Liebe zeigt, sondern auch die höchste Liebe mit in seinen Liebeskreis hineinzieht. Kann die Liebe mehr thun? Kann sie höher sich heben? — Die Fürbitte hat ferner auch ihren großen Werth für denjenigen, für den sie geschieht. Denken wir uns nur in das Gefühl hinein, das derjenige Mensch hat, der da weiß, mein Vater bittet für mich, meine Mutter, mein Lehrer, meine Kinder, meine Untergebenen bitten für mich, welch eine Liebe muß das erzeugen! Denken wir uns, wenn die christliche Kirche durch alle ihre einzelnen Glieder hindurch das tiefe, innige Bewußtsein hätte, daß Einer für den Andern bittet, welch eine Fülle voll Liebe in dem Herzen des Einzelnen gegen Alle würde das abgeben! Es ist vielleicht nichts, das uns so sehr in dem Bewußtsein einer innern

Kirchengemeinschaft und der wahren Liebe unter einander erhält, als die gemeinsame Fürbitte für einander. Die Schule bilde euch hierin die Kirche im Allgemeinen ab. Lehrer und Schüler mögen sich dann fühlen als das priesterliche Geschlecht. Das geht freilich vom Lehrer aus, ob er weiß, was ein hohepriesterliches Gefühl ist. Welchen Werth die Fürbitte vor Gott hat: das zeigt schon unsere Geschichte, wo Gott nicht müde wird, sechsmal die Bitte anzuhören und sechsmal darauf zu antworten. Dies wird auch besonders klar 2 Mos. 32. Das Volk hatte das goldene Kalb gemacht, und Gott spricht zu Mose V. 10: Nun laß mich, daß mein Zorn über sie ergrimme. Laß mich, spricht Jehovah. Wunderbar; kann denn ein Mensch seinen Rath hindern? Ja, Gott will etwas; aber wir sehen, menschlich zu reden, offenbar, daß, lesen wir weiter, er gehindert wird. Wodurch? Gott weiß es schon, was ihn von Seiten Mose hindern wird, wenn er spricht: laß mich. Aber sein Knecht Mose weiß es auch, denn gleich folgt die kräftige Fürbitte Mose und — Gott ist gehindert, er vergiebt. Dies ist die Kraft der Fürbitte. Und nun im N. T., Christi längstes Gebet ist meistens Fürbitte. Joh. 17. Wie groß hält doch Paulus auf die Fürbitte. 2 Cor. 1, 10. 11 hofft er, Gott werde ihn hinfort erlösen „durch Hülfe eurer Fürbitte für uns.“ Brief an Philemon V. 22: Ich hoffe, daß ich durch euer Gebet euch geschenkt werde. Wie oft spricht er es nicht aus, daß er in seinem Gebete der verschiedenen und einzelnen christlichen Gemeinden gedenkt. Die Kräftigkeit der Fürbitte sehen wir auch an der Mutter des Augustinus, Monika. Ihr lieber Sohn war weit von Gott abgekommen, aber, sagt nachher Augustinus selbst, meine Mutter weinte für mich mehr, als Mütter über die Leichen ihrer Kinder weinen. Da sagte ihr ein Bischof, sie soll nur fortfahren zu bitten, ein Sohn so vieler Thränen könne unmöglich verloren gehen. Sie that's fortwährend und — ihr Sohn wurde gerettet. (Augustinus Selbstbekenntnisse, die kein Lehrer ungelesen lassen sollte. Ein Auszug daraus in J. G. Müller, Selbstbekenntnisse merkwürdiger Männer, B. 2.) Welch eine Kraft zur Erhörung Luther der Fürbitte zuschritt, sehen wir aus seinen Briefen, die fast alle mit einem: Bittet für mich, endigen. Unser frommer Landsmann Scriver sagt: „Meine fromme Mutter habe ich oft in meiner Jugend beten gehört, sonderlich des Morgens früh. Sie hatte mich schon in der Wiege zum Dienst Gottes und der Kirche bestimmt. Wenn sie für ihre Kinder nach einander betete, und auf mich kam, so bat sie sehr herzlich und eifrig, daß Gott mich mit dem Geist der Weisheit und der Furcht des Herrn beseligen und ausrüsten möge ꝛc.“ Wie dies Gebet erhört ist, davon wissen die zu sagen, die von diesem geistreichen Manne je etwas gelesen haben. — (Siehe Schatzkammer der christlichen Kirche. Dresden 1835. B. 1 und 2.) So trage denn nun auch die Schule das Ihre dazu bei, eine herzliche Fürbitte bei den Kindern hervorzurufen. Der Lehrer selbst thue bei passenden

Gelegenheiten, wie sie in der nachstehenden Unterredung angegeben sind, herzliche Fürbitten. Solche Gebete, die der Lehrer ungesucht, aus freiem Herzen, mit wahrer Andacht thut, ziehen die Kinder zum Mitbeten mit. Auch lernen sie zugleich, wie man auf die Lebensverhältnisse achten müsse, und wie die christliche Liebe sich fremde Noth so aneignet, als wäre es die eigene. Das wird dann nicht bloß gelehrt, was auch nicht fehlen darf; sondern durch selige Fürbitte wird es gelebt, und die wahre Bedeutung des Kirchengebets wird um so eher eingesehen und verstanden.

Die Unterredung.

Die Fürbitte.

1) Wie sie beschaffen ist; a. sie fließt aus Liebe, b. wird dargebracht in Demuth, c. und mit Vertrauen. 2) Was sie wirket. a. Segen für den, dessen Sache geführt wird; b. Segen für den, der die Fürbitte thut.

Wir haben es heute mit einer der lieblichsten Geschichten des A. T. zu thun, wo Abraham wie ein liebes Kind erscheint und Gott wie ein Vater! Wie meine ich das? Ein großes Unglück stand den Städten Sodom und Gomorrha bevor. Welches? Abraham bittet nun für sie. Fürbitte, eine Bitte für Andere. Zur Fürbitte werden wir ermahnt 1 Timoth. 2, 1. 2. Im Vaterunser steht immer: uns. Warum? Das Wort: uns, schließt die Fürbitte in sich. Wäre dies nicht, so hätte Jesus sagen können: mir, zu mir komme dein Reich. Dies lehrt: du sollst nicht bloß für dich beten und bitten, sondern auch für Andere. Wir wollen die Dinge, um die wir für Andere bitten sollen, und die Personen, für die wir bitten sollen, aufsuchen. Abraham bittet hier für Unglückliche. Thue du so. Auf deiner Nachbarschaft, in deiner Verwandtschaft, an deinem Ort ist Jemand schwer krank, bitte für ihn; im kalten Winter bitte für die Armen, daß Gott möge den Reichen ein wohlthätiges Herz geben; meinst du's herzlich, so wirst du auch selbst helfen, wie Abraham half, wo Noth war; in großer Nässe um die Erndtezeit sprich: Die Aecker stehen traurig, im Wasser liegt die Frucht, dem Landmann wird so schaurig, wenn er sein Feld besucht. Wer sorgt, wer fürchtet nicht! Der Reiche mit dem Armen sucht, Vater, dein Erbarmen. O mach' den Himmel dicht. In großer Dürre; für den König, besonders an seinem Geburtstage; im Kirchengebet; für alle Obrigkeit, für alle Menschen zu Neujahr; daß das Christenthum sich immer weiter verbreiten möge und unter uns die Gottesfurcht stets zunehme, wenn du die zweite Bitte betest, eine Bibel liegen siehst, oder wo du sonst daran erinnert wirst; du sollst in deinem Morgen= und Abendgebet nicht bloß für dich beten, auch für deine Aeltern. Wie wolltest du Abends vielleicht sagen? Dein Vater hat wenig Arbeit, wie wolltest du da beten? Die Mutter will verreisen; die Aeltern sind über irgend etwas traurig und Menschentrost verschlägt nichts; ein Bruder nimmt eine böse Gewohnheit an, eine Schwester geht auf bösen Wegen; wo so die Seele auf bösen Wegen und in der Sünde ist, da soll besonders die Fürbitte geschehen, wie der Herr Jesus that am Kreuze; die Fürbitte in der Kirche: wir bitten noch für eine kranke Frau da und da. Was soll das? Thue das denn, bitte mit. Nun haben wir also eine Menge Fälle angegeben, wo die Fürbitte geschehen kann. Nennt sie. Wenn's euch denn ernst ist um die Fürbitte, so werdet ihr leicht solche Fälle und viele andere mehr selbst finden.

1) Die Fürbitte für Andere läßt sich nun leicht befehlen, aber das nützt nichts, wenn nicht das Herz vorher dazu bereitet ist. Unsere Geschichte zeigt uns nun, wie man sein Herz geneigt macht zur Fürbitte. Wir haben schon früher gesehen, daß Abraham dies Unglück von Sodom zu Herzen ging. Menschenliebe, das war hier auch die Quelle, woraus seine Fürbitte hervorging. Wäre ihm der Untergang der Städte gleichgültig gewesen, so hätte er nie die Lippen geöffnet zur Fürbitte für sie. Das Christenthum bereitet nun ganz besonders die Herzen vor zur Fürbitte. Jesus hat mich so hoch geliebt. Ich möchte ihn wieder lieben. Wie soll ich's machen? Jesus weiset mich auf die Menschen hin: Was ihr den Geringsten rc. Matth. 25, 40. Ich helfe, diene, gebe, mehr kann ich nicht. Ja, der Fürbittende thut mehr. Er nimmt die höchste Liebe zu Hülfe. So siehe also zu, daß du Andere wahrhaft liebst, so wird die Fürbitte von selbst folgen.

Wer für Andere bittet, bei dem sehen wir auch, was er von sich selber denkt. Abraham war einer der Reichsten im Lande, der oft mit Königen zu thun hatte. Hier bittet er, er sieht also ein, daß er's nicht geben kann, er nennt sich, V. 27: Erde und Asche. Erde und Asche ist gering, nichts geachtet. Bei dieser Fürbitte thun wir also einen Blick in Abraham's Herz, wie er über sich urtheilt: Er hält sich, was er hat und ist, für gering, ist demüthig. Ohne Demuth ist überhaupt kein wahres Gebet und auch keine Fürbitte möglich. Warum nicht? So bringe deine Fürbitte in Demuth vor Gott. Dazu haben wir tausendfache Gelegenheit. In allen den Fällen, die wir erst anführten, müssen wir bekennen: wir können nicht helfen.

Abraham bittet für Sodom. So muß er überzeugt gewesen sein, Gott erhört, d. h. er thut, was ich bitte. Daß er sechsmal bittet, zeigt, wie fest er von diesem Glauben: Gott erhört, erfüllt war, sonst hätte er es bei der ersten Fürbitte bewenden lassen. So wird die Fürbitte vor Gott gebracht mit dem Vertrauen: Gott erhört. Solches Gebet und auch solche Fürbitte verlangt die Schrift. Jac. 1, 6: Er bitte aber im Glauben und zweifle nicht.

2) a. Von den drei Männern, die zu Abraham kamen, waren zwei Engel Gottes, und der eine heißt da der Jehovah, der Herr. Das wußte Abraham auch recht gut und hatte daran gar keinen Zweifel, denn er nennt ihn ja den Herrn, den Richter aller Welt. Wenn ein König in die Hütte eines armen Mannes kommt und mit ihm spricht, so nennt man das Herablassung des Königs, Liebe, Gnade. Diese Liebe rühmt man und lobt sie. Was ist aber ein König gegen den König der Könige! ein Richter von ein paar Millionen Menschen gegen den Richter aller Welt! was ein Richter und König, der es vielleicht funfzig Jahre ist, gegen den, der von Ewigkeit war und in Ewigkeit bleibt! Abraham bittet, Gott hört zu; er bittet sechsmal, und Gott wird nicht müde anzuhören; antwortet stets freundlich; er will gerne vergeben, wenn doch nur zehn Gerechte in der Stadt wären. Ihr müßt gestehen, dagegen verschwindet Alles, was Könige thun. Für so etwas haben wir keinen Namen, wir wollen es in menschlicher Sprache väterliche Liebe nennen. Wir sehen aber hieraus, daß die Fürbitte einen großen Werth vor Gott hat. Was wirket sie denn? Gott wollte um des Gebets Abraham's willen thun, was dieser bittet, wenn nur zehn Gerechte da wären; aber sie sind nicht da. Wären sie dagewesen, so hätte Abraham's Fürbitte einen Segen (welchen?) für sie gebracht. Abraham's Fürbitte hatte aber auch wirklich einen Segen, V. 29: Gott gedachte an Abraham und geleitete Lot, — also um Abraham's willen. Gelesen Jac. 5, 16. Diese Wirkung der Fürbitte soll euch denn ermuntern, fleißig sie zu thun. Wann? Nennt noch einmal die Fälle. Warum läßt also ein Kranker in der Kirche für sich bitten? Warum beten wir in der Schule auch für den König? Also Wirkung der Fürbitte: Segen für den, wofür sie geschieht. b. Aber sie bringt auch Segen für den, der die Fürbitte thut. Welchen Segen brachte sie Abraham? Indem er auf Andere sahe, Mehrung (Segen) in der Nächstenliebe, indem er auf sich sahe, Demuth; indem er auf Gott sahe, Mehrung seines Vertrauens auf Gott. (Geistlicher Segen: Liebe, Demuth, Vertrauen.) So bei dir, bei Jedem, der Fürbitte thut. Beispiele. Männer, die fleißig Fürbitte thaten, sind auch voll solches geistlichen Segens gewesen. — Wir schließen diese Unterredung mit einem kleinen Reimspruch: Was die Liebe flehet, ist ein Korn in Gottes Herz gesäet. Auslegung des Bildes. Ein Korn ist klein, gering, unscheinbar, äußerlich angesehen; so auch ein Flehen, eine Fürbitte, daß man sagen möchte: Wie kann eine solche Fürbitte Wirkung thun? aber das Samenkorn hat eine innere Kraft, die große Wirkungen

hervorbringt, wenn es in die Erde gelegt wird; solche innere Kraft, solche Wirkungen durch die Erhörung bringt auch das Gebet hervor, wenn es an das Herz Gottes gelegt wird.

Gelesen werden die Gesänge Nr. 790—792, welche Fürbitten enthalten, um mit den Lebensverhältnissen bekannt zu werden, in denen die Fürbitte geschehen soll.

Sodom und Gomorrha gehen unter.

1 Mos. 19. V. 1—28.

Die Unterredung.

Die Gerechtigkeit Gottes.

1) Wie sie sich hier zeigt in Bestrafung des Bösen; 2) wie sie sich uns zeigen wird, wenn wir uns nicht bekehren; 3) und noch schlimmer, weil wir noch mehr Antriebe zur Buße haben.

1) Den Uebergang von der letzten biblischen Geschichte, Abraham's Fürbitte enthaltend, zu der jetzigen grauenvollen mache der Gesangvers Nr. 418, V. 4: Gott ist zwar immerdar bereit zum Wohlthun, zur Barmherzigkeit: doch wer, weil Gott so gnädig ist, sich fortzusündigen entschließt, und seiner Seele selbst nicht schont, dem wird, wie er verdient, gelohnt. — Wie Sodom vor Gott stand, zeigt uns C. 18, 20. Ja, Gastfreundschaft, damals die erste Tugend, findet sich dort nicht mehr, sondern nur bei Lot, den die Bibel den Gerechten nennt (2 Petr. 2, 7), der auch allein Gott treu blieb unter den Sündern, mit Gefahr seines eigenen Lebens seine Gäste, die Engel, schützte, den Engeln glaubte und gehorchte. Also Gastfreundschaft kennen sie nicht mehr, keine zehn Gerechte sind dort, Alt und Jung ist verdorben. Welch ein Leben in den Städten herrschend war, steht auch Hes. 16, 49: Siehe, das war deiner Schwester Sodom Missethat: Hoffahrt und Alles vollauf und guter Friede, den sie und ihre Töchter hatten; aber dem Armen und Dürftigen halfen sie nicht. Gottes Liebe warnt, aber V. 14: es war ihnen lächerlich. Auch der frühere Krieg, ihre Gefangennehmung und Errettung konnte ein

Mittel zu ihrer Bekehrung abgeben, aber sie achteten Alles nicht. Als sie nun völlig sicher sind, da ließ der Herr Feuer und Schwefel regnen auf Sodom und Gomorrha, und kehrte die Städte um, und die ganze Gegend und alle Einwohner der Städte und was auf dem Lande gewachsen war. Was wir schon in der Geschichte der Sündfluth sehen, das sehen wir auch hier: Gott ist gerecht, er bestraft die Bösen. Gott hat durch diese Geschichte gleichsam für alle Zeiten ein Denkmal seiner Gerechtigkeit gesetzt. Wie ich das meine? Merkt, was ich jetzt erzählen will, ich werde es nachher abfragen.

Im Thale Siddim (Acazienthal), durch welches der Jordan floß, lagen die Städte Sodom, Gomorrha, Adama, Zeboim und Bela, die auch Zoar heißt, C. 14, 2. Die Gegend hatte viel Erdpech-Gruben, 1 Mos. 14, 10, durch Thongruben übersetzt. Vier Städte sind mit Namen genannt, die zerstört wurden: Sodom, Gomorrha, Zeboim und Adama. Der Feuerregen war wohl ein angezündeter Luftschwefel, der die vielen in der Atmosphäre schwimmenden ölichten Theile in Brand setzte. Da dieses Feuer die Erdpechgruben erreichte, so wurden diese entzündet, und das Feuer drang in das Innere der Erde. Solche Erscheinungen hat man noch jetzt wahrgenommen, z. B. bei Bacu am caspischen Meere. Der Herr kehrte Alles um, deshalb nennen die Araber noch jetzt die ganze Gegend das umgekehrte Land. Alle alten Schriftsteller wissen davon zu erzählen. Es entstand an der Stelle des fruchtbaren Thales ein großer See, der zu den merkwürdigsten Seen der Erde gehört. Er ist zwölf Meilen lang und drei Meilen breit, und man muß 6 Tage reisen, um herum zu kommen. Der Jordan, der durch das jüdische Land geht, fließt in diesen See hinein und verliert sich in ihm. Der See führt verschiedene Namen: das todte Meer; darum so genannt, weil eine Todesstille und Oede rund herum herrscht, wie in einem Grabe. Hohe Gebirge umschließen den See, und der Wind kann nicht ankommen, darum ist das Wasser stets ruhig, und selten sieht man Wellen. Das Ufer ist ohne Baum und ohne Grün, keine Pflanze wächst an und in dem See, kein Fisch lebt in ihm. Er heißt auch der Salzsee oder in der Bibel das Salzmeer, weil sein Wasser einen sehr salzigen Geschmack hat und auf den Lippen wie Alaun brennt und auch häßlich riecht. Wegen des übermäßig salzigen Wassers findet sich darin kein lebendes Wesen, ja nicht einmal eine Spur von Thier- und Pflanzenleben. Der Grund des Sees ist schlammig und stinkend, und die Ausdünstungen des Wassers verursachen Krankheiten, daher auch Menschen diesen Ort fliehen. Eine Salzkruste überzieht Alles, was in die Nähe kommt, daher das kahle Ufer. Ein anderer Name ist Asphaltsee, weil auf der Oberfläche des Wassers ein brennbares Pech schwimmt, Asphalt oder Judenpech genannt. Arme Leute fischen es auf und verkaufen es. Auf dem Grunde des Sees giebt es heiße Quellen, und unter dem See muß Feuer thätig sein. Dadurch läßt sich auch das fortwährende Hervorquellen des Erdpechs oder Erdharzes erklären. Aeltere Reisende wollen noch Ruinen von den untergegangenen Städten gesehen haben, und dasselbe behaupten auch neuere glaubwürdige Reisende. So ist denn das todte Meer noch heutiges Tages im gelobten Lande ein Denkmal der Strafgerechtigkeit Gottes.

2) Wir lesen 2 Petr. 2, 6: Gott hat die Städte Sodom und Gomorrha zu Asche gemacht, umgekehrt und verdammet, damit ein Exempel gesetzt den Gottlosen, die hernach kommen würden. Nun ihr diesen Spruch wisset, werdet ihr wohl antworten können, wenn Jemand zu euch sagte: die Geschichte von dem Untergang Sodom's und Gomorrha's ist 3800 Jahre her (macht die Rechnung selbst), was geht sie uns an? Sie ist ein Exempel für die Gottlosen, d. h. wie Gott da die Bösen gestraft hat, so wird er es auch noch jetzt und fernerhin thun. Denn wie Jahrtausende nichts in den Verheißungen Gottes ändern, so ändern sie auch nichts in seinen Drohungen. Gott bleibt sich fortwährend gleich im Haß gegen die Bosheit der Menschen. Das sei gesagt für die Gottlosen, die sich durch Gottes Liebe nicht wollen ziehen lassen; mit ihnen spricht Gott im Zorn, und dann heißt es, 5 Mos. 4, 24: Der Herr dein Gott ist ein verzehrendes Feuer. Irret euch nicht, Gott läßt sich nicht spotten. Mit Feuer wird gesalzen, was milde Zucht verschmäh't und was den Thau verachtet, mit Flammen übersä't. (Knapp.)

3) Ich will euch eine andere Schriftstelle vorlesen, die Bezug auf unsere Geschichte hat. Matth. 11, 23. 24: Und du Capernaum, die du bist erhoben bis in den Himmel, du wirst bis in die Hölle hinuntergestoßen werden. Denn so zu Sodom die Thaten geschehen wären, die bei dir geschehen sind: sie stände noch heutigen Tages. Doch ich sage euch: Es wird der Sodomer Land erträglicher ergehen am jüngsten Gerichte, denn dir. Erhoben bis an den Himmel, d. h. geehrt, ausgezeichnet. Wodurch war Capernaum das? Jesus hatte da längere Zeit gewohnt, hatte da viel gethan, sie hatten täglich seinen Umgang gehabt, hatten seine Lehre gehört, seine Thaten gesehen. Das war wohl eine Ehre, den Sohn Gottes in seinen Mauern zu haben. Wie leicht konnten sie zum Glauben kommen; viel leichter als Andere in Judäa. — Du sollst in die Hölle hinuntergestoßen werden. Das ist das Gegentheil; erhöht, erniedriget; geehrt, geschändet. Woher das? Wir lesen an vielen Stellen, daß die Leute zu Capernaum nicht an ihn glaubten. Sie hatten so Vieles vor andern Orten voraus, und doch wollten sie sich nicht bekehren. Nun sagt Jesus, V. 24: Es wird der Sodomer Land erträglicher ergehen am jüngsten Gericht, denn dir, du Capernaum. Was geht uns aber Capernaum an? Nach Luc. 10, 10—12 sandte Jesus 70 Jünger aus und sagte ihnen, wenn eine Stadt ihr Wort nicht aufnehmen wollte, so sollten sie aus der Stadt gehen; dann fügte er hinzu: Es

wird der Sodomer Land erträglicher ergehen an jenem Tage, denn solcher Stadt. — Wir haben noch viel mehr Mittel, besser zu werden, als die Leute in Sodom. Die Kinder haben die Schule, die gewiß den Kindern zu Sodom fehlte. Da könnt ihr täglich Gottes Wort hören. Viele aber nützen sie nicht. Wie? Sie gehen nicht hin; sie gehen hin, aber lernen nichts; sie lernen wohl, aber thun nicht nach dem Gelernten, lügen fort, sind und bleiben träge, schelten und fluchen, zanken und rächen sich, beten nie. Die Erwachsenen haben die Kirche. Aber sie nützen sie nicht zum Besserwerden. Wie? Das Wort Gottes haben Erwachsene und Kinder in der Bibel, auch das fehlte zu Sodom. Wir haben doch das Beispiel vieler Frommen; dort waren kein zehn Gerechte. Wärst du mit gewesen vor Lot's Thür, so hätte dein Vater dich gewiß am andern Morgen gestraft. — Wer nun durch Alles dieses noch nicht besser wird, zu dem heißt es: Es wird einmal am jüngsten Gericht den Sodomitern erträglicher ergehen, denn dir. Oder anders ausgedrückt: Es wird den bösen (unbußfertigen) Christen am jüngsten Tage übler ergehen, als Sodom. Woher nun? Ja, wem viel gegeben ist, von dem wird man viel fordern. Wir erschrecken über das strenge Gericht, das über Sodom erging, aber wir sollten noch mehr erschrecken, wenn Christus zu uns sagt: Es wird euch schlimmer ergehn an jenem Tage, als ihnen. Da sollte Jeder sich die Frage vorlegen: Benutze ich denn auch, was mir gegeben ist? Die Frage gebe ich denn jetzt Jedem von euch hin. Du, deine Eltern lassen dich kaum einen Tag aus der Schule bleiben. Was mußt du dich fragen? Du, du hast fromme Eltern. Was sollst du dich fragen? Schon ein paar Jahre sind viele von euch hier, haben Schule, Bibel und das Lehrerwort: das Alles hatten die Kinder zu Sodom nicht, und bei Vielen ist noch keine Besserung zu spüren. O, wenn Jesus hier unter euch stünde, so würde er gewiß euch ernst ansehen und sagen: Ihr Kinder von Neumünster, die ihr erhöhet seid bis in den Himmel, ihr sollt in die Hölle hinuntergestoßen werden; wahrlich, es wird den Kindern in Sodom am jüngsten Tage erträglicher ergehen, als euch. Versteht ihr das Wort? Nun denn, das war für die Schlechten in der Schule. Und die Bessern lassen sich das einen Antrieb sein, noch besser Alles zu benutzen, was sie haben: Gottes Wort zu hören, zu bewahren, zu üben. Dazu helfe Gott uns Allen. Amen!

Die Opferung Isaak's.

1 Mos. 22.

Unsere vorliegende Geschichte ist ein Meisterstück historischer Kunst, jedes Wort hat Gewicht, jeder kleine Zug redet mit. Nach diesen Geschichten versuchte Gott Abraham. Damit leitet sich die Geschichte ein, und stellt die Wichtigkeit, die Schwierigkeit der Forderungen vor, wogegen alles Andere, was Abraham als Prüfung schon erfahren hatte, nur gering war. Gott versuchte, prüfte Abraham. Das Wort Versuchung hat, sehen wir auf die Absicht des Versuchers, zweierlei Bedeutung; die eine ist: Reizen und Locken zum Bösen. Ich versuche einen Säufer, ich stelle ihm eine Flasche Branntwein hin und habe die Absicht, er soll sich betrinken. Die andere Bedeutung ist: einen Versuch mit ihm anstellen, prüfen: eine Probe mit ihm anstellen. Da hat man die Absicht: er soll, möge Gehorsam, Treue beweisen. Auf die letztere Art versucht, prüft Gott nur, auf die erste Art nie, denn „Gott ist nicht ein Versucher zum Bösen." Die Prüfung geschieht aber nicht um Gottes willen; der Allwissende weiß vorher, wie der Mensch in allen möglichen Fällen handeln wird, er kennt das Verborgene im Menschen, noch ehe es sich durch Gedanken, Worte und Handlungen äußert. Aber um der Engel und der Menschen und um der Teufel willen lässet er jedes vernünftige Wesen geprüft werden, damit aus dem Verhalten eines Jeden selbst offenbar werde, daß Gott ohne Gunst und Ungunst, ohne alle Willkür, nach seiner Würdigkeit und Fähigkeit, also nach Recht mit ihm gehandelt habe. Menken, Versuch einer Anleitung zum eigenen Unterricht in den Wahrheiten der heiligen Schrift. 1825. 2 Chr. 32, 31 heißt es von Hiskias: Gott verließ ihn also, daß er ihn versuchte, auf daß kund würde Alles, was in seinem Herzen war. Auch 5 Mos. 8, 2. — So versuchte Gott auch Abraham und sprach zu ihm: Abraham! So eine Anrede von Gott, ohne Zusatz, war Abraham ungewohnt. Abraham, d. h. du Völkervater. Wie lieblich mußte Abraham diese Anrede klingen. Abraham hat nichts zu antworten als: Hier bin ich. Nun heißt es weiter: Nimm Isaak, deinen einzigen Sohn, den du lieb hast, und gehe hin in das Land Morija, und opfere ihn daselbst zum Brandopfer auf einem Berge, den ich dir sagen werde. Jedes Wort erschwert die Forderung. Völkervater, damit war's ja nichts, wenn Isaak geopfert war. Nimm Isaak; ich will nicht Gold, Silber, Heerden, nein: Isaak, und doch hatte Gott gesagt, C. 17, 19: Mit ihm (Isaak) will ich einen ewigen Bund aufrichten und mit seinem Samen nach ihm. Der soll es sein. Deinen Sohn, dein Kind, den einzigen, auf den alle frühere große Verheißungen gehen, den einen. Den du lieb hast; ich weiß es recht gut, daß du ihn lieb hast, aber doch will ich's. Und opfere ihn mir zum Brandopfer. Nicht dein Knecht soll, nein, du selbst sollst. Deine Hand soll es thun. Auf einem Berge, den ich dir zeigen werde. Also nicht in einem Augenblick der Verzweiflung, nein, du hast Zeit, dich zu besinnen, ein paar Tage sollst du dich mit dem Gedanken herumtragen, ehe er That wird. — Wunderbar, Alles klingt ironisch, fast möchte man sagen höhnend, grausam. Kann der Gott der Liebe so etwas verlangen? Daher hat auch unsere Geschichte von den alten Tagen an großen Widerspruch erfahren, und was Luther's Käthe einmal zu ihrem Mann sagte, das haben viele Andere gedacht und gesprochen: Ich kann's in meinen Kopf nicht bringen, daß Gott so grausam Ding von Jemand begehren sollte, sein Kind selbst zu tödten. — Wir aber nicht so, nein, wir wollen es nicht höhnend, nicht grausam nennen, denn wir wissen es ja, daß Gott nach seinem Vorherwissen (Präscienz) Alles wußte, und seine Liebe nur einen augenblicklichen Schmerz machte, um nachher überschwenglich zu erfreuen. Ich habe dich einen Augenblick verlassen; Berge weichen und Hügel fallen hin, aber meine Gnade soll nicht von dir weichen und der Bund meines Friedens soll nicht hinfallen, spricht der Herr, dein Erbarmer. — Gott hat nun gesprochen, befohlen, und wir sehen jetzt Abraham an, wie er sich nimmt. Was im Innern Abraham's vorgeht, davon erfahren wir nichts, aber sein Entschluß steht fest. Abraham steht frühe auf, gürtet den Esel, nimmt zwei Knaben und seinen Sohn Isaak mit sich, und geht hin an den Ort, wovon ihm Gott gesagt hat. Zwei Tage reiset er von Bersaba aus, und erst am dritten Tage kommt er in das Land Morija, und sieht den Berg gleiches Namens (wo, wie man glaubt, nachher der Tempel stand) von ferne. Er läßt die Knechte unten, legt das Holz auf seinen Sohn, nimmt Feuer und Messer in seine Hand, „und gingen die beide mit einander." Isaak: Mein Vater! Was mußte doch Abraham bei dem Wort empfinden! ein Vater, und soll das Messer seinem Sohn in die Brust stoßen? Abraham: Hier bin ich, mein Sohn. Isaak: Siehe, hier ist Feuer und Holz, wo ist aber das Schaf zum Brandopfer? Abraham: Mein Sohn, Gott wird ihm ersehen ein Schaf zum Brandopfer. Und gingen die beide mit einander. Also doch nennt er sich Vater, doch nennt er Isaak Sohn, seinen Sohn, den er lieb hat; aber er hat Gott noch lieber, sein Blick ist nur auf ihn gerichtet, sein Entschluß steht fest, und er fragt nicht nach Fleisch und Blut. Auch Isaak ist die Antwort des Vaters genug. Wie sich Abraham ganz in den Willen Gottes hingiebt, so giebt Isaak sich ganz und ohne Widerrede in den Willen seines Vaters. Sie kommen an die Stätte. Der Altar ist errichtet, das Opfer darauf und das Messer schon ausgereckt, da — Abraham! Abraham! scholl es vom Himmel, gleichsam, als wenn die Sache Eile hätte. Und wieder hören wir das bereitwillige: Hier bin ich. Die große Verheißung wird nun noch einmal wiederholt und mit einem Schwur von Seiten Gottes besiegelt. Selig ist der Mann, der die Anfechtung erduldet; denn nachdem er bewährt ist, wird er die Krone des Lebens empfangen, welche Gott verheißen hat denen, die ihn lieb haben. Abraham hat Gott lieb gehabt über das Liebste, was er auf Erden besaß, er ist bewährt und hat die Krone des Lebens empfangen. So eine Prüfung ist nie wieder einem Andern zugemuthet und zu Theil geworden; darum hat aber auch Abraham seines Gleichen nicht in der Ehre, Sirach 44, 20, und ist geheißen ein Freund Gottes und ein Vater der Gläubigen. Doch ja, Einem noch ist auch eine solche und noch eine höhere Prüfung geworden. Wem? Gott selber, wenn wir also auf Menschenweise reden wollen, Gott hat sich selber noch eine größere Prüfung auferlegt. Als Käthe, Luther's Hausfrau, sagte: Ich kann's in meinen Kopf nicht bringen, daß Gott so grausam Ding von Jemand begehren sollte, sein Kind selbst zu tödten; da antwortete Luther: Liebe Käthe, kannst du denn das glauben, daß Gott seinen eingebornen Sohn hat für uns sterben lassen, daß er doch nichts Lieberes im Himmel und auf Erden gehabt, denn diesen geliebten Sohn? — Ja, können wir schon Abraham's That nicht fassen, was wollen wir hier sagen! Wenn ich dies Wunder fassen will, so steht mein Geist mit Ehrfurcht still; er betet an und er ermißt, das Gottes Lieb' unendlich ist.

Die Unterredung.

Die Prüfung.

1) Was ist sie. 2) Warum sie kommt. 3) Wie man darin siegt. 4) Lohn nach der Bewährung darin.

1) **Was ist Prüfung?** Nach diesen Geschichten versuchte Gott Abraham. Das Wort versuchen kommt her von Versuch. Gott stellte einen Versuch mit Abraham an. Wir sagen auch: er prüfte ihn, d. h. er stellte eine Probe mit ihm an. Welche? Durch diese Prüfung werden ihm zwei Wege offen gestellt: er kann es thun, er kann es lassen. Darin besteht nun der Versuch: es soll offenbar werden, welchen Weg er wählt. Diese Prüfung stellt sich selbst in der Geschichte als schwer hin. 1) Nach diesen Geschichten, die auch Prüfungen waren, kam diese besondere. 2) Abraham, d. h. Völkervater, — dann war er's ja nicht mehr. 3) Nimm Isaak, also nicht Heerden, nicht Gold will ich. 4) Deinen einzigen Sohn; auf ihn ging die Verheißung, die dann nichts war. 5) Den du lieb hast; ich weiß es und doch will ich's. 6) Opfere du, du selber, deine Hand. 7) Im Lande Morija; du sollst dich mit dem Gedanken noch längere Zeit herumtragen, ehe er That wird. Der Berg

im Lande Morija ist derselbe Berg, wo nachher Salomo den Tempel bauete in Jerusalem, 2 Chron. 3, 1. Die Entfernung von Bersaba und Jerusalem ist an 10 Meilen. — So macht Gott noch einen Versuch mit uns, Alles, was uns betrifft, ist Prüfung, wo uns zwei Wege offen sind, von denen wir einen wählen können. Die Prüfung ist wie die Luft, die uns von allen Seiten umgiebt. Ich will Umstände, Zeiten, Stände nennen, sagt ihr, was für Versuchung darin ist: Armuth — Stehlen; Reichthum — Stolz, Unterdrückung; Mittelstand — Gottvergessenheit; Frömmigkeit — Heuchelei; Einsamkeit — böse Gedanken; Gesellschaft — Weltliebe; Krankheit — Unzufriedenheit mit Gottes Fügungen; Gesundheit — Selbstgenügsamkeit. Alles dies ist Prüfung für uns, leichtere und schwerere.

2) **Warum kommt die Prüfung?** Zweck. Wir sehen in dieser Geschichte Abraham's Glauben. Den kennten wir nicht, wenn nicht Gott diese Prüfung gegeben hätte. Das war auch Gottes Absicht bei der Prüfung: sein Inneres sollte offenbar werden. Das ist noch die Absicht Gottes, warum er prüft. Gottes wegen braucht das freilich nicht. Warum? Er erforschet Herzen und Nieren. Er weiß, was wir gethan hätten, ehe wir es thun, und könnte uns also doch gerecht richten einst. Unsertwegen aber. Beispiel: Ein Schüler glaubt sich innerlich der Fähigste vor den Andern. Es wird eine Prüfung angestellt. Andere antworten besser. Nun ist es ihm selbst durch die Prüfung hingelegt; sein Inneres, daß er wenig weiß, ist ihm offenbar geworden. Ich kann die Aufgabe nicht rechnen. Stelle einen Versuch an. Er thut's und rechnet sie. Es ist ihm durch den Versuch sein Inneres — daß mehr da war, als er meinte — klar geworden. Das sollte auch die Prüfung bei Abraham. Alles, was ihm schon begegnet war, war Prüfung, wodurch ihm sein Inneres offenbar wurde. Ziehe aus. Er thut's und sieht nun: in meinem Innern ist Glaube, Gehorsam. Opfere Isaak. Er will's und sieht nun: in meinem Innern ist Liebe zu Gott, Hoffnung, Gott kann ihn erwecken. — Aber auch das Entgegengesetzte, das im Herzen wohnt, wird durch die Prüfung offenbar. Iß nicht von dem Baume. Adam thut's und sieht nun: Unglaube, Ungehorsam ist in meinem Innern; nun ist es mir offenbar, wenn ich's auch früher hätte läugnen wollen und sagen: Nein, es ist nicht so, jetzt kann ich's nicht mehr. Die Prüfung hat das Innere aufgedeckt. So in tausend Fällen mehr. Aber nicht nur Abraham selbst wurde sein Glaube, seine Liebe gegen Gott, seine Hoffnung durch die Prüfung offenbar, auch andern Menschen, den Knechten, Isaak, uns, die wir dies lesen und betrachten. So in andern Beispielen. Warum also kommt die Prüfung? Unser Inneres soll uns und Andern offenbar werden. Welches? Ob Glaube oder Unglaube, Liebe oder keine Liebe, Hoffnung oder Hoffnungslosigkeit in unserm Herzen ist. Warum uns? zu unserer Bekehrung, immer höherer Gottähnlichkeit. Nun wird's auch uns selber,

den Menschen, Engeln und Teufeln im Gericht Gottes einst offenbar, daß Gott gerecht richtet, da die Prüfung hier auf der Erde Alles offenbar gemacht hat, dadurch Alles aus dem Herzen herausgekommen ist. Ein alter Spruch heißt so: Die Prüfung ist ein Feuer, bist du ein Rost, so frißt sie den Rost weg; bist du ein Gold, so wirst du darin bewährt. Erklärung. — Du bestehst nicht in der Prüfung und siehst, es ist noch Schlechtes an dir, das weg muß; du siegst und kommst immer höher im Guten. Das sagt auch 1 Petri 1, 6. 7: In welcher ihr euch freuen werdet, die ihr jetzt eine kleine Zeit (wo es sein soll) traurig seid in mancherlei Anfechtungen, auf daß euer Glaube rechtschaffen und viel köstlicher erfunden werde, denn das vergängliche Gold, das durch's Feuer bewährt wird, zu Lob, Preis und Ehren, wenn nun offenbaret wird Jesus Christus. Erklärung. Leset auch Jac. 1, 13—15: Niemand sage, wenn er versuchet wird, daß er von Gott versuchet werde. Denn Gott ist nicht ein Versucher zum Bösen, er versuchet Niemand. Sondern ein Jeglicher wird versuchet, wenn er von seiner eigenen Lust gereizt und gelockt wird. Danach, wenn die Lust empfangen hat, gebiert sie die Sünde; die Sünde aber, wenn sie vollendet ist, gebieret sie den Tod. Da wird gesagt: Gott versucht, aber nicht zum Bösen. Nein, seine Absicht ist, daß man die Versuchung überwinde, damit er's belohnen könne. Wer also fällt, fällt durch eigne Schuld. Auch lehrt uns eine Bibelstelle noch etwas Wichtiges über die Prüfung. 1 Cor. 10, 13: Es hat euch noch keine, denn menschliche Versuchung betreten. Aber Gott ist getreu, der euch nicht lässet versuchen über euer Vermögen, sondern machet, daß die Versuchung so ein Ende gewinne, daß ihr's könnet ertragen. Also: keine Versuchung über dein Vermögen (keine zu schwere) trifft dich. Du kannst siegen, wenn du nur die Mittel brauchst. Dies ist ein Trost, wenn wir uns zu schwach fühlen. Also: was ist der Zweck der Prüfung? für wen ist dieser Zweck nicht? Für welche denn? Uns, Menschen, Engel, Teufel. Welche Eigenschaft Gottes wird dadurch vorzüglich offenbar? Gerechtigkeit. Wonach richtet sich bei dem Einzelnen die leichtere oder schwerere Versuchung? Nach der Kraft. Welche zwei Aehnlichkeiten hat die Prüfung mit dem Feuer?

3) **Wie siegen wir in der Versuchung?** Wie schwer diese Prüfung Abraham's war, und wie sehr sie alles Frühere übertraf, haben wir schon gesehen. Wodurch nun siegte er darin? Hebr. 11, 17—19 giebt die Antwort: Durch den Glauben opferte Abraham den Isaak, da er versucht ward, und gab dahin den Eingebornen, da er schon die Verheißung empfangen hatte, von welchem gesagt war: In Isaak wird dir dein Same geheißen werden; und dachte, Gott kann auch wohl von den Todten erwecken, daher er auch ihn zum Vorbilde wieder nahm. Also: der Glaube. Das ist zuerst die feste, innere Zuversicht: Es ist Gottes Wille, wenn ich alles Andere auch nicht fassen kann (wie denn die Verheißung kann erfülle

werden ꝛc.), so will ich mich daran doch halten. Dann auch nach unserm Spruche der besondere Glaube: Gott kann auch wohl von den Todten erwecken. Wie fest Abraham hing an der Hoffnung, sehen wir auch daran, daß er zu den Knechten sagte: Wir wollen wieder kommen. Das ist ein Wort fester Zuversicht und nicht leerer Rede. So ist es noch. Unser Glaube ist der Sieg, der die Welt überwindet. 1 Joh. 5, 4. Schon der allgemeine Glaube: Gott sieht es, hört es, hat's verboten, lohnt und straft es, schon der Glaube macht es, daß uns jeder Sieg bei der Prüfung leichter wird. Beispiel. Du willst lügen, dir fällt ein: Gott weiß es; der Lehrer sieht nicht auf dich, du möchtest träge sein, Gott sieht ꝛc. Unser Spruch meint aber noch einen besondern Glauben, der gleich im folgenden Verse bezeichnet wird, V. 5: Wer ist aber, der die Welt überwindet, ohne der da glaubet, daß Jesus Gottes Sohn ist. Das ist der christliche Glaube: Gott hat seinen Sohn für mich gegeben, Jesus hat für mich gelitten. Wo solche Liebe in ein Herz gehet, da wird die Welt, d. h. die Dinge, die zum Bösen führen können, überwunden. So nennt der Apostel schwere Prüfungen, Röm. 8, Trübsal, Angst, Verfolgung, Hunger. Gleich aber setzt er hinzu: In dem Allen überwinden wir weit, denn nichts kann uns scheiden von der Liebe Gottes, die in Christo Jesu ist, unserm Herrn. Wo etwas reizt zur Sünde, l. K., da denkt des kleinen Verses: Jesum will ich nie betrüben, meinen Jesum will ich lieben. So habt ihr also noch mehr Antriebe und Mittel, in der Prüfung zu bestehen, als die Männer des A. T. Welche noch?

4) **Lohn.** Als nun Abraham die schwere Prüfung bestanden hat, da sagt ihm der Engel des Herrn, was V. 16 steht. Diese abermalige und letzte Wiederholung der Verheißung, mit einem Schwur Gottes besiegelt, konnte Abraham als Lohn seines Gehorsam's gegen den Willen Gottes ansehen. Wer sich durch Alles, was ihn trifft, nicht von Gott und dem göttlichen Willen abbringen läßt, der ist Gott treu. Wie bist du's im Glück? Wie im Unglück? Bei der Liebe der Menschen? Bei dem Haß derselben? Solcher Sieg in der Prüfung, solche Treue hat großen Lohn noch. 1) Die nachmalige Prüfung wird immer leichter durch die Uebung. 2) Das Gefühl: ich bin Gottes Freund, weil ich ja seinen Willen thue, der mir über Alles geht, dann fühle ich auch Gottes Frieden, habe, wie man's auch nennt, ein gutes Gewissen. 3) Der Gnadenlohn im Himmel. Gott wird sie für ihre Treue einst mit unverwelkten Kronen in der Ewigkeit belohnen. Davon spricht auch die Schrift, Jac. 1, 12: Selig ist ꝛc. und Offenb. 2, 10: Sei getreu bis in den Tod ꝛc. Paulus hatte schon das Vorgefühl solchen Lohnes, 2 Timoth. 4, 7. 8.

So wollen wir denn wie Paulus kämpfen, damit wir siegen und gekrönt werden. Mit welchen Waffen? Gesang 565, V. 5: Brünstig beten; eifrig wachen; der Verführung sich entziehen; seine Pflicht zur Lust sich machen; die Versuchung weislich fliehen; selbst beim Spott und Hohn der Welt das nur thun, was Gott gefällt: dieses wollen, dies vollbringen, heißet, nach dem Himmel ringen. Gebe Gott dazu uns seine Gnade. Amen!

Isaak's Heirath.

1 Mos. 24.

Eine liebliche Erzählung, die man mit den Worten der Bibel am besten wiedergiebt. Da hier so mancherlei Personen auftreten, so versuchen wir eine Charakteristik derselben. Zuerst freuen wir uns, hier lauter solche Menschen zu finden, die eine irdische Angelegenheit, die Heirath, in höherer, religiöser Beziehung nehmen; so thut es Abraham, Abraham's Knecht, so thun es die Eltern Rebecca's.

Abraham läßt sich schwören, und zeigt damit, wie sehr ihm die Verheirathung seines Sohnes am Herzen liegt. Der Schwur geschieht bei dem Herrn, dem Gott des Himmels und der Erde. In welche Beziehung Abraham diese Verheirathung zu der Verheißung setzt, zeigt V. 6: Hüte dich, daß du meinen Sohn nicht wieder dahin bringest. Der Herr, der Gott des Himmels, der mich von meines Vaters Hause genommen hat, und von meiner Heimath, der mir geredet hat und mir auch geschworen hat (wo?) und gesagt: dies Land will ich deinem Samen geben; der wird seinen Engel vor dir hersenden, daß du meinem Sohne daselbst ein Weib nehmest. Wie klar liegt noch in seinem Gemüthe die alte Verheißung. Er ist jetzt schon 140 Jahre alt, und es sind seit der ersten Verkündigung des Worts: dies Land will ich dir geben, schon 65 Jahre vergangen. Noch hat Abraham nichts Eigenes im Lande, als den von den Kindern Heth gekauften Acker, C. 23. Das aber hindert nicht. Es ist hier wieder sein Glaube, der sieht, wo noch nichts mit leiblichen Augen zu sehen ist. Auch die Sicherheit in dem: Gott wird seinen Engel vor dir hersenden, zeigt uns sein Vertrauen, das denn auch nach dem Erfolg nicht zu Schanden worden ist. In dem Knecht*) erblicken wir den Herrn wieder, denn ein frommer Herr zieht frommes Gesinde, und wie der Herr, so der Knecht. Gott selber hatte, C. 18, 19, Abraham das Zeugniß gegeben: Ich weiß, er wird befehlen seinen

*) Man nimmt gewöhnlich an, daß es Elieser von Damascus ist, C. 15, 2. Allein von damals, wo Elieser schon einen Sohn hatte, bis jetzt, sind wenigstens 55 Jahre verflossen, C. 25, 20, und somit ist es etwas unwahrscheinlich.

Kindern und seinem Hause nach ihm, daß sie des Herrn Wege halten und thun, was recht und gut ist. Das Gebet ist die erste Annäherung an Gott, und Gebetstreue in allen Dingen, stete Erinnerung an Gott bei Allem, was vorfiel, das hatte wohl der Knecht in Abraham's Nähe und bei dessen Hausgottesdiensten gelernt. Man sieht es dem alten Knecht an, daß er lange in einer religiösen Atmosphäre gelebt hatte. Er preiset V. 27 H. die Gnade und Treue Jehovah's. Es ist merkwürdig, diese beiden Ausdrücke, die später oft in der Schrift wiederkehren, hier zum ersten Male im Munde des Knechts zu finden.

Rebecca erscheint hier als eine schöne Jungfrau, deren Schönheit auch nach 20 Jahren der Verheirathung noch nicht verblüht ist, C. 26; leiblich flink — eilend ließ sie den Krug hernieder, eilend goß sie den Krug aus in die Tränke; — und auch geistig schnell gefaßt: Willst du mit diesem Manne ziehen? Ja, ich will mit ihm; eben so in der Geschichte mit ihrem Jacob, Cap. 27, wo sie gleich einen Plan sich entworfen hat; edle Unbefangenheit und Einfalt in dem: Trinke, mein Herr; uneigennützige Dienstfertigkeit, die sich gerne umsieht, ob auch mehr zu thun ist: Ich will deinen Kameelen auch schöpfen, bis sie alle getrunken haben; jungfräuliche Sittigkeit, bis sie bei Erblickung ihres Bräutigams vom Kameel steigt und sich in ihren Mantel hüllt. So gewann sie denn auch bald, V. 67, die Liebe Isaak's. (Isaak war alt 37 Jahre, als Sarah starb, und 40 Jahre alt heirathete er Rebecca, also drei Jahre nach dem Tode seiner Mutter.)

Die Eltern fromm und verständig; fromm, sie erkennen in dem Zusammentreffen sogleich den Wink und Finger Gottes: das kommt vom Herrn, darum können wir nichts wider dich reden; verständig, sie wollen ohne Rebecca's Zustimmung sie nicht verheirathen: Laßt uns sie rufen, was sie dazu sagt.

Laban. Ihn machen die goldenen Spangen und Armringe geschäftig und redselig. So eigennützig zeigt er sich auch nachher bei Jacob. Sein Diensteifer aus Eigennutz, worauf man die Kinder aufmerksam zu machen hat, bildet einen in die Augen fallenden Gegensatz gegen die edle, uneigennützige Dienstfertigkeit seiner Schwester mit ihrem: Trinke, mein Herr, ich will deinen Kameelen auch schöpfen, bis sie alle getrunken haben. Doch führt uns auch die Person Laban's ganz wieder in die gastfreundliche Sitte des Morgenlandes hinein, V. 31: Komm herein, du Gesegneter des Herrn, warum stehst du draußen? Ich habe das Haus geräumt und für die Kameele auch Raum gemacht. Nun führt er den Mann in das Haus, zäumt die Kameele ab, giebt ihnen Stroh und Futter, und dem Mann und den übrigen Dienern Wasser, ihre Füße zu waschen, und trägt dann das Essen auf.

Isaak. Von ihm steht nur Ein Zug da, der uns sein religioses Herz aufdeckt. Er wandelt am Abende auf dem Felde, nachzusinnen, zu betrachten (Luther: zu beten). „So ist Alles geheiligt; man gewahrt den heiligen Hintergrund. Ein geheimer Zug zieht aus dem bunten Lebensgewühl nach oben.“ (Zahn.)

Die Unterredung.

Der christliche Dienstbote, wie er sich verhalten soll.

1) Gegen Gott. a. Bitte, b. Dank. 2) Gegen die Herrschaft. a. Gehorsam, b. Liebe, c. Treue.

1) Jetzt seid ihr noch bei euren Eltern, erhaltet von ihnen Alles. So bleibt es nicht immer. Nach der Confirmation müssen die meisten von euch zu fremden Leuten, um etwas zu lernen, und sich etwas zu verdienen. Die Mädchen werden Kindermädchen, Dienstmädchen; die Knaben werden Knechte, Lehrburschen, Gesellen. Weil ihr dann in ihrem Dienst stehet, für sie arbeitet, sie euch da- und dorthin senden, so heißt ihr Dienstboten, und wenn mehrere in einer Haushaltung sind, das Gesinde. Diejenigen, in deren Dienst ihr steht, heißen die Herrschaft, weil sie Herr über euch sind, euch zu gebieten haben. Wie soll ein christlicher Dienstbote sich verhalten? Die Frage ist wichtig für euch Alle. Warum? Wir wollen's heute uns von Abraham's Knecht sagen lassen.

Er hatte ein wichtiges Werk vor. Welches? Als er nun daran stand, es auszuführen am Brunnen, da, V. 12, spricht er: Herr, du Gott meines Herrn 2c. Er betete, und sein Gebet war eine Bitte. Welche? So fing er sein Werk mit Gebet an, mit einer Bitte. So sollst du es auch. Warum? Wenn du noch so vorsichtig, so geschickt bist, so kann doch Schaden geschehen; Gott kann ihn abwenden, bitte; er muß auch den Segen geben. Was wolltest du von Gott erbitten, wenn du ein Kindermädchen würdest? daß die Kinder keinen Schaden an ihrem Leibe nehmen; daß ich sie nichts Schlechtes lehre, als: Schlagen, Schelten, Lügen; daß ich sie zu allem Guten anhalte, freundlich, dankbar, wahrhaftig zu sein. Was kannst du als Dienstmädchen, Knecht, Lehrling bitten? daß ich der Herrschaft keinen Schaden thue und etwas verderbe; daß ich ihr gehorsam bin in allen guten Dingen, auch wenn es schwer ist, auch wenn die Herrschaft wunderlich ist; daß ich die Kinder im Hause nichts Schlechtes lehre. Um diese Dinge will Gott gebeten sein, und er giebt sie nicht ohne Weiteres, wie das tägliche Brod; denn das Gebet zeigt erst, daß es uns um dies Alles und um unsere

Bekehrung Ernst ist. Also zuerst lernt ein Dienstbote von diesem Knecht Abraham's: Fange Alles mit Gott an. Ein paar Sprüche, die ihr auswendig lernen sollt, mögen das weiter lehren.

Mit Gott beginne, was du thust, alsdann gelingt es dir, und wenn du von der Arbeit ruhst, so danke Gott dafür. — Mit Gott fang' an, mit Gott hör' auf, dies ist der beste Lebenslauf. — All' was mein Thun und Anfang ist, das gescheh' im Namen Herrn Jesu Christ; der steht mir bei heut früh und spat, bis all' mein Thun ein Ende hat. — All' unser Werk, soll es gedeih'n, muß mit Gebet begonnen sein. Die Bitte steht V. 12—14. Gieb kurz den Inhalt derselben an. Diese Bitte wurde gerade so erhört, wie er es wünschte. Wie? So zeigte Gott, daß ihm die Bitte gefiel. Bitte, Gott wird's erhören, und dir dadurch zeigen, daß ihm deine Bitte gefällt.

Als nun der Knecht sahe, daß Gott um seiner Bitte willen etwas gethan hatte, was sonst wohl nicht geschehen wäre (was noch?), da sprach er, V. 27: Gelobet sei der Herr, der Gott meines Herrn Abraham, denn der Herr hat mich den Weg geführet zu meines Herrn Bruders Hause. Da spricht er seinen Dank für das Erlangte aus. Also zuerst Bitte um die Gabe, hier Dank für die Gabe. Thue du auch so, als Dienstbote. Gott segnet deine Arbeit, d. h. mehret sie, behütet dich vor Schaden, läßt dich gesund, giebt, warum du sonst bittest; danke. Wie schon der Vers sagte: Und wenn du von der Arbeit ruhst (d. h. wenn du sie gethan hast), so danke Gott dafür. Mit Gott hör' auf. Vergiß nicht, deinen Gott zu loben, denn alles Gute kommt von oben.

2) Wenn der Knecht Alles mit Gott anfängt, so läßt sich schon erwarten, daß er auch im Umgange mit Menschen stets wird gedacht haben: was will Gott nun von mir? So war's denn auch. Als Abraham ihm den Auftrag giebt, spricht er, V. 5, zu seinem Herrn: Wie, wenn das Weib mir nicht wollte folgen in dies Land; soll ich dann deinen Sohn wiederbringen in jenes Land, daraus du gezogen bist? Wir sehen, es ist ihm darum zu thun, seines Herrn Willen genau zu wissen. Warum? um ihn zu thun. Gehorsam. Sei du auch gehorsam, als Dienstbote. Um gehorchen zu können, frage genau nach; höre genau zu; denke, wie Elieser, was nun wohl der Wille deines Herrn sein könnte, arbeite. Mittel: lerne es schon in der Schule. Ein gehorsamer Schüler wird ein gehorsamer Lehrbursche. Gott hat selber einmal eine ungehorsame Dienstmagd zurecht gebracht. 1 Mose 16, 8. 9. Hagar.

Am andern Morgen, als er seinen Auftrag wohl ausgerichtet hatte, da sprach er schon: Haltet mich nicht auf, laßt mich ziehen zu meinem Herrn. Warum wollte er nicht erst ausruhen und dort wohlleben? Er wünschte wieder bei seinem Herrn zu sein, wollte ihm sobald als möglich die frohe Botschaft bringen. Das ist Liebe zu seinem Herrn. Auch betrieb er die ganze Sache, als wäre es seine eigene. So du. Was du weißt, das deine Herrschaft gern möchte, thu' es, ohne daß dir's befohlen wird; Liebe. Da giebt es denn tausend Fälle. Nennt einige.

Nach V. 10 nahm er allerlei Güter seines Herrn mit und zehn Kameele. Da Abraham ein reicher Mann war, so waren diese Güter gewiß viel werth, das zeigen auch die Geschenke, die er Rebecca gab, und zeigt V. 53: er zog hervor silberne und goldene Kleinodien und Kleider. Abraham hatte ihm viel anvertrauet, aber der Knecht gab aus, was er sollte, und behielt nichts für sich. Ehrlichkeit. Deine Herrschaft muß dir auch Vieles in die Hand geben. Nennt, ihr Mädchen, was euch? Wäsche, Silberzeug, Geld, Hausgeräth. Was den Lehrburschen? Knechten? Sprecht und denkt dann wie Abraham einmal: ich will nicht einen Faden nehmen. Ich will keinen Dreiling behalten. Beispiele: Wenn Mädchen auf dem Markte etwas kaufen; Knechte unterwegs etwas verzehren; Lehrburschen und Ladendiener etwas verkaufen. Solche Ehrlichkeit nennt man auch Treue. Treue Hand geht durch's ganze Land. Doch bezeichnet man auch mit dem Worte Treue Alles, was ein Dienstbote gegen die Herrschaft thun soll. 1 Cor. 4, 2: Nun sucht man nicht mehr an den Haushaltern, denn daß sie treu erfunden werden. Sei treu als Dienstbote, darin liegt das eben genannte Dreifache: Gehorsam, Liebe und Ehrlichkeit.

Wiederholung. Der Dienstbote im Verhältniß zu Gott. Wie da? zu Menschen? 1. 2. 3.

Ihr sollt christliche Dienstboten werden. Ein paar wichtige Bibelstellen, die hierauf Bezug haben. Eph. 6, 5—8: leibliche Herren, die nur Gewalt haben über den Leib. Gehorsam mit Furcht und Zittern, mit Ernst, Fleiß; in Einfältigkeit des Herzens, nicht mit Hinterlist; ein X für ein U machen, wie man sagt; ohne Falschheit. Dienst vor Augen, Augendienerei, nur Treue, wenn die Herrschaft es bemerkt; als Knechte Christi, als wenn ihr dem Herrn Jesu dientet. Ja, wie du der Herrschaft dienst, so dienst du Jesu. Das macht willig, V. 6. Wie so? Die Liebe Christi dringet, und erhält einst Gnadenlohn, V. 8.

Titum 2, 9, 10; unterthänig sein; zu Gefallen thun, also Liebe: nicht widerbellen, d. h. nicht immer etwas wieder wissen, was so gewöhnlich ist; nichts veruntreuen, d. h. ehrlich sein; die Lehre Gottes zieren, d. h. daß man sehen kann, welche gehorsame und treue Dienstboten das Evangelium macht.

1 Petri 2, 18. 19. 20: Nicht bloß gütigen Herren gehorchen, sondern auch wunderlichen. Warum? V. 19: es ist Gnade (bei Gott), wenn man das Uebel erträgt und das Unrecht leidet. O Kinder, merkt euch dies Letztere. Menschen sprechen oft zu einer Magd, einem Knecht: das leidest du? das lässest du dir bieten? Gott spricht anders hier. Wie heißen noch die Worte? lernt, behaltet sie, denkt daran, wenn ihr in Dienste tretet.

Eine kleine Geschichte zur weitern Benutzung. Lenchen war sehr geschickt; sie bildete sich aber auf ihre Geschicklichkeit nicht wenig ein. Ihre Mutter vermiethete sie zu einer Bäuerin, und sagte beim Abschiede: Bitte Gott täglich, daß er dir in deinem Dienste Glück und Segen gebe. Lenchen aber sagte: Mir ist nicht bange, ich verlasse mich auf meine Geschicklichkeit. Sogleich am ersten Morgen sollte Lenchen einheizen, und bemühte sich eine halbe Stunde lang vergebens, Feuer zu schlagen; endlich lief sie zur Nachbarin, Licht zu holen. Allein sie glitschte aus auf dem Eise und zerbrach die Laterne. Da bekam sie schon den ersten Verweis. Indeß entschuldigte sie sich damit, von dem Thauwetter sei der Zunder feucht geworden, und auf der Straße Glatteis entstanden. Hierauf mußte Lenchen aus der Kammer unter dem Dache einen Korb voll Eier holen. Als sie den Korb nehmen wollte, sprang eine Maus, die dahinter versteckt saß, plötzlich hervor, und Lenchen erschrak so sehr, daß ihr der Korb aus der Hand fiel und die Eier zerbrachen. Die Bäuerin, die noch wegen der Laterne zornig war, achtete wenig auf Lenchen's Entschuldigung und gab ihr einen schärferen Verweis. Ueber eine Weile wollte Lenchen mit einem irdenen Topf voll Milch, den sie sehr vorsichtig auf dem Kopfe trug, zur Hausthür hineingehen; allein ein Eiszapfen fiel vom Dache in den Topf und schlug ihm den Boden aus. Als Lenchen, ganz mit Milch übergossen, in die Stube trat, ward die Bäuerin so aufgebracht, daß sie Lenchen gar nicht zu Worte kommen ließ, und sie als ein ungeschicktes, tölpisches Mädchen fortschickte. Lenchen kam beschämt und mit verweinten Augen nach Hause, und die Mutter sagte: Siehst du nun, wie nöthig es ist, um Gottes Segen zu bitten? Tausend kleine Umstände sind nicht in unserer Gewalt und nur Er kann sie so lenken, daß sie uns unschädlich oder gar nützlich werden.

Der Mensch bringt ohne Gottes Segen
Nicht das geringste Werk zuwegen.

Rückblick auf Abraham's Leben.

Wir geben hier noch auch zur Benutzung in der Schule eine liebliche Sage des Alterthums aus dem Leben Abraham's.

Vater Abraham hielt keine Mahlzeit für glücklich, wo er nicht sein Brod mit einem Fremdling theilen konnte. Es begab sich nun einmal, daß Abraham saß in der Thür seiner Hütte, als die Sonne untergehen wollte. Und siehe, ein alter Mann kam aus der Wüste und lehnte sich auf seinen Stab. Abraham stand auf und ging ihm entgegen und sagte: Kehre bei mir ein, wasche deine Füße und bleib hier die Nacht über, morgen magst du aufstehen und deinen Weg gehen. Der Alte aber sprach: Nein, ich will hier unter diesem Baume bleiben. Abraham aber nöthigte ihn sehr, und der Fremdling kehrte bei ihm ein. Als nun das Brod aufgetragen wurde, beteten Abraham und seine Hausgenossen darüber nach ihrer Gewohnheit. Der Greis aber dankte nicht, sondern fuhr alsbald nach der Schüssel. Da sprach Abraham: Wie ziemt es sich, Greis, zu deinen grauen Haaren, Speise zu nehmen ohne Anbetung Gottes? Warum fürchtest du nicht den höchsten Gott, den Schöpfer Himmels und der Erden? Der Mann antwortete und sprach: Ich verehre deinen Gott nicht, rufe auch seinen Namen nicht an, denn ich habe mir selbst einen Gott gemacht, der allezeit in meinem Hause bleibt und mich mit Allem versorgt. Abraham's Eifer aber entbrannte über die Worte des Fremdlings, er griff ihn an und trieb ihn wieder in die Wüste hinaus. Da erschien ihm der Herr und sprach: Abraham! Abraham! — Abraham antwortete: Hier bin ich. Der Herr sprach: Wo ist der Fremdling? Abraham antwortete: O, Herr, er wollte dir nicht dienen und deinen Namen nicht anrufen, darum hab' ich ihn von meinem Angesicht in die Wüste gestoßen. Der Herr aber sprach: du hast Unrecht gethan. Siehe, den Alten, der so undankbar gegen mich ist, den habe ich schon über hundert Jahre gekleidet und genährt: konntest du denn nicht, der du selbst ein Sünder bist, eine Nacht mit ihm Geduld haben? Und Abraham folgte der Stimme des Herrn; er rief den Alten zurück in seine Hütte und begegnete ihm freundlich, so daß der Fremdling bald zum Glauben an den Herrn des Himmels und der Erde kam. (Heß, Geschichte der Patriarchen. B. 2. S. 387, und J. G. Müller, Unterhaltungen mit Serena. B. 1. S. 23.)

Die Unterredung.

Rückblick auf Abraham's Leben.

1) Sein Glaubensleben. 2) Früchte seines Glaubenslebens.

Der Name. Anfangs hieß er Abram, d. h. hoher Vater; nachher gab ihm Gott den Namen Abraham, d. h. Vater der Menge, Vater der Völker. Auch der Name seiner Frau, Sarai, d. h. meine Fürstin, wurde verwandelt in Sarah, d. h. Fürstin. Abraham's Alter 175 Jahre, Sarah's 127 Jahre. Sie ist die einzige Frau in der heiligen Schrift, deren Alter angegeben ist.

1) Sehen wir zuerst auf dasjenige, was Gott denn eigentlich so sehr gefiel in dem Leben Abraham's, so finden wir es in der Stelle: Abraham glaubte dem Herrn, und das rechnete ihm der Herr zur Gerechtigkeit. Dasselbe steht Röm. 4, 18—22, welche Stelle wir lesen und besprechen wollen: Und er hat gegläubet auf Hoffnung, da nichts zu hoffen war, auf daß er würde ein Vater vieler Heiden, wie denn zu ihm gesagt ist: Also soll dein Same sein. Und er ward nicht schwach im Glauben; sahe auch nicht an seinen eigenen Leib, welcher schon erstorben war, weil er fast hundertjährig war, auch nicht den erstorbenen Leib der Sarah. Denn er zweifelte nicht an der Verheißung Gottes durch Unglauben, sondern ward stark im Glauben und gab Gott die Ehre; und wußte auf's allergewisseste, das, was Gott verheißet, das kann er auch thun. Darum ist's ihm auch zur Gerechtigkeit gerechnet. Dieser Glaube Abraham's war also, wie wir aus dieser Stelle sehen, das Sichverlassen, die feste Zuversicht auf die Verheißung Gottes; welche Zuversicht bei ihm so fest war, als sähe er die Erfüllung vor Augen. Dieser Glaube machte ihn vor Gott gerecht. Gerecht werden heißt auch im täglichen Verkehr: die Schuld bezahlen. (Er kann den Leuten nicht mehr gerecht werden.) Auch Abraham hatte die Schuld, die wir Alle haben, Sünde, und die Bibel verhehlt seine Flecken nicht. Wo? Mangel an Aufrichtigkeit, Menschenfurcht bei Abimelech, C. 20, 9, weshalb ihn auch dieser tadelt. Vor Gott aber ist er gerecht, die Schuld ist bezahlt, die Sünde ist vergeben; Ursache: Abraham's feste Zuversicht auf Gottes Verheißung. Wir wollen nun Abraham's Leben noch einmal überblicken und darin seinen Glauben nachweisen. Er muß ausziehen. Er bekommt eine Verheißung, wogegen aller Augenschein spricht. Wie? Er muß warten und glauben 25 Jahre lang. Er wähnt, Ismael ist es. Ach, daß Ismael leben soll vor dir! Gott zerstört den Wahn, C. 17, 21: Ismael soll leben, aber meinen Bund will ich mit Isaak (der noch nicht geboren war) aufrichten. Das muß Abraham wieder glauben, er muß wieder hoffen. Isaak wird nun, als Abraham 100 und Sarah 90 Jahre alt ist, geboren. Dann besteht sein Glaube die Feuerprobe. Wie? Opferung. Aber noch muß geglaubt werden. Isaak war 40 Jahre alt, als er Rebecca heirathete, C. 25, 20, also Abraham 140 Jahre. 20 Jahre lang war Rebecca kinderlos, Cap. 25, 26; wieder für Abraham eine zwanzigjährige Glaubensprüfung. Und auch da hieß es noch gegen den Augenschein, C. 25, 23: der Größere wird dem Kleinern dienen. 15 Jahre waren Esau und Jacob alt, als Abraham starb (140 + 20 = 160 von 175 Jahren); so ist er also im Glauben gestorben, und wir können füglich sein ganzes Leben bezeichnen, wie es das N. T. stets thut, ein Leben im Glauben.

Gott ist unwandelbar. Was ihm vor fast 4000 Jahren gefiel, das gefällt ihm noch; wodurch Abraham sein Wohlgefallen erhielt, dadurch erhalten wir noch Gottes Wohlgefallen. So stellt es das

N. T. auch dar. Gal. 3, 6. 7: Gleich wie Abraham hat Gott gegläubet und es ist ihm gerechnet zur Gerechtigkeit. So erkennt ihr ja nun, daß die des Glaubens sind, das sind Abraham's Kinder. Ohne Glauben ist's unmöglich, Gott zu gefallen. Jesus: dein Glaube hat dir geholfen. Paulus zu dem Kerkermeister, Apostg. 16, auf die Frage: Was soll ich thun, daß ich selig werde? — Glaube an den Herrn Jesum Christum, so wirst du und dein Haus selig.

Ein dunkles Wort Jesu über Abraham's Glauben, Joh. 8, 56: Abraham war froh, daß er meinen Tag sehen sollte, und er sahe ihn und freute sich. Den Tag der Erscheinung Christi sahe er im Glauben vorher, d. h. weil er der Offenbarung von dem Völkersegen glaubte, so war's ihm so gewiß, als ob er es sähe. Die Gläubigen werden in der eben gelesenen Stelle Abraham's Kinder genannt, Abraham ist also Vater der Gläubigen. Unterschied des Glaubens Abraham's und unsers; bei Abraham: Glaube an die Verheißung in der Zukunft; bei uns: Glaube an das Geschehene. Jesus Christus ist gekommen, alle Völker **sind** durch ihn gesegnet, er **hat** die Sünde weggenommen durch seinen Tod am Kreuze, auch meine. Das ist christlicher Glaube, wovon in der Geschichte von Jesu mehr*).

2) Der Glaube aber, die feste Zuversicht zu den Verheißungen Gottes, ist innerlich im Herzen. Da heißt es dann: zeige mir deinen Glauben durch deine Werke. Denn: der Glaube, der nicht Werke hat, ist todt an sich selber. So gehören Glaube und Werke zusammen und können gar nicht getrennt werden. Luther sagt: Glaube und Werke sind verbunden, wie Feuer und Wärme. Wie meint er das? Trenne die Wärme von dem Feuer. — Wo Feuer ist, ist Wärme; wo der Glaube ist, da sind gute Werke. Sonst ist es ein gemaltes Feuer. Was heißt das? Ein anderes Gleichniß: Glaube und Werke — ein Baum. Der Glaube ist die Wurzel, die Werke sind die Früchte. **Glaubensfrüchte**. Aehnlichkeiten: Aus der Wurzel kommen die Früchte, aus dem Glauben ꝛc.; ist die Wurzel gut, ist der Baum gut; ist die Wurzel verletzt, so gedeiht der Baum nicht. Was heißt es, wenn Jesus sagt: An ihren Früchten sollt ihr sie erkennen! Wie nun der Glaube grade die kräftigste Wurzel ist, aus der alle guten Werke hervorgehen, dies wollen wir an Abraham sehen.

a. **Bekenntniß** im Wort. Denn wovon das Herz voll ist, deß geht der Mund über. Abraham predigte von dem Namen des Herrn, C. 12, 8 und C. 13, 4. Gott spricht von Abraham C. 18, 19: Ich weiß, er wird befehlen, seinen Kindern und seinem Hause nach ihm, daß sie des Herrn Wege halten, und thun, was recht und gut ist. C. 21, 33: Abraham pflanzte Bäume zu Ver-

*) Wir können hier noch nicht näher in die wichtigste christliche Lehre: von dem Glauben an Jesum, eingehen. Doch sollen vorläufig die Schüler zum Gefühl kommen, was der Glaube ist und vermag. Den Lehrer, der sich gründlich über Glaube und Werke unterrichten will, verweisen wir auf **Lisco**, die Offenbarungen Gottes, S. 38—51.

saba und predigte daselbst von dem Namen des Herrn, des ewigen Gottes. Sichtbare Zeichen seines Bekenntnisses sind die Altäre, die er allenthalben bauete.

b. Gehorsam als Werk, wodurch sich grade der innere Glaube thätig zeigt. Der Auszug. Austreibung Ismael's, C. 21, 9—14. Die Opferung Isaak's. Diesen Gehorsam rühmt Gott selbst, C. 26, 5, zu Isaak: Ich will deinen Samen mehren 2c., darum daß Abraham meiner Stimme gehorsam gewesen ist und hat gehalten meine Rechte, meine Gebote, meine Weise und meine Gesetze.

c. Muth, eine Wirkung des Glaubens nach außen. Glauben wir, daß Gott für uns ist, der höchste Gott, der Himmel und Erde besitzt, wie Abraham spricht, wovor sollten wir uns denn fürchten? Krieg mit Kedor Laomor. Nur wo der Glaube sich bei ihm verdunkelte, da tritt auch Muthlosigkeit hervor: bei Pharao in Egypten, C. 12, bei dem Philisterkönig Abimelech, C. 20.

d. Demuth, eine Wirkung des Glaubens nach innen. Er nennet Gott bei Melchisedech den Herrn, nemlich über Alles; den höchsten Gott, das höchste Gut; der Himmel und Erde besitzet. Er nennt ihn in der Fürbitte für Sodom den Richter aller Welt. Dies dringt ihm zu Gemüth, wird geglaubt, und nun sieht er sich im Vergleich mit Gott gering an, obgleich er ein Fürst Gottes ist, wie die Kinder Heth ihn nennen, C. 23, 6. Ich bin Erde und Asche. Wo spricht er so? Ich habe mich unterwunden, mit Gott zu reden. Abraham fiel vor Gott auf sein Angesicht. C. 17, 3 und V. 17.

e. Liebe gegen Menschen. Gott besitzt ja Himmel und Erde, liebt also auch das, was darin ist, wie sollte Abraham es nicht lieben! Daraus entstand: 1) Bescheidenheit und zuvorkommende Höflichkeit gegen Lot. Noch lieblicher in dem Handel mit den Kindern Heth, woraus man zugleich sieht, in welcher Achtung Abraham bei ihnen steht*). 2) Friedfertigkeit gegen Lot. 3) Gastfreundschaft. 4) Uneigennützigkeit. Er will keinen Faden, noch einen Schuhriemen nehmen. Er läßt Lot die Wahl. 5) Fürbitte für Sodom.

Solche Früchte trägt der Baum, dessen Wurzel der Glaube ist. Was sagt ihr dazu? Darum ist auch Abraham's Ruhm groß. Jes. 41, 8: Du aber, Israel, mein Knecht, Jacob, den ich erwählet habe, du Samen Abraham's meines Geliebten. Sirach 44,

*) „Die Feinheit im Umgange, die oft nur ein eitler Schein ist, um sich zum Götzen der Menschen und dieselben unserm Vortheil dienstbar zu machen, war bei Fenelon die Wirkung einer Selbstverläugnung, um die Menschen gut zu machen; eine Aufopferung des eigenen Willens, um den Neigungen Anderer zuvorzukommen und ihre Leidenschaften zu bezähmen; eine Art Gottesdienst, wo er die Gottheit selber sich zum Vorbilde nahm. So habe ich ihn gesehen, daß er die gewöhnlichsten Tugenden in göttliche Tugenden umwandelte." (De Bausset, histoire de la vie et des ouvrages de Fénélon.) Das macht die Liebe, die durch den Glauben in's Herz gegossen wird. So auch bei Abraham.

20: Abraham, der hochberühmte Vater vieler Völker, hat seines Gleichen nicht in der Ehre. Die jetzigen Araber, die von Ismael, Abraham's Sohn, abstammen, nennen noch heutiges Tages die Stadt Hebron, wo Abraham begraben liegt, die Stadt des Freundes Gottes. So hat Gott seine Verheißung erfüllt, die er gleich anfangs Abraham gab, C. 12, 2: Ich will dir einen großen Namen machen. Ja, Christen und Juden und Mohamedaner kennen ihn, ehren ihn; ganze Völkerschaften noch jetzt sehen ihn als ihren Stammvater an.

So scheide ich heute von Abraham mit der Ermahnung an euch: So wendet nun euren Fleiß daran, und reichet dar in eurem Glauben Tugend, und in der Tugend Bescheidenheit, und in der Bescheidenheit Mäßigkeit, und in der Mäßigkeit Geduld, und in der Geduld Gottseligkeit, und in der Gottseligkeit brüderliche Liebe, und in der brüderlichen Liebe gemeine Liebe. Amen!

Isaak.

Damit der Lehrer Isaak würdigen könne, geben wir hier seine ganze Lebensgeschichte in der Kürze, und holen aus Abraham's Geschichte heraus, was ihn angeht. Gott hatte Abraham gesagt, in seinem Samen sollten alle Völker gesegnet werden. Als Abraham 86 Jahre alt war, wird ihm Ismael von der Hagar geboren. Auf ihn mochte Abraham blicken, da sprach der Herr: Von Sarah will ich dir einen Sohn geben. Abraham bittet nun: Ach, daß Ismael leben soll vor dir! Da antwortete ihm der Herr, um ihn aus seinem Wahn zu bringen: Ja, Sarah, dein Weib, soll dir einen Sohn gebären, den sollst du Isaak heißen; denn mit ihm will ich meinen ewigen Bund aufrichten und mit seinem Samen nach ihm. So wird der Blick von Ismael hinweg auf Isaak gelenkt und sein Name wird schon vor seiner Geburt genannt. Ein Jahr danach erfolgt die Geburt Isaak's, als Abraham 100 und Sarah 90 Jahre alt war. Abraham muß Ismael, den Spötter, austreiben nach dem Befehl Gottes, denn in Isaak soll dir der Same genannt werden, C. 21, 12. Manches Jahr geht nun hin. Abraham pflanzt Bäume zu Bersaba, predigt und ist ein Fremdling in der Philister Lande eine lange Zeit. Da befiehlt Gott die Opferung Isaak's. Isaak muß damals schon erwachsen gewesen sein, da er das Holz zum Opfer den Berg hinauf trug. Auch da haben wir nur das Wort von ihm: Mein Vater! siehe, hier ist Feuer und Holz, wo ist aber das Schaf zum Brandopfer? Darauf finden wir ihn ergeben dem Willen seines Vaters.

Doch mußte die ganze Geschichte, das Wort des Engels einen unauslöschlichen Eindruck auf ihn machen. Seine Verheirathung mit Rebecca besorgten Andere, und er kommt gar nicht in Betracht; nur ein etwas dunkles Wort liefert einen Beitrag zu seiner Charakteristik, V. 63: Isaak war ausgegangen zu beten auf dem Felde um den Abend. Zu beten, hat Luther; zu betrachten, nachzudenken haben andere Bibeln. Auf jeden Fall zeigt der Ausdruck die ernste Gemüthsrichtung Isaak's. Auch um den Tod der liebenden Mutter ist er lange traurig, und erst durch Rebecca wird er über seine Mutter getröstet. Dann finden wir sein religiöses Gemüth wieder, als Rebecca lange Zeit unfruchtbar ist. Isaak bat den Herrn für sein Weib, und der Herr ließ sich erbitten, C. 25, 21. Er wendet sich dem rauhern Esau zu. In einer Theuerung befiehlt ihm Gott, nicht nach Egypten, dem Kornlande, zu ziehen, und er zeigt Vertrauen und ist gehorsam, und bleibt im Lande der Philister. Hier empfängt er nun für seine Person zum ersten Mal die Verheißung Abraham's; nachher auch zum zweiten und letzten Mal zu Bersaba, C. 26, 24. Der von ihm erbaute Altar zeigt seinen Glauben und seinen Dank, V. 25. Seine Nachgiebigkeit gegen die Philister wird dadurch belohnt, daß sie selber ihr Unrecht einsehen und zu ihm kommen, um einen Bund mit ihm zu machen. Er segnet nun Jacob und Esau, als er gegen 137 Jahre alt ist, und die beiden Söhne ein Alter von 77 Jahren haben*).

Mit dunklen Augen lebte er noch 43 Jahre und hatte Gelegenheit, in Jacob's Hause viel Unheil zu erfahren; sahe aber auch, wie die göttliche Verheißung immer mehr ihrer Erfüllung sich näherte. Denn jetzt hatte Jacob schon 12 selbstständige Söhne, die das „Haus Israel" bildeten. Isaak wird, 180 Jahre alt, zu seinem Volk versammelt, und stirbt alt und lebenssatt, C. 35, 29, im 29. Jahre des Alters Joseph, also im letzten Jahre der Erniedrigung desselben in Egypten. Stillsein und Hoffen, Jes. 30, 15, bezeichnet sein Leben, und durch Stillsein und Hoffen ist Isaak groß, und Gott hat sich genannt nach seinem Namen: der Gott Abraham's, Isaak's und Jacob's. „Das ist mein Name ewiglich; dabei soll man meiner gedenken für und für." 2 Mos. 3, 15.

*) Die Rechnung ist diese: Als Jacob nach Egypten zog, war er 130 Jahre alt, Joseph war damals 39 Jahre, und ist also um das Jahr 91 des Alters Jacob's geboren. Dies geschah, nachdem Jacob 14 Jahre bei Laban gewesen war; Jacob kam also 77 Jahre alt nach Mesopotamien. Isaak war 60 Jahre alt, als Jacob geboren wurde, also jetzt bei Jacob's Abreise 137 Jahre.

Die Unterredung.

Isaak's Stille

1) vor Gott; 2) vor Menschen.

Wir stellen erst die Lebensumstände Isaak's mit den Lebensumständen Abraham's zusammen, um uns das Leben des Erstern tiefer einzuprägen. 1) Gott erscheint Beiden; Isaak im Lande der Philister, C. 26, 2—5 und zu Bersaba, V. 23. 24. 2) Dieselbe Verheißung, nemlich eine dreifache, die wir den Segen Abraham's nennen: a. Viele Völker von dir. b. Dieses Land deinem Samen. c. In dir alle Völker gesegnet. — 3) Die Erfüllung zögert, bei Isaak 20 Jahre. 40 Jahre alt war Isaak, als er Rebecca heirathete, und 60 Jahre, als sie Kinder gebar. 4) Reichthum und irdischer Segen, Cap. 26, 12. 5) Ehre. Die Hethiter zu Abraham: Du bist ein Fürst Gottes unter uns; der Philisterkönig besucht Isaak. — Die Aehnlichkeiten als Männer Gottes. 1) Glaube. Isaak's Glaube an den Segen, C. 27, 29, und in den Abschied von Jacob, C. 28, 3 ff. Hebr. 11, 20: Durch den Glauben segnete Isaak von den zukünftigen Dingen den Jacob und Esau. 2) Aus diesem Glauben Gehorsam, C. 26, 2; obgleich nach menschlichem Bedünken eher in dem Kornlande Egypten auszukommen war, als im Lande der Philister. Den Gehorsam belohnt Gott, V. 12—14. 3) Gebet, C. 24, 63 und C. 25, 21. 4) Bekenntniß, C. 26, 25, Isaak predigte und baute Altäre. 5) Friedfertigkeit und Nachgiebigkeit gegen die Philister drei Mal, erst zum vierten Male lassen sie ihn in Ruhe, V. 22.

1) Wenn wir nun das Eigenthümliche in Isaak's Leben hervorheben wollen, so ist es seine Stille. Höret und bewahret es, was darüber gesprochen wird; könnt ihr's jetzt auch nicht brauchen, es kommt eine Zeit, wo ihr's hervorlangen sollt, wenn auch nach zehn, zwanzig Jahren. Isaak's Umgang mit Gott war ein Gebetsumgang in der Stille, zwei Mal. Wo? So war er stille und hoffte. Schon früher. Wo ist das Schaf? — Gott wird sich ein Schaf ersehen. — Damit ist er zufrieden und mochte denken: Wenn Gott es denn will und thun wird, so habe ich nichts zu sagen. Zu solcher äußeren und inneren Stille vor Gott, wie wir sie hier bei Isaak finden (äußere — im Gebet, innere — bei der Opferung), ermahnt die Schrift, Ps. 65, 2: Gott, man lobe dich in der Stille. Wie das? Das stille Gebet in der Kammer; der stille Gesang auf dem Felde; wenn man reiset; bei der einsamen Arbeit. — Mehr noch zeigt sich die Stille vor Gott, wo das Messer an der Kehle sitzt, wie bei Isaak. Was meine ich? Allerlei Leiden, die Gott sendet. Isaak

hat kein Wort zu sagen, als der Vater ihn bindet. Ihr bleibt auch nicht frei: die euch lieb sind, leiden, sterben; Gott will nicht, wie ihr's möchtet, die Arbeit hat keinen Fortgang ꝛc. Habe dann einen stillen Seufzer, wie die Alten es nannten: Was Gott thut, das ist wohlgethan; der Herr hat's gegeben; des Herrn Wille geschehe. Apostg. 21, 13. 14. Wie Gott mich führet, will ich gehen. Zu Luther kam einmal ein Freund ganz verdrießlich: Ach, es will gar nicht, wie ich will. Luther: So recht, warum gebt ihr täglich euren Willen weg? Luther zielte auf das Vater Unser, das der Freund täglich betete. Was meinte er? Die dritte Bitte. Luther wollte sagen: Habe ein stilles Herz vor Gott. Gott hat verheißen, einem stillen Herzen will er helfen; leset Jes. 30, 15.

2) Ist das Herz stille geworden vor Gott, so ist es auch stille bei Menschen. Auch Isaak: bei der Opferung kein Wort gegen seinen Vater; bei den Philistern, die ihm boshaft schaden, stille einmal, zweimal, dann zieht er weg, V. 22. Solche Stille kannst du als Kind schon haben: Jemand schadet dir unversehens; mit Vorsatz. Wie da? leide es, erinnere ihn, geh' weg. — Jemand spricht von dir Uebles, schilt dich; bist du noch nicht so weit, daß du ein Gebet für ihn hast, wie der Herr Jesus, so habe erst ein stilles Herz für ihn. Wie? — Menschen betrügen dich. — Konnte Isaak das, so sollst du dich schämen vor ihm, wenn du es nicht kannst. Warum? Ich bin ein Christ; Christi Erlösung soll mein Herz stille machen; zeige es, daß es geschehen; Jesu Vorbild.

So bitten wir denn zum Schluß um ein stilles Herz:

Sohn des Vaters, Herr der Ehren, Eines wollst du mir gewähren, Eins, das mir vor Allem fehlt: Daß aus deiner Gnadenfülle milde Ruhe, sanfte Stille in das laute Herz mir quille, das sich stets mit Eitlem quält.

Ja, du trachtest aller Orten uns mit deinen Liebesworten überschwenglich zu erfreu'n; aber vor dem lauten Toben, das von unten sich erhoben, kann der milde Laut von oben nicht in unsre Herzen ein.

Wie Maria dir zu Füßen, will ich sitzen und genießen, was dein Mund von Liebe spricht; Eitelkeit und Eigenwille, Leib und Seele, schweiget stille! Komm, o Seelenfreund, erfülle mich mit deinem heil'gen Licht. (Knapp, christl. Gedichte, 1.)

Isaak segnet Jacob und Esau.

1 Mos. 27.

Mit heiliger Scheu gehen wir an diese Geschichte, wo Isaak, Rebecca, Jacob und Esau handelnd auftreten. Wir sollen richten, wo die Bibel selber nicht richtet; sollen richten über ein paar Gottesmänner, d. h. Männer, die Gottes sind, die Gott ehrt, und nach deren Namen er sich nennt: Gott Isaak's, Gott Jacob's; und doch läßt unsere Geschichte sie fallen. Wie ist es denn nun? Wir richten, doch lehre uns das Vorurtheil Gottes Vorsicht, damit wir durch unser Nachurtheil das Rechte treffen.

Isaak. Die Richter'sche Bibel will ihn entschuldigen, daß er Esau und nicht Jacob segnen wollte, „weil er meinte, derselbe sei vermöge der Geburt der Gesegnete." Diese Entschuldigung kann wohl nicht gelten. Der Ausspruch Gottes über beide Kinder schon vor der Geburt ist: Zwei Völker sind in deinem Leibe, und zweierlei Leute werden sich scheiden aus deinem Leibe und ein Volk wird dem andern überlegen sein und der Größere wird dem Kleinern dienen, Cap. 25. Wenn auch das Wort, das uns durch die Geschichte der Israeliten und der Edomiter völlig klar ist, Isaak etwas dunkel sein mochte, so hätte er es doch nicht so weit vergessen müssen, daß er in der Meinung, Esau stehe vor ihm, segnend sagte, Cap. 27, 29: Sei ein Herr über deine Brüder, und deiner Mutter Kinder müssen dir zu Fuße fallen; welche Worte schnurstracks gegen das Gotteswort gehen. Daß er das Wort nicht besser bewahrte und bewegte bei seiner Vorliebe für Esau, das müssen wir beklagen. Doch das war eine augenblickliche Verirrung in Isaak's Leben. Als er seinen Irrthum einsieht, da treten alte Erinnerungen vor seine Seele, und nun bleibt er fest im Glauben, ungeachtet der bittern Thränen seines Lieblings Esau. Er ist gesegnet, er wird auch gesegnet bleiben, V. 33. Du wirst deinem Bruder dienen, V. 40. Wir müssen hier den Glauben Isaak's an das Gotteswort: der Größere wird dem Kleineren dienen, und sein Festbleiben daran um so höher anschlagen, da sein Charakter überhaupt passiv, hingebend ist, und das Ganze, Große seinen Liebling angeht, der jetzt in bittern Thränen vor ihm steht mit den Worten: Hast du denn nur Einen Segen, mein Vater? und der dann wieder die Stimme aufhebet und weinet. Was mußte dabei doch ein Vaterherz, wie Isaak es hatte, fühlen! Aber er bleibt dabei: ich habe ihn gesegnet, und er will nicht wieder zurück. Woher? Er erkennt jetzt Gottes Willen und Gottes Finger, und das geht ihm über Alles. Und nun wieder das stille Tragen, Dulden, Hoffen, Glauben mit dunklen Augen noch 43 Jahre lang. So finden wir bei ihm den Glauben Abraham's wieder, der uns um so herrlicher und größer erscheint, wenn wir ihn gegen seine „Gutmüthigkeit“ halten, als durch welches Wort man ihn gewöhnlich, wie mit einem Federstrich, charakterisirt zu haben glaubt. So ist Isaak in seiner Schwachheit groß durch Glauben, der die schöne Frucht, den Gehorsam, trägt, wenn auch Fleisch und Blut dagegen reden.

Rebecca. An dem Brunnen — an 100 Jahre waren seitdem verflossen — war sie eine schöne Jungfrau, rasch, beweglich, schnell gefaßt, schnell handelnd, so ist sie noch. Kaum hört sie, was Isaak Esau sagt, so hat sie auch schon ihren Plan entworfen, ist in allen Dingen geschäftig, weiß auch Rath und Anschlag gegen alle Bedenklichkeiten. Das Böcklein wird wie ein Wildpret bereitet, Esau's Kleider muß Jacob anziehen, und die Felle von dem Böcklein that sie ihm um seine Hände und wo er glatt war am Halse. Was will sie denn damit? Daß er dich segne vor seinem Tode. Wir loben sie zuerst. Schon einmal, als sie sich schwanger fühlte vor 77 Jahren, und als die Kinder sich stießen mit einander in ihrem Leibe, da war sie hingegangen, den Herrn zu fragen, 25, 22, und die Antwort Gottes: der Größere wird dem Kleinern dienen, die hatten die Jahre nicht auslöschen können in ihrem Gemüth. Der Jüngere soll's sein. Er werde es jetzt! die große Bedeutung des väterlichen Segens steht ihr vor Augen, darum loben wir sie. So steht sie denn größer da als Isaak? Mit nichten. Isaak's Glaube verdunkelte sich einen Augenblick, und gleich ist ihm durch seinen Glauben Gottes Wille das Höchste, dem er sich ohne Murren hingiebt; Rebecca will durch *ihre Klugheit* es hinausführen, gar durch böse Mittel, List und Betrug, als wenn dessen Arm, der dem Jüngern die Verheißung gegeben hatte, jetzt verkürzt wäre. Da ist doch der Glaube noch mehr gefärbt, als bei Isaak.

Esau. Wenn man die Geschichte leichthin betrachtet, so wird man geneigt, Partei für ihn zu nehmen; beim tieferen Einblick wird es indeß anders. War denn der Mann, in dessen Leben sich auch *nicht ein einziger religiöser Gedanke zeigt*; war er denn der Mann, der Träger der Verheißung und des Gottesreichs werden konnte? Es läßt sich kein höherer Gedanke oder Zug in Esau's Leben nachweisen. Das Erstgeburtsrecht hatte er leichtfertig verkauft und dabei geäußert: Siehe, ich muß doch sterben, was soll mir die Erstgeburt? Er ißt, trinkt, steht auf und geht davon; und verachtet also seine Erstgeburt. Wenn er auch den Genuß des Augenblicks vorzog, dachte er denn nicht an seine Nachkommen, auf die doch eigentlich der Segen Abraham's ging? Er nimmt zwei heidnische Frauen. Als er bemerkt, daß der Vater die Töchter Canaan's nicht gern sieht, nimmt er eine Tochter Ismael's zur Frau. Diese Gutmüthigkeit gefällt uns, sie zeigt, welch' ein weiches Herz ihm Gott gegeben hatte, das für Liebe und somit auch für Glauben empfänglich war. Aber es ist auch nur das natürliche Herz, und kein höherer Beweggrund kommt vor. Zu dem alten stillen Vater, der ihn erzog, neigt sich sein Herz, und nur eine natürliche Liebe gegen den Vater hält den Ausbruch der Rache zurück, denn nach des Vaters Tode denkt er Jacob zu erwürgen, V. 41 H. In der Rache nur findet er Trost, V. 42. (Im Hebr. Pfaff'sche Bibel.) Nach 20 Jahren glimmt noch das Feuer der Rache. Die Aussöhnung mit Jacob, C. 33, will uns wieder für Esau einnehmen. Doch nein. Das Zusammentreffen mit Jacob ist doch ein herzergreifender Augenblick auch für Esau, wie V. 4 zeigt: Er lief ihm entgegen, fiel ihm um den Hals und weinte. Man sollte denken, es wäre nun doch ein höherer Gedanke mit eingeflossen im Verfolg der Unterredung; aber nein. Er sagt nur: Ich habe genug, mein Bruder, behalte, was du hast. Wie ganz anders Jacob gleich vorher: Die Kinder hat Gott mir bescheert, V. 5, und den Segen hat Gott mir bescheert, V. 11. Esau will von seinen Leuten bei Jacob lassen; wer wollte solche Dienstfertigkeit nicht loben? aber sie hat keinen höheren Grund, als nur das Gefühl des Augenblicks. Wir fragen daher: Konnte sich Gott mit einem solchen Mann einlassen, der so wenig, eigentlich gar nicht, nach ihm fragte, und um ihn sich nicht kümmerte? Die Bibel nennt, Hebr. 12, 16, Esau einen Gottlosen, d. h. Einen, der sich los und ledig von Gott gemacht hat. Der Ausdruck ist stark, aber die Geschichte Esau's rechtfertigt ihn.

Jacob. Er war erwählt von Gott schon vor der Geburt als derjenige, durch den die Verheißung von Christo fortgeführt werden sollte, nach der freien Wahl Gottes, noch ehe Beide, Esau und Jacob, Gutes oder Böses gethan hatten. Röm. 9. Jacob's Fehler mag sein, daß er durch eigne Klugheit herbeiführen wollte, was Gott ohne sein Zuthun gethan hätte. Jacob's jüdischer Handel mit dem Linsengericht kann unserm Gefühl unmöglich zusagen. Doch war nun das Erstgeburtsrecht sein, so wie früher nach göttlichem, so nun auch nach menschlichem Recht, da Esau es förmlich verkauft und den Handel beschworen hatte. Jetzt wollte der Vater wieder Esau den Segen zuwenden. Durfte Esau mit gutem Gewissen den annehmen? Gehörte der Segen denn nun nicht Jacob? Daß aber Jacob mit der Mutter so darein griff, durch Betrug und Lüge, wie könnte man das gut heißen? Auch Isaak erkennt darin einen Betrug, V. 35.

Die Geschichte Jacob's zeigt uns, wie sich die Gedanken und Rathschlüsse Gottes mit den freien Handlungen der Menschen verwickeln, wie aber dadurch gerade die Erziehung des Einzelnen bewirkt wird. Welch' eine Tiefe der göttlichen Weisheit in der Pädagogie des einzelnen Menschen! Der Größere soll dem Kleinern dienen. Warum das? Danach haben wir nicht zu fragen, und wer dennoch fragen wollte, der findet C. 9 des Römerbriefes die Antwort. Die Freiheit der Menschen und die Sünde derselben kommt nun zu dem Gotteswort hinzu: Isaak, der es anders will, als Gott will; Esau, der erst das Gut hinwirft, und es nachher unrechter Weise wieder erlangen will; Rebecca und Jacob, die zu allerlei Mitteln langen; über dem Allen Gott, der der Verirrung und Verwirrung zusieht. So leicht war der Betrug zu entdecken, aber er geschieht, und Gottes Wille geschieht mit. In Jacob war das Fünklein des Glaubens, das Gott ansieht und das vor ihm als Würdigkeit gilt, aber wie viel Eigenräthigkeit, List, Verschlagenheit, so recht freche Lüge, ohne das stille Harren und Dulden, das seinen Vater und Großvater so sehr auszeichnet. Diese Schlacken müssen noch erst alle hinweg. Das Mittel ist das Feuer der Trübsal, er muß eine schwere Schule durchmachen, bis er der Israel, d. h. der Gottesfürst, wird. Zuerst hieß es: womit du gesündigt hast, damit wirst du gestraft. Hinterlist, Lüge, Verstellung und viel anderes Unheil dazu, das geschah ihm reichlich wieder von Laban und von seinen eigenen Söhnen. Wie er's dem Vater gethan hatte, gerade so geschah ihm wieder; er hatte das Dunkel zum Betrug benutzt, das benutzte Laban wieder, ihn zu betrügen, C. 29, V. 23. Was wirkte das bei Jacob? Die Geschichte giebt Andeutungen, die uns in das Herz Jacob's blicken lassen. In dem Gebet: Ich bin zu gering 2c., da läßt er schon die Selbstklugheit fahren und blickt viel ruhiger nach oben. Weiterhin steht ein Greis vor Pharao. Pharao fragt: Wie alt bist du? Da steht im Augenblick das ganze vergangene Leben vor dem Greis und er spricht: Die Zeit meiner Wallfahrt ist 130 Jahre; wenig und böse ist die Zeit meines Lebens, und langet nicht an die Zeit meiner Väter in ihrer Wallfahrt. Wir können in dem Ausdruck Wallfahrt unmöglich den Wegblick von der Welt und den Hinblick auf ein Leben bei Gott verkennen. Noch dauerte die Wallfahrt 17 Jahre, da wird uns die letzte Lebensstunde des Patriarchen vorgeführt. Wir lesen das 49. Cap. und vergessen alles Frühere. Es war die letzte, die höchste Kraft. So wollte Gott seinen Israel. Jacob hatte nun nichts mehr auf der Erde zu thun: er that seine Füße zusammen auf's Bette, und verschied, und ward versammelt zu seinem Volke, V. 33. So eröffnet uns die heilige Geschichte die Tiefen der Erziehungsweise Gottes mit dem armen sündigen Menschen! — Alle Erziehung ist eine Erlösung!

Die Unterredung.

Wir betrachten die Personen:

1) Isaak. 2) Rebecca. 3) Jacob. 4) Esau. 5) Das Walten Gottes.

1) **Isaak.** Die Verheißung Abraham's war ihm auch gegeben. Welche? Isaak glaubte. Beweis. Nun war aber weiter von Gott gesagt schon vor der Geburt der beiden Söhne: Der Größere wird dem Kleinern dienen. Dadurch gab Gott einen Fingerzeig, auf welchen der beiden Söhne sich der Segen vererben werde; Jacob. Daß Isaak aber hier in dem Segen das Wort Gottes ganz vergessen hat, zeigt V. 29. Wie? Sei ein Herr über deine Brüder. Er will hier Esau, den er vor sich zu haben glaubt, geben, was Gott doch schon vor der Geburt dem Jüngern, Jacob, gegeben hatte. Das müssen wir tadeln. Woher kam es? Durch seine natürliche Liebe zu Esau, der er folgte. Gott ließ es aber anders kommen gegen den Willen Isaak's. Wie? Was er Esau zugedacht hat, das empfängt Jacob. Nun erkennt Isaak den Finger Gottes. Zu Esau, V. 33: Ich habe ihn gesegnet, er wird auch gesegnet bleiben. Da Esau das hört, V. 34, schreiet er laut und wird über die Maßen sehr betrübt und bittet auch um den Segen. Aber der alte Vater, der seinen Esau so sehr liebte, steht nun fest, und nimmt den Segen nicht zurück. Dieser Gehorsam, der aus seinem Glauben kam, ist zu loben, und dieser Glaube und Gehorsam ist von Bestand, wogegen es nur eine augenblickliche Verirrung war, daß er Esau den Segen zudachte. Er schilt Rebecca nicht, Jacob auch nicht, sondern wiederholt diesem den Segen vollständig, als Jacob wegreis't, C. 28, 3. 4: Der allmächtige Gott segne dich und mache dich fruchtbar und gebe dir den Segen Abraham's rc. Er thut auch für Esau, was er kann, aber mehr nicht. So unterwirft er sich ganz Gottes Willen, und ist willig gehorsam aus Glauben. So ist Gott nun auch, wie er der Gott Abraham's war, der Gott Isaak's. Gesang 686, V. 3 paßt auf ihn und seine dunkeln Augen. Ist Alles dunkel um mich her, ist Alles, Alles freudenleer: so bist du, meine Zuversicht, in meiner Nacht, o Gott, mein Licht. Wir aber wollen von ihm lernen, wenn wir gefallen sind, schnell wieder aufstehen Wie meine ich das?

2) **Rebecca.** Wie nahm sie sich gegen den göttlichen Ausspruch: der Größere wird dem Kleinern dienen? Sie wollte dem Kleinern, Jacob, den Segen zuwenden, und wollte so helfen, daß das Wort Gottes in Erfüllung ginge. Damit zeigt sie, daß sie das Wort tief in's Herz gefaßt und nicht vergessen hatte, und daß sie an die Erfüllung glaubte. Beides (welches?) müssen wir loben. — Das

Mittel aber, das sie nun wählt? Es ist zuerst Betrug. Ein Beispiel von Röm. 3, 8. Daß Etliche sprechen: Lasset uns Uebels thun, auf daß Gutes daraus komme. Rebecca's Zweck war gut (welwer?), das Mittel aber schlecht. Noch mehr: sie zieht ihren Sohn Jacob mit in den Betrug hinein; das nennt die Schrift: sich fremder Sünden mit theilhaftig machen. Noch schlimmer: der Fluch sei auf mir, spricht sie, als Jacob den Fluch des Vaters fürchtet, wenn es entdeckt würde. Sie nimmt also den Fluch eines Andern auf sich. Kann das ein Mensch? Antwort. Ps. 49, 8. 9. Unsern Fluch von uns auf sich nehmen, das konnte nur der Sohn Gottes (da er ward ein Fluch für uns. Gal. 3, 13). So war ihre dreifache Sünde: Betrug, Verführung, Uebernahme des Fluchs. — Wie benimmt sich nun Gott bei ihr? Das Herz reinigte er von der Sünde durch das Feuer der Trübsal. Was meine ich? Esau wollte Jacob ermorden, und Jacob, ihr Liebling, mußte auswandern, allein, an 100 Meilen weg. Bei der Abreise war noch Hoffnung eines baldigen Wiedersehens: Ich will Boten senden, wenn sich Esau's Zorn gelegt hat, und dich von dannen holen lassen. Aber Esau's Zorn legte sich nicht. Nun saß die Mutter einsam ohne Jacob. Dazu hatte sie noch das Gefühl: du bist selbst schuld. Da mag sie es denn oft genug betrauert haben, daß sie durch ihre sündliche Klugheit hat darein gegriffen und nicht Gott hat walten lassen; da lernte sie gewiß besser hinblicken auf Gott allein. Wir aber wollen uns daraus die Lehre nehmen: Ist mein Wunsch nach Gottes Willen, weiß er schon ihn zu erfüllen, und gewiß zur rechten Zeit; ich hab' ihm nichts vorzuschreiben, wie Gott will, so muß es bleiben: was Gott will, ist Seligkeit.

3) **Jacob.** Wir betrachten seine Sünde, seinen Glauben, Gottes Verhalten. Er fühlt das Unrecht: Mein Vater möchte mich begreifen und würde vor ihm geachtet, als ob ich ihn betrügen wolle, V. 12. Aber doch gehorcht er Menschen mehr als Gott, und er war doch kein Kind mehr, 77 Jahre alt. Ferner, V. 20: Der Herr, dein Gott, bescheerte mir's. So mißbraucht er den Namen Gottes gegen das zweite Gebot, und zieht auch Gott mit in seine Sünde hinein. Als der alte Vater Isaak gesagt hatte, V. 22: Die Stimme ist Jacob's Stimme, aber die Hände sind Esau's Hände, da fragt er ihn nochmals: Bist du mein Sohn Esau? Was würdet ihr geantwortet haben? Luther sagt: Da wäre ich davon gelaufen, und hätte die Schüssel fallen lassen. Jacob: Ja, ich bin's. So führt er die Sünde bis zu Ende hinaus — so wollte er auch durch allerlei Mittel, wie seine Mutter, helfen, daß die Verheißung Gottes über ihn, je eher, je lieber, erfüllt würde, schon bei Verkaufung der Erstgeburt. — Doch ist bei ihm, wie bei seiner Mutter, Glauben, sonst hätte er die Hände in den Schooß gelegt und nichts dafür gethan. Diesen Blick auf etwas Höheres, diesen Glauben, den sieht Gott an. Das glimmende Docht läßt Gott nicht verlöschen. Was heißt das? Aber es

muß doch Vieles an Jacob anders werden. Dazu nimmt Gott ihn in seine Schule, Kreuzesschule, wie wir es bald hören werden.

Bei allen drei Personen, die hier handeln, Isaak, Rebecca, Jacob, ist also der Glaube da, aber gefärbt, d. h. nicht lauter, rein. Wie der Glaube bei Isaak? In wiefern gefärbt? Wie bei Rebecca der Glaube? In wiefern gefärbt?

4) **Esau.** Siehe, ich muß doch sterben, spricht er, was soll mir denn die Erstgeburt? So verachtet er seine Erstgeburt, V. 34. Was hatte es denn mit dem Recht der Erstgeburt auf sich? Gelesen 1 Mose 49, 3. Also der Erstgeborne war Priester (der Oberste im Opfer) und Oberherr (der Oberste im Reich) der Familie, und bekam nach 5 Mose 21, 15—17 ein doppeltes Erbtheil. Hier in Abraham's Familie kommt noch hinzu, daß auf den Erstgebornen der große Segen der göttlichen Verheißung überging: Alle Völker sollen in dir gesegnet werden. Davon versteht Esau nichts. Er verachtete die Erstgeburt, verkaufte sie, und beschwor den Handel. Nach göttlichem Recht kam ihm das Erstgeburtsrecht nicht mehr zu. Wie? Nun auch nicht nach menschlichem Recht. Nachher, als Isaak ihn segnen will, hat er nichts dagegen, und will also annehmen, was ihm nicht zukam. Hast du nur Einen Segen? spricht er zu seinem Vater. Natürlich, den Segen Abraham's, wogegen alles Andere gering ist. Davon weiß er nichts, das erkennt er nicht. Es fehlt bei ihm Glaube, Vertrauen zu dem, was Gott gesagt hat. Nirgends ist ein Gedanke, ein Wort auf Gott hin. So ist bei Esau eine wesentliche Geschiedenheit von Isaak, Rebecca, Jacob; welche? Unglauben. Er ist sehr traurig, als er den Segen nicht erhält. Aber es ist, was der Apostel die Traurigkeit der Welt nennt, die den Tod gebiert. Sein Unglaube bringt, wie bei Cain, Mordgedanken hervor. Daher nennt die Bibel ihn, Hebr. 12, 16, einen Gottlosen, d. h. Einen, der sich durch Unglauben los und ledig von Gott gemacht hat. — Uns aber giebt die Bibel aus Esau's Geschichte die Lehre: Sehet zu, daß nicht Jemand Gottes Gnade versäume; Hebr. 12, 15.

5) **Gott.** Alle Personen machen hier Winkelzüge und wollen es anders, als es schon vor der Geburt der Kinder von Gott bestimmt ist, aber Gottes Wille muß doch geschehen. Jacob hat's unverdient, daher (Röm. 9, 16) unsere Geschichte ein Beweis ist, daß es nicht liege an Jemandes Wollen und Laufen, sondern an Gottes Erbarmen. — Jer. 5, 3: Herr, deine Augen sehen nach dem Glauben. Den hat Jacob, darum ist er würdig, und Esau nicht.

Jacob flieht nach Mesopotamien.

1 Mos. 28.

Die Unterredung.

Die Gegenwart, Allgegenwart Gottes.

1) Der Begriff dieser Eigenschaft Gottes; 2) die Frucht des Glaubens daran wirkt a. Freude, b. Furcht.

Der alte Vater Isaak bleibt bei dem Segen, den er einmal über Jacob ausgesprochen hat, und der Segen ist noch bestimmter, V. 3. 4, als der im vorigen Capitel gesprochene, V. 27—29. Es ist der Segen Abraham's, wie Isaak ihn selbst nennt, V. 4. Aber der Weg, auf welchem Jacob sich selbst dazu verholfen hatte, führt in allerlei Leiden, wie jede Sünde. Wie schmerzhaft muß die Trennung gewesen sein für den alten Vater und für die Mutter und Jacob insonderheit. Voll Furcht macht er sich auf; ganz allein, d. h. ohne Ausstattung und Geleit von Seiten der Eltern, an hundert Meilen weit, zu Fuß, im 77. Jahre seines Alters. Wie arm, wie verlassen mag er sich gefühlt haben. Da erfährt er die Nähe Gottes, der ihm die große Verheißung selber bestätiget, wie er es bei Abraham und Isaak gethan hatte. Sucht mir in V. 13 und 14 den Segen Abraham's wieder. 1) Deinem Samen dieses Land. 2) Viele Völkerschaften von dir. 3) In dir alle Völker gesegnet (Christus). Es heißt nun: Abraham, Isaak, Jacob. Wir betrachten Jacob genauer.

1) Gewiß ist der Herr an diesem Ort und ich wußte es nicht, V. 16. Die Patriarchen wußten wohl, daß Gott Himmel und Erde gehöre (C. 14, 19. 22. C. 15, 1. C. 24, 3) Aber die Offenbarung Gottes war bisher nur immer in Abraham's und Isaak's Hause, bei Abraham und Isaak geschehen. Nun geschah sie zum ersten Male Jacob an diesem einsamen Orte. Nun war er überzeugt von dem Sein Gottes an diesem Ort. — Ich bin hier bei euch. Das drückt man auch aus: Ich bin hier gegenwärtig. Jacob wußte nun: der Herr ist an diesem Ort, der Herr ist hier gegenwärtig. Aber nicht bloß ruhend, unthätig war Gott da; er sprach zu Jacob, also wirksam. Beides zusammen: Gott war an dem Ort und wirkte da, konnte also da wirken, heißt: Gott war da gegenwärtig. Zu Lus (Bethel) war er freilich gegenwärtig, wie steht's nun damit um andere Orte, Kiel, Hamburg, Amerika rc.?

Wir wissen es nicht durch uns selbst und fragen die h. Schrift Apostg. 17: Gott ist nicht fern von einem Jeglichen unter uns: also er ist jedem Menschen nahe. Nun leben fast an jedem Ort der Erde Menschen, so ist er auch da. Wo aber keine Menschen leben können, hoch im Norden? Da ist seine Wirksamkeit, und wo die ist, da ist er auch; eben wie ein Mensch, wo er selbst wirkt, da ist er auch. Nur hat Gott keinen Leib, ist also als Geist da. Jerem. 23: Bin ich nicht ein Gott, der nahe ist 2c. Also ist er nahe, er ist fern, er erfüllet Himmel und Erde, so ist er allenthalben, d. h. an allen Orten und kann da wirken: er ist allgegenwärtig. Allgegenwart Gottes ist die Eigenschaft, da er an allen Orten gegenwärtig ist und da wirken kann. Da es nun besonders darauf ankommt, daß Jeder von euch, wo er geht und steht, sich Gott nahe denkt, so wollen wir jetzt auch nur besonders von der Gegenwart Gottes reden. Gott ist hier in der Schule gegenwärtig, heißt also: Er als ein Geist ist hier, und kann hier wirken. Jerem. 32, 19: Deine Augen stehen offen über alle Wege der Menschen. Also er sieht, was wir thun. Ps. 94, 9: Der das Ohr gepflanzt hat, sollte der nicht hören? der das Auge gemacht hat, sollte der nicht sehen? Also er hört, was wir reden. Ps. 139, 3: Ich gehe oder liege, so bist du um mich. V. 7: Wo soll ich hingehen vor deinem Geist? und wo soll ich hinfliehen vor deinem Angesicht? Also: kein Ohr, wo dein Geist nicht gegenwärtig ist, und dein Angesicht nicht, d. h. das freundliche, deine Liebe; das ernste, zornige, d. h. deine Strafe aus Liebe. — Durch diesen Glauben, daß Gott uns allenthalben gegenwärtig ist mit seinem Geist und mit seiner Liebe, wird uns Gott ein lebendiger Gott, statt daß die Heiden glaubten, Gott wäre im Himmel bloß, und kümmere sich nicht viel um das Thun der Menschen. Nein: in ihm leben, weben und sind wir.

2) **Was wirkt denn nun der Glaube: Gott ist gegenwärtig?** An Jacob sehen wir es. Mit welchen Gedanken mochte er sich niederlegen? Gott sagt ihm, V. 15: Ich bin mit dir, und will dich behüten, wo du hinziehest, und will dich wieder herbringen in dies Land. Denn ich will dich nicht lassen, bis ich thue Alles, was ich dir geredet habe. Damit will Gott ihn trösten. Trost bedarf, wer in Bekümmerniß ist. Jacob war darin, Gott erkannte sein bekümmertes Herz. Wir sehen auch, worüber. Wie komme ich hin? Wie wird mir's dort gehen? Wie komme ich zurück? Wie sollte es wohl mit dem Segen des Vaters werden? Alle Fragen beantwortet ihn Gott hier, wie? Am andern Morgen das Gefühl: Gott ist hier gegenwärtig. Den Stein richtet er auf und gießt Oel darauf. Einweihungsmittel: dann das Gelübde: dieser Denkstein soll Gotteshaus mir sein. Alles drückt seine Freude aus. Das ist die erste Wirkung dieses Glaubens. Noch so. Beispiele. Auch Viele von euch müssen von Vater

und Mutter weg, wie Jacob, zu fremden Leuten; oft aus dem Vaterlande; zu Menschen, deren Sprache sie nicht einmal verstehen; Handwerksburschen. Das macht dich traurig. Nimm den schönen Ausspruch Gottes, V. 15, in dein Felleisen mit. Jeder von euch soll ihn auswendig lernen. Wie hieß er noch? Nimm ihn als zu dir gesprochen; welche Wirkung wird er auf dein bekümmertes Herz haben? — Du wirst in der Fremde krank; die Eltern fehlen, Niemand sorgt für dich. Niemand? Gott ist gegenwärtig. — Du wanderst einsam, wie David, über Berge, in Thälern, wüsten Haiden, Holzungen. Da spricht David — und den Spruch gebe ich Jedem von euch mit, der reisen soll — Ps. 23: Und ob ich schon wanderte im finstern Thal, fürchte ich kein Unglück, denn du bist bei mir, dein Stecken und dein Stab trösten mich*). — Du betest auf deinem Lager in der stillen Nacht. — Du thust das Gute in der Stille, freue dich, Gott sieht deine Hand, die giebt. Thue das Gute und wirf es in's Meer, sieht es der Fisch nicht, so sieht's doch der Herr. Was heißt das? — Du hast eine Noth, die du Menschen nicht klagen magst, du kannst sie dem klagen, der um dich ist, du gehest oder liegest. Darum: Sagt, Fromme: mir zur Rechten, zur Linken mir ist Gott! in meines Kummers Nächten und wo ich seufz', ist Gott! wo keinen Freund ich habe, wo Niemand hilft, ist Gott! Im Sturm, im Tod, im Grabe, und überall ist Gott. Gesang Nr. 104. Der schöne Vers führt uns alle einzelnen Fälle, wo uns der Glaube an die Gegenwart Gottes so sehr erfreuen kann, noch einmal wieder vor. Welche?

Vers 17 heißt es aber auch: Jacob fürchtete sich und sprach: Wie heilig (eigentlich: schauerlich, furchtbar) ist diese Stätte. Also neben der Freude auch Furcht. Und das ist die zweite Wirkung dieses Glaubens: Gott ist gegenwärtig. Natürlich. Er, der Heilige, der Nichts mit der Sünde zu thun hat, ist mit seinem Geiste dir nahe; ich, ein Sünder, jeder Flecken liegt ihm vor, so denkt der, der sich in der Gegenwart Gottes fühlt, und dies bringt einen Schauer, eine heilsame Furcht hervor. Warum heilsam? Daher: Schau dich in Gottes Gegenwart; der Spiegel ist so rein und zart, es kann in dir der kleinste Flecken sich nicht vor diesem Licht verstecken. Erklärt den Vers selbst. Wir wollen nun einzelne Fälle aufsuchen, wo der Gedanke an die Gegenwart Gottes eine heilsame Furcht erregen kann: In der Schule, der Lehrer sieht einmal nicht auf dich, du möchtest etwas Böses ausüben, träge sein. Fürchte Gott, liebes Kind! Gott, der Herr, sieht und weiß alle Dinge. Denkt dann an den kleinen schönen Spruch — Schlechte Menschen treiben bei Nacht ihre Sünde. Warum? Bedenke Ps. 139, V. 11. 12. — Die Menschen, die Kinder, die ihre Sünde nicht bei Nacht thun, gehen doch an einen Ort

*) Was liegt hier in Stecken und Stab? und wie liegt es darin? Stecken = Schutz zur Abwehr des Unfalls, Stab = Stütze in Schwachheit.

allein, und nehmen vielleicht noch einen Menschen, ein Kind mit sich, einsam auf's Feld, in den Garten, in den Winkel eines Hauses. Sirach 23, 28: Die Augen des Herrn sind viel heller, als die Sonne, und schauen auch in die heimlichen Winkel. Wo ich bin und was ich thu', sieht mir Gott, mein Vater, zu. Also Gott sieht zu, das bedenke und fürchte dich. — Viele betrügen, lügen, stehlen und denken: Menschen können's mir nicht ansehen, können's nicht entdecken. Antwort: Dein Gott ist überall, und weiß dich wohl zu finden, er sieht auch in dein Herz, drum hüte dich vor Sünden. — Wiederholung der einzelnen Fälle, wo der Gedanke an die Gegenwart Gottes uns Furcht macht und so vom Bösen abschreckt: in der Schule, in der Nacht, in der Einsamkeit, bei Betrügereien, Lügen, Stehlen.

So habt denn, wo ihr geht und steht, einen großen Gedanken: Gott ist gegenwärtig, und Er wird an's Licht bringen, was im Finstern verborgen ist, und wird den Rath der Herzen offenbaren. (Tersteegen's Gesang: Gott ist gegenwärtig.)

Wir setzen noch zur Besprechung mit kleinen Kindern eine liebliche Erzählung hierher.

Jacob und Anna waren einmal allein zu Hause. Da sagte Jacob zu Anna: Komm, wir wollen im Hause etwas Gutes zu essen aufsuchen, und es uns recht wohl schmecken lassen. Anna sprach: Wenn du mich an einen Ort hinführen kannst, wo es Niemand sieht, so will ich mitgehen. Nun, sagte Jacob, so komm mit in die Milchkammer, dort wollen wir eine Schüssel voll süßen Rahm verzehren. Anna sprach: Dort sieht es der Nachbar, der auf der Straße Holz spaltet. So komm mit mir in die Küche, sagte Jacob, in dem Küchenschrank steht ein Topf voll Honig, in diesen wollen wir unser Brod eintunken. Anna sprach: Dort kann die Nachbarin herein sehen, die am Fenster sitzt und spinnt. So wollen wir unten im Keller Aepfel essen, sagte Jacob, dort ist es so dunkel, daß es gewiß Niemand sieht. Anna sprach: O, mein lieber Jacob, meinst du denn wirklich, daß uns dort Niemand sieht? Weißt du nichts von jenem Auge dort oben, das die Mauern durchdringt und in's Dunkle sieht? Jacob erschrak und sagte: Du hast Recht, liebe Schwester, Gott sieht uns auch da: wo kein Menschenauge uns sehen kann; wir wollen daher nirgends Böses thun. Anna freute sich, daß Jacob ihre Worte zu Herzen nahm, und schenkte ihm ein schönes Bild, darauf war das Auge Gottes mit Strahlen umgeben, und darunter stand:

Gieb, Gott, daß ich dein heilig Auge scheu,
Und rein vor dir von jeder Sünde sei.

Jacob bei Laban.

1 Mos. 29—31.

Die Unterredung.

Jacob.

1) Seine Fehler, 2) Gottes Benehmen dabei, 3) Wirkung dieses Benehmens auf ihn.

1) **Jacob's Fehler.** Jacob erfuhr schon bald nach seiner Abreise von Bersaba die gnädige Gegenwart und den Trost und die Verheißung Gottes, denn Lus, oder, wie nachher der Ort hieß, Beth El (Haus Gottes) liegt nur drei Meilen nördlich von Jerusalem. Wie freudig mag er nun den weiten Weg, an hundert Meilen weit, fortgewandert sein. Nicht blinder Zufall, sondern Gottes Hand führt ihn zu seiner Verwandtschaft. Laut weinend sagt er zu Rahel, wer er ist. Also ist in seinem Innern doch irgend ein schönes Gefühl gewesen. Aber es ist noch Vieles an Jacob zu bessern, und unsere Geschichte weis't uns die alten Fehler wieder an ihm nach. Gott hatte ihm im Traum gezeigt, C. 31, 11 ff., wie er ihn segnen könne, und dabei gesagt: denn ich habe Alles gesehen, was dir Laban thut. Das hätte ihm müssen genug sein. Aber er thut das C. 30, 37—42 mit den Stäben Erzählte dazu. Solche krumme Wege von Hinterlist, Selbstklugheit können uns nicht gefallen. Es ist dasselbe, was wir früher gesehen haben. Wo? — Gott hatte ihm gesagt: Ziehe wieder in deiner Väter Land, und zu deiner Freundschaft; ich will mit dir sein. Jacob entweicht heimlich, es fehlt also das völlige Vertrauen zu Gott, der ihn doch wohl hätte schützen können, und sein Gewissen ist nicht rein. Von Laban muß er darüber mit Recht Vorwürfe hören. C. 31, 27.

2) **Wie benimmt sich nun Gott?** Gott läßt es zu, daß Jacob von Laban betrogen wird, der ihm statt Rahel die Lea zur Frau giebt. Es ist 1) Strafe für Früheres. Was? Wiedervergeltung dessen, was er seinem Vater gethan hatte, und 2) ein Hinweisen, daß er von sich und seiner Klugheit mehr müsse absehen und auf Gott hin. Die Lehre scheint er nicht angenommen zu haben, wie uns die Geschichte mit den Stäben zeigt. Er hat Verlangen nach mehr und Viel, und geht verkehrte Wege dazu. Wie nimmt sich Gott dabei? Er läßt ihn das Elend und die Mühe erfahren, die

das Alles mit sich bringt. Elend und Mühe nennt Jacob es selbst. Leset C. 31, V. 38—42. Neben dieser Leidensschule, worin er 20 Jahre lang erzogen wurde, zeigte sich ihm die göttliche Liebe auch von freundlichen Seiten, um sein Inneres mehr von der Welt und den irdischen Dingen ab zu Gott hinzuziehen. Laban benimmt sich sehr unedel gegen Jacob: er giebt ihm Lea für Rahel, also Betrug; verändert nach seinem Vortheil immer den Lohn, also Eigennutz; Jacob muß bezahlen, was gestohlen und zerrissen ist, muß Frost und Hitze und schlaflose Nächte aushalten, Härte; Laban sieht mit neidischen Augen auf die, die doch seine Kinder sind, C. 31, 2; er jagt Jacob nach, und hat gewiß nichts Gutes im Sinn. Durch Alles hindurch hilft Gott, das war für Laban Strafe Gottes, für Jacob Gnade Gottes. Jacob erhält doch, was Gott ihm zugedacht hat, und keine List Laban's, mag er den Lohn auch zehnmal ändern, kann es ihm rauben. Denn ist Gott für uns, wer mag dann wider uns sein? Heimlich war Jacob weggegangen, aber dieses Mißtrauen gegen das Wort Gottes: ich will mit dir sein, hätte ihn unglücklich gemacht, wäre nicht die Liebe Gottes dazwischen gekommen: Hüte dich, daß du mit Jacob nicht anders redest, denn freundlich. So zeigt sich Gottes Angesicht in Strafe und Liebe freundlich.

3) **Was wirkte dies Benehmen Gottes auf Jacob?** C. 31, 6—11. Laban hat zehnmal meinen Lohn geändert, aber Gott ihm nicht gestattet, daß er mir Schaden thäte. Gott hat die Güter eures Vaters ihm entwendet und mir gegeben. Also 1) mehr Hinblick auf Gott, der da giebt und nimmt. — Jacob läßt es sich gefallen, mit Lea, 2) leidet von Laban das Unrecht, und Unrecht leiden ist Gnade bei Gott, 1 Petr. 2, 20. — C. 31, 6: Ihr (die beiden Frauen) wißt, daß ich aus allen Kräften eurem Vater gedient habe; er bezahlt, was zerrissen und gestohlen ist, und leidet Frost und Hitze und Schlaflosigkeit. 3) Treue. — Gott befiehlt ihm: Ziehe wieder in das Land deiner Väter, und Jacob ist 4) gehorsam. Dies Alles, Hinblick auf Gott, Unrechtleiden, Treue, Gehorsam ist eine Frucht seines Glaubens gewesen, denn er sagt zu Laban, was C. 31, 42 steht. Das war sein Glaube. Dieser Glaube nimmt immer mehr Unedles von ihm hinweg, setzt immer mehr edle Früchte an, wie uns die folgende Geschichte und sein übriges Leben zeigen wird.

Wir aber wollen uns aus unserer Geschichte dieses merken:

Sprüche. Sprüchw. 3, 5: Verlaß dich auf den Herrn von ganzem Herzen, und verlaß dich nicht auf deinen Verstand, 1 Petr. 2, 20: Wenn ihr um Wohlthat willen leidet und erduldet, das ist Gnade bei Gott. Röm. 8, 31: Ist Gott für uns, wer mag wider uns sein? — 1 Cor. 4, 2: Man sucht nicht mehr am Haushalter, denn Treue. — 2 Petr. 1, 5 ff.: So wendet allen euren Fleiß daran und —.

Jacob's Aussöhnung mit Esau. Vollziehung des Gelübdes.

1 Mos. C. 32 ff.

Die Hauptmomente der Geschichte, die etwas zerstreut liegen, geben wir hier. In Frieden waren Jacob und Laban von einander geschieden. Aber ein schwerer Gang war noch für Jacob zu thun. Da begegneten ihm auf seinem Wege die Heere Gottes, die Engel. Zu seinem Troste läßt Gott ihn hier einen Blick in die unsichtbare Welt thun. Sie heißen hier die Heere Gottes, und der Ausdruck bezeichnet ihre Menge, Ordnung, Schönheit und Willigkeit im Gehorsam gegen den obersten Gebieter, Gott, der deshalb in der heiligen Schrift den Namen Jehovah Zebaoth (Herr der Heerschaaren) führt. Der Ort wurde Mahanaim, d. h. doppeltes Heerlager, genannt. Das eine Heer ist nemlich Jacob's, V. 8 und 10. Es ist Jacob nemlich ein Trost, daß sich Gottes Heer seinem schwachen Heer zugesellt. Eine ähnliche Geschichte finden wir 2 Kön. 6, und wir nehmen für uns das Wort heraus, 2 Kön. 6, 16: Fürchte dich nicht; denn derer ist mehr, die bei uns sind, denn derer, die bei ihnen sind. Das wollte Gott auch ihm mit der Erscheinung des Engelheeres sagen. Aber ihm scheint das nicht recht deutlich geworden zu sein, denn gleich ist seine Furcht wieder da, wozu indeß seine Natur sehr geneigt war. Da thut er das herrliche Gebet, V. 9—12, von welchem Luther sagt, daß es alle Eigenschaften hat, die zum guten Gebet gehören, und das uns einen tiefen Blick thun läßt in sein reiches Gemüth. Dann sucht er Geschenke aus für Esau, und führt die Seinen über den Jabok. Er selbst bleibt allein, besteht den Kampf und erringt den Sieg, V. 24—32. Dieser Kampf, der nicht eine Vision, sondern Thatsache war, hat eine symbolische Bedeutung. Er zeigt, wie Gott durch kräftiges Gebet überwunden wird. Zugleich erhält Jacob den neuen Namen Israel, d. h. Fürst Gottes (der mit Gott ringet und angewinnet. Luther). Gott lenkt nun das Herz Esau's zur Versöhnlichkeit, C. 33, 1—16, wo wieder das religiöse Gemüth Jacob's hervortritt. V. 5 und V. 11. Sprüchw. 16, 7: Wenn Jemandes Wege dem Herrn wohlgefallen, so machet er auch seine Feinde mit ihm zufrieden. Dann erwählt Jacob die Gegend von Sichem zu seinem Aufenthalte, und, V. 20, richtet daselbst einen Altar zu und (wörtlich) nannte ihn, d. h. sowohl Gott als auch den Altar, den starken Gott Israels. C. 34 überschlagen. C. 35. Gott erinnert ihn an sein Versprechen, und Jacob bauete, V. 7, einen Altar zu Bethel, und vollzieht damit das Gelübde. Danach erfährt er, V. 9—15, die siebente Erscheinung Gottes. Gott segnete ihn, nennt ihn Israel und wiederholt ihm feierlich die alte Verheißung. Jacob richtet daselbst einen Denkstein auf. V. 27—29. Der 180 Jahre alte Isaak stirbt, und Jacob und Esau begraben ihn gemeinschaftlich.

Die Unterredung.

Jacob's Gebet.

1) Veranlassung dazu, 2) das Gebet selbst, 3) Erfolg des Gebets.

1) Unsere Betrachtung wendet sich hauptsächlich um den Hauptpunkt der Geschichte: das Gebet Jacob's. Was war denn die Veranlassung des Gebets? Von Laban war er in Frieden geschieden. Nun waren seine Gedanken auf seinen Bruder Esau gerichtet. Da schickt ihm Gott sein Engelheer entgegen, ihm zu Schutz und Trost. Wie beim Ausgange aus dem Vaterlande, so auch hier wieder beim Eingang in dasselbe. Dort im Traum, hier wirklich. Jacob sendet Boten, die bringen die Nachricht: Esau zieht dir entgegen mit 400 Mann. Da, V. 7, fürchtete sich Jacob sehr, und ihm ward bange. So ist Angst da, und da er sich gegen Esau nicht schützen kann, Noth. Angst und Noth also waren es, die das Gebet veranlaßten, die ihn da hineintrieben. Freilich kann die Noth zu allerlei treiben. Noth hat kein Gebot, da treibt sie zur Sünde weiter hinein; — Noth bricht Eisen, da treibt sie zur äußersten Anstrengung der Kräfte; doch was wollte Jacob gegen 400 Mann? — Noth lehrt beten. Das wählt Jacob; das loben wir. Wählt ihr es auch, wenn die Noth an euch kommt. Rufe mich an in der Noth, spricht Gott.

2) Wir betrachten nun das schöne Gebet selbst, V. 9—12. Was enthält nun dieses Gebet? Ich hatte nichts als diesen Stab, und nun bin ich zwei Heere geworden. Er sieht ein, daß er Alles, was er hat, von Gott hat: Dank. — Ich, dein Knecht, bin nicht werth solcher Barmherzigkeit und Treue. Warum nicht werth? Er hat nicht von Gott zu fordern. Ich bin's nicht werth solcher Treue, weil ich ein Sünder bin, und als solcher Strafe verdient habe: Demuth. — Errette mich von der Hand meines Bruders: Bitte. Du hast gesagt: ich will dir wohlthun, du wirst's erfüllen; hast schon so viel an mir gethan, kannst auch dies thun: Glauben, Vertrauen. So spricht er in dem schönen Gebet seinen Dank, seine Demuth, seine Bitte und sein Vertrauen aus, und so schließt uns

dieses Gebet sein Inneres einmal recht auf. Thue du auch so in Noth. Erst Dank für alles Frühere, dann Demuth im Hinblick auf dich; Glauben im Hinblick auf Gott, und als Aeußerung dieses Glaubens, dieses Vertrauens, die Bitte um Errettung.

3) Des Gerechten Gebet vermag viel, wenn es ernstlich ist. Bei wem? bei Gott. Was Jacob's Gebet bei Gott gewirkt hatte, das wollte ihn Gott lehren durch die Geschichte mit dem Kampf. Erzählt sie Du hast mit Gott und mit Menschen gekämpfet und bist obgelegen. Du hast Gott besiegt. Auch der neue Name bezeichnet dieses: Israel, d. h. ein Fürst Gottes, Besieger Gottes. So ist es, das Gebet überwindet gleichsam Gott; es bewirkt etwas bei Gott, das sonst nicht geschehen wäre. Was heißt das: Gebet, das auf zum Himmel steigt, macht, daß sich Gott zur Erde neigt. Luther sagt: Niemand gläubet, wie stark das Gebet sei, und wie viel es vermag, denn der, der es versucht hat; ich weiß, so oft ich mit Ernst gebeten habe, bin ich reichlich erhört worden. Macht ihr auch den Versuch. Was hatte denn Jacob's Gebet bewirkt bei Gott? und in wiefern hatte er Gott überwunden? Eine Bibelstelle sagt, Sprüche 21: Das Herz des Menschen (des Königs) ist in der Hand des Herrn, wie Wasserbäche, und er neiget es, wohin er will. Gott lenkt das Herz Esau's, der ihm mit 400 Mann feindselig entgegen zieht, daß er aus einem Feind ein Freund Jacob's wird. Beide werden wieder Freunde, sie versöhnen sich, söhnen sich aus. Was zwanzig Jahre nicht hatten austilgen können, das tilgte nun ein Augenblick aus. Das war die Frucht, der Erfolg seines Gebets. Daneben wollen wir uns auch das wirksame Mittel merken, das Jacob erwählt, um seinen bittern Feind zu seinem Freund zu machen. Welches? Das Geschenk. Es ist wahr, was die Schrift sagt, Spr. 21, 14: Ein Geschenk im Schooß stillet den heftigen Grimm. Thue auch so. Ueberwinde das Böse mit Gutem, und laß dich nicht das Böse überwinden (durch Rache). Röm. 12, 21.

So freuen wir uns des schönen Endes. O, wie lieblich ist's, wenn Brüder friedlich bei einander sind. Wie am Leibe alle Glieder eins und immer einig sind. Ueber diesem Friedehaus breitet sich der Segen aus.

Und wenn Einer mit einem Andern in Feindschaft und Haß lebt, und sagt, ich will's noch ein Jahr ansehen, dem rufen wir zu: Lasset die Sonne nicht über euren Zorn untergehen (Eph. 4, 26.). Denn: Hin eilt dieses Leben, hin zu Ende, wo herüber die Cypresse hängt, darum reicht einander doch die Hände, eh' der Tod euch auseinander drängt. (Tiedge.)

Joseph wird verkauft.

1 Mos. 37.

Die heilige Schrift, als Geschichtsbuch betrachtet, zeichnet sich vor allen Büchern in der Welt aus durch ihre unendliche Fülle von Charakteren, die sie aufstellt. Alle Formen der Menschheit, alle Stände und Klassen gehen da an uns vorüber: Kinder und Greise, Jünglinge und Jungfrauen, Weiber und Männer, Knechte und Mägde, Väter und Mütter, Arme und Reiche, Könige und Unterthanen, Heilige und Sünder, Weise und Narren. Es ist vielleicht kein Charakterzug in der menschlichen Natur, der sich da nicht gezeichnet fände. Bei Homer und Shakespeare, sonst den treuesten Malern der menschlichen Natur, stehen diese Charaktere mehr auf einer idealen Höhe, hier sind sie in ihrer wahren, einfachen Gestalt. Dies findet auch hauptsächlich Anwendung auf Joseph's Geschichte. Von wie vielen Seiten zeigt sich doch da das menschliche Herz in den Personen! Und — was das Interessanteste ist — in und über dem Allen die unsichtbare Hand Gottes als leitend, heilig, gerecht, weise und gütig. Daher hat auch die Geschichte Joseph's eine solche Lieblichkeit für Jung und Alt, daß man sie lesen und immer wieder lesen kann. Die Erzählung selbst ist auch so lebendig, daß Nutzanwendungen nur störend dazwischen kommen; die biblische Darstellung selbst redet am besten. Darum geht der Lehrer hier gerne dem Faden der Geschichte nach, hebt hervor, was sie leise andeutet; läßt die Kinder einblicken in den ungeheuern Abgrund der Sünde in dem menschlichen Herzen; zeigt aber auch dann die Erziehungsweise Gottes, wie Gott mit seinen Heiligen und mit den Sündern umgeht: wie er stille schweigt, dann aber auch spricht: Ich will's dir unter die Augen stellen; und Anderes. — Die nachfolgenden Unterredungen sollen nun, so zu sagen, neben der Geschichte herlaufen, und nur das wahre, richtige und erbauliche Verständniß derselben vermitteln, und zugleich auch den Lehrer veranlassen, die handelnden Personen etwas länger vor den flüchtigen Blick der Kinder hinzustellen, um sie näher zu betrachten. — Ich pflege gewöhnlich erst Joseph's Geschichte in zwei, drei Stunden zu erzählen und nehme dann das Einzelne nochmals vor.

Die Unterredung.

Der Abgrund der Sünde und die stillen Wege Gottes.

Der Abgrund der Sünde. Nachdem ich euch Joseph's Geschichte erzählt habe, nehmen wir nochmals die einzelnen Geschichten Joseph's vor, und heute die Verkaufung. Was war noch die Ursache der Verkaufung ꝛc.? Joseph sagt es dem Vater an, wenn die Brüder Böses gethan haben. Das ist keine Angeberei (Klafferei, wie wir es plattdeutsch nennen), sondern es ist innerer, heiliger Abscheu an den Schandthaten der Brüder, die ich euch nicht erzählt habe. Joseph's ganzes Leben, das ihr ja schon kennt, bürgt uns dafür. Wofür? Bringt Beweis. Wie sollt' ich ein so großes Uebel thun —. So ist gleich von vorn herein Joseph ein ganz anderer Mann, als seine Brüder sind; wie? sie in der Sünde, er Abscheu davor; er Zartgefühl, sie wilde Rohheit. Luther sagt: Joseph ist wie ein schöner, heller Stern im Hause Jacob's, und die groben Brüder sind mit ihm gar nicht zu vergleichen. — Jacob schenkt Joseph einen bunten Rock. Warum? Er hatte ihn lieber, als alle seine Kinder. Warum? Im Alter erzeugt. Wir haben aber eben schon gehört, daß Joseph innerlich ganz anders ist, als seine Brüder; wie noch? So war diese Auszeichnung denn auch eine ganz natürliche Folge davon, daß der fromme Vater den frommen Sohn lieber hatte. — Es regt sich nun etwas in den Herzen der Brüder: Neid, sie gönnen ihm die Liebe des Vaters nicht. Sie werden ihm feind, und können kein freundliches Wort mit ihm reden: Haß. So fängt ihre Sünde im Herzen an. — Der Erfolg der Träume zeigt, daß dieselben wirklich von Gott waren. Joseph erzählt sie nicht aus Hochmuth. Luther sagt: Joseph erzählt seine beiden wunderbaren Träume ganz kindlich aus keinem Neid oder böser Lust, sondern aus lauter Einfalt und Unschuld. Der alte Vater, der sonst wohl die Wege Gottes kennt, kann sich die Träume nicht erklären, und da sie Zwiespalt im Hause anrichten, rügte er sie scharf (V. 10: da strafte ihn sein Vater); aber doch behält er sie. — Jacob wohnte zu Hebron und die Brüder weiden zu Sichem, das zwölf deutsche Meilen davon liegt. Dothan liegt noch fast drei Meilen nördlicher. Die Nomaden, auch noch jetzt, haben große Ausdehnungen zu ihren Weideplätzen. Der Vater spricht V. 13: Komm, ich will dich zu deinen Brüdern senden. Und Joseph spricht gleich: Hier bin ich. Das ist ein freudiger Gehorsam gegen seinen Vater, und macht uns Joseph liebenswürdig. Er geht irre und forscht sorgfältig nach seinen Brüdern, so ernst ist es ihm, des Vaters Willen auszuführen. — Kaum sehen ihn die Brüder, so brechen Neid und Haß und Grimm, die bisher in ihren Herzen verborgen waren, in Spott und Hohn hervor: Da kommt der Träumer her. Dabei bleibt es auch nicht, wobei; sondern der ganze Gräuel der Sünde bricht nun in Thaten hervor;

wie? Luther sagt: O daß man diese Gräuel und Sünden mit den rechten Farben malen könnte. Wir wollen es versuchen. Der unschuldige Bruder soll durch Bruderhand gemordet werden; und der Vater soll durch eine Lüge in der Seele gemartert werden durch den grauenvollen Gedanken, ein wildes Thier hat den geliebtesten Sohn zerrissen. Ihre Sünde wird größer, wenn wir sehen, was Gott Alles an ihnen gethan hat. Sie wissen von ihrem Urgroßvater Abraham, der durch Glauben und Gehorsam Gott angenehm war. Ihr Großvater Isaak lebte noch bei ihnen im Zelt, dessen stillen Wandel vor Gott, und dessen Geduld und Sanftmuth sie täglich sahen*). Wie ist bei ihnen so ganz das Gegentheil: Neid, Haß und Feindschaft bis auf den Tod. Dann haben sie auch gewiß oft aus ihres Vaters Munde die Offenbarungen Gottes in seinem Leben gehört, und haben täglich seinen frommen Wandel vor Augen. Das Alles sind Mittel, die ihnen die Gnade Gottes an die Hand giebt, daß sie auch in Frömmigkeit und Gottesfurcht hineinwachsen sollen, wie ihr Bruder Joseph that. Aber sie verhärten sich nur immer mehr zur Bosheit. Haß und Neid und Wuth nimmt so sehr ihre Herzen und Sinne ein, daß sie mit dem Blute ihres unschuldigen Bruders ihre Hände beflecken wollen; und sich nicht scheuen, die grauen Haare ihres alten Vaters mit Herzeleid in die Grube zu bringen. Dazu kommen noch andere Umstände, die mehr als eisige Herzlosigkeit: Sie wollen ihn den Hungertod sterben lassen. Sie werfen ihn in eine Grube (Cisterne, tief, unten weit, oben eng, zum Auffangen des Regenwassers), worin gerade kein Wasser war. Ja, man sollte es für unglaublich halten, sie setzen sich nieder zu essen und zu trinken, und hörten *damals* nicht, was aber nach 22 Jahren noch in ihren Ohren klingt, und gar nicht wieder heraus will, Cap. 42, 21: *Wir sahen die Angst seiner Seele, da er uns flehete, und wir wollten ihn nicht erhören.* Nein, sagen wir, das ist teuflische Grausamkeit, das ist der Gipfelpunkt der Sünde. Sie können *schmausen* und lassen den Bruder *verhungern*! sehen die Angst seiner Seele, und *wollen* ihn nicht erhören! — Ruben wagt nicht, damit hervorzutreten, daß er Joseph erhalten will, woraus wir sehen, daß die Wuth der Brüder auf's Höchste erregt gewesen sein muß. Juda schlägt den Verkauf vor. Die Ismaeliten oder Midianiter sind vom Geschlecht Abraham's, also Joseph's Vettern. Auch von diesen war es große Hartherzigkeit, den Bruder von

*) Als Jacob wegreis'te, hielt sich Isaak zu Versaba auf, er starb aber Cap. 35, 27 zu Hebron. Im 60. Jahre Isaak's ist Jacob geboren, bei dem Tode Isaak's (180 J. alt) ist Jacob also 120 Jahre alt. Als Jacob vor Pharao stand, war er 130 Jahre alt, und Joseph 39 (30, 7 fruchtbare und 2 unfruchtbare Jahre), folglich ist Joseph im 91. Jahre Jacob's geboren. Isaak hat also noch (91—120) 29 Jahre nach Joseph's Geburt gelebt, und ist ein Jahr vor Joseph's Erhöhung gestorben. Als Joseph verkauft wurde, ist Jacob 108 Jahre alt.

den Brüdern zu kaufen, und auf Joseph's Angst und Flehen, woran es nicht gefehlt haben wird, nicht zu achten. Die brachten ihn nach Egypten, heißt es V. 28 ganz einfach. Der Weg von Dothan dahin ging aber südlich an Hebron vorbei. „Da sitzt denn zu Hebron der Vater in gutem Frieden, und harret der baldigen Heimkunft seines geliebten Sohnes, und guter Botschaft von den Brüdern. Unterdeß haben diese im Blutrath gesessen, und Joseph, der Geliebte, ist ihm zwar nahe, aber er kann nicht kommen, und nur ein Blick nach dem Ort, wo seines Vaters Zelte stehen, ist ihm vergönnt, es ist ein Blick des namenlosen Schmerzes.“ Die Brüder gehen nun weiter in der Sünde: Sie belügen den Vater; wie? dann heucheln sie Trauer, und treten auf, ihn zu trösten. Aber was können sie als Trost vorbringen! — Der Schmerz des Alten ist groß: Er zerreißt seine Kleider (Aeußerung des heftigen Schmerzes). Ich werde mit Leide hinunter fahren in die Grube zu meinem Sohne. Welch ein Jammer! welch ein Abgrund der Sünde. Wie gering der Anfang, und wie ungemein groß das Ende. Mit Haß und Neid fängt es im Herzen an. In Hohn und leichtfertigen Reden wird dann die Sünde auf die Zunge gebracht. In dem Verkauf des Bruders wird sie That. Um nun die Schandthat zu verdecken, geht es zur Lüge, womit sie den Vater martern, und zur Heuchelei. O Kinder, ihr seid noch jung, hütet euch! Nehmt keine Sünde gering. Denkt nicht, es hat nicht viel auf sich, einmal zu lügen gegen Eltern und Lehrer; Jemand zu hassen. Hier seht ihr, wie bei Cain: Wer seinen Bruder hasset, der ist ein Todtschläger. Erklärt selbst folgende Sprüche: Reiche der Sünde den Finger, so nimmt sie die ganze Hand. Fliehe vor der Sünde, wie vor einer Schlange. Auf einmal wird man nicht der große Bösewicht, allein den Grund dazu kann man auf einmal legen: verletze nur mit Vorsatz Eine Pflicht, so hast du schon das schreckliche Vermögen. Füttere deine Begierden (wie? du lässest dem Haß Raum und unterdrückst ihn nicht), du nährest hungrige Wölfe (sie wollen immer mehr, kommen immer mit vermehrtem Grimm wieder). — Gott bewahre mich! mag wohl Mancher von euch sagen, so schlimm soll es mit mir nicht werden. So haben wohl Alle gesagt, die jetzt im Zuchthaus sitzen, als sie noch wie ihr auf der Schulbank saßen; und doch —. Was geschrieben ist, das ist uns zur Lehre geschrieben. Darum: Wachet, daß euch keine Sünde beschleicht. Und euch ist noch mehr Gnade gegeben, als den Brüdern Joseph's. Wie? Ihnen Abraham ꝛc.; uns Christus. Capernaums Sünde ist größer als Sodoms, sagte einmal der Herr; wie? Unsere Sünde ist größer als der Brüder Joseph's: wie?

Die stillen Wege Gottes. Zugleich wollen wir auch noch aus unserer Geschichte einen Blick in das Walten Gottes thun. Wir haben eben gesehen, wie grauenvoll boshaft die Brüder an Joseph und an ihrem alten Vater handelten. Was sagt aber Gott dazu in unserer Geschichte? Gar nichts, er schweigt, und läßt es Alles geschehen. Hätte Gott dir sein Regiment gegeben in dem Augenblick, als die Kaufleute den Brüdern das Geld hinzählten, und du hättest handeln sollen, du wärest mit allen Engeln dazwischen gefahren, und hättest gesagt: Halt, daraus wird nichts. Gott aber schweigt über seine Heiligen, das ist seine Weise. Er läßt den unschuldigen David jahrelang in Todesgefahr schweben; er läßt den, der von keiner Sünde wußte, verspotten, verspeien, kreuzigen; er läßt, bald zu Anfang der christlichen Kirche, einen der hauptsächlichsten Apostel von Herodes hingerichtet werden. So noch heute: Ein frommer, christlicher Mann, der so viel Gutes wirkt, stirbt plötzlich; ach, sagt man, was hätte der noch viel Gutes thun können. Laß es dich auch nicht befremden, daß du bei deiner Frömmigkeit viele Noth und Plage hast. Ps. 4, 4: Erkennet, daß der Herr seine Heiligen wunderbar führet. Du fragst wohl leise: Herr, warum? Nimm aus seinem Wort diese Antworten mit: Jes. 55, 8. 9: Meine Gedanken sind nicht eure Gedanken —. Jes. 28, 29: Des Herrn Rath ist wunderbar, und führet es herrlich hinaus. Was ich thue, das weißt du jetzt nicht, du wirst es aber hernach erfahren. Meine Stunde ist noch nicht gekommen. Nun, so leide, glaube, hoffe still, bis sich's herrlich enden will. — Das Haus Jacob's, die Familie Jacob's ist der Anfang einer Gemeine Gottes in Israel, wo Gute und Böse gemischt sind. Da zeigt Gott nun gleich das „Meisterstück seiner Regierung," uns zur Lehre und zum Trost. Wir wollen sehen, wie? Der arg- und wehrlose Knabe fällt in die Hände wüthender, mörderischer Brüder. Man sollte meinen, nun ist es mit ihm aus. Doch nein, Ruben's Rath wird befolgt, und der blutige Tod soll in den Hungertod verwandelt werden. Schon beginnt die Qual Joseph's in der Grube, da müssen grade Kaufleute kommen, und es fährt Juda wie ein Blitz durch's Herz: Kommt, laßt uns ihn verkaufen. So ist doch Joseph vom Tode gerettet durch Gottes unsichtbare Hand. Ja wohl, es gilt noch und steht noch, wie vor Jahrtausenden so heute: Joh. 10: Niemand soll sie aus meiner Hand reißen. Ps. 25, 10: Die Wege des Herrn sind eitel Güte denen, die seinen Bund und Zeugniß halten. Haltet Bund und Zeugniß, Kinder, so werdet ihr, wie Joseph, die Wahrheit dieses Wortes erfahren. Amen.

Joseph in Potiphar's Hause.

1 Mos. 39.

Die Unterredung.

Gottes Segen, Joseph's Treue. Joseph wird nun verkauft an Potiphar, Pharao's Kämmerer und Hofmeister, d. h. Potiphar war Oberster der königlichen Leibwache und Hofbeamter Pharao's. Es tritt hier zuerst V. 1 bis 6 so recht der Segen Gottes hervor. V. 2: Gott ist mit Joseph. V. 3: Er segnet Joseph's Arbeit. V. 5: Auch segnet er Potiphar's Haus um Joseph's willen. Also wegen eines frommen, obgleich geringen Dienstboten segnet er eines vornehmen Mannes Haus. Denn bei ihm ist nicht Ansehen der Person; er siehet das Herz an. Gott ist mit Joseph; sieht also auf den armen, verkauften Jüngling im fremden Lande. Ps. 34, 16: Die Augen des Herrn sehen auf die Gerechten, und seine Ohren hören auf ihr Schreien. — Nehmen sich dieses diejenigen zum Trost, die einmal einsam, und arm und unerkannt und gering in der Fremde sind. Wie Gott mit Joseph war, auf ihn sahe und ihn segnete und sein Werk, so wird er es auch mit dir thun als armes Dienstmädchen, als Handwerksbursche. — Ps. 33, 18: Siehe, des Herrn Auge siehet auf die, so ihn fürchten. Ps. 115, 13: Er segnet, die den Herrn fürchten, beide Groß und Klein. Also Gott segnet nur, wo man ihn fürchtet. So that Joseph. Er ist tüchtig im Hauswesen und ist treu. Sein Herr hat ihm Alles anvertraut, das ganze Hauswesen. Das hätte Manchen verreizt, Etwas zu entwenden, seinen Vortheil zu suchen, seinen Herrn zu hintergehen. Wenn aber Potiphar Joseph immer mehr anvertraut, und endlich V. 6 das ganze Hauswesen unter seine Hand giebt, so hat er wohl gesehen, welch einen treuen Diener er an Joseph hatte. — Was ist's aber, was Joseph so treu erhält? Die Gottesfurcht. Er weiß, Gott sieht auf mich, wenn auch Menschen mich nicht sehen. So ist er ein Diener, wie Col. 3, 22 steht, nicht im Dienst vor Augen, als den Menschen zu gefallen, sondern mit Einfältigkeit des Herzens und mit Gottesfurcht, der Alles, was er thut, von Herzen thut, als dem Herrn, und nicht den Menschen. Damals war das siebente Gebot noch nicht gegeben, aber durch Gottesfurcht, das Leben in Gottes Gegenwart, war es in seinem Herzen geschrieben.

Joseph's Keuschheit. Weil Joseph, V. 6, hübsch ist und schön von Angesicht, so wirft das Weib Potiphar's ihre Augen auf ihn, und will ihn zum Ehebruch und zur Hurerei verführen. Wenn wir ein wenig näher in die Verhältnisse hineingehen, so werden wir finden, daß dies für den Jüngling eine sehr, sehr schwere Versuchung zur Sünde war. Er leitet das ganze Hauswesen; seines Herrn Gunst hat er ganz und gar; nun bietet ihm auch die Herrin ihre Liebe an; und das in einem fremden Lande, wo mancher sich noch weniger an Gottes Gebot kehrt, als daheim; V. 10 steht: Solche Versuchung (zur Hurerei) trieb sie täglich. Da wären Tausende gefallen. Ja, einmal ergreift sie ihn auf die unverschämteste Weise, und will ihn bei sich behalten. Wer zehnmal siegen kann, kann zum elften Male fallen; Joseph bleibt unerschütterlich keusch, er entflieht und läßt das Oberkleid in ihrer Hand. Wahrlich, hier ist eine mannhafte, heldenmüthige, unerschütterliche Keuschheit. — Was ist's wieder, das ihn keusch erhält? Wir sehen es aus seiner Antwort auf ihre unkeuschen Zumuthungen: V. 8: Siehe, mein Herr nimmt sich nichts an vor mir, was im Hause ist; und Alles, was er hat, das hat er unter meine Hände gethan; und hat nichts so Großes in dem Hause, das er vor mir verhohlen habe, ohne dich, indem du sein Weib bist. Wie sollte ich denn nun ein solch großes Uebel thun und wider Gott sündigen? Zweierlei ist es, was ihn keusch erhält: Es wäre schändlicher Undank gegen meinen Herrn, der mir Alles anvertraut hat; ich bin ihm zur Dankbarkeit verpflichtet. Dann steht ihm zweitens der allgegenwärtige Gott vor Augen, der Alles sieht: Gottesfurcht ist die starke Waffe, womit er die starke Versuchung überwindet. Er sieht es als ein großes Uebel (Hebr. als eine große Bosheit) an, wider Gott zu sündigen. Gottesfurcht, das ist die schöne Frucht der Erziehung, die er aus seines Vaters Hause mitgenommen hat: Gottesfurcht erhält ihn keusch. Da sehen wir die innere Herrlichkeit und Größe des zarten Jünglings. Keusch heißt eigentlich rein. Joseph hielt sein Herz rein; und selig sind, die reines Herzens sind, sie werden Gott schauen. — Was zuvor geschrieben ist, das ist uns zur Lehre geschrieben. Nehmet es so, Kinder; wie noch? denn solche Reizungen und Verführungen zur Unkeuschheit, wie hier, wiederholen sich noch täglich. Wer von euch Mädchen zu vornehmen Herrschaften kommt, die euch schmeicheln und euch verführen möchten, denke an Joseph. Was war sein Wort? Wie sollt' ich eine so große Bosheit thun —. Was war seine Waffe, womit er siegte? Gottesfurcht; Gott ist gegenwärtig. Wer von euch Knaben zu schlechten Gefährten kommt, die euch mitziehen wollen in die Oerter und Netze der Sünde und Schande, ich kenne nur Ein Mittel, das euch stark macht, Nein zu sagen; welches? Denkt Alle an den Vers in dem goldnen A. B. C: Kein Geld trägt so viel Zinsen ein, kein Tanz- und Ballschmuck steht so fein, kein Helm und Harnisch deckt so gut, als Keuschheit thut. Ja, wie verächtlich, innerlich schändlich erscheint uns gegen den keuschen Jüngling das unkeusche Weib Potiphar's. Ihre Wollust rief noch viel anderes Böses in ihrem Herzen hervor. List; wie? (die Schande von sich zu wälzen —) Lüge; wie? Rachgier; wie? den Unschuldigen, von dem sie sich beleidigt glaubte, zu verderben. — Das Gefängniß wird nun Joseph's Lohn für seine Keuschheit. Wunderbar, wie Gott führet. Doch, wenn auch: Besser Unrecht leiden, als Unrecht thun. Wenn Gottes Stunde kommt, so wird er Alles wohl machen. Wir aber beten, — denn willst du keusch und rein bleiben, so mußt du Gott zu Hülfe nehmen, sonst bist du schwach und die Sünde und die Macht der Verführung ist stark, — wir aber beten, Ps. 86, 11: Erhalte mein Herz bei dem Einen, daß ich deinen Namen fürchte. Und: Schaffe in mir, Gott, ein reines Herz. Amen.

Joseph im Gefängniß.

1 Mos. 39, 20 ff.

Die Unterredung.

Tüchtigkeit und Treue. Seiner Keuschheit wegen muß Joseph in's Gefängniß wandern. Das Gefängniß ist, C. 40, 3, in des Hofmeisters, d. i. in Potiphar's, Haus, und derselbe ist, V. 4, Oberaufseher des Gefängnisses. Der (Cap. 39, 23) Amtmann über das Gefängniß ist der Kerkermeister. Der ist höchst wahrscheinlich in Potiphar's Hause, und so mit Joseph sehr gut bekannt, und kennt dessen Tüchtigkeit. Er ist nun auch gegen Joseph freundlich und vertraut ihm Alles an. Joseph ist auch hier so tüchtig und treu, daß Alles durch seine Hand geht, V. 22, und der Kerkermeister sich keines Dinges annimmt, V. 23. V. 21 steht aber: der Herr war mit ihm, neigte seine Huld zu ihm, und ließ ihn Gnade finden vor dem Amtmann über das Gefängniß. Gott ist es also, der dem unschuldig Gefangenen die Gunst des Kerkermeisters zuwendet. Er kann die Herzen der Menschen wie Wasserbäche lenken, und neiget sie, wohin er will, Spr. 21, 1. So lehrt uns die heilige Schrift Alles, was dem Frommen von Menschen widerfährt, Gunst und Ungunst, auf Gott zurückführen. Nehmt die Lehre aus ihr mit. Welche noch? Dann heißt es auch V. 23: Was Joseph that, dazu gab der Herr Glück. Also Joseph's Tüchtigkeit und Treue ist freilich sein Werk; aber im letzten Grunde doch Gottes Werk, der Alles segnet. Deshalb muß Gott immer gebeten werden vor der Arbeit; und muß immer gelobt werden nach derselben. Unsere Geschichte ist ein

Beleg zu dem Spruch Ps. 68, 20: Gelobet sei der Herr täglich; Gott legt uns eine Last auf, aber er hilft uns auch. Sie lehrt Treue in jedem Stande; und daß wir bei Glück und Tüchtigkeit Ihm die Ehre geben, der den Segen giebt.

Mitleid und Freundlichkeit. Zwei vornehme Hofbeamte kommen in das Gefängniß in Potiphar's Hause, und Joseph wird ihr Aufseher und Aufwärter. V. 6: Eines Morgens, als Joseph zu ihnen herein kam, sahe er, daß sie so traurig waren, und fragte sie: Warum seid ihr so traurig? Er sieht also in ihrem Angesicht ihnen ihren Kummer an, und fühlt gleich Mitleiden mit ihnen, und aus seinem mitleidigen Herzen kommt die Frage: Warum seid ihr so traurig? das ist Freundlichkeit, Menschenliebe gegen seine Leidensgenossen. Wo die nicht ist, da geht man kalt und gefühllos an dem Kummer Anderer vorbei. Wir haben hier wieder ein schönes Zeugniß für Joseph's herrliches Gemüth: Sein Wandel vor Gott ist fromm, und sein Wandel im Umgang mit Menschen ist edel. Man sieht es ihm hier auch an, daß er in der Schule Gottes, ich meine in der Leidensschule, etwas gelernt hat. Was noch? Auch noch ein Anderes.

Demuth. V. 8: Träume auslegen gehört Gott zu. Die Beiden sagen: Wir haben Niemand, der es uns ausleget. Sie also sehen auf Menschen. Joseph's frommes Herz bezieht Alles, und auch dies auf Gott. Doch erzählet mir's, folgt gleich darauf. Als wollte er sagen: Wenn ich euch die Träume deuten kann, so giebt Gott mir die Weisheit dazu. Das ist Demuth, die nicht große Dinge, die sie thut, zur Schau trägt. Joseph will nicht, daß man in dieser großen Sache auf ihn sehen, und ihn ehren soll; sondern er zeigt von sich weg auf Gott hin, von dem alle guten Gaben kommen. — Aber gedenke meiner, wenn es dir wohl geht. Obgleich Joseph weiß, daß Gott Alles thut und giebt, und auch ihn in's Gefängniß geführt hat, so nimmt er doch alle rechtlichen Mittel zu Hülfe, heraus zu kommen. Er legt ehrlich, wahr und offen seine Sache hin; was sagt er noch? und bittet um Fürbitte bei Pharao. V. 23: Aber der oberste Schenke gedachte nicht an Joseph, sondern vergaß seiner. Das war schlecht und undankbar gehandelt. Gott aber ließ es auch hier so gehen. Damit man nachher nicht sagen sollte: Durch die Fürbitte des Oberschenken ist Joseph gerettet. Nein: damit Gott allein nachher die Ehre hätte. Wie Joseph es auch erkannt hat und weiß: Gott hat mich hergeführt; Gott hat es gut gemacht.

Was ist es denn Liebenswürdiges an Joseph, was wir aus unserer Geschichte von ihm lernen wollen? Was ist über das Walten Gottes darin gesagt?

Joseph's Erhöhung.

1 Mos. 41.

Die Unterredung.

Die Traumauslegung. Pharao hat zwei Träume. Alle Wahrsager und Weisen in Egypten können sie nicht deuten. Da spricht der Oberschenk V. 9: Ich gedenke heute an meine Sünde. Er meint wohl das Vergehen, warum er in's Gefängniß gekommen war, und auch wohl seine Undankbarkeit gegen Joseph. — Sobald Pharao Joseph sieht, sagt er V. 15: Ich habe gehört von dir sagen, wenn du einen Traum hörest, so kannst du ihn deuten. Joseph's erstes Wort an Pharao ist V. 16: Das stehet bei mir nicht, Gott wird durch Pharao Gutes weissagen*). Das ist Demuth, wo er nicht sich, sondern Gott die Ehre giebt, wie früher: Träume auslegen gehöret Gott zu. So lenkt Joseph gleich die Gedanken des Königs von sich ab, und auf Gott hin. So auch V. 25: Gott verkündigt Pharao, was er vorhat. V. 28 nochmals: Gott zeiget Pharao, was er vorhat. V. 32: Gott wird Solches gewiß und eilend thun. Also Gott giebt ihm die Weisheit zu deuten; Gott zeiget, was er vorhat; Gott thut es gewiß. — Die Deutung selbst ist nun höchst einfach, sicher und fest. Diese Demuth, diese Einfachheit, diese Sicherheit der Deutung, überhaupt die ganze Erscheinung Joseph's bringt Pharao zu dem Glauben, daß der Geist Gottes in Joseph ist, V. 38. Nachdem Joseph die beiden Träume gedeutet hat, giebt er dem König einen Rath, V. 33 u. f. Nun sehe Pharao sich um nach einem verständigen und weisen Mann —. Dies hat Joseph gewiß nicht gesagt, um für sich dieses Amt zu haben, sein ganzer Charakter ist Bürge dafür. Er weiß sich sicher, und von Gott berufen, den Traum auszulegen, so fühlt er sich auch gedrungen, eben so sicher zum Wohl des Landes einen Rath zu geben.

Die Erhöhung. 17 Jahre war Joseph alt, als er verkauft wurde, und 30 Jahre, als er vor Pharao stand, er ist also 13 Jahre in Elend gewesen. Ich kann wohl sagen in Elend; denn V. 14 steht: Sie ließen ihn eilend aus dem Loche. Der Mundschenk vergaß Joseph; aber Gott vergaß ihn nicht, wie unsere Geschichte zeigt. Ueberall blickte Joseph auf Gott, wie wir gesehen haben; wie bei Potiphar's Weib? wie im Gefängniß? wie vor Pharao? So hat

*) Hebr. sehr hübsch: Gott möge antworten den Frieden Pharao's, d. i. zu seinem Heil.

er auch gewiß Hülfe und Errettung von oben, von Gott erwartet; hat geduldig gewartet, bis Gottes Stunde der Erlösung schlagen würde. Und — 13 Jahre wartete er so still. Das ist wieder etwas Großes und Herrliches an Joseph; was? Klagl. 3, 26: Es ist ein köstliches Ding, geduldig sein und auf die Güte des Herrn hoffen. Wie heißt hier der erste Satz? warum köstlich? Worauf gründet sich nach dem zweiten Satz die Geduld? die Liebe Gottes konnte aber Joseph in den 13 Jahren nicht mit Augen sehen, nicht mit Händen greifen, sie mußte von ihm geglaubt werden, d. h. sie mußte ihm doch innerlich gewiß sein, obgleich er äußerlich das Gegentheil sahe. Daher heißt es Jac. 1, 3: Wisset, daß euer Glaube, so er rechtschaffen ist, Geduld wirket. — Ach, wie sind wir doch oft so weit von Joseph's stiller Geduld entfernt. Sobald eben eine Trübsal in's Haus kommt, so wollen wir auch gleich davon befreit werden; in Ungeduld zählen wir die Wochen. Und wenn die Trübsal gar ein Jahr, oder zwei dauert, so ist ganz unsere Geduld hin. Nein, blicke auf Joseph, der 13 Jahre gelitten hat; was lernst du von ihm? Meine Stund' ist noch nicht kommen! Herz, das soll die Antwort sein, wenn du ängstlich und beklommen fragst nach Rettung aus der Pein; halte nur ein wenig an, wohl geharrt ist wohl gethan. Fragst du, Herz: Wann kommt die Stunde? Dann, wenn dir's am besten frommt, trau dem Wort aus seinem Munde, bis einst seine Stunde kommt; leide, glaube, hoffe still, bis sich's herrlich enden will. (Spitta.) Oder mit Bezug auf unsere Geschichte: Endlich wird aus Wasser Wein; endlich kommt die rechte Stunde; endlich fällt der Kerker ein; endlich heilt die tiefe Wunde, endlich macht die Sclaverei den gefangenen Joseph frei. Darum hoffe, Herz; Er führet Alles herrlich hinaus. Ein frommer Mann hat gesagt, nehmt es mit —: Willst du wissen, ob du Gott liebst, so merke, ob du auch alles Kreuz und Leiden, Trübsal und Elend, mit Geduld von Gott annimmst ohne alle Ungeduld in Worten, Werken und Geberden. Thust du das, so ist kein Zweifel, du liebest Gott; ist es anders, so liebest du Gott nicht rein, sondern liebest mehr das Deine, als Gott. — Zugleich ist aber all das Elend eine herrliche Schule für Joseph geworden. Gott hatte Joseph in seine Leidensschule genommen; was meine ich? Gott hatte Joseph ausersehen, in großen Dingen treu zu sein; da mußte er erst lernen im Kleinen treu zu sein. Wo hatte er Gelegenheit dazu? bei Potiphar, wie? im Gefängniß, wie? Willst du herrschen, diene; sagt ein Spruch. Im Dienst, im Gefängniß lernte er Menschenliebe. Je mehr Menschen ihm Unrecht thaten, die Brüder, Potiphar's Weib, desto mehr sollte er lernen auf Gott hinzublicken. Das Alles war Gottes Absicht, als er Joseph in seine Leidensschule nahm, und — Joseph hat es gelernt; was gelernt? Gottesfurcht, Treue, Leutseligkeit, Demuth. So ist wahr Hebr. 12, 11: Alle Züchtigung aber, wenn sie da ist, dünket sie nicht Freude, sondern Traurigkeit zu sein, aber darnach wird sie geben eine friedsame Frucht der Gerechtigkeit denen, die dadurch geübt sind.

Joseph im Glück. Wozu Joseph gerathen hatte, das führt er jetzt auch aus, er läßt den fünften Theil von allem Korn, das in den sieben reichen Jahren wächst, als Abgabe an den König einsammeln (so ist die Sache zu nehmen, und nicht, wie manche Ausleger wollen, als Aufkauf). Durch dies Eingreifen aus königlicher Macht und durch diese Vorsicht wurde das ganze Land vor dem Untergange bewahrt. — Noch vor den theuern Jahren werden ihm zwei Söhne geboren: Manasse, d. h. der vergißt. Denn, sprach Joseph, Gott hat mich vergessen lassen all mein Unglück und meines Vaters Haus, V. 51. Den zweiten Sohn nennt er Ephraim, d. h. fruchtbar: Gott hat mich wachsen lassen im Lande meines Elends. Warum aber hat Joseph seinem alten Vater keine Nachricht gegeben? Joseph sagt: Gott hat mich vergessen lassen alles mein Elend und meines Vaters Haus. Hier sehen wir wieder den Blick auf Gott gewendet. Gott hatte alles sehnsüchtige Andenken an seines Vaters Haus von seinem Herzen weggenommen (das sagen die Worte). Dabei ließ Joseph es gut sein. Es wurde Joseph immer augenscheinlicher, daß Gott ihn nach Egypten geführt und daß Gott ihn erhöhet habe. Es mußte ihm immer deutlicher werden, daß Gott noch mehr und Größeres mit ihm vorhabe. Ohne seinen Willen war die ganze Sache angefangen, so wollte er nun auch ruhig abwarten, wie Gott die Sache hinausführen werde. Auch mochte er wohl ahnen, daß die Theuerung die Brüder nach Egypten treiben würde, und so die Sache sich herrlicher lösen könnte, als wenn er jetzt Botschaft nach Hebron sandte.

Ps. 37, 5: Befiehl dem Herrn deine Wege und hoffe auf ihn, er wird es wohl machen.

Die erste Reise der Brüder Joseph's.

1 Mos. 42.

Die Unterredung.

Joseph. Es fällt uns hier besonders auf die Härte Joseph's gegen seine Brüder. V. 7: Er stellete sich fremd gegen sie; redete hart mit ihnen; hielt sie für Kundschafter, V. 9; läßt sie drei Tage lang verwahren im Kerker, V. 17; spricht von Sterben, V. 20. Warum thut Joseph das? Daß dies keine gemeine Rache ist, sehen wir hier bald. Joseph hatte das letzte Mal vor 20 Jahren seine Brüder in ihrer größten Bosheit gesehen, wo? Jetzt lagen sie vor ihm auf den Knieen, und die Träume waren erfüllt. Wie stand es aber um ihr Herz? waren sie innerlich noch so schlecht wie damals? oder hatten sie ihre große Sünde erkannt und ihren Sinn gebessert? Er hätte sich ihnen gleich zu erkennen gegeben, wenn er seinem Herzen hätte folgen wollen. Aber Joseph ist nicht bloß gutmüthig, sondern auch weise. Durch diese scheinbare Härte wollte er sie zum Bewußtsein ihrer Schuld und zur Buße führen, und wenn ihm das gelingen sollte, so waren sie, er und die Brüder, wahrhaft innerlich wieder geeinigt. Diese Härte nun soll eine Prüfung für sie sein. Ihr seid Kundschafter. Da müssen sie damit heraus, woher, und was für Leute sie sind, müssen über ihre Familienverhältnisse Auskunft geben. Drei Tage werden sie eingekerkert, und Einer soll nur weg. Doch mildert er bald diesen Ausspruch, nachdem er vorher, V. 18, die Worte gesprochen: Ich fürchte Gott. Also aus Gottesfurcht ist er milder und läßt nach, daß Alle hinziehen dürfen, und daß nur Simeon, der wahrscheinlich bei dem Anschlag gegen Joseph der Anstifter gewesen ist, da bleibt. Als er ihre gebrochenen Herzen sieht, wie? Das haben wir an Joseph verschuldet; da sehen wir ganz wieder in sein brüderliches, vergebendes Herz: Er ging von ihnen hinaus und weinte. Seine Güte und Milde sehen wir auch, da er befiehlt, ihnen ihr Geld wieder zu geben, und noch Zehrung mit auf den Weg. „Es widerstrebt seiner edeln Natur, mit seinem Vater und seinen Brüdern zu handeln um Brod" (Baumgarten).

Die Brüder. Die Verkaufung Joseph's war, wie wir gesehen haben, ohne Reue und Scheu geschehen. Die Strafe des bösen Gewissens folgte ihnen aber auch auf dem Fuße. Sie wollten ihren Vater trösten, aber sie konnten seine Thränen nicht trocknen. Wie mußte ihnen doch zu Muthe sein, wenn nur der Name Joseph ausgesprochen wurde! Wie, als sie, V. 13, zu Joseph sagten: Der Eine ist nicht mehr vorhanden! In dem Lande, wohin sie einst vor 20 Jahren ihren Bruder verkauft hatten, da saßen sie nun drei Tage lang im Gefängniß. Ihr beraubet mich aller meiner Kinder, sagte der alte Jacob, als sie zurückkamen, V. 36, Joseph ist nicht mehr 2c.; daß sie bei all diesen Gelegenheiten gewiß mit Angst und Schrecken an ihre Sünde dachten, davon zeugt ihre angstvolle Rede unter einander, V. 21, das haben wir an unserm Bruder verschuldet, da wir sahen die Angst seiner Seele, da er uns flehete, und wir wollten ihn nicht erhören, darum kommt nun diese Trübsal über uns. Wir sehen, das Andenken an die böse, böse That hat sich in ihrem Gewissen festgesetzt, und 20 Jahre hatten das Andenken darin nicht vertilgen können, sondern es wachte bei jeder Gelegenheit von Neuem und furchtbarer und schreckender wieder auf. Geh, frevle in der tiefsten Höhle, verbirg dich in's Gewand der Nacht, stets steht die Schuld vor deiner Seele, denn Gottes Auge hat gewacht. O, Kinder, es ist mit der Sünde nicht zu scherzen. Warum nicht? Ja, dies böse Gewissen, das immer in dir ruft: das hast du gethan; das ist das Schrecklichste auf Erden. — Aber die Brüder sind hier ja unschuldig? sie sind keine Kundschafter? so können sie ja Gott ihre Sache befehlen und ruhig sein? Sie sind aber nicht ruhig. Das haben wir an Joseph verschuldet, d. h. daß es uns hier so geht, einerlei ob schuldig oder unschuldig, daran ist unsere Sünde an Joseph Schuld; da wir nicht hören wollten, als er uns flehete. Als wollten sie sagen: Gott wird uns jetzt auch nicht hören, wenn wir auch flehen. Darum kommt nun diese Trübsal über uns. Warum? So muß der Sünder alles Unglück, was ihn trifft, als Strafe Gottes ansehen. Hier und in dem Geständniß vieler Verbrecher finden wir die Wahrheit des Worts der heiligen Schrift, Hiob 15, 20 f.: Der Gottlose bebet sein Leben lang; was er höret, das schrecket ihn, und wenn es gleich Friede ist, so fürchtet er sich, der Verderber komme; Angst und Noth schrecken ihn, und schlagen ihn nieder; denn er hat seine Hand wider Gott gestreckt, und wider den Mächtigen sich gesträubt. O, nochmals, Kinder, spielet nicht mit der Sünde. Du spielst aber damit, wenn du sie ungescheut thust, dich an die zehn Gebote Gottes nicht kehrst, auf keine Ermahnungen und Warnungen hörst. Es rächt sich einst schrecklich, wie? das höchste Gut auf Erden ist: einen gnädigen Gott im Himmel haben; Frieden mit Gott haben; freudig zu ihm aufblicken können, mit dem Wort: du, mein Vater. Wer aber ein böses Gewissen hat, d. i. Unfrieden mit Gott, nicht freudig zu ihm aufblicken kann ꝛc., der hat das Schrecklichste, den Vorschmack der Hölle, hier schon; und was soll es einst werden! Jes. 48, 22: Die Gottlosen, spricht der Herr, haben keinen Frieden. Röm. 1, 18: Gottes Zorn vom Himmel wird offenbaret über alles gottlose Wesen.

Gott. Gott aber spricht in seinem Wort Hez. 33, 11: So wahr als ich lebe, ich habe keinen Gefallen am Tode des Gottlosen, sondern daß sich der Gottlose bekehre von seinem Wesen und lebe. Durch das böse Gewissen der Brüder, wodurch Gottes Zorn über ihr gottloses Wesen offenbaret wird, will Gott sie nicht verderben, sondern was will er nach Hez. 33? Das ist die Liebe, Gnade und Barmherzigkeit Gottes, die nicht will, daß Jemand — auch der größte Bösewicht nicht, — verloren gehe, sondern daß sich Jedermann zur Buße kehre und selig werde. Dazu (wozu?) soll den Brüdern all dieses Unglück dienen; dazu schickt Gott es. — Es ist nun freilich der Menschen Sache, ob sie die Strafe, das Unglück dazu (wozu?) annehmen wollen. Die Brüder lassen sich diese Offenbarung des Zornes Gottes durch ihr böses Gewissen zur Buße dienen. Das böse Gewissen lehrt sie in ihr Herz gehen. Wie? das haben wir an Joseph verschuldet. Da ist erst Erkenntniß ihrer

Schuld, und zugleich Bekenntniß derselben. Beides (was?) ist immer der erste Schritt zur Bekehrung. — Nachher kommt noch ein Wort aus ihrem Herzen, woran wir sehen, daß sie sich durch die Güte Gottes auch durch Trübsal haben zur Buße führen lassen, V. 28, als sie das Geld und die Zehrung in ihren Säcken finden: Warum hat uns Gott das gethan?! Sie sehen also das vorliegende Ereigniß (welches?) als eine Fügung und Veranstaltung des lebendigen Gottes an. Die Erkenntniß ihrer Schuld hat sie auch zur Erkenntniß Gottes geführt. So lange sie unbesorgt sündigten, war Scheidung zwischen Gott und ihnen, denn sie sind Sünder, und Gott ist heilig. Jetzt war es anders; wie noch? Die Erkenntniß und die Qual ihrer Schuld, womit sie nirgends hin wissen, führt sie zu Gott. Das ist es auch, was wir heute von den Brüdern Joseph's mitnehmen wollen. Was?

Die zweite Reise der Brüder.

1 Mos. 43.

Die Unterredung.

Der alte Jacob. Es ist rührend zu lesen, wie der alte Jacob an Benjamin hängt: Benjamin wollt ihr auch hinnehmen! es geht Alles über mich; nein, sein Bruder ist todt und er ist allein übrig geblieben, wenn ihm ein Unfall begegnete, so würdet ihr meine grauen Haare mit Herzeleid in die Grube bringen. So ist seine Liebe zu Joseph ganz auf Benjamin übergegangen. Aber die Theurung drückt das Land. Dazu liegt den Brüdern immer das Wort des strengen Herrn in Egypten im Sinn: Ihr sollt mein Angesicht nicht sehen, wenn nicht euer jüngster Bruder mit euch ist. Da stellt Juda die große Noth vor, V. 8, daß wir nicht sterben, Beide, wir und du und unsere Kindlein. Daneben bietet er sich an als Bürgen für Benjamin, V. 9: Ich will Bürge für ihn sein, von meinen Händen sollst du ihn fordern; wenn ich ihn dir nicht wiederbringe und vor deine Augen stelle, so will ich mein Leben lang die Schuld tragen. Die Aufrichtigkeit, Herzlichkeit, Festigkeit dieser Worte machen auf den Alten Eindruck. Als er sieht, daß alles Sträuben vergebens ist, giebt er sich in die Nothwendigkeit, V. 11: Muß es denn so sein, so thut es. Daneben ist aber sein Wort, V. 14, wichtig: Aber der allmächtige Gott gebe euch Barmherzigkeit vor dem Manne; und ich, bin ich kinderlos geworden, so bin ich es*). Wir sehen hier Zweierlei. In den letzten Worten liegt: Ich ergebe mich in Gottes Rath und Willen. Er thut das ohne Jammern, ohne Murren. Und in den ersten Worten übergiebt er die ganze Sache dem allmächtigen Gott. Die Wegnahme Benjamin's aus seinen Augen war die letzte schwere Prüfung, die über den heiligen Patriarchen kam. Es zeigt sich hier, wie herrlich er auch als Israel, d. h. als Gotteskämpfer, diese Prüfung bestand in Duldung, Stille, Ergebung in Gottes Rath und Willen; und in männlicher Fassung. Dabei aber unterläßt er nicht, Alles verständig anzuordnen, V. 11. 12, mit dem Gelde und den Geschenken (Nehmet von des Landes besten Früchten, heißt hebr.: Nehmet von dem Gesange des Landes, d. i. von den in Gesängen gefeierten Früchten). — Luther sagt sehr schön und wahr: Gott spielet mit uns also, wie Joseph mit seinen Brüdern und seinem Vater. Ja; nemlich 1) Joseph will die Brüder und den Vater retten und ihr Heiland sein; so will Gott uns Alle selig machen. 2) Diese Gedanken des Friedens und der Gnade Gottes über uns sind uns oft verborgen. 3) Uns zum wahren Heil zu führen, kommt allerlei Prüfung, denn die göttliche Liebe ist göttliche Weisheit zugleich; und es geht wie bei allen Heiligen: durch Kreuz zur Krone. 4) So thut der treue Gott; thue du nun auch, wie du sollst. Wie soll ich thun? Lerne es hier von dem heiligen Patriarchen: Blicke auf Gott, sei stille und ergieb dich in seinen Willen. Wie Gott will, halt ich still.

Joseph. V. 7 sagt Juda: Der Mann forschte so genau nach uns und unserer Freundschaft. Joseph sahe V. 16 Benjamin, und sahe also, daß die Brüder ihm in allen Dingen die Wahrheit gesagt haben. Das böse Gewissen der Brüder wacht noch ein Mal auf; denn als sie in Joseph's Haus geführt werden, so meinen sie, es geschehe des Geldes wegen. Sie sind früher an ihre große Schuld erinnert, und nun tritt diese Angst des bösen Gewissens immer wieder auf's Neue hervor. Joseph behandelt sie überaus freundlich. Wenn V. 34 steht: sie wurden trunken mit ihm; so ist damit kein eigentlicher Rausch gemeint, sondern die volle Sättigung und die ungetrübte Freude **).

*) So heißen die letztern Worte hebr., die Luther übersetzt hat: Ich aber muß sein wie einer, der seiner Kinder gar beraubet ist. J. F. v. Meyer, Bibelübersetzung. Baumgarten, theolog. Commentar zum A. T.

**) „Welch eine Herzensweide Joseph an dem Anblick seiner am gemeinsamen Tische sitzenden und fröhlichen Brüder gehabt haben wird, ist nicht wohl zu beschreiben.“ Baumgarten.

Cap. 44.

Die letzte Prüfung. Bei dieser Prüfung mit dem Becher in Benjamin's Sack war es darauf abgesehen, Benjamin in Gefahr zu bringen, und ihn von den Brüdern trennen zu wollen, wie der Haushalter V. 10 sagt: Bei wem der Becher gefunden wird, der sei mein Knecht, ihr aber sollt ledig sein, so auch Joseph, V. 17: Er sei mein Knecht, ihr aber ziehet mit Frieden hinauf zu euerm Vater. In dieser in der Weisheit Joseph's angelegten Prüfung sollte es sich entscheiden, wie die Brüder denn gesinnt sind, 1) gegen Benjamin, den auch Joseph bei dem Mahl ausgezeichnet hatte durch die fünffache Portion; und 2) gegen ihren alten Vater, dessen Seele, an Benjamin's Seele hing, wie Juda nachher V. 30 sagt. Wir wollen sehen, wie sie diese Prüfung bestehen.

Die Brüder. Das Erste, was die Brüder thun, nachdem der Becher in Benjamin's Sack gefunden ist, daß sie die Kleider zerreißen, V. 13. Sie zeigen damit Alle ihren tiefen Schmerz über das Unglück, das sie betroffen hat. Wären sie noch dieselben gewesen, die sie vor 22 Jahren waren, als sie Joseph verkauften, so hätten sie sich leicht über diesen Unfall hinweggesetzt; ja sie hätten sich gefreut, daß demjenigen das Mißgeschick begegnet war, der ihnen Allen sichtbar vorgezogen wurde; und aus dem Schmerz des Vaters hätten sie sich auch nicht viel gemacht, waren sie ja doch an dieser ganzen Sache unschuldig. — Weiter, obgleich der Haushalter V. 10 ihnen anbietet: Der Eine sei mein Knecht, ihr aber seid frei; so nehmen sie doch solche Freiheit nicht an, sondern sie ziehen Alle mit zurück in die Stadt. V. 14: Juda geht voran in Joseph's Haus, denn er ist Bürge geworden, und die Andern folgen. Juda war es, der einst vor 22 Jahren gesagt hatte: Kommt, laßt uns ihn verkaufen. Wäre er noch so leichtsinnig gewesen, so hätte er jetzt leicht Gründe genug gefunden, sich vor dem Vater zu rechtfertigen. Welche wohl? Vor Joseph geführt, fallen sie Alle vor ihm nieder; er aber redet sie hart an: Wie habt ihr das thun dürfen? Da antwortet Juda die denkwürdigen Worte V. 16: Was sollen wir sagen meinem Herrn, oder wie sollen wir reden, und was können wir uns rechtfertigen? Gott hat die Missethat deiner Knechte gefunden; siehe da, wir und der, bei dem der Becher gefunden ist, sind meines Herrn Knechte. — Wir sehen aus diesem Allen, daß das ganze Benehmen der Brüder höchst edel ist. 1) Da ist auf keine Weise nirgends ein Groll und Haß gegen Benjamin, der sie doch, wie die Sache aussieht, Alle in's Unglück gestürzt hat. Da ist 2) keine Vertheidigung, keine Rechtfertigung, obgleich sie sich Alle unschuldig wissen. Vielmehr sehen sie 3), und dies ist hier die Hauptsache, die Schuld Benjamin's als eine gemeinsame Schuld an; sie lassen allen Unterschied zwischen den Schuldigen und den Unschuldigen fahren. In welchen Worten Juda's liegt das? — 4) Sie bekennen das (was?)

vor Joseph; schämen sich nicht, diese ihre Erkenntniß vor Joseph auszusprechen. Und endlich 5) bringen sie dies Vierfache mit Gott in Verbindung: Gott hat die Missethat deiner Knechte gefunden. — Das ist eine tiefe, sehr tiefe Erkenntniß der Sünde. Hätten sie obenhin die Sünde erkannt, so wären sie bald fertig gewesen: Benjamin ist ein Dieb, und wir sind unschuldige Leute. So war es aber ja doch? werdet ihr sagen. Nein, sage ich. Ich nannte eben das Benehmen der Brüder eine tiefere Erkenntniß der Sünde. Blicken wir denn da hinein, so sehen wir, was sehr merkwürdig ist, daß die Brüder Recht haben: In der That und Wahrheit ist Benjamin unschuldig, wie? und die 10 Brüder haben alle Schuld zu tragen. Juda sagt, ohne daß er es weiß, das Rechte und Wahre. — O, Kinder, möchten wir doch Alle den Brüdern hier gleichen! Ach, wie leicht sind wir bereit, alle Schuld von uns zu schieben, und auf Andere hin zu wälzen. So schon die Kinder in der Schule. Wie oft muß ich allerlei sogar nichtige Entschuldigungen hören; hier waren wirkliche Entschuldigungen, und doch werden gar keine von den Brüdern vorgebracht; sondern sie ziehen sich gar mit in die Schuld hinein; und dies in Wahrheit, weil sie in ihr Gewissen gehen. Es ist eine große Lehre der heiligen Schrift, die ein natürlicher Mensch, d. h. ein unbekehrter, nie gelten lassen wird, daß sie ein Unglück, das über ein Land, über eine Stadt, über einen Einzelnen kommt, immer als eine gemeinsame Verschuldung Aller kennen und betrachten lehrt; Jeder soll sich als Mitschuldiger finden. Wie die Brüder hier, so haben es andere heilige Männer immer gethan: Esra sagt Cap. 9, 6: Mein Gott, ich schäme mich; unsere Schuld ist über unser Haupt gewachsen. Daniel Cap. 9, 3—5: Ich kehrte mich zu Gott, zu beten und zu flehen, ich bekannte und sprach: Wir haben gesündiget, Unrecht gethan, sind gottlos gewesen und abtrünnig geworden. David hat in der Volkszählung gesündiget, und spricht es auch aus: Ich habe gesündiget, was haben dir diese Schafe gethan; und doch straft Gott das Volk, daß 70,000 Mann starben. Warum? Es sollte erkannt werden, daß das Volk mit Schuld hatte an der Sünde des Königs; — wie das auch 2 Sam. 24, 1 steht. — Lernt das von den Brüdern Joseph's; was? Schon in der Schule: Du hättest sprechen, hättest warnen und ermahnen sollen, und hast stille geschwiegen; hast die Sünde, die Lüge eines Andern durch dein Lachen gut geheißen; wenn auch mehr nicht, so hast du schon mit Schuld. Wie ist es ähnlich, wenn große und grobe Sünden an dem Ort geschehen, wo du als Erwachsener lebst? —

Juda's Rede. Juda lag mit den Brüdern noch auf den Knieen vor Joseph und hatte gesprochen: Wir Alle, und bei dem der Becher gefunden ist, wollen deine Knechte sein. Joseph antwortet darauf V. 17: Das sei ferne von mir, solches zu thun (euch Unschuldige mit dem Schuldigen zu verdammen); der Mann, bei dem der Becher gefunden ist, soll mein Knecht sein; ihr aber ziehet hinauf mit Frieden zu eurem Vater. Da haben denn die Brüder ihren Bescheid, sie können sich nicht über Ungerechtigkeit beklagen, und können nun hinziehen. Wie groß war da doch die Versuchung zu ziehen, und Benjamin seinem Schicksal zu überlassen. Gebt ein paar recht scheinbare Gründe an? Warum hat er sich denn so frevelhaft in's Unglück gestürzt? Wir haben ja unser Mögliches gethan. Wir haben ja auch Weib und Kind zu Hause, wer soll die ernähren? Aber von allem diesen kommt ihnen nichts in den Sinn; sie haben jetzt nur Einen Gedanken, Ein Ziel, das ist: Benjamin nicht zu verlassen, den alten Vater nicht zu betrüben; es mag denn gehen, wie es geht. — Juda hat bereits das Schwerste gethan, er hat es vor Joseph ausgesprochen, daß er und alle seine Brüder schuldig sind. In stummer Verzweiflung liegen die Brüder noch auf ihrem Angesicht, da steht Juda auf und tritt näher zu Joseph, und hält die Rede, die V. 18—34 steht. Er will nicht zurückkehren ohne Benjamin; er will das Sclavenloos, das Benjamin wartet, auf sich nehmen, und will seine Freiheit und das Glück seiner Familie (er hatte drei Kinder, Cap. 46, 12) daran setzen. Die Rede selbst ist eine gewaltige. In der Kühnheit steht er auf, und tritt näher zu Joseph hin. Er vergißt aber nicht, wen er vor sich hat, und bittet erst bescheiden um Erlaubniß, reden zu dürfen. Sagt mir (auswendig) die Rede her. Wenn ihr sie nicht mehr wißt, so lesen wir sie nochmals, und ihr lernt sie auswendig*).

*) Juda wagt es eben so kühn als demüthig, dem strengen Gebieter Egyptens näher zu treten, und aus seinem von Liebe und Leid, von Buße und Schmerz überfließenden Herzen strömt eine Rede hervor, mächtig wie ein aufgehaltener Strom, der den Damm durchbricht, kunstlos und einfältig, aber so eindringlich, so herzgewinnend, so beredt und unwiderstehlich, wie vielleicht kaum sonst eine Rede über Menschenlippen gekommen ist. Mit unnachahmlicher Anschaulichkeit erzählt er den ganzen Zusammenhang der Sache, schildert seines Vaters Liebe, mit der er an dem Jüngling hängt, seine angstvolle Besorgniß, mit der er ihn entlassen habe, und den Jammer, der durch des Geliebten Verlust seine grauen Haare mit Herzeleid in die Grube bringen werde; berichtet dann, wie er selbst Bürge geworden sei für den Knaben, und fleht, ihn selbst an seiner Statt zum Sclaven anzunehmen. J. H. Kurtz, Geschichte des alten Bundes. B. 1. S. 238.

Joseph giebt sich zu erkennen.

1 Mos. 45.

Die Unterredung.

Im vorigen Cap. V. 33 fleht Juda: Laß mich doch hier bleiben! thue es doch! — die ganze Rede Juda's bezeugt es vollständig, daß die Brüder die Prüfung bestanden haben: daß sie sich bekehrt haben. Bei ihnen ist wahrhafte Erkenntniß der Sünde; aufrichtiges, demüthiges Bekenntniß; sie hatten Alles seiner Gnade anheim gegeben; da war aufopfernde Liebe gegen den bevorzugten Bruder; und kindliche Liebe zu dem alten Vater. V. 1: Da, nun es so mit den Brüdern stand, wie noch? Da konnte sich Joseph nicht länger halten. Nicht halten; vorher hatte er sein brüderliches Herz aus Weisheit zurückhalten müssen; hatte sich Zwang anthun müssen. Jetzt ist der Grund dazu hinweggethan; wie noch? Er ließ nun die Egypter hinaus gehen, die da standen, und seiner Befehle harrten wegen der Brüder, die noch flehend vor ihm liegen. Sein erstes Wort ist: Ich bin Joseph; lebet mein Vater noch? Dies letztere Wort spricht die kindliche Liebe aus ihm, und es ist nicht gesagt, als ob er zweifelt an dem, was die Brüder ihm gesagt haben. V 3: Die Brüder erschrecken so sehr, daß sie nicht antworten können. Joseph sieht wohl, warum sie schweigen; warum? Darum spricht er V. 4: Tretet doch her zu mir; ich bin Joseph, euer Bruder. Warum setzt er wohl jetzt: euer Bruder, hinzu? den ihr in Egypten verkauft habt Er verdeckt die schandvolle That nicht; sondern er erkennt sie auch als eine große Sünde, und will sie so angesehen wissen. V. 5: Nun, bekümmert euch nicht, und denket nicht, daß ich darum zürne, daß ihr mich hierher verkauft habt. Eben hat er ihnen nochmals ihre Sünde als Sünde vorgeführt; hier spricht er es aus, daß er dieselbe vergeben hat; wodurch? So ist ihre große Sünde durch seine Gnade weggenommen. Nun erst konnte ihr Gewissen beruhigt werden. Eben so bei uns, wenn Gott uns nicht zürnt, d. h. uns vergiebt. Ps. 32, 1: Wohl dem, dem die Uebertretungen vergeben sind, dem die Sünde bedecket ist; V. 2: Wohl dem Menschen, dem der Herr die Missethat nicht zurechnet. — V. 5: Um eures Lebens willen hat mich Gott vor euch hergesandt. Dasselbe wiederholt er ihnen noch drei Mal mehr. V. 7: Gott hat mich vor euch hergesandt. V. 8: Ihr habt mich nicht hergesandt, sondern Gott. V. 9: Gott hat mich zum Herrn in ganz Egypten gesetzt. Damit legt Joseph Alles, was die Brüder mit ihm gethan haben, in die Hand und in den Rath Gottes. — Nicht ihr, sondern Gott hat mich hergesandt: vor dem großen Wort stehen wir noch einen Augenblick still. Was sagt uns die heilige Schrift und Joseph damit, wenn wir das eben Vorhergegangene dazu nehmen? 1) die Sünde der Menschen ist und bleibt Sünde, sie kann nicht ungeschehen gemacht werden: Ihr habt mich verkauft. 2) Aber Gott hat die Sünde, die ihnen zur Verdammniß ihres Gewissens gereichte, dem alten Vater zum Jammer, und dem Bruder zu viel Elend, — die Sünde hat Gott zur Gnade und zum Heil und zum Segen gelenkt. Wie das? Gott hat mich hergesandt. 1) V. 5: zur Erhaltung eures Lebens, denn es sind noch fünf Jahre der Theurung; 2) V. 8: Gott hat mich Pharao zum Vater, d. h. zum Berather, gesetzt, daß das Land nicht vor Hunger verderbe; 3) zur Bekehrung der Brüder; 4) zur höchsten Freude des alten Jacob; 5) und zum Heil des ganzen Hauses Israel. Die Sünde ist der Brüder That; daß das eben genannte Fünffache aus ihrer Sünde hervorging, was noch? das ist Gottes That. Was will also Joseph damit sagen: Nicht ihr habt mich hierher geführt, sondern Gott hat es gethan?*). — V. 9: Eilet nun, und ziehet zu meinem Vater; sprechet: Säume nicht. Es zeigt sich wieder hierin das kindliche Herz Joseph's, das ihn an das Herz seines Vaters zieht. Eben so V. 10: Ihr sollt in Gosen wohnen, und nahe bei mir sein (Joseph wohnte wohl zu Zoan oder Tanis, der Residenz Pharao's). — Die Brüder aber können es noch gar nicht glauben; da sagt er V. 12: Siehe, eure Augen sehen, daß ich mündlich mit euch rede. V. 14: Er fällt Benjamin um den Hals und Beide weinen. V. 15: Er küßte alle seine Brüder, und weinte über sie. Er weinte über sie; vor Freude, sie so, wie er sie wünschte, gebessert und begnadigt, wieder zu sehen. Welche brüderliche Liebe. — In V. 16—20 zeigt Pharao große Freundlichkeit gegen das Haus Jacob's. Das ist uns ein Beweis, daß Joseph ganz das Vertrauen verdient und sich erworben hat, das Pharao gleich in ihn setzte. V. 16: Es gefiel auch allen Knechten Pharao's wohl. So haben Alle Joseph lieb gewonnen, mit denen er in Verkehr gekommen ist. V. 21—28: Er beschenkt nun alle seine Brüder, weil die Liebe es nicht lassen kann, ein äußeres Zeichen

*) Welcher Reichthum der Liebe Gottes! Welche Tiefe seiner Erbarmungen! Er vergibt nicht allein den Bußfertigen die Sünde, sondern er macht gerade daraus eine That seiner Herrlichkeit und seiner höchsten Liebe.

der Liebe zu geben. Zuletzt entläßt er sie mit dem Worte: Zanket nicht (über mich, wer mehr oder minder Schuld hat; vielleicht mit Beziehung auf Rubens Wort, Cap. 42, 22: Sagte ich es euch nicht ꝛc.) auf dem Wege. — Ps. 133: Siehe, wie fein und lieblich ist es, daß Brüder einträchtig bei einander wohnen; denn daselbst (wo ein solches in Frieden gesegnetes, in Liebe liebliches, einträchtiges Beieinanderwohnen der Brüder ist) daselbst verheißt der Herr Segen und Leben immer und ewiglich.

Die Uebersiedelung des Hauses Israel nach Egypten.

1 Mos. 46.

Die Unterredung.

Gott erscheint Jacob zu Bersaba. Als der alte Jacob hört: Joseph lebet noch, und ist ein Herr im ganzen Egyptenland; will er es nicht glauben, denn sein Herz gedachte gar viel anders. Als er aber die königlichen Wagen sieht, wird sein Geist wieder lebendig, und er spricht: Ich habe genug, daß mein Sohn Joseph noch lebet; ich will hin und ihn sehen, ehe ich sterbe. Er zieht nun von seiner Wohnung nach Bersaba, welche Stadt als die Gränze Canaan's nach Egypten zu angesehen wird. An diesem Ort, der durch den Aufenthalt seiner Väter geheiligt ist, bringt er Gott ein Opfer. Hier hat er auch die letzte Erscheinung Gottes. Gott spricht zu ihm bei der Nacht: Jacob, Jacob! Er antwortet: Hier bin ich. Der Herr redet weiter: Ich bin Gott, der Gott deines Vaters; fürchte dich nicht nach Egypten hinab zu ziehen, denn daselbst will ich dich zum großen Volk machen; ich will mit dir hinab in Egypten ziehen, und will auch dich herauf (nach Canaan) führen; und Joseph soll seine Hände auf deine Augen legen. — Fürchte dich nicht; Jacob möchte zweifelhaft sein, ob er dann auch das Land der Verheißung verlassen sollte. Gott giebt hier seine Zustimmung dazu: Ich will mit dir sein. Absicht

Gottes bei der Uebersiedelung: Ich will dich daselbst zum großen Volk machen. Daselbst; denn Egypten war dazu (wozu?) passender als Canaan. V. 34: Was Viehhirten sind, ist den Egyptern ein Gräuel. In Gosen konnten sie abgesondert und unvermischt wohnen; auch war es sehr fruchtbar, also geeignet, wenn aus der Familie ein Volk werden sollte. Ich will dich auch wieder hierher führen; das geschah in Jacob's Nachkommen. Joseph soll seine Hände auf deine Augen legen: Dein geliebter Joseph soll dir den letzten Liebesdienst erweisen. So ist es also in Gottes Rath beschlossen, und schon lange früher beschlossen, 1 Mos. 15, 13, daß Israel nach Egypten soll. Nach V. 26 ist die Familie Israel's 66 Seelen stark. V. 27 sind 70 angegeben; es sind nemlich Jacob, Joseph und dessen beide Söhne dazugerechnet. Wenn aber Ap. 7, 14 die Zahl 75 Seelen ist, so sind die 5 Söhne von Ephraim und Manasse, 1 Chron. 7, 14, auch noch dazu gezählt.

Cap. 47.

Jacob vor Pharao. V. 7—10. Als die Brüder Joseph's Pharao vorgestellt werden, sagt dieser zu Joseph V. 5: Es ist dein Vater, und sind deine Brüder, das ganze Land steht dir offen, laß sie am besten Ort des Landes wohnen, laß sie im Lande Gosen wohnen. Also aus Rücksicht auf Joseph thut er dies; wieder ein Beweis, wie Joseph ganz die Liebe und das Vertrauen des Königs sich erworben hat. — Als Joseph seinen Vater Jacob vor Pharao bringt, segnet Jacob den König; eben so segnet er ihn, als er von Pharao weggeht, V. 10. Dies Segnen ist nicht bloß ein Dank für die Wohlthat und Liebeserweisung Pharao's. Es ist hier eine Anwünschung von himmlischen Gaben, in deren Besitz sich der heilige Patriarch weiß, und worin er sich allein selig fühlt, wie es sich gleich in dem Gespräch mit Pharao zeigen wird. Der Erzvater zeigt sich hier als Priester Gottes, der von einem König nicht bloß zu nehmen weiß, sondern ihm reichlich, und mehr wieder geben kann. — Auf die Frage Pharao's: Wie alt bist du? erwiedert Jacob: Die Zeit meiner Wallfahrt ist 130 Jahre; wenig und böse ist die Zeit meines Lebens und langet nicht an die Zeit meiner Väter in ihrer Wallfahrt. Jacob nennt hier zuerst sein Leben und das Leben seiner Väter eine Wallfahrt, d. h. eine Pilgrimschaft. Was die heiligen Patriarchen mit diesem Wort sagen wollen, wird uns Hebr. 11, 8 u. f. erklärt. Durch den Glauben ist Abraham ein Fremdling gewesen in dem verheißenen Lande, als in einem fremden (nicht allein von der Fremde hergekommen, sondern es blieb ihm fremd, er trat nicht in Verkehr mit den Einwohnern), und wohnete in Hütten mit Isaak und Jacob (sie setzten sich da nicht fest durch feste Wohnsitze). Denn er wartete auf eine Stadt, die einen Grund hat (die bleibend ist, und nicht hinfällig wie die Hütte), welcher Stadt Baumeister und Schöpfer Gott ist. Sie sind gestorben im Glauben und haben die Verheißung nicht empfangen (was die Verheißung Gottes ihnen zusagte, nicht erhalten, das verheißene Land nemlich), sondern sie von ferne gesehen (die Verheißung als Erfüllung im Glauben gesehen), und sich derselben getröstet, und wohl genügen lassen (die Verheißung Gottes, die sie im Glauben annahmen, ist ihr Trost gewesen, daran haben sie genug gehabt, weil sie an der Treue Gottes, die sie erfüllen werde, nicht zweifelten), und bekannt, daß sie Gäste und Fremdlinge auf Erden sind. Denn die Solches sagen (wie hier Jacob), die geben zu verstehen, daß sie ein Vaterland suchen. Und zwar, wo sie das gemeint hätten, von welchem sie waren ausgezogen (Chaldäa und Mesopotamien), hatten sie ja Zeit, wieder umzukehren. Nun aber begehrten sie eines bessern, nemlich eines himmlischen. Darum schämet sich Gott ihrer nicht, zu heißen ihr Gott (der Gott Abraham's ꝛc.); denn er hat ihnen eine Stadt zubereitet. — Mancher von uns, wenn er hier an Jacob's Stelle gewesen wäre, hätte sich an Joseph's Herrlichkeit geweidet; hätte sich vor Allem gefreut über die reichliche Versorgung in Egypten, und hätte gewünscht und gehofft, noch lange zu leben, um dies noch recht lange zu genießen. Der heilige Patriarch ist aber gar anderes Sinnes. Als er überzeugt ist, daß Joseph noch lebt, spricht er C. 45, 28: Ich habe genug, daß mein Sohn Joseph noch lebet; ich will hingehen und ihn sehen, ehe ich sterbe. Cap. 46, 30 zu Joseph: Ich will nun gerne sterben, nachdem ich dein Angesicht gesehen habe, daß du noch lebest. Hier auch vor Pharao: Die Zeit meiner Pilgrimschaft ist 130 Jahre ꝛc. Also mitten unter Ehre, Reichthum, Freude und Genuß ist sein Sinn auf Sterben und die himmlische Heimath gerichtet. Alle Herrlichkeit Egypten's genügt ihm nicht. Er nennt seine Tage wenig; die bald hin sind; als einer, der hier keine bleibende Stätte hat; und böse — im Blick und im Glauben auf die herrlichen, himmlischen Tage. D a s i s t d e r h o h e, h i m m l i s c h e S i n n d e s h e i l i g e n P a t r i a r c h e n, der schon die Kräfte der zukünftigen Welt geschmeckt hat, und dem diese Welt nicht genügt. — Lernen wir doch Alle von diesem heiligen Altvater Jacob. Mancher, wenn ihm wie Jacob eine große Ehre, großer Reichthum, große Freude zustößt — nein, von Gottes Güte ohne Verdienst und Würdigkeit zugesendet wird, — sagt: Nun will ich das Leben erst recht genießen; oder mit dem thörichten Reichen, Luc. 12: Habe nun Ruhe, liebe Seele, iß, trink und habe guten Muth. Was spricht aber Gott? Du Narr, diese Nacht —. Nein: Ich bin ein Pilger in der Zeit und walle nach der Ewigkeit. Was liegt in den Worten? Bei allen Freuden der Welt, die ihr ohne Sünde genießt, und die ich euch gerne gönne, habet Einen Sinn, welchen? daß sie vergehen; daß es unendlich Edleres und Besseres giebt. Ringet darnach; suchet, was droben ist; schaffet, daß ihr selig werdet. Zum

Schluß nehmt zu dem Vorbild unsers heiligen Patriarchen noch mit euch das Wort eines frommen Mannes, und bewegt es in euerm Herzen: Selig sind, die Heimweh haben, denn sie sollen zu Hause kommen*) (Jung Stilling.)

Die letzten Tage Jacob's und Joseph's.

1 Mos. 48—50.

Wir geben hier nur einige Bemerkungen zu den hauptsächlichsten Geschichten der drei letzten Cap. des ersten Buchs Mose.

Jacob will in Canaan begraben werden, C. 47, 27—31. Die Sache ist ihm sehr wichtig: Joseph muß es ihm feierlich schwören; auch gebietet er es allen seinen Kindern nach C. 49, 29: Und er gebot ihnen rc. Er zeigte damit seine Liebe zu dem verheißenen Lande, wofür ihm Egypten auch im Tode noch keinen Ersatz bot. Besonders aber bezeugte er damit seinen Glauben an die Verheißung Gottes: Deinem Samen will ich dieses Land geben.

Ephraim und Manasse werden von Israel gesegnet, C. 48. Jacob nimmt die beiden Söhne Joseph's an Kindesstatt an, V. 5: Sie sollen sein gleich wie Ruben und Simeon. Dadurch geschah es, daß Joseph, als ob er der Erstgeborene wäre, ein doppeltes Erbe bekam 5 Mos. 21, 17. Darauf segnet er sie feierlich. Joseph hatte dabei den ältesten Sohn Manasse zur Rechten des Vaters, und Ephraim zur Linken gestellt. Aber Jacob legt mit gekreuzten Armen segnend, die Rechte auf Ephraim, und die Linke auf Manasse, und läßt sich durch Joseph's Gegenvorstellungen nicht stören. Der Segen lautet, wie Jacob selbst ihn empfangen hatte, auf große Nachkommenschaft: Gott, vor dem meine Väter Abraham und Isaak

*) „Es stünde einem Christen nicht wohl an, wenn er bei einer jeden kleinen Vergnügung, die er vor sich hat, sollte sie auch nur in gutem Essen und Trinken, in Ehrenbezeugungen der Menschen, oder in einer guten, ruhigen Wohnung bestehen, der Bitterkeit des irdischen Lebens und des himmlischen Vaterlandes vergessen, und mit einer sehnlichen Begierde die Verlängerung seines Lebens ohne Aufhören wünschen wollte. Die Patriarchen haben sich nicht gegen das Sterben gesträubt; wie viel weniger soll es ein Christ im N. T. thun. Er soll es durch die Gnade Gottes so weit bringen, daß er gern lebe, obschon das Leben böse ist; und gern sterbe, obschon er noch etwas Gutes auf Erden zu genießen hat. Auch die Sünde, die den Christen immer anklebt; und die Gefahr, an der Seele Schaden zu leiden, macht das Leben böse. Im himmlischen Vaterland wird auch dieses Böse nicht mehr sein.“ M. F. Roos, Christliches Hausbuch. B. 2. S. 495.

gewandelt haben; Gott, der mich mein Leben lang ernähret hat bis auf diesen Tag; der Engel, der mich erlöset hat von allem Uebel, der segne die Knaben, daß sie nach meinem und meiner Väter Namen genannt werden, daß sie wachsen und viel werden auf Erden (Hebr. eine Fülle von Völkern). Dieser Segen ist nicht wünschend, sondern gebend und beilegend. Gott hat diesen Segen des Erzvaters bestätigt und erfüllt: Ephraim war das Haupt der nördlichen Stämme. — V. 21 spricht er nochmals seinen festen Glauben aus: Siehe, ich sterbe, und Gott wird mit euch sein, und euch wiederbringen in das Land eurer Väter.

Abschied Jacob's von seinen Söhnen. Cap. 49. An seinen Sterbebette versammelt Jacob seine zwölf Söhne, und ehe er seine weissagende und segnende Rede anfängt, kündigt er sie feierlich an: Versammelt euch, daß ich euch verkündige, was euch begegnen wird in künftigen Zeiten. Dann wird zuerst Ruben, der Erstgeborene, verworfen wegen seiner Schandthat, die ihm vorgehalten wird; auch Simeon und Levi werden verworfen wegen ihres grimmigen Zorns, 1 Mos. 34, 25. So wie der Patriarch auch im Alter noch das ganze Haus zusammenhält, so rügt er hier auf dem Sterbebette ernst und feierlich die Sünden seiner Söhne; sie haben ihr Erstgeburtsrecht verscherzt. Juda, du bist es, dich werden deine Brüder segnen. Juda heißt: der Gesegnete (s. weiter: die messianischen Weissagungen). Dieser ganze Segen ist auch nicht wünschend, sondern gebend und setzend. Es ist den einzelnen Stämmen auch so von Gott geworden, wie der sterbende Erzvater es hier ausspricht, was wir hier nicht weiter nachweisen wollen. Als er Alles vollendet hatte, that er seine Füße zusammen auf's Bett und verschied. „Es ist keiner unter den Vätern des A. T., den wir so bis an dem letzten Athemzug begleiten können, wie Jacob. Wir sehen hier, daß das alttestamentliche Sterbebett mit Klarheit und Frieden umgeben ist, indem die Schrecken des Todes in die Hoffnung der Ruhe, welche dem Volke Gottes übrig ist, verschlungen werden." Baumgarten, Commentar zum A. T. B. 1. S. 385*).

*) Das fromme, frohe Segnen beim Abscheiden aus dieser Welt, wie ist es etwas so Schönes, Köstliches, Großes, Heiliges! Wie heilig und groß, daß der Glaube das Letzte des menschlichen Lebens auf Erden, zu dem Besten des menschlichen Lebens, die letzten Stunden zu den besten Stunden machen kann! Kennest du etwas Anderes in dieser Welt, das das auch vermag? Nichts in dieser Welt vermag es; auch das nicht, was sonst das Beste ist, auch die süße, heilige Liebe vermag es nicht ohne den Glauben. O, es ist eine himmlische Erscheinung, wenn in den letzten Stunden eines Menschen der Glaube seine Gotteskraft an ihm beweiset! wenn da die Alles besiegende Geduld, die heilige Stille des Gemüths, die heilige Ruhe der Seele, der nie versiegende Trost des ewigen Lebens, der erquickende Genuß der Gnade Gottes, kund thut, daß der Mensch in Wahrheit und Wesen das gehabt habe, was Andere, was Viele nur in der Form, im todten Wesen, im Geschwätz haben. Wenn da die Bande fallen, womit Schwachheit, Krankheit, lange Leiden das innere Wesen hienieden gefesselt und umdunkelt hielten, nun schon einzelne Strahlen der anbrechenden Verklärung des ewigen Lebens und der himmlischen Welt zeugen, was mit

Die Angst der Brüder; Joseph tröstet sie. C. 50, 14—21. V. 15: Die Brüder fürchteten sich, da ihr Vater gestorben war, und sprachen: Joseph möchte uns gram sein, und vergelten alle Bosheit, die wir an ihm gethan haben. Die Ursache dieser Furcht vor Joseph ist wieder das böse Gewissen der Brüder. Denn das böse Gewissen ist das unruhigste Ding auf Erden. Es wacht immer wieder auf, wenn es auch oft den Trost der Sündenvergebung empfangen hat. Der sterbende Vater hat ein Wort der Fürbitte gesagt, das legten sie jetzt Joseph vor. V. 17: Lieber, vergieb deinen Brüdern die Missethat und Sünde, daß sie so übel an dir gethan haben. Darauf bitten sie Joseph: Lieber, vergieb nun die Missethat uns, den Dienern des Gottes deines Vaters. Sie beschönigen ihre That nicht, sondern sie erkennen sie nochmals als eine Missethat und Sünde an: Das ist Beugung, Demüthigung. Dann nennen sie sich auch Diener oder Knechte Gottes, und bezeugen so ihren Glauben an Alles, was der sterbende Vater ihnen in dem Segen C. 49 zugesprochen hat. Vers 18: Und seine Brüder gingen hin, und fielen vor ihm nieder und sprachen: Siehe, wir sind deine Knechte. Sie lassen es also nicht bloß mit ihrer Botschaft bewenden, sondern sie kommen selbst. Ein Zeichen der Aufrichtigkeit und Tiefe ihrer Reue. Sie fallen vor ihm nieder; ein äußeres Zeichen, daß sie es mit ihren Worten aufrichtig meinen. „Das wilde, ungerathene Geschlecht der Söhne Jacob's ist jetzt völlig gebrochen, und erscheint in der verklärten Gestalt der Buße und des Glaubens." Das ist auch die Herrlichkeit und Größe dieser Zwölf, die die Träger Israels, des auserwählten Volks Gottes sind. Auch von ihnen gilt es Röm. 5, 20. Ist die Sünde mächtig gewesen in ihnen, so ist doch die Gnade viel mächtiger geworden. Siehe, wir sind deine Knechte. Da ist völlige Hingebung in die Hand dessen, von dem sie wissen, daß er richten und verdammen kann. Wie die Brüder hier mit Joseph handeln, so will Gott uns. O, handelten wir Alle so mit Gott! O, gäben wir uns Alle so in Aufrichtigkeit, Demuth, Reue, Gottesfurcht in die erbarmenden Hände Gottes, unsers Heilandes! V. 17: Joseph weinete, da sie Solches mit ihm redeten. Ihn ergreift die tiefste Rührung bei dem Anblick dieser Herrlichkeit (welcher?) an seinen Brüdern. „Und in der That, wenn wir Allesammt in die Wüste der Sünde hineingegangen sind, giebt es auf Erden nichts Rührenderes und Ergreifenderes, als die Wiederkehr des verirrten Sünders; denn dies

solchem Menschen jetzt werden wird; ahnen lassen, was seiner jetzt harret, und sein Ende — er mag den Segen aussprechen oder nicht, zum bleibenden Segen machen denen, die um ihn sind. Ist es nicht bei Allen, die im Glauben leben und sterben, also? wie es denn aus mehr als Einer Ursache bei Allen nicht sein kann, so sollen wir um so viel mehr wünschen und streben, daß es bei uns so sein möge, und wir einst, selbst im Genusse des Segens des heiligen Geistes durch Jesum Christum, segnend, und also in Glauben und Liebe, diese Welt verlassen mögen." G. Menken, Erkl. des 11. Cap. des Hebräerbriefes.

ist unter allen irdischen Erscheinungen die vollkommenste und reinste Wahrheit." Joseph antwortet V. 19: Fürchtet euch nicht, denn ich bin unter Gott (die bessere Uebersetzung heißt: Bin ich an Gottes Statt?). Der Sinn ist: Ich habe nicht zu richten und zu rächen, das kommt Gott zu, unter dem ich stehe; meine Sache ist, euch zu vergeben und wohlzuthun. O, wie sehr ist sich hier Joseph in seiner hohen menschlichen Stellung seiner Stellung zu Gott bewußt. Je höher du stehst, je mehr dich demüthige. Wie schwer ist das aber, und wie selten findet es sich! Dann sagt er weiter V. 20: Ihr gedachtet es böse zu machen; aber Gott gedachte es gut zu machen, daß er thäte, wie es jetzt am Tage ist, zu erhalten viel Volks; so fürchtet euch nun nicht, ich will euch versorgen und eure Kinder. Und er tröstete sie und redete freundlich mit ihnen. Joseph bleibt sich immer gleich, er hat immer ein versöhnliches Herz. Dabei sieht er aber, eben wie Gott bei uns (Gott spielet mit uns, gleich wie Joseph mit den Brüdern. Luther), die Sünde nicht gleichgültig an, sondern in ihrem vollen Ernst, und nennt die That mit dem rechten Namen. Alles aber ohne Bitterkeit. Die große Sünde der reuemüthigen Brüder ist durch die wunderbare Barmherzigkeit und Weisheit Gottes überwunden. Wer von uns denket da nicht an sich, und wie er steht zu Gott durch Christum unsern Herrn!

So endet die Geschichte Joseph's herrlich und lieblich, wie wohl keine im A. T. Wir aber nehmen anbetend Abschied davon mit den Worten des Apostels Röm. 11. O welch eine Tiefe des Reichthums, beides der Weisheit und Erkenntniß Gottes. Wie gar unbegreiflich sind seine Gerichte und unerforschlich seine Wege! Wer hat des Herrn Sinn erkannt? Oder wer ist sein Rathgeber gewesen? Ihm sei Ehre in Ewigkeit. Amen.

Unterredung über Joseph's Geschichte.

Die Weltregierung Gottes.

1) Gott regiert Alles a. in der Natur, b. im Menschenleben. 2) Art und Weise der Regierung Gottes, a. wunderbar im Anfang, b. herrlich im Ausgang. 3) Zweck der Regierung Gottes. 4) Benutzung der Führung Gottes zur Heiligung.

1) **Gott regiert Alles.** In Joseph's Geschichte kommen allerlei Personen vor. Welche? Joseph, die Brüder, der Vater Jacob, Potiphar, dessen Frau, der Oberbäcker und der Oberschenke, Pharao.

Mit allen diesen Personen geschah etwas. Joseph wird verkauft, gefangen gesetzt, erhöht; die beiden Kämmerer und Pharao haben die Träume; die Brüder ziehen nach Egypten; Jacob zieht dahin und bleibt dort mit all' den Seinigen.

Nach wessen Willen geschehen alle diese Begebenheiten? Joseph weiß es und sagt es: Ihr habt mich nicht hergeführt, sondern Gott, denn ihr dachtet es böse zu machen, aber Gott gedachte es gut zu machen. Also nach Gottes Willen war es so mit Joseph gekommen. Denn der Wille der Brüder war, ihn in's Unglück zu führen, Gott aber hat es anders gewollt. Das war freilich nicht Gottes Wille, daß sie ihn verkauften, aber er hätte es hindern können. Wie? Joseph durfte nur früher oder später kommen. ein Kameel der Israeliten konnte krank werden rc. Gott hinderte es nicht Er ließ es zu. So kann man von der Verkaufung sagen: Es war nicht Gottes Wille. Wie ist das gemeint? und auch wieder: es war Gottes Wille, d. h. denn er ließ es zu. — Jacob zog mit Allem, was er hatte, nach Egypten. Es war freiwillig von ihm, und er hätte auch in Egypten bleiben können. Doch lag auch das in Gottes Plan, und es war sein Wille, daß es so sein sollte. Denn als Jacob vor der Abreise zu Bersaba opferte, giebt Gott gleichsam seine Zustimmung dazu, C. 46, 3: Fürchte dich nicht, in Egypten zu ziehen, ich will mit dir ziehen. Ja, wenn wir, C. 15, 13, lesen, so sehen wir, daß es schon Jahrhunderte vorher in dem Plan und Willen Gottes lag, daß es so kommen sollte, als es hier in Joseph's Geschichte kommt. — Auch die Deutung der Träume ist Gottes Werk, wie Joseph das selbst zweimal bekennt: Auslegen kommt Gott zu; und zu Pharao: Träume auslegen steht nicht bei mir, Gott verkündigt Pharao, was er vorhat. — Dann auch, daß die fruchtbaren und unfruchtbaren Jahre wirklich kamen, das kann Niemand anders wollen und ausführen als Gott. Also: In Joseph's Geschichte geschah Alles nach Gottes Willen.

Nach wessen Willen geschieht jetzt, was geschieht? In der Natur geschieht täglich etwas. Die Sonne geht auf, geht unter, Mond, Sterne; es kommt Regen, Wärme, Kälte, Schnee, Fruchtbarkeit, Mißwachs Daß dies Alles nicht nach dem Willen der Menschen kommt, ist leicht zu beweisen. Die Sonne weiß ihren Niedergang, von wem? Er läßt die Sonn' aufgehen, Er stellt des Mondes Lauf, Er läßt die Winde wehen, Er thut den Himmel auf. Also: In der Natur geht Alles nach Gottes Willen. — Die Menschen gehören aber auch mit zur Welt, und mit jedem einzelnen Menschen geschieht Vieles: daß du hier geboren bist, von diesen Eltern, ein Christ, stark oder schwächlich und Anderes, das ist nicht dein Wille gewesen, auch keines andern Menschen Wille. Beweis. Es war also Gottes Wille. Sir. 11, 14: Es kommt Alles von Gott, Glück und Unglück, Leben und Tod, Armuth und Reichthum. Also: Auch im Menschenleben geht Alles nach Gottes Willen. Nach wessen Willen etwas geht, der regiert (die Schule nach des Lehrers Willen, er regiert die Schule; Fuhrmann die Pferde rc.); Gott regiert die Welt, d. h. Alles in der Welt (in der Natur, unter Menschen) geht nach seinem Willen. Weltregierer. Weltregierung. Man nennt die Weltregierung Gottes auch die Vorsehung, von vorher-sehen, weil Gott es schon wirklich vorhergesehen hat, wie es kommen soll in der Welt. Was heißt es nun: Die Vorsehung hat mich in diesen Stand gesetzt? Freilich die Vorsehung ist nichts, aber der lebendige Gott ist etwas, darum sagt lieber: Gott hat mich in diesen Stand gesetzt. Ein paar andere Wörter, die auch nichts sind, und die man doch oft hinstellt, als wären es Götter: der Himmel, das Schicksal. Das Schicksal hat mir meinen Vater entrissen; der Himmel sei uns gnädig; das Ungefähr wollte es so. So sagt kein Christ; was wolltet ihr sagen? Nichts geschieht von ungefähr, Alles kömmt von Oben her.

Ein paar Fragen über das Gelernte. 1) Welche Personen kommen in Joseph's Geschichte vor? und was geschieht an ihnen? und was thun sie? 2) Nach wessen Willen geschehen die Begebenheiten mit Joseph; mit der Familie Jacob's? Beweis. 3) Nach wessen Willen geschehen jetzt die Naturbegebenheiten? Beweis. 4) Welche Verschiedenheiten finden sich im äußern Leben mehrerer Menschen? 5) Beweis, daß die Begebenheiten im Menschenleben nach Gottes Willen gehen. 6) Was heißt, Gott regiert die Welt? 7) Was ist über Vorsehung, Schicksal, Himmel, Ungefähr gesagt?

Wie regiert Gott? Joseph war unbestritten unter allen Söhnen Jacob's der beste. Da würden wir sagen: Dem muß es auch gleich anfangs am besten gehen. Gott spricht anders: Er soll verkauft werden, also es soll ihm übel gehen. Wie mußte doch Joseph zu Muthe sein, als die Ismaeliten mit ihm auf dem Wege nach Egypten bei Hebron, wo damals der Vater Jacob wohnte, vorbei zogen, und Joseph wohl seines Vaters Zelte in der Nähe sahe! — Joseph wollte nicht sündigen in Potiphar's Hause; da würden wir ihn gleich beglückt haben, Gott läßt ihn in's Gefängniß kommen. — Im Gefängniß benahm er sich so wohl, daß der Aufseher ihm die Gefangenen zur Aufsicht übergab, und doch kam er nicht heraus. So gingen 13 Jahre im Elende hin. Wenn etwas ganz anders kommt, als wir es denken und vermuthen, so nennen wir das wunderbar, wunderlich. So ist Gottes Regierung uns oft wunderbar. Gott selbst sagt es, Jes. 55, 8, 9: Meine Gedanken sind nicht eure Gedanken, und eure Wege nicht meine Wege. Was heißt das? Beispiele, daß Gott noch wunderbar regiert, d. h. ganz anders, als wir es würden. Die Witterung. Wir würden Regen geben, Gott giebt ihn nicht; so mit Wärme, Fruchtbarkeit, Trockniß. Auch im Menschenleben: Der Vater stirbt, und fünf, sechs kleine Kinder bleiben nach; ein einziges, liebes Kind stirbt den Aeltern ab; ein Frommer muß Jahrelang leiden; ein Bösewicht ist gesund, reich, Alles gelingt ihm. Warum thust du das, o Gott? Meine Gedanken sind nicht ꝛc. Dies Wunderbare in der Führung Gottes findet sich indeß nur zu Anfang der Geschichte Joseph's. Nach den 13 Jahren Elend klärte sich Alles auf: Die Leiden waren a. Mittel zu seiner Erhöhung; b. Mittel zur Rettung des Landes von einer Hungersnoth; c. zur Rettung der Familie Jacob's und d. Ursache der Absonderung von andern Völkern. Daher sagen wir: Der Ausgang war herrlich. So ist Jes. 28, 29 wahr: Des Herrn Rath ist wunderbar, und führet es herrlich hinaus. Joseph bekennet den herrlichen Ausgang: Gott gedachte es gut zu machen. So ist es noch. Tausende haben schon in ihrem Alter, wo ihr ganzes Leben vor ihnen lag, Gott gedankt, daß es nicht kam, wie sie wollten, sondern wie Gott wollte. Und wenn sie's am Ende dieses Lebens nicht wußten, warum so und nicht so, so wissen wir, daß das Ende dieses Lebens noch nicht das Ende unseres Lebens überhaupt ist. Dort werd' ich das im Licht erkennen ꝛc. Gesang 559, V. 7. Auch wissen wir: Gott hat noch niemals was versehn in seinem Regiment, und was er thut und läßt geschehn, das nimmt ein gutes End'. Hört zum Schluß ein paar Erzählungen. — Ich schlief, da erschien mir ein Engel im Traum und sprach: Komm, ich will dir die Wege zeigen, die Gott mit den Menschen geht; und ich begab mich mit ihm auf die Reise. Wir kamen zu einem Wirthe, der uns sehr freundlich aufnahm und uns erzählte, wie er gestern mit seinem Feinde sich ausgesöhnt, und von ihm einen goldenen Becher als Zeichen der Versöhnung zum Geschenk erhalten habe. Beim Abschied nahm der Engel den Becher mit. Ich wollte zürnen, aber der Engel sprach: Schweig, und ehre die Wege, die Gott geht. Darauf sprachen wir bei einem schlechten Manne ein, der uns sehr unfreundlich aufnahm, und uns betrügerisch behandelte. Beim Weggang schenkte der Engel dem bösen Mann den goldenen Becher. Ich wollte zürnen, aber der Engel sprach: Schweig, und verehre die Wege, die Gott geht. Dann kehrten wir in ein Haus ein, dessen Wirth traurig dasaß, denn seine Güter waren verpfändet, und morgen sollte er das Haus räumen, weil er nicht zu bezahlen vermochte. Beim Weggange steckte der Engel ihm sein Haus an. Ich wollte zürnen, aber der Engel sprach: Schweig, und verehre die Wege, die Gott geht. Zuletzt kamen wir zu einem Vater, dessen Herzensfreude ein einziger Sohn war, den er wie sein Leben liebte. Der Engel stellte sich, als ob er den Weg nicht wisse, und der Vater gab uns seinen Liebling, den Sohn, zum Begleiter mit. Als wir über eine schmale Brücke gingen, stieß der Engel den Sohn in's Wasser, und der Sohn ertrank. Da hielt ich mich nicht länger, zürnend sprach ich: Ein Engel bist du? ein Teufel magst du sein, der sich verstellt in einen Engel des Lichts. Aber noch heller umleuchtete ihn himmlische Glorie, und er sprach: Kurzsichtiger, tadle nicht, sondern bete an. Jener Becher war vergiftet, er wurde dem Guten genommen zu seinem Heil, und dem Bösen gegeben zu seinem

Verderben; unter der Asche seines Hauses wird der Betrübte einen Schatz finden, womit er bezahlen kann; der verzogene Sohn würde ein Bösewicht geworden sein, der einst Hand an seinen Vater gelegt hätte, zu Beider Heil mußte er jung sterben. Und siehe, es war bei dem Engel eine Menge himmlischer Wesen, die sangen: Meine Gedanken sind nicht eure Gedanken, und eure Wege sind nicht meine Wege, spricht der Herr, sondern so viel der Himmel höher ist, denn die Erde, so sind auch meine Wege höher, denn eure Wege, und meine Gedanken, denn eure Gedanken. Und als die Engel wieder gen Himmel fuhren, betete ich an und — erwachte. (Nach H. Sachs verändert.)

Eine andere morgenländische Erzählung. Ein frommer Weiser kam vor eine Stadt, deren Thore verschlossen waren; Niemand wollte sie ihm öffnen; hungrig und durstig mußte er unter freiem Himmel übernachten. Er sprach: Was Gott schickt, ist gut, und legte sich nieder. — Neben ihm stand sein Esel, zu seiner Seite eine brennende Laterne um der Unsicherheit willen in derselben Gegend. Aber ein Sturm entstand und löschte das Licht aus, ein Löwe kam und zerriß den Esel. Er erwachte, fand sich allein und sprach: Was Gott schickt, ist gut. Er erwartete ruhig die Morgenröthe. — Als er an's Thor kam, fand er die Thore offen, die Stadt verwüstet, beraubt und geplündert. Eine Schaar Räuber war eingefallen und hatte eben in dieser Nacht die Einwohner gefangen weggeführt oder getödtet. Er war verschont. Sagte ich nicht, sprach er, daß Alles, was Gott schickt, gut ist? nur sehen wir meistens am Morgen erst, warum er uns etwas des Abends versagte. (Herder, zerstreute Blätter 3. Samml.)

3) **Zweck der Weltregierung Gottes.** Was wir eben obenhin betrachteten, da gehen wir jetzt tiefer hinein und fragen: Warum machte Gott es so a. mit Joseph, b. mit den Brüdern, c. mit Jacob, d. mit der ganzen Familie?

Joseph. Er hatte, als er verkauft wurde, keinen menschlichen Freund; nun lernte er sich an Gott halten, bezog Alles auf Gott, erinnerte sich stets an ihn. — Wo? Wider Gott sündigen, Träume deuten kommt Gott zu, Gott wird Pharao Gutes weissagen, ihr habt mich nicht hergeführt, sondern Gott, ich bin unter Gott. Aus solchem Festhalten an Gott (Frömmigkeit) entspringen nun bei ihm viele andere Tugenden: Gottesfurcht. Wo? Demuth. Wo? Treue. Mitleid. Versöhnlichkeit. Woher alle diese Veränderungen? Durch die Führungen Gottes mit ihm. Zweck also: Joseph sollte durch Alles, was mit ihm geschah, besser werden.

Die Brüder. Sie verkaufen ihren Bruder. Gott läßt die böse That geschehen und hindert sie nicht, denn er weiß schon, was er will. Der Schmerz des Vaters ist groß und tief. Immer, wenn von Joseph die Rede ist, werden die Brüder durch ihr Gewissen an ihre Sünde erinnert. Solche Pein des Gewissens wirkt Reue, und den Entschluß, anders zu werden. Und sie werden's. Früher waren sie lügenhaft. Wo? Jetzt sind sie wahrhaftig. Wo? Früher hegten sie Neid und Haß gegen Joseph, jetzt waren sie ohne Haß und Neid gegen Benjamin, auf den die Liebe des Vaters übergegangen war; früher ohne Liebe gegen den Vater, jetzt: wie könnte ich den Jammer sehen, der meinem Vater begegnen würde, sagt Juda; früher falsch, jetzt treu im Wort: von meiner Hand sollst du ihn fordern; auch bringen sie das Geld wieder. Woher alle diese wohlthätigen Veränderungen in ihrem Innern? Durch die Führungen Gottes.

J a c o b. Sein Schmerz ist groß. Ich werde mit Leide hinunterfahren in die Grube zu meinem Sohne. Nachher auch seine Freude: Nun will ich gerne sterben, nachdem ich dein Angesicht gesehen habe, daß du noch lebest. Zu Bersaba, wo Jacob opferte, ehe er wegzog, erschien ihm der Herr und gab seine Einwilligung zu dem Zuge, verspricht auch zugleich, daß der Segen (die Mehrung) schon in Egypten geschehen soll. Dies Alles vermehrt seinen Glauben, er nennt das Leben eine Wallfahrt, also ist das Jenseitige die Heimath, er wartet auf das Heil Gottes, C. 49, 18; und will in Kanaan begraben werden, in dem festen Glauben, daß einst seine Nachkommen das Land besitzen werden; in dem Segen an Juda, C. 49, 9. 10, spricht sich sein Glaube an den Messias aus. Das hatten die Führungen Gottes bei ihm bewirkt.

D i e g a n z e F a m i l i e J a c o b ' s. Aus der Familie Jacob's erwuchs ein Volk, das Gott nachher s e i n Volk nannte. Sollte das geschehen können, so war eine Absonderung nöthig von andern Völkern. Die Bildung zu einem Volke konnte am besten in Egypten geschehen, wo sie abgesondert von den Egyptern lebten; denn was Viehhirten sind, das ist den Egyptern ein Gräuel, C. 46, 34.

So ist es denn nun bewiesen, daß Alles, wie Gott es mit den Personen unserer Geschichte regierte, dahin abzweckte, sie besser zu machen. So ist es noch. Alles, wie Gott es fügt in der Natur (Mißwachs, Fruchtbarkeit ꝛc.) oder im Leben der Völker (Krieg, Frieden) und des Einzelnen (Krankheit, Gesundheit), soll die Völker und den einzelnen Menschen besser machen. Beispiele von Menschen, die durch das gebessert werden, was Gott an ihnen gethan hat, beweisen solches. Einem Reichen war sein Geld genug, Gott ließ ihn arm werden, und — die Noth lehrt beten. Ein Hartherziger kommt in Elend, nun lernt er selbst die Noth des Lebens kennen und wird mitleidig. Ein Stolzer kommt herunter und lernt seine Niedrigkeit fühlen. Ein liebes Kind, das wohl von den Eltern verzogen wäre, wird von Gott hinweggenommen. Der Vater stirbt, 5, 6 Kinder bleiben nach und werden bei andern Leuten besser erzogen, als es bei dem Vater geschehen wäre. Ein langes Krankenlager lehrt die Nichtigkeit des Irdischen und läßt den Blick zum Himmel richten, woran wohl sonst bei gesunden Tagen nicht gedacht wäre. Besonders braucht Gott in seiner Weltregierung die Noth des Lebens, um dadurch besser zu machen. Darum, liebe Kinder, achtet es für eitel Freude, wenn ihr in mancherlei Anfechtungen fallet, und wisset, daß euer Glaube, so er rechtschaffen ist, Geduld wirket. Die Geduld aber soll fest bleiben, auf daß ihr seid vollkommen und ganz, und keinen Mangel habet. Jac. 1, 2.

4) **Benutzung der Führungen Gottes zur Heiligung.** So will denn Gott durch Alles, was er schickt, uns besser machen und bekehren; besonders schickt er dazu Leiden. Auf Seiten Gottes ist jetzt Alles gethan; es kommt nun darauf an, daß der Mensch auch das Seinige thue. Wie das zu machen ist, das können wir von Joseph lernen. Er hätte durch das, was Gott bei ihm that, auch schlechter werden können. Sein Herr übergab ihm Alles, er hätte untreu sein können, er hätte dem Willen der Frau folgen können, hätte sich rächen können, als Gott ihn groß machte. Dann wäre aber Gott nicht Schuld gewesen an seiner Verschlechterung, denn das Gesetz (sei nicht untreu, rachsüchtig) ist gegeben, damit wir das Leben wählen; und die Versuchung, daß wir darin bestehen, denn Gott ist nicht ein Versucher zum Bösen. — Es benutzen aber Viele nicht, was Gott ihnen zuschickt. Beispiele: Ein Träger wird arm, Gottes Absicht ist, er soll arbeiten; er aber geht hin und stiehlt; Gott giebt großen Segen, Absicht? Dank, der Mensch braucht ihn zu schlechten Dingen: einen Stolzen läßt Gott einmal fühlen, wie wenig er ist, Absicht? er soll demüthig werden, er aber wird nur noch wüthender; Andere kränken dich, ohne daß du es verdienst, du sollst vergeben lernen, du aber kränkst und hassest wieder; du wirst krank, damit du doch einmal an das Eine, was Noth thut, denkst, du aber denkst nach wie vor an irdische Dinge; nennet selbst mehr Beispiele, wo die Führungen Gottes nicht benutzt werden zur Besserung. Ihr denn nicht so; thut ihr wie Joseph. Was meine ich? So haben auch alle großen Männer gethan. Abraham. Wie? Nimm auch du die Züchtigungen gerne an und bedenke, Hebr. 12, 11: Alle Züchtigung —. Eine große Frage thut euch bei Allem, was Gott schickt, die: *Warum thut Gott mir das? Was soll ich dadurch für Böses ablegen? Gutes thun?* Vergesset nicht die Frage, ich binde sie euch auf die Seele heute. Welche Frage war es?

Und nun hört zum Schluß eine kleine Erzählung. Einem Elternpaar, das ohne Gott dahinlebte, starb ihr einziges, liebes Kind. Sie fragten den Prediger, warum ihnen Gott das wohl gethan hätte. Der antwortete: Der liebe Gott will aus eurer Familie auch Einen in seinem Himmel haben. Ihr wollt nicht hinein, da nimmt er euch das Kind, und will sehn, ob ihr nun wohl folgt. Höret ein Gleichniß: Ein Hirte hatte in seinem Stall das beste Futter für seine Schafe hingelegt, und machte nun die Thüre weit auf, daß die Schafe kommen und es nehmen sollten. Aber sie kamen nicht, und obgleich er lockte und hinterher trieb, so prallten sie doch stets an der weit geöffneten Thür zurück. Da nahm er das jüngste Lamm und trug es in den Stall; und jetzt folgten die andern gutwillig. Aus Gottes Führung sollt ihr lernen, hinauf zu schauen in jene Fernen.

Hiob.

„Das Buch Hiob ist ein Nachhall der ersten Zeiten und der unschuldigen, in ihrer Armuth reichen Weisheit der Väter und Patriarchen," und wir schließen daher mit demselben die Periode der Patriarchenzeit.

Die besten Ausleger halten Hiob (d. h. der Befeindete) für eine historische Person, dessen Geschichte eine poetische Bearbeitung gefunden hat. Das Land Uz ist das nördliche Arabien, die Gegend, wo die Edomiter wohnten. Die Zeit, wann Hiob lebte, ist zwischen der Zeit der Patriarchen und der Gesetzgebung. Dies erhellet aus dem hohen Alter Hiob's, aus dem Reichthum an Heerden, und aus seinem Gottesdienst, der ganz dem der Patriarchen ähnlich ist. Auch wird nirgends des Aufenthalts Israel's in Egypten und der Gesetzgebung gedacht. Doch muß man Hiob auch etwas nach Abraham setzen, weil in dem Buche selbst die Chaldäer, die von Chesed, Nahor's Sohne, herkommen, 1 Mose 22, 22, damals schon Stämme und Völkerschaften ausmachten. Das Buch ist ursprünglich hebräisch geschrieben. Es will die Frage beantworten: Woher das Leiden der Menschen komme. Zwei Meinungen werden hingestellt; die eine sprechen die drei Freunde Hiob's aus: Wo Leiden ist, da muß auch grobe Sünde sein; die andere spricht Hiob in den dunkelsten Stunden aus: Ich bin rein und doch leide ich, so liegt es an der Welteinrichtung, und das Leben ist ein Räthsel. So „verdunkeln sie sich den Rathschluß Gottes" (C. 38, 2, Hebr.), d. h. nehmen das Leiden nicht kindlich und demüthig für einen Rathschluß Gottes an. Gegen beide unrichtige Ansichten stellt der vierte Freund, Elihu, die wahre auf, und Gott selbst bestätigt sie: Keiner ist rein, Jeder bedarf der Aussöhnung eines Mittlers; die Leiden läutern; aus der Vollkommenheit der Schöpfung, die der Mensch nicht zu fassen vermag, ergiebt sich die Rechtfertigung der göttlichen Gerechtigkeit, die auch in jedem einzelnen Leidensfall der Mensch nicht begreift.

Es ist in den biblischen Historienbüchern oft Anstand genommen worden, die Scene im Himmel mit dem Satan, C. 1 und 2, zu erzählen; wie die aber zu der ganzen Anlage des Buches paßt, und daß sie wichtige praktische Wahrheiten enthält, mag die nachfolgende Unterredung zeigen.

Wenn der Verfasser dieses ein Urtheil abgeben sollte über die Poesie im Hiob, so müßte er offen bekennen, daß er nichts Schöneres kennt, als die Poesie im A. T. und die im Hiob besonders. Schon jede morgenländische Dichtung hat einen eigenthümlichen Reiz für unser Gemüth. Unsere Dichter malen oft nur das Menschenleben und die Natur, und bleiben dabei stehen; dort ist jeder Gedanke concret geschaut, Alles ist belebt, Alles hat Rede an den Menschen und giebt Antwort auf Menschenrede. So ist es z. B. in dem lieblichen indischen Gedicht Sakontala, so ist es in der Bibel: Die Himmel erzählen; der Mensch macht einen Bund mit seinen Augen; die Erde bebet, wenn sie Gott anschaut, u. v. a. St. Dazu kommt, daß die Poesie der Bibel, sie mag nun mit der Natur oder mit dem Leben zu thun haben, auf rein religiösem Grunde steht; Alles ist Symbol und hat Beziehung zu Gott; dagegen in den übrigen morgenländischen Dichtungen Alles sich im Pantheismus verliert, und dadurch auch das Schönste darin nie rein zum Gefühl kommt. Schon Herder bezeichnet als das Eigenthümliche der hebräischen Poesie kindliche Naivetät, Religiosität, Einfalt. Unsere besten Dichter bekennen es unverholen, und man sieht es auch ihren Werken an, wie viel sie der Bibel und ihrer Poesie verdanken: Herder, Klopstock, Schiller, Göthe, Rückert, Knapp. Vor einigen Jahren freuete Verfasser dieses sich, bei Knapp das schöne Bild zu finden: Der Mensch ein fliegendes Blättchen des Lebens; wunderte sich aber nicht wenig, als er nachher im Hiob schon dasselbe fand. Der Parallelismus, wie er der hebräischen Poesie eigen ist, ist auch neuerdings durch Fr. Rückert sehr glücklich in die deutsche Dichtung übertragen, wo er durch den Reim noch lieblicher wird. Wir setzen ein paar Satzglieder zur Probe hierher: Ein großes Haus ist eng, ein kleines Haus ist weit, wenn dort ist ein Gedräng' und hier Zufriedenheit; und erinnern dabei an Spr. 15, 17. Das All' und Eine hat ein Weiser im Allein; das Allgemeine selbst ist ohne All' gemein. In der Unterredung Cain und Abel sind zwei Dichtungen gegeben, die ein und dasselbe Thema behandeln: das Unglück des Gottlosen. Das eine Gedicht ist aus Hiob, C. 15, V. 20—35, und das andere aus neuerer Zeit von einem unserer besten Dichter, Stolberg. Stolberg's Gedicht hat eine leichte, fließende Versification, doch ist nur ein Gedanke, der ausgemalt ist: Nirgends Ruhe, überall Abel's Blut vor mir. In dem alten Gedichte herrscht eine weit größere Mannigfaltigkeit, eine fruchtbarere Phantasie; der Fluch, die Angst, das innere und äußere Unglück wird von allen Seiten erwogen und mit den lieblichsten Bildern des Morgenlandes geschildert, jede Strophe bringt den Gottlosen in eine neue Lage vor uns. — Der Rhythmus, die Cadenz, das melodische Wallen findet sich in der lutherischen Bibelübersetzung in den poetischen

Büchern sehr oft, und ist mit Ursache, daß man Luther's Uebersetzung lieber lies't, als eine neuere, wenn diese auch an einzelnen Stellen richtiger sein sollte. Das macht das reiche, poetische Gemüth Luther's, das unbewußt in die Uebersetzung überging Der Lehrer achte beim Vorlesen auf diese Melodik im Ausdruck, die so ganz der Sache angemessen ist; die Kinder werden, ohne daß er ein Wort darüber sagen darf, ihn desto lieber anhören, und sich auch um so eher ein gutes Lesen aneignen. Ein paar Beispiele mögen das Gesagte beweisen: Wie mag ein Mensch gerechter sein, denn Gott, Hiob 4, 17 ff.; so läge ich doch nun und wäre stille, schliefe und hätte Ruhe, Hiob 3, 13; draußen durfte der Gast nicht bleiben, sondern meine Thür that ich dem Wanderer auf, Hiob 31, 32; ob ich schon wanderte im finstern Thal, Ps. 23; Hiob 39, 7: Es verlachet das Getümmel der Stadt, das Pochen des Treibers höret es nicht. V. 26: Flieget der Habicht durch deinen Verstand und breitet seine Flügel gegen Mittag? Flieget der Adler auf deinen Befehl so hoch, u. v. a. St. m.

Es ist nun sehr traurig, daß die alt-testamentliche Poesie, wie sie sich besonders im Hiob, in den Psalmen und den Propheten findet, so gering geachtet wird, daß man allerlei Gedichtsammlungen, die oft sehr profan sind, in die Schulen bringt und nicht bedenkt, daß man doch das Schönste in Form und Inhalt in der Bibel selbst hat. In zwei Fehler fallen gewöhnlich dabei die Lehrer. Einige lassen darüber weglesen, so daß das Kind gar nicht zur Ahnung kommt, was ächte Poesie ist. Andere wollen die Bilder ablegen, d. h. sie wollen das Concrete abstract machen (z. B. du thust deine Hand auf, d. h. du bist gütig). Das mag in einzelnen Fällen zu gestatten sein, Regel darf es nicht werden; denn, was auch der Verstand dabei gewinnen möchte, das verliert das Herz wieder, und solche Lehrer trifft der Tadel des Dichters: „Ihr löscht das Herz mit dem Verstande aus." (Gardthausen, die Ostsee. 1839.) — Beim Unterricht in der Naturlehre besonders sollte auf die Bilder, unter denen die Bibel die Naturerscheinungen darstellt, aufmerksam gemacht werden. Wir nehmen als Beispiel das Gewitter. Der Donner: des Blitzes Gesell; vor dem Zorn des Donners entsetzt sich das Herz und bebet; der Mensch kann ihn nicht aufhalten; er ist ein Gespräch aus Gottes Munde; eine Stimme des Herrn; ein Schelten Gottes. Der Blitz: Gott deckt ihn, wie mit den Händen, und heißt ihn dann wiederkommen; Gott macht ihm den Weg; er ist ein Speer; ein blinkendes Schwerdt; ein abgeschossener Pfeil; die Blitze werden ausgelassen, fahren hin und sprechen: Hier sind wir. — Das Symbolische, wodurch die Natur an das religiöse Gemüth spricht, kommt hierbei mehr zur Anschauung, wenn man solche Bilder mit ihrem Inhalt einzeln vorführt, und wenn durch den rein wissenschaftlichen Unterricht in der Physik der Verstand sein Recht erhält, so durch die Darlegung dieses Bilderreichthums das Gemüth. Bei solchem Unterricht wird dann der ganze Mensch (Kopf und Herz) befriedigt und die Bildung wahrhaft harmonisch. Eine gute Concordanz wird das Aufsuchen sehr erleichtern. Wir empfehlen bei der Gelegenheit ein altes Buch: J. J. Schmidt, Bibl. Physikus. 1731.

Die Unterredung.

Die Leiden des Frommen.

Hiob's Glück: 7 Söhne, 3 Töchter, 7000 Schafe, 3000 Kameele, 500 Joch Rinder, 500 Eselinnen, viel Gesinde, hohe Ehre. Daneben seine Frömmigkeit; schlecht und recht (d. h. einfach, aufrichtig), gottesfürchtig und meidete das Böse. Er ein Priester, der Versöhnungsopfer brachte, wenn seine Söhne Gott gesegnet, d. h. den Abschied gegeben, verlassen hatten. C. 29 schildert er selbst sein Glück.

Hiob's Leiden. Zuerst wird ihm genommen, was er hat: die Rinder und Eselinnen von den Arabern; das Feuer Gottes, der Blitz, verbrennt die Schafe und verzehret sie; die Chaldäer machen drei Angriffe und nehmen die Kameele; der Wind der Wüste wirft das Haus um, worin Hiob's Söhne und Töchter ein Familienmahl halten, und alle sterben. Dann wird an ihn selbst Hand gelegt. Seine schwere Krankheit, Aussatz von Kopf bis zu Fuß; mit einem Scherben schabte er sich und saß in der Asche vor Trauer. „Und da seine drei Freunde ihre Augen aufhoben von ferne, kannten sie ihn nicht, und hoben auf ihre Stimmen und weinten, und ein Jeglicher zerriß sein Kleid, und sprengten Erde auf ihr Haupt gen Himmel; und saßen mit ihm auf der Erde sieben Tage und sieben Nächte und redeten nichts mit ihm; denn sie sahen, daß der Schmerz sehr groß war." C. 2. — Hiob's Leiden und damit die Leiden der Menschheit werden in dem Buche selbst auf eine rührende Weise geschildert. Wir wollen einige Stellen lesen, und ihr werdet Aehnliches in euern Häusern gewiß schon gesehen und selbst erfahren haben. C. 7, 2 ff. er sehnet sich, daß es aus sei; er rechnet, wenn es Abend wird (zu schlafen, aber es kommt kein Schlaf), und er ist des Herumwälzens im Bette bis zur Morgendämmerung satt (sagt V. 4), sein Fleisch ist kothicht, seine Haut verschrumpft. C. 3, 24: Wenn ich essen soll, muß ich seufzen, und mein Heulen fähret heraus wie Wasser (herausströmt). C. 6, V. 1—10. C. 16, V. 15—22 und C. 30 lesen wir.

Hiob's Verhalten. Wir fragen nun weiter nach Hiob's Verhalten in diesen schweren Leiden. Als ihm das Seinige genommen ist, da fiel er nieder auf die Erde und betete an, C. 1, 20. Dieses Niederknieen, dieses Beten zeigt Hinblick auf Gott, zeigt Ergebung in Gottes Willen. V. 21 sagt er: Gott ist der Geber, Gott ist der Nehmer, dem Geber und auch dem Nehmer sei Lob. Gott zu loben für ein Leiden, das er schickt, wie wenig Menschen thun Hiob dies nach! Ich muß das leiden, es ist nicht zu ändern, sagen die Leute; Hiob sprach: ich will das leiden. Was ist für ein Unterschied: ich muß das leiden; ich kann das leiden; ich will das leiden? Zwang; halb Zwang, halb freiwillig; willig. — Hiob's Frau, C. 2, 9: Hältst du noch fest an deiner Frömmigkeit? verlasse Gott und stirb. Hiob: Du redest, wie die närrischen Weiber reden. Haben wir Gutes empfangen von Gott und sollten das Böse nicht auch annehmen? womit er sagt: Alles nach dem Willen Gottes. Was mein Gott will, gescheh' allein, Freud' oder Leid, sein Will' ist stets der beste. Am guten Tag hab guten Muth, den bösen Tag nimm auch für gut. Warum? Gott schickt ihn ja. — Als aber Hiob's Leiden so groß werden, da kommen ihm auch sündliche Gedanken und Reden. Wir wollen einige Stellen lesen und das Sündliche darin aufsuchen. C. 3, 1. C. 9, 29—35. C. 13, 20—28. Daher trifft auch ihn der Tadel Gottes. C. 38, 2. Wer ist der, der den Rath Gottes verdunkelt? Nach der mächtigen Zurechtweisung Gottes, C. 38 bis C. 41, spricht Hiob schon anders, C. 42, V. 3: ich bekenne, ich bekenne, ich habe unweislich geredet, und besonders V. 6: ich schuldige mich, und thue Buße im Staube und in der Asche. Auf dies aufrichtige Geständniß der Sündhaftigkeit und Buße erhebt der Herr Hiob und nennt ihn gleich darauf dreimal seinen Knecht Hiob, und tadelt die drei Freunde. — Das Gute, was wir nun hier von Hiob lernen wollen, ist: Erkennen unserer Sünde, wenn wir in Leiden murren, Hinblick auf Gott, Ergebung in das, was Gott will, Geduld. Jac. 5, 10. Nehmet zum Exempel die Geduld Hiob's. Dadurch wird Hiob ein Frommer.

Gott. Von wem sind nun die Leiden, die Hiob treffen? Der Herr hat's genommen; Hiob weiß es also: von Gott. Er hat Recht. Das erste Cap. führt uns in den Rath Gottes ein, wo über Hiob gesprochen und beschlossen wird. Hiob heißt deutsch: der Befeindete. Im Rath Gottes hat er einen Feind: Satan, d. h. der Widersacher, Ankläger. So nimmt der es ihm ja? Nein, der Satan sagt selbst zu Gott V. 10: Du hast ihn gesegnet; Du hast ihn verwahret; recke Du deine Hand aus; taste Du ihn an. Gott giebt ihm Erlaubniß: Was er hat, sei in deiner Hand, sagt aber zugleich, wie weit er gehen darf, V. 12: an ihn selbst lege die Hand nicht, und C. 2, 5: taste sein Gebein und Fleisch an, aber schone seines Lebens. Und nur so weit Gott es ihm erlaubt, darf er gehen und geht er. Also: Gott beschließt, läßt die Leiden zu; er der Herr; auch der Satan unter ihm, der nichts thun darf, wenn Gott es ihm nicht erlaubt. Dasselbe ist Lehre der ganzen Bibel.

Warum trifft aber den frommen Hiob solches Leiden? Im Himmel, im Rathe Gottes weiß man es. Gott hebt Hiob's Frömmigkeit besonders hervor. V. 10, Satan: Du hast ihn gesegnet, darum — aber recke deine Hand über ihn aus, so — und C. 2, Gott: Siehst du, er hält noch fest an seiner Frömmigkeit. Satan: Taste sein Gebein und Fleisch an, so wird er dich verlassen. Gott weiß von Hiob, C. 1, 8, es ist seines Gleichen nicht im Lande. An dieser Frömmigkeit zweifelt nun der Teufel. So soll nun ein Versuch mit Hiob angestellt, er soll geprüft werden durch Leiden. Gott weiß schon, daß Hiob's Frömmigkeit siegen wird. Aber auch vor den Engeln (den Kindern Gottes, C. 1, 6), vor dem Satan und vor Menschen (vor Hiob's Freunden) sollte Hiob's Frömmigkeit sich offenbaren, und Hiob selbst wurde noch besser durch das Leiden. Und nach dem Recht Gottes, — der Rechtsspruch heißt: Sei getreu bis in den Tod, so will ich dir die Krone des Lebens geben; — nach diesem Recht Gottes erhielt nun Hiob den Gnadenlohn. Das war der Zweck von Hiob's Leiden. Ein herrlicher Trost, wenn wir auch leiden. Kein Leiden trifft dich von ungefähr, es ist schon Alles über dich im Rathe Gottes beschlossen; es kann dir Niemand schaden ohne seine Zulassung. Das nimm dir daraus mit.

Aber weder Hiob noch seine Freunde wissen von diesem Rath im Himmel. Jeder von ihnen hat über Hiob's Leiden seine eigenen Gedanken. Die drei Freunde: Eliphas, Bildad, Zophar. Eliphas sagt C. 4, 7. — Bildad sagt C. 8, V. 3 bis 6. — Zophar C. 11, V. 13—15. — Also alle drei meinen, Hiob's Unglück sei Folge seines bösen Wandels. — Hiob spricht C. 9, 2. 3. Dann aber sagt er V. 5—21: Gott ist zu groß, ich kann's nicht mit ihm aufnehmen. V. 22 sagt: Gott handelt nach Willkür. V. 32—35 wünscht er einen Schiedsmann zwischen sich und Gott. Also die drei Freunde wollen Gott rechtfertigen, durch welchen Satz noch? sie thun aber Hiob damit Unrecht. — Wie? Hiob will sich rechtfertigen: ich bin rein; kann sich dann aber in Gottes Gerechtigkeit nicht recht finden.

Da tritt der vierte Freund auf, Elihu, C. 33. Er tadelt zuerst, V. 9, daß Hiob gesagt hatte: Ich bin rein, ohne Missethat, unschuldig und habe keine Sünde. Dann spricht er von V. 23 an davon, daß die Sünde einer Versöhnung bedarf, die Gott veranstalten muß (V. 23 ist, statt Engel, Mittler im Hebr. zu lesen); und von V. 27 an, daß die Leiden läutern sollen auch den Frommen. In welchem Vers besonders? Elihu sagt also: Du bist nicht so rein, als du meinst. Welcher Vers? Gott schickt Leiden, um für die Genugthuung des Mittlers (V. 23 Engels) empfänglich zu machen; wer dies denn erkennt, der jubelt, und sieht die Heilsabsicht Gottes ein, V. 27—30.

Als nun so Alle ausgeredet haben, giebt Gott selber die Entscheidung aus einem Gewitter, C. 38—41. Hiob und die

Freunde sollen lernen durch die Fragen, die Gott thut: Unser Wissen und Verstand ist mit Finsterniß umhüllet. Die ganze prächtige Rede soll sagen: Die höchste Weisheit und Liebe zeigt sich in der Natur, du vermagst sie aber nicht zu fassen und zu verstehen: so ordnet auch meine Weisheit und Liebe das Leiden des einzelnen Menschen an, welche Weisheit und Liebe du auch nicht zu verstehen und zu fassen vermagst. Hiob wird getadelt, C. 38, 1. 2, und auch die drei Freunde werden's, C. 42, 7; nicht aber Elihu, gewiß, weil er das Rechte getroffen hatte, und er auch C. 37 das einleitet, was Gott nachher sagt. Elihu's Reden bringen Hiob nur zum Schweigen, aber Gottes Rede bringt ihn, C. 39, 33. 34, zu dem Bekenntniß: Siehe, ich bin zu leichtfertig gewesen, was soll ich dir antworten? Ich will meine Hand auf meinen Mund legen. Ich habe einmal geredet, darum will ich nicht mehr antworten; zum andern Mal will ich es nicht mehr thun! und, C. 42, 2—6, zu Reue und Buße.

Lohn. Was Gott an Hiob so sehr gefällt, haben wir schon früher gesehen: Hinblick auf Gott im Leiden, Ergebung in das, was Gott will, Reue, Buße, Gehorsam, als Gott Opfer und Fürbitte für die drei Freunde verlangt, C. 42, 8. Der Zweck der Leiden war bei Hiob erreicht, und, V. 9, der Herr sahe ihn an und ihn trifft nun der Gnadenlohn Gottes. Er erhielt Alles zweifältig wieder, auch Kinder wieder.

So nehmen wir denn Abschied von dem herrlichen Buche Hiob mit einem Bibelspruch: Klagl. 3, 31 und 32: Der Herr verstößt nicht ewiglich; sondern er betrübet wohl, und erbarmet sich wieder nach seiner großen Güte.

Israel's Drangsal in Egypten. Moses Geburt und Flucht.

2 Mos. 1, 2.

Wir treten ein in einen andern Abschnitt der biblischen Geschichte. Bisher war das Reich Gottes nur in einer Familie gewesen; jetzt wird die Familie ein Volk, und auch die Familiengeschichte entwächst ihrer Kindheit sowohl, als ihrer Kindlichkeit, sie wird Volksgeschichte und tritt so in Verkehr mit der Welt und der Weltlichkeit. Hier offenbaret sich nun in dem ganzen Volk, was wir bisher bei dem Einzelnen sahen: die Sünde in ihrem ganzen Umfang; und wenn auch nur in einzelnen vorübergehenden Momenten, die Herrlichkeit des frommen Gemüths. Dann auch, wie Gott sein Volk in die

Zucht nimmt, meistens durch Noth und Trübsal; wie er aber immer wieder seine Gnade walten läßt. Nach Schriftwort: Wie ihm sein Herz bricht, daß er sich seines Volks erbarmen muß. — Beim Einzug Jacob's in Egypten bestand die ganze Familie desselben aus 70 Seelen, die sind in der Zeit des Aufenthalts in Egypten ein Volk geworden, das 2 Mos. 12, 37 an 600,000 Mann waffenfähige Mannschaft zählte. Darnach ist die Zahl des ganzen Volks auf 2½ bis 4 Millionen berechnet. Diese starke Vermehrung, die noch dazu einem besondern Segen Gottes zugeschrieben wird, hat nichts Uebertriebenes, wie die Gelehrten es nachgewiesen haben. S. Baumgarten, Commentar zum A. T. 1. S. 476.

Die Unterredung.

Die Mehrung und der Druck. Das Erste, was uns hier in die Augen fällt, ist die starke Mehrung Israel's, was V. 7 dreimal gesagt wird, um es stark hervorzuheben: sie wuchsen, sie mehrten sich (hebr. wimmelten), es wurden ihrer sehr Viele, daß ihrer das Land voll ward. So ist Israel in der Zeit des Aufenthalts in Egypten aus einer Familie von 70 Seelen ein Volk von mehrern Millionen geworden. Diese starke Mehrung ist nun nicht von ungefähr gekommen, sondern wir sehen hier die Erfüllung der Verheißung Gottes. Ihr wißt, daß zu Abraham gesagt wurde: Ich will dich zum großen Volke machen; ich will deinen Samen segnen, wie die Sterne am Himmel ꝛc. Zu Jacob sprach Gott, als er nach Egypten zog, 1 Mos. 46, 3: Ich will dich da zum großen Volk machen. Lange war von dieser Mehrung nichts zu spüren. Die Erzväter haben auch die Erfüllung dieser Verheißung nicht gesehen, V. 6, als Joseph und alle seine Brüder gestorben waren, da wuchsen die Kinder Israel. Sie haben aber die Erfüllung geglaubt und das ist ihre Größe und ihre Würdigkeit vor Gott. Jacob spricht in dem Segen über Ephraim und Manasse 1 Mos. 48, 16: Gott segne die Knaben, daß sie wachsen und viel werden auf Erden. Hier ist nach Jahrhunderten die Erfüllung. — Ps. 33, 4: des Herrn Wort ist wahrhaftig und was er zusagt, das hält er gewiß. Ja, gewiß, wenn du es doch glauben könntest! Stärke denn deinen Glauben daran (woran?) hier aus unserer Geschichte. Wir haben so viele große, über Alles herrliche Verheißungen; nennt einige? Ich soll Gottes Kind sein; es soll mir wohl gehen, wenn ich fromm bin; Gott will mein Gebet erhören; er will mir helfen; er will mich ewig selig machen. Und doch sehe ich von Allem das Gegentheil oft. Lerne warten, wie die Erzväter; glaube, wie sie; stärke deinen Glauben (welchen? daß Gott dir alle seine Verheißungen, die er dir in deiner Taufe gegeben hat, erfüllen wird) durch die großen Thaten Gottes, die allesammt bezeugen: des Herrn Wort ist wahrhaftig.

Nun kommt aber ein König und setzt sich gegen das, was Gott verheißen hat. Wie? Mit seinem ganzen Volk setzt er sich dagegen, V. 12. Sie hielten die Kinder Israel wie einen Greuel. Mit List, V. 10, daß man seine Absicht (welche?) nicht merken soll, damit er sie am besten ausführen kann. Wie macht er es noch? — Er spricht V. 10: Wohlan; was liegt darin? — O weh, wie soll es nun wegen dieses Viererlei (welches?) mit der Verheißung, die jetzt Erfüllung werden soll, werden? Die Antwort steht V. 12. Aber je mehr sie das Volk drückten, je mehr es sich mehrte und ausbreitete. Also nicht allein: Es gelingt ihm nicht mit aller seiner königlichen Macht, mit seinem ganzen Volke, mit aller List, mit aller Drangsal (Was gelingt ihm nicht? sie zu unterdrücken; allgemeiner: Gottes Absicht zu hindern); sondern Alles, was er vornimmt, bewirkt gar das Gegentheil. Wie? — da wählt er ein anderes Mittel: Die Wehemütter. Aber die Wehemütter, V. 17, fürchteten Gott, und thaten nicht, wie der König zu ihnen gesagt hatte, sondern ließen die Kinder leben. In der heiligen Schrift haben diese beiden Wehemütter, deren Namen V. 15 steht, die Ehre, die ersten zu sein, die es mit der That zeigten: Man muß Gott mehr gehorchen, als den Menschen. Denn sie ließen die Kinder leben aus Gottesfurcht. Denn Gott sagte ihnen in ihrem Gewissen: Du sollst nicht tödten. Wenn sie sich V. 19 bei dem König entschuldigen, so ist aus ihren Worten nicht zu beweisen, daß sie eine Lüge gesagt haben. Sie haben dem König nicht die volle Wahrheit gesagt. V. 21: Und weil die Wehemütter Gott fürchteten, also wegen ihrer Gottesfurcht, wodurch sie Glauben an Gott zeigten, bauete Gott ihnen Häuser, d. h. er segnete ihr Geschlecht. V. 20: Und das Volk mehrete sich und ward sehr viel. Da bricht die Feindschaft des Königs gegen Israel in dem öffentlichen Befehl hervor: Alle Knaben Israel's, die geboren werden, werfet in's Wasser. Daß der König mit diesem Befehl noch viel weniger seinen Willen durchsetzt, wird das folgende Cap. lehren. — Unsere ganze Geschichte zeigt uns aber die Wahrheit von ein paar Bibelsprüchen. Ps. 2, 2—4: Die Könige im Lande lehnen sich auf, und die Herren rathschlagen wider den Herrn; aber der im Himmel wohnet, lachet ihrer, und der Herr spottet ihrer. Leget die Worte an unsere Geschichte: Könige; auflehnen; rathschlagen; wider; der im Himmel wohnet, lachet ihrer, und der Herr spottet ihrer! Jes. 8, 10: Beschließet einen Rath, und werde nichts daraus; beredet euch, und es bestehe nicht; denn hier ist Immanuel, d. h. der Gottmituns. Wie war es hier so? Spr. 21, 30: Es hilft keine Weisheit, kein Verstand, kein Rath wider den Herrn. Daher — und das sei die Lehre aus unserer

Geschichte — fürchte dich nicht, wenn du fromm bist, und Gottlose dir trotzen: Sie wollen es dir denken; wollen dir das Haus überm Kopf anstecken; du sollst noch an sie denken. Ist es Gottes Wille, so kann er leicht ihren Rath zu Schanden machen, daß sie dir kein Haar krümmen können. Der im Himmel wohnet, lachet ihrer, und der Herr spottet ihrer. Thu' du unten nur das Deine, der da oben bringt's in's Reine. — Dann auch zum Zweiten: Trotze nicht gegen Gott. Du trotzest aber, wenn du dich wider Gottes Willen setzest, wie Pharao. Sein Wille aber heißt: Du sollst nicht lügen, nicht stehlen, sollst Vater und Mutter gehorsam sein, sollst deinen Feind lieben, sollst gerne dienen. Das weißt du Alles recht gut, aber du kehrst dich nicht daran: lügst, wenn du deinen Vortheil dabei siehst, bist unehrlich ꝛc. Was ist das anders als Trotz gegen Gott? Ach, trotzt nicht, trotzt nicht gegen Gott, vermessene Verbrecher! Was achtet er des Frevlers Spott? Allmächtig ist der Rächer. Er, welcher baut und auch zerbricht, wie leicht vertilgt er Sünder nicht. (Eine hierher gehörige Geschichte zur weitern Benutzung. Um das Jahr 1500 n. Chr. baten die Vornehmsten des Landes den König von Polen, er möge die böhmischen Brüder, eine Secte frommer Christen, die still für sich hinlebten, umbringen lassen. Der König hatte nicht den Muth, es abzuschlagen, ging aber gleich in sein Zimmer, fiel auf die Kniee, und bat Gott mit Thränen, er wolle doch diesen Rath zu nichte machen, weil er keinen Gefallen habe an dem Blutvergießen der unschuldigen Leute. Einer der vornehmen Herren aus dem Rathe sagte darauf zu seinem Bedienten, der auch zu den böhmischen Brüdern gehörte: Simon, was meinst du, weil wir Alle einstimmig sind, wird es wohl so hinausgehen? Simon antwortete: Es ist noch Einer dabei gewesen, von dem ich nicht weiß, ob er eingestimmt hat; ohne Den wird nichts daraus werden. (Wen meinte er?) Und so kam es. Dieser Herr bekam eine Beule am Fuß, der Brand schlug dazu, und er starb nach etlichen Wochen. Ein Anderer aus dem Blutrath wollte aus dem Wagen springen, blieb mit dem Fuß hängen, verletzte dadurch etwas im Leibe und starb. Ein Dritter fuhr in einem Schlitten, und hatte zwei Spieße neben sich. Als der Schlitten hin- und herschwankte, fuhr ihm der eine Spieß in den Leib, daß er schon am dritten Tage starb. Ein Vierter war auf seinem Schlosse. Als ein heftiges Gewitter kam, lief er vor Schrecken in seine Kammer, und zog den Schlüssel ab. Da er lange nicht aufmachte, ließ man die Stube aufbrechen. Zwei seiner Freunde, die hineingingen, bestellten gleich darauf einen Sarg, und man erfuhr nicht recht, was geschehen war. Ein Sechster, ein Advokat, der auch bösen Rath dazu gegeben hatte, starb beim Abendessen. (Christl. Kirchengeschichte. Calw. 4. Aufl. S. 137.)

Moses Geburt. Alle israelitischen Knaben, die geboren werden, werfet in's Wasser, gebot Pharao allem Volk Cap. 1, 22. Da war die Noth auf's Höchste gestiegen. Nun bereitet sich auch ganz in der Stille, einfach, gering, wie immer, die göttliche Hülfe: Moses, der Retter Israel's wird geboren. Sein Vater war 4 Mos. 26, 59 Amram, und seine Mutter Jochebed, beide aus dem Stamm Levi. Hebr. 11, 23 steht: Durch den Glauben ward Moses verborgen, und seine Eltern fürchteten sich nicht vor des Königs Gebot. Sie hatten nemlich den Glauben, d. h. die gewisse Zuversicht, daß Gott ungeachtet des Königs Gebot gegen Israel dennoch seine Verheißung von der Mehrung Israel's erfüllen werde. Sie hatten auch den Glauben, daß er ihr Kind, das Gott durch besondere Schönheit ausgezeichnet hatte, V. 2, retten werde. Ihre That mit dem Kasten war also kein Versuch, sondern eine Glaubensthat, die sich auf Gottes Verheißung gründete. Woran sie nun festhielten, das that Gott: Ihr Kind ward errettet. Wie wir hier sehen, wie es dem Glauben geht; so sehen wir an Pharao so recht, wie es dem Unglauben geht. Er will Israel unterdrücken mit List und offenbarer Gewalt, und spricht in seinem Uebermuth und Trotz C. 1, 10: Wohlan. Aber seine eigene Tochter (Thermuthis nennt sie der jüdische Geschichtsschreiber Josephus) muß sogar den Mann retten und auferziehen, der nachher Israel ausführt. So lachet der im Himmel deiner, wenn du trotzig seine Gebote und seinen Willen nicht thun willst.

Moses Flucht. Seine Mutter war seine Amme, V. 9. Von ihr empfing er die erste leibliche Nahrung und auch die erste geistliche Nahrung. Da sie, wie wir aus der Stelle Hebr. 11 gesehen haben, eine fromme, gläubige Israelitin war, so hat sie auch gewiß ihrem Sohn das Wort Gottes, die Erkenntniß Gottes gelehrt: Von der Schöpfung der Welt, vom Paradiese, von Abraham, von den Verheißungen Gottes rc. Wohl dem, der solche Erkenntniß aus seiner Kindheit in das Leben mitnimmt. Joh. 17, 3: Das ist das ewige Leben, daß sie dich, den allein wahren Gott, und den du gesandt hast, Jesum Christum, erkennen. Mit der Erkenntniß des allein wahren und lebendigen Gottes, mit der Kenntniß von dem Volke Gottes, von der Verheißung der göttlichen Rettung, hatte er die erste Nahrung des ewigen Lebens. — Mit solcher Gotteskenntniß im Herzen kommt er nun an den Hof des Königs, V. 10. Er ward ihr (der Prinzessin) Sohn. Apg. 7, 22: Moses ward gelehret in aller Weisheit der Egypter und war mächtig in Werken und Worten. Die Königstochter nahm ihn also als ihren Sohn an (adoptirte ihn). Er war folglich am egyptischen Hofe hochgeehrt, angesehen, wurde zu den Vornehmsten des Landes gerechnet, lebte in Herrlichkeit, Reichthum, Pracht. Wie nimmt sich nun Moses dabei? Hebr. 11, 24. 25: durch den Glauben wollte Moses, da er groß ward, nicht mehr ein Sohn heißen der Tochter Pharao, und erwählte viel lieber mit dem Volke Gottes Ungemach zu leiden, denn die zeitliche Ergötzung der Sünde zu haben. Also alle Pracht, alle Herrlichkeit, die er mit Augen sah und mit Händen griff, die ließ er fahren gegen Etwas, wovon nichts zu sehen war, was er glauben mußte: daß ein lebendiger Gott waltet, der das Volk Israel zu Seinem Volk erwählet hat, daß dies Volk große Verheißungen hat, daß er auch zu diesem Volk gehört, also daß ihn die Verheißungen auch angehen. Das ist groß an Moses. Was? Zu welchem Volk gehört ihr, Kinder, durch eure Taufe? Welche Verheißungen habt ihr? Von Kind an hast du das gelernt. Nimm es zu Herzen, wie Moses. Du gehst in die Welt, die Lockungen, Reizungen, Täuschungen dieser Welt umgaukeln dich; daß du Gottes Kind und Erbe bist durch deine Taufe und viel Anderes noch, siehst du nicht. Was willst du thun? rede mit unserer Stelle, Hebr. 11? Lieber mit dem Volke Gottes (den wahren, frommen Christen) Ungemach leiden, denn die zeitliche Ergötzung der Sünde haben. Solcher Entschluß ist groß; dies auszuüben ist edel. Das Wesen dieser Welt vergeht; und die Welt selbst mit ihrer Lust. Eines aber ist Noth; erwähle denn das gute Theil. Wollt ihr mir Einiges, das zu dem Einen gehört, nennen? Daß ich Gottes Kind bin, und meinem Heiland ähnlich werden soll in Einfalt, Demuth, Wahrhaftigkeit, Dienstfertigkeit; daß ich selig werden soll, und daher trachte nach dem, was droben ist, da Christus ist; daß ich die Welt mit ihrer Lust verschmähe, weil sie bald vergeht: das Ewige, Bessere, aber erwähle, weil es ewig bleibt. Hebr. 11, 26: Denn Moses achtete die Schmach Christi für größern Reichthum, denn die Schätze Egypten's: denn er sahe an die Belohnung. Moses Schmach heißt hier eine Schmach Christi, weil Moses darum die Schmach litt, daß er der Verheißung: durch deinen Samen sollen alle Völker gesegnet werden, glaubte, und die bezog sich grade auf Christum, Er sahe an die Belohnung. Er glaubte es, daß es nicht umsonst ist, wenn man die eine Zeitlang dauernde Ergötzung der Sünde fliehet, und ein frommes, heiliges Leben lebt, wenn auch in Schmach. Dieses Anschauen der Belohnung Gottes gab ihm die Kraft, wozu? Die heilige Schrift weis't uns so oft auf Lohn hin, den Gott uns wegen unsers Glaubens und frommen Lebens geben will; warum wohl? Nennt Einiges? Alle Seligpreisungen. Seid getrost, es soll euch im Himmel wohl belohnet werden, Matth. 6 rc. Was ist das also für eine Belohnung? Ja, 2 Cor. 4, 17. 18: Unsere Trübsal, die zeitlich und leicht ist, schaffet eine ewige, und über alle Maße wichtige Herrlichkeit uns, die wir nicht sehen auf das Sichtbare, sondern auf das Unsichtbare; denn was sichtbar ist, das ist zeitlich, was aber unsichtbar ist, das ist ewig. — Moses will nun kein Egypter mehr sein, sondern Einer, der zu dem Volke Gottes gehört, daher V. 11 geht er aus zu seinen Brüdern und sahe ihre Last. Da begeht er, in seinem Eifer, ihnen Rettung zu bringen, einen Todtschlag. Apg. 7, 23—25: Er meinte aber, seine Brüder sollten es vernehmen, daß Gott durch seine Hand ihnen Heil gäbe, aber sie vernahmen es nicht. Seine Liebe zu dem Volke Gottes, sein Eifer, ihnen ein Retter zu sein, war gut; aber es war jetzt noch viel Sündliches dabei; V. 12: Er sieht ängstlich hin und her, ehe er schlägt; V. 14: Er fürchtet sich. So hat er wegen seiner That kein gut Gewissen. Ihm fehlt das innere Zeugniß, daß er wirklich ein Retter ist. Er flieht. Hebr. 11, 27: Durch den Glauben verließ Moses Egypten und fürchtete nicht des Königs Grimm; denn er hielt sich an den, den er nicht sahe, als sähe er ihn. Obgleich die Sache, die er mehr auf eigene Hand, als mit Gott angefangen hatte, mißlang, so war er fest in dem Glauben: ungeachtet des Königs Grimm wird doch Gott seine Verheißung erfüllen, und sein Volk retten. Und dies that der treue Gott, der alle seine Verheißungen erfüllt, V. 23—25. Lange Zeit darnach starb der König in Egypten (Was hatte er nun von seinem Trotz wider Gott!) und die Kinder Israel seufzten über ihre Arbeit und schrieen; und ihr Schreien über ihre Arbeit kam vor Gott. Und Gott erhörte ihr Wehklagen, und gedachte an seinen Bund mit Abraham, Isaak und Jacob (mit Abraham, 1 Mos. 15, 16, nach vier Manns Leben, d. h. im vierten Geschlecht: das war jetzt rc.). Und er sahe drein (er steuerte der Tyrannei, und der Ungerechtigkeit) und nahm sich ihrer an (als seines Volks, in Gnade und Barmherzigkeit).

Moses wird berufen.

2 Mos. 3 und 4.

Es ist hier das erste Mal, daß Jemand ausdrücklichen Befehl von Gott erhält, Andern die Offenbarungen Gottes mitzutheilen. Moses soll das Wort Gottes Andern verkündigen, und darin künftig den Beruf seines Lebens finden. Die Form der Erscheinung Gottes ist hier wohl nicht willkürlich, sondern mehr sinnbildlich. Der Busch (H. Dornbusch) ist die Gemeine Israel, insofern sie jetzt verkümmert und unfruchtbar geworden ist; das Feuer ist Bild des heftigen Leidens, das tief in Israel eindringt. Jehovah aber ist in der Mitte des Busches, daher verbrennt er nicht. Der Name Jehovah, V. 14, heißt: Ich werde sein, auch: Ich bin. „Ich werde sein," hat mich gesandt, V. 14, soll also so viel heißen, als Jehovah hat mich gesandt. Dieses Sein Gottes bezeichnet freilich die Unveränderlichkeit, Selbstständigkeit, Treue Gottes, aber es bezeichnet diese Eigenschaften nicht abstract, für sich, ohne Beziehung auf ein bestimmtes Object, sondern wie V. 15 deutlich sagt, in Beziehung auf die Verheißungen, Abraham, Isaak und Jacob gegeben. Damit setzt sich Gott und der Name Gottes mit der Geschichte in Verbindung, und zwar mit der Geschichte der Väter, weil darin bestimmter der Anfang alles dessen gegeben ist, worin sich das Sein Gottes concentrirt: der Segen der Völker. Und dieser Segen reicht durch die Erlösung Christi in die Ewigkeit hinaus. Daher kann Gott V. 15 sagen: Das ist mein Name ewiglich, dabei soll man mein gedenken für und für. Wenn wir Christen nun den Namen Jehovah brauchen, so soll er uns bezeichnen die Majestät Gottes, — Liebe, Treue, Unveränderlichkeit, — womit er das Werk der Erlösung durchführt, was er mit den Vätern anknüpfte. Wenn wir an die Zeit gedenken, wo Gott feierlich selbst seinen Namen ausspricht, so ist uns mit Recht die Erlösung aus der Knechtschaft Egypten's ein Abbild der durch Christum beschafften Erlösung aus dem Dienst der Sünde. Moses soll von Pharao, V. 18, die Erlaubniß erbitten, drei Tagereisen in die Wüste reisen zu dürfen, damit Israel von den Egyptern ungestört Jehovah opfern könne. Mit dieser Forderung, die Moses, C. 5, 1, bei Pharao thut, war es wirklich ernstlich gemeint. Immer handelt es sich nur darum, und noch bei der letzten Unterredung, die Moses mit Pharao hatte, macht Moses dieselbe Forderung, C. 10, 26: Jehovah ein Fest in der Wüste feiern zu dürfen. Zu diesem Fest wahrscheinlich (da die Israeliten wohl nicht viel hatten) sollten sie sich, C. 3, 22, von den Egyptern Kleider und goldene und silberne Gefäße leihen (so verstehen die meisten Ausleger das von Luther gesetzte Wort: fordern). Ein Leihen setzt aber den Willen voraus, das Empfangene zurück zu geben nach der Rückkehr. Diesen Willen fordert Gott mit dem Ausdruck leihen, und wenn einige Israeliten den Willen nicht hatten, so war das ihre Sache. Als aber Pharao zuletzt seine Erlaubniß zum Auszuge wieder zurücknimmt, und Israel mit Krieg überzieht, da ist Jehovah König und Heerführer Israel's, wie es in dem Lobgesang, C. 15, 3. 18, heißt. Es geht jetzt Alles nach Kriegsrecht: Israel zieht in's gelobte Land, und H., führt die Kostbarkeiten der Egypter als einen Raub mit sich. Das ist das Entwenden, wovon C. 3, 22 und C. 12, 36 steht, nemlich nicht ein listiges, sondern ein offenbares Wegnehmen. Daß Gott es mit den Israeliten bis zu diesem Auszug kommen lassen würde, das wird ihnen schon in der erstern Stelle im Voraus verheißen, und die letztere Stelle sagt, daß dies erfüllt ist. Man hat es also nicht aufzufassen, als wenn die Israeliten die Egypter auf Befehl Gottes bestohlen hätten, nein! Es wird nur ein Billiges von Pharao verlangt: Israel will Jehovah in einer Wüste, an einem stillen Ort 3 Tage lang ein Fest halten. Deß weigert sich Pharao, wie Gott es vorher schon wußte und sagte, und nun entwickelt sich Alles natürlich bis zum völligen Auszuge. Denn die Weigerung Pharao's, der die Israeliten als seine Leibeigenen behandelt, was sie doch nicht waren, nöthigt Gott, weitere Veranstaltungen zu treffen. Wir haben hier wieder ein Beispiel, wie die göttliche Regierungsweise dem Menschen seine volle Freiheit (Wahlfähigkeit) läßt, wie aber bei der vollsten Freiheit dennoch die Wege Gottes geschehen müssen zur höchsten Verherrlichung Gottes und zum Gericht des Sünders, der sich nicht zu entschuldigen vermag, sondern dieses Gericht als ein gerechtes anerkennen muß. Dasselbe zeigt sich an Judas; s. V. 2 dieser Unterredungen.

Die Unterredung.

Unsern Beruf betrachtet.

1) Gott beruft. a. Wozu? b. Wodurch? 2) Der Mensch folgt a. in Demuth, b. mit Muth.

1) Es wird Moses hier von Gott ein Werk übertragen. V. 10. Dies nennt man die Berufung Mosis. So beruft Gott jeden Menschen zu irgend einem Werk, das er von demselben will gethan haben: euch durch die Taufe in's Christenthum. Der heilige Geist hat mich durch das Evangelium berufen; durch die Schule zum Lernen; nach der Confirmation beruft er den Einen zum Knecht, die Andere zur Magd; zu Eltern, die Kinder erziehen sollen; zu Lehrherren, die Leute regieren und führen sollen; zu Aemtern: Vorstehern, Armenpflegern &c. Alle diese Berufsarten kommen wieder zusammen in dem einen Beruf, der Gesang 585, V. 1 in den drei ersten Strophen steht: Einst selig dort zu werden, das ist und bleibt auf Erden mein heiliger Beruf; was 1 Cor. 1, 9 noch einen andern Ausdruck hat.

Wir haben gesehen, wozu Gott ruft, laßt uns auch sehen, wodurch. Gott selbst berief Moses. Jetzt braucht Gott Menschen, die von ihm den Auftrag haben, dich zu dem höchsten Ruf (welchem?) zu rufen: Eltern, Lehrer, Obrigkeit. Und wenn Gott dich so durch Menschen rufen läßt, und dich irgendwo hinführt, so sollst du's ansehen, als wenn Gott selbst es thäte. Joseph: Ihr habt mich nicht hergeführt, sondern Gott. Luther: Wenn ich vom Kaiser nach Worms gerufen werde, so bin ich gewiß; daß von Gott. In welchen Stand Gott euch führt, Kinder, nehmt ihn an als einen Ruf von Gott. 1 Cor. 7, 17.

2) Wie nahm sich nun Moses gegen den Ruf Gottes? 1) Wer bin ich? Ich will mit dir sein. 2) Was soll ich sagen, wie du heißest? (V. 13) Jehovah. 3) Sie werden mir nicht glauben, C. 4, 1. Du sollst Wunder thun. 4) Ich bin nicht beredt, V. 10.

Ich will mit deinem Munde sein und dich lehren, was du sagen sollst. 5) Mein Herr, sende, wen du willst. Dein Bruder Aaron soll für dich zum Volke reden. Gott droht mit Zorn, V. 14, und nun erst nimmt Moses den Ruf an. So sehen wir fünfmalige Weigerung und fünfmalige Antwort Gottes darauf. Es heißt nicht: du sollst, sondern: du kannst; das ist Freundlichkeit, unermüdliche Geduld Gottes. Woher nun die Weigerung Mosis? Er sahe die Schwierigkeiten: er alt, ärmlich, stotternd: Israel hartherzig und stumpfsinnig, wie er's schon erfahren hatte; Pharao widerstrebend. Gegen solche Schwierigkeiten sieht er seine Schwäche, das ist Demuth. O wie Viele gehen in ein Amt, in einen Stand hinein, wohinein Gott sie nicht gerufen hat, ohne die Schwierigkeiten zu überdenken, und im Ueberschätzen ihrer Kraft. Viele wollen Meister werden, ehe was gelernt ist, heirathen, ehe sie Brod haben, erschleichen ein Amt, wozu ihnen Kraft fehlt. Die sollten, ehe sie Solches thäten, von Moses lernen. Was? Selbstkenntniß, Demuth. Aber auch, wenn wir in dem Amte, das Gott giebt, Großes thun, daß die Leute auf uns sehen, da nehmen wir die Ehre und geben sie Gott und sprechen: Wer bin ich? Einige Aussprüche der Bibel, die ihr nicht vergessen sollt, Ps. 115, 1: Nicht uns, Herr, nicht uns, sondern deinem Namen gieb Ehre; David, 2 Sam. 7, 18: Wer bin ich, Herr, Herr, und was ist mein Haus, daß du mich bisher gebracht hast? In alten Büchern steht am Schluß oft: Dem großen Gott allein soll alle Ehre sein. Dein Name werde geheiliget.

Wer bin ich? Ich will mit dir sein. Schon mit der Antwort hätte Moses können zufrieden sein. Alle Schwierigkeiten kennt und erwägt er, und endlich erst nimmt er den Ruf an. Alle Kosten waren wohl überschlagen, wie Christus es nennt; nichts kommt ihm unerwartet, er geht dagegen, das ist Muth, wovon ihr bald mehr hören sollt. Auch Gott hat ihm das Zeugniß gegeben (4 Mos. 12, 7): Moses ist in meinem ganzen Hause treu. Und sein Muth wurde immer größer durch Glaubensstärkungen, die Gott ihm zu Theil werden ließ: Aaron kommt ihm entgegen, V. 27. Das Volk glaubte, V. 31; Pharao's Widerstreben, C. 5, 2 kommt, wie Gott es gesagt hatte. — Die leicht anfassen, lassen bald wieder los. Was meine ich? Ihr anders; harre aus in deinem Beruf als Schüler, Lehrling, Hausversorger, Christ. Nimm mit das Gotteswort als zu dir gesagt: Ich will mit dir sein; ich bin Jehovah, d. h. der unverändert derselbe ist; du sollst Wunder thun. So? Wir antworten: Nein, aber auch Ja. Ps. 18, 30: Mit meinem Gott will ich über die Mauer springen. Luther und sein Werk. August Hermann Franke und das Waisenhaus zu Halle. (Mit 4 Thlr. 16 Gr. fing Franke das Werk an, und 1727, als er starb, waren im Waisenhause 152 Personen, in den Schulen 2125 Kinder, 130 Lehrer und 3 Lehrerinnen; 134 Waisen und 255 Studenten und einige hundert Arme wurden täglich gespeiset.)

Und nun denn hinein, was da kommt, Kinder, und wozu Gott ruft, und noch einen Vers aus einem alten Gesang mitgenommen: Hat Gott es denn beschlossen, so will ich unverdrossen an mein Verhängniß gehn: Kein Unfall unter allen wird mir zu harte fallen, ich will ihn freudig überstehn. (Aus: In allen meinen Thaten.)

Die Plagen in Egypten. Auszug. Pharao's Untergang. Danklied Israel's.

2 Mos. 5—15.

Die Frohnvögte sind Egypter, H. Treiber. Fröhnen heißt Herrendienste thun (fro altd. der Herr). Die C. 5, 10 und sonst genannten Amtleute sind Israeliten. Die Ziegelsteine, die die Israeliten machen mußten, wurden nicht gebrannt, wie L. übersetzt hat, sondern an der Sonne getrocknet. Um den Steinen Festigkeit zu geben, wurde der Lehm mit Stroh (Häckſel) vermischt. Dieses Stroh sollten die Israeliten selbst suchen, C. 5, 7. Die Zauberer thaten auch also mit ihren geheimen Künsten, C. 7, 11. Die Namen der beiden vornehmsten hat die Tradition erhalten, auch bei Griechen und Römern, 2 Tim. 3, 8. Man ist jetzt in der Schriftauslegung so ziemlich darüber einig (Lisco, Gerlach, Baumgarten), daß das von den Zauberern Gewirkte nicht Betrug, Blendwerk und Schein, sondern etwas Wirkliches gewesen ist. „Daß die hier vorkommenden Zauberer bloße Betrüger, und ihr Thun nur Blendwerke gewesen seien, ist offenbar dem Worte zuwider. Vielmehr finden wir bei vielen heidnischen Völkern im Dienste der falschen Regierung eine Beschwörungskunst, bei welcher zwar Vieles auf der Benutzung verborgener Naturkräfte, Vieles aber auch auf einer Einwirkung böser Geister beruht. Von den Orakeln der Griechen bis zu den Künsten der grönländischen Angegoks kann die besonnene Beurtheilung jene übereinstimmenden Erscheinungen nicht für bloßen Betrug, oder für natürliche Weisheit ausgeben." Gerlach. Woher aber die Kräfte dieser Beschwörer? Die Schrift sagt es uns, daß es die Kräfte des bösen Geistes gewesen sind, 2 Thess. 2, 9. 10. Matth. 24, 24. Damit stimmt auch das Zeugniß, daß bekehrte Heiden den Missionären über diese Punkte ablegten, überein: daß Vieles zwar Betrügerei gewesen sei, daß sich aber oft etwas Geisterhaftes darein gemischt habe, das sie zwar jetzt verabscheuten, aber nicht weiter beschreiben könnten. Noch jetzt bilden in Egypten die Schlangenbeschwörer eine eigene Kaste, und französische Gelehrte haben neuerdings von ihnen Künste gesehen, die nicht zu begreifen waren. Da nach der Schrift die Macht des bösen Geistes durch die Erlösung Christi gebrochen ist, so ist die jetzige Schlangenbeschwörung nur noch ein armseliges Abbild aus dem Heidenthum. Die Zauberer bringen auch Schlangen hervor, geben auch durch Bezauberung dem Wasser eine Blutfarbe, sie lassen auch Frösche kommen, können aber die letztern nicht wieder wegschaffen. Bei der vierten Plage erklären sie, H.: Das ist ein Finger von Göttern. Das soll sagen: Nicht Moses und Aaron thun das, sondern Götter, nemlich die Götter Egyptens, die auch nach ihrer Meinung sonst eine solche Plage über Egypten schickten. Es ist also nicht richtig, wenn gewöhnlich gesagt wird, daß sie die Macht Jehovah's, des Gottes Israel's erkennen. Von der Plage der Blattern werden sie auch ergriffen, C. 9, 11. Die Plagen. Alle zehn Plagen, die letzte ausgenommen, sind Ereignisse, wie sie auch sonst in Egypten oft vorkommen. Das Nilwasser nimmt dort noch oft eine Blutfarbe an, Frösche belästigen das Land ꝛc. Was aber diese Plagen zu Wundern macht, ist: 1) daß sie immer auf Mosis Gebot kommen; 2) auf seine Bitte wieder weggehen; 3) daß sie hier über das natürliche Maß, das sie sonst hatten, hinausgehen; 4) daß sie so rasch auf einander folgen. In den Plagen selbst ist ein Fortschritt bemerkbar, der wohl zu beachten ist, um das Benehmen Gottes gegen Pharao gehörig zu würdigen und zu verstehen. Die Unterredung wird das weiter zeigen. Der Durchgang durch das Schilfmeer. Der Text will augenscheinlich, daß hier nicht eine gewöhnliche Ebbe gewesen ist, durch den Wind verstärkt; sondern C. 14, 21 steht H.: die Wasser wurden gespalten, und V. 22 und 29: das Wasser war ihnen für Mauern, zur Rechten und Linken. Diese letztern Worte sind nicht für eine bloße Redefigur zu nehmen, da die ganze Erzählung höchst einfach und ruhig ist. Moses bezeichnet es in dem Liede, C. 15, 15, als ein Wunder, wovon die Völker hören und erbeben werden. Das ist geschehen, Jos. 2, 9. 10. Wenn die Schule es kann, so gehe sie nicht so leicht an Pharao vorüber. Es findet sich nirgends in der Bibel so die Geschichte des Sünders bis zur endlichen Verstockung als gerade hier. Auch finden sich nirgends so ausführlich dargelegt die Wege, die Gott mit einem solchen verstockten Herzen geht; es sind die Wege der Gnade, der Liebe, der Langmuth, und die Wege des Zornes und des Gerichts Gottes. Dies zwiefache Gefühl durch die Geschichte in die Kinder hinein zu bringen, das hat sich die nachfolgende Unterredung zum Ziel gesetzt. Man hat nicht viel dazwischen zu sprechen, sondern läßt die Geschichte walten, die spricht, mehr als unser Raisonnement. — Was das Passah anlangt, 2 Mos. 12, so sehe man darüber weiterhin bei dem Abschnitt: der Gottesdienst in Israel unter: Osterfest, das Nöthige.

Die Unterredung.

Die zehn Plagen.

Pharao's Verstockung darin und Gottes Erweisungen dabei.

Moses und Aaron gehen hinein zu Pharao und sprechen, C. 5, 1: So saget der Herr, der Gott Israel's: Laß mein Volk ziehen, daß es mir ein Fest halte in der Wüste. Pharao: wer ist der Herr, deß Stimme ich hören müßte, und Israel ziehen lassen? Ich kenne den Herrn nicht, und will auch Israel nicht ziehen lassen. Er drückt die Israeliten nun noch härter; wie nemlich? V. 6—14. Ich rede euch an: Ihr Herren (welche meine ich, wenn ich euch Herren nenne?), was recht und gleich ist, das beweiset den Knechten, und wisset, daß ihr auch einen Herrn im Himmel habt. Col. 4, 1. Haltet den Spruch an unsere Geschichte; was meine ich? was meint denn der Spruch? — Nun muß Moses vor Pharao den Stab in eine Schlange verwandeln. Die egyptischen Zauberer thun auch also, aber ihre Schlangen werden von Mosis Schlange verschlungen, und schon hierin zeigt sich die höhere Macht Mosis. Da Pharao darauf nicht achtet, so kommen nun die Plagen. Sie sollen zweierlei. Zuerst, nach C. 3, 19, 20, die Erlösung Israel's bewirken, und zweitens, nach C. 7, 5 die Macht des lebendigen Gottes gegen allen sündlichen Widerstand offenbaren.

Erste Plage. Das Wasser in Egypten nimmt eine Blutfarbe an. (So ist der Sinn von C. 7, 14—25.) Moses sagte es Pharao vorher. Da die Zauberer es auch so thun, so erkennt Pharao in dem Wunder nicht ein Werk Gottes. V. 23: Pharao wandte sich und ging heim und nahm es nicht zu Herzen.

Zweite Plage. Frösche, C. 8, 1—15. Die Zauberer thun auch so, aber sie können die Plage nicht wegschaffen. Pharao sagt V. 8: Bittet den Herrn (Jehovah) für mich, daß er die Frösche von mir nehme. Jetzt erkennt er also zum ersten Mal in der Plage die Macht Gottes. Moses: Bestimme du die Zeit des Aufhörens. Pharao: Morgen. Es geschieht auf Moses Gebot. Als die Plage vorüber ist, hält er sein Versprechen nicht. Die Noth hat ihn einen Augenblick fromm gemacht. So geht's noch bei vielen Menschen, sie beten, denken auch einmal an Gott, wenn die große Noth da ist, und sie nirgends anders hin wissen, danach aber —.

Dritte Plage. Läuse, H. Mücken, C. 8, 16—19. Es ist die Stechmücke, die auch sonst in Egypten sehr lästig ist, und in jede Oeffnung, Nase, Ohr, Auge hineinkriecht. Aller Staub wird jetzt Mücken. Die Zauberer bekennen, H.: Das ist Finger der Götter. Sie meinen, das schicken die Götter Egypten's, die sonst in

Egypten Aehnliches thun. Die Macht des Gottes Israel's wollen sie in dem Wunder noch nicht anerkennen.

Vierte Plage. Ungeziefer, H.: Geschmeiß, C. 8, 20—32. Es ist die Hundsfliege, in Egypten eben so lästig und zudringlich, als die Mücken es sind. Die ersten beiden Plagen kommen aus dem Nil, der sonst ein Segen Egypten's ist. Diese beiden kommen aus dem Boden, der auch dort sehr segensreich ist. So hat der lebendige Gott zur Strafe Wasser und Land in seiner Hand. Hier wird zuerst, V. 22, bemerkt, daß Gosen verschont bleibt. Warum verschont? Gott sagt es Pharao, V. 23: Ich will eine Erlösung setzen zwischen meinem und deinem Volk; und V. 22: Du sollst erkennen, daß ich Herr bin, H.: in mitten des Landes. Also nicht Egyptische Götter, wie die Zauberer der dritten Plage noch glauben, sondern Jehovah ist Urheber, Herr im Lande, und straft und verschont. Pharao, V. 25: ihr könnt opfern hier im Lande. Er will also Gott Bedingungen vorschreiben, und erkennt noch nicht die unumschränkte Macht Gottes an, welche Anerkennung doch der göttlichen Majestät gebührt.

Fünfte Plage. Viehpest, C. 9, 1—7. Die vorhergehenden Plagen sind nur lästig gewesen, jetzt geht die Plage an den Besitz des Menschen, und zwar an das Vieh, und tastet ihr Leben an. Moses hatte ausdrücklich gesagt, V. 4: Das Vieh der Israeliten soll nicht sterben. Pharao schickt, V. 7, hin nach Gosen, um zu erfahren, ob es so geschehen ist; — doch verstockt er sein Herz. Sonst hatte er noch immer einen Scheingrund gehabt für seine Weigerung, Israel ziehen zu lassen. Die ersten beiden Male: meine Zauberer thun auch so; bei der dritten Plage: es sind egyptische Götter; bei der vierten: es ist nicht untersucht, ob die Israeliten verschont geblieben sind. Hier, wo er untersucht, fällt alle Entschuldigung weg. Je mehr ihm also Gottes Herrlichkeit offenbar wird, desto mehr wird ihm dies Veranlassung, sein Herz zu verhärten, Jer. 17, 9: Es ist das Herz ein trotziges und verzagtes Ding, wer kann es ergründen?

Sechste Plage. Blattern, C. 9, 8—12. Hier tritt die Plage an die Menschen selbst, die Egypter, und tastet ihren Leib an. Auch die Zauberer werden von den Blattern befallen. So hatte der lebendige Gott über alle Zauberei Egypten's gesiegt. Aber Pharao will das nicht erkennen. Da sich hier die Schuld Pharao's so deutlich zeigt, so finden wir zum ersten Mal den Ausdruck, V. 12: Der Herr verstockte das Herz Pharao's. Pharao, wir warnen dich, bedenke, was du thust. Irret euch nicht, Gott läßt sich nicht spotten, Gal. 6

Siebente Plage. Hagel, C. 9, 13—35. In dieser Plage tritt der Tod zum ersten Mal zu den Egyptern hin. Auch die Ankündigung ist feierlich, weil sie die Ankündigung einer Todesstrafe ist, V. 13—15. Neben diesem Todesernst zeigt sich hier aber ganz besonders stark die göttliche Liebe, denn es gilt ja den Menschen, „zum Bilde Gottes gemacht." V. 16, H.: Ich habe dich stehen lassen, daß ich meine Macht an dir zeige, und mein Name verkündigt werde in allen Landen. Was ist also der Grund der bisherigen Verschonung und der noch künftigen? Pharao soll die Macht Gottes anerkennen, und dies soll Mittel seiner Bekehrung werden. Moses giebt, V. 19, Pharao den Rath, sein Vieh zu Hause zu nehmen. Das ist wieder göttliche Liebe, die da warnt. Viele Egypter behalten ihr Vieh zu Hause, und dies wird Ursache ihrer Verschonung. Neben aller göttlichen Liebe zeigt sich aber auch in dieser Plage der Zorn Gottes stark. Denn V. 24 H.: Es war Hagel, und Feuerklumpen unter dem Hagel, desgleichen in Egypten nie gewesen war. Pharao bekennt zum ersten Mal, V. 27: Ich habe diesmal mich versündigt, bittet den Herrn, daß solch' Donner und Hagel aufhöre. So muß sein Schrecken groß gewesen sein. Das Wort „diesmal" zeigt uns aber auch, daß er seine Sünde nicht in ihrer wahren Größe erkennt; wie? Aber, V. 17: du trittst mein Volk noch unter die Füße, und willst nicht. Da liegt es also, in dem Willen Pharao's ist seine Verstockung zu suchen. Denn die Ueberzeugung von Gottes Macht wird bei ihm stärker, aber sein Wille, sich dagegen zu setzen, immer fester.

Achte Plage. Heuschrecken, C. 10, 1—20. Ein arabischer Spruch heißt: Die Heuschrecke ist das verderblichste Thier. So zeigt es sich in den ungeheuren Heuschreckenschwärmen, die dort vorkommen, hier noch mehr. Die Heuschrecken bedeckten, V. 15, die Oberfläche des Landes, so daß man dasselbe nicht sehen konnte; sie verfinsterten das Land, fraßen alles Kraut auf dem Felde, und alle Früchte auf den Bäumen und ließen nichts Grünes übrig. So können wir uns einigermaßen in das Erschreckliche dieser Erscheinung hineindenken. Pharao läßt „eilend" Mose und Aaron rufen. Er spricht: Bittet den Herrn, daß auch dieser Tod von mir gehe. Er nennt also diese Plage: Tod, und fühlt in seinem Gewissen, daß Gott bei Ankündigung des vorigen Wunders wahr gesprochen hat, und daß es sich in den folgenden Wundern um Todesstrafen handelt. Dies Gefühl dauert aber nur so lange, als die Plage dauert. Seine Knechte erkennen die Macht Gottes an und machen ihm Vorstellungen, V. 7, H.: Wie lange soll dieses uns zum Fallstrick sein? Erkennst du noch nicht, daß Egypten zu Grunde geht? Aber Pharao erkennt es nicht, und V. 10 sagt er noch spottend: Ja, ich sollte euch ziehen lassen. Er ließ, V. 11, Moses und Aaron von sich hinausstoßen. In der Plage spricht er, V. 17: Vergebet mir meine Sünde diesmal auch. Er erkennt also zu den frühern Versündigungen auch die jetzige an, daher es an Erkenntniß ihm gar nicht fehlt, sondern bloß am Willen. Das ist — vorläufig gesagt — Verstockung. Aber der gnädige Gott vergiebt es auch — diesmal.

Neunte Plage. Finsterniß, C. 10, 21—29. Die

Finsterniß war, V. 23, so stark, daß Niemand den Andern sah, noch aufstand von dem Orte, wo er war; das ist grauenhaft. Dazu dauerte sie drei Tage und Pharao hatte Zeit, sich zu besinnen, Gnadenzeit. Aber er hat noch Bedingungen: Das Vieh soll zum Pfande bleiben, bis ihr wiederkommt. Moses: Auch nicht eine Klaue, denn wir wissen nicht, wie wir opfern sollen. Pharao, V. 28: Gehe, und komme mir nicht wieder vor meine Augen, sonst sollst du sterben. Moses: Du hast recht gesagt, ich will nicht mehr vor deine Augen kommen, aber (C. 11, 1—8 gehört hier noch her) deine Knechte werden zu mir kommen, und mir zu Füßen fallen und sagen: Ziehe aus, du und alles Volk, das unter dir ist; danach will ich ausziehen. — Und Moses ging von Pharao mit grimmigem Zorn. Fassen wir noch einmal alle Liebe, die Gott Pharao erzeigt hatte, zusammen. Die erste billige Forderung, und nun noch zuletzt, welche? Die Liebe Gottes, die ihn immer mehr überzeugt werden ließ von der Macht Gottes; die Liebe, die ihn stehen ließ, wo sie Andere hinraffte in den letzten Wundern; die Lenkung, daß seine eigenen Diener ihm Vorstellungen machen mußten; zehnmalige Geduld. Aber Pharao verschließt Herz und Willen gegen Alles, was die Liebe Gottes zu seiner Bekehrung thut. Das ist Verstockung. Verstockung, von Stock, unfruchtbar, des Lebenssaftes beraubt. Dieselbe Sonne, die den lebendigen Zweig zum Grünen und Fruchttragen bringt, verhärtet den untauglichen. Wenn ich sage, die Liebe Gottes ist die Sonne, so erklärt mir weiter das Gleichniß. Oder mit Bibelwort: Dem Einen ist das Wort Gottes ein Geruch des Lebens zum Leben, dem Andern ein Geruch des Todes zum Tode. Was heißt das? Zehnmal heißt es: Pharao verstockte sich. Es wird ihm also die Schuld beigemessen, wie wir es auch gesehen haben; er hat volle Freiheit, aber er will nicht. Zehnmal heißt es aber auch in unserer Geschichte: Gott verstockte Pharao das Herz. Im Reiche Gottes gilt nemlich die Regel: Je mehr der Wille Gottes auch unser Wille ist, desto seliger ist der Mensch; je mehr wir den Willen Gottes nicht wollen, desto unseliger. Das Erste ist Lohn, das Letzte Strafe. Die Strafe trifft jeden Sünder, je weiter er in der Bosheit fortgeht; die Strafe trifft auch Pharao hier. Und in sofern ist Gott Ursache seiner Verstockung.

Zehnte Plage. Erwürgung der Erstgeburt, C. 12. Sie wird dem König vorher verkündigt, ehe Moses noch von ihm hinausgeht, C. 11, 4—8. Es geschieht, was da gesagt ist. Der Eindruck dieser Plage ist gewaltig; wir lesen C. 12, 29—33. Aber auch bald verflogen. Noch einmal rafft Pharao sich auf und setzt den Israeliten nach an's rothe Meer. Da — ist die Gnadenzeit aus; — da tritt die Liebe Gottes zurück, und die Gerechtigkeit und das Gericht Gottes walten in furchtbarer Strenge; was meine ich? Sie gehen unter und nehmen ein Ende mit Schrecken, Ps. 73, 19. Mit Feuer wird gesalzen, was milde Zucht verschmäht, und was den Thau verachtet, mit Flammen übersä't.

Wir schaudern zurück und schlagen an unsere Brust. O Kinder, wer da steht, der sehe wohl zu, daß er nicht falle. Ihr steht noch. Und wer schon von euch gefallen ist, der spreche: Ich will mich aufmachen und zu meinem Vater gehen. Noch heißt es heute; heute, so ihr seine Stimme höret, und ihr höret sie jeden Morgen, so verstocket eure Herzen nicht. Und sollte solche Ermahnung noch nicht genug sein, so will ich einen stärkern Arm zu Hülfe nehmen, den Arm Gottes, und ein liebenderes Herz — das Herz Gottes, und will beten: Herr, Herr, Gott, barmherzig, gnädig, geduldig und von großer Güte und Treue. Oeffne du selber unsere Herzen, daß wir dein Herz darin fassen. Laß uns nicht länger dein liebendes Herz zurückstoßen. O, deine Sonne scheint noch freundlich; laß uns denn die lebendigen Zweige sein, die täglich grünen, blühen, Früchte tragen in deinem Garten: Demuth, Liebe, Gehorsam, Fleiß, Frieden, Glauben, Hoffnung, Geduld. Amen! — Die Gnade unsers Herrn Jesu Christi und die Liebe Gottes und die Gemeinschaft des heiligen Geistes sei mit uns Allen. Amen.

Der Zug bis zur Ankunft am Sinai.

2 Mose 15, 22 bis C. 17.

Der Abschnitt wird ohne Unterbrechung erzählt. Das Wort: Man (Manna) heißt: Was? und auch Gabe. Weil die Israeliten nicht wissen, was es ist, und also keinen bestimmten Namen dafür haben, so nennen sie es Gabe. Siehe über das Manna: Bibl. Naturgeschichte. Calw. 1846. Die Sache ist durchaus ein Wunder, und Zahn sagt mit Recht: Noch Niemand hat zu erklären vermocht, wie 2½ Millionen Menschen von 600 Pfund Manna (die Arabien jährlich liefert) nur ein Einziges Mal, geschweige 40 Jahre haben ernährt werden können. — Wenn Jesus; Joh. 6, von diesem Himmelsbrod sagt: Moses hat euch nicht Brod vom Himmel gegeben, so heißt das: dieses wunderbare Brod war doch nur irdische Speise. Wenn Christus sich Joh. 6 mit dem Manna vergleicht: Ich bin das Himmelsbrod, so sind die Aehnlichkeiten: unmittelbar vom Himmel; himmlischnährend, stärkend; es ist für Alle, umsonst, reichlich, dauert durch die ganze Pilgerreise; kann den Menschen gemein, überdrüssig werden; verdirbt durch Schuld der Menschen, durch ungöttlichen Gebrauch.

Die Unterredung.

Gott in seiner Liebe und Sorge, und der Mensch in seinem Undank.

1) Die Liebeserweisungen Gottes stellen wir noch einmal zusammen: die alte Verheißung war erfüllt; die Plagen hatten die Israeliten nicht mit betroffen, woran sie erfahren sollten, was C. 11, 7 steht; mit hohem Arm waren sie ausgeführt; die Wolken- und Feuersäule, C. 13, 21. 22, waren das sichtbare Zeichen der Gegenwart Gottes; Pharao's Untergang, wo sie die „große Hand Gottes" sehen, C. 14, 31, und durch welche Begebenheit Gott die Völker erschreckte, durch deren Länder sie ziehen sollten, nach C. 15, 14. 15; zu Mara wird das Wasser trinkbar; dort stellt Gott ihnen auch sein Gesetz und Recht und nennt sich: dein Arzt, C. 15, 26. 27; in der Wüste Sin Manna und Wachteln; zu Raphidim Wasser aus dem Felsen; der Sieg über die Amalekiter. Das heißt getragen auf Adlers Flügeln, C. 19, 4. (5 Mose 32, 11.)

Ebenso und noch mehr hat die Liebe und Sorge Gottes auch uns umfaßt: 1) Er gab dir Brod bisher; dort nur Manna, dir auch anderes Brod, Joh. 6, 30—35; 2) allerlei Schaden hättest du nehmen können, und stehst gesund hier, so ist Gott dein Arzt; 3) ihnen war Canaan versprochen, uns ist der Himmel verheißen, Joh. 14, 3; 4) sie sind aus irdischer Knechtschaft befreit, wir von einer andern, nach Joh. 8, V. 34 und 36; 5) Gott nennt sie s e i n Volk, uns Christen: Kinder Gottes, 1 Joh. 3, 1; das auserwählte Geschlecht, das königliche Priesterthum, das heilige Volk, das Volk des Eigenthums. 1 Petri 2, 9; Könige und Priester, Offenb. 1, 6; Erstlinge der Kreaturen, Jac. 1, 18, Hebr. 12, 23; 6) Gott gab ihnen Moses, uns einen Hohenpriester, der da heilig ist, Hebr. 7, 26. Das hat Gott uns gethan. Wiederholung: Liebeserweisungen Gottes dort, hier, 1—6.

2) Wie benimmt sich nun der natürliche Mensch gegen solche Liebe? Wir wollen erst Israel einmal darauf ansehen. Nach C. 14, 12 hatten sie schon in Egypten zu Moses gesagt: Höre auf, und laß uns den Egyptern dienen: kleingläubig. Am rothen Meere sprechen sie die Worte, C. 14, 11. 12, und doch hatten sie eben alle Wunder in Egypten geschauet. Gleich nach dem Durchgang murren sie und sprechen: was sollen wir trinken? C. 15, 24. Und welche Sprache findet sich doch C. 16, 3. Also kein Gedanke daran, daß Gott es gethan hatte und nicht Moses; kein Gedanke an Gebet, Bitte zu Gott. Sammelt nur für einen Tag Manna, sprach Moses, und doch gehorchten sie nicht, C. 16, 20, obgleich Gott ihnen dadurch, daß es am Sabbath frisch blieb, zeigte, daß der Mensch lebet von

jeglichem Wort, das aus dem Munde Gottes gehet. Diesen Ungehorsam rügt Gott V. 28.

In Raphidim, C. 17, 1. 2, spricht Moses, als sie um Wasser schreien: Was zankt ihr mit mir? als wollte er sagen: Wißt ihr denn nicht, wer euch führt, wer für euch sorgt? Aber nein, sie wissen's nicht. Ja, C. 17, 4 klagte Moses Gott die Klage: Es fehlet nicht weit, sie werden mich noch steinigen. Was sagt ihr dazu? Solches Mißtrauen, solcher Unglaube, Ungehorsam, Murrsinn ist kurz der schwärzeste Undank.

O, mögt ihr sprechen: so sind wir nicht. Wir wollen doch sehen. Gott gab euch Brod, habt ihr auch gedankt, oder eßt ihr das wohlschmeckende Butterbrod ohne Weiteres auf? Wie schmeckt euch das Manna, was Joh. 6, 30—35 gemeint ist? auch wie den Israeliten? uns ekelt über dieser losen Speise. 4 Mose 21, 5. Gott hat euch behütet, als ihr leicht hättet Schaden nehmen können bei Feuer, Wasser, Treppen rc., habt ihr's auch schon vergessen? Wir nehmen die andern eben genannten Liebeserweisungen Gottes wieder vor, und sehen, wie Viele sich dagegen verhalten: Gott will uns in seinen schönen Himmel haben bei sich und Christo, aber das lustige Leben (die Fleischtöpfe) ist uns viel lieber; von der Sünde frei wollen sie nicht werden, sondern lieber darin bleiben, wie man in der Schule schon sieht: Lüge, Streit, Rache, Heuchelei; du sollst ein Kind Gottes werden, mußt du dann ungehorsam, mißtrauisch sein? bist du's nie gewesen? Nimm die zehn Gebote vor und schlage an deine Brust; wir haben Jesum, den Sohn Gottes, und doch —. Hebr. 10, 28. 29; wir haben die fröhliche Botschaft (das Evangelium) von der Vergebung der Sünden rc. Fraget euer eigen Herz, Kinder, gehet hin in die Häuser, auf die Straßen, auf den Markt und wo sonst Menschen zusammenkommen; haben wir recht geredet?

Das ist traurig, niederdrückend. Die heil. Schrift spricht davon, daß die Sünde des Menschen das Herz Gottes bekümmert (1 Mos. 6, 6), und den heiligen Geist Gottes betrübet (Eph. 4, 30). Nicht wahr, das wollt ihr doch nicht? Nun denn, laßt es anders werden, die Liebe Gottes trägt euch noch. Frage sich Jeder, in welchem Stück er noch undankbar war, und wo ich ihn berührte. Das will aber erbeten sein, und wir wollen singend uns zum Schluß den Kindessinn herabbeten: Gesang 643, V. 1. 2: Gott, bester Vater.

Die Gesetzgebung.

2 Mos. 19 und 20.

Der (einzelne) Berg der Gesetzgebung heißt in der Geschichte immer Sinai. Nur in den Abschiedsreden, wo Moses den Berg nicht mehr vor Augen hat, nennt er das Gebirge Horeb. Das Gebirge heißt Horeb, und der Gesetzesberg Sinai. Die Tradition hat hier eine Verwirrung angerichtet, und nennt die nördliche Spitze des Berges Sinai, wo die Gesetzgebung geschah, Horeb; die südliche aber Sinai.

Die hier gegebenen „zehn Gebote, das Gesetz im engern Sinn, unterscheiden sich wesentlich dadurch von dem ganzen Gesetz, das Gott durch Moses den Israeliten gab, daß die zehn Gebote von Gott selber gesprochen sind vor den Ohren des ganzen Volks; die übrigen Gebote, Satzungen und Rechte aber sind von Gott durch Moses gegeben, der sie in das „Buch des Gesetzes" einschreiben mußte. Die zehn Gebote heißen in der Bibel die zehn Worte, wohl zur Erinnerung an die göttliche Stimme, die sie sprach. Sie machen ein Ganzes für sich aus, wie die Worte V. 1: „Und der Herr redete alle diese Worte," sagen; und enthalten die Summe aller andern göttlichen Gesetze, und den Willen Gottes in aller Kürze gefaßt. Man nennt sie auch den Decalog, das ist griechisch und heißt: zehn Worte, H. heißen die zwei Tafeln mit den zehn Geboten: das Zeugniß, weil sie, von Gott selber geschrieben, ein Zeugniß waren des Bundes, den Gott mit Israel aufgerichtet hatte. Die Schule hat also, wenn sie von den zehn Geboten spricht, durchaus nicht vom Gesetze oder von den Geboten Mosis zu sprechen, sondern es sind, ohne Vermittelung Mosis, Gebote von Gott unmittelbar gegeben, es ist das Gesetz Gottes. So wie dies Gesetz von der göttlichen Stimme gesprochen ist, so ist es auch mit dem Finger Gottes geschrieben auf die beiden Seiten der zwei Tafeln, C. 31, 18. C. 32, 15. Wir sind nun durch den kleinen Catechismus Luther's gar zu sehr gewohnt, das Gesetz nur von seiner dogmatischen, lehrhaften Seite zu fassen, und es ist im Unterrichte dahin gekommen, daß man sich gar nicht um das Historische, also um unsern Text bekümmert; das hat denn dem tiefern Verständniß des Gesetzes Schaden gethan. Wir glauben durch nachfolgende Worte, so viel wir können, das Gesetz wieder aufzurichten, wenn wir es in seiner historischen Bedeutung, wie der Text sie giebt, erfassen und auslegen.

Das erste Wort, V. 2. 3. H.: Ich, Jehovah, bin dein Gott, der dich aus Egypten, dem Diensthause, geführt hat, du sollst keinen andern Gott haben vorbei meinem Angesicht (meinem Angesicht, mir vorbeigehend). Hier wird die Abgötterei verboten. Der Grund, warum Gott allein alle Liebe haben will, ist, weil er alle Liebe gegeben und Israel erlöſ't hat aus der Knechtschaft Egyptens, und hat es sich zum Eigenthum gemacht, C. 15, 16. Dazu hat sich Jehovah durch die Plagen als Herr aller Götter Egyptens gezeigt, und kann um so mehr die Anerkennung seiner Gottheit verlangen vor andern Göttern. Wenn wir irgend etwas Anderes an die Stelle Gottes setzen, und es zu unserm Gott machen, so ist das ein Vorbeigehen vor dem Angesichte Gottes, eine Verachtung und Verkennung seiner Person. Damit ist nun die Einheit Gottes festgestellt. Zu ihm soll das Herz mit seinen Wünschen, Bestrebungen, Nöthen; statt daß der heidnische Naturdienst das Herz auseinanderriß, so daß es nirgends Trost und Ruhe fand. Es ist hiernach klar, wie wahr und herrlich die Erklärung Luther's vom ersten Gebot ist: Wir sollen Gott über alle Dinge fürchten, lieben und vertrauen. (Siehe noch ausführlicher darüber Luther's großen Catechismus in Luther's Werken, Walch'sche Ausg. B. 10.)

Das zweite Wort, V. 4—7. Du sollst dir kein Bildniß von Jehovah machen. Daß man einen andern Gott hatte, das zeigte sich äußerlich in dem Bildniß davon, das man anbetete. Alle Bilder sind aus der Welt, dem Bereich der sichtbaren Dinge am Himmel, auf Erden, im Wasser, V. 4. Jehovah aber gehört nicht zur Welt. Wenn nun kein Bild von Gott soll gemacht werden, so ist damit seine Geschiedenheit von der Welt (wovon die Heiden, was ihre Götter anlangte, keine Ahnung hatten) und seine Geistigkeit entschieden ausgesprochen. Gott nennt sich einen eifrigen Gott (nicht eifersüchtigen, Eifersucht ist Sünde). Ihm kommt vermöge seiner Hoheit und Liebe ungetheilte Liebe zu. Seine Liebe entbrennt, wenn sie dem Eiteln, Nichtigen, Weltlichen, dem Bilde gegeben wird. Diesem Gebot wird nun eine Drohung beigefügt: Gott will die Sünde der Väter heimsuchen an den Kindern bis in's dritte und vierte Glied, „die (nemlich die Väter) mich hassen." Die Drohung der Strafe hängt ganz natürlich mit der Sache, wie sie ist, zusammen. Denn wie sich das menschliche Wesen überhaupt von Vater auf Sohn fortpflanzt, so kann auch der Vater keinen andern zeugen, als der er selber ist, einen Sünder, und somit sind Vater und Sohn sammt und sonders vor Gott verdammt. Das ist es, was wir Erbsünde nennen. Es zeigt sich hier der Fluch des Gesetzes in seiner ganzen Schärfe und der Gräuel, den der Heilige in Israel an der Sünde hat, indem er dieselbe aufsucht und straft, nicht bloß an dem Sünder, sondern gar hinein bis in dessen drittes und viertes Geschlecht. Das ist der Ernst, der Zorn Gottes, wenn die Väter Jehovah hassen, d. h. nach dem eben Vorgekommenen, seine Liebe nicht erkennen, und daher ihm keinen Gehorsam leisten. Freilich müßte nun wegen des Zusammenhangs der Väter mit den Kindern der Haß gegen Gott von Geschlecht auf Geschlecht sich forterben, und die Menschheit käme nie da heraus. Aber es ist noch ein Anderes in Gott, als der, V. 5, genannte Eifer, Zorn, das ist, V. 6, die Barmherzigkeit, die Gnade Gottes: Und thue Barmherzigkeit an vielen Tausenden, die mich lieb haben, und meine Gebote halten. Die Gnade Gottes hält seinen Zorn im dritten Gliede zurück und erstreckt sich, H., auf tausend Geschlechter (Generation, ein Geschlecht zu 30 Jahren angenommen, wäre dann 30,000 Jahre), d. h. ewig. Diese überschwengliche Gnade Gottes, wie sie hier gerühmt wird, ist von den Alten auch wohl erkannt, und Ps. 105, 8 heißt es mit offenbarer Beziehung zu unserer Stelle: Er gedenket ewiglich an seinen Bund, des Worts, das er verheißen hat, auf viele Tausende für und für (Bund, Gott und Menschen binden, knüpfen sich gegenseitig an einander; Gott erst: Ich gebe dir Gnade; der Mensch: Ich liebe dich und halte deine Gebote). Im N. T. kommt diese den Zorn Gottes überwältigende Gnade noch besser zum Vorschein durch die Erlösung und durch den Ausspruch: Gott ist die Liebe. An solche Gnade und Erbarmung muß aber der Mensch vorerst glauben, so folgt daraus ein Liebhaben Gottes, des Liebenden, und daraus weiter als die That, die Aeußerung solches Liebhabens, das willige Halten der Gebote Gottes. So ist es auch stets bei den heiligen Männern des A. T. gewesen; wie sicher und glaubensfroh spricht die eben angeführte Stelle im Psalm. Noch deutlicher zeigt sich das bei Daniel. Daniel führt in dem herrlichen Gebet, C. 9, unsere Stelle an, V. 4: Daß Gott Gnade will geben denen, die ihn lieb haben und seine Gebote halten. Diese Gnade Gottes wird von ihm geglaubt, V. 18: Wir liegen vor dir mit unserm Gebet, nicht auf unsere Gerechtigkeit, sondern auf deine große Barmherzigkeit. Daher wird ihm auch von dem Engel Gabriel, V. 23, verkündigt: Du bist lieb und werth; natürlich, denn bei Gott gilt die Regel: Ich liebe, die mich lieben. So geht also auch nach dieser Stelle, V. 6, die Gnade Gottes vorauf, und macht das Herz willig, Gottes Gebote zu halten, und dieser Gehorsam fließt aus der Liebe. So schließt denn auch die Liebe zu Gott das ganze Gesetz in sich, wie es auch 5 Mos. 6 dargestellt wird. Zugleich zeigt sich hier, daß der Glaube zum Gehorsam gegen das Gesetz erforderlich ist.

Das dritte Wort, V. 7. H.: Du sollst den Namen des Herrn deines Gottes nicht hinbringen zu dem Eiteln. Gott ist dem Volk nicht in einer Gestalt erschienen, es darf sich daher auch kein Bild von ihm machen. Aber Gott hat, V. 2, seinen Namen selber genannt: Ich, Jehovah, bin dein Gott; und mit dem Namen Gottes ist sein Wesen offenbar geworden, daß man dieses in und mit dem Worte Jehovah erfassen kann. Dieses Wesen Gottes ist nun von den eiteln, nichtigen, lügenhaften Dingen (das besagt das Wort mißbrauchen im H.) unterschieden. Der Gebrauch des Namens Gottes verlangt also Vorsicht und ein Bedenken dessen, was Gott ist.

Das vierte Wort, V. 8—11: Gedenke des Sabbathtages, daß du ihn heiligest ꝛc. Der Sabbath wird, V. 10, der Sabbath des Herrn genannt; es ist also der Tag, der Jehovah angehört, weil Gott an demselben von dem Werk der Schöpfung ruhete. Den Tag soll nun der Mensch als einen Tag Jehovah's halten. Jehovah ist der Heilige in Israel, und daher soll auch sein Tag geheiligt werden. Dies soll bedacht werden, gedenke, und dieser Tag soll nicht mit den übrigen Tagen vermengt werden. 5 Mos. 5, 15 wird bei der Wiederholung der zehn Gebote noch ein anderer Grund der Heilighaltung des Sabbaths angegeben: Denn du sollst gedenken, daß du auch ein Knecht in Egypten warst, und der Herr dein Gott dich von dannen ausgeführt hat mit einer mächtigen Hand und ausgerecktem Arm; darum hat dir der Herr dein Gott geboten, daß du den Sabbathtag halten sollst. Zuerst führt dieses Wort uns hin auf eine Seite des Sabbathgesetzes, die häufig übersehen wird. Der Mensch war von Anfang an im Paradiese schon zur Arbeit gesetzt. Als er aber sündigte, muß er hinaus auf den verfluchten Acker, und sich dort mit Mühe und Arbeit nähren, und das Ende — bis daß du wieder zur Erde werdest — war der Tod. Eben so hatte es sich bei der schweren Arbeit in Egypten gestaltet. Gott hatte sein Volk jetzt erlöset und schenkte ihm nun mitten unter der Last und Mühe dieses Lebens einen Tag der Ruhe, und läßt den Menschen, und sogar das Thier auch, Theil haben an der göttlichen Ruhe. Zu solcher Höhe konnte kein Gesetz im Heidenthum sich erheben; der Römer Cato spricht: Dem Maulesel, Pferd und dem Esel sind keine Ruhe gestattet. Die leibliche Ruhe am Sabbath ist es hier also zuerst und zunächst, was das Gesetz gebietet und was es dem Hausvater, dem Sohn und der Tochter, dem Knecht und der Magd, dem Ochsen und Esel, und dem Fremdling schenkt. Im A. T. ist auch stets auf die leibliche Ruhe von der Arbeit (das besagt das Wort feiern) gehalten worden. 2 Mose 16, 29. 30 vom Manna; C. 35, 3: Ihr sollt kein Feuer anzünden am Sabbathtage in euren Wohnungen. Jer. 17, 21: Hütet euch und traget keine Last am Sabbathtage durch die Thore hinein zu Jerusalem. Neh. 13, 15—17. Wie stellt sich aber dies Gebot im N. T.? Christus ist, Röm. 10, 4, des Gesetzes Ende, und es ist durch seine vollständige Erfüllung des Gesetzes das ganze Gesetz und damit auch der Sabbath abgethan, und für den Christen ist das ganze Gesetz, was man sonst in Sitten-, Ceremonial- und bürgerliches Gesetz eintheilt, nicht mehr bindend. Der Unterschied der Tage und Zeiten hört für den Christen auf, Röm. 14, 6. Gal. 4, 9—11. Col. 2, 16. Damit aber hebt der Christ nicht das Gesetz auf, Röm. 3, 31, sondern er richtet es auf, denn 2 Cor. 5, 17: Ist Jemand in Christo, so ist er eine neue Creatur; das Alte ist vergangen, es ist Alles neu geworden.

Wir ruhen auch, wie der Mensch des Gesetzes, alle 7 Tage von der Arbeit unserer Hände, nehmen aber, nach der uns von Christo gegebenen Freiheit, den Tag der Ruhe nicht nach, sondern vor der Arbeit, am ersten Wochentage, bedenkend, daß durch Christum Alles vollendet ist.

Das fünfte Wort, V. 12: Du sollst deinen Vater und deine Mutter ehren, auf daß du lange lebest (und daß dir's wohl gehe, 5 Mose 5, 16) im Lande, das dir der Herr dein Gott giebt. Ehre hat allein Gott, Ps. 115, 1. 5 Mose 32, 3: Gebt unserm Gott allein die Ehre. Hier haben die Eltern Ehre, so haben sie diese Ehre vor den Kindern von Gott. Diese Ehre hat darin ihren Grund, daß die Kinder das Leben und alles Gute von den Eltern haben, die somit die Stellvertreter Gottes sind. — Stellvertreter Gottes — darauf hat man auch bei Behandlung dieses Gebots durchaus sein Augenmerk zu richten. In der Verbindung von Eltern und Kindern in der Familie finden wir die erste und natürlichste Ueber- und Unterordnung und diese ist Grund aller Ueber- und Unterordnung überhaupt. In der Schrift wird auch das Wort Vater und Mutter über den natürlichen Kreis der Familie hinausgenommen. 1 Mose 45, 8 nennt sich Joseph: der Vater Pharao's; und Debora nennt sich, Richter 5, 7, eine Mutter in Israel (Stücke in Esth. 6, 9). So kann man wohl mit Luther dieses Gebot von aller menschlichen Ueber- und Unterordnung überhaupt verstehen. Und Mutter; wie hoch steht hier doch das Gesetz, so recht als ein göttliches Gesetz, über den Gesetzen anderer Völker. Die Mutter ist hier dem Vater gleichgestellt, und das Gesetz verlangt gleiche Ehre für beide. In Indien dagegen erfährt die Mutter durch die Gesetze die höchste Zurücksetzung, nicht bloß von ihrem Manne, der es für eine Beschimpfung nehmen würde, wenn Jemand sich nach dem Befinden seiner Frau erkundigte, sondern auch von ihren eigenen Kindern, die sie ohne Erröthen schelten, beschimpfen, beleidigen. Dort ist es gesetzlich, daß die Hand des Sohnes den Scheiterhaufen anzünden muß, der das Leben der Wittwe, seiner Mutter, dahin nimmt. — Dieses Gebot ist nun, wie Paulus bemerkt, Eph. 6, 2, das erste, das eine Verheißung hat; denn die Verheißung beim zweiten Gebot steht nur als Gegensatz der Drohung an ihrer Stelle und ist allgemein sich auf alle Gebote erstreckend. Diese fünf Gebote beziehen sich auf Gott, und waren auf die erste Tafel des Gesetzes geschrieben*); in allen kommt auch der Name Jehovah vor, was in den fünf folgenden, die den Inhalt der zweiten Gesetztafel ausmachten, fehlt. Es wird aber dieses fünfte Wort deshalb mit zu den Pflichten gegen Gott gerechnet, weil die Kinder ihre Eltern als Stellvertreter Gottes ehren sollen. (Im Gesetz Mosis werden sehr oft die Stell-

*) So sagt Josephus; in der Bibel steht es nicht. Der nachfolgende innere Grund macht es auch so wahrscheinlich.

vertreter Gottes geradezu Götter genannt, z. B. C. 21, 6 heißen die Richter so.) Hier ist auch deshalb die erste Verheißung beigefügt, weil durch dies Gebot die Gottesverehrung zuerst in das natürliche Leben eintritt. Wenn Paulus, 1 Tim. 4, 8, sagt: Die Gottseligkeit hat die Verheißung dieses Lebens; so ist das wohl in Beziehung zu unserm Gebot gesprochen, denn die Gottseligkeit fängt in dem natürlichen Leben gerade mit der Erfüllung dieses Gebots an, und hat dieses Leben zur Verheißung, wie sich überhaupt das A. T. auf dem diesseitigen Boden bewegt und nur im dunkeln Wort von dem Zukünftigen redet. Ein Kind, das seine Eltern ehrt, erkennt an, daß es die höchste irdische Wohlthat, das Leben, von seinen Eltern hat, und diese Anerkennung lohnt Gott wieder mit Leben, mit einem langen Leben. Als Schöpfer des Lebens will Gott Anerkennung des Lebens, und als Weltregierer belohnt er diese Anerkennung. So stehen Gebot und Verheißung in natürlicher Verbindung. Daß man übrigens den Ausdruck „langes Leben" nicht unter den Buchstaben zu zwingen hat, zeigt die weitere Ausführung dieses Worts durch den Geist Mosis, 5 Mose 5, 16, „daß dir's wohl gehe"; und so sehen wir die Erfüllung dieser Verheißung noch täglich bei treuen Unterthanen, Untergebenen, Kindern, Dienstboten.

Das sechste Wort, V. 13: Du sollst nicht tödten. Die fünf folgenden Gebote der zweiten Tafel enthalten Gebote gegen den Nächsten. Dies sechste Gebot schützt zuerst sein Leben, weil davon das ganze Sein des Nächsten abhängt.

Das siebente Wort, V. 14: Du sollst nicht ehebrechen. Durch die Ehe wird das Leben des Nächsten, und somit das Ebenbild Gottes fortgeführt.

Das achte Wort, V. 15: Du sollst nicht stehlen. Dies Gebot schützt des Nächsten Gut, denn davon hängt das Leben des Nächsten und der Seinigen ab. Diese Gebote treten in gewaltiger Kürze auf, und sind die kürzesten Verse in der ganzen Bibel.

Das neunte Wort, V. 16: Du sollst kein falsch Zeugniß reden wider deinen Nächsten. Dies wird von Luther bloß dahin verstanden, dem Nächsten Schaden thun an seiner Ehre. Dies Gebot geht aber viel weiter, und verbietet jede Lüge gegen den Nächsten, wir mögen nun seiner Ehre oder seinem Besitz damit schaden. Das Zeugniß soll überhaupt nicht falsch sein, mit dem Wort ist denn auch die Nothlüge gerichtet.

Das zehnte Wort, V. 17: Laß dich nicht gelüsten deines Nächsten Hauses, seines Weibes rc. Was man sonst das neunte und zehnte Gebot nennt, ist hier also zusammenzuziehen in ein Gebot. Es ist zuerst genannt das Haus als Inbegriff alles dessen, was der Nächste hat; dann wird das Einzelne aufgezählt. Das sechste, siebente und achte Gebot richtet sich gegen das Werk, das neunte gegen das Wort, und das zehnte hat die Absicht, auf den Grund der sündhaften That und des sündhaften Worts hinzuweisen, die böse Lust im Innern. Das letzte Gebot verschärft also die vorhergehenden vier und zeigt, daß es z. B. beim Stehlen nicht bloß auf das Werk, als vielmehr auf den Herzensgrund, woher das Werk stammt, auf die böse Lust, ankommt. Es wird oft gesprochen von bösen Gedanken, die unwillkürlich aus dem Herzen aufsteigen; auch dies erkennt das zehnte Gebot nicht an, und stellt solches als eigene, innere Sünde des Menschen hin. Da dies letzte Gebot so scharf spricht, so bezeichnet Paulus ganz richtig, Röm. 7, 7, die böse Lust als den ganzen Inbegriff des Gesetzes; und David bittet mit Bezug auf unser Gebot, Ps. 51, 12: Schaff' in mir, Gott, ein reines Herz. — Die fünf letzten Worte nehmen den entgegengesetzten Weg, den die fünf ersten nahmen. Die ersten gingen vom Innersten zum Aeußersten, von der Anbetung Gottes zu der Darstellung der Gottesverehrung in der Familie; diese letzten fünf Gebote fangen mit dem Aeußersten, mit dem Werk an, gehen dann auf das Wort und enden mit der Lust im Innern. Obgleich in den letzten fünf Geboten keine weiteren Zusätze enthalten sind, wie sich das in den fünf ersten findet, so sind sie doch nicht so zu verstehen, als hätten sie bloß Beziehung auf den Nächsten, sondern die Stelle, 3 Mose 6, 2 ff., zeigt uns, daß alle Sünde gegen den Nächsten ein „Vergreifen an dem Herrn" ist. Somit beziehen sich alle Gebote auf Gott, und wenn das vornehmste Gebot heißt: Du sollst Gott deinen Herrn lieben, so ist das andere dem gleich: Du sollst deinen Nächsten lieben als dich selbst, und in diesen beiden Geboten hängt das ganze Gesetz, und bewegt sich darin, wie die Thür in der Angel.

Ueberblicken wir das Gesagte noch einmal, und sehen, was die Schule davon brauchen kann. 1) Die zehn Gebote unterscheiden sich von dem ganzen übrigen Gesetz dadurch, daß es unmittelbar das Gesetz Gottes ist. 2) Wie Luther die Gebote gezählt hat, das ist nicht gut umzustoßen, es würde auch Verwirrung bringen; man läßt es also so stehen, zeigt aber doch auf die richtigere Zählung und den Grund derselben hin. 3) Die Betrachtung des Wesens Gottes wird hier gleich mitgenommen: Einheit, Geistigkeit, Liebe (Gnade), Heiligkeit (Zorn); hier hat es historischen Grund. Es ist ganz verkehrt, bei dem ersten Artikel von den Eigenschaften Gottes zu sprechen; wie überhaupt vor dem Leben der Geschichte das, was man Eigenschaften Gottes nennt, ganz verschwindet; wir Schullehrer sollten uns davon mehr frei machen, es trägt wenig ein. 4) Man geht mit Luther mit jedem Gebot in die Höhe: Gott, und 5) in die Tiefe — des bösen Herzens, der bösen Lust, und läßt die Kinder fühlen, daß sie es hier nicht mit irgend einem bürgerlichen Gesetz, sondern mit Gott zu thun haben: Wir sollen Gott fürchten und lieben rc. 6) Das Gebot vom Sabbath und von den Eltern erklärt man genauer und bestimmter.

Die Unterredung.

Das Gesetz 1) ein Spiegel, 2) ein Riegel, 3) ein Siegel.

Gesungen Gesang 644: Gott, deinen heiligen Befehlen —. Das Gesetz von setzen: was von Gott als Forderung festgesetzt ist; (es steht jetzt schon 3500 Jahre; bis Himmel und Erde vergehen, Matth. 5, 18), wovon nichts kann abgelassen werden. Es ist feierlich gesetzt, gegeben, mit göttlicher Stimme, zwei Millionen Menschen hörbar: durchdringend, allgegenwärtig. In der ganzen Geschichte der Menschheit kommt so etwas gar nicht wieder vor. Gott selber hat das Gesetz aufgeschrieben, 2 Mose 31, 18 und C. 32, 16. Die zehn Gebote, das Gesetz der Heiligkeit, d. h. was Gott wohl oder übel gefällt, werden besonders das Gesetz genannt. Drei Tage Vorbereitung durch Heiligung, ein Gehege um den Berg, des Morgens das Donnern und Blitzen, eine dicke Wetterwolke legte sich auf den Berg, der Berg rauchte und sein Rauch stieg in die Höhe, wie ein Rauch vom Ofen, der Berg bebte, die Stimme Gottes wie der Ton einer Posaune. Alle diese Umstände sind schreckenerregend. Leset 5 Mose 5, 24—27. Es heißt: sie flohen, traten von Ferne und sprachen zu Moses: Rede du mit uns, wir wollen gehorchen, und laß Gott nicht mit uns reden, wir möchten sonst sterben. Moses antwortete, was Cap. 20, 20 steht. Also eine solche Furcht oder Ehrfurcht sollen euch diese Umstände einflößen, daß sie euch eine Warnung vor Sünden seien, und euch zeigen, wie die Uebertretung des Gesetzes Tod und Verderben bringt. Noch nach 40 Jahren liegt ihnen dies Schreckenerregende im Gedächtniß, 5 Mose 5. Wie ganz anders redet doch Gott mit uns im neuen Bunde. Wir wollen lesen und betrachten Hebr. 12, 18—24 und dazu Gesang Nr. 910: Zum Berge voller Flammen nicht —. Wie vielmehr sollten wir solchem freundlichen Gott dienen; wie vielmehr schlimmere Strafe hat der zu erwarten, der die Liebe Gottes in Christo nicht achten will. Den Spruch, schon in der vorigen Unterredung angeführt, lesen wir noch einmal: Hebr. 10, 27. 29.

1) Wir betrachten jetzt das Gesetz, die zehn Gebote, selber. Ein alter Spruch sagt: das Gesetz ist **ein Spiegel**, ein Riegel, ein Siegel. Ein Spiegel zeigt, was uns fehlt; so das Gesetz. Durch das Gesetz kommt Erkenntniß der Sünde. Paulus, 1 Cor. 4, 4: Ich bin mir wohl nichts bewußt, aber darinnen bin ich nicht gerechtfertiget; der Herr ist es aber, der mich richtet. — Ja weil Gott im Gesetz gesagt hat, wie's sein soll, der Gedanke, das Wort, die That. Diesen Zweck des Gesetzes spricht auch die Bibelstelle aus, 2 Timoth. 3, 16. 17. Ihr lernet die Gebote auswendig. Weshalb? Nicht für das Examen, nein, ihr sollt daran sehen, was euch fehlt, jetzt schon. Ich will euch einmal die Gebote als einen Spiegel hinstellen.

Das Vierte: Vater und Mutter ehren, das ist gesetzt und kein Haar geht davon ab. Beseht euch in dem Spiegel. Was meine ich? Ihr seht, wo es fehlt. Das achte: keine Lüge, es ist festgesetzt ohne Wenn und Aber. Seht ihr euren Flecken? So hängt denn den Spiegel in dem Kämmerlein eures Herzens auf. Was ist gemeint? Und beseht euch oft darin. Auch nachher, wenn ihr zur Beichte gehet. Viele sind zu vornehm dazu; und ihnen die zehn Gebote zu kinderhaft. Antwort: Was Gott geheiliget hat auf solche feierliche Weise, wie eben gesagt ist, das mache du nicht gemein. Ein Wort von Luther, was ihr auch versteht: „Ich bin auch ein Doctor und Prediger, so gelehrt und erfahren als Jemand, noch thue ich wie ein Kind, das man den Katechismus lehret, und lese und spreche auch von Wort zu Wort des Morgens und wenn ich die Zeit habe, die zehn Gebote, den Glauben, das Vaterunser, und muß so ein Kind und Schüler des Katechismus bleiben und bleib's auch gerne." Gehet hin und thuet desgleichen. Spiegelt euch dann und thuet, was Jes. 1, 16 steht.

2) **Ein Riegel.** Ein Riegel wird darum vorgeschoben, 1) da soll nichts ein, 2) da soll nichts aus. Auf zwei Wegen kommt die Sünde an den Menschen: aus dem Herzen kommen arge Gedanken, also aus dem Innern steigt sie auf und bricht in Wort und That heraus; an Andern sehn wir sie, und sie will auch bei uns in's Herz hinein. Das Gesetz ist nun der Sünde, die heraus oder hinein will, ein Riegel. Wodurch? Du sollst, du sollst nicht. Also du darfst dich nicht so gehen lassen. Das: du sollst, weis't hin auf einen Herrn und auf ein Gesetz, das schon im Gewissen spricht, und das Gott in unserer heutigen Geschichte in Schrift stellet. Wenn nun die Sünde vor der Thür ruhet und an äußern Dingen Gelegenheit nimmt in's Herz zu kommen (das Auge sieht und möchte es stehlen, das Ohr hört schlechte Lieder und Reden und möchte Freude daran haben 2c.), so laß ihr nicht ihren Willen; schiebe den Riegel des Gesetzes vor: du sollst, dein Herr, der Alles sieht, der Alles richtet, dessen Eigenthum, Knecht und Diener du bist, sagt's. — Die Sünde will aus dem eignen Innern aufsteigen in bösen Gedanken, Lüsten, Begierden; der Riegel des Gesetzes sagt: du sollst nicht ihnen nachhängen. Gebot 9. Paulus, 1 Cor. 9, 27: Ich betäube meinen Leib und zähme ihn. Er ließ also der Lust nicht ihren Lauf. Wie ein Knecht denkt: ich darf nicht, wie ich wohl wollte, mein Herr zürnt, straft, so der Mensch unter dem Gesetz: ich bin Gottes Knecht, soll ihm dienen. Luther: Du kannst nicht wehren, daß die Vögel über dir fliegen, aber daß sie in deinen Haaren ein Nest bauen, das kannst du wehren. Wende das an auf die Lüste.

3) **Ein Siegel.** Das Gesetz ist ein Riegel, der der Sünde wehrt, die ein und aus will. Wird das Gesetz denn nie übertreten? Wie schwach ist denn doch der Riegel! Und die Folge? Ich will die Sünde heimsuchen. 5 Mos. 27, 26: Verflucht sei, wer nicht alle

Worte dieses Gesetzes erfüllet, daß er danach thue. Somit wären alle Menschen verflucht. Weshalb? Leset Jes. 64, 6. Das Gesetz vermag also keinen Menschen selig zu machen. Warum nicht? Weil Niemand es ganz und gar hält. Wie wollen wir denn selig werden? Leset Röm. 8, 3: Denn was dem Gesetz unmöglich war, das that Gott und sandte seinen Sohn in Gestalt des sündlichen Fleisches und verdammte die Sünde im Fleisch. Also die Erlösung durch Christum. Das Gesetz sagt: Du sollst, aber das sündhafte Herz sagt: Ich will nicht, mag nicht. Die große Liebe Gottes und Christi macht, daß das Herz sagt: Ich will, und daß man es nun viel genauer mit dem Gesetz nimmt. Wenn der Christ sich vergeht, so bereut er, bittet ab, hütet sich künftig und ist ruhig. So muß das Gesetz selber anerkennen, was ich durch Drohen und Verheißen nicht vermag (nemlich, daß man das Gesetz hält und so selig wird), das thut die Erlösung. Was? Wenn wir anerkennen, bestätigen, bekräftigen wollen, so thun wir es mit einem Siegel, z. B. eine Bescheinigung, ein Zeugniß. So ist auch das Gesetz ein Siegel; es giebt selber den Beweis, daß der Weg, den Gott gewählt hat, nemlich die Erlösung durch Christum, der rechte, wahre und einzige ist, um in den Himmel zu kommen und daß kein anderer Weg da ist.

So brauche denn die zehn Gebote auf diese dreifache Weise. Wann als einen Spiegel? Wenn du meinst, ich bin gut genug. Wer das ganze Gesetz hält rc. — Wann als einen Riegel? — Wann als ein Siegel? Wenn du Trost bedarfst, und deine Gerechtigkeit als ein unflätig Kleid vor dir steht, nach Jes. 64, 6.

Das goldene Kalb.

2 Mos. 32 ff.

Die Geschichte. Die zehn Gebote (Worte) waren auf dem Berge von Gott gesprochen, C. 20. Das Volk hatte, V. 19, zu Mose gesagt: Rede du mit uns und laß Gott nicht mit uns reden, wir möchten sonst sterben. Moses machte sich, V. 21, auf den Berg in's Dunkle, da Gott innen war. Da empfing er die bis C. 23 enthaltenen Rechte und Gebote Jehovah's, die er wohl dem Volke wieder mitgetheilt hat. Sie sind die Grundsatzungen des israelitischen Volkslebens. Dann ruft Gott ihn abermals, C. 24, 1, zu sich auf den Berg. Das Volk wiederholt noch einmal, V. 3: Alle Worte, die der Herr gesagt hat, wollen wir thun. Darauf schrieb Moses alle Worte des Herrn auf von C. 20 bis 23, und las sie dem Volke vor, V. 3 und 7. Dann erfolgt das Bundesopfer, V. 5—8. Die eine Hälfte des Bluts des Opfers wird an den Altar, an den Ort der Gegenwart Gottes, gebracht, mit der andern Hälfte wird das Volk besprengt. Dadurch wird dies Bundesopfer sowohl in Beziehung zu Jehovah, als auch in Beziehung zu Israel gesetzt. Beide geben ihr Leben, daß sie für sich (isolirt) leben, auf und hin, wie in den Tod, und leben ein neues Leben der Gemeinschaft, des Bundes; so Gott, so Israel. Gott spricht: Ich will dein Gott sein; Israel spricht: Ich will dein Volk sein, thun, was du sagst. Als nun der Bund geschlossen ist, sehen Moses und Aaron und seine beiden Söhne und die 70 Aeltesten den Gott Israel's, V. 10. Sie hatten wohl eine Erscheinung, die Gott darstellte, und die gewiß unvollkommen war (C. 33, 20), da sie diese Erscheinung nicht näher beschreiben können. Nur was unter den Füßen Jehovah's ist, beschreiben sie V. 10. Eine Opfermahlzeit beschließt nun den Bund, V. 11, und der Herr ließ seine Hand nicht über die Obersten, d. h. er legte nicht Hand an sie, er ließ sie nicht sterben. Darauf sprach Gott, V. 12: Komm herauf, daß ich dir gebe steinerne Tafeln und Gebote, die ich darauf geschrieben habe. Moses stieg hinauf und blieb 40 Tage und 40 Nächte auf Sinai in der dunkeln Wolke, die die Herrlichkeit des Herrn milderte, und die, V. 17, vor den Augen Israel's als ein verzehrendes Feuer war. In dieser Zeit werden Mosis Vorschriften über das Heiligthum gegeben, C. 25—31. Denn der Bund ist geschlossen, und die Bundesschließung soll sich sichtbar in dem Wohnen Gottes mitten unter seinem Volke darstellen. Nach den 40 Tagen versammelte sich das Volk zu Aaron, C. 32, und spricht: Mache uns Götter. Aaron machte, wohl nach dem Vorbilde des egyptischen Apis, einen Ochsen, der den Hauptgott Osiris darstellte, ein Kalb als Bild von Jehovah. V. 20, Moses verbrannte das Kalb zu Pulver, d. h. verkalkte (calcinirte) es, was die heutige Naturwissenschaft nicht mehr kennt. V. 22, Aaron will sich entschuldigen, daß er vom Volke gewungen worden ist, zeigt aber nur damit, daß er noch nicht der rechte Hohepriester ist, in dem die „Heiligkeit Jehovah's" wohnen soll (C. 28, 36). 5 Mos. 9, 20 steht noch, daß Moses für Aaron gebeten hat, und diese Fürbitte des Freundes Gottes mag die Ursache der Verschonung Aaron's gewesen sein. V. 25 heißt H.: und Moses sahe, daß das Volk ungebunden war, denn Aaron hatte es los gelassen zum Schimpf unter seinen Widersachern. C. 33, 14: Mein Angesicht soll euch leiten. Angesicht ist die sichtbare Erscheinung Gottes, woran er erkannt wird; an andern Stellen genannt der Engel des Herrn, der Engel des Bundes, Engel des Angesichts, in dem der Name Jehovah's ist, C. 23, 21, d. h. der Gott selber ist. In V. 20 bedeutet Angesicht die Herrlichkeit Gottes. V. 22: Ich will meine Hand (schirmend) über dir halten, und wenn ich vorüber bin, sollst du mir nachsehen. C. 34, 6 ist so zu verstehen: Als der Herr

(Jehovah) vor seinem (Jehovah's) Angesicht (nemlich vor der sichtbaren Erscheinung Gottes, die Israeliten leiten soll, wodurch denn ein Mehrfaches in dem göttlichen Wesen angedeutet wird) vorüber ging, rief er (nemlich das Angesicht Jehovah's). Es predigt hier in dieser wichtigen Stelle Jehovah von sich Selber. Auf Sinai offenbarte er sich als den Heiligen, hier als den Gnädigen, der Sünde vergiebt. V. 8, Moses neigt sich über diese Offenbarung zur Erde und betet voll Demuth Jehovah an.

Die Unterredung.

Die guten Vorsätze der Menschen und Gottes Verhalten.

1) Die guten Vorsätze werden gefaßt bei Gelegenheiten, die Gott herbeiführt, 2) aber oft nicht ausgeführt; 3) darüber zürnt Gott, 4) doch giebt er Zeit zur Buße.

1) **Die guten Vorsätze werden gefaßt bei Gelegenheiten, die Gott herbeiführt.** Schon am Berge hatte das Volk gesprochen, C. 19, 8: Alles, was der Herr ꝛc. und auch nach der Gesetzgebung mit Einer Stimme, C. 24, 3: Alle Worte, die der Herr gesagt hat, wollen wir thun. Das war ein guter Vorsatz. Die Gelegenheit dazu hatte Gott herbeigeführt, als sie von Gottes Macht und Herrlichkeit am Berge ergriffen wurden. — Solche Gelegenheiten, wo unser Herz gute Vorsätze fassen kann, giebt Gott noch täglich. Die Schule, da werden die Zungensünden (welche?) getadelt. Vorsatz: Sirach 22, 33. Ich will ein Schloß an ꝛc. Die Kirche: jede Predigt, jeder Gesang meint dich; ich will thun, was gepriesen, lassen, was gestraft wurde; mit dem Vorsatze gehe hin, komm wieder. In der Kirche Beichte, Abendmahl, Vorsatz: nie der Sünde mich zu freu'n, Gesang 405, V. 2. Confirmation, Hiob 27, 5: Bis daß mein Ende kommt ꝛc. Leichenbesichtigung, -begängniß, Vorsatz: ich will bedenken, daß ich sterben muß. Naturbetrachtung, der Vogel sorgt nicht, die Lilie kleidet Gott: ich will nicht sorgen. Krankheitsfälle. Vorfälle im Leben Anderer. Nennt. So giebt er tausend Fälle. Gott grüßt, danke ihm, d. h. er giebt Gelegenheit, gute Vorsätze zu fassen, benutze sie, fasse sie erst einmal. Das thun Tausende nicht, sie gehen so hin und kommen so wieder.

2) **Aber oft nicht ausgeführt.** Solche gute Vorsätze sollen zuerst gefaßt, dann aber auch behalten werden. Das fünfte Buch Mosis heißt Deuteronomium, d. h. Gesetzwiederholung, und immer

wieder kehren da die Worte: bewahren, behalten, nicht weichen. In einem Schrank (Schrein) wird etwas aufbewahrt; in alten Büchern steht oft: der Schrein des Herzens. Weshalb so? Selig sind, die Gottes Wort —. Darauf kommt's an. Die Vorsätze sollen aber behalten werden, damit sie ausgeführt werden. So ist es in unserer Geschichte nicht. Vor wenigen Tagen war vor den Ohren des ganzen Volkes gesagt: Du sollst dir kein Bildniß machen, und das Volk hatte den Vorsatz gefaßt: Alles, was der Herr gesagt hat rc. Jetzt beten sie das goldene Kalb an. Da mußte wohl Gott klagen, V. 8: sie sind schnell abgewichen. Der Vorsatz war vergessen, was zum Thun vorgesetzt war, war nicht ausgeführt. — Ist es noch so? Wir wollen sehen, und die eben angegebenen Gelegenheiten mit den gefaßten Vorsätzen wieder vornehmen. In der Schule nimmt der Schüler sich einen guten Vorsatz, dienstfertig, friedfertig, nachgiebig zu sein, und behält ihn keine vierzig Stunden rc. Wie? So geht es bei Vielen mit den guten Vorsätzen, die sie nehmen bei der Confirmation, Beichte, Predigt, Leichenbesichtigung, Naturbetrachtung, bei andern Vorfällen im Leben. O wie schnell ist vergessen, was doch bewahrt und ausgeführt sein sollte. Wie wahr, was Gesang 435: Mein Gott, zu dem ich weinend flehe, V. 2 steht: Wie oft hast du mir rc., und V. 3: Ach, aber bald ergriff rc., und es thut wohl die Ermahnung, V. 9, noth: Vergiß nicht wieder, meine Seele rc. — Das ist aber schwer. Ein Trost, den wir Christen haben: die Hülfe des heiligen Geistes. Mittel, solche Hülfe zu erlangen, ist das Gebet. Thun wir's denn gleich, Gesang 342, V. 9: Nur allein, daß du mich stärkest rc.

3) **Darüber zürnt Gott.** Kann's aber gut gehen, wo immer versprochen und nichts gehalten wird? Schon bei Menschen nicht; ein Kind, das immer verspricht und nichts hält. Bei Gott noch viel weniger; so zeigt es auch unsere Geschichte. Mache uns Götter. Also sie wollen Gott nicht, der sie doch auf Adlers Flügeln getragen hatte. Welcher Undank! V. 7: dein Volk hat's verderbt, d. h. hat's schlecht gemacht, sie achten alle Liebe nicht. Ich will, V. 10, im Zorn mit ihnen reden. 3000 Mann wurden getödtet. Das war nach V. 27 Anordnung Gottes. Und das ist der Zorn, die gerechte Strafe Gottes. Solches widerfuhr ihnen, uns zum Vorbilde; es ist aber geschrieben uns zur Warnung, 1 Cor. 10, 11. — Uns ist noch viel größere Liebe widerfahren. Und du willst Gott hinhalten mit Versprechen, und stets vergessen, und nie thun, was versprochen ist; ist es schon schändlich, nicht zu thun, was Menschen versprochen ist, wie viel schändlicher ist es, das gegen Gott zu thun. Warum? Die heilige Schrift nennt das ein Verachten des Reichthums der Liebe Gottes, Röm. 2, 4; den Sohn Gottes mit Füßen treten; das Blut des N. T. unrein achten, und Solchen steht, wie wir schon letzthin hörten, ein schreckliches Warten des Gerichts Gottes bevor. Wir lesen Sir. 5, V. 4—9. Nun, Kinder, so laßt euch denn war-

nen; bezahlet dem Höchsten euer Gelübde; wie? und vergeßt nicht: Mit Feuer wird gesalzen, was milde Zucht verschmäht, und was den Thau verachtet, mit Flammen übersä't.

4) **Doch giebt er Zeit zur Buße.** Nach V. 10 wollte Gott Alle vertilgen. Da thut Moses die Fürbitte, und trat damit in den Riß, wie es Ps. 106, 23 heißt. Die Fürbitte hat solche Kraft, daß, V. 14, den Herrn das Uebel reuete, das er gedrohet hatte. C. 32, 34 heißt es, als Moses kurz vorher eine neue Fürbitte gethan hatte: Ich werde ihre Sünde wohl heimsuchen, wenn meine Zeit kommt heimzusuchen. Das Maß der Sünden war bei Vielen noch nicht voll, und es konnte noch ab- und auch zunehmen. Gott giebt Zeit. Absicht: die Sünde soll abnehmen. Die Absicht wird für einen Augenblick erreicht, C. 33, 4: Sie trugen Leide, da sie die Rede des Herrn hörten. In C. 34 wird nun zum ersten Mal, von Gott selber, die große Lehre gepredigt, daß Gott barmherzig, gnädig, geduldig, treu ist. Thatsächlich hatte Gott es schon früher gezeigt bei den ersten Menschen, Noah 2c. Wie begierig haben doch die Männer der heiligen Schrift diese große, von Gott selber geoffenbarte Lehre: Gott ist gnädig, aufgefaßt, wovon auch kein Heide wußte. Moses erinnert Gott oft an sein Wort, z. B. 4 Mos. 14, 17; in den Psalmen, Ps. 103, 8 und sonst steht davon. So wollen wir denn die Gnade Gottes preisen, dadurch, daß wir die Gnadenzeit benutzen zur Buße. Dazu verhelfe uns der gnädige Gott. Titum 2, 11. 12: Denn es ist erschienen —.

Die Lustgräber.

4 Mos. 11.

Der Abfall Israel's durch das goldene Kalb war noch am Sinai geschehen. Dort blieb das Volk beinahe ein ganzes Jahr, und es wird uns nun von 4 Mos. 10, 11 an der weitere Zug durch die Wüste beschrieben. Durch die Wolkensäule des Tages und durch die Feuersäule des Nachts hatte Gott sein Volk gleich, als es in die Unsicherheit der Wüste zog, geleitet, 2 Mos. 13, 21. Als die Stiftshütte aufgerichtet wurde, verband sich die Wolken- und Feuersäule mit derselben, und lagerte sich bleibend darüber, 4 Mos. 9, 15 (wohl nicht bloß über dem Allerheiligsten, wie man gewöhnlich abgebildet findet). Es erhob sich jetzt die Wolke, 4 Mos. 10, 11. Israel zieht vom Sinai ihr nach, bis sie sich wieder in der Wüste Paran lagert. Der Zug steht V. 28—36. Hier in Paran kam es zu einem neuen Abfall, den wir jetzt erzählen und betrachten.

Die Unterredung.

Das Fleisch und der Geist.

Unsere Geschichte zeigt uns mit lebendigen Zügen den Unterschied zwischen Fleisch und Geist. Wir sehen sie darauf näher an.

1) **Das Fleisch.** Das Volk machte sich ungeduldig, V. 1, das heißt, es murrete. Es ist gemeint ein inneres Grollen, eine innere Unzufriedenheit mit Gott. Worüber? Es ist wohl dieser Grund. Sie waren vom Sinai aus einer fruchtbaren Gegend aufgebrochen, und Gott hatte sie wieder durch die Wolken- und Feuersäule in eine Wüste, die Wüste Paran, geführt, wo Alles besonders öde und dürre und einförmig ist. Es war ihnen innerlich nicht recht, was Gott gethan hatte. Eine leise Stimme des Herzens sagte ihnen: Gott macht es nicht recht mit uns. Dieser leisen Stimme, die sie leicht hätten beschwichtigen können, wodurch? (Erinnerung an alle frühern göttlichen Wohlthaten,) gaben sie Gehör, und so wandte sich schon ihr Herz von Gott weg.

Dies Murren gefiel übel vor den Ohren des Herrn. V. 1. Obgleich es also noch innerlich ist, so sieht es doch schon Gott der Herzensverkündiger, und es gefällt ihm nicht. Denn das erste Wort Jehovah's zu dem Volk war gewesen: Ich bin dein Gott. Dies hatte Gott bisher vielfach bewiesen: Er hatte Israel getragen auf Adlers Flügeln, hatte ihnen Brod und Wasser und Schutz vor Feinden gegeben, und hatte sie oft verschont, obgleich sie sündigten. Dies sollte doch wohl das Vertrauen und den Gedanken erwecken: Er wird uns auch fernerhin leiten, wie es uns gut ist. Aber nein. Es ist kein Gedanke an Vergangenes; nur was vor Augen ist, die wilde Wüste, darauf sehen sie. Das mißfiel Gott. Wir sehen hier, wie tief Gott blickt, und was vor ihm Sünde ist. Hier ist nicht eine That, hier wird kein Wort gesprochen; nur tief im Herzen steckt etwas, und das ist schon vor dem Heiligen in Israel, der Herzen und Nieren prüft, nicht recht.

Es ergrimmte der Zorn des Herrn, und ein Feuer verzehrte die äußersten Lager, V. 1. Das war die Strafe der innerlichen Abwendung des Herzens von dem gütigen Gott. Aber warum nimmt es Gott hier so genau, als er es früher noch nie genommen hat bei Israel, daß schon über ein leises Murren das Zornfeuer Gottes herausbricht? Jetzt hat Israel das Gesetz Gottes, Jehovah wohnt mitten unter ihnen, das Alles war auf dem Zuge bis zum Schilfmeer noch nicht gewesen. Wem viel gegeben ist, bei dem wird man viel suchen; und welchem viel befohlen ist, von dem wird man viel fordern: und der Knecht, der seines Herrn Willen weiß, und hat sich nicht bereitet, auch nicht nach seinem Willen gethan, der wird viele Streiche leiden müssen, Luc. 12, 47. 48. Das gehet uns an, denn das menschliche Herz ist noch wie damals. Du bittest um dies und das, und erlangst nicht, was du bittest; wie leicht wird das Herz unzufrieden mit Gott. Du wünschest dies und das weg und bittest, und es geht doch nicht weg; du wünschest dies her, und es kommt nicht. Es ist dir auch nicht recht, wie Gott dich führet. Murre nicht: du hast noch mehr Liebe erfahren als Israel, und kennst Gott als Vater. Murret nicht, wie jener Etliche murreten, und wurden umgebracht durch den Verderber, 1 Cor. 10, 10.

Sie sprachen: Wer wird uns Fleisch zu essen geben, wir gedenken der Fische, die wir in Egypten umsonst aßen, und der Kürbis, Pfeben (Melonen), Lauch, Zwiebeln und Knoblauch; nun aber ist unsere Seele matt; denn unsere Augen sehen nichts als das Manna, V. 4. So sprach besonders das Pöbelvolk, d. h. die gemeinen Egypter, die einst 2 Mos. 12, 38 mit Israel aus Egypten gezogen waren. Israel aber stimmte bald mit ein und „sie saßen und weinten." Hier bricht also schon das innere Murren heraus und macht sich Luft in lauten Klagen. Den Reichthum Egypten's und ihre jetzige Armuth stellen sie neben einander. Das große Gut, das sie in der Wüste hatten, war Gott selber, der unter ihnen wohnete, und sich ihnen in täglicher Liebe zu erkennen gab. Das erwähnen sie gar nicht, halten es also für nichts. Sie erinnern sich aber an die Fische und Melonen Egypten's. Das also halten sie hoch, das wünschen sie. Das Manna war doch eine Himmelsspeise, auch die wird verachtet. So machen es noch viele Christen. Das höchste Glück ist ihnen: Wer alle Tage herrlich und in Freuden lebt, essen und trinken kann, was er will, nicht arbeiten darf, für sein Geld sich verschaffen kann, was er wünscht. Für nichts wird da geachtet: die Gemeinschaft mit Gott im Gebet; die Freude über Gott, dessen Güte jeden Morgen neu über uns ist; der Friede mit Gott durch unsern Herrn Jesum Christum; die Hoffnung des ewigen Lebens. Das bringt nichts ein, sagen sie. — Die nun so erst innerlich sich abwenden von Gott, und dann alle ihre Ruhe, Freude und Seligkeit in den Dingen der Welt finden, daran nur denken, danach nur trachten, die nennet die Schrift fleischlich, und unter die Sünde verkauft (Röm. 7, 14). Israel ist hier fleischlich gesinnt. Was nur Gott den Menschen sein und geben kann: Ruhe, Freude, Trost, Seligkeit, das suchen sie im Fleische, d. h. im Leib, in den Sinnen, nemlich Angenehmes zu sehen, zu hören, zu schmecken, zu fühlen. Daher treten sie auch mit den Dingen der Welt, die dieses geben, in Gemeinschaft, und halten sich ganz und gar daran.

Der Herr wird euch Fleisch geben, daß ihr esset, V. 18. Das geschieht auch. Gott gab dem lüsternen Volke. Denn es soll sich völlig herausstellen, nicht bloß im Herzen und im Wort, sondern auch in der That, wie Israel ist. Doch heißt es gleich dabei, V. 18: Heiliget euch auf morgen. Das war der Finger

Gottes, der ermahnt und warnt. Sie sollten bedenken, daß sie ein heiliges Volk sind, das für die Gabe des Fleisches dankt, und es mäßig genießt. Auch uns ist gesagt, 1 Cor. 10, 31: Ihr esset oder trinket, so thut es Alles zu Gottes Ehre. Dadurch wird aber Gott geehrt, wenn das Andenken dabei ist, daß alle gute Gabe von oben herab kommt, von dem Vater des Lichts. Jac. 1.

Das Fleisch war unter ihren Zähnen, V. 33. Mit diesem Ausdruck wird angezeigt ihre Gefräßigkeit und ihre thierische Lust. Das Gebot Gottes: Heiliget euch, ist also nicht geachtet. Nicht auf Gott wird gesehen, der Blick und die Gier ist nur auf das Fleisch gewendet; so thut das Thier auch. Das Volk war lüstern geworden, hieß es V. 4. Nun bricht diese Lust des Fleisches in ein Werk des Fleisches heraus und das Innere wird äußerlich. Der Apostel führt uns Gal. 5, 19—21 ein Schlangennest voll Fleischeswerke vor; laßt es uns besehen: Ehebruch, Hurerei, Unreinigkeit, Unzucht, Abgötterei, Zauberei, Feindschaft, Hader, Neid, Zorn, Zank, Zwietracht, Rotten, Haß, Mord, Saufen, Fressen und dergleichen; und setzt hinzu: Die solches thun, werden das Reich Gottes nicht ererben. Ach, wie viele Christen giebt es doch, die ihr Leben lang in solchen Werken des Fleisches leben, und also völlig Fleisch und fleischlich sind. Luther erzählt von einem Edelmann, der gesagt haben soll, er wolle Gott gerne den Himmel lassen, wenn er ihm nur immer sein Schloß, und sein lustiges Leben darin lassen wolle. Aber das ist es, daß es nicht bleibt und Stand hält, denn die Welt vergeht mit ihrer Lust.

Da ergrimmte der Zorn des Herrn unter dem Volk und schlug sie mit einer großen Plage, V. 33. Warum? Seine Liebe in der Gabe des Fleisches war nicht erkannt, seine Ermahnung der Heiligung verachtet, und Sinn und Wort und Wandel ist fleischlich, kurz, der Herr war verworfen, V. 20, denn Röm. 8, 7 heißt: fleischlich gesinnt sein, ist eine Feindschaft wider Gott. Viele starben, und man nannte den Ort Lustgräber, weil man da das lüsterne Volk begrub, V. 34. Hier sehen wir die Wahrheit der Worte Pauli, Phil. 3, 19: Die irdisch gesinnt sind, denen ist der Bauch ihr Gott (d. h. ihr Trost, ihre Freude, ihre Seligkeit) und das Ende ist die Verdammniß. Wie schon früher gesagt: Sie werden das Reich Gottes nicht ererben. Jene erbten nicht Canaan, das verheißene Land; wir erben nicht das heilige Land dort, die Seligkeit. Schaffet denn, daß ihr selig werdet mit Furcht und Zittern, und kreuzigt euer Fleisch sammt den Lüsten und Begierden. Der Tod ist der Sünde Sold. Da steht der Kirchhof mit seinen Lustgräbern in der heiligen Geschichte, laßt uns ihm eine Inschrift setzen, die wir uns zur Warnung lesen, wenn wir vorbei gehen: Wer auf sein Fleisch säet, der wird vom Fleisch das Verderben erndten, Gal. 6, 8.

2) **Der Geist.** Ein Mann ist in unserer Geschichte, den lüstet nicht, der murrt nicht, der frißt nicht mit Gier, Moses. Er ist also nicht fleischlich. Der Hebräerbrief sagt Cap. 11 von Moses: Er wählte nicht die zeitliche Ergötzung der Sünde. Zeitliche Ergötzung; ja bald begrub man die Lüsternen und ihre Lust mit. Moses kannte Besseres. Hebr. 11, 26. Er achtete die Schmach Christi für größeren Reichthum, denn die Schätze Egypten's. Die Schätze Egypten's wählten sie, er wählt die Schmach Christi. Christus trug die Sünde der Menschen, trug sie aus Liebe; so Moses ähnlich bei Israel. Wie schwer ihm die Last war, sehen wir V. 11 u. f.: Du hast die Last dieses ganzen Volkes auf mich gelegt. Ich vermag das Volk nicht allein zu tragen, es ist mir zu schwer. Er wünscht gar zu sterben. So spricht er nicht in Murrsinn, in Unmuth, sonst hätte er nur sagen können: Ich will nicht mehr, ich gehe, woher ich gekommen bin. Nein, er bleibt in seinem Stande und trägt die ganze Last, weil er Liebe hat zu Gott und zu dem Volke. Sollte wohl einer von den „Lüsternen" solche Last übernommen haben? Da seht ihr schon den Gegensatz.

Weiter. Gott erhört das Flehen seines Knechts, und nimmt von Mose Geist und legt ihn auf 70 Männer, die in der Geistesarbeit Moses helfen müssen, in Tragung und Führung des Volkes, V. 26. Zwei Männer sind nicht gegenwärtig gewesen, und auch sie werden abwesend erfüllet mit dem Geiste Mose, der sich für den Augenblick in Weissagung äußerte. Josua will dem wehren, da spricht Moses:

Wollte Gott, daß der Herr seinen Geist über das ganze Volk gäbe, V. 29. Er wünscht dem Volke nicht die Fleischtöpfe Egypten's, er wünscht ihnen den Geist, den er und die 70 haben. Was haben sie denn mit dem Geiste Gottes? Das Weissagen war wohl nur ein Augenblickliches, das vorüberging. Die Frucht des Geistes ist Liebe, Freude, Friede, Geduld, Freundlichkeit, Gütigkeit, Glaube, Sanftmuth, Keuschheit, Gal. 5, 22. Die erste Frucht des Geistes, die Liebe zu Gott, haben wir schon eben an Mose gesehen. Moses äußert erst ein zweifelndes Bedenken, V. 22: Soll man denn Schafe und Rinder schlachten? Als Gott ihm aber, V. 23, sagt: Ist denn die Hand des Herrn verkürzt? so ist ihm das genug; V. 24: Moses ging hinaus und sagte dem Volk des Herrn Wort. Das ist Glaube, der sich bloß hält an Gott und sein Wort; und auf Anderes nicht siehet. V. 10 stehet: Da Moses das Volk weinen hörte und ihre murrende Rede vernahm, da ward ihm bange. Er erkannte hier etwas, was das Volk gar nicht erkannte, wie sehr Israel sich versündigte. Damit war sein Sinn nur auf Gott und seinen Willen gerichtet, wie Gott dies und das ansähe. Moses war *geistlich*, hatte den *Geist*; was heißt das, wenn wir auf die Gesinnung sehen? auf die Worte? auf die Werke? Nennt noch einmal die neun Werke des Geistes. Wollte Gott, daß der Herr seinen Geist über das ganze Volk gäbe. Dieser große Wunsch Mosis ist in Erfüllung gegangen: über das ganze Volk der Christen ist der heilige Geist ausgegossen, nicht bloß für ein bestimmtes Amt, wie bei den 70, sondern über unsere ganze Person. Daher werden wir ermahnt, Gal. 5, 16: Wandelt im Geist, so werdet ihr die Lüste des Fleisches nicht vollbringen. Thun wir das denn. Jenen ward gegeben, was sie wünschen, und es ward ihnen zum Verderben. Mosis wird gegeben, was er wünscht, zu Heil und Segen. Der Christ, der auf den Geist säet, der wird von dem Geist das ewige Leben erndten, Röm. 8, 6: denn fleischlich gesinnt sein, ist der Tod, aber geistlich gesinnet sein, ist Leben und Friede. Ja, sein Reichthum ist Gott selber und seine Gnade; sein Schmuck ist die Gerechtigkeit Christi, durch den der Geist auch ihn gerecht macht; seine Macht und Ehre ist, ein Kind Gottes zu sein, denn welche der Geist Gottes treibet, die sind Gottes Kinder, Röm. 8, 14; seine Freude ist die Hoffnung des ewigen Lebens, und sein Gebet die Bitte Mose: Herr, laß mich deine Herrlichkeit sehen. Komm, heiliger Geist, erfülle unsere Herzen mit solchen Gütern. Amen!

Wir geben hier noch kurz den weitern Verlauf der Geschichte an, C. 12. Moses hatte zum Weibe eine Mohrin, H. Cuschitin, aus dem Geschlecht der Hamiten, 1 Mos. 10, 6. Damit ist wohl Zipora gemeint. V. 3 heißt H.: Moses war ein sanftmüthiger (geduldiger) Mann, mehr als alle Menschen auf Erden. Auch hier duldete er von seinen nächsten Angehörigen, und ließ seine ihm von Gott verliehene Ehre schmälern. Gott selbst nimmt sich hier seines Knechts an, V. 6: Unvollkommen, durch Träume rede ich mit andern Propheten unter euch, aber V. 7 H.: Mein Knecht Moses ist betrauet mit meinem ganzen Hause. V. 8 H.: Von Mund zu Mund rede ich mit ihm, und er schauet mein Angesicht (so weit es nemlich im A. T. geschehen kann). Die Sanftmuth Mosis zeigt sich wieder in der Fürbitte V. 13. Gott erhört, doch muß Mirjam noch öffentlich eine Beschämung leiden.

Die Kundschafter, C. 13 u. 14. Es steht 5 Mos. 1, 22: daß Israel selbst die Sendung der Kundschafter verlangt hat, und hier gestattet Gott das Begehren. Die Kundschafter durchziehen das ganze Land Canaan von Süden nach Norden, denn Rehob, V. 22, liegt nahe bei Sidon. Die Weintraube wird getragen wegen ihrer Größe, denn es giebt in Palästina Trauben von 12 Pfund Schwere. Die Ungöttlichkeit Israel's erreicht hier den höchsten Grad, und damit denn auch der Zorn Jehovah's. Alle, die bei dem Auszuge aus Egypten über 20 Jahre waren, sollten in der Wüste sterben. Dies schwört Gott, V. 34: Damit ihr inne werdet, was es sei, wenn ich die Hand abziehe. Israel trauert, aber an die Stelle des Unglaubens und der Verzagtheit tritt falsches Selbstvertrauen. Sie ziehen hin ohne Heiligthum, ohne Jehovah und ohne Vermittler, und werden geschlagen, V. 45.

Vom Auszuge bis hieher sind ungefähr zwei Jahre verflossen, und 38 Jahre muß Israel nun noch in der Wüste umherwandern. Uns wird wenig aus dieser Zeit erzählt, nur was 4 Mos. 15 bis C. 19 steht: Die Empörung Korah's, C. 17, der grünende Stab Aaron's. Gott hat sich wohl wenig dem ungehorsamen, trotzigen Volke offenbaret. Sie starben dahin, und hier reihen wir am besten den 90sten Psalm, den Psalm Mosis ein, der uns so recht das Herz Mosis in dieser Zeit aufschließt.

Was 4 Mos. 20 und weiterhin erzählt ist, geschah schon im letzten, im vierzigsten Jahre der Wanderung. Das einzelne Geschichtliche in diesem Jahre ist dieses: C. 20, Mirjam's Tod, Mosis und Aaron's Versündigung, Aaron's Tod. C. 21: Die eherne Schlange. V. 6: Feurige Schlangen sind Schlangen mit giftigem, feurigem Biß. Hiezu Joh. 3, 14. 15. Israel's Siege über Sihon, König der Amoriter, und Og, König zu Basan (Og vom Riesengeschlecht, 5 Mos. 3, 11). Die Geschichte Bileam's, C. 22—25.

Die Empörung Korah's.

4 Mos. 16.

Die Unterredung.

Diese Geschichte führt gewöhnlich den Namen: die Rotte Korah's. Eine Rotte ist eine Verbindung böser Menschen. Die Absicht ihrer Verbindung ist, etwas Böses durchzuführen, das Einer allein nicht durchführen kann. Das Böse, das Korah und seine Rotte hier wollen, ist Empörung gegen die rechtmäßige Obrigkeit. Die Obrigkeit, d. i. die Personen, die „oben" und über Andere gesetzt waren, und denen die andern gehorchen sollten, ist hier Mose und Aaron. Ein Empörer will aber auf eine unrechtmäßige Weise „empor," d. h. noch über die Obrigkeit, will nicht unter ihr stehen, will ihr nicht gehorchen. So die Rotte hier, die geradezu zu Mose sagt, V. 12: Wir kommen nicht hinauf; und die so den Gehorsam aufkündigt. In unserer Geschichte erfahren wir recht, wie es überall und zu allen Zeiten bei Empörungen ist. Wir wollen denn zu Lehr' und Warnung sehen:

Die Empörung: 1) nach ihrem Vorwand, 2) nach ihren wahren Ursachen, 3) nach ihren Folgen.

1) **Die Empörung nach ihrem Vorwand.** Was wenden denn die Empörer vor, womit sie ihre Empörung beschönigen und entschuldigen? Dreierlei. Wir wollen sehen.

V. 3. Die ganze Gemeine ist überall heilig, und der Herr ist unter ihnen. Die Worte waren mehr. Denn der Herr hatte gesagt: Ihr sollt mir ein heiliges Volk sein. Wenn sie aber weiter sagen: Warum erhebt ihr euch über die Gemeine des Herrn? So merken wir gleich, wie die ersten Worte ihnen nur Vorwand sind. Die Empörer wollen sagen: Da das ganze Volk heilig ist, so sind Alle gleich, und Einer darf sich nicht über den Andern erheben. — So wie hier Korah und seine Rotte, machen es immer die Empörer. Sie schmeicheln dem Volk. Alle sind gleich, und Einer ist nicht mehr als der Andere. Was wollen sie mit dieser Rede? das Volk für sich gewinnen, es auf ihre Seite bringen. — Sind wir aber nicht Alle gleich? Vor Gott wohl; aber unter einander nicht. Gott selbst hat gesagt: Ihr Kinder, seid unterthan euren Eltern; hat gesagt Röm. 13: Jedermann sei unterthan der Obrigkeit; hat den Knechten Gehorsam gegen die Herrschaften geboten. Er selbst hat also die Einrichtung gemacht, daß Ueberordnungen und Unterordnungen, daß Obrigkeit und Unterthanen sind; wie es Röm. 13, 1 heißt: Wo aber Obrigkeit ist, die ist von Gott geordnet und V. 2: Wer sich wider die Obrigkeit setzt, der widerstrebet Gottes Ordnung. — Der Vorwand der Empörer, daß unter einander Alle gleich sind, ist nichtig und falsch und Schmeichelei.

V. 3. Ihr macht es zu viel (wörtlich und genauer: Ihr habt zu viel); warum erhebt ihr euch über die Gemeine? Sie wollen sagen: Mose und Aaron haben sich zu viel angemaßt. Die Empörer schienen hier also im Interesse des Volks zu reden. Sie wollen dem Volk wiedergeben, was Mose und Aaron sich zu viel herausgenommen haben. Sie stellen sich, als wenn ihnen nur das Wohl des Volks am Herzen liegt. Dies ist aber wieder nur Vorwand, um das Volk zu bethören, und es auf ihre Seite zu bringen. — So machen es noch heute die Empörer. Volkswohlfahrt, Volksbeglückung, das ist ihr Ruf, das scheint ihre Absicht, wenn sie die Menge zur Empörung aufrufen.

V. 14. Wie fein hast du uns gebracht in ein Land, wo Milch und Honig innen fließt, und hast uns Aecker und Weinberge zum Erbtheil gegeben! Die Worte enthalten bittern Spott; denn die Wüste gab das nicht. Sie wollen aber mit diesem Spott sagen: An allem Unglück sind Mose und Aaron schuld. So haben es immer die Empörer gemacht, und machen es noch heute so: An allem Unglück des Landes sind die Obern schuld, die Fürsten, die Obrigkeit. Das ist Vorwand. Wer war schuld, daß

Israel nicht in das Land kam, wo Milch und Honig floß, sondern vierzig Jahre in der Wüste umher wanderte? Die Empörer wollen aber wieder damit die Obrigkeit verhaßt machen. — Die Empörer haben also einen dreifachen falschen Vorwand ihrer Empörung. 1) Alle sind gleich, womit sie der Menge schmeicheln. 2) Die Obrigkeit hat zu viel, und ihr habt zu wenig, womit sie sich als Weltbeglücker hinstellen wollen. 3) An allem Unglück sind die Obern schuld, als womit sie der Unterthanen Herz von der Obrigkeit abwenden, und es sich zuwenden wollen.

2) **Die wahren Ursachen der Empörung.** Sie sind hier, wie immer, Zweierlei: Hochmuth und Undank gegen Gott.

Hochmuth. Korah und Mose waren Geschwister Kinder, 2 Mos. 6, 18. 21: Korah war Levit; Mose sagt aber ihm und seinen Genossen geradezu, V. 10: Ihr sucht nun auch das Priesterthum. Korah wollte also höher, und die Empörung sollte ihm den Weg dazu bahnen. Das ist Hochmuth. Dathan und Abiram waren, V. 1, Urenkel Ruben's wie Mose und Aaron Urenkel Levi's. Wegen der Erstgeburt Ruben's, meinten sie wohl, gehöre ihnen das Regiment. Das war auch Hochmuth. Wenn sie dabei, V. 14, Mose Regiment heruntersetzen, und ihm alles Unglück aufbürden, so wollen sie damit sagen: Wenn wir regierten, so würde es viel besser gehen. Auch diese Ueberschätzung ihres Verstandes, ihrer Einsichten, ihrer Thätigkeit ist Hochmuth. — Nichts ist vielleicht dem bösen Herzen des Menschen so eigen als Hochmuth, Herrschsucht, Stolz. Alle wollen herrschen, und ungern gehorchen. Wer aber dem Hochmuth in sich Raum läßt, der läßt sich auch leicht hinreißen zur Empörung. So Absalon, als er sprach: O wäre ich König im Lande, daß Jedermann zu mir käme! Was meinte er?

Undank gegen Gott war die zweite wahrhafte Ursache der Empörung. Das sagt Mose den Empörern auch, V. 8 und 9: Höret doch, ihr Kinder Levi, ist es euch zu wenig, daß euch der Gott Israel's ausgesondert hat von der Gemeine Israel's, daß ihr ihm opfern sollt, daß ihr dienet im Amte der Wohnung des Herrn, und vor die Gemeine tretet, ihr zu dienen? — Gott hatte ihnen also vor dem ganzen Israel große Vorzüge gegeben; welche? Das hätten sie erkennen, dafür hätten sie Gott danken sollen. Weil es aber im Undank gegen Gott nicht erkannt wird, so denken die Empörer nur daran, wie sie, wenn auch auf sündhafte Weise, „empor" wollen. So ging es dem Empörer Absalon auch. Welche Vorzüge hatte er? Ein Königssohn; schön von Körper. Er hätte, wie sein Vater, sagen sollen: Wer bin ich, Herr, daß du mich bis hieher gebracht hast! Aber in Undank erkennt er es nicht, und so treiben ihn Undank und Hochmuth zur Empörung. — Willst du kein Empörer werden, so sei zufrieden mit dem Stande, worein dich Gott gesetzt hat, und gedenke, wie Viele das entbehren müssen, was du hast.

Dann begehrst du nicht durch Empörung höher. Genieße, was dir Gott beschieden — —.

3) **Die Strafe.** Mose warnt die Gemeine V. 26: Weichet von den Hütten dieser gottlosen Menschen. Da treten, V. 27, Dathan und Abiram trotzig vor die Thüren ihrer Hütten. Mose kündigt ihnen nun, V. 30, die furchtbare Strafe ihrer Empörung an: Die Erde wird ihren Mund aufthun, und sie verschlingen mit Allem, was sie haben. V. 31 und ff. heißt es nun: Und als er diese Worte alle hatte ausgeredet, zerriß die Erde unter ihnen, und that ihren Mund auf, und verschlang sie mit ihren Häusern, mit allen Menschen, die bei Korah waren, und mit aller ihrer Habe, und fuhren hinunter lebendig in die Hölle (das Todtenreich, Scheol), und die Erde deckte sie zu, und kamen um aus der Gemeine. — Das ist grausig, sagt ihr. Wir erkennen aber daraus, welch' eine große Sünde die Empörung in den Augen Gottes ist. Es wird hier wörtlich wahr, was Ps. 73, 19 überhaupt von den Gottlosen steht: Wie werden sie so plötzlich zu Nichte, sie gehen unter, und nehmen ein Ende mit Schrecken. Und wenn in unserer Geschichte V. 20 der Herr spricht: Scheidet euch von dieser Gemeine, daß ich sie plötzlich vertilge, so zeigt uns diese Drohung auch, wie die Empörung den Zorn Gottes erregt. Daher, Kinder, fürchtet Gott, und folgt nicht der Menge zum Bösen, zur Empörung.

Wenn wir aber nun noch wissen wollen: wie sich die Obrigkeit bei Empörungen verhalten soll, so ist das am besten aus dem Verhalten Mose bei der Empörung Korah's und seiner Rotte zu erkennen*).

V. 4: Da das Mose hörte, fiel er auf sein Angesicht. D. h. er betet zu Gott. Er wendet sich also in dieser Sache zu Gott. Und das Niederfallen ist Demüthigung vor Gott bei allem Bewußtsein seiner hohen Stellung vor dem Volk. Worin Mose hier ein Vorbild ist für Fürst und Regierende, könnt ihr mir wohl sagen?

V. 15: Ich habe nicht einen Esel von ihnen genommen, und habe ihrer Keinem ein Leid gethan. In diesen Worten liegt: Ich habe meine Macht nicht gebraucht, das Volk auszusaugen, mich zu bereichern, zu tyrannisiren. Daß Mose das öffentlich vor dem Volk ausspricht, kommt daher, daß er sich deß Alles innerlich wahrhaft bewußt ist: Er tritt mit gutem Ge-

*) Es ist hier gute Gelegenheit, den Regierenden ihre Pflichten vorzuhalten. Wir berühren aber die Sache nur kurz. Denn es ist erstens etwas, das mehr für Erwachsene als vor Kinder gehört. Dann auch werden in der gewöhnlichen Schule die meisten Kinder einst Unterthanen, und da muß Luther's Regel vorherrschen: Ein Jeder lerne seine Lection, seine Pflicht und Schuldigkeit, dann wird es wohl im Hause stehn, und auch im Staat. Aber alle Lehrer, Prediger ꝛc., die mit höherstehenden Gewalten zu thun haben, mögen hier bei Mose nicht vorbei gehen.

wissen öffentlich auf. Es ist eine schöne Sache, wenn die Obrigkeit den Empörern gegenüber in Wahrheit öffentlich sagen kann: Ich habe das Regiment nicht gemißbraucht, meinen Lüsten zu fröhnen, Land und Volk zu beschweren, ungerecht zu handeln. (Wie ganz anders sprach Ludwig XIV. von Frankreich als Mose hier: Der Staat bin ich.)

V. 15: Mose ergrimmte sehr, und sprach zu dem Herrn: Wende dich nicht zu ihrem Speisopfer. Er kommt also in heftige Gemüthsbewegung, aber bei dem Allen hat er kein Schwerdt, sondern nur eine Bitte an Gott. Er weiß es, seine Sache ist gerecht, und ihre Sache ist ungerecht. Er bittet nun den gerechten Gott, seine gerechte Sache zu fördern, und ihre ungerechte nicht. Das ist Sanftmuth. Erst später, als der ganze Trotz ihres Herzens hervorgebrochen ist, da kündigt er ihnen die gerechte Strafe Gottes an.

V. 22: Mose und Aaron fielen auf ihr Angesicht und sprachen: Ob ein Mann gesündigt hat, willst du darum über die ganze Gemeine wüthen? — Es heißt nemlich V. 19: Korah versammelte wider Mose und Aaron die ganze Gemeine. So hatte er also die ganze Gemeine mit in die Empörung hineingezogen. Der Herr spricht V. 20: Scheidet euch von dieser Gemeine, daß ich sie plötzlich vertilge. Mose thut Fürbitte. Er vergilt nicht Böses mit Bösem. Er unterscheidet Verführer und Verführte; in welchen Worten? Wir sehen hier eine herzliche Liebe zu den Untergebenen, auch wenn sie Unrecht gethan haben.

V. 48: Aaron stand zwischen den Todten und Lebenden. Wir sehen V. 41: daß den folgenden Tag Alles vergessen ist von dem halsstarrigen und verkehrten Volk. Als nun der Herr nochmals V. 25 die ganze Gemeine vertilgen will, fallen Mose und Aaron auf ihr Angesicht. Der Herr läßt V. 46 ein Wüthen und eine Plage ausgehen. Da scheut sich Aaron nicht, mit dem Rauchfaß zwischen den Lebendigen und Todten zu stehen, um das Volk zu versöhnen. So sein Leben daran setzen, heißt: Aufopferung. Komme ich auch um, wenn nur das Volk gerettet wird. Solche Selbsthingebung aus Liebe für das Volk von der Obrigkeit hat denn auch in den Augen Gottes solchen Werth, daß es gleich V. 48 heißt: da ward der Plage gewehret.

So soll die Obrigkeit bei Empörungen sich mit ihrer Sache zu Gott wenden, mit gutem Gewissen auftreten, den gerechten Zorn durch Sanftmuth mäßigen, ihre wahre Liebe zum Volk zeigen, und sich für das Volk willig selbst hingeben.

Bileam und seine Weissagungen.

4 Mos. C. 22—24.

Israel steht hier an der letzten Station der Wanderung in der Wüste (C. 33, 48. 49). Gott hatte ausdrücklich befohlen, das Gebiet der Moabiter zu verschonen, „denn ich habe (die Stadt) Ar den Kindern Lot's gegeben", 5 Mose 2, 9. Doch waren eben die Amoriter besiegt, und dies flößt Balak, dem König der Moabiter, Furcht ein; er verbindet sich mit den Midianitern gegen Israel. Es ist bemerkenswerth, wie viel Israel von seinen eigenen Verwandten zu leiden hatte. Von den Amalekitern, die von Edom abstammten (1 Mose 36, 12. 16), wurden sie zuerst angegriffen, 2 Mose 17. Der König von Edom handelte unbrüderlich, 4 Mose 20. Hier verbinden sich nun Moab, der Sohn Lot's, und Midian, der Sohn Abraham's von der Ketura, Israel zu verderben. Wir finden hier, wie so oft in der israelitischen Geschichte, daß die heilige Geschichte die Geschichte des Herrn Jesu, und auch die Geschichte seiner Gemeine in der Welt vor- und abbildet. Er kam in sein Eigenthum, aber die Seinen nahmen ihn nicht an; und von wem hat wohl die christliche Kirche mehr gelitten, als von den Gliedern der Kirche selbst, die doch als Brüder unter einander sein sollten! Wie aber hier Jehovah sein Volk in Schutz nimmt gegen die Macht der Finsterniß, und allen Widerstand zu Schanden macht, so hat der Vater seinen Sohn aus der Angst und dem Gericht genommen; so wie auch die Verheißung, die die Kirche hat, noch heutiges Tages stehet: die Pforten der Hölle sollen sie nicht überwältigen. Das ist es auch, was der Geist der Weissagung durch Bileam's Mund preiset. — Balak, der sich Israel gegenüber zu schwach fühlt, will hier eine geistige Macht für sich gewinnen, um Israel in's Verderben zu stürzen, und wählt dazu Bileam in Pethor am Euphrat in Mesopotamien. Der Name Bileam heißt, wie der der Nicolaiten im N. T., Volksbesieger oder Volksverderber. Sein Vater hieß Beor, d. h. der Vernichter. Aus diesen Namen scheint hervorzugehen, daß Vater und Sohn durch ihre Zauberei mächtig wirkten. Wir müssen hier wiederholen, was wir schon bei den Zauberern Pharao's gesagt haben, daß Wahrsagerei, Zauberei und das ganze Orakelwesen des Alterthums und des gegenwärtigen Heidenthums nicht leere Einbildung und Täuschung gewesen ist, sondern daß es etwas Wirkliches war und ist. Je mehr wir die Zauberei und Wahrsagerei anerkennen als eine Macht der Finsterniß, desto ernster wird der Kampf der Götter gegen Jehovah, und desto herrlicher ist der Sieg des Heiligen in Israel, der seine Ehre keinem Andern geben will, noch seinen Ruhm den Götzen, Jesaias 42, 8. Sonst wäre Alles, als ein Kampf gegen ein Phantom, nur ein Spiel gewesen, und der strengen Verordnungen gegen die Zauberei in den Gesetzen Israel's hätte er nicht bedurft. So ist es durchgängig auch die Meinung des A. T., und Zauberei und Wahrsagerei wird nirgends als Wahn und subjective Meinung hingestellt, sondern es wird immer davon als von einem Object, das Wirklichkeit hat, gesprochen, das freilich in sich, wie alles Werk der bösen Geister, Lüge und Betrug ist. — Bileam kennt Jehovah, denn in Mesopotamien hatte sich wohl noch von Tharah und Abraham her das Andenken an denselben erhalten. Aus 2 Mose 15, 14 bis 16 ist zu ersehen, daß sich die Kunde von Israel als des Volks Jehovah's weithin in die Länder erstreckte. Bileam mußte um so eher davon wissen, da in Israel das Geistige vorherrschte, wohin sich Bileam's Sinn schon seinem Gewerbe nach als Zauberer auch vorzüglich hinneigte, da diese gerne mit der geistigen Welt verkehren. — Die redende Eselin ist oft ein Gegenstand des Spottes gewesen; man braucht sich aber nicht zu scheuen, die Sache ganz zu nehmen, wie sie da steht, als äußeres Ereigniß. So giebt sich die Geschichte dem unbefangenen Leser selbst. Auch das N. T. versteht dieses Reden ganz eigentlich, 2 Petri 2, 16: das stumme, lastbare Thier redete mit Menschenstimme, und wehrete des Propheten Thorheit. Der Sinn aber und der Ernst dieser Geschichte, vom Geiste Gottes aufgeschrieben, ist der, uns zu zeigen, wie alle menschliche Weisheit, die nicht aus Gott ist, sondern in ihren Willen sich versenkt, als stumpf und blind und verhärtet erscheint. Das ist der Spiegel, den Jeder sich vorhalten mag. Um so lieber muß uns dieser Durchbruch der bei der Schöpfung gesetzten Gränzen (daß das Thier redet) sein, je lauter die Welt um und in uns mit dem, was sie hat, redet, und je tiefer die scheinbare Zurückgezogenheit und das Schweigen des lebendigen Gottes dagegen erscheint. So erscheint dieses Wunder, wie so manches andere in der Bibel in seiner innern Nothwendigkeit. — Was nun noch die Weissagungen Bileam's betrifft, so gehören dieselben der Form nach zu den poesiereichsten Stellen des A. T., sowie der Inhalt die Bedeutung und den Segen Israel's in der fernsten Zukunft weissagt. Es ist der Geist Gottes, der hier spricht zu einem Heiden, der sich mit seinem Geiste (freilich nicht mit seinem Herzen) unter den Einfluß Jehovah's gestellt hatte.

Die Unterredung.

1) Bileam's Person. 2) Seine Weissagung.

1) **Bileam's Person.** Bileam heißt, Jos. 13, 22, ein Weissager oder Wahrsager. Wir haben ihn also durchaus nicht den übrigen Propheten gleich zu stellen. Dazu war er ein Heide aus

Mesopotamien (C. 22, 5 „an dem Wasser," d. h. vom Euphrat). Aus der ganzen Geschichte sehen wir, daß er Jehovah kennt, und es weiß, eben wie Jethro, 2 Mose 18, 11, „daß Jehovah größer ist, denn alle Götter." Von nun an treibt er denn seine Kunst, die Wahrsagerei, im Namen Jehovah's, und hatte gewiß großen Ruf, da der König Balak ihn weiter holen läßt. So muß er denn wohl ein frommer Mann gewesen sein, sagt ihr? Wir lesen Matth. 7, 22: Es werden Viele zu mir sagen an jenem Tage: Herr, Herr, haben wir nicht in deinem Namen geweissagt? Haben wir nicht in deinem Namen viele Thaten gethan? Dann werde ich ihnen bekennen: Ich habe euch noch nie erkannt, weichet alle von mir, ihr Uebelthäter. Also auch die haben hier auf Erden große Thaten gethan im Namen Jesu, und Jesus hat sie hier damit thun und gehen lassen bis „an jenem Tage," d. h. bis zum Gericht. So auch hier bei Bileam. Gott läßt hier seine natürliche Gabe, Geistiges zu sehen, gelten, und läßt ihn gehen, bis sein Richttag kommt, C. 31, 8: die Kinder Israel erwürgten Bileam auch mit dem Schwerdt.

Die Gesandtschaft. C. 22, V. 7—13 gelesen. Die Aeltesten der Moabiter und Midianiter kommen zu Bileam mit der Bitte Balak's: um Geld und Ehre Israel zu verfluchen. Nun soll sich zeigen, ob Bileam ein Prophet Jehovah's ist, der ihm dient, oder ein Zauberer, der den bösen Geistern dient, und denn auch ihren Verführungen durch Geld und Ehre nicht widersteht. Er behält die Gesandten die Nacht. Wenn Gott ihn V. 9 fragt: Wer sind die Leute, die bei dir sind? so war diese Frage für sein Gewissen. Die Feinde hatten sich, V. 6, selbst als Feinde Israel's, Feinde des Volkes Gottes angekündigt. Bileam wußte dies. Hielt er es mit Gott, was hätte er da gleich antworten müssen? Er stellt sich aber, V. 10. 11, als ob er nicht weiß, was er thun soll. Da sagt Gott es ihm gerade zu, V. 12: Verfluche das Volk nicht, denn es ist gesegnet. Bileam weiß nun ganz gut, V. 13, daß er ohne Gott Israel nicht fluchen kann; da Gott es ihm nun verbietet, so ist er gebunden und muß die Gesandten ziehen lassen. Ob er aber auch innerlich von dem Lohn losgelassen hat, wollen wir gleich sehen.

Die Reise, V. 14—20. Balak sendet größere Geschenke und herrlichere Fürsten. Also noch einmal die Lockung, um Geld und Ehre Israel zu fluchen. Bileam behält die Gesandten wieder die Nacht, V. 19. Das war schon Unrecht, er wußte ja Gottes Willen genau; wie lautet derselbe noch? Warum behält er sie denn? 2 Petr. 2, 15 steht's: ihm beliebte der Lohn der Ungerechtigkeit. Das Wort giebt uns den Schlüssel zu seinem Herzen. In seinem Verstande ist richtige Erkenntniß: Ich soll Israel nicht fluchen, ich kann's auch nicht ohne Gott. In seinem Herzen ist die Liebe zu dem Lohn, und um des Lohnes willen Liebe zu Balak, dem Feinde Israel's, Liebe, den Fluch über Israel auszusprechen. Nun wissen wir, warum er wieder die Gesandten die Nacht behält. So kann noch jetzt die Sünde, die im Herzen wohnt, jede bessere Erkenntniß von Gott vernichten und auslöschen. Glaubt ihr Alle, daß Gott in euer Herz sieht? und doch lügt Mancher von euch! Du weißt, es giebt ein Gericht, vor das ich gestellt werde, und doch betrügt Mancher ohne Scheu. Mancher Erwachsene lebt in Ehebruch, in Geiz und anderen Sünden, und weiß doch recht gut, Gott hat's verboten. Alle diese, sagt der Apostel 2 Petr. 2, verlassen den richtigen Weg, und gehen irre, und folgen nach dem Wege Bileam's. Wie das? erklärt es selbst. Woher das? Sie lassen das verdorbene Herz herrschen über ihre richtige Erkenntniß. Und eine andere Bibelstelle, Judä V. 11, sagt darüber: Wehe ihnen, sie fallen in den Irrthum Bileam's, um Genusses willen. Merkt ihr die Ursache? Laßt euch warnen, Kinder, durch dies: Wehe! O Seele, sündigst du, und denkst, Gott sieht dich nicht; wie ist die Blindheit groß, wie klein der Einsicht Licht! Und sündigst du, und weißt, daß es sein Blick vernahm, wie ist die Frechheit groß, wie klein ist deine Scham! *) Gott erlaubt jetzt, V. 20, daß er hinzieht, aber, V. 22, der Zorn des Herrn ergrimmte, daß er hinzog. Der scheinbare Widerspruch lös't sich so. Bileam wußte von Anfang an: nur segnen soll ich Israel. Wenn Gott die Reise erlaubt, so ist es nur in dem Sinne: zu segnen. Bileam reis't hin, der Herr ergrimmet, und der Engel des Herrn trat in den Weg, daß er ihm widerstünde, V. 22. Beides zeigt, daß Bileam feindselige Gesinnungen im Herzen hat, nemlich Israel zu fluchen, denn das ist ja die Bedingung, Reichthum und Ehre zu erlangen. Einem solchen bösen Herzen, das wider besseres Wissen und Gewissen handelt, dem widersteht hier der heilige Gott, der sein Volk lieb hat.

Die Eselin redet, V. 21 — 35. Was mag Bileam auf der ganzen Reise vorgeschwebt haben? Den Widerstand Gottes aber sieht er nicht; so auch hier nicht den Engel. Das ist seine Blindheit bei aller Weisheit. Die Eselin erkennet den Widerstand Jehovah's und weicht dreimal vor demselben zurück. Ueber dies Zurückweichen ergrimmt der Zorn Bileam's, und er schlägt die Eselin, V. 27. Vielleicht merkt ihr schon, was dieses Wunder der redenden Eselin soll? Wenn ein Thier vernünftiger erscheint, als ein Mensch, so ist das die äußerste Beschämung für diesen. Das ist auch die große Lehre dieses Wunders. Wenn du (wie bald Bileam thut) mit Engelzungen redest, weissagen könntest (wie ihr auch bald von Bileam hören sollt), und hättest alle Erkenntniß, und hättest keine Liebe zu Gott (wie Bileam), so wärest du ein tönendes Erz und eine klingende Schelle, also noch geringer, als ein empfindendes Thier, 1 Cor. 13, 1. 2. Und wie Viele sind so! Wenn ihr älter werdet, so werdet ihr manchmal diese Urtheile über einen Menschen hören: ein brillanter Kopf, ein Redner, ein angenehmer Gesellschafter, ein witziger, gelehrter

*) Rückert, Weisheit des Brahmanen. Bd. 3.

Mann. Alle diese Dinge haben einen Werth. Wie viel Werth es aber vor Gott hat, wenn keine Liebe Gottes und kein Verlangen im Herzen ist, seinen Willen zu thun, das zeigt uns Gott hier an Bileam, der auch ein brillanter Kopf war. Gott giebt dem unvernünftigen Thier Rede, und das Thier muß den Selbstklugen beschämen. Daß die Eselin hier wirklich geredet hat, sagt auch der Apostel Petrus, 2 Brief 2, 16: Das stumme, lastbare Thier redet mit Menschenstimme, und wehrete des Propheten Thorheit. Es ist oft über Bileam's Eselin gespottet worden; wollt ihr's nun auch? Welche Lehre giebt euch die Eselin? Bileam bekennt nun V. 34 seine Sünde, entschuldigt sich aber mit Unwissenheit. Warum gilt aber diese Entschuldigung nicht? Gott sagte: fluche nicht, und Bileam wollte es. So dir's gefällt, will ich wieder umkehren. Der Engel soll also entscheiden. Der Engel erlaubt zu gehen. Das zu verstehen, wie V. 20, nemlich nicht zu fluchen, und hier wird ihm dies durch ein Wunder noch näher gebracht. Wie wenig aber Bileam darauf achtet, werden wir gleich weiter sehen.

Der Empfang bei Balak, V. 36—41. Der Versuch zur Verfluchung. Bileam's Rath. Sein Ende. Balak zieht dem Wahrsager bis in die äußerste Gränze seines Gebiets entgegen, und rühmt sich, wie er Bileam ehren könne. Wenn Bileam V. 38 antwortet, daß er nur reden könne, was ihm Gott in den Mund giebt, so ist das eine Rede seines Verstandes und nicht seines Herzens. Was meine ich? Sein Verstand wußte: ich stehe ganz unter Jehovah, kann nichts anders, als was er will. Sein Wille aber war auf den Lohn der Ungerechtigkeit gerichtet, und als Bedingung dazu auf das Verfluchen Israel's. Den Versuch der Verfluchung macht er nun drei Mal. Jedesmal bringt er Jehovah Opfer, C. 23, 3. 14. 30. Diese Opfer sollten Jehovah umstimmen für Balak gegen Israel, wie heidnische Zauberer es auch sonst bei ihren Göttern zu thun pflegten. Ja er hält Gott gar, V. 4, diese Opfer vor, damit Gott desto eher den Fluch erlaubte. Er hebt, V. 7, seinen Spruch an, aber statt des Fluchs findet sich ein Segen über Israel in seinem Munde. So ist geschehen, was 5 Mos. 23, 5 steht: Der Herr, dein Gott, wollte Bileam nicht hören, und wandelte dir den Fluch in den Segen. Was sagt uns der erste Satz über den Willen, den Bileam hatte? und was sagt der zweite Satz? — Bileam that aber doch noch Israel Schaden. C. 25 lesen wir, daß die Israeliten von den Moabitern zu ihren Götzenfesten geladen wurden, daß Israel dort aß und trank, die Götzen anbetete und Hurerei mit den Töchtern der Moabiter trieb, daß der Zorn des Herrn hierüber ergrimmte, daß die Obersten des Volks dem Herrn an die Sonne gehängt und 24,000 Mann durch eine Plage getödtet wurden. Dann wird uns 4 Mos. 31, 16 gesagt, daß den Moabitern dieser Rath zum Verderben Israel's von Bileam gegeben wurde. Aber seine Stunde hatte auch bald geschlagen.

C. 31, 8. In einem Kriege mit den Midianitern erwürgten ihn die Israeliten. — Das ist das Ende des Mannes, der die Ehre bei Menschen lieber hatte, als die Ehre bei Gott, und das Geld lieber als Gott. Wir aber beten mit Ps. 139, 23: Erforsche mich, Gott, und erfahre mein Herz; siehe, ob ich auf bösem Wege bin, und leite mich auf ewigem Wege.

2) **Bileam's Weissagung.** Die erste Segnung, C. 23, 1—10. Diese erste Segnung geschieht von einer Höhe aus. Durch das, was Bileam dort mit leiblichen Augen sieht, wird ihm durch den Geist Gottes der Blick eröffnet, was Israel dem Geiste nach als Volk Gottes sein soll. Zweierlei erkennt er hier von Israel. 1) Es wird allein wohnen, d. h. abgesondert, nicht zu den Weltvölkern gerechnet. Das ist bis auf den heutigen Tag der Fall, obgleich über 3000 Jahre seit dieser Weissagung verflossen sind. 2) Die große Menge, unzählbar wie der Staub. Diese Segnung ist von dem alten Israel auf das neue Israel (Ges. 226, 1: Wir singen dir, Immanuel, wir, Herr, dein neues Israel), auf die christliche Gemeine übergegangen. Das Reich Christi ist mitten in der Welt, aber doch nicht von der Welt; und die Forderung an uns heißt: Stellet euch nicht dieser Welt gleich. Was heißt das? heilig, abgesondert von der Sünde. — Die Verheißung der großen Menge hat noch alle Tage ihren Fortgang in der Bekehrung der Heiden. Dann bezeichnet er, V. 10, Israel als die Gerechten, und wünscht sich ihr Ende. Denn Jehovah, der Gott dieses Volks, ist der Gerechte und Treue, 5 Mos. 32, 4, und durch ihn ist Israel heilig. Gleicherweise heißt die neue Gemeine im dritten Artikel: die Gemeine der Heiligen, die der Heilige sich durch sein Blut geheiligt hat.

Die zweite Segnung, V. 19—24. Gott ist nicht ein Mensch, daß er lüge 2c. Gott hat nemlich gesagt: Du, Israel, sollst mein Volk sein, ich will dich segnen. Das wird Jehovah ausführen, sein Wort ist Wahrheit. V. 21, H.: Jehovah findet keine Bosheit in Jacob, und siehet keine Kränkung in Israel. Denn es besteht aus Gerechten. Gott ist mit ihm, und Israel umjubelt Gott, seinen König, der Alles fern hält. Dieser König, V. 22, hat sein Volk aus Egypten geführt, nun ist es rüstig, „wie ein Büffel", V. 23: Zauberer und Wahrsager kennt man in Israel nicht, denn zu seiner Zeit wird Israel angesagt, was Gott thut. Also dieser König ist seinem Volke viel näher, als die Götter der Heiden diesen. Gott selbst offenbart sich in Israel, statt daß die Heiden erst durch Zauberer den Willen der Götter mühsam erforschen müssen. So spricht auch Moses zu dem Volk, 5 Mos. 4, 7: Wo ist ein so herrliches Volk, zu dem Götter also sich nahe thun, als der Herr, unser Gott, so oft wir ihn anrufen. In V. 18 und 19 straft Bileam sich selbst. Ist Gott kein Mensch, daß ihn etwas gereue, so wird alles Opfer Bileam's ihn nicht umstimmen können, den Fluch über Israel zu erlauben. Wahrsagerkünste braucht es in Israel nicht, und doch wendet Bileam solche Künste an, V. 3 und 15. Zuletzt stellt er Israel den Heiden gegenüber. Wie eine Löwin in ihrem Grimm ist Israel, und wie ein Löwe in seiner Kraft (1 Mos. 49, 9.). Niemand darf das Volk antasten.

Die dritte Segnung, C. 24, 3 — 9. Bileam wendet hier nicht die gewöhnlichen Zauberformen an, das sagt V. 1, sondern er überläßt sich jetzt frei dem Geiste Gottes. V. 4 und 15 heißt es H.: Es sagt der Mann, dem die Augen verschlossen sind. Bileam hat also alle seine Sinne von den äußern Dingen abgewandt, und so ist er ein Hörer göttlicher Rede, der des Allmächtigen Offenbarung sieht. Damit kündigt er sein Wort als Gottes Wort an. Er preiset nun wieder Israel in den schönsten Bildern. Die Worte V. 9: Gesegnet sei, der dich segnet, verflucht sei, der dir flucht, weisen zurück auf 1 Mos. 12, 3; wodurch Gott auch hier die Thorheit Bileam's straft; wie?

Die letzte Weissagung, V. 15 — 24. Diese Weissagung gehe hin in die letzte Zeit, V. 14 H., in das Ende der Tage. Die mächtigen Weltreiche werden hier Israel gegenübergestellt; alle sinken dahin, aber Israel bleibt. V. 17: Ich sehe ihn, nemlich den Stern aus Jacob, und das Scepter aus Israel, aber jetzt nicht; ich schaue ihn, aber nicht nahe. Stern und Scepter bezeichnen den Glanz und die Majestät des Fürsten. Dieser Fürst gehört dem Ende der Tage an, und wird einen vollständigen Sieg über die Feinde Israel's bewirken. — Ihr kennt wohl diesen Fürsten. Unsere Stelle ist auch von alten Zeiten her, sogar von den Juden, auf den Messias und von den Christen auf unsern Herrn Jesum gedeutet. — Diese Feinde sind für Bileam Moab ꝛc. Die Söhne des Getümmels (V. 17 die Söhne Seth's) sind Alle, die in der Unruhe ihr Wesen haben, die Heiden, die Eph. 2, 12 ohne Gott in der Welt sind. Ueber alle Heiden und alle Götzen siegt Christus. Aber dieser Sieg wird nur durch Leiden errungen. V. 22: Assur (d. h. die Assyrer) wird dich gefangen wegführen. V. 23: Wehe, wer wird leben, wenn Gott solches thun wird. Hier schauet er im Geist das furchtbare Unglück der babylonischen Gefangenschaft. Doch ist auch dies Leiden nur vorübergehend. V. 24: Schiffe aus Chitim (d. h. aus den westlichen Ländern) werden verderben Assur und Eber (die Weltmacht im Osten). Dies ist in Erfüllung gegangen durch Alexander und die Römer. Er aber (der Herrscher über den Westen) wird auch umkommen. Kurz: Alle Weltmacht wird vernichtet, aber Israel wird bleiben. — Die Welt vergehet mit ihrer Lust, wer aber Gottes Willen thut, der bleibet in Ewigkeit. 1 Joh. 2, 17.

Das Geschichtliche von Bileam an, 4 Mos. 22—24, bis zu Mosis Tode ist kurz dieses: 4 Mos. 25, Abgötterei und Hurerei des Volks. C. 27, 12—23, Josua wird feierlich über die Gemeine gesetzt. 5 Mos. 31, Moses legt sein Amt nieder. C. 32, das Lied Mosis. C. 33 und 34, Mosis Abschiedssegen und Tod. Wir überblicken nun noch einmal das Leben Mosis.

Moses, der Knecht Gottes.

Die Unterredung.

Moses, der Knecht Gottes.

1) Wie der Herr ihn erzieht. 2) Wie das Volk ihn plagt. 3) Wie der Herr mit ihm umgeht. 4) Wodurch sich Moses solches Umgangs würdig macht. 5) Wie die Schrift ihn rühmt.

1) **Wie Gott ihn erzieht.** 4 Mos. 12, 7 sagt Gott: Mein Knecht Mose ist in meinem ganzen Hause treu. Also Knecht Gottes, das ist der Ehrenname, den Gott hier und sonst an vielen Stellen Moses beilegt. Mit dem Beinamen benennen wir ihn auch. Wir sehen zuerst, wie Gott sich seinen Knecht Moses gezogen und erzogen hat. Viele israelitische Kinder kamen um in der Zeit. Wie? Gott erhielt ihn durch die Prinzessin. Geringfügig scheinende Umstände zeigen den Finger Gottes dabei: die Prinzessin mußte gerade zu der Zeit, als, und an dem Ort, wo das Kind ausgesetzt wurde, baden. Das Kind weinte. Zweck? 2 Mos. 2, 6. Da jammerte es sie. So war das Leben gerettet, und Niemand durfte das Kind antasten. — Nun gab Gott das Kind in die Hände der eigenen Mutter. Damit das geschehen könnte, mußte die Schwester, 2 Mos. 2, 7, einen glücklichen Einfall haben. Welchen? Seine eigene Mutter wurde nun seine erste Amme und Erzieherin. Ein Grund: Sie wird am besten für ihn gesorgt haben. Dieser Zweck ist nicht der Hauptzweck Gottes dabei. Seine Mutter konnte ihm geben, und hat ihm gewiß gegeben, was auch die beste Egypterin ihm nicht geben konnte. Was wohl? Die Kenntniß des wahren Gottes und die Geschichte der Offenbarung.

Unter dem letzten Ausdruck wird verstanden die Geschichte von der Schöpfung der Welt, vom Ebenbild Gottes, vom Sündenfalle ꝛc. Bei seiner Mutter Jochebed, die ihm auch sagen mußte, daß er ein Israelite und kein Egypter sei, blieb er, bis er groß wurde, 2 Mos. 2, 10. Wo nahm er also die Kenntniß des lebendigen Gottes mit, wohin er ging. — Wohin schickte Gott nun seinen Knecht Moses in die Schule? Leset Apostg. 7, 22. Moses sollte ein Führer von zwei und einer halben Million Menschen werden. Dazu wurden mancherlei Kenntnisse erfordert. Es wird uns z. B. oft gesagt, daß Moses etwas aufschrieb. Das kann jetzt freilich jedes Kind. Es war damals (vor 3300 Jahren) eine Kunst, die erst ein paar Jahrhunderte vorher erfunden war. Wo mag Moses das gelernt haben? So auch mit andern Kenntnissen, die einem Heerführer nöthig sind. Wozu also die Erziehung am Hofe Pharao's, wenn wir Gott fragen? — Weiter. Gelesen Apostg. 7, 23—25. Also er will das Volk befreien. Er meinte, sie sollten es merken, daß Gott durch seine Hand ihnen Heil gebe. Woher meinte er das? Wer hatte ihm denn gesagt, daß er —? Ihr seht, er wollte auf eigene Hand das Werk anfangen. Es mißlingt. Als gemeiner Mörder mußte er fliehen. So mußte er in Gottes Schule Demuth lernen. Vierzig Jahre vergingen ihm in der einsamen Wüste. Da erst hatte Gottes Stunde geschlagen, und Gott beruft Moses. Die Schwierigkeit des Werks liegt nun aus eigener Erfahrung vor ihm. Gott spricht: Ich will mit dir sein. Nun steht er ganz anders als früher. Alles, was er sprach und that, sprach und that er nun nicht auf eigene Hand, sondern „im Namen Jehovah's." Zu Pharao, C. 5, 1: So spricht der Herr, der Gott Israel's. — So hat sich der Herr selber seinen Knecht Moses zum Knecht erzogen. Ueberblicken wir die Mittel, das sind die Personen dazu, noch einmal: die Prinzessin mußte ihm das Leben erhalten. Die eigene Mutter mußte ihn israelitisch erziehen. (Was meine ich?) Pharao muß den Kopf bilden. (Was ist gemeint?) Gott selber legt zuletzt die Hand daran, wie ein Meister thut, bei einem wichtigen Werkstück. (Wie?) So sind nun Kopf und Herz, so ist der ganze Moses gebildet von Gott.

2) **Wie das Volk ihn plagt.** Bedurfte es denn einer so sorgfältigen Erziehung des Knechts Gottes, Moses? Gewiß, besehen wir nur die Schwierigkeiten des Werks. Denkt euch, ungefähr so viele Menschen, als unser König Unterthanen hat, wollten jetzt in ein anderes Land ziehen; Einer sollte alle ihre Angelegenheiten besorgen; und diese Sorge dauerte 40 Jahre hindurch. — Diese Schwierigkeiten werden immer größer, wenn wir sehen, wie das Volk ihn plagte. Gott führte selbst die Klage, 2 Mos. 32, 9: Ich sehe, daß es ein halsstarriges Volk ist. Wenn sie nicht erkannten, was Gott that, wie viel weniger werden sie erkannt haben, was ein Mensch that. Mehr als zehnmal heißt es: sie murreten wider

Moses und Aaron. Wenn nur etwas fehlte, so hieß es immer gleich: Warum hast du uns aus Egypten geführt? Wir müssen doch ihre Sprache hören und besprechen. Gelesen 2 Mos. 14, 11. 12. — C. 16, 3. — C. 17, 3. — 4 Mos. 16, 12—14. Moses sagt selbst, 2 Mos. 17, 4: Es fehlet nicht weit, sie werden mich noch steinigen. Und so finden wir's wahr, was 4 Mos. 12, 3 steht: Moses war ein geplagter Mann über alle Menschen auf Erden.

3) **Sein Umgang mit Gott.** Bei so großen Schwierigkeiten des Werks Mosis bedurfte es denn auch ganz besonders des Beistandes Gottes. Den erfuhr Moses. Welch' ein lieblicher Umgang, woran wir so recht sehen, was Freundlichkeit, Leutseligkeit Gottes ist. Was wißt ihr noch von früher her von der Freundlichkeit Gottes bei Mosis Berufung zu sagen? — 2 Mos. 33, 11 heißt es: Der Herr redete mit Moses von Angesicht zu Angesicht, wie ein Freund mit dem Freunde redet. Leset die schöne Stelle noch einmal. — Moses bat, was Keiner wieder zu bitten nicht einmal gewagt hatte, 2 Mos. 33, 18: Laß mich deine Herrlichkeit sehen. Gott that, was er bei Keinem wieder gethan hat, C. 34, 5—8. — Welch' ein lieblicher Wettstreit, 2 Mos. 32, 7—14. Gott spricht: Dein Volk, das du ausgeführt hast; und V. 11 legt Moses es Gott wieder an's Herz mit denselben Worten: Dein Volk, das du mit starker Hand aus Egypten geführt hast. — Als Mirjam und Aaron meinen, es gäbe noch mehr solche Leute unter ihnen als Moses wäre, 4 Mos. 12, 1. 2, da legt der Herr selber das Zeugniß über seinen Knecht Moses ab, wie wir's V. 6—9 lesen, worauf der Herr ein Gewicht will gelegt haben durch die Worte, V. 6, zu Anfang der Rede: Höret meine Worte. — Das heißt umgehen, wie ein Freund mit dem Freunde umgehet.

4) **Seine Würdigkeit vor Gott.** Aber Moses war auch der Mann, der solches Umgangs mit dem lebendigen Gott werth war. Wir sehen zuerst sein Benehmen gegen das undankbare Volk. Welche Sprache sie führten, und wie sie Moses plagten, das haben wir eben gesehen. Aber nie, auch nicht ein einziges Mal, führt er an allen den Stellen solche Sprache wieder. Er ist gleich bereit, alle Mühe des Führeramts wieder zu übernehmen. Und das 40 Jahre hindurch. Solche Geduld, die tragen und vergessen und vergeben kann, die rühmen wir zuerst. — Noch größer zeigt sich seine Liebe zu dem undankbaren Volk in der Fürbitte. Als sie das goldene Kalb angebetet hatten, will Gott sie verderben, und will Moses zu einem großen Volke machen, 2 Mos. 32, 9. Das war eine Prüfung seiner Liebe zu dem Volke. Wie so? Wie besteht Moses darin? Wir lesen V. 11—13. Solche Liebe in der Fürbitte ergreift das Herz Gottes, und der Erfolg steht V. 14. — Gleich darauf die andere Fürbitte, die C. 32, 30—32 steht. Den letzten Vers will ich noch einmal lesen: Vergieb ihnen die Sünde; wo nicht, so tilge mich aus dem Buche, das du geschrieben hast. Das heißt Fürbitten. —

Weiter. Die Kundschafter kommen zurück und berichten. Da führt das Volk im Unglauben die Rede, die 4 Mos. 14, 2—4 steht. Josua und Caleb treten voll Glauben auf, aber das Volk sprach, V. 10, man sollte sie steinigen. Da ergrimmt der Herr: Ich will sie vertilgen, und dich zum größern Volke machen. Moses Fürbitte steht V. 13—19. Ich will sie euch zweimal vorlesen. Der Erfolg, und damit ihr nebenbei seht, was ächte Fürbitte vermag, steht V. 20. — So auch bei der Rotte Korah: Scheidet euch (Moses und Aaron) von dieser Gemeine, daß ich sie plötzlich vertilge. Da fiel Moses auf sein Angesicht und bat: Ob Ein Mann gesündiget hat, willst du darum über die ganze Gemeine wüthen? — Der Herr befiehlt ihm, er soll auf das Gebirge Abarim steigen und daselbst sterben. Was ist da Moses erstes Wort? Leset es, 4 Mos. 27, 15—17. Also gleich der Gedanke, wer dann Hirte des Volkes sein soll. — Und wie rein ist seine Liebe zu dem Volke, frei von Eigennutz. Zweimal war ihm gesagt: Ich will dich zum größern Volk machen; aber er geht gar nicht auf das Wort ein, thut, als ob er es nicht hörte. 4 Mos. 16, 15 kann er sprechen zu Gott: Ich habe nicht einen Esel von ihnen genommen, und ihrer Keinem nie ein Leid gethan. Solche Geduld, solche Fürbitte, solche Uneigennützigkeit ist kurz: Liebe.

So gegen das Volk. Sehen wir nun sein Benehmen gegen Gott an. In jeder Noth wendet er sich gleich an Gott. Gebet. Als sie zu Raphidim kein Wasser hatten, und das Volk mit ihm zankte, spricht er 2 Mos. 17, 2: Was zankt ihr mit mir? Warum versuchet ihr den Herrn? Also er will ihre Gedanken von sich weg auf Gott und zum Gebet hinführen. Das Volk hat in all' der Zeit der 40 Jahre auch nicht ein einziges Mal ein Gebet, und Moses immer. Wo groß steht Moses da, dem ganzen Volke gegenüber! — In dem Gebet, Ps. 90, das er vielleicht gemacht hat, als die Israeliten in der Wüste so hinstarben, spricht er: Herr Gott, du bist unsere Zuflucht für und für. Sein Leben zeigt, wie er seine Zuflucht zu Gott nahm. Am rothen Meere zagt das Volk, murrt und denkt schon an Gräber, denn vor ihnen ist das Meer, hinter ihnen ist Pharao und an den Seiten sind Felswände. Da spricht Moses die kräftigen Worte, 2 Mos. 14, 13. 14. Und doch weiß er noch nichts von Hülfe, sondern weiß nur, was V. 4 steht. Erst nachdem er so kräftig gesprochen hat, sagt ihm Gott, V. 15, was er thun soll. Das ist Vertrauen. — Sein Gehorsam ist auf jedem Blatt in seiner Geschichte zu lesen. Das Volk soll in die Wüste hinein ziehen. Das schien die größte Thorheit nach menschlicher Ansicht. Warum? Aber Gott sagt's, und Moses ist gehorsam. — Gott hatte, 4 Mos. 14, 25, gesagt: Morgen wendet euch und ziehet in die Wüste zurück. Das Volk wollte doch, V. 40, gleich in Canaan einziehen. (Da seht ihr zugleich, was Halsstarrigkeit ist als Gegensatz von Gehorsam.) Da spricht Moses, V. 41: Warum übergehet ihr des Herrn Wort; es wird euch nicht gelingen. Sie zogen doch hin, aber Moses blieb im Lager zurück. — Nur einmal war Moses ungehorsam. 4 Mos. 20. Wie? Er sollte den Felsen nur anreden, und er schlug zweimal daran. Die Strafe. Diese Strafe zeigt die Größe Mosis. Wie?

5) **Sein Ruhm.** So ist denn auch sein Ruhm groß. Er war der Mittler (die Mittelsperson) im alten Bunde zwischen Gott und Israel. Er sahe die Herrlichkeit Gottes. Gott nennt ihn seinen Knecht, der in seinem ganzen Hause treu ist. Er starb und Gott begrub ihn, 5 Mos. 34. Es heißt 5 Mos. 34, 10: Es stand hinfort kein Prophet in Israel auf wie Moses, den der Herr erkannt hätte von Angesicht zu Angesicht. Elias und er erschienen dem Herrn Jesu auf dem Berge der Verklärung. Sein Lob steht Sir. 45, 1—6.

Und wir? Doch nein: wir wollen heute keine Nutzanwendung machen, sondern wollen das Bild des treuen Knechtes Gottes still uns vorhalten. Wir sind auch Knechte eines und seines Herrn. So wollen wir denn heute von Moses es gelernt haben, daß wir als Knechte unserm Herrn leben in seinem Reiche und Ihm dienen in ewiger Gerechtigkeit, Unschuld und Seligkeit. Amen! und das Gebet:

Soll den Berg des Todes hier ich dereinst ersteigen, o so wolle Gott auch mir die Gefilde zeigen, wo für den erlös'ten Geist nach dem Kampf des Todes Wein und Milch und Honig fleußt in dem Garten Gottes.

Wo, von Elend ungeplagt, keine Thränen fließen; wo die Lippen, die geklagt, ewig jauchzen müssen. Müde Seele, steige fort, um das Land zu schauen, wo wir bei den Vätern dort Friedenshütten bauen!

Der Gottesdienst in Israel.

Durch die Thaten Gottes in Egypten und durch das gegebene Gesetz in der Wüste war Israel eine Gemeine Jehovah's geworden. Es hatte gelobt, 2 Mos. 24, 7: Alles, was der Herr gesagt hat, wollen wir thun, und gehorchen. Darauf wurde nun, V. 8, ein Bundesopfer gebracht. Der Bund Jehovah's mit der Gemeine Israel bestand nemlich in gegenseitiger freiwilliger Hingabe zu Einer neuen Lebensgemeinschaft. Israel gab das natürliche, sündhafte Leben der Welt auf, und weihete sich Jehovah zu einem göttlichen Leben; und Jehovah entsagte für Israel dem Licht, wozu Niemand kommen kann, und wohnete fortan sichtbar in Mitten seines Volks. Zur Offenbarung solches Bundes verordnete Gott seinen Dienst in der Gemeine, wobei denn in Betracht kommt: 1) die heilige Stätte des Gottesdienstes, 2) die heiligen Personen, 3) die heiligen Handlungen, 4) die heiligen Zeiten.

1. Die heilige Stätte.

Die Stiftshütte. Da war die heilige Stätte des Gottesdienstes. Sie heißt sehr oft das Haus oder die Wohnung Gottes, z. B. 2 Mos. 25, 9. Gott wollte nemlich mitten unter seinem Volk sichtbar wohnen, und zwar, da Israel auf der Wanderschaft in Zelten lebte, auch in einem Zelt, wie späterhin, als Israel zur Ruhe gekommen war, in einem festen Hause. Daher gab Gott den Befehl, 2 Mos. 25, 8: Sie sollen mir ein Heiligthum machen, daß ich unter ihnen wohne. Die ganze Hütte war von einer Wolke bedeckt, 4 Mos. 9, 15. 16, als ein sichtbares Zeichen der Gegenwart Gottes. Das hebr. Wort heißt „Zelt der Zusammenkunft," nemlich die Zusammenkunft Gottes mit dem Volke; also nicht ein Zelt der Zusammenkunft des Volks (2 Mos. 29, 42, hebr.: wohin ich zur Zusammenkunft mich dir stellen will; s. auch C. 33, 7—11). Dann heißt sie auch 4 Mos. 9, 15: die Hütte oder das Zelt des Zeugnisses, weil darin das Zeugniß des Bundes, die Gesetztafeln, aufbewahrt wurden. Luther hat Stiftshütte übersetzt, und sagt selbst (Lundius, Jüdische Heiligthümer, S. 1.): „Wir haben das hebr. Wort Moed nicht anders wissen noch wollen deutschen. Es soll so viel heißen als ein gewisser Ort oder Stätte, wie eine Pfarrkirche oder Stift, wohin das Volk Israel kommt, um Gottes Wort zu hören." Ein anderer Name ist Heiligthum, 2 Mos. 25, 8, d. i. Ort der Absonderung von allem Irdischen, Sündlichen, Absonderung für Jehovah, die Offenbarungsstätte und Wohnstätte des Heiligen in Israel, wie Gott oft bei den Propheten genannt wird, Jes. 1, 4. — Das Wohnen Gottes in Israel war eine Weissagung auf die Zeit, wo (Joh. 1, 14) das Wort Fleisch ward, und wohnete unter uns (griech. zeltete, schlug sein Zelt auf unter uns), und wir sahen seine Herrlichkeit, eine Herrlichkeit des eingebornen Sohnes vom Vater, voller Gnade und Wahrheit; — und zugleich eine Vorausdarstellung der Zeit, wo Christus in seiner Gemeine wohnt bis an der Welt Ende, und in dem Einzelnen mit seinem Geist und seinem Frieden. Somit war also auch die Stiftshütte ein Schatten von dem, das künftig war, aber der Körper selbst ist in Christo, Col. 2, 17.

Die Einrichtung, 2 Mos. 26. Die Stiftshütte war eine Hütte oder ein Zelt von Brettern mit Gold überzogen und mit großen Teppichen und Decken überhangen. Das ganze Zelt, das auseinander zu nehmen war, bestand aus 48 Brettern, eigentlich

Bohlen oder Balken, 1 Elle dick und $1\frac{1}{2}$ Elle breit (eine israelitische Elle ist $1\frac{1}{2}$ Fuß) mit Goldblech überzogen, 20 an jeder Seite und 8 gegen Abend. Unter jedem Balken befanden sich zwei silberne Fußgestelle mit Löchern, in welche die Zapfen des Balkens eingefügt wurden. Die Stiftshütte hatte kein Dach, sondern war von vier Decken überdeckt. Die innerste war von feiner Baumwolle (Luther hat statt Baumwolle stets Seide übersetzt, z. B. 2 Mos. 26, 1), dreifarbig: blau, rosenroth, karmoisinroth, mit eingewebten Cherubim, die man im Innern des Heiligthums dann an den Seiten und an der Decke sehen konnte. Diese tapetenartige Decke, aus zehn Decken zusammengefügt, machte die Hütte zur „Wohnung". Darüber hing eine Decke von Ziegenhaaren, und darüber noch zwei Decken, wahrscheinlich von Seehundsfellen, zum Schutz gegen die Witterung. Die Stiftshütte war 30 Ellen lang und inwendig 10 Ellen breit und 10 Ellen hoch. Der ganze Raum enthielt zwei Abtheilungen, das Heilige und das Allerheiligste. Eine kostbare kunstreiche Decke, die von oben bis auf den Boden herabhing, trennte das Heilige von dem Allerheiligsten. Ein nicht gewebter, sondern gestickter, weniger kostbarer Vorhang verdeckte das Heilige von dem Vorhofe aus.

Das Allerheiligste. Es war 10 Ellen lang, 10 Ellen breit und 10 Ellen hoch, also ein Cubus, und hatte somit die höchste Symmetrie und das höchste regelmäßige Maß. Es war völlig dunkel in demselben. Nur der Hohepriester durfte es betreten, und auch nur am Versöhnungstage mehreremal. Dies Allerheiligste war die eigentliche Wohnung Jehovah's. Nur zweierlei Geräth befand sich darin: die Bundeslade und der Gnadenstuhl darauf. Die Bundeslade, 2 Mose 25, 10—16, war ein Kasten von Akazienholz, mit Goldblech überzogen, $2\frac{1}{2}$ Ellen lang, $1\frac{1}{2}$ Ellen breit und eben so hoch. Es lagen darin die zwei steinernen Tafeln, worauf das Gesetz geschrieben war. Daher hieß die Bundeslade auch „die Lade des Zeugnisses", weil das Gesetz das Zeugniß Gottes war an sein Volk, und auch weil das Gesetz im Uebertretungsfall Zeugniß gegen das Volk ablegen sollte. — Der Gnadenstuhl, 2 Mose 25, 17—22. Derselbe war ein Deckel, der auf der Bundeslade lag. Man muß denselben sich denken, als für sich bestehend und nicht zur Bundeslade gehörig. Dieser Deckel war von reinem Golde, und so lang und breit, als die Bundeslade selbst. Das hebr. Wort, das Luther durch Gnadenstuhl übersetzt hat, heißt eigentlich Sühndeckel. An beiden Enden dieses Sühndeckels waren zwei Cherubim ganz von Gold, die mit ihren Flügeln den Sühndeckel überschatteten, und auf denselben ihre Angesichter gerichtet hatten. Die Cherubim sind die höchsten Wesen der Schöpfung, die man sich gewöhnlich als Engel denkt, und die (1 Mose 3, 24) den Ort der Gegenwart Gottes bewahren. Ihr Blick auf den Deckel bezeichnet diesen Ort als die Stätte der heiligen Gegenwart Gottes, und als den Ort der Gnade. So ist mit Luther derselbe ein Gnadenstuhl oder Gnadenthron, auf welchem

Jehovah, der Gott der Gnade, unter seinem Volke sitzt und thront. Demgemäß heißt es auch, V. 22: Daselbst werde ich (Jehovah) mit dir zusammenkommen, und werde mit dir reden von dem Sühndeckel und von der Stätte zwischen den Cherubim. — Wenn wir die Verbindung der Bundeslade mit dem Sühndeckel deuten sollten, so möchte es dieses sein. Das Gesetz in der Lade zeugt und verdammt wegen des Ungehorsams, durch's Gesetz kommt Erkenntniß der Sünde, Röm. 3, 20. Dies fortwährende Verdammungsurtheil des Gesetzes wird bedeckt und verdeckt durch die Gnade Jehovah's, die dies Zeugniß überwindet. (Der Gnadenstuhl, V. 21, ist oben, höher als das Zeugniß.) Wie die Gnade Gottes die Sünde sühnte, das zeigte sich besonders am Versöhnungstage, wenn der Hohepriester für das ganze Volk vor Gott in das Allerheiligste trat.

Das Heilige war 20 Ellen lang, 10 Ellen breit und 10 Ellen hoch, also ein Doppelcubus. Es war darin auch völlig dunkel, und Tag und Nacht brannten Lampen daselbst. Es durften nur die Priester hinein kommen. Im Heiligen befanden sich dreierlei Geräthe: der Räucheraltar, der Schaubrottisch und der siebenarmige Leuchter. — Der Räucheraltar, 2 Mose 30, 1—10. Er war von Holz, und mit Goldblech überzogen, 2 Ellen hoch und eine Elle lang und breit. Er hatte seinen Platz dicht am Vorhang des Allerheiligsten. Der Priester setzte Morgens eine goldene Schale voll Rauchwerk darauf, dessen Zubereitung genau bestimmt war, 2 Mose 30, 34—38. Unser Wort Altar stammt ab von einem Wort, das Erhöhung heißt. Das im Hebr. dafür gesetzte Wort bedeutet Schlacht- und Opferstätte. Diese Bedeutung des Altars stellt sich auch äußerlich dar sowohl am Brandopferaltar, als auch an diesem Räucheraltar durch die Hörner des Altars, die an den vier Ecken eines jeden Altars angebracht waren. Durch das Horn wird die abwehrende Macht bezeichnet, die das Opferthier hat. Etwas von dem Blut des Sündopfers wurde an die Hörner des Brandopferaltars gethan. Auch etwas Blut des Sündopfers am Versöhnungstage kam an die Hörner des Räucheraltars, 2 Mose 30, 10. So war also auch dieser Altar, auf den sonst nur Rauchwerk kam, V. 9, eine „Schlachtstätte." Gott hatte, C. 20, 24, gesagt: Einen Altar von Erde sollst du mir machen, und an welchem Orte ich meines Namens Gedächtniß stiften werde, da will ich zu dir kommen und dich segnen. Durch das Opfer nun, — das Räuchern war auch ein Opfern — durch das Opfer kommt der Mensch zu Gott, und die Gegenwart Gottes ist dann an dem Altar, da nahet sich Gott und segnet. In dem Rauch des Rauchwerks ist der wohlriechende Duft die Seele und das Wesentliche. Nach Offenb. 5, 8 hatten die 24 Aeltesten „Schalen voll Rauchwerk, welches sind die Gebete der Heiligen." Diese Gebete kommen in das Gedächtniß vor Gott (Apostg 10, 4), ihm zu einem süßen Geruch, sie sind ihm angenehm. Das Räucheropfer mahnet also an die tägliche Gebetspflicht. Wenn der diensthabende Priester im Heiligen räucherte, so betete das Volk während dessen im Vorhofe (Luc. 1, 10) und der aufsteigende Rauch, der von dem Volke bemerkt werden konnte, war dann durch das Bewußtsein des Wohlgefallens, das Gott an dem Gebete hatte, zugleich eine tröstende Versicherung desselben. — Der Leuchter, 2 Mos. 25, 31—40. Er war von Gold, hatte sechs Seitenarme und einen Hauptarm, war also siebenarmig. Die sieben Arme (Röhren, Lampen), mit dem feinsten Oel gefüllt, wurden Abends angezündet, und brannten bis an den Morgen, wo sie geputzt und zurecht gemacht wurden, C. 30, 8. Wenn 1 Sam. 3, 3 steht: „ehe die Lampe Gottes verlosch," so heißt das früh Morgens. Da in das Heiligthum kein Tageslicht drang, so haben auch wohl am Tage einige Lampen des Leuchters gebrannt, weshalb der Leuchter die immerwährende Lampe hieß. Die Bedeutung des Leuchters möchte diese sein: Das Allerheiligste, die eigentliche Wohnung Gottes, war dunkel. Gott bedarf das irdische und menschliche Licht nicht, denn bei ihm ist das Licht ursprünglich. Im Allerheiligsten erscheint Gott in seinem Gotteslicht, d. i. für uns unnahbar, dunkel, in einem Licht, da Niemand zukommen kann, 1 Tim. 6, 16. Im Heiligen läßt er sich ein irdisches, menschliches Licht anzünden, bereitet aus Oel, dem Fett der Erde, eine Verheißung, daß er aus dem Dunkel heraus treten will in das Licht der Menschen. Das ist denn in der Gemeine des neuen Israel verwirklicht durch den, der das Leben war, und das Licht der Menschen, Joh. 1, 4, und von dem es V. 18 heißt: Niemand hat Gott je gesehen; der eingeborne Sohn, der in des Vaters Schooß ist, der hat es uns verkündiget. Bei dem Einzelnen in der Gemeine tritt Gott in das Licht des Menschen durch den heiligen Geist, der, 2 Cor. 4, 6, einen hellen Schein in unsere Herzen gegeben hat, daß entstünde die Erleuchtung von der Erkenntniß der Klarheit Gottes in dem Angesicht Jesu Christi. — Der Schaubrottisch, 2 Mose 25, 23—30. Derselbe stand auf der entgegengesetzten Seite von dem Leuchter im Heiligen. In der Mitte stand nemlich der Räucheraltar. Der Schaubrottisch war 2 Ellen lang, eine Elle breit und $1^1/_2$ Ellen hoch, und mit feinem Golde überzogen. Auf diesem Tisch wurden jeden Sabbath von den Priestern 12 frische, ungesäuerte Brote gelegt, nachdem die alten von den Priestern gegessen waren. Neben den Broten wurde auch Weihrauch dargebracht, 3 Mose 24, 7, und da, 2 Mose 25, 29, auch Kannen und Schalen zum Aus- und Einschenken erwähnt werden, so wurde höchst wahrscheinlich auch Wein gespendet. Die Brote heißen hebr. Brote des Angesichts, d. h. zum Anschauen, oder wie Luther hat: Schaubrote, also nicht zum Essen. Wer sie anschauen sollte, steht V. 30: Du sollst Schaubrote legen vor mir. Es sind also Brote für Jehovah. Es soll damit angezeigt werden, daß Jehovah wirklich und wahrhaftig unter seinem Volke wohnt. Da er aber daselbst noch nicht leibhaftig erscheint, so genießt er diese Brote nicht selbst, sondern es sind nur Schaubrote, die er seinen Dienern, den Priestern, übergiebt.

Der Vorhof, 2 Mose 27, 9—19, bildete die Umgebung der Stiftshütte. Dieser Vorhof war ein freier Platz in Form eines länglichen Vierecks, 100 Ellen lang und 50 Ellen breit. Er war von hölzernen Säulen eingeschlossen, deren Knäufe mit Silber überzogen, und deren Füße von Erz waren. 20 Säulen waren auf jeder Längenseite, und 10 auf jeder Breitenseite. Jede Säule war also 5 Ellen von der andern entfernt, und hatte 5 Ellen Höhe, also die halbe Höhe der Stiftshütte. Ein Umhang an den Säulen von weißer, feiner Baumwolle (Luther: weißer Seide) bildete die Wand und Umgränzung der Stiftshütte so, daß die Säulen im Innern des Vorhofes sichtbar waren. Ausgezeichnet war nach der Morgenseite zu das 20 Ellen weite Thor des Vorhofes, gebildet durch einen Vorhang, der gearbeitet war, wie der Vorhang der Stiftshütte. In diesem Vorhof stand also die Stiftshütte, vielleicht nicht gerade in der Mitte, sondern etwas nach hinten zu, so daß ein größerer Raum vorne nach Osten blieb. Hier im Vorhofe war es, wo das Volk seinen Gottesdienst verrichtete, denn zum Heiligen und Allerheiligsten war ihm der Weg verschlossen, und es durfte sich nur durch die Vermittler, die geweihten Priester im Heiligen, und durch den Hohenpriester im Allerheiligsten, Jehovah nahen. Im Vorhofe opferte das Volk durch die Priester, und betete mit ihnen, wenn sie räucherten. Zwei Geräthe befanden sich hier: der Brandopferaltar und das Waschbecken. — Der Brandopferaltar, 2 Mose 27, 1—8, war ein hohler Kasten von Holz mit Kupfer überzogen, und wahrscheinlich mit Erde angefüllt, 3 Ellen hoch und 5 Ellen lang und breit, ohne Deckel und Boden, an den Ecken mit 4 Hörnern, die gleichfalls mit Kupfer überzogen waren. Die Hörner weisen hin auf die Thiere, die hier zum Opfer geschlachtet wurden. In dem Horn hat das Thier, wie schon oben gesagt, seine Macht zur Abwehr. Hier wehrt das Thier dadurch, daß es sein Blut für den Menschen vergießt, den ärgsten Feind, die Sünde, ab, die den Zugang zu Gott wehrt. Auf diesem Altare wurde das tägliche Brandopfer, Cap. 29, 42 (H. Aufsteigendes) dargebracht, Gott zu einem süßen Geruch. Dann wurden auch hier alle Opfer gebracht, welche eine Beziehung zur Sünde und zur Sündentilgung hatten. Weil dieser Altar ein Altar von Erde war, C. 20, 24, so erinnerte das schon an die niedere, sündhafte Natur, worauf auch das Erz des Altars hinweis't. Der Räucheraltar im Heiligen ist gleichsam als die höhere Stufe dieses Altars anzusehen. Auf dem Brandopferaltar wird die Sünde versöhnt, und im Heiligen vor Jehovah ist sie versöhnt, erscheint so, worauf die Reinheit des Goldes und der wohlriechende Duft des Rauchwerks hinweis't, was beides im Vorhofe einen niedern Charakter hat. Das Feuer auf dem Brandopferaltar sollte nach 3 Mose 6, 13 ewig brennen und nimmer verlöschen. Als Aaron für sich in Israel das erste Brandopfer auf diesem Altar opferte, da nahm Gott das Opfer vor den Augen des ganzen Volks selber an und hinweg, denn das Feuer ging aus von dem Herrn, und verzehrete auf dem Altar das Brandopfer und das Fett, 3 Mos. 9, 24. — Das Waschbecken, 2 Mose 30, 18—21, von Luther Handfaß genannt, war von Erz, d. h. von Kupfer, und dazu bestimmt, daß die Priester, ehe sie zum Gottesdienst in's Heilige gingen, sich darin wuschen. Sie wuschen die Hände, womit sie die heiligen Dinge betasteten, und die Füße, womit sie den heiligen Boden betraten. Es war die Todesstrafe auf Unterlassung dieser Vorschrift gesetzt. Es geht daraus hervor, daß auch die Priester, ungeachtet ihrer Weihe, doch mit natürlicher Unreinheit behaftet angesehen wurden, die erst entfernt werden muß, wenn man vor den Heiligen in Israel hintritt, — bei Todesstrafe, die zweimal gedroht wird, V. 20 und 21.*)

2. Die heiligen Personen.

Das Zelt der Zusammenkunft Jehovah's mit seinem Volke ist da. Aber das Volk kann und darf nur bis in den Vorhof kommen, bis zu dem ehernen Altar. Wie gelangt es nun wirklich zur Gemeinschaft mit Gott? Dies geschieht durch die Priester. Drei Stücke machen das Wesen des Priesterthums in Israel aus: die Aussonderung dieses Standes aus dem Volke, die Heiligkeit, und die Gottesnähe. Freilich da, 2 Mose 28, 1, Aaron und seine Söhne aus den Kindern Israel genommen werden, so sind auch sie, eben wie das übrige Volk, unrein und unwürdig vor Gott zu erscheinen; sie werden aber als heilig dargestellt dadurch, daß sie mit Heiligkeit überkleidet werden. Denn es heißt, H. V. 2: Du sollst Aaron Kleider der Heiligkeit machen zur Herrlichkeit und zur Zierde. Heiligkeit und Zierde wird hier aus dem Grunde zusammengestellt, weil die Heiligkeit die ursprüngliche Zierde, Herrlichkeit und Schönheit des Menschen ist. Dann wird, V. 3, weiter gesagt, daß Israel die Kleider Aaron's machen soll, um ihn zu heiligen. Israel ist hiernach also selbst ein heiliges Volk, C. 19, 6, und aus seiner Heiligkeit weihet es seine Priester, damit diese wieder die zurückgebliebene Unheiligkeit des Volks mit Gott vermitteln.**) „So stehen also Priester

*) Abbildungen der heiligen Stätte und der Gegenstände darin dürfen beim Unterricht nicht fehlen. Wir empfehlen: Lundius, die jüdischen Heiligthümer. Fol. 1704. Antiquarisch für 2 bis 3 Mk. — Bormann, Bildertafeln zur bibl. Gesch. 3 Blätter. Fol. Berl. 1844. 18 ßl. (Abdruck aus Lundius.) — Seiler, Gesch. der Religion, antiq. 1 Mk. Handbüchlein biblischer Alterthümer mit Abbildungen, Calw 1852; ein sehr zu empfehlendes, wohlfeiles Buch, 10 ßl.

**) Wenn wir hier das Volk heilig nennen, das wir doch schon so eben als unheilig bezeichneten, so ist beides eben so wahr, als wenn die christliche Gemeine eine Gemeine der Heiligen heißt, geheiligt durch die und Volk in einem inneren Verhältniß, und auf diesem Verhältniß beruht die Wirksamkeit des priesterlichen Amts für das ganze Volk." Baumgarten, Theolog. Commentar. B. 2, S. 66. Man sieht hier wieder, wie der Priesterstand in Israel eine Vorausdarstellung, eine Weissagung des Hohenpriesterstandes Christi ist. Christus war im vollkommenen Sinne ausgesondert, heilig, und in der Nähe Gottes, was Alles bei Aaron nur ein Schatten und unvollkommen der Fall war. Dann ist, wie die Gemeine Israel, auch die Christengemeine eine Gemeine von Heiligen und Priestern, 1 Petr. 2, 9. Offenb. 1, 6. Aus der Gemeine werden dann die christlichen Priester ausgesondert, durch Weihung geheiligt und heilig dargestellt in der Kleidung, und nur sie sind dann am Altare die Vermittler der Gemeine mit Gott. — Es gab nun in Israel dreierlei heilige Personen: die Leviten, die Priester und der Hohepriester. —

Der Hohepriester, oder der große Priester wird wegen seiner Würde so genannt. Der jedesmalige Hohepriester durfte nur aus Aaron's Familie genommen werden. Außer der gewöhnlichen Priesterkleidung hatte die Amtskleidung des Hohenpriesters noch vier besondere Stücke, 2 Mos. 28, den himmelblauen Rock, den Leibrock mit dem Amtsschildlein und das Stirnband. Der himmelblaue Rock war ein kurzes Kleid, etwas über das Knie hinreichend, ohne Aermel, von himmelblauer Farbe mit Goldfäden durchwirkt, den untern Saum mit Quasten besetzt, wozwischen goldene Schellen hingen. Ueber diesem Rock trug der Hohepriester noch ein Schulterkleid, das Ephod oder der Leibrock genannt. Es hatte die Farbe der innersten Decke der Stiftshütte, weiß, mit dunkelblauen, purpur- und karmoisinrothen und goldenen Fäden gewirkt. Dieses Kleid, das bis an die Hüften reichte, hatte auf jeder Schulter einen Edelstein, in welchen die Namen der Kinder Israel gegraben waren, in jeden Stein sechs Namen. Mit diesem Schulterkleid eng verbunden, oder vielmehr ein Theil davon, war das Brustkleid des Hohenpriesters, auch das Amtsschild genannt, hebr. Chosen, d. h. Schmuck des Rechts. Es war eine gewirkte Tasche, eine Spanne in's Gevierte, und wurde von dem Hohenpriester vorne auf der Brust getragen. In dieses Amtsschild, heißt es nun C. 28, 30, sollst du Licht und Recht thun (H. Urim und Thummim), daß sie auf dem Herzen Aaron's sein, wenn er eingeht vor den Herrn, und Aaron trage das Recht der Kinder Israel auf seinem Herzen vor dem Herrn allezeit.

Hingabe Christi, Eph. 5, 25—27, geheiligt durch den Geist Christi, der in der Gemeine waltet, geheiligt durch ihren Beruf der Verklärung, der durch nichts verwüstet werden kann, so wenig bei Israel, als in der Gemeine Christi. Dagegen sich in beiden Gemeinen einzelne Glieder, und oft die Mehrzahl in der Gemeine, als unheilig auch darstellen. So sind beide scheinbar sich widersprechende Stellen, Jes. 42, 19 und C. 41, 8 u. f. erklärlich.

Bloß am Versöhnungstage trug er diesen Schmuck nicht. Es ist höchst wahrscheinlich, daß mit Licht und Recht die zwölf Edelsteine gemeint sind, die das Amtsschildlein hatte. Diese Edelsteine waren aber nicht, wie man gewöhnlich auf Abbildungen sieht, außen auf dem Amtschildlein, sondern darin, und wurden von dem Amtsschildlein bedeckt. In die zwölf Edelsteine waren auch die Namen der zwölf Stämme eingegraben. Es war dieses kleine Prachtkleid der wichtigste Theil der hohenpriesterlichen Kleidung; besonders gilt dies von den zwölf Edelsteinen, dem Licht und Recht, mit dem Namen der zwölf Stämme Israel's. Der Sinn war wohl dieser: Aaron repräsentirte in seiner Person das Volk Israel. Wenn er erschien vor Gott, mußte er diesen Schmuck anthun. Die Edelsteine sollen darstellen, wie theuer und kostbar dem Herrn sein Volk war; die eingegrabenen Namen verdeutlichten, wie unvergeßlich Israel vor Jehovah war, wie eine Schrift in Demant; Jes. 49, 15 heißt es: so will ich doch deiner nicht vergessen. Dann ist in dem Edelstein die dunkle Erdennatur gelichtet, verklärt. (Der Demant ist z. B. reine Kohlenerde.) So, als ein kostbares, heiliges, überirdisches Volk sieht Jehovah sein Volk an. Und dies heilige Volk soll noch zu einem Rechte kommen, erlös't und frei von aller Ungerechtigkeit, die in der Welt ist, und der Schmuck des Rechts in der Kleidung des Hohenpriesters war davon das göttliche Unterpfand. Die Namen Israel's trug der hohe Priester auf seinem Herzen verborgen in dem Brustkleide. Dies geheimnißvolle, innere Tragen kam aber zum Vorschein, wurde offenbar in dem Schulterkleide, wo der Hohepriester die Namen Israel's offen trug. — Das vierte Stück der Kleidung war das Stirnband. Es war dies ein Kopfbund (Turban, Diadem, Luther: Hut), d. i. eine aus einem langen Tuch gewundene Mütze, wie die Morgenländer tragen. An dem untern Ende dieses Kopfbundes war mit einem blauen Bande das Stirnblatt, Stirnband befestigt, von Gold mit der Inschrift: „Heiligkeit dem Jehovah." Das Stirnblatt heißt auch in der Schrift die heilige Krone, 2 Mos. 29, 6. Der ganze Kopfbund war (nach Lundius, S. 438) weiß. An seiner Stirn also trägt Aaron nach der Inschrift die deutlichste Erklärung, was seine Amtstracht bedeuten soll. Der Hohepriester gilt als die Heiligkeit vor Jehovah, und heiligt nun auch das unheilige Volk, wenn er es vor Jehovah bringt. So steht V. 38: Aaron soll die Missethaten der Heiligungen, welche die Kinder Israel heiligen, bei allen Gaben ihrer Heiligungen tragen. Also vor dem heiligen Gott ist auch die Gabe und das Opfer Israel's unheilig, aber Aaron nimmt dieselbe kraft seines Amtes und seiner Amtstracht hinweg. Die Bedeutung des Hohenpriesters in Israel trat besonders am großen Versöhnungsfeste hervor. Ueberdies mußte auch der Hohepriester Gott fragen durch das Licht und Recht, mußte die Könige salben, und im Erlaßjahr das Gesetz vorlesen. Mit den andern Priestern gemein hatte er das Opfern, Räuchern, Segnen u. A.

Die Priester waren die Nachkommen Aaron's. Die beiden Söhne Aaron's wurden gesalbt, und dadurch wurde das ganze Geschlecht geweiht; nachher kommt die Salbung der Priester nicht weiter vor. Späterhin wurden die Priester zu ihrem Amte geweiht, C. 29, durch Waschen und Baden, als Abthun der Unreinigkeit; durch Anlegung des heiligen Schmucks der Priesterkleider, wodurch Gott sie mit Heiligkeit und Herrlichkeit überkleidete, C. 28, 2; und durch Füllung der Hände, wie es im Gesetz heißt, d. h. es wurden ihnen vom Volke Geschenke dargebracht, die sie opfern mußten. Durch dies Letztere wurde die Weihung vollendet, sie durften jetzt in's Heiligthum eintreten, und waren so vollständig diejenigen, die „zum Herrn nahen durften," 2 Mos. 19, 22. Die Priesterkleidung bestand aus drei Stücken: dem engen Rock, dem Gürtel und dem Kopfbund. Der enge Rock war ungenäht, von weißer Leinwand (Byssus), und ging bis auf die Knöchel. Die Priester waren also schneeweiß gekleidet. Der Gürtel war bunt gestickt, und hatte die drei Farben der innern Decke der Stiftshütte. Bei den Amtsverrichtungen in der Stiftshütte hatte der Priester das Haupt bedeckt, ging aber höchst wahrscheinlich barfuß. Das Amt der Priester war, sich Gott zu nahen. Dann brachten sie auch das Volk Gott nahe durch den Opferdienst. Außerdem mußten sie räuchern und das Volk segnen. Ihre geringern Geschäfte waren: sie mußten beim Aufbruch des Lagers die heiligen Geräthe sorgfältig einwickeln, die dann so eingewickelt von den Leviten getragen wurden; sie mußten das Zelt abbrechen und wieder aufbauen, und mußten die Bundeslade tragen.

Die Leviten waren der ganze Stamm Levi. Bei dem Abfall Israel's von Gott durch Anbetung des goldenen Kalbes hatten sie sich allein rein erhalten, 2 Mos. 32, 26, welches auf eine frühere Reinheit dieses Stammes schließen läßt. Daher wurde gleich damals der Segen über sie gesprochen; und wenn Moses sie, V. 29, auffordert: füllet heute eure Hände dem Herrn, d. h. weihet euch zum Dienst der Opfer dem Herrn, so meint er, daß sie sich durch ihre That die priesterliche Würde selbst erworben haben. Die Leviten umgaben, wenn Israel lagerte, ringsum das Heiligthum, 4 Mos. 1, 53. Dies war schon ein Vorzug vor den andern Stämmen. Denn wenn Einer aus diesen sich in das Heilige wagen wollte, so mußte er sterben, 4 Mos. 3, 10 und 38. Der heilige Hut der Leviten hielt den Grimm des Heiligen in Israel über die unheilige Gemeine zurück, 4 Mos. 1, 53. Beim Aufbruch des Lagers hatten sie den Dienst für die heilige Wohnung und ihre Geräthe, und mußten während des Zuges die Heiligthümer tragen. Dann ist, 4 Mos. 3, 6—8, verordnet, daß sie den Priestern *dienen* sollten. Sie hatten aber keine religiösen Dienstverrichtungen, wie die Priester sie hatten, durften also nicht Blut sprengen, opfern, zum Altar kommen, segnen, räuchern, und durften auch nicht in die Stiftshütte eintreten, 4 Mos. 18, 3.

3. Die heiligen Handlungen.

Es kommen hier in Betracht die Opfer und Reinigungen.

Die Opfer. Es ist von denselben die Rede, 3 Mos. C. 1—7. Opfer (vom lat. offerre, darbringen) ist eine Darbringung, eine Gabe. Israel sollte nemlich nicht mit leeren Händen vor Gott erscheinen, 2 Mos. 23, 15; in dem Opfer nahet es sich nun Gott, wie Gott sich dem Volke in der Stiftshütte nahete. Unter den Opfern ist das Brandopfer das älteste und wichtigste, und kommt schon bei Noah vor, 1 Mos. 8, 20. Das zu opfernde Thier wurde in den Vorhof vor das Heilige hingestellt. Der es opferte, legte seine Hand auf des Thieres Haupt, anzuzeigen, daß er auf das Thier übertrug, was mit ihm selbst hätte geschehen sollen. Das Thier war jetzt ganz an seiner Statt. Die Seele des Thieres kann freilich nichts verschulden, und war nur das leere Gefäß, wohinein die Schuld des Opfernden gelegt wurde. Der Bringer schlachtete nun selbst sein Opfer, worin das Bekenntniß lag: ich habe den Tod verdient. Das Blut strömte aus und damit die Seele des Thiers in den Tod (3 Mos. 17, 11: denn des Leibes Leben ist im Blut). Der Priester sprengte das Blut an den Brandopferaltar, d. h. er brachte es vor Gott, der den stellvertretenden Tod des Thieres annahm. Das Fleisch des Opfers wurde nun auf dem Altar verbrannt. Das Feuer nahm somit alles Unreine und Unheilige hinweg, und der Opferdampf stieg als ein Wohlgefallen zum Herrn empor, eine Versinnlichung der völligen Wiederaufnahme des Sünders. Aehnlich ging es mit den andern Opfern, Dankopfer, Sündopfer ꝛc. zu, mit denen gewöhnlich ein Speisopfer verbunden war, d. i. eine Darbringung von Speisen aus dem Getraide, der Hauptfrucht der Erde, bereitet. Im Gesetz kommt oft der Ausdruck „Heben und Weben" vor. Heben heißt: die Opferstücke hin- und herbewegen; weben heißt: dieses wagerecht thun. Dadurch wurde das Opfer Gott dargestellt, der der Herr im Himmel und an den Enden der Erde. Nun sind auch die Ausdrücke Hebeopfer, Webebrust, Hebeschulter leicht zu erklären.

Die Reinigungen. Siehe 3 Mos. C. 11—15. Die Verordnungen über Reinigung und Verunreinigung betreffen die zu essenden Thiere, C. 11; die Wöchnerinnen, C. 12; den Aussatz an Menschen und Kleidern, C. 13 (der Aussatz an Kleidern und Zeugen sind Flecke, die von der Grundfarbe abweichen); den Aussatz der Häuser, C. 14, worunter der Salpeterfraß (in Holstein Schwamm genannt) wahrscheinlich verstanden wird; den Samenfluß, C. 15. Alle diese Gesetze über die Reinigungen haben nicht, wie man oft gemeint hat, einen medicinischen Grund, denn es ist nirgends in der Schrift auch nur mit einer Silbe von Ansteckung die Rede. Der tiefere Grund dieser Gesetze ist vielmehr dieser: Gott ist heilig, daher soll auch Israel, das Volk Gottes, heilig sein, 2 Mos. 19, 6: Ihr sollt mir ein heiliges Volk sein, und C. 22, 31: Ihr sollt heilige Leute vor mir sein. Auf diese Heiligkeit Israel's zielt der ganze Gottesdienst Israel's hin, das Wohnen Jehovah's unter Israel, das Priesterthum und die Opfer, ja durch alles Dieses ist Israel schon heilig. Von der natürlichen Seite angesehen, wohnet aber in Israel, wie überhaupt in der ganzen irdischen Natur, die Sünde, und Alles steht unter dem Bann des Todes, 1 Mos. 3. Das Unreine, Unheilige, in diesen Capiteln Gräuel und Scheusal genannt, ist theils ein Abbild der Sünde, theils die personificirte Sünde selbst mit ihrem Solde und ihrem Ende — dem Tod, wie dieser letztere besonders in dem Aussatz an Menschen, Kleidern und Häusern zur Erscheinung kommt. Die natürliche Unreinheit, aus der Israel sich also täglich herauszuarbeiten hatte, erinnerte dasselbe lebendig an seinen Beruf, dem Herrn darzustellen eine Gemeine ohne Runzel und Flecke auch nach Gesinnung und heiligem Wandel. Noch mehr gilt dies von der Gemeine in dem neuen Israel, Eph. 5, 27.

4. Die heiligen Zeiten.

Die heiligen Zeiten in Israel sind die Feste. Alle Feste Israel's schließen sich an die Zahl sieben an*). Die Woche heißt Hebr. die Gesiebente. Der siebente Tag in der Woche ist heilig, der Sabbath; dann der erste Tag des siebenten Monats, wo das Fest des Blasens war; dann das siebente Jahr, das Sabbathjahr; und das siebenmal siebente Jahr, wo das Jubeljahr einfiel. In den siebenten Monat fielen überdies noch das Versöhnungsfest und das Laubhüttenfest. Diese Feste neben dem Neumond machen die heiligen Zeiten in Israel aus. Alle Feste Israel's hatten einen freudigen Charakter, und es war ausdrücklich gesagt, 5 Mose 16, 11 und 14: Du sollst fröhlich sein auf deinem Feste vor Gott. Nur der Versöhnungstag war hievon ausgenommen. Dann war weiter verordnet, 5 Mos. 16, 16: Dreimal des Jahres soll Alles, was männlich ist, vor dem Herrn, deinem Gott, erscheinen an der Stätte, die der Herr erwählen wird: auf's Fest der ungesäuerten Brote, auf's Fest der Wochen und auf's Fest der Laubhütten. — Fromme Frauen pflegen auch wohl mit zu

*) Nach der Symbolik der Alten ist drei die Zahl Gottes (das Dreieck das Symbol der Gottheit; die drei Personen der Trinität), und vier die Zahl der Welt. Die Zahl vier findet sich denn auch, besonders nach der neuern Naturwissenschaft, sehr häufig in der Natur. Es giebt vier Naturreiche der Erde: die Atmosphärilien, die Mineralien, die Pflanzen, die Thiere. Jedes Reich zerfällt wieder in vier Hauptordnungen, wie man es in Schubert, Geschichte der Natur, durch alle drei Bände weiter nachsehen kann. Die Zusammenstellung von drei und vier, sieben ist dann die Gemeinschaft Gottes mit der Menschheit, wie dieselbe besonders in unserer siebentägigen Woche zur wirklichen Erscheinung kommt.

gehen, wie wir von Samuel's Mutter und von der Mutter Jesu lesen. Die Zahl der fremden Juden war während der Festtage in Jerusalem sehr groß, und Josephus erzählt, daß dem Cestius Gallus, Landpfleger in Syrien, der um das Osterfest nach Jerusalem zog, an dreimalhunderttausend Juden entgegen gingen. Und Philo sagt: Es kommen unzählig Viele aus unzählig vielen Städten zu Wasser und zu Lande vom Morgen, Abend, Mitternacht und Mittag auf den hohen Festtagen zu dem Tempel, damit sie daselbst Ruhe finden, ihrem Gemüthe Luft machen, alle Sorge, womit sie sich quälen, bei Seite setzen, und mit gutem Muth und guter Hoffnung des Gottesdienstes warten. --- Wir erwähnen hier noch, daß Israel, eben wie wir, ein zweifaches Jahr hat: das Kirchenjahr und das bürgerliche oder natürliche Jahr. Das Kirchenjahr begann im Monat März mit dem jedesmaligen Osterfeste, und nach demselben richteten sich die andern Feste; das bürgerliche Jahr fing im September an.

Der Sabbath, 2 Mos. 20, 9—11. Das Wort Sabbath ist Hebr. und heißt Ruhe. Es war der Sabbath der siebente Tag der Woche, der Sonnabend. In der Schrift wird ein zweifacher Grund angegeben, warum Israel am Sabbath ruhen sollte; zuerst weil Gott ruhete. Aus der Arbeit der Welt soll Israel sich zurückziehen, und Theil haben an der Ruhe Gottes. Wenn es sich nun zugleich damit auch von der Unwahrheit und Verderbtheit der Welt frei machte, so war der Sabbath geheiliget. Dann wird auch zweitens die Sabbathfeier, 5 Mos. 5, 12—15, auf die Ausführung aus Egypten gegründet. Denn durch diese Liebesthat Gottes wurde Israel der Weltherrschaft entrissen, zu einem Eigenthum Gottes gemacht, und erhielt mitten in der Mühe und Arbeit Antheil an der heiligen Ruhe Gottes. Die Strafe der Sabbathschänderei war Ausrottung aus dem Volke, 2 Mos. 31, 14: Wer den Sabbath entheiliget, der soll des Todes sterben, und wer daran eine Arbeit thut, dessen Seele soll ausgerottet werden von seinem Volke. Ein Beispiel, wo dies wirklich geschah, lesen wir 4 Mos. 15, 32—36. Die Strafe war darum so groß, weil ein Solcher sich aus der Unreinheit und Bewegung der Welt nicht heraus begeben wollte, und das hohe Anrecht, Theil zu haben an der heiligen Ruhe Gottes, schmählich verachtete.

Das Neumondsfest, 4 Mos. 10, 10. C. 28, 11. Es wurde gefeiert am ersten Tage eines jeden Neumonds. Eine besondere Wichtigkeit hatte der erste Tag des siebenten Neumonds (vom Passah an gerechnet). Dieses besondere Neumondsfest wird das Fest des Blasens genannt, 3 Mos. 23, 24; es hieß auch der Trompetentag, 4 Mos. 29, 1. Mit diesem Tage fing man das bürgerliche Jahr in Israel an, wonach die Jahre der Welt gezählt wurden (Lundius, S. 1023). An jedem Neumond, besonders aber am Feste des Blasens, wurde von den Priestern mit zwei silbernen Posaunen geblasen, und zwar, wie es 4 Mos. 10, 10 heißt: zum Gedächtniß vor unserm Gott. Wie also Gott beim Regenbogen, 1 Mos. 9, an seinen Bund gedenken will, so hier bei dem Posaunenhall, den seine Priester machen, an sein Volk. In dem Glauben an dieses Gedenken Gottes hat Israel nun die sicherste Bürgschaft, daß es aller Noth und Mühe der Welt enthoben sein wird, und kann sich daher der vollen Freude dieses Festes hingeben.

Das Sabbathjahr, auch Erlaßjahr genannt, 3 Mos. 25, 1—7. Das Sabbathjahr war ein Ruhejahr für das Land der Verheißung. Auch das Land sollte seinen Sabbath feiern, V. 2. Nachdem man es nemlich sechs Jahr besäet und davon geerndtet hatte, war das siebente Jahr ein Brachjahr. Die Feier und Ruhe des Landes bestand nun darin: der Acker wurde nicht besäet, der Weinstock nicht beschnitten, und das von selbst wachsende Korn, und die von selbst wachsenden Trauben des unbeschnittenen Weinstocks, und die Frucht der Oelbäume wurden nicht von den sonstigen Besitzern eingeerndtet. Was von selbst wuchs in diesem Jahre, gehörte Allen im Volke gemeinsam; besonders werden noch, 2 Mos. 23, 10. 11, die Armen und das Wild auf dem Felde erwähnt (laß die Armen unter deinem Volke davon essen, und was überbleibt, laß das Wild auf dem Felde essen). Israel sollte in dieser Einrichtung eine stete Erinnerung finden, daß Jehovah der eigentliche Herr und Besitzer des Landes war, und der sonstige Besitzer nur der Verwalter und Haushalter der Gabe Gottes. Weil im Sabbathjahre nicht gesäet und geerndtet wurde, so befahl das Gesetz, 5 Mos. 15, 1—11, daß dann keine Beitreibung der Schulden geschehen sollte, woher dieses Jahr auch Erlaßjahr hieß. Somit wurde dieses Festjahr recht ein Fest der Armen und Bedrängten und der niedern Stände im Volke. Im Erlaßjahr am Laubhüttenfeste geschah auch die Vorlesung des Gesetzes vor den Ohren des ganzen Volkes, „beides Männer und Weiber, Kinder, Fremdlinge, auf daß sie hören und lernen, damit sie den Herrn, ihren Gott, fürchten, und halten, daß sie thun alle Worte dieses Gesetzes, und daß ihre Kinder, die es nicht wissen, auch hören und lernen, damit sie den Herrn, ihren Gott, auch fürchten alle ihre Lebtage.“ 5 Mos. 31, 10—13.

Das Jubeljahr, 3 Mos. 25, 8—23, wurde alle 50 Jahre gefeiert. Eigentlich heißt es das Jobeljahr, von dem Hebr. Worte Jobel, d. h. ein lärmender, schmetternder Schall, daher hat Luther übersetzt: das Halljahr. Diesen Namen hat es von den Posaunen, mit denen dieses Fest in ganz Israel eingeblasen wurde. Es war das Jubeljahr zugleich ein Sabbathjahr. Da es wahrscheinlich im Herbste mit dem bürgerlichen Jahre Israel's begann, so reichte es aus dem 49. in das 50. Jahr hinein; so ist denn V. 8 und 10 verständlich. Mit dem Tage der Versöhnung fing es an, V. 9, und das Eigenthümliche dieses Festjahrs war, V. 10, „daß ein Jeglicher dann wieder zu seiner Habe und zu seinem Stamm kommen sollte.“ Jehovah hatte nemlich jedem Stamme seinen Antheil an dem Lande der Verheißung zugetheilt, somit galt es als etwas Ewiges und Feststehendes. Aber durch die Sünde war Israel von seinem Erbe abgekommen, und in Armuth und Knechtschaft gerathen; nun setzte Jehovah Jeden wieder in sein Erbe und in seine Freiheit ein. Denn in Israel konnte das Grundeigenthum gar nicht verkauft werden, sondern nur der Ertrag des Grundeigenthums, die Erndten. Darauf beziehen sich V. 14—17. Es kam in diesem Jubeljahr mehr als sonst zum Vorschein, daß Jehovah alleiniger Herr des Landes war, wie es, V. 23, heißt: Ihr sollt das Land nicht verkaufen ewiglich, denn das Land ist mein, und ihr seid Gäste und Fremdlinge vor mir.

Das Osterfest. Von der Einsetzung und der ersten Feier dieses Festes in Egypten wird gelesen 2 Mos. 12. Es heißt auch Passah, d. h. Uebergang, wegen der Verschonung, daß der Verderber an den Häusern, deren Oberschwellen mit Blut bestrichen waren, in Israel vorüberging, wie es ausdrücklich V. 13 und 27 heißt. Mit Ostern fing, V. 2, das kirchliche Jahr an, weil für Israel mit der Erlösung aus Egypten eine ganz neue Zeit begann. Ein anderer Name ist: Fest der ungesäuerten Brote, Fest der süßen Brote. Denn es wurde zu dem Fleisch des Lammes ungesäuertes Brot und bittere Salsen, V. 8, d. h. bittere Kräuter, gegessen. Der Sauerteig, das Alte, Gährende, Störende war in den sieben Tagen, die das Fest dauerte, weggenommen, und dafür der Süßteig der Freude gegeben. Das ganze Fest hat zwei Seiten, die eine ist die göttliche Verschonung, wo Alles außerhalb der Gemeine dem Tode anheim fällt, der andere ist der neue Lebensgenuß. Denn man nahm Ein Lamm für Ein Haus und genoß das Lamm; mit dem Blut desselben bestrich man die Oberschwelle der Hausthür. Dies Blut wollte Gott ansehen, und an dem Hause sollte der „Verderber" V. 23, d. h. der verderbende Engel, der Würgengel, vorübergehen. Durch diese zwei Seiten stellt das Osterfest im hohen Grade die Erlösung durch Christum im N. T. dar. Abendmahl und Passah, sagt Hofmann (Weissagung und Erfüllung im A. und N. T. Bd. 2. S. 239), unterscheiden sich nur eben so, wie Israel und die Christengemeine, wie A. und N. T., d. h. sie verhalten sich zu einander, wie Weissagung und Erfüllung. — Die Schule wird dies nicht unbenutzt lassen, und wir geben deshalb hier die Hauptpunkte kurz an. 1) Durch die Erlösung aus Egypten ist Israel für immer ein Volk der Gnade. Das ist der neue Anfang, worauf immer wieder hingewiesen wird: „der ich dich aus Egypten geführt habe." Durch die Erlösung aus der Sünde sind wir Gottes Kinder geworden, Joh. 1, 12. C. 11, 51. 52. 1 Joh. 3, 1. — 2) Das Lamm mußte ohne Fehl sein, V. 5, wegen der Bestimmung, es sollte das Verderben abwenden; so Christus, das unschuldige, unbefleckte Lamm, 1 Petr. 1, 19, von den Sündern abgesondert, Hebr. 7, 26. — 3) Das Blut des Lammes wendet das Verderben ab, und ist die Sühnung. Das Leben des Lammes ist für das Leben Israel's dargebracht, V. 13. So Christus, 1 Joh. 1, 7: das Blut Jesu Christi, seines Sohnes, macht uns rein von aller Sünde, Eph. 1, 7. — 4) Jeder Israelit verwaltet hier Priesterthum durch Darbringung, Sprengung des Bluts, Genießen des Fleisches, V. 6 — 9; so haben wir durch Christum Alle einen freien Zugang zu der Gnade Gottes, Eph. 2, 18. Offenb. 1, 6. — 5) Das Fleisch des Lammes wurde gegessen. Der Tod des Lammes wendet den Tod von Israel ab; wenn aber Israel das Fleisch genießen mußte, so geht zugleich aus dem Tode ein neues Leben hervor. Und dieser Genuß stärkte Israel zur Reise. So ist uns durch die Erlösung gegeben nach Röm. 6: daß wir mit Christo in einem neuen Leben wandeln, V. 4: daß wir der Sünde nicht dienen, V. 12: sondern als die aus den Todten lebendig Gewordenen Gott leben, V. 10: in Christo Jesu, unserm Herrn, V. 11: und durch ihn erlangen, V. 23: die Gabe Gottes, das ewige Leben. Denn Joh. 6, 54: Wer mein Fleisch isset, und trinket mein Blut, der hat das ewige Leben. Dies Essen und Trinken (im Abendmahl) stärkt auf der Lebensreise. — 6) Israel sollte das Mahl halten, angethan als Reisende, gegürtet, beschuhet, mit Reisestäben versehen, in eiliger Flucht. So fassen Christen im Abendmahl kraft der Erlösung den Entschluß, ihre Lenden zu umgürten mit Wahrheit, Eph. 6, 14; die Welt zu fliehen, und der Zukunft des Herrn entgegen zu eilen, 2 Petr. 3, 12. — 7) Ungesäuertes Brot sollten sie essen mit bittern Kräutern. Die bittern Kräuter erinnern an das Leiden der Knechtschaft, und das süße Brot an die Herrlichkeit der Erlösung. Beides wird auch von uns bedacht und empfunden im Abendmahl: die Bitterkeit der Sünde in der Beichte, und das Heil der Erlösung im eigentlichen Abendmahl, und dies giebt erst den vollen Genuß der Seligkeit. Darum, 1 Cor. 5, 7. 8: feget den alten Sauerteig aus, auf daß ihr ein neuer Teig seid, und laßt uns Ostern halten nicht im alten Sauerteig der Bosheit und Schalkheit, sondern im Süßteig der Lauterkeit und Wahrheit. — Durch das Gesetz bekam das jüdische Osterfest auch eine Beziehung zu der Erndte, wie wir lesen 3 Mos. 23, 1 — 14. Ostern fing nemlich die Erndte in Israel an, nachdem die Erstlingsgarbe des Feldes Gott geopfert war.

Das Pfingstfest, 3 Mos. 23, 15—22. Pfingsten hat seinen Namen von dem griechischen Worte Pentecoste, das der fünfzigste heißt. Dieses Fest wurde nemlich 50 Tage nach Ostern gefeiert. Im A. T. heißt es das Fest der Wochen, 2 Mos. 34, 22, weil man die (sieben) Wochen zählte von Ostern bis dahin: die erste Woche, die zweite &c. Das ganze Fest bestand nur aus Einem Feiertage. 2 Mos. 23, 16 heißt es das Fest der ersten Erndte, weil es den Beschluß der Kornerndte machte, die Ostern angefangen hatte. Nachher folgte die Obst-, Wein- und Oelerndte. Die Kornerndte geschah zwischen Ostern und Pfingsten, und jetzt war Alles, namentlich auch die Waizenerndte, zu Ende. Nach den Rabbinern war das Pfingstfest auch das Fest des Andenkens an die Gesetzgebung auf Sinai, doch steht im A. T. nirgends etwas davon, und auch aus Josephus und Philo läßt es sich nicht nachweisen. Freilich fiel es mit dem Tage der Gesetzgebung zusammen. Ostern, als Anfang der Erndte, wurde das Korn in der unvollkommenen Gestalt der Garbe dem Herrn im Namen der ganzen Gemeine dargebracht; Pfingsten aber in der vollendeten Form des Brods. So wurde die Erndte geheiliget und auch der Genuß derselben. Es wurden nemlich zwei Brode von der geerndteten Frucht Jehovah dargebracht, nicht auf dem Altar, wie die Garbe, sondern nur im Heiligen vor dem Angesicht Jehovah's, diesmal auch gesäuert in Bezug auf den Genuß, sonst mußte alles Speisopfer ungesäuert sein. Von diesen ersten Broden aus der neuen Frucht hieß das ganze Fest auch, 3 Mos. 23, 16, das Fest der Erstlinge, und die Brode hießen die Erstlingsbrode, V. 20. So thut Gott als ein ehrlicher Hausvater, bemerkt der alte Herberger (Magn. dei), dem seine Kinder vor und nach Tisch beten müssen. — Das ganze Fest mit dem Opfer dabei sollte sagen: Jehovah ist Geber aller Früchte des Landes, und Israel hat diesen Segen ohne Verdienst und Würdigkeit. — Israel kommt Pfingsten zum Genuß der von Gott geschenkten Frucht; so wir im neuen Israel. Durch den heiligen Geist, der uns an unserm Pfingsten geschenkt ist, wird uns die ganze Frucht der Erlösung durch Christum zugewendet, und er ist es, der uns die Kräfte eines neuen geistlichen Lebens schenkt.

Das Versöhnungsfest, 3 Mos. 16. Dieses Fest fiel kurz vor das Laubhüttenfest. Es dauerte nur Einen Tag und heißt, C. 23, 28: Tag der Versöhnungen. Die Mehrheitform soll anzeigen, daß dieser Tag Alles, was es von Sühnungen gab, in sich befaßte. Auch heißt er, 3 Mos. 16, 31, der größte Sabbath, wegen der größten Wichtigkeit dieses Festes. Alle übrigen Feste Israel's waren Feste der Freude, dieser Tag aber war der einzige Festtag, an welchem sich das Volk kasteiete, V. 29 (wörtlich: die Seele demüthigte), d. h. fastete. Dies ist das einzige Fasten, das im Gesetz befohlen ist. Diese Stimmung der Seele sollte durch die ganze Feier des Tages hervorgebracht werden, wo der Hohepriester für die Sünde des ganzen Volkes ein Opfer brachte, und so Israel sühnte. Jeder Israelit sollte bedenken, daß seine Seele durch den Tod des geopferten Thiers zur Sühnung mit Gott hindurchgegangen sei. An diesem Tage kam das Amt, die Stellung und Bedeutung des Hohenpriesters recht zum Vorschein. In der weißleinenen, gemeinen Priesterkleidung, ohne den hohenpriesterlichen Schmuck, V. 4, mußte der Hohepriester an diesem Tage Amts pflegen; denn er sollte heute nicht vor dem Volke erscheinen, sondern vor Jehovah — „in der schlichten Reinheit seines gottgeordneten Amtes." Zuerst mußte der Hohepriester sich und sein Haus durch ein Opfer reinigen. Dann brachte das Volk zwei Böcke, den einen mußte der Hohepriester, V. 9, zum Sündopfer opfern, und dem andern mußte Aaron, V. 21, seine beiden Hände auf das Haupt legen, und auf ihn bekennen alle Missethat der Kinder Israel, und alle ihre Uebertretungen in allen ihren Sünden. Darauf mußte dieser Bock durch einen Mann in die Wüste gebracht werden, „daß also der Bock alle ihre Missethat auf ihm in eine Wildniß trage." Die eigentliche Sühnung, der feierlichste Act, geschah nun so. Aaron nahm, V. 12 u. f., Gluth vom äußern Altar, und das Blut des (für sich) geopferten Stiers, und das Blut des (für das Volk) geopferten Bocks, und ging damit in das Allerheiligste. Hier machte er von Rauchwerk eine Rauchwolke, V. 13, welche ihn, den Menschen, in der Gegenwart Jehovah's vor dem Tode schützte. Darauf mußte er mit dem Finger das Blut gegen den Gnadenstuhl sprengen, und V. 16: also soll er versöhnen das Heiligthum von der Unreinigkeit der Kinder Israel, und von ihren Uebertretungen, in allen ihren Sünden, denn sie sind unrein, die umher (im Lager) wohnen. In einem Sündopfer ist die Blutbesprengung die Hauptsache, und diese Blutbesprengung war die feierlichste, weil sie, wie sonst nie im Allerheiligsten, in der Wohnung Jehovah's geschah; damit war denn auch dieses Sündopfer das höchste. Alle Jahre an einem bestimmten Tage sollte dieses Fest wiederkehren, V. 29, zum Zeichen, daß Israel fortwährend der Sühnung bedurfte, und womit, Hebr. 9, 8, der heilige Geist deutete, daß noch nicht geoffenbaret wäre der Weg zur Heiligkeit, so lange die erste Hütte stünde. Nun, Hebr. 10, 12, Christus hat ein Opfer für die Sünde geopfert, das ewiglich gilt. Auch Hebr. 9, 7—14 und V. 25. 26.

Das Laubhüttenfest, 3 Mos. 23, 24—43. Es war dies das dritte der größten Feste, und dauerte sieben Tage. Der achte Tag machte den Schluß, V. 34 und 35, und wurde gefeiert zu Ausgang des alten Jahres im September (2 Mos. 23, 16). Das Laubhüttenfest, auch das Hüttenfest genannt, hatte, wie das Osterfest, zwei Seiten, eine geschichtliche und eine natürliche. Die geschichtliche Seite ist angedeutet, V. 42: Wer heimisch ist in Israel, der soll in Laubhütten wohnen, daß eure Nachkommen wissen, wie ich die Kinder Israel habe lassen in Hütten wohnen, da ich sie aus Egyptenland führete. Die natürliche Seite war, daß es ein Erndtedankfest war. Daher heißt es, 2 Mos. 23, 16, auch das Fest des Einsammelns. Die zweite Erndte war jetzt nemlich gethan und zu Ende, nemlich die Erndte von Obst, Wein und Oel. Die sieben Tage des Festes über wohnte Israel nicht in Häusern, sondern in Hütten oder Zelten, wobei es sich der wunderbaren Führung Gottes, der 40 Jahre in der Wüste, erinnern sollte. An diesem Laubhüttenfeste war Israel besonders fröhlich, wie es, V. 40, verordnet war: Ihr sollt am ersten Tage Früchte nehmen von schönen Bäumen, Palmenzweige, Maien und Bachweiden, und sieben Tage fröhlich sein vor dem Herrn, eurem Gott. „Als Erndtefest ragte das Laubhüttenfest über Passah und Pfingsten, und gab demselben den Charakter besonderer und erhöheter Fröhlichkeit, wozu noch kommt, daß namentlich die Producte, auf deren Einsammlung sich das Fest zunächst bezog, auch mehr als das zum täglichen Unterhalte erforderliche Brod zum Lebensgenuß und zur Freude dienen, und (wie vorzüglich Oel und Wein) Zeugnisse des Reichthums und des Ueberflusses sind. Mit Laubhütten hörte alle Feldarbeit auf, und der Winter, die Zeit der Ruhe, nahm ihren Anfang. Jeder sah sich für seine Mühe das Jahr über belohnt, die Sorgen waren verschwunden, die ganze Fülle des göttlichen Segens lag in eines Jeden Händen: keine Zeit des Jahres forderte in gleicher Weise so zur Freude und Fröhlichkeit auf. In solcher Freude bleibt nun Israel nicht in seinen festen und dichten Häusern, sondern wohnet in der freien, fröhlichen Natur unter Hütten, die aus grünen, dichten Zweigen bereitet, und mit Früchten von Zierbäumen geschmückt sind. Diese natürliche Grundlage erhält aber, ähnlich wie beim Passah, durch die Beziehung auf die Geschichte Israel's ihre Weihe und Heiligung. In den grünen Hütten wohnend, soll Israel nemlich der Zeit gedenken, da ihm von Jehovah nach der Ausführung aus dem egyptischen Diensthause Hütten bereitet wurden. Derselbe Jehovah nemlich, der Israel einst in die Wüste führte, und ihm alleiniger Versorger und Beschützer war, ist es, der Israel im Lande Canaan wohnen lässet, und mit der Fülle des Segens aus dem Boden überschüttet.

Josua.

Wir gehen mit den Israeliten ein in das gelobte Land, und betrachten besonders seine geographische Lage, wodurch wir denn einen Blick thun in die Tiefen der Weisheit Gottes, der dieses Land zum Schauplatz seiner Offenbarungen erwählte. Israel liegt an der Gränze des Morgen- und Abendlandes. Es gehört noch zu Asien, und es herrscht asiatische Weise daselbst, aber es besitzt doch schon manche Züge vom europäischen Charakter. Ostwärts vom Jordan liegen große, gleichartige, gleichförmige Strecken, wie sie überhaupt Asien eigen sind; westwärts vom Jordan hat der Boden schon etwas von der Mannigfaltigkeit, die in Europa herrscht. Die Lage des Landes hat etwas Inselartiges: im Westen das mittelländische Meer, im Osten die syrische Wüste, im Süden ein Felsen- und Sandmeer, im Norden die hohe Kette des Libanon. So blieb das Volk schon durch die Natur von den benachbarten heidnischen Nationen getrennt, die verderbt waren, und von denen es nichts Gutes zu lernen hatte; so wurde das Samenkorn des Wortes Gottes in einen Garten gelegt und mit einer dichten Hecke und einer festen Mauer umgeben, Jes. 5, 2. 5. Als aber Israel statt des Segens den Fluch wählte, da ereilten es die Gerichte Gottes über Wüsten, Meere und Gebirge, und Judäa ist gerade am längsten durch Kriege verheert.

Das heilige Land liegt im Mittelpunct der alten Welt. Auch von Egypten könnte man dies sagen, aber es hat zu wenig Verkehr mit Nordasien, Griechenland liegt zu westlich. Diese ebengenannten Centralgegenden, wozu auch Syrien gehört, sind nicht zugleich abgesondert, sondern vielmehr von allen Seiten offen, oder sogar Länder des Durchzuges.

Das heilige Land liegt nicht nur im Mittelpunct der Erde, sondern auch in einer Gegend, wo durch die Natur gezeichnete Straßen zusammentrafen und noch zusammentreffen, die in allen Richtungen bis zu den entferntesten Ländern führen. Diese Straßen sind: die Landenge Suez, das Thor Afrika's; unmittelbar dahinter Egypten, wohin die Karawanen von Abyssinien, vom Niger und vom Atlas kommen. Südlich vom ersten Thale des Jordan's beginnt das rothe Meer, welches nach Arabien, an die Küsten Ost-Afrika's und Dekan's führt. Ostwärts gingen Karawanen durch Arabien nach dem persischen Meerbusen auf der einfachsten und ältesten Straße, welche in die reichen und bevölkerten Gegenden des Indus und Ganges führt. Nordostwärts zogen sie, der syrischen Wüste ausweichend, nach Ninive und Babylon, von wo sie in alle Theile des inneren Asiens gelangten. Nordwestlich wohnten die Phönizier, dasjenige Volk der alten Welt, welches am meisten Handel und Seefahrt trieb. Westlich ist das mittelländische Meer, welches die Völker Westasiens, Nordafrika's und Südeuropa's mit einander in Verbindung setzte.

Endlich lag Palästina zur Zeit des Heidenthums in der Mitte der Nationen, welche sich am frühesten civilisirt hatten, und zur höchsten Macht und Blüthe gelangt waren: die Egypter, die Babylonier und Assyrier, hinter welchen die Meder und Perser wohnten, die Phönizier und Syrier, die Griechen und Römer, und die Araber. So ist's denn wahr, was Hes. 5, 5 steht: Jerusalem habe ich unter die Heiden (eigentlich: unter die Völker) gesetzt, und rings um sie her Länder. So war es denn diesen Völkern leicht, den Gott Israel's kennen zu lernen und seine Herrlichkeit zu sehen; und als nachher die Apostel ausgingen, fanden sie gebahnte Wege, welche zu den entferntesten Gegenden der bekannten Welt führten.

Die Straßen berührten das heilige Land nicht, sondern entweder im Norden die phönizischen, oder im Süden die egyptischen Städte; und wenn auch die Karawanen zu verschiedenen Zeiten alter und neuer Zeit Samaria, Galiläa und das Land jenseit des Jordan's durchzogen, so gingen sie doch nie durch Jerusalem, welches eine abgelegene Stadt ist, durch die Gebiete der Stämme Juda und Benjamin, welche den geschichtlichen Mittelpunct des heiligen Landes bilden.

Das heilige Land ist eine Friedensinsel mitten im Ocean der Welt. Sie kann Allem, was sie umgiebt, fremd bleiben: die ganze Erde ist ihren Bewohnern offen. Die Nationen ziehen Jahrhunderte lang an ihren Gränzen vorüber, ohne sie zu überschreiten; von allen Enden der Erde konnten sie hierher kommen und sich hier leicht vereinigen. — Geographie des Menschen, ethnographisch, statistisch und historisch, von Fr. v. Rougemont, deutsch von Ch. H. Hugendubel. 1839. B. 1, S. 156. Siehe mehr: Zahn, Reich Gottes, S. 105.

Wir geben hier einige kurze Bemerkungen zu dem ganzen Buche Josua und lassen dann eine Unterredung über Josua folgen. Der Lehrer erzähle die Hauptgeschichte des Buches, wobei ihm die nachstehenden Bemerkungen dienen werden, und halte dann zum Schluß die Unterredung über Josua, die freilich mehr als eine Stunde verlangt. Dies verdient auch wohl der Mann, „der Knecht des Herrn," C. 24, 29, an dem die Geschichte keinen Makel hat.

C. 1, V. 1. Das Buch beginnt mit Und, und schließt sich dadurch eng an die Bücher Mosis an. So ist auch der Anfang der folgenden biblischen Bücher im H., und wir erkennen darin sowohl die Einheit der Geschichte Israel's, als auch ihre Fortführung und Entwickelung. Jehovah, der bei Moses lebendig in die Natur und in die Geschichte eingreift, ist hier im Buche Josua derselbe Gott, der Gott der Väter, der das verheißene Land anweist und selbst mit erobert. Moses heißt hier weiter „Knecht des Herrn." In unserm ganzen Buch heißt Josua nie so. Erst wie sein Tod erzählt wird, C. 24, 29, hat eine fremde Hand ihm mit dem Ehrennamen „Knecht des Herrn" einen Denkstein gesetzt, und ihm so den erhabensten Titel beigelegt, den das A. T. kennt. Uns aber liegt darin ein innerer Beweis mit, daß Josua selber, so wie es ihm vorkam, und bis zu Ende auch der Verfasser dieses Buches ist, und daß vielleicht Samuel sein Ende hinzugefügt hat. Er nennt sich nur Mose Diener. V. 2 erhält er den Befehl Gottes, Israel einzuführen in Canaan, und V. 6 befiehlt Gott ihm, das Land zu vertheilen. Dabei wird ihm die göttliche Hülfe mehrmals versprochen. V. 7 und 8 wird ihm das Gesetzbuch dringend an das Herz gelegt. V. 8 wurde in frühern Zeiten oft vorne in die Bibeln der Kinder geschrieben. Es sind auch herrliche Worte aus dem Munde Gottes selber. Dreierlei wird hier gefordert: über das Wort Gottes nachsinnen, es bewahren und danach thun. (Die Berlenburger Bibel übersetzt: Du sollst darin nachsinnen Tag und Nacht, auf daß du bewahrest und thuest nach Allem, was darin geschrieben stehet.) Der Erfolg ist dann, daß die Wege gelingen, und daß man Alles wohl ausrichtet. Die Worte erinnern weiter an Ps. 1, 2. 5 Mos. 6, 6—9. Ps. 119, 9, und wenden sich zuerst an das Herz und das Gewissen des Lehrers, und fragen ihn, ob das Wort des Herrn seine Lust und seine Freude ist. Darum: Wach' auf, mein Freund! in deiner Seligkeit, in deinem Glauben ruhen tausend Keime für deiner Kinder Seelenheil bereit! Auf, komm zum Herrn, verlaß die finstern Träume! Liebst du das Herz, das sterbend für dich brach, so lieben dir viel andre Herzen nach; mit ihnen wirst du edlen Samen säen, mit ihnen dort als reife Garbe stehen (Knapp). Verfasser dieses erinnert wenig aus dem ihm ertheilten Confirmationsunterricht, aber Ein Wort des alten, ehrwürdigen Predigers ist ihm noch heute im Gedächtniß, daß derselbe nemlich sagte, er lese noch Abends im Bette oft die heilige Schrift. Also: Nachsinnen Tag und Nacht, wie unsere Stelle es will. V. 11 spricht nun Josua: Ihr werdet es einnehmen und besitzen. Wir sehen hier seinen Glauben an die gegebene göttliche Verheißung, die feste Zuversicht dessen, was man nicht siehet. Im Glauben darin giebt er nun Befehle und Anordnungen, und erinnert besonders die dritthalb Stämme an ihr schon Moses gethanes Versprechen, 5 Mos. 32: ihren Brüdern zu helfen. Die ganze Anrede ist lebendig und heldenmüthig. Solches Vertrauen Josua's zu Jehovah weckt denn auch das Vertrauen des Volks zu Josua und zu der Anrede Josua's entspricht, V. 16—18, die Antwort des Volks. Die Gemeine Israel will sich ganz ihrem Führer hingeben. In den beiden Versen ist die schönste Huldigung eines Volks zu seinem Könige ausgesprochen, und die beste Bedingung in der zartesten Weise, V. 17: Nur allein, daß der Herr, dein Gott, mit dir sei; worin eine Zurückweisung auf V. 7 und 8 enthalten ist, daß nemlich der Landesfürst vom Gesetz Gottes weder zur Rechten noch zur Linken weiche, und darüber nachsinnt, es bewahrt und thut, wovon das „mit dir sein" abhängig ist.

C. 2. Man darf den Ausdruck Hure hier nicht schwächen, auch im N. T. wird die hier erwähnte Rahab eine Hure genannt, Hebr. 11, 31, wo ihr Glaube, und Jac. 2, 25, wo ihr Werk an den Kundschaftern, das aus dem Glauben hervorging, gerühmt wird. Ihr Glaube spricht sich, V. 9—11, aus, besonders wenn sie sagt, V. 11: Der Herr, euer Gott, ist ein Gott, beides oben im Himmel und unten auf Erden. Wegen ihres Glaubens wird diese Heidin, diese Sünderin, von deren Leben uns weiterhin nichts erzählt wird, angesehen; sie ist die erste, die Israel einverleibt wird, und an der zum Vorschein kommt, daß auch die Heiden dem Verderben entrinnen und an dem Heil in Israel Theil nehmen können. Ja, sie ist es, die, Matth. 1, 5, die Stammmutter Jesu ist durch ihren Sohn Boas, der die Ruth heirathete. — Die Kundschafter erfuhren durch Rahab die Muthlosigkeit der Cananiter. Wenn Rahab, V. 9, sagt: Es ist ein Schrecken über uns gefallen vor euch, so erfüllt sich, was Gott, 5 Mos. 11, 25, geweissagt hatte: Niemand wird euch widerstehen; eure Furcht und Schrecken wird der Herr über alle Länder kommen lassen. Die Kundschafter stärkten auch Israel wieder, V. 24: Der Herr hat uns alles Land in unsere Hände gegeben, und alle Einwohner des Landes sind feige vor uns.

C. 3. Josua bricht mit dem Volke von dem Lager in Sittim auf, und übernachtet am Jordan. Am andern Tage läßt er die Priester mit der Bundeslade voran gehen, und sagt dem Volke, die Wasser des Jordans würden sich spalten. Sobald die Füße der Priester in den über seine Ufer ergossenen Jordan traten, verlief sich das nach dem todten Meere hinströmende Wasser, das herabkommende Wasser thürmte sich zu einem großen Haufen, und reichte bis in die Gegend von Zarthan hinauf. So ging nun das Volk trocknen Fußes bei Jericho hindurch, V. 16. — Die ganze Begebenheit ist durchaus ein Wunder. Josua kündigt es, V. 5, als ein solches an: Morgen wird der Herr ein Wunder unter euch thun. Auch steht V. 15, daß der Jordan voll war an allen seinen Ufern um die Zeit der Erndte, d. h. kurz nach Ostern, wo hier der Durchgang geschah. Es erneuert sich hier dasselbe Wunder, das schon am Schilfmeer geschah. Zweck dieses Wunders ist, V. 10: Dabei sollt ihr merken, daß ein lebendiger Gott unter euch ist, und daß er vor euch austreiben wird die Cananiter. Die Priester blieben mit der Lade so lange in dem trocknen Bette des Jordans stehen, bis alles Volk hinüber war. Der Uebergang geschah nach C. 4, 10 in Eile, schnell. Josua hat hier schon den Beweis von C. 1, 5 in Händen: Wie ich mit Mose gewesen bin, also will ich auch mit dir sein; woran Gott ihn auch hier, V. 7, erinnert.

C. 4. Zwölf Männer, aus jedem Stamme einer, nahmen auf Gottes Befehl zwölf Steine, die sie an dem Ort des Nachtlagers aufrichteten, als Denkmal für die Nachkommen. Andere zwölf Steine errichtete Josua selbst an der Stelle im Jordan, wo die Priester mit der Bundeslade gestanden hatten, V. 9. V. 14. An dem Tage machte der Herr Josua groß vor dem ganzen Israel, wie Gott es ihm gelobt hatte, C. 3, 7. Also Gott erhöhete ihn, und nicht er selbst erhöhete sich, daher hatte er denn auch eine Majestät, daß das Volk ihn fürchtete, V. 14, wie sie Mose fürchteten sein Leben lang. — Die Lagerstätte, V. 19, ist nun Gilgal, die auch Hauptlager während des ganzen Krieges bleibt, C. 9. C. 10. C. 14. Josua will nun, daß durch das Denkmal hier in Gilgal die Tradition des göttlichen Wunders im Munde des Volks bleibe, daher sollen die Väter ihre Kinder darüber belehren, und, V. 22, dieses Wunder der göttlichen Gnade mit dem frühern Wunder am Schilfmeer in Verbindung bringen, und wie er sehr schön hinzusetzt, V. 24: auf daß alle Völker auf Erden die Hand des Herrn erkennen, wie mächtig er ist, und ihr den Herrn, euern Gott, fürchtet allezeit. So ist es den Männern Gottes nur um die Ehre ihres Gottes zu thun, daß seine Herrlichkeit erkannt werde von seinem Volke und von den Heiden. Dies Wunder vermehrt denn auch die Muthlosigkeit der Cananiter, C. 5, 1, und es wird auch von ihnen als ein Wunder angestaunt.

C. 5. Ehe Israel in den Kampf hineingeht, muß es sich erst

darstellen als ein Volk des Bundes des Herrn durch die beiden Sakramente des A. T., die Beschneidung und das Osterlamm. Die Beschneidung war das äußere Zeichen, wodurch der Israelit in den Bund mit Gott, als Samen Abraham's, eintrat, 1 Mos. 17, welcher Bund Glauben und Gehorsam forderte. Durch das Passah, das nur derjenige genießen durfte, der beschnitten war, erhielt sich Israel in dem göttlichen Bunde. Durch die Beschneidung sollte, V. 9, die „Schande Egypten's" von ihnen genommen werden, d. h. die natürliche Unreinigkeit des Heidenthums, daß sie sich als „Jehovah heilig" darstellten; daher wurde der Ort Gilgal genannt, d. h. Abwälzung. Es heißt 1 Mos. 17, 14: Wer nicht beschnitten ist, soll ausgerottet werden aus seinem Volk, d. h. ausgeschieden von der Volksgemeinschaft, und damit ausgeschieden von dem Segen und dem Heil in Israel. — Das Manna hört nun auf, und sie essen, weil es um die Erndte war, die Früchte des Landes. V. 11. Sangen sind geröstete (gesengte) Kornähren.

Von großer Wichtigkeit ist nun die folgende Erscheinung des „Fürsten über das Heer des Herrn," V. 23 bis C. 6, 5. Es ist das derjenige, der im A. T. immer die Person Jehovah's vertritt, der in Abraham's Hütte erscheint, und der sonst das Angesicht Gottes genannt wird, und von dem es heißt: Mein Name ist in ihm, 2 Mos. 23, 21. Das persönliche Erscheinen Gottes finden wir nur noch hier und in den Zeiten der Richter. Schon Samuel sieht nicht mehr Jehovah, sondern hört nur sein Wort, 1 Sam. 3, und ähnlich alle Propheten. Der Repräsentant Gottes befiehlt ihm, die Schuhe auszuziehen, „denn die Stätte, darauf du stehest, ist heilig." Josua betet ihn an, V. 14. An dieser Erscheinung Jehovah's, und besonders an dem bloßen Schwerdt, das derselbe führte, war zu erkennen, wer den Krieg führen würde, und dann auch, indem er sich einen Fürsten nennet, daß man seinen Befehlen in der ganzen Sache gehorchen müsse. Zugleich ist hier sichtbarer Beweis des Worts: Ich bin mit dir.

C. 6. V. 1 ist ein Zwischensatz. Von V. 2 an bis V. 5 redet der Engel des Herrn, der C. 5, 13—15 Josua erscheint, weiter, und giebt als Fürst die ersten Befehle, welche die Eroberung Jericho's betreffen. Nun beginnt der Kampf, nachdem das Volk sich durch Beschneidung und Osterlamm wieder als ein Volk Jehovah's dargestellt hat. An der Art und Weise, wie Jericho, die erste Festung Canaan's, erobert wurde, sahe Israel, daß nicht ihre Gerechtigkeit und Stärke es sei (5 Mos. 9, 4—6), sondern, 2 Mos. 15, 3: Der Herr ist der rechte Kriegsmann, Herr ist seine Name. Es sollte sich zeigen, daß hier, wie am Schilfmeer, es ganz und gar der Herr war, der das Land eroberte. Die Bundeslade sollte die Gegenwart Gottes versinnlichen, und der Posaunenhall der Priester versinnlichte die Herabrufung der göttlichen Hülfe. Dann auch sollte ihnen solche Erfahrung der göttlichen Hülfe Muth machen für die Zukunft. Wir aber nehmen diese Geschichte eben so für uns, als es Ps. 44, 1—3 gethan hat: Gott, wir haben es mit unsern Ohren gehöret, unsere Väter haben es uns erzählet, was du gethan hast zu ihren Zeiten vor Alters. Du hast mit deiner Hand die Heiden vertrieben, aber sie hast du eingesetzet. Denn sie haben das Land nicht eingenommen durch ihr Schwerdt, und ihr Arm half ihnen nicht, sondern deine Rechte, dein Arm, und das Licht deines Angesichts: denn du hattest Wohlgefallen an ihnen. — Israel mußte dreizehnmal um Jericho herumgehen mit der Lade Gottes (in sechs Tagen jeden Tag einmal, und am siebenten Tage siebenmal). Die Mauern fielen, als beim letzten Umzug das Volk ein Feldgeschrei machte. Auf Gottes Seite war dies die Erfüllung der Verheißung, V. 5; und auf Seiten Israel's war es der Glaube, der dies Wunder wirkte, wie Hebr. 11, 30 sagt: durch den Glauben fielen die Mauern zu Jericho, da sie sieben Tage umher gegangen waren. Wir halten es mit Zahn: das Reich Gottes auf Erden, S. 208, dafür, daß es gleich kindisch ist, zu fragen: ob die Mauern durch Posaunenschall, oder durch Erdbeben zusammenstürzten. Welche kindische Antworten man auf diese Fragen gegeben hat, kann nachgelesen werden in: L i l i e n t h a l, die gute Sache der göttlichen Offenbarung, V. 9. S. 286. Die Geschichte giebt sich hier als ein W u n d e r, d. h. doch zuerst als etwas uns Unerklärliches, dem Natürlichen Entgegengesetztes; und so wagen wir keine Erklärung, versuchen sie auch nicht einmal. Alles wurde nun in Jericho verbannt, V. 21, d. h. als etwas angesehen, das Leben und Gut gegen Gott verwirkt (zur Zerstörung, Vertilgung gewirkt) hatte. Josua sprach, V. 26, den Fluch gegen denjenigen aus, der Jericho wieder aufbauen würde. Vielleicht mochte Jericho besonders ruchlos sein, und die öde Stätte sollte ein stetes Denkmal der göttlichen Strafgerechtigkeit sein. Der Fluch hat sich erfüllt, 1 Kön. 16, 34.

C. 7. Nur Achan hatte sich vergriffen an dem Verbannten, d. h. an dem, was dem Herrn gehörte, und was man, C. 6, 19, zum Schatz des Heiligthums abgeben sollte; und doch wird, V. 1 und 11 und 12, gesagt: Israel hat sich versündiget, und der Zorn des Herrn kommt über die Kinder Israel. Wir sehen hier, wie so oft im A. T., daß es einen Zusammenhang giebt zwischen der Sünde des Einzelnen und der Sünde des ganzen Volks, und daß die Verschuldung des Einzelnen das ganze Volk mittelst des Zusammenhangs in die Verschuldung mit hineinzieht. Als Jehovah die Hand abzieht, demüthigt sich Josua tief vor dem Herrn, V. 6, und spricht, V. 7—9, ungefähr dieselben Worte, die wir bei Moses finden, 2 Mos. 32, 12 u. f. V. 9: Wenn das die Cananiter hören, so werden sie uns umgeben, und auch unsere Namen ausrotten von der Erde; was willst du denn bei deinem großen Namen thun? Josua, wie auch Moses in der früheren Stelle, betrachten die Sache, wie sie in Wahrheit ist. Sie setzen sich ganz in das Verhältniß hinein, worein sich Jehovah selber mit Israel gesetzt hat. Jehovah will sich verherrlichen in Israel, 5 Mos. 4, 6, und Israel ist Sein Volk. So hängt also Israel's Geschichte und Schicksal eng mit der Ehre Jehovah's zusammen. Nur für die Ehre Jehovah's eifern Mosis und Josua. V. 21, eine goldene Zunge heißt eine goldene Spange in Gestalt einer Zunge.

C. 8. Nach V. 2 soll die Beute an Gut und Vieh Israel verbleiben, und nicht dem Herrn verbannet werden, wie dies bei der Eroberung Jericho's geschah. Durch Kriegslist wird nun Ai erobert. Bei der ersten Stadt Canaan's, Jericho, thut Gott Alles allein, hier bei Ai ist es anders. Israel muß jetzt selbst alle seine Kräfte anstrengen, und gar die Kriegslist zu Hülfe nehmen. V. 30—35 führt Josua genau aus, was im Gesetz geboten war, und was man thun solle vor der Eroberung Canaan's. Gelesen 5 Mos. 27. Der erste Altar wird errichtet zum Opfer für Jehovah. In große, mit Kalk beworfene Steine wird das Gesetz gegraben, V. 32. (Die Meinungen der Ausleger sind hier verschieden, ob unter „Gesetz" hier das ganze Gesetz, oder blos die Segens- und Fluchworte, 5 Mos. C. 27 und C. 28, darunter zu verstehen sind.) Dann wurde, V. 34, der Segen und der Fluch ausgerufen, wie es stehet im Gesetzbuch, 5 Mos. 27 und 28. Nemlich sechs Stämme standen dabei neben dem Berge Garisim (Grisim, Garizim) und die andern sechs Stämme neben dem Berge Ebal. Im Thal, in der Mitte, waren die Priester mit der Bundeslade, und sprachen, mit dem Angesichte gegen den Garisim gewandt, zuerst den Segen, und dann, mit dem Angesichte gegen Ebal gewandt, den Fluch. Bei jedem Segen und bei jedem Fluch, den die Priester sagten, sprach das ganze Volk: Amen! Der Schluß war: Verflucht sei, wer nicht alle Worte dieses Gesetzes erfüllet, daß er darnach thue; und alles Volk sprach: Amen! — So wird Israel Segen und Fluch vorgelegt, damit es den Segen erwähle. — Die beiden Berge Garisim und Ebal waren nahe bei Sichem, wo Abraham zuerst, als er in Canaan kam, einen Altar errichtete, und wo ihm Gott zum erstenmal die Verheißung gab, daß er seinen Nachkommen dieses Land geben wolle, 1 Mos. 12, 6. 7. So fehlte nichts, wie Josua sagte, C. 21, 45, an allem Guten, das der Herr dem Hause Israel geredet hatte, es kam Alles; an dieser Stelle wurde das besonders offenbar.

C. 9. Die Cananiter versammeln sich und wollen gegen Israel streiten, V. 1 und 2. Es war Israel verboten, 5 Mos. 7, 2, „irgend einen Bund mit den Cananitern zu machen, noch ihnen Gunst zu erzeigen." Die Einwohner aber von Gibeon, und die mit ihnen verbündeten drei Städte, V. 17, erschleichen für sich einen Frieden, da Israel es, V. 14, unterläßt, Gott zu fragen (durch das Licht und Recht des Hohenpriesters). Die Gibeoniten werden zu Holzhauern und Wasserträgern am Heiligthum verdammt.

C. 10. Der erste Feldzug gegen die Cananiter wird nun eröffnet, und zwar hier gegen die südlichen Stämme, wie C. 11 gegen die nördlichen. Vorher wird Josua von dem Herrn abermals wieder Muth eingesprochen, V. 8. Durch zwei Wunderthaten stritt Gott für Israel gegen die Cananiter, einmal durch ein starkes Hagelwetter, V. 11, und dann, daß er die Sonne noch einmal so lange am Himmel stehen ließ, als sonst. Wenn Josua V. 12 sagt: Sonne, stehe stille! so redet er nach dem Augenschein, wie wir auch (sogar in der Wissenschaft) sagen: die Sonne gehet auf (da doch die Sonne stille steht, und die Erde sich dreht). Wie dies Wunder bewirkt wurde, ob durch Strahlenbrechung, daß das Sonnenbild sich noch einmal so lange über dem Horizonte erhielt, oder wie sonst, ist nicht zu wissen. Josua führt, V. 13, eine Stelle aus dem verloren gegangenen Buche: das Buch der Frommen, an, worin dies Wunder gepriesen wird. Durch das Wunder an der Sonne wird die Niederlage der südlichen Cananiter vollständig, und von Kades, Barneo und Gosen (nicht dem egyptischen) im Süden, bis Gideon im Norden, besiegte Josua Alles, weil, V. 42, Jehovah für Israel stritt. Josua kehrte nach Gilgal in's Lager zurück. V. 40—43 werden die sämmtlichen Eroberungen auf diesem Zuge zusammengefaßt. Alles dies eroberte Josua auf einmal, V. 42, freilich nicht in Einem Tage. Wir aber sagen dazu, Richt. 5, 31: Also müssen umkommen, Herr, alle deine Feinde; die ihn aber lieb haben, müssen sein, wie die Sonne aufgehet in ihrer Macht.

C. 11 ist der zweite Hauptfeldzug erzählt, der gegen die nördlich wohnenden Cananiter gerichtet ist. Eine Hauptschlacht geschah am See Merom. Von dem Herrn ermuthigt, V. 8, schlägt Josua die Feinde, und verfolgt sie bis Sidon. Den Raub der eroberten Städte und das Vieh theilte Israel unter sich, aber alle Menschen schlugen sie mit der Schärfe des Schwerdts, bis sie die vertilgeten, und ließen nichts überbleiben, was den Odem hatte; wie der Herr Moses, seinem Knechte, und Moses Josua geboten hatte, so that Josua, daß nichts fehlete an Allem, was der Herr Moses geboten hatte, V. 14 und 15. In unserm Cap. und in dem vorhergehenden versenkt sich die heilige Schrift ganz in den Gedanken an die Ausrottung der Cananiter, die das Maß ihrer Sünden vollgemacht hatten, und jetzt zum Gericht reif waren. Es ist der heiligen Geschichte in ihrer Erzählung hier darum zu thun (ähnlich wie in der Erzählung von der Sündfluth, z. B. 1 Mose 7, 21—23), uns den Ernst des Gerichts Gottes gegen die Sünder vor die Augen zu stellen. Mit Feuer wird gesalzen, was milde Zucht verschmäht, und was den Thau verachtet, mit Flammen übersä't. Die Zeit der Gnade war verscherzt, und der Bann waltete nur noch, das sagt V. 20. Ueber die Verdorbenheit der Cananiter siehe 3 Mose 18, 24—30. 5 Mose 7, 4; 9, 5; 12, 29—31; 18, 9—14; 20, 16—18. Auch unsere beiden Capitel geben Beweise davon: Sie sind beide Male die Angreifenden, die besonders auf das mit Israel verbündete Gibeon erbost sind, und V. 19 heißt es: Es war keine Stadt außer Gibeon, die sich mit Frieden ergab den Kindern Israel, sondern sie gewannen sie alle mit Streit. Nun erfolgt, V. 17—23, eine Uebersicht sämmtlicher Eroberungen in den beiden Feldzügen. V. 18. Josua stritt aber eine lange Zeit mit diesen Königen. Es läßt sich (aus Caleb's Alter, C. 14, V. 7 und 10) berechnen, daß der ganze Krieg, der in C. 10 und 11 beschrieben wird, 6 bis 7 Jahre gedauert hat. Die Enakim, V. 21, sind Höhlenbewohner, die schon, 4 Mose 13, 28—34, von den Kundschaftern als ein Riesenvolk geschildert werden. V. 23. So nahm Josua alles Land ein, und das Land hörte auf zu kriegen.

C. 12 enthält ein Verzeichniß von 31 Königen, die Josua besiegte, und damit endigt der erste Theil des Buches, der die Eroberung Canaan's enthält.

C. 13. Von hier bis C. 21 wird berichtet von der Vertheilung des Landes. V. 1. „Da nun Josua alt war;" er mochte damals an 100 Jahre alt sein. Wenn, V. 1, der Herr zu Josua sagt: des Landes ist noch viel einzunehmen, so ist darin kein Widerspruch mit manchen vorhergehenden Stellen, z. B. C. 11, 16, wo selbst steht, daß Josua das ganze Land eingenommen habe. An dieser letzten Stelle ist allgemein die Eroberung des Landes im Ganzen und Großen erzählt, womit aber nicht gesagt ist, daß alle Städte, alle Gegenden erobert sind, und „daß nicht mehrere Städte noch unerobert geblieben, wie z. B., 10, 33, der König der Geser geschlagen wird, ohne daß uns irgendwo erzählt wird, seine Stadt sei auch erobert, und noch weniger, sie sei in Besitz genommen worden; welche drei Vorstellungen durchaus nicht dürfen verwechselt, sondern überall sorgfältig müssen unterschieden werden, wie auch Hebron, C. 10, 36. 37, erobert und zerstört, nicht aber in Besitz genommen wird; ebenso war Jerusalem's König geschlagen und getödtet, C. 10, keineswegs aber war seine Stadt selbst eingenommen. Es ist auch nicht mit C. 11, 16—23 gesagt, daß nicht noch viele Cananiter im Lande geblieben seien, sondern nur, daß sie als einzelne zerstreute Punkte, deren Herrschaft und Uebergewicht gebrochen war, ohne große Macht waren, und gegen das ganze Volk Israel nichts vermochten, welches wirklich das gebietende und herrschende war, und noch mehr gewesen sein würde, wenn es einträchtiger, muthiger, und Jehovah gläubiger gewesen wäre." König, alttestamentliche Studien. H. 1. S. 18. — Gott zeigt, V. 1—6, an, was noch von dem im Ganzen eroberten Lande in Besitz zu nehmen ist. Dennoch soll aber, V. 7, die Vertheilung des ganzen Landes zum Erbe unter die zehntehalb Stämme vor sich gehen.

C. 14. V. 1 werden diejenigen Personen genannt, die die Vertheilung vorgenommen haben: der Hohepriester Eleasar (der Sohn Aaron's), Josua und die Aeltesten der Stämme. So hatte es der Herr selber bestimmt, 4 Mose 34, 17. Die Rede Caleb's

V. 6 — 12, ist schön und kräftig; er will es im Glauben an Jehovah noch mit den Enakim (dem Riesenvolk) aufnehmen, obgleich 85 Jahre alt, denn, V. 11: Ich bin noch heutiges Tages so stark, als ich war des Tages, da mich Moses aussandte; wie meine Kraft war dazumal, also ist sie auch noch jetzt, zu streiten und aus- und einzugehen. So hatten er und Josua auch früher, 4 Mose 14, 9, gesprochen: Wir wollen sie wie Brod fressen.

C. 15 — 17 erzählen die Vertheilung an Juda, Ephraim und halb Manasse. Wie wenig aber die Besitznahme eine vollständige ist, zeigt C. 16, 10 und C. 17, 12. Die Kinder Manasse konnten die Städte nicht einnehmen, sondern die Cananiter fingen an zu wohnen in demselben Lande. C. 15, 19. Mittagsland h. dürres; Wasserquellen ist fruchtbares Land.

C. 18. Das Hauptlager wird nun von Gilgal nach Silo verlegt, wohin auch die Bundeslade gebracht wird. Hier geschieht die zweite Vertheilung unter die noch übrigen sieben Stämme. Drittehalb Stämme hatten in den vorhergehenden Capiteln ihr Land erhalten, und eben so viele Stämme hatten schon früher ihr Gebiet im Ostjordanlande. Josua schilt Israel, V. 3: Wie lange seid ihr so lässig, das Land einzunehmen (d. h. in Besitz zu nehmen, erobert war es schon), das euch der Herr, eurer Väter Gott, gegeben hat. Es werden nun aus jedem Stamm 3 Männer, also 21 Männer, auserwählt, um das Land aufzunehmen und zu beschreiben, V. 4. Nachdem dies geschehen ist, wird die Vertheilung durch's Loos wieder vorgenommen, bis es

C. 19, 51 heißt, daß Josua und Eleasar und die obersten Väter die Theilung vollendet haben vor der Stiftshütte zu Silo.

C. 20 enthält ein Verzeichniß der Freistädte; was damit gemeint ist, steht dort.

C. 21 giebt die Levitenstädte an. „Der Stamm Levi bekam kein Erbtheil, sondern jeder Stamm mußte je nach seiner Größe einige seiner Städte nebst den dazu gehörigen Viehweiden (Vorstädten), aber ohne weitere Markung, an die Leviten abtreten, welche in 48 Städten unter den 12 Stämmen zerstreut wohnten. Das Haus Aaron oder die Priester, als das vornehmste unter den Geschlechtern der Leviten, hatte seine Städte in dem Stamm Juda und Benjamin. Diese Levitenstädte waren die Sitze der Wissenschaft und gleichsam die Bezirksschulen für die 13 Cantone." (Manasse für zwei Cantone gerechnet.) Bibl. Geographie. S. 163.

C. 22. Josua entläßt die drittehalb Stämme. Er belobt sie, V. 3: Ihr habt eure Brüder nicht verlassen eine lange Zeit her (über sieben Jahre) bis auf diesen Tag, und habt gehalten an dem Gebot des Herrn, eures Gottes (nemlich an dem Gebot, ihnen beizustehen, 4 Mose 32, 17 u. f.) Dann ermahnt er sie sehr rührend, V. 5: Haltet nun an mit Fleiß, daß ihr thut nach dem Gebot und Gesetz, das euch Moses, der Knecht des Herrn, geboten hat, daß ihr den Herrn, euren Gott, liebet, und wandelt auf allen seinen Wegen, und seine Gebote haltet, und ihm anhanget, und ihm dienet von ganzem Herzen. Auf sechserlei Weise, und in immer andern Ausdrücken, legt er ihnen hier das Gesetz des Herrn an's Herz; ähnlich Moses, 5 Mose 13, 4. Zuletzt segnet er sie, vielleicht mit dem Segen, 4 Mose 6, 24 — 26. Den drittehalb Stämmen geht der ganze Abschied zu Gemüth, und ehe sie in ihr Ostjordangebiet zurückgehen, errichten sie an der Grenze einen großen schönen Altar, V. 26, nicht zum Opfern (was gegen das Gesetz gewesen wäre), sondern als Zeugen ihres gemeinsamen Gottesdienstes mit den übrigen Stämmen, oder wie sie V. 34 sagen, daß er (der Altar) Zeuge sei zwischen uns, daß der Herr Gott ist. — Das muß ein feierlicher Tag gewesen sein. Zugleich sehen wir in der Geschichte mit dem Altar, wie tief in Israel das Bewußtsein gegründet war, in ihrer Einheit ein Volk Gottes zu sein. Wie feierlich ist der Schwur der drittehalb Stämme vor den Häuptern und Fürsten Israel's, V. 22: Der starke Gott, der Herr, der starke Gott, der Herr, weiß, so weiß Israel auch: fallen wir ab, oder sündigen wider den Herrn, so helfe er uns heute nicht! In solchen Momenten, wie es sich uns noch oft in der Geschichte Israel's zeigen wird, hat das ganze Volk ein klares Bewußtsein: Wir sind ein heiliges Volk. Man lese V. 10 bis Ende. Dasselbe zeigt sich in C. 24. Wo kennt man ein solches Volk in der Weltgeschichte?

C. 23. Das hier Erz hlte geschah, wie V. 14 zeigt, nicht lange vor Josua's Tode. V. 2 heißt H.: er berief Israel, ihre Aeltesten ꝛc. Hier ist also eine Versammlung der Repräsentanten des Volks, eine Ständeversammlung. Die ganze Rede ist eine Prophetie, und Josua blickt hier, wie einst Jacob und Moses in ihren Abschiedsreden, über seine Zeit hinaus. Reste der Cananiter sind noch übrig, V. 5. Josua tröstet nun Israel, V. 5, wie er selber einst ist von Gott getröstet worden zu Anfang des schweren Werks. Aber V. 6—8: weichet nicht von Gottes Wort. Dann wird Gott die Cananiter vor euch her vertreiben, Einer wird Tausend jagen. Das Gelingen des Werks wird also auch hier von Gottesfurcht abhängig gemacht. V. 12: Macht euch nichts zu schaffen mit dem Heidenwesen. Sonst, V. 13, werden euch diese Völker zum Netz und zur Geißel werden, bis der Herr euch umbringen wird von dem guten Lande. Dann erinnert er an sein nahes Ende, wie er geschauet hat die Wunder Gottes, und hat gesehen die Treue Gottes, daß nicht Ein Wort gefehlet hat an allem dem Guten, das der Herr geredet hat; es ist Alles gekommen und keins verblieben, V. 14. So wird aber auch alles Böse über euch kommen, wenn ihr übertretet den Bund des Herrn. Er meint die Drohungen, 5 Mose 28. Daß Gott seine Verheißungen wie seine Drohungen hält, das hatte er in seinem langen Leben vielfach erfahren.

C. 24. Josua versammelte, V. 1, ganz Israel in Sichem, das nur 2 Meilen von Silo lag, und ließ die Aeltesten und Häupter vor Gott treten, d. h. vielleicht vor die Bundeslade, die denn von Silo für diesen Tag dahin gebracht worden war. Als sie vor Gott getreten waren, hielt Josua eine ergreifende Abschiedsrede an das ganze Volk, V. 2. Diese Rede hat den Charakter einer göttlichen Rede, denn V. 2 sagt Josua: So sagt der Herr, der Gott Israel's; ähnlich ist es mit den Abschiedsreden Jacob's und Mosis. Die bisherige Geschichte Israel's, von Abraham's Einzug in Canaan an, giebt ihm das Thema. Denn Israel ist das Volk der Gnade, und Gnade Gottes ist die Geschichte dieses Volks. Aus der Gnade und Liebe Gottes heraus, die Israel bisher erfahren hat, geht nun die Ermahnung, V. 14: So fürchtet nun den Herrn, und dienet ihm treulich und rechtschaffen, und lasset fahren die Götter. So sind auch die Reden und Predigten im neuen Israel. In allen Briefen Pauli wird uns in den ersten Capiteln immer die Geschichte der Liebe Gottes in Christo vor die Seele gestellt, z. B. Röm. C. 1—11; und da heraus soll sich das christliche Leben gestalten, z. B. Röm. C. 12 u. f., wo es gleich anfängt: Ich ermahne euch nun, liebe Brüder. Machen wir Lehrer es auch so, und lehren nie Liebe ohne Glauben an die Liebesthaten Gottes. Das ist Lehrnorm und Lehrform des A. und N. T. Dann erst kann es zu Herzen dringen, wenn wir Lehrer mit Paulo sprechen: Wir sind Botschafter an Christi Statt und ermahnen und bitten an Christi Statt: Lasset euch versöhnen mit Gott. — Dann, V. 15, die große Frage an das ganze Volk: Wählet, wollt ihr solchen Gott, oder die Götter? Ich, spricht Josua dann, habe längst gewählt; ich und mein Haus wollen dem Herrn dienen. Josua geht hier, wie ein Fürst soll, auch in der Gottesfurcht voran, allen Fürsten, d. h. Vordern, d. h. Königen, Obrigkeiten, Lehrern, Hausvätern und Hausmüttern zum seligen Beispiel. Des Volkes Herz, V. 18, wird ergriffen von der Liebe und Gnade Jehovah's und von der Macht des Vorgangs Josua's, und spricht: Wir wollen auch dem Herrn dienen, denn er ist unser Gott. Josua macht Einwendungen: Gott ist heilig, eifrig. Da das Volk aber fest bleibt, nimmt er sie selbst zu Zeugen über sich selbst, V. 22, d. h. ihr Gewissen. So wird, V. 25, an dem Tage auf's neue der Bund gemacht, und dem Volke wird wiederum das Gesetz vorgelegt. Zu dem innern Zeugniß des Gewissens kommt nun noch ein äußerer Zeuge, ein Denkstein, V. 27: Dieser Stein soll Zeuge sein, denn er hat gehöret alle Rede des Herrn zu uns, und daß ihr euren Gott nicht verleugnet. Josua schrieb dies Alles nun in's Gesetzbuch Gottes, V. 26. So hat Josua gleichsam als ein zweiter Moses das Volk wiederum dem Herrn nahe gebracht. Es ist nichts mehr zu thun übrig; er starb 110 Jahre alt.

Die Unterredung.

Josua.

Seine Berufung und seine Weihe. Josua wird, C. 24, 29, „Knecht des Herrn" genannt, eben wie Mose. Ein Knecht soll treu sein. So treu hat Josua Gott gedienet, daß in seiner Geschichte kein Fehltritt von ihm berichtet wird. So ein Mann Gottes ist es denn wohl werth, daß wir sein Leben näher ansehen. Josua war aus dem Stamm Ephraim, 4 Mose 13, 9, und Mose Diener, 2 Mose 24, 13. Zuerst wird seiner erwähnt 2 Mose 17, 8—16. Israel führte den ersten Krieg, Josua war Anführer und schlug Amalek. Er wird hier schon Josua genannt, d. h. Jehovah ist Hülfe, Heiland; sonst war sein Name Hosea, d. h. Hülfe. — Es wurde nemlich hier offenbar, daß Jehovah half; wie? — Er bestieg allein mit Mose den Berg Sinai, 2 Mose 24, 17. C. 32, 17 u. f. Er und Caleb waren die einzigen Kundschafter, die Gott durch Glauben ehrten, da sie sprachen, 4 Mose 14, 8. 9: Wenn der Herr uns gnädig ist, so wird er uns in dasselbe Land bringen; fallet nicht ab vom Herrn, und fürchtet euch vor dem Volk dieses Landes nicht, denn wir wollen sie wie Brod fressen; es ist ihr Schutz von ihnen gewichen, der Herr aber ist mit uns. — Seine Berufung, das Volk zu führen, und seine Weihe dazu, lesen wir in der wichtigen Stelle, 4 Mose 27, 12—34. Zuerst wird dort Mose sein nahes Ende verkündigt. Mose bittet: Der Herr wolle einen Mann setzen über die Gemeine, daß die Gemeine des Herrn nicht sei, wie die Schafe ohne Hirten. Der Herr bezeichnet nun, V. 18, Josua als „einen Mann, in dem der Geist ist," d. h. der Geist Gottes. Als Solcher hatte er sich schon zweimal erwiesen (Amalek, Kundschafter), wo er wollte und wirkte, was Gottes Geist wollte. Mose mußte ihm nun die Hände auflegen, wodurch sich (C. 11, 25) die Geistesfülle, die in Mose war, Josua mittheilen sollte, „und lege deine Herrlichkeit auf ihn, daß ihm gehorche die ganze Gemeine der Kinder Israel." So war, 5 Mose 34, 9, Josua erfüllet mit dem Geiste der Weisheit, denn Mose hatte seine Hände auf ihn gelegt. Kurz vor Mosis Tode spricht dieser sich vor dem ganzen Volke über Josua aus, 5 Mose 31, 3—6, und spricht zu Josua selbst, V. 7: Sei getrost und unverzagt, du wirst dies Volk in's Land bringen, das der Herr ihren Vätern geschworen hat, ihnen zu geben, und du wirst es unter sie austheilen; der Herr aber, der selbst vor euch hergehet, der wird mit dir sein und wird die Hand nicht abthun, noch dich verlassen. Dann müssen beide, V. 14, 15, vor dem Herrn erscheinen vor der Stiftshütte. Der Herr erscheint in einer Wolkensäule, und spricht über Israel's künftiges Schicksal.

Der Befehl Gottes. Wir lesen Jos. 1, 1—5. V. 3—5

wird ihm befohlen, das Land zu erobern, und V. 6, es zu vertheilen. Da haben wir also das zweifache Amt, das Josua ausrichten soll; welches? Dann folgt in den herrlichen Worten Gottes, V. 7 und 8, die Bedingung: treu dem Gesetz (thun, freudig thun, nicht weichen zur Rechten oder Linken, d. h. davon abknappen wollen, das Gesetz stets im Munde haben, es betrachten Tag und Nacht, und zuletzt noch einmal: halten, thun). Dann wird es dir gelingen, V. 8. Das wird der Erfolg sein. Ja, Ps. 37, 25: Ich bin jung gewesen und alt geworden, und habe noch nie gesehen den Gerechten verlassen, oder seinen Samen nach Brod gehen.

Schwierigkeiten. Zaghaftigkeit. Trost. Diesem dreifachen Befehl Gottes nachzukommen (Eroberung, Vertheilung, Gesetzerfüllung), war schwer. Die Eroberung: Die Cananiter wohneten in festen Städten, es war ein Riesenvolk, die Menge der Bewohner kriegerisch, 4 Mose 13, 29 u. f., 5 Mose 9, 1. 2. Die Vertheilung: Nicht eine Koppel, nein, ein ganzes, großes Land sollte vertheilt werden an ein ganzes Volk; an ein Volk, das nie zufrieden war. Das Gesetz sollte aufrecht erhalten werden unter einem Volke, das ungläubig, ungehorsam, halsstarrig war. Daraus erfolgte bei Josua Zaghaftigkeit, und Mose spricht ihm Muth ein, 5 Mose 31, 7, und auch das Volk, Jos. 1, 18: Sei nur getrost und unverzagt. Diese natürliche Zaghaftigkeit sehen wir besonders, als der erste Angriff auf Ai fehlgeschlagen war, C. 7, 6. Es ist aber ein Zagen, wie wir es bei dem Apostel finden, 2 Cor. 4, 8: Uns ist bange, aber wir verzagen nicht, d. h. der Glaube an die göttliche Verheißung überwindet die natürliche Furcht. — Wie lieblich tröstet Gott ihn nun, C. 1, 6: Sei getrost und unverzagt. V. 7: Sei nur getrost und sehr freudig. V. 9: Laß dir nicht grauen, und entsetze dich nicht. Und damit Josua dies nicht als einen leeren Trost ansehen möchte, V. 5: Wie ich mit Mose gewesen bin, so will ich auch mit dir sein; ich will dich nicht verlassen, noch von dir weichen. Gleich bei der Eroberung Jericho's spricht Gott, C. 6, 2: Ich habe Jericho in deine Hand gegeben. So bei Ai, C. 8, 1: Fürchte dich nicht und zage nicht. Vor dem Kriege gegen die südlichen Cananiter, C. 10, 8: Fürchte dich nicht vor ihnen, Niemand wird vor dir stehen können. Vor dem Kriege gegen die nördlichen Völkerschaften, C. 11, 6: Fürchte dich nicht. — Ihr seid Kinder, und das Leben hat für euch noch keine Schwierigkeiten. Aber es wird anders, und Angst und Noth kommt auch an euch: Die Witterung verdirbt ein ganzes Feld, wovon ihr reichlichen Gewinn hoffet, jedes Amt hat seine Last, dazu oft Nahrungssorgen. Erinnere dich dann an Josua, und nimm die herzliche Zusprache Gottes an ihn als zu dir gesprochen. Welche Sprüche waren es noch? Nimm noch einen Ausspruch Gottes aus dem A. T. dazu, Jes. 49, 15: Kann auch ein Weib ihres Kindleins vergessen ꝛc.; und einem aus dem N. T., Phil. 4, 6: Sorget nicht, sondern in allen Dingen lasset eure Bitte (wie Josua C. 7, 6) in Gebet und Danksagung vor Gott kund werden. Josua war erfüllet mit dem heiligen Geist, wir sind es noch mehr durch Christum, und derselbe heilige Geist heißt ein Tröster, Joh. 14, 26. Gott selber wandte die Herzen des Volks Josua zu; das kann und thut er noch, wenn du in Verlegenheiten bist. Vergiß aber nicht die Bedingung, C. 1, 8: Laß das Buch dieses Gesetzes rc., und lernet den Vers auswendig. Dieser tröstliche Zuspruch Gottes: Ich will mit dir sein, zeigte sich denn nun auch bald so, daß man's mit Augen sehen, mit Händen greifen konnte, in den Wundern, die Gott that. Welche waren es? Er ließ, C. 2, 9, ein Schrecken über alle Einwohner Canaan's fallen. Er ließ, C. 3, das Wasser des Jordan ablaufen, daß Israel trocknen Fußes hindurchging. Er ließ, C. 6, die Mauern von Jericho umfallen. Er ließ auf Josua's Gebet Sonne und Mond stille stehen, C. 10. Ja, der Engel des Herrn erschien vor dem Kriege, C. 5, 13 u. f., mit dem gezückten Schwerdte.

Glaube und Gehorsam. Josua muß nun hinaus an sein Werk; welches? Als Knecht des Herrn ist er denn nun auch treu dem nachgekommen, was Gott von ihm verlangte. Wir sehen diesen Glauben und wie er sich äußerlich im Gehorsam zeigte, näher an. Die Eroberung. Es war ausdrücklich geboten, Israel sollte die Cananiter vertilgen und tödten, 5 Mos. 7, 16: Du sollst ihrer nicht schonen. So that Josua z. B. mit Jericho, C. 6, 21: Sie verbanneten Alles, was in der Stadt war (d. h. vertilgten es, als etwas, das vor Gott den Tod verdient hatte), Mann und Weib, jung und alt, Ochsen, Schafe, Esel. So nachher auch bei Ai, nur daß auf Befehl Gottes des Viehes geschont wurde. Warum aber ist Gott hier so grausam, fragt ihr, daß er Israel dazu braucht, ein ganzes, großes Volk zu vernichten? Die Schrift giebt uns Antwort, 5 Mos. 9, 4: Der Herr vertreibet diese Heiden vor dir her, um ihres gottlosen Wesens willen. Schon zu Abraham's Zeit sprach Gott, 1 Mos. 15, 16: Diese Missethat der Amoriter ist noch nicht alle. Was war denn ihre Sünde? 3 Mos. 18, 24—30: Ihr sollt euch in dieser keinem verunreinigen rc. (nemlich furchtbare Hurerei, die vorher genannt ist), 5 Mos. 12, 31: Sie haben ihren Göttern gethan Alles, was dem Herrn ein Gräuel ist, denn sie haben auch ihre Söhne und Töchter mit Feuer verbrannt ihren Göttern. Israel fing den cananitischen König Adoni Besek, und sie hieben ihm die Daumen an Händen und Füßen ab, da bekannte er: eben so habe ich 70 Königen gethan, die unter meinem Tische das Brod auflasen, Richt. 1. Das ist so Einiges, wie es unter diesen Völkern zuging. Wie nun der heilige Gott das sündige Geschlecht einst durch Wasser in der Sündfluth verderbte, so hier die Cananiter durch Israel. Denn Gott ist ein verzehrendes Feuer und ein eifriger Gott, 5 Mos. 4, 24. — Als nun Israel gegen das Gebot Gottes bald abließ, die Völker zu bekriegen, da schalt Josua sie, C. 18, 3: Wie lange seid ihr so laß, daß ihr nicht hingehet, das Land einzunehmen. Eben so C. 17, 14—18. Eben so treu und gehorsam, wie in der Eroberung, war er in der Vertheilung des Landes unter Israel. Er ließ nach der Eroberung das Land vermessen und aufzeichnen, C. 18, 4; und nahm mit dem Hohenpriester Eleasar und den Aeltesten die Theilung durch's Loos vor der Stiftshütte vor, C. 19, 51, und schrieb dann Alles in's Gesetzbuch. Diese Vertheilung Josua's ist denn auch so geehrt, daß in Israel nie Grenzstreitigkeiten gewesen sind, wie man es sonst bei andern Völkern hat. — Eben so gehorsam ist er dem Gesetz Gottes gewesen. Es ist keiner von den Männern im ganzen A. T., der so frei gewesen ist von Eigenwillen, und sich so gewissenhaft an Gottes Gesetz gehalten hat, als Josua. Er ging ganz in Mose Sinn und Geist und Leben ein. Was er C. 22, 5 sagt, steht fast wörtlich eben so 5 Mos. 13, 4. Im Gesetzbuche Mose war die Vertheilung genau verordnet, so führt er es aus. Die Segensworte und die Fluchworte ließ er ausrufen an den beiden Bergen Grisim und Ebal, C. 8, 30 u. f. V. 35: Es war kein Wort, das Mose geboten hatte, das Josua nicht hätte lassen ausrufen vor der ganzen Gemeine Israel. — Gott hatte Israel und Josua Alles gehalten, was er verheißen hatte; das nennt man die Treue Gottes. Von solcher Treue Gottes hatte Josua während seines ganzen Lebens eine Erfahrung gemacht. Diesen treuen Gott will er nicht wieder los lassen, C. 24, 15: Ich und mein Haus wollen dem Herrn dienen. Damit sagt er: er ist mir treu gewesen, ich will ihm wieder treu sein. Er möchte, daß Alle diesem treuen Gott, der ihnen nun das Land gegeben hat, dieneten. Daher seine Ermahnung, V. 14: So fürchtet nun den Herrn und dienet ihm treulich. Sein Entschluß (welcher!) zieht die ganze Gemeine mit fort, daß sie dreimal geloben, V. 18, 21 und 24: Wir wollen dem Herrn dienen. So wird, V. 25, der Bund gemacht. Josua nimmt, V. 22, sie selbst, d. h. ihr Gewissen, und, V. 27, einen Stein zum Zeugen. Dann starb er 110 Jahre alt, nachdem er Israel ungefähr 17 Jahre regiert hatte. — Auch ihr, was ihr erfahren habt in göttlichen Dingen, sprecht es gerne aus, daß Andere sich daran erbauen, d. h. in ihrem Glauben höher kommen. Sprechet auch mit Ps. 66, 16: Kommet her, höret zu Alle, die ihr Gott fürchtet, ich will erzählen, was der Herr an meiner Seele gethan hat. Hat Einer unter euch schon etwas der Art erfahren? so spreche er es einmal vor uns aus. Eine Gebetserhörung? Eine große Noth, woraus Gott errettete? Ein Unglück, das Gott zum Guten lenkte? Eine Tröstung in der Traurigkeit? — Ihr wißt nichts? so will ich euch aus meinem Leben eins erzählen. — — — Warum noch erzählte ich euch das? — Wie Israel mußte Denksteine in und an dem Jordan setzen, C. 4, so setzt ihr Gott Denksteine in euren Herzen. Was meine ich? Die Denksteine da waren hauptsächlich für die Kinder, daß die schon jung die Freundlichkeit und Liebe Gottes erkennen möchten. Behaltet, Kinder, was alte, erfahrene Leute euch Derartiges aus ihrem Leben erzählen *).

Josua und Jesus. Die Namen Josua und Jesus sind ganz einerlei. Beide heißen hebr. Jeschuah und griech. Jesus. Ja, im griech. N. T. steht für den Namen Josua (Apostg. 7, 45, Hebr. 4, 8) geradezu Jesus. Dies kann uns nicht gleichgültig sein, und wir denken dem etwas weiter nach. Josua (d. h. Jehovah ist Hülfe, ist Heiland) stellt nemlich ganz besonders den rechten Heiland, Jesus, im voraus dar. Wenn die Geschichte keinen Fehltritt von Josua erzählt, so hat Jesus keine Sünde; daher die Geschichte nicht einmal einen Fehler von ihm aussagen kann. — Josua ist der Vollender des Werks, das Mose begonnen hatte, C. 11, 15: Josua that, daß nichts fehlte an Allem, das der Herr geboten hatte. C. 21, 45: Es fehlte nichts an allem Guten, das der Herr dem

*) Es ist sehr wichtig, die Kinder an solche Vorfälle aus ihrem Leben zu erinnern, wo sie den besondern Schutz Gottes erfahren haben. Weiß der Lehrer Solches von einem Kinde, so frage er geradezu das Kind; erinnere die übrigen auch, nicht zu vergessen, was ihre Eltern aus der Kindheit der Kinder erzählen, und lese dann zum Schluß allenfalls folgende Stelle aus dem Leben des alten berühmten Predigers Scriver vor, der 1629 zu Rendsburg geboren ist. „Mein ganzes Leben," schreibt der alte Scriver, „ist lauter Liebe und Güte Gottes. Wenn ich's in einem Buche beschreiben sollte, so würde auf allen Blättern oben an stehen: Eine Erzählung von der wunderbaren Güte, väterlichen Liebe, großen Langmuth und Barmherzigkeit Gottes. Ich habe viele Tage erlebt, aber noch mehr Wunder der Liebe Gottes. Ich habe viel gesehen, gehöret und erfahren in der Welt, aber nichts mehr und reichlicher als die öffentliche und verborgene Wirkung der Güte und Langmuth Gottes. Ich weiß, daß Alles eitel, unbeständig und flüchtig ist unter der Sonne; allein die Güte unsers Gottes währet ewiglich. Ich habe nicht Alles an allen Orten, jedoch die Güte Gottes allenthalben gefunden. Es sind mir Vater und Mutter, Brüder und Schwestern, Weiber und Kinder, Freunde und Verwandte abgegangen, aber die Liebe meines Gottes und seine Güte hat mich nie verlassen. Ich habe Menschen als Menschen veränderlich und unbeständig gefunden; die Liebe aber meines himmlischen Vaters ist treu und beständig. Ich bin oft verfolget, verlästert, bedränget, geängstiget worden: die Güte und Liebe Gottes aber ist meine Zuflucht, meine Ehre, meine Hülfe und mein Trost gewesen, darin ich so viel Süßigkeit gefunden, daß ich alle Bitterkeit der Trübsal nicht geachtet habe. Ich bin bis an die Pforten des Todes gekommen, und hatte gleichsam schon einen Fuß im Grabe; die Liebe Gottes aber hat mich herausgeführt, daß ich billig mit dem Apostel sage: Als die Sterbenden, und siehe, wir leben. Die Welt sagt, daß bald dieser, bald jener Planet und Stern regiert; ich aber weiß von keinem andern, als von der Liebe meines Gottes, welche allezeit und allenthalben regiert, und zwar so, daß ich sie desfalls nimmer sattsam preisen kann. Herr, mein Gott! groß sind deine Wunder und deine Gedanken, die du an uns beweisest. Dir ist nichts gleich. Ich will sie verkündigen und davon sagen, wiewohl sie nicht zu zählen sind." — Schatzkammer der christlichen Kirche, Bd. 1, 1834, enthaltend Scriver's Leben.

Hause Israel geredet hatte; es kam Alles. Aber diese Vollendung ist doch nicht in der Vollständigkeit zu verstehen, daß nichts übrig geblieben wäre, sonst wäre ja die Geschichte Israel's mit Josua zu Ende. Auch zeigt sich in dem Buche Josua selbst, wie unvollständig Josua Israel zur Ruhe gebracht hat, da noch viele Cananiter da wohnten, die noch zu vertreiben waren, C. 17, 12 und C. 23, 5. Und in den Zeiten der Richter wird es erst recht offenbar, wie unvollendet Josua's Werk war. Daher heißt es, Hebr. 4, 8. 9: So Josua Israel hätte zur Ruhe gebracht, würde er (der Psalm, wovon V. 7 die Rede ist) nicht hernach von einem andern Tage gesagt haben. Darum ist noch eine Ruhe (nemlich eine vollkommene, vollständige) vorhanden dem Volke Gottes. — Dieser Führer in die vollkommene Ruhe ist der andere Josua, unser Herr Jesus, unser Heiland. Josua führt ein in eine äußere Ruhe, Christus in eine innere. Matth. 11, 28: Kommet her zu mir —, so werdet ihr Ruhe finden für eure Seelen. Nun (Röm. 5, 1) haben wir Frieden mit Gott (also nicht bloß mit äußern Feinden, wie Israel) durch unsern Jesum Christum. Josua führt in ein Land der Verheißung, das auf Erden liegt; Jesus in das uns verheißene himmlische Canaan. Durch ihn hat Gott, Hebr. 2, 10, „viele Kinder zur Herrlichkeit geführet;" er ist (ebendaselbst) „der Herzog (der voran zog) unserer Seligkeit." Und wenn es, Apostg. 4, 12, von Jesu heißt: Es ist in keinem Andern Heil (also kein Anderer ist Heiland), ist auch kein anderer Name den Menschen gegeben, darinnen wir sollen selig werden; — so ist damit ausgesprochen, daß Jesus wahrhaft der Vollender ist, der Heiland, der, Hebr. 10, 14, mit einem Opfer in Ewigkeit vollendet hat, die geheiligt werden. Deß freuen wir uns, und lassen uns willig von unserm Josua führen zum Kampf mit der Sünde, zum Sieg über die Sünde, zur Ruhe des Herzens und zum ewigen Frieden. Gieb uns deinen Frieden, o Jesu! — Ich bin dein! sprich du darauf dein Amen! Treuster Jesu, du bist mein! Drücke deinen süßen Jesusnamen Brennend in mein Herz hinein! Mit dir Alles thun und Alles lassen, In dir leben und in dir erblassen, Das sei bis zur letzten Stund' Unser Wandel, unser Bund.

Achan's Diebstahl.

Jos. 7.

Die Geschichte Achan's verdient eine besondere Betrachtung, da sie die einzige in der Bibel ist, wo das eigentliche Stehlen vorkommt, und weil die Geschichte des Diebstahls nach Ursache, Schändlichkeit und Folgen vollständig darin dargelegt ist. Ferner zeigt sie den innern Zusammenhang des Einzelnen mit seinem Volk, und die geheimnißvolle Verbindung der Sünde des Einzelnen mit der Sünde im Ganzen, — Bann, verbannt; althochdeutsch Pan, festgesetzt, verordnet, auch ausgewiesen (Schmitthenner, Wörterbuch, zweite Aufl. 1837); unlösbar abgesondert zur Ehre Gottes, insonderheit seiner Strafgerechtigkeit (Richter's Bibel); Aussonderung zur Vertilgung, Abthuung (Büchner, Concordanz, Ausgabe von Heubner, 1837). Er hat hier und auch sonst in der Bibel bald die eine, bald die andere Bedeutung. Der Ausdruck: in den Bann thun, heißt ausschließen aus der Gemeinschaft der Gesellschaft durch höhere Gewalt.

Die Unterredung.

Achan's Diebstahl.

Die Ursache. Es war den Israeliten vor der Besitznahme Jericho's gesagt, was C. 6, 18. 19 steht. Es gehörte also dem Herrn. Achan nahm, V. 21, den Mantel, die 200 Seckel Silber und die goldene Spange (in Gestalt einer Zunge) für sich. Er nahm das Eigenthum eines Andern. So thun noch Viele. Nennt Beispiele. Er hatte es verscharret in die Erde. Warum? Also er nahm es heimlich. Weil Gott solche Weise des Nehmens verboten hat, so war es unrecht. Achan nahm auf eine unrechte Weise heimlich das Eigenthum eines Andern. Dieb. Stehlen. Diebstahl.

1) Fragen wir nun Achan um die Ursache seines Diebstahls. V. 21 steht sie: Ich sahe, es lüstete mich, ich nahm es. Das ist die Geschichte jedes Diebstahls. Man sieht, was Andern gehört. Ich möchte es gerne für mich haben. Die Lust ist da. Das Gebot Gottes aber sagt: Du sollst nicht stehlen. Die Versuchung ist da, und zwei Wege stehen offen. Welche? Noch kann man die Lust durch das Wort Gottes unterdrücken. Man thut es nicht, die Lust wird stärker, und man nimmt. Jac. 1, 14. 15: Ein Jeglicher wird ver-

sucht, wenn er von ꝛc. So kommt aus dem Herzen auch die Dieberei, Matth. 15, 19. Wie urtheilst du nun darüber, wenn ein Dieb sagt: Ich war so arm, darum —; ich wurde nicht bemerkt, darum —; der that es mit, darum —. Nein, bist du arm, so vertraue auf Gott, arbeite, leihe, bitte. Sehen dich Menschen nicht, Gott sieht dich. Will man dich verführen, laß dich nicht verführen. Also die böse Lust bleibt die Ursache, die bezwinge zuerst. Willst du das Gute leicht vollbringen, mußt erst die böse Lust bezwingen.

2) **Die Schande.** Achan nahm, was Gottes war; kehrte sich nicht daran, daß es eben vorher verboten war; kümmerte sich nicht um den allwissenden und allgegenwärtigen Gott. Dies Alles macht seinen Diebstahl zu einer schändlichen That. So ist es aber mit jedem Diebstahl. Warum ist er schändlich? So mit Räubern; Dieben, die in's Haus brechen; aus dem Felde, aus dem Garten stehlen; diebischen Kindern in der Schule; diebischen Dienstboten, denen man das gestohlene Leinen aus dem Koffer zieht.

Eben so schändlich vor Gott ist auch solcher Diebstahl, der im gewöhnlichen Leben oft nicht dafür gehalten wird. Wir wollen es bei Licht besehen, d. h. es an das Wort Gottes halten. 1) Geschenke nehmen für Gunst, 5 Mos. 16, 19. Jes. 1, 23. — 2) Ableugnen und behalten, was gefunden ist, 3 Mos. 6, 2—7. Was sagt ihr zu dem Satz: Was ich finde, das ist mein? — 3) Die Abgaben nicht bezahlen, Röm. 13, 6. 7. — 4) Hartherziges Abdingen, den Lohn nicht geben, 3 Mos. 19, 13. 5 Mos. 24, 14. 15. Jac. 5, 4. — 5) Wucher mit Geld und Korn, 3 Mos. 25, 35. 36. Sprüche 11, 26: Wer Korn inne hält, dem fluchen die Leute. — 6) Unrechtes Maß und Gewicht, 3 Mos. 19, 35. 36. 5 Mos. 25, 13—16. — 7) Falsche Waare und schlechte Arbeit für gute liefern und den Preis übertheuern, 3 Mos. 25, 14. 1 Thess. 4, 6. — 8) Mit Hinterlist spielen. In dem Spiel steckt ein Teufel. Was heißt das? Warum? — 9) Leichtsinniges Borgen, Ps. 37, 21. Sirach 29, 4—9 ꝛc. Alles dies ist ein unrechtes Nehmen des Eigenthums Anderer. Man kann auch sagen, um die Schändlichkeit noch besser zu sehen: ein unrechtes Nehmen des Eigenthums Gottes. Warum das?

Ist die Sache selbst schändlich, so hat der, der die That thut, Schande. So mit Achan. Jedermann hat eine schlechte Meinung von ihm, und das noch lange nach seinem Tode. Denn wenn man von dem Steinhaufen sprach, so wurde sein Name mit Schande genannt. So bringt der Diebstahl noch Schande: Niemand will solche Leute in Dienst haben; will mit ihnen handeln und zu thun haben: nach 10, 20 Jahren hat man's noch nicht vergessen; ihr Name, ihr Gesicht, ihre Kinder, ihr Grab, Alles von ihnen erinnert an ihre Sünde. Das ist die Schande.

3) **Die Strafe.** V. 25: Ganz Israel steinigte ihn und

verbrannte sie mit Feuer. Das war Strafe von der ganzen Gemeine, die er betrübet hatte, wie Josua sagt, V. 25. Wie betrübet? Siehe V. 4. 5. So straft noch die ganze Gemeine, die Obrigkeit die Diebe. Wie? Gefängniß. Wie sieht's in einem Gefängniß aus? Sie haben auch die Gemeine betrübt: Sie machen Wege unsicher, rauben das mit Schweiß Verdiente, bringen ganze Familien in Unglück (Bankerott).

Aber das Alles hält oft die Diebe nicht ab; sie denken: ich will's wohl fein machen, daß man's nicht merken soll. So mochte Achan auch denken. So fein hatte er's auch gemacht. Gott zeigte ihm, daß er's wußte und gesehen hatte. Wie? Das Loos traf ihn. Es ist nichts so fein gesponnen —. Daß sie ihn steinigten, das war Gottes Gericht über ihn. Wir wissen noch von einem andern Gericht Gottes. Wo? „Die Diebe werden das Reich Gottes nicht ererben." 1 Cor. 6, 10. Habac. 2, 6: Wehe dem, der sein Gut mehret mit fremdem Gut! Wie lange wird es währen? — Wie lange denn meint ihr? — Jerem. 22, 13: Wehe dem, der sein Haus mit Sünden bauet und seine Gemächer mit Unrecht. Wie ist das gemeint? So ruft die Schrift das Wehe aus über die Diebe. Darum möchtest du deine Hand ausstrecken nach fremdem Gut, so stelle dir die Schande vor den Leuten vor, und das Gefängniß und das Gericht Gottes, der an's Licht bringen wird, was im Finstern verborgen ist. Der Herr ist ein eifriger Gott und ein Rächer; ja ein Rächer ist der Herr und zornig; der Herr ist ein Rächer wider seine Widersacher, und der es seinen Feinden nicht vergessen wird. Nahum 1, 2.

Die Richter.

„Das Land war erobert und vertheilt. Alle Bedingungen eines gedeihlichen Volks- und Staatslebens waren nun gegeben. Israel hatte ein Land, wo Milch und Honig floß; eine Religion, die die lebenskräftigen Keime des Heils der ganzen Welt in sich trug; eine Verfassung, deren unmittelbares Haupt Jehovah selbst, deren Seele des Volkes Glaube war." Kurtz, Lehrbuch der heiligen Geschichte. 1846. S. 7. Alles sollte sich nun weiter entfalten, damit alle Völker an Israel sähen, wie heilig, gnadenreich und selig ein Volk Jehovah's ist. Aber wie weit blieb die Idee hinter der wirklichen Erscheinung zurück! Josua befahl vor seinem Ende, nach dem Befehle Gottes die Cananiter auszustoßen, und sie nicht unter sich zu dulden. Aber Israel war nicht gehorsam, daher kam alles Unglück. Es ließ die Cananiter unter sich wohnen, verheirathete sich mit ihnen, und diente ihren Götzen. Da ließ es denn der Herr geschehen, wie es schon Josua gedrohet hatte. C. 23, daß die Feinde mächtig und die Israeliten schwach wurden, und daß sie in der ganzen Zeit viele äußere Noth auszustehen hatten. Unser ganzes Buch der Richter zeigt uns die Ohnmacht und den Druck Israel's und die Macht und die Bedrückung der Feinde. Die Feinde hatten nemlich Könige, die beständige Anführer im Kriege waren, und die vor ihnen her zogen, 1 Sam. 8, 20. Zu des Richters Ehud's Zeit waren Moabiter, Ammoniter und Amalekiter wider Israel vereinigt. Sissera hatte 900 Kriegswagen. Das Heer der Midianiter, gegen welche Gideon mit 300 anzog, bestand aus 135,000 Mann, C. 8, 10, und sie kamen, C. 6, 5, herauf, wie eine große Menge Heuschrecken, daß weder sie, noch ihre Kameele zu zählen waren. Dazu waren diese Völker im Kriege geübt, so zu sagen Raubvölker. Israel dagegen war gering und des Krieges ungewohnt. Kein Einzelner unter ihnen hatte nach Josua's Tode besonderes Ansehen, sondern „Jeder that, was ihm recht däuchte." Der Richter ließ, wenn ihn der Geist Gottes anzog, die Posaune blasen, aber er mußte es darauf ankommen lassen, wie Viele ihm folgen wollten mit Spieß und Schwerdt, und auch fehlten oft diese Waffen gar. C. 5, 8. Mit diesen zusammengelaufenen Haufen zogen sie gegen den weit überlegenen, krieggewohnten Feind. Der Richter hatte wohl oft nie ein Heer angeführt, hatte oft nie einen Feind gesehen. Und doch gingen sie. Was war's denn, was sie trieb? gewiß nicht Tollkühnheit, denn Einige (Gideon) wollten ungern in den Kampf hinein. Das ganze Buch sagt es, und auch Hebr. 11. Ihr Glaube war's. Zuerst bereitete der Herr sich selber die Richter zu durch seinen Geist. Von Athniel steht, C. 3, 10: der Geist des Herrn war in ihm; von Gideon, C. 6, 34: der Geist des Herrn zog Gideon an; von Jephthah, C. 11, 29: da kam der Geist des Herrn auf Jephthah; von Simson dreimal, C. 14, 6. 19, und C. 15, 14: der Geist des Herrn gerieth über ihn. Ueber den der Geist Gottes kam, dem war auch in Kraft dieses Geistes möglich, was sonst im gewöhnlichen Zustande unmöglich war. Nun befahl der Herr dem Richter, den er so ausgerüstet hatte, C. 6, 14 und 16: Gehe hin in dieser deiner Kraft, du sollst Israel erlösen: ich will mit dir sein. So war auf Seiten Gottes — Befehl und Verheißung verbunden. Es kam nun auf den Glauben des Richters an, daß er mit Hülfe Jehovah's mit 300 Mann — 135,000 Mann schlagen könne. Sie glauben's und ziehen hin, und geben so, wie der fromme Held Jephthah sagt, C. 12, 3: ihre Seelen in ihre Hand. Ihr Glaube ist um so größer, wenn wir in unserm ganzen Buche sehen, wie sehr aller Gottesdienst heruntergekommen war. Kein Priester läßt sich die ganze Zeit hindurch hören;

der Bundeslade und des Heiligthums wird gar nicht gedacht. Der ganze Gottesdienst hat gar keine Bedeutung, als daß bei besondern Gelegenheiten das Volk hie und da einmal opfert. Ja, es ward Gideon als einen Frevel angerechnet, als er auf Befehl Gottes den Altar Baal's zerbrach und den Hain damit umhieb, und das Volk verlangt seinen Tod deshalb, C. 6, 25 u. f. Wie groß erscheint hier der Glaube dieser Männer Gottes, wenn wir so mit unsern Gedanken in die Geschichte dieser Zeit hineingehen! Das ist es, was bei den Richtern zuerst muß festgehalten werden, das ist es, was das N. T. an ihnen rühmt. Nun erst reden wir von den Schwachheiten, Fehlern und Sünden der Richter. Nun erst, sage ich, denn die Sünden einzelner Richter (wovon nachher) sind nicht, wie man so oft hört und lies't, die Hauptsache bei Betrachtung dieser Personen und dieser Zeit, sondern erst das zweite Moment, nachdem ihr Glaube an die Hülfe Jehovah's, wo nach Menschen Bedünken nichts zu sehen war, das Erste ist, was in Betracht kommt. Dieser ihr Glaube ist denn auch — wie immer — nicht zu Schanden geworden. Durch ihren Glauben sind sie Israel's Retter geworden; das ist bis an das Ende der Tage hin ihre Würde und ihre Größe. — Noch ein Anderes auf Seiten Gottes lassen wir nicht unerwähnt. Wenn wir die Macht der Feinde und die Ohnmacht Israel's bedenken, wo, wie die Prophetin Debora singt, C. 5, 8, unter 40,000 kein Schild noch Spieß zu sehen war, ist es dann nicht ein Wunder in der Geschichte, daß Israel sich über 300 Jahre hielt ohne König? Die Zeit der Kriege der Griechen mit den Persern reicht an dieses Wunder gar nicht, schon deshalb nicht, weil die Lage Griechenlands eine ganz andere ist, als die Lage Palästina's, das rund herum von Feinden umgeben und ihnen immer offen war. Was ist's mit der Tochter Zion, die da ist wie ein Häuslein im Weinberge, wie eine Nachthütte in den Kürbisgärten, wie eine verheerte Stadt? Jes. 1. Die Verheißung Jehovah's ist es über Israel, die fest steht, wenn auch die Völker toben; die allein hielt Israel. Das sollen Kinder und Kindeskinder rühmen, und auch die Schule soll es preisen. — So ist es denn, daß wir es kurz zusammenfassen, zweierlei, worauf der Lehrer das Auge zu wenden hat, wenn er in der Richterzeit die Herrlichkeit Israel's schauen will. Zuerst, wie Gott sein Volk erhält, daß es nicht untergeht, sondern bleibt, sodann, wie innerlich groß die Richter durch ihren Glauben an Gott sind. Nun gehen wir kurz in das Einzelne, und richten dabei die Richter selber.

C. 1 giebt gleich die Ursache des Abfalls von Gott an. Nemlich die Weststämme (sie werden von V. 19 an alle genannt) vertrieben die Cananiter nicht, wie doch der Herr geboten hatte, sondern V. 27, die Cananiter fingen an zu wohnen in demselben Lande, und als Israel mächtig ward, machte es die Cananiter zinsbar und vertrieb sie nicht. Das mit Athniel, V. 13, geschah schon zu Lebzeiten Josua's,

Jos. 15; es wird hier im Richterbuche wiederholt, weil Athniel, C. 3, 9, der erste Richter war.

C. 2 enthält im Allgemeinen kurz den Inhalt des ganzen Buchs, und giebt uns ein Bild von der Zeit der Richter. Es erscheint hier wieder, wie kurz vor der Eroberung Canaan's, der Engel des Herrn, V. 1—3. Er hält dem Volke zuerst eine Strafpredigt, daß sie Gottes Liebe und Gnade verscherzt haben. Dann kündigt er, V. 3, prophetisch die Zeit, die jetzt folgen soll, und die Züchtigung darin an. Damit läßt er sie stehen, ohne Trost. Darauf erfolgt die Reue des Volks. Bochim h. die Weinenden. Aber die Reue war nicht über die Sünde, sondern über die angekündigte Strafe, wie der Verfolg der Geschichte zeigt. V. 19 sagt uns, daß das nachfolgende Geschlecht immer verderbter war, als das vorhergehende.

C. 3, V. 5—7 ist genau der Fortschritt der Sünde angegeben in drei Stufen: Israel wohnte unter den Cananitern, verheirathete sich mit ihnen und diente den Götzen. V. 8 steht zum erstenmal: „sie dieneten." Also sie waren nun wieder dahin, wohin sie in Egypten gewesen waren. Wie schmachvoll! sie, das freie, herrliche, heilige Volk Gottes, dieneten. O, wie tief waren sie heruntergekommen! Es geht noch, wie Luther sagt: Einem muß man dienen, wer Gott nicht dienen will, muß dem Teufel dienen. Die Dauer ist noch kurz, 8 Jahre. V. 18 sehen wir schon Götzenbilder zu Gilgal, wo zu Josua's Zeiten das Lager gewesen war.

C. 4. Debora h. die Biene. Sie war Richterin und zugleich Prophetin. V. 3, Sissera hatte 900 eiserne Wagen. Diese Wagen hatten an den Seiten und an den Spitzen Spieße und Schwerdter hervorragen, und waren in Ebenen höchst verderblich, C. 1, 19. Debora fragt, V. 6, den Barak gradezu, gleichsam auf sein Gewissen: Hat dir nicht der Herr geboten: Gehe hin, ich will Sissera in deine Hände geben? Dies Wort ist für Debora ein Ruhm und Beweis ihres festen Glaubens, und für Barak, der noch zaudert, ein Vorwurf.

C. 5. Dies herrliche Triumphlied der Debora hebt uns wieder hoch über die damalige schlechte Zeit hinaus, eben wie der Lobgesang Hanna's, 1 Sam. 2, und zeigt zugleich, was in den Herzen gläubiger Israeliten lebte. Man sieht hier, welch' ein Samenkorn in Israel lag, und was es mit einem „Volk Gottes" auf sich hat. Wir fragen wieder mit Mose: „Wo ist ein so herrliches Volk? Wo findet man solche Frauen mit solchen Herzen und solchen Psalmen darin, wie wir bei Debora, Hanna und Maria, der Mutter Jesu, sehen?" — Der Psalm schildert die Noth und die Ohnmacht Israel's, und besingt die Hülfe Jehovah's, die dadurch um so größer erscheint. Dann werden die Stämme belobt, die Debora's Aufruf gefolgt sind, V. 15, und damit auch Glauben an Jehovah zeigten. Zugleich werden auch die Stämme gescholten, die sitzen blieben und damit ihren Unglauben offenbarten, V. 15, Ruben, Dan rc. V. 20. Die

Sterne in ihren Läuften stritten, h. die Nacht mußte helfen. V. 21. Bach Kidunim ist nur eine andere Bezeichnung für den Bach Kison, und heißt Bach des Entgegenkommens, weil der Kison damals voll Wasser war, und dadurch mit stritt. Die Mutter Sissera's ist, V. 28, unruhig für das lange Ausbleiben ihres Sohnes. Ihre erste Dienerin tröstet sie mit Aussicht auf Beute. In Debora's Munde ist dies bitterer Spott. V. 31: So müssen umkommen, Herr, alle deine Feinde. Die ihn aber lieb haben, müssen sein, wie die Sonne aufgehet in ihrer Macht.

C. 6. Hier erscheint, V. 8, zum erstenmal ein Prophet, der Israel die schnöde Verachtung der göttlichen Liebe vorhält, um zur Buße zu erwecken. Der Engel des Herrn, V. 11 (nicht: Ein Engel des Herrn, wie Luther hat), der zu Bochim erschien, und der, V. 14, der Herr, d. h. Jehovah genannt wird, erscheint hier, und beruft Gideon mit diesen Worten, V. 14: Gehe hin, in dieser deiner Kraft, du sollst Israel erlösen aus der Midianiter Händen. Als Vorspiel dazu befiehlt ihm Gott, V. 25, den Altar Baal's zu zerbrechen, und den Hain dabei umzuhauen. Gideon glaubt und gehorcht, obgleich es höchst gefährlich ist, wie wir V. 30 sehen. So hat sein schwacher Glaube (V. 27, er fürchtete sich, that es bei Nacht, und nahm 10 Mann mit sich) einmal gesiegt, und ist somit für Größeres erstarkt. V. 32. Jerub Baal h. Widerstreiter Baal's. Er begehrt, V. 36 u. f., ein zweimaliges Zeichen mit dem Fell, und Jehovah läßt sich herab, es ihm zweimal zu gewähren.

C. 7 wird uns der wunderbare Sieg Gideon's über die Midianiter erzählt. Alles geschieht hier nach Anordnung Gottes.

C. 8. Der Stamm Ephraim ist eifersüchtig auf Gideon's Sieg. Er antwortet, V. 2: Ist nicht die Nachlese (Luther: Rebe) Ephraim's besser (was ihr nach mir gethan habt), als die ganze Weizenerndte Abieser's (meines Hauses und Geschlechts). Doch weis't er sie, V. 3, gleich auf Gott hin: Gott hat die Fürsten in eure Hände gegeben. Etliche sprechen, V. 22, davon, Gideon zum Herrn, d. h. zum König über Israel zu machen, ihn und seine Nachkommen. Seine Antwort ist demüthig und religiös, V. 23: Ich will nicht Herr über euch sein, und mein Sohn soll auch nicht Herr über euch sein, sondern der Herr soll Herr über euch sein. — Dann richtet Gideon einen selbsterwählten Gottesdienst ein, er machte von dem Geraubten einen Leibrock, d. h. ein Ephod, ein Schulterkleid, wie der Hohepriester es trug Die Geschichte urtheilt selbst über diese Sache, V. 27, daß er dadurch in Israel ein Aergerniß, eine Verführung anrichtete, indem Israel sich an diesem Leibrock verhurete, d. h. die Anbetung und die Liebe zu dem Herrn, mit dem es doch im Bunde war, verließ. Die Strafe dafür traf sein Geschlecht, 69 seiner Kinder wurden ermordet. — Gideon ist ohne Zweifel einer der edelsten unter den Richtern, deren Lebensumstände wir genauer kennen. Sein Glaube ist nicht sehr stark, und gerade nicht einfältig, kindlich. Wie liebevoll und erziehend geht aber Gott mit ihm um. Ich will mit dir sein, hatte der Herr gesagt, C. 6, 16. Gleich fürchtet er sich zu sterben. V. 22. Da tröstet Gott ihn wieder, V. 23. Dann wird sein Glaube erprobt an dem Altar Baal's. Er wagt's und vollbringt's. Der Geist des Herrn, V. 34, zog ihn an, aber „gleich wandelte ihn seine vorige Krankheit des Mißglaubens (Kleinglaubens) wieder an," sagt Roos (Einleitung in die bibl. Gesch. B. 2. S. 356.), und er fordert durch das Fell ein Zeichen zweimal. Wie er hierdurch gleichsam Gott versucht hat, so versucht Gott ihn wieder. C. 7. Mit 300 Mann soll er die Midianiter schlagen. Zuvor aber schickt Gott ihn mit seinem Knaben Pura in das Lager der Midianiter, V. 11: daß du hörest, was sie reden. Dadurch vom Herrn gestärkt, wagt er's wieder Sein Glaube und das Feldgeschrei, V. 20, H.: Hier Herr und Gideon siegt. Als ein echter Israelit steht er uns da, als man ihm die Königswürde anbietet, und er sie im Blick auf Jehovah ausschlägt. Das ist etwas Großes in seinem Leben. Daß er aber ein eigenes Heiligthum an dem Leibrock zu besitzen wünschte, gereichte nicht bloß ihm, sondern auch Israel zum Verderben.

C. 9. Hier erwählt sich Israel seinen ersten König. Abimelech, der Sohn Gideon's, ist das gerade Gegentheil von seinem Vater, der das Königreich in Demuth ausschlug. Abimelech ermordet 69 seiner Brüder und nur Jothan entrinnt. Wir haben hier in diesem Cap. die älteste Fabel, die wir kennen, und zugleich die einzige in der Bibel. Sie ist sehr hübsch. Die edlen Bäume, Oelbaum, Feigenbaum, Weinstock (die Edlen Israel's) erkennen die Würde des Königthums (das Schweben über den Bäumen). Aber dennoch schlagen sie diese Würde aus, da das die Wirksamkeit ihres jetzigen Standes hemmen würde, worein Gott sie gesetzt hat (soll ich meine Süßigkeit lassen rc.?). So hatte der edle Gideon einst es gethan. Die Bäume wählten nun den Dornbusch, so die Männer zu Sichem den Abimelech. Der Dornbusch ist sich seiner Schlechtigkeit bewußt und kann kaum glauben, daß er erwählt ist (ist's wahr, daß ihr mich zum König salbet über euch). Doch nimmt er's an. Er verspricht Schatten (Schutz, Erquickung, Ruhe), und hat doch keinen Schatten und kann ihn nicht geben. Zugleich bricht aber seine Dornbuschnatur, die nur verderben kann, hervor. Wo nicht (wollt ihr nicht), so gehe Feuer von dem Dornbusch (ich brauche Gewalt zum Verderben), und verzehre die Cedern Libanon's (Verderben über die Hohen und Häupter Israel's). Dann deutet Jothan den Männern von Sichem diese Fabel auf Abimelech und sie, und entflieht. — Es geschieht nichts Neues unter der Sonne, sagt Salomo. Die ganze Geschichte des Königthums Abimelech's finden wir zu allen Zeiten und bei allen Völkern wieder. Mit demagogischen Reden beginnt V. 1 u. f., Abimelech. Heimliche Verschwörung, V. 4, blendende Lüge, V. 2, selbst Geld, V. 4. Alles wird angewandt. Dann wird der Blutplan ausgeführt. Aber bald wird das neue Reich in sich selbst uneins, V. 23, und die Sichemiten rücken ihrem König die Blutthat auf, V. 24. Oeffentliche Unsicherheit, V. 25. Eine Gegenpartei thut sich hervor, V. 26. Dem neuen Aufrührer läuft man zu (die Männer zu Sichem verließen sich auf Gaal). Flotte Feste, das Volk aufzuregen, V. 27. Beschimpfung der neuen Regierung, V. 28. Ein Spion, der es anzeigt, V. 30. Ein neuer Blutrath, V. 32 und 33. Sichem wird erobert, V. 45. Abimelech erwürgte das Volk und zerbrach die Stadt und säete Salz darauf (Bild der Fluchverwüstung). So, sagt die Geschichte, V. 57, vergalt Gott alles Uebel der Männer Sichem's auf ihren Kopf. Aber der Dornbusch, von dem dies Feuer ausgegangen war, bekam auch seinen Lohn; ein Weib tödtete Abimelech mit einem Stück von einem Mühlstein. So ein jämmerliches Ende nahm es mit dem neuen, ohne Gott begonnenen Königthum in Israel. Also, V. 56, bezahlte Gott Abimelech das Uebel, das er an seinem Vater gethan hatte, da er seine 70 Brüder erwürgte. — Glaubt man hier nicht eine Erzählung aus der französischen Revolutionszeit zu hören? Nur darin unterscheidet sich die heilige Geschichte von der weltlichen, daß sie, wie hier, V. 56 und 57, voll Ernst den Finger aufhebt, und nach oben weis't: Gott vergalt. Ja, sagen wir nun auch, wo sich Aehnliches in der Geschichte anderer Völker findet: Gott vergilt. Darum, du Volk, laß dich nicht bethören. Die heilige Geschichte mit ihrem Gericht ist eine Prophetie deiner eigenen Geschichte!

C. 10, V. 6 steht von siebenerlei Art Götzendienst. In der Noth weis't Gott sie spottend an die Götzen. Dies macht, V. 15, Israel wahrhaftig demüthig, daß sie, V. 16: die fremden Götter von sich thun, und dem Herrn dienen. Da jammerte es den Herrn, daß Israel also geplaget ward.

C. 11. Jephthah gelobt, V. 30: giebst du die Kinder Ammon in meine Hand, dann soll, was zu meiner Hausthür heraus mir entgegen kommt, des Herrn sein, ich will's zum Brandopfer opfern. Es ist hiernach die Frage, ob Jephthah seine Tochter geopfert, oder sie zum Dienst des Herrn am Heiligthum geweihet habe, wo sie unverheirathet bleiben mußte. Das Letztere ist wohl das Wahrscheinlichere. Ein Brandopfer wurde ganz und gar geopfert, d. h. Jehovah übergeben. Ein Thier konnte aber nur nach dem Gesetz geopfert werden, und zwar nur ein reines Thier, Menschenopfer dagegen waren ein Gräuel, 5 Mos. 18, 9. 10. Reine Thiere weihete man Jehovah durch Opferung; Menschen weiheten sich Jehovah durch Absonderung für den Dienst Gottes, z. B. die Nasiräer. Jephthah's Tochter wurde nun dem Herrn zum Dienst an der Stiftshütte geweihet. Sie beweint, V. 37, nicht ihren Tod, sondern nur ihre Jungfrauschaft, d. h. daß sie jetzt unverheirathet bleiben mußte; und V. 39 steht, sie war keines Mannes schuldig, d. h. eben so, sie blieb unverheirathet. Der Schmerz des Vaters, V. 39, erklärt sich aber daraus, weil er nur diese einzige Tochter hatte, und mit ihr sein Geschlecht endete; eine zahlreiche Nachkommenschaft aber in Israel als ein großer Segen galt. Von Schlachtung oder Verbrennung, oder nur von ihrem Tode ist nirgends in der Schrift die Rede. Die Frömmigkeit Jephthah's und besonders der kindlich fromme Gehorsam der Tochter wird in dieser Geschichte offenbar.

C. 12. Unter den Stolzen ist immer Hader, sagt Salomo, Spr. 13, 10. Der Stamm Ephraim war neidisch auf Jephthah's Sieg; es entspann sich daraus ein blutiger Krieg unter Israel selbst, unter 42,000 Ephraimiten wurden getödtet, V. 6. Schiboleth, V. 6, heißt Fluth und auch Kornähren. Die von Ephraim konnten also das Sch nicht aussprechen. V. 9. Ebzan setzte 30 Töchter aus, d. h. er verheirathete sie. Die Fülle der Nachkommenschaft Abdon's, V. 14, gab dem ganzen Geschlecht und besonders dem Stammhaupt Ansehen und Würde. Hier ist also das Gegentheil von Jephthah. — Nach Jephthah haben die Richter keine Kriegsgeschäfte mehr.

C. 13. Simson war von Geburt an ein Nasiräer, d. h. ein Ausgesonderter, worüber 4 Mos. 6 steht. Ein solcher durfte nemlich keinen Wein trinken und das Haar seines Hauptes nicht abschneiden. V. 5 heißt es: Simson wird anfangen, Israel zu erlösen aus der Philister Hand. Ja, was Simson hinsichtlich der Philister anfing, das setzte Samuel fort, und David vollendete es. Die Frömmigkeit der Eltern, denen der Engel des Herrn erschien, leuchtet aus dem ganzen Capitel hervor.

C. 14. Es wird hier V. 6 und im folgenden Capitel ausdrücklich gesagt, daß Simson's außerordentliche Stärke vom Geiste Gottes herrührte; sie war also keine natürliche, wie die des Königs August von Polen, des Joachim von Schapelow u. A.

C. 15. Die 300 Füchse sind Schakale oder Goldwölfe, die in Palästina heerdenweise laufen. V. 4 wird richtiger übersetzt: und nahm Fackeln, — — und that eine Fackel je zwischen zwei Schwänze. Wie glaubenslos Israel damals war, sehen wir V. 10 u. f. Niemand schloß sich Simson an, das Joch der Philister abzuwerfen. V. 15 heißt H.: Er fand einen frischen Eselskinnbacken. V. 19 muß übersetzt werden: Da spaltete Gott eine Höhlung (oder Grube), die in Lehi war, daß Wasser heraus ging. Lehi heißt auch Kinnbacken, es ist hier aber Ortsname. Auch gleich darauf H.: Darum heißt der Ort noch heutiges Tages des Anrufers Brunn, der zu Lehi ist.

C. 16. V. 1 steht nicht, H.: Er lag bei ihr, sondern: Er kehrte bei ihr ein. — Der Geist Gottes rüstete Simson aus. Im Glauben an Jehovah schlug er die Philister, und rettete dadurch Israel. Das ist seine richterliche Würde. Aber durch Augen- und

Fleischeslust (C. 14, 3: sie gefällt meinen Augen) betrübte er den Geist Gottes. Dafür mußte er schwer büßen; in Armuth, Blindheit, Ketten, schwerer Arbeit und in Spott seiner Feinde verlebte er seine letzten Tage.

C. 17. Die von C. 17 — 21 erzählten Begebenheiten trugen sich noch vor der Richterzeit zu, kurz nach Josua's Tode, denn Pinehas, Eleasar's Sohn, lebte noch als Priester, C. 20, 28. Der hier von Micha aufgerichtete Bilderdienst machte den Uebergang zu dem eigentlichen Götzendienst unter den Richtern. Als Micha einen vagabondirenden Leviten zu seinem Hauspriester macht, meint er, V. 13: Nun wird mir der Herr wohl thun, weil ich einen Leviten zum Priester habe.

C. 18. V. 30 sagt: Dies falsche Priesterthum bestand bis „zur Zeit der Gefangenschaft des Landes." V. 31 bestimmt es näher: So lange das Haus Gottes, d. i. die Stiftshütte, war zu Silo, also bis zu Eli's Tode. Die Gefangenschaft des Landes ist also die Gefangenschaft durch die Philister. Als die Philister die Bundeslade nahmen, und sie nachher wieder zurückgaben, kam sie nach Kiriath Jeorim, 1 Sam. 1.

C. 19 — 21. Die durch diese drei Cap. hindurch erzählte Geschichte bietet für die Betrachtung zwei Seiten dar: eine betrübende und eine erfreuliche. Die betrübende Seite ist, daß es in Israel unter dem heiligen Volke Jehovah's hergeht, wie in Sodom; die erfreuliche Seite, daß ganz Israel (Benjamin ausgenommen), sich wiederum hier seines Berufs: Ihr sollt heilig sein, ihr sollt dem Herrn ein heiliges Volk sein, recht bewußt wird. Der Hohepriester Pinehas, der Enkel Aaron's, der hier, C. 20, 28, erwähnt wird, ist gewiß bei der ganzen Sache nicht ohne Einfluß. Wir sehen schon, 4 Mos. 25, wie ernst und strenge er gegen Hurerei eiferte, weshalb er dort auch von Gott belobt wird.

Die Unterredung.

Die Richterzeit in Israel.

Der Abfall Israel's. Nachdem wir die wichtigsten Begebenheiten in der Zeit der Richter erzählt haben, überblicken wir das Ganze noch einmal, und sehen zuerst Israel an in dieser ganzen Zeit. Welches Gebot hatte noch Gott hinsichtlich der Cananiter gegeben? Aber gleich zu Anfang, C. 1, 28, wird von allen westlich vom Jordan wohnenden Stämmen gesagt: Sie vertrieben die Cananiter nicht; und V. 27: Die Cananiter fingen an zu wohnen im Lande. So lange Josua lebte, C. 2, 7, und die Aeltesten, die die großen Werke des Herrn gesehen hatten, dienete das Volk dem Herrn. Da war also noch Erkenntniß und Erinnerung an die göttliche Liebe und Macht. Woher nun der spätere Abfall? V. 10: Danach aber kam ein anderes Geschlecht auf, das den Herrn nicht kannte. Hier war also Unkenntniß dessen, was der Herr gethan hatte; da haben wir einen Grund. Ihr mögt daraus abnehmen, wie wichtig es ist, daß ihr fleißig die Schule und die Religionsstunden besucht, wo ich euch bekannt mache mit den großen Thaten Gottes, die er von Anfang an unter den Menschenkindern gethan hat. Welche sind noch jetzt oft die Schlechtesten, die Schlimmsten? Die Gott und sein Wort nicht kennen. C. 3, 7 heißt es: Sie vergaßen des Herrn, ihres Gottes. Also das Wenige, das sie denn noch wußten, ging bald wieder in den Wind. Die ihr wenig gelernt habt, und nun bald die Schule verlassen müßt, hört ihr's? Was war's? Wie wollt ihr's machen, daß ihr nicht vergesset die großen Thaten Gottes, wodurch er euch seine Liebe erwiesen hat? In der Kirche wird davon gepredigt, in der Bibel; geht hin, leset. Sonst geht es euch, wie es Israel weiter ging. Wie denn? C. 2, 19: Wenn der Richter starb, so wandten sie sich, und verderbeten es mehr, denn ihre Väter, daß sie andern Göttern folgten. Also das nachfolgende Geschlecht wurde und war schlechter, als das vorhergehende. V. 16 und 17. Wenn der Herr Richter sandte, so gehorchten sie den Richtern auch nicht. Ach, wie gehet es noch oft so! Wo Gott erst vergessen wird, da höret man auch nicht auf die, die an Gottes Statt sind, und uns sein Wort und Gebot vorhalten, welche? Der Prediger, der ermahnt; Vater und Mutter, die bitten, weinend bitten; ein guter Freund, der uns unter vier Augen unsere Gottesvergessenheit vorstellt. Kinder, laßt es nicht dahin kommen, daß ihr nicht mehr die warnende Stimme hören wollt. Es geht weiter, C. 3, 5—7: Die Kinder Israel wohneten unter den Cananitern, verheiratheten sich mit ihnen, und dieneten ihren Götzen. Gerade so macht derjenige es, der auf den Prediger, auf Vater- und Mutterstimme nicht mehr hören will, und nicht auf den Richter in der Brust. Was meine ich? Gewissen. Er gesellt sich zu den Bösen, wohnt und lebt mit ihnen, befreundet sich durch Verheirathung mit ihnen, und — dienet ihren Götzen. Welche sind es? Hurerei, Geiz, Stolz und Pracht, Saufen und Schwelgen, Spielen, Trägheit. So steckst du denn tief in der Sünde, wie Israel. Gerade das Verbotene geschah (nicht wohnen, verheirathen, dienen, 5 Mos. 7, 2—4). Wie schmählich, elend: Sie dieneten den Götzen. Der große Vorzug Israel's vor allen Völkern war: Wir sind dem Herrn heilig, dienen ihm. Das sollte ihr Ruhm sein in Ewigkeit. Was ist der höchste Ruhm eines Christenmenschen? Leset Gal. 5, 22: Die Frucht des Geistes ist Liebe, Freude, Friede, Geduld, Freundlichkeit, Gütigkeit, Glaube, Sanftmuth, Keuschheit. Was ist des Christen höchste Schande? Gal. 5, 19—21: Die Werke des Fleisches: Ehebruch, Hurerei, Feindschaft, Hader, Neid, Zorn, Zwietracht, Rotten, Haß, Mord, Saufen, Fressen. Zur Zeit des Richters Jephthah, C. 10, 6, werden uns 7 Götzen der umliegenden Völker genannt, denen Israel diente. Ja es ging noch weiter. Gott befahl Gideon, C. 6, 25 u. f., den Altar des Götzen Baal zu zerbrechen, und den Hain dabei umzuhauen. Als Gideon dies that, wollte das Volk ihn deshalb tödten. Also man verfolgte gar die, die dem lebendigen Gott treu blieben, geradezu gegen das Gesetz, das da befahl, die Götzendiener zu tödten. So haben noch die Schlechten einen Haß gegen die Frommen. Besonders gottvergessen muß der Priesterstand damals gewesen sein, der doch am ersten die Pflicht hatte, das Volk in der Furcht Gottes zu erhalten. Kein Priester spricht, ermahnt, droht. Wo so das Salz dumm wird, womit soll man salzen? Was meine ich? Der Stiftshütte und der Bundeslade wird in der ganzen Zeit (über 300 Jahre lang) nicht erwähnt. Das ist der Abfall Israel's. Laßt Israel's Geschichte nicht unsere werden. Wie wird sie es? Was hast du dazu zu thun, daß es nicht so wird?

Die Strafe. Wir blicken nun zweitens auf Gott hin. Durch alles Dies thaten sie, C. 3, 7, übel vor dem Herrn. Denn Gott hatte befohlen, sie sollten ihm ein heiliges Werk sein, das sich mit den Götzendienern und ihren Sünden nichts zu thun machte. Gleich erscheint daher auch der Engel des Herrn, und kündigt die Strafe an, die da folgen soll, C. 2, 3: Ich will die Cananiter nicht vertreiben vor euch. Israel hatte nicht vertrieben, nun wollte Gott, ihnen zur Strafe, auch nicht vertreiben. V. 14 und 15 heißt es: Der Zorn des Herrn ergrimmte über Israel, und gab sie in die Hände derer, die sie raubeten, daß sie sie beraubeten, und verkaufte sie in die Hände ihrer Feinde umher. Und sie konnten nicht mehr ihren Feinden widerstehen, sondern wo sie hinaus wollten, so war des Herrn Hand wider sie zum Unglück, und wurden hart gedrängt. So sehen wir es auch vielfach in dieser ganzen Zeit. C. 5, 6. Zu den Zeiten Samgar's waren die Wege vergangen (man konnte nicht ohne Lebensgefahr auf den Landstraßen reisen), und man mußte krumme Wege gehen (verstohlener Weise von Ort zu Ort reisen). Es mangelte an Dörfern in Israel (weil Jedermann seine Sicherheit in den Städten suchte). C. 6, 2. Die Midianiter drückten Israel, daß diese sich in den Gebirgen und Höhlen verstecken mußten. V. 5: sie (die Midianiter) kamen herauf mit ihrem Vieh wie eine Menge Heuschrecken, daß weder sie, noch ihre Kameele zu zählen waren, und fielen in das Land und verderbeten es. V. 4: sie verderbeten das Gewächs auf dem Lande, und ließen nichts übrig von Nahrung, weder Schafe, noch Ochsen, noch Esel. C. 10, 8: Die Philister und Ammoniter zertraten und zerschlugen die Kinder Israel wohl 18 Jahre. Also Unterjochung, Angst, Raub und Brand und Mord. Denn wo ein Aas ist, da sammeln sich die Adler. Hierzu kam noch die innere Zerrüttung. C. 21, 25: Jeder that, was ihm recht däuchte, d. h. wobei er seinen Vortheil sah. C. 5, 7: Es gebrach an Bauern

(Niemand bauete das Land). V. 8: Kein Schild und Spieß war unter 40,000 in Israel zu sehen (so nichtig und elend war ihre Kriegsmacht). So ergrimmte der Zorn des Herrn über sein Volk, und gewann einen Gräuel an seinem Erbe, heißt es Ps. 106, 40 von dieser Zeit. Denn die Sünde ist der Leute Verderben.

Die Buße. Wie nimmt sich nun Israel nach solcher Strafe? Als ihnen, C. 2, die Bedrückung der Cananiter von dem Engel des Herrn angekündigt wurde, da weineten sie, V. 4, weshalb die Stätte Bochim genannt wurde, d. h. die Weinenden. Dies Weinen, diese Traurigkeit, diese Reue war aber mehr über das angekündigte Unglück, als über die Sünde, d. h. darüber, daß sie Gott betrübt und beleidigt hatten, denn, V. 19, wenn Gott half, und der Richter starb, so wandten sie sich, und sündigten wie vorhin. Da mußte Gott denn immer wieder neue Noth kommen lassen. So wollen noch oft viele Menschen sich nicht durch die Güte Gottes ziehen lassen; da braucht Gott denn die Noth. Wenn Trübsal da ist, so sucht man dich. Als die Ammoniter und Philister Israel ängstigten, da C. 10, 10, schrieen die Kinder Israel zu dem Herrn, und sprachen: Wir haben gesündiget, denn wir haben unsern Gott verlassen und Baalim gedient. Sie scheinen hier ernstlicher erkannt zu haben, wie sehr sie die göttliche Liebe verachtet haben; diese Erkenntniß macht sich Luft in einem lauten Bekenntniß, was Israel zur Ehre gereicht. Ja, dabei blieb es nicht. Als Gott, V. 11—14, der Ohnmacht der Götzen spottet, die nicht helfen können, bekennen sie nochmals, V. 15: Wir haben gesündiget; V. 16: und sie thaten von sich die fremden Götter und dieneten dem Herrn. In solchen Augenblicken zeigte sich denn Israel wieder als ein Volk Jehovah's. Daher heißt es auch gleich darauf, V. 16: Und es jammerte den Herrn, daß Israel also geplaget ward. Eben so heißt es, C. 2, 18: Es jammerte den Herrn ihr Wehklagen über die, die sie zwangen. So verstößt der Herr nicht ewiglich; sondern er betrübet wohl, und erbarmet sich wieder nach seiner großen Güte, Klagl. 3, 31. 32. Zugleich ist uns hier der Weg gelehret, wie wir es machen müssen, wieder zu der Gnade Gottes zu kommen; welcher Weg?

Die göttliche Hülfe durch die Richter. Also die Noth seines Volks jammerte Jehovah, und er half ihnen. Wie? C. 2, 18: Der Herr erweckte ihnen Richter, und war mit dem Richter, und half ihnen aus ihrer Feinde Hand. Da steht: der Herr erweckte den Richter selbst. Der Geist des Herrn kam über ihn, so lesen wir von Athniel, Gideon, Jephthah und Simson, z. B. C. 3, 10. C. 11, 29. Der Geist Gottes, mit dem die Richter erfüllt wurden, der half. So hatte Gideon nur 300 Mann, und schlug damit 135,000 Mann; Jephthah schlug die Ammoniter, die Israel zertraten und zerschlugen, C. 10, 8. Durch die Richter hat Gott sein Volk erhalten, daß es nicht unterging, sondern als Volk bestand. Dann machte auch Israel neue Erfahrungen, wie gerne der Herr in Nöthen half; eine Erfahrung, die noch jedes Geschlecht machen kann. Es sind 14 Richter in Israel gewesen. Ihre Namen sind: Athniel, Ehud, Samgar, Barak, Gideon, Thola, Jair, Jephthah, Ebzan, Elon, Abdon, Simson, Eli, Samuel. Die Geschichte der beiden Letzten wird uns erst im Buche Samuelis erzählt. Dazu kommt noch die Richterin und Prophetin Debora.*) Die Richter mußten Israel aus den Händen ihrer Feinde befreien. Weil sie dadurch eine Würde bekamen, so waren sie auch in Friedenszeiten die richterlichen und obrigkeitlichen Personen, C. 4, 5. Die Kinder Israel kamen zu Debora hinauf vor Gericht. Von Josua's Tode bis zu Simson's Tode sind 300 Jahre, dazu noch 40 Jahre unter Eli und Samuel, so beträgt die ganze Richterzeit an viertehalb hundert Jahre.**) Was ist es denn, was wir an den Richtern preisen? Das ist ihr Glaube. Sehen wir einige darauf an. Gott befahl Gideon, mit 300 Mann gegen die Midianiter zu ziehen, er würde siegen (ich habe sie in deine Hand gegeben, C. 7, 9). Er glaubte und zog hin, und siegte. Wir haben gesehen, wie das Volk die großen Thaten des Herrn vergaß, und Viele diese gar nicht einmal kannten. Bei dem Richter Jephthah sehen wir hiervon eine rühmliche Ausnahme; er kennt genau die großen Thaten Gottes unter Moses in der Wüste, C. 11, 14—23. Gideon's Feldgeschrei war: Hie Schwerdt des Herrn und Gideon, C. 7, 20. Man bietet ihm die Königswürde an. Da antwortet er, C. 8, 23: Ich will nicht Herr über euch sein, und mein Sohn soll auch nicht Herr über euch sein, sondern der Herr soll Herr über euch sein. Da ist Demuth und Gottesfurcht. Jephthah sagt von seinem Sieg, Cap. 12, 3: Der Herr gab die Feinde in meine Hand. Er thut dem Herrn ein Gelübde, und hält es Gott, so schwer es ihm auch wird; welches? Debora besingt die Thaten Gottes in einem schönen Liede, C. 5. — Daneben verhehlt uns die Schrift auch nicht ihre Fehler und Sünden; Gideon richtet eigenmächtig einen Gottesdienst ein, Simson hängt schlechten Weibern an. Diese Sünden werden nirgends entschuldigt in der Bibel; wir entschuldigen sie auch nicht. —

Ueberblicken wir das Gesagte noch kurz einmal. Was erkennen wir in der Richterzeit von Gott? Er rettet sein Volk, und läßt es nicht untergehen, sondern erhält es. Was sehen wir an den Richtern? Sie sind von Gott zugerichtete Männer; ihr Glaube ist ihr Sieg, der die Welt und die Feinde überwindet.

*) Abimelech, C. 9, war kein Richter, sondern ein Mörder und Räuber, und der erste König in Israel.

**) Den scheinbaren Widerspruch mit Apostg. 13, 20 hebt Olshausen, Comm. B. 2. S. 707 so: Nichts im Texte nöthigt, die 40 Jahre, V. 18, nicht mitzuzählen, und dann kann nicht der Anfang, sondern das Ende von Samuel's Wirksamkeit gemeint sein. So werden hier in runder Zahl, ohne historische Zwecke zu verfolgen, die Jahre angegeben.

Die Richter heißen auch, C. 3, 9 und 15, Heilande: Der Herr erweckte ihnen einen Heiland, der sie erlösete. Heiland (heilend) ist ein Heilender, ein Heilbringer. Das Heil haben sie gebracht durch ihre Errettung Israel's die 300 Jahre hindurch. Doch war immer dies Heil nur für eine Zeitlang, denn, C. 2, 19: Wenn der Richter starb, so wandte Israel sich, und das Uebel kam wieder. Der Name Jesus heißt auch Heiland. Christus hat ein= für allemal Heil gebracht, für Alle Heil, nicht bloß äußeres, sondern das wahre Heil, den innern Frieden, Röm. 5, 1: Wir haben Frieden mit Gott durch unsern Herrn Jesum Christum. Von Israel steht: Sie gehorchten dem Richter nicht. Wir denn anders. Gehorchen wir hier freudig dem, der uns errettet hat von Sünde, Tod und Teufel. Damit wir einst freudig vor unserm Heiland und Richter stehen können im Gericht dort. Amen.

Sprüche. Gal. 5, 19—21: Die Werke des Fleisches — V. 22: Die Frucht aber des Geistes —, Klagl. 3, 31. 32: Der Herr verstößt —, Röm. 5, 1: Nun wir denn sind —.

Ruth.

Wir haben bisher das Volk Israel im Großen, Ganzen gesehen, unsere Geschichte zeigt uns nun eine einzelne Haushaltung, eine Familie aus dem Volke Gottes. Schon Moses hatte dem Volke gesagt, wenn sie Gottes Gebote halten würden, so würden die andern Völker sagen: Ei, welche weise und verständige Leute sind das; wo ist ein so herrliches Volk, das so gerechte Sitten und Gebote hat (5 Mose 4)? So sehen wir hier Naemi, Ruth, Boas. „Das Büchlein Ruth steht da, zwischen den Büchern, welche von Kriegs= und andern großen Sachen handeln, als eine gar feine und unvergleichliche Abschilderung der Redlichkeit, Wohlanständigkeit und Klugheit und Gerechtigkeit, wie sie sich an einzelnen Personen im Hausstand beweisen soll. Zugleich auch als ein Zeugniß von der gnädigen Fürsorge Gottes, wie sie sich an frommen, aber armen Wittwen, Fremdlingen und Proselyten beweiset. — Diese ganze liebliche Geschichte, die ein Bild aller Tugenden in sich faßt, die das häusliche und gesellschaftliche Leben der Menschen erfordert, stehet demjenigen Buch wohl an, das die Menschen zur Seligkeit unterweisen soll. Es gereicht dem Gott Israel's zum ewigen Lob, daß es bei der Freiheit, worin sein Volk damals lebte, doch so züchtig, gerecht, liebreich und billig herging. Wer waren Naemi, Boas, Ruth? Wer waren die Leute, die dem Boas zu seiner Heirath, und der Naemi zu ihrem Enkel gratulirten?

Es waren Bauersleute. Wie trefflich war aber die Gerechtigkeit dieser Bauern in Israel, Richter 5, 11; wie lieblich ihre Wohlredenheit! wie holdselig ihre Freundlichkeit! wie fein ihre Sitten! Welche weise und verständige Leute waren das 5 Mose 4, 6—8." Roos, Fußstapfen des Glaubens Abraham's, B. 1. S. 487. — Besonders zeigt Boas, der in der Unterredung nicht betrachtet werden konnte, alle Tugenden eines frommen Hausvaters. Man lasse seine Person auch nicht vorübergehen, ohne Eins oder Anderes darüber zu sprechen. Wir geben hier einige Winke. Freundlichkeit im Umgange mit seinen Leuten. Sein Gruß: Der Herr mit euch. Ihre Antwort: der Herr segne dich. Ordnung und Sittlichkeit. Er ist mit bei der Arbeit; leidet nichts Unanständiges von seinen Leuten, C. 2, 9: Ich habe meinen Knaben geboten, daß dich Niemand antaste, und V. 15: Beschämet sie nicht. Wohlthätigkeit gegen eine arme, fromme Frau: er läßt sie Aehren sammeln; läßt sie mit seinen Leuten essen und trinken; sie dürfen um der Frau willen nicht Alles rein auflesen; Niemand darf sie schelten, V. 16. Gerechtigkeit: ein näherer Verwandter hat das nächste Recht an Ruth; erst als der seinem Recht entsagt, nimmt er Ruth zur Frau, das ist Erfüllung des zehnten Gebots. Seine Frömmigkeit heiligt Alles: der Gruß; C. 2, 12: Der Herr vergelte dir deine That, und müsse dein Lohn vollkommen sein bei dem Herrn, dem Gott Israel's, zu welchem du (als eine Fremde) gekommen bist, daß du unter seinen Flügeln Zuversicht hättest; er schätzt, C. 3, 11, das besonders an Ruth, daß sie ein tugendsames Weib ist.

Diese Geschichte trug sich vielleicht zu, als der Herr die Israeliten unter die Hand der Moabiter gab, und sie sich in Höhlen und Klüften verbargen, Richt. C. 6, und zeigt uns, wie mitten in aller Verwirrung in der Zeit der Richter doch ein schönes, heiliges, stilles Familienleben in Israel blühete, wodurch sich Israel wieder als ein Volk Gottes bewährte. Man sieht hier, was das Gesetz Gottes, und das Gesetz Gottes allein, wirkte und that. — Das dritte Capitel hat nichts Anstößiges. V. 4: Decke auf zu seinen Füßen, heißt: decke seine Fußdecke auf; das sollte eine Erinnerung an die Pflichtehe sein. V. 9: Breite deine Flügel über deine Magd, heißt: verlobe dich mit mir. Denn die Ceremonie des Verlobens war, daß ein Mann durch Auflegung des äußersten Theils von seinem Oberkleide sich eine Frau wählte. Boas lobt sie deshalb, V. 10. 11. Die sechs Maß Gerste giebt Boas ihr mit für Naemi. So ist Alles rein.

Die Geschichte kehrt aus der Welt, aus Krieg und Unruhe ein an den stillen Herd des Familienlebens, so auch die Unterredung.

Die Unterredung.

Wir betrachten Ruth und Gott.

1) Ruth's Liebe. 2) Gottes Lohn.

1) **Ruth's Liebe.** Naemi wollte aus dem Lande der Moabiter wieder in Israel zurück, als ihr Mann und ihre beiden Söhne gestorben waren. Sie nahm Abschied von den beiden Schwiegertöchtern, die sie dort lassen wollte. Die eine blieb. Ruth aber wollte mit ihr, und sprach die herrlichen Worte, die C. 1, 16. 17 stehen und die ihr auswendig wissen müßt. So verließ Ruth ihr Vaterland, ihre Verwandten, ihre Götter um Naemi willen. Das war Liebe. In Bethlehem angekommen, sammelte sie Aehren, sich und die Schwiegermutter zu ernähren; das war Liebe. C. 2, 18 steht: Was man ihr an Speise gegeben und sie übrig gelassen hatte, das brachte sie der Naemi mit nach Hause. Das ist kindliche Liebe. Sie folgt ihrer Schwiegermutter in den Dingen, die diese ihr anrieth, und war gehorsam. Auch als reiche und angesehene Frau verheirathet, behielt sie ihre Schwiegermutter bei sich, daß die Frauen zu Naemi sagen mußten, C. 4, 15, Ruth ist dir besser, als sieben Söhne. — Glaube an den Gott Israel's und Liebe leuchten aus ihrem ganzen Wesen hervor.

War Ruth gegen ihre Schwiegermutter so, so sollst du es noch vielmehr gegen Vater und Mutter sein. Das vierte Gebot. Wo du bleibst, da bleibe ich auch: wenn du gerne um Vater und Mutter bist, hilfst, wo du kannst. Deine Eltern werden alt, schwach, du bist ein Christ und sollst dich schämen, wenn du nicht thust, was hier eine Heidin thut: für sie arbeiten. Von dem Wenigen, was du verdienst, gieb ihnen, wie Ruth. Nimm sie in dein Haus; bei Krankheit pflege sie; ihre Wunderlichkeit trage geduldig. Gott hat darum die Einrichtung gemacht, daß alte Leute schwach, hülfsbedürftig sind, damit die Kinder Gelegenheit haben, Gegenliebe zu üben. Das hat auch Jesus gethan; es heißt von ihm: er war seinen Eltern unterthan, und am Kreuze noch sorgte er für seine Mutter Wer solche Liebe Christo nicht nachthun will, ist kein Christ. Hört eine kleine Geschichte. In einer fröhlichen Gesellschaft junger Leute wurde das Königsspiel zur Kurzweil gespielt. Der zum König Erwählte gebietet nemlich, und man hat seinen Scherz daran, zu sehen, wie die Andern gehorchen. Der König gebot nun einem Kinde, seinem alten Vater, der zugegen war, siebenerlei Ehre anzuthun. Dies that das Kind nun auf folgende Weise: 1) sagte es: Mein liebster Vater, ich danke euch für alles Gute, das ihr mir von Kindheit auf erwiesen, für alle Sorge und Mühe, die ihr meinethalben gehabt, und für alle Kosten, die ihr auf mich gewandt habt. 2) Küssete es ihm die Hand, als Zeichen der Dankbarkeit für alle Züchtigung der Vaterhand. 3) Da eben Aepfel auf dem Tische lagen, durchschnitt es einen Apfel und bot dem Vater die Hälfte dar, ein Zeichen, daß es das letzte Stück mit dem Vater theilen wollte. 4) Bückte sich das Kind, löste dem Vater die Schuhe, zog sie aus und setzte ihm die Pantoffeln hin, ein Bild, daß kein Dienst für den Vater dem Kinde zu gering und verächtlich sein sollte. 5) Hielt es dem Vater den Backen dar, mit dem Begehr darauf zu schlagen, anzudeuten, wie willig es wäre, noch jetzt alle väterliche Erinnerung, und wenn sie auch mit Schlägen geschehen sollte, zu erdulden. 6) Versuchte es, den Vater mit dem Stuhl aufzuheben und von der Stelle zu setzen, anzuzeigen, wie bereit es wäre, den alten Vater zu heben und zu tragen. 7) Kniete es nieder und begehrte den väterlichen Segen, den der Vater mit Thränen gab. — Was sagt ihr zu dem Spiel? Gefällt es euch, so gehet hin und thuet desgleichen im Ernst.

2) **Gottes Lohn.** Ruth erfüllt das vierte Gebot. Der Apostel nennt dieses Gebot das erste, das eine Verheißung hat, Eph. 6, 1—3. Welche Verheißung? Diese Verheißung ist an Ruth in Erfüllung gegangen. Naemi danket ihr, C. 1, 8. Boas spricht, was C. 2, 11 steht, und wünscht ihr den Segen Gottes als Lohn, V. 12. Die Nachbarn preisen Naemi glücklich wegen Ruth und sprechen, C. 4, 15: Ruth, die dich geliebet hat, ist dir besser, denn sieben Söhne. So ist L i e b e d e r M e n s c h e n i h r L o h n. Das ist das verheißene „wohl gehen;" oder kennt ihr Besseres, was Menschen geben können, als Liebe? Wer Liebe säet, erndtet Liebe.

Ferner. Sie wird die Frau eines reichen Mannes; was mehr ist, die Frau eines frommen Mannes. Wo zeigt sich Boas' Frömmigkeit? (Freundlichkeit? Ordnung? Wohlthätigkeit? Gerechtigkeit?) Das fügte Gott so. V. 17. Ruth's Sohn hieß Obed, der ist ein Vater von Isai, der David's Vater war. Nun kennt ihr wohl Jemand, der David's Sohn oft genannt wird? Ruth war die Stammmutter Jesu. Das konnte auch nur Gott thun. So ließ Gott es ihr wohl gehen, und ihr Name lebt noch auf Erden. Wie? L i e b e G o t t e s w a r i h r L o h n.

Also an Ruth seht ihr wieder: Des Herrn Wort ist wahrhaftig, und was er zusagt, das hält er gewiß. Was ist im vierten Gebot zugesagt? Wie ist's an Ruth erfüllt? Sollt's noch so sein, wie vor 3000 Jahren? Wie nemlich? Ja, ich habe auch schon Manches erfahren in der Welt, aber ich habe noch nie gesehen, daß einem Kinde, das gegen die alten Eltern gut war, die Liebe der Menschen und Gottes gefehlt hätte. Sehet euch nur um, ihr werdet es auch so finden; oder lieber, versucht es selber, so werdet ihr an euch selber die Verheißung erfüllt sehen. Was meine ich?

Hanna.

1 Sam. 1.

Die Geschichte von Hanna war die erste, die Luther las, als ihm auf der Bibliothek zu Erfurt zuerst eine vollständige Bibel in die Hand kam. Die Geschichte ist sehr schön in der Bibel erzählt, und es ist nicht zu verwundern, wenn Luther der Eindruck davon noch lange blieb. — Samuel heißt (Schaul me El): von Gott erbeten. Der Lobgesang Hanna's, C. 2, hat Vieles aus dem Liede Mosis, 5 Mos. 32, und tönt in dem Lobgesang Maria's, Luc. 1, wieder.

Die Unterredung.

Hanna.

1) Ihr Kummer. 2) Ihr Gebet. 3) Ihr Dank.

1) **Kummer.** Hanna, die Frau des Elkana, hatte keine Kinder. Das war ihre Traurigkeit und ihr Kummer. Dazu kam, daß die andere Frau des Elkana, die Peninna, sie betrübte, verachtete und trotzig war. Dieser große Kummer wurde besonders laut, wenn sie jährlich nach Silo gingen, wo die Stiftshütte war, um da zu opfern. Hanna erhielt dann von ihrem Manne Ein Stück Opferfleisch traurig. Da weinte sie denn, und betrübte sich und aß nichts. Dazu kam die Liebe zu ihrem Mann, den sie nicht durch Kinder erfreuen konnte. Er sprach dann: Hanna, warum weinest du? und warum issest du nichts? und warum gehabt sich dein Herz so übel? bin ich dir nicht besser denn zehn Söhne? — So geht es noch im Menschenleben täglich in allen Ständen. Da hat Mancher Alles, was er braucht; aber Eins, was es denn ist, fehlet ihm, das macht ihn traurig, ängstlich, kummervoll. Ja, es macht so betrübt, daß Essen und Trinken nicht schmeckt, daß man elend und jämmerlich sieht, daß alles Andere, was der liebe Gott sonst uns so reichlich giebt, nicht geachtet wird. Hanna nennt es in ihrem Gesang 2, 6: Gott führt in die Hölle. Da kommen dann Fragen: Warum versagt mir Gott das wohl, was ich so innig wünsche? Es ist wohl Zorn und Strafe Gottes über meine Sünden, deren tausende vor mir stehen? Das nennt die Schrift Zermalmung, Zerknirschung, gött-

liche Traurigkeit (die von Gott kommt, und zu Gott führt), Seelenangst. Da verschlägt oft aller Menschentrost nichts. Und oft, wie hier bei Hanna, können Menschen gar nicht einmal helfen.

2) **Gebet.** Was thut nun Hanna in ihrer großen Traurigkeit? Sie geht mit ihrem großen Kummer zu dem hin, der in allen Dingen helfen kann, und gerne helfen will: zu Gott. V. 10. Sie war von Herzen betrübt, und betete zum Herrn, und weinte. Sie spricht zu Eli V. 15: Mein Herr, ich bin ein betrübtes Weib, ich habe mein Herz vor dem Herr ausgeschüttet; ich habe aus meinem großen Kummer und Traurigkeit geredet. — Ich habe mein Herz vor dem Herrn ausgeschüttet; sie hat also Alles, was in ihrem Herzen ist, Gott gesagt, daß auch nichts in den geheimsten Falten desselben geblieben ist. Darum heißt sehr schön das Gebet Ps. 19, 15 das Gespräch des Herzens mit Gott. Was du auf dem Herzen hast, was du Menschen, auch deinem besten Freund, deiner besten Freundin nicht klagen und sagen magst, das klage Gott, behalte auch nichts zurück, er weiß ja doch so schon deine Gedanken, dein tiefstes Sehnen. Schütt' aus dein Herz in seinen Schoß, denn seine Huld und Macht ist groß. Ps. 62, 9. Hoffet auf Gott allezeit, lieben Leute, schüttet euer Herz vor ihm aus; Gott ist unsere Zuversicht. Und diesen ihren Kummer bringt sie besonders hin vor Gott, wenn sie sich ihm in seinem Hause nahet. — So hat die Noth, der Kummer, die Anfechtung Hanna in's Gebet und zu Gott hin getrieben. Daher nannten die Alten die Leiden des Lebens, die Gott dem Einen so, dem Andern so zuschickt, das liebe Kreuz. Lieb darum, weil es lehrt unsere Ohnmacht, weil es treibt zu Gott, weil es demüthig macht. In solchem Sinn sagt David, Ps. 119, 71: Es ist mir lieb, mein Gott, daß du mich gedemüthiget hast. Warum lieb? Und Paulus sagt Röm. 5, 3: Wir rühmen uns der Trübsal. So laß denn auch dir, wie Hanna, jedes Leiden, jeden Kummer, jeden Schmerz eine Veranlassung sein zum Gebet, zum innigen Anschließen und Ausschütten des Herzens vor dem allmächtigen, allwissenden, gütigen Vater im Himmel. Der große Musikmeister Joseph Haydn, gestorben 1809, war der Sohn eines armen Rademachers in Oestreich. Einst befand sich Haydn in einer Gesellschaft, wo man die Frage aufwarf, wie man die innere Kraft am besten wieder stärken könne, wenn sie durch Arbeit ermattet sei. Einer nannte eine Flasche Wein, ein Anderer eine lustige Gesellschaft. Als man Haydn fragte, antwortete er: Ich habe in meiner Wohnung eine kleine Hauskapelle (Betkirche), dahin gehe ich, wenn ich mich ermattet fühle, und dies Mittel hat seine Wirkung noch nie verfehlt. Was meinte er?

3) **Ihr Dank.** Ein alter Prediger sagt: Solche ausgeschüttete, ausgeleerte Hannaherzen sind die rechten Gefäße, die der Herr mit seinem Trost füllet. Wie meint er das? Gebet, das auf zum Himmel steigt, macht, daß sich Gott zur Erde neigt. Wie ist das zu verstehen? So bei Hanna. Eli, der Hohepriester, giebt ihr V. 17

den Trost: Gehe hin mit Frieden, der Gott Israel's wird dir geben deine Bitte, die du von ihm gebeten hast. Da ging Hanna hin ihres Weges, heißt es, und aß, und sahe nicht mehr so traurig. Das Wort des Mannes Gottes nimmt sie auf in ihr Herz als ein Wort von Gott selbst gesprochen. Solchen Glauben zu Gottes Verheißung, womit sie Gott die Ehre giebt, den ehret Gott wieder dadurch, daß Gott thut, was Hanna gebeten hat. Er giebt ihr erst Frieden in ihr Herz, vertreibt also den Kummer, die Traurigkeit aus ihrem Herzen. Das ist schon ein Großes. Da schmeckt ihr das Essen, da sieht sie nicht mehr so traurig, da sieht sie Alles mit fröhlichen Augen an. Dann aber erhöret Gott auch ihr Gebet. Gott giebt ihr einen Sohn, und der Name, den sie dem Kinde giebt, Samuel: von Gott erbeten, soll ihr eine stete Erinnerung des Erfolgs ihres Gebets sein. Und dann thut sie, wie sie gelobet hat V. 28: Ich gebe ihn dem Herrn wieder sein Lebenlang, weil er vom Herrn erbeten ist. Sie wollte das Erbetene, so versprach sie Gott (V. 11), dem Herrn weihen, und nun thut sie es auch. Wie machst du es ähnlich, wenn du um Gesundheit flehst, und Gott giebt sie? um Weisheit? um Segen bei der Arbeit? — So dankt Hanna mit dem Herzen und mit der That dem Herrn für seinen Trost und seine Gabe. Aber auch ihr Mund strömt über von Dank, wie wir es in ihrem Lobgesang C. 2 sehen. Um sich zum Lobe gegen Gott zu ermuntern, hält sie gegen einander ihre frühere Armuth und ihren jetzigen Reichthum, ihre frühere Traurigkeit und ihre jetzige Herzensfreude, und daß dies Alles von Gott ist. Mein Herz ist fröhlich in dem Herrn; mein Mund hat sich weit aufgethan über meine Feinde, denn ich freue mich deines Heils. Der Herr tödtet und macht lebendig, führet in die Hölle und wieder heraus; der Herr macht arm und macht reich; er erniedriget und erhöhet. Er hebet auf den Dürftigen aus dem Staube, und erhöhet den Armen aus dem Koth. Er wird behüten die Füße seiner Heiligen; denn viel Vermögen hilft doch Niemand.

Es ist merkwürdig, daß die meisten biblischen Geschichten keine Geschichten sind, die großes Aufsehen in der Welt, und große Veränderungen darin gemacht haben, sondern, wie hier, alltägliche, geringe Geschichten aus dem Leben einer frommen Frau. Was ist aber für Lehre und Trost darin, mehr als in den Geschichten von Kriegen, Königen! Denn wir thun hier einen Blick 1) in das Walten Gottes, der seine Heiligen betrübt, um sie überschwenglich zu erfreuen. Wir thun hier 2) einen Blick in ein frommes Gemüth, das a. alle Sorgen auf Gott wirft; b. so andächtig im Gebet zu Gott ist, daß Hanna Eli gar nicht bemerkt; c. im einfältigen Glauben Gottes Wort annimmt; und d. das Gelübde Gott hält. Du hast, und Jeder hat in allen Lebensumständen Gelegenheit, so sich Gott zu erzeigen, und hat hier in Hanna ein von Gott in seinem Worte eingeschriebenes Vorbild. — Dann thun wir hier 3) einen

Blick in das Liebesherz Gottes, der Gebete erhöret; der verwundet, aber auch heilet; der auf das Niedrige siehet, und in dessen Augen ein geringes Weib, das vor ihm gläubig weinet und flehet, werther ist als mancher Kriegsheld, der Länder erobert. Darum ermahnen wir nochmals: Hoffet auf ihn allezeit, lieben Leute; schüttet euer Herz vor ihm aus; Gott ist unsere Zuversicht.

Samuel.

Samuel war aus dem Stamm Levi, 1 Chron. 6, 7 und 19. Wenn aber 1 Sam. 1, 1 von Samuel's Vater, dem Leviten Elkana, steht, daß dessen Geschlecht aus dem Stamme Ephraim war (welcher von Ephrath war), so hat das darin den Grund, daß die Leviten unter den verschiedenen Stämmen wohnten, und als zu ihnen gehörig angesehen wurden, wie auch aus Richter 17, 7 hervorgeht. Obgleich Samuel nur Levit, und nicht Priester war, so erscheint er doch hier in der Geschichte in der Stellung des Hohenpriesters, opfert aber nicht vor der Stiftshütte, sondern bald in Mizpe, bald in Romah, bald in Bethlehem. Durch das Gelübde seiner Mutter: Ich will ihn dem Herrn weihen sein Lebenlang, war er auch dem priesterlichen Stande näher gerückt, wozu noch nachher der prophetische Beruf und das Richteramt hinzu kam. Die eigentlichen Leviten dienten sonst nur vom fünf und zwanzigsten Jahre an im Heiligthum, und auch nur eine Zeitlang jährlich, worauf sie sich wieder an ihren Wohnort begaben; mit Samuel war dies Alles anders.

Die Unterredung.

Samuel.

1) Seine Weihe in der Kindheit. 2) Seine Versuchungen in der Kindheit. 3) Sein Wirken als Mann. 4) Seine Freudigkeit als Greis.

1) **Seine Weihe.** Hanna, die Mutter Samuel's hatte ein Gelübde gethan, V. 11: Wirst du mir einen Sohn geben, so will ich ihn dem Herrn geben sein Lebenlang, und soll kein Scheermesser

auf sein Haupt kommen. Also er sollte ein Gottgeweihter, Nasiräer, 4 Mos. 6, 2—5, sein. Dies Gelübde hielt sie. Sie brachte Samuel, als er entwöhnt war, zu Eli, V. 24, und sprach, V. 28: Ich gebe ihn dem Herrn wieder sein Lebenlang. So ist Samuel also schon vor seiner Geburt zu einer heiligen Lebensweise geweiht. Wir Alle sind auch in unserer Kindheit Gott geweiht in der heiligen Taufe. Wir sind auch, wie Samuel, Nasiräer, d. h. Abgesonderte. Wovon? der Welt, der Sünde; Nasiräer, Verlobte, d. h. Versprochene. Wem? Eigenthum, Diener Christi. Der zweite Artikel: in seinem Reiche unter ihm leben und ihm dienen; Nasiräer, d. h. Geweihete, Geheiligte, die eine Gemeinschaft mit göttlichen Dingen haben, dienen in ewiger Gerechtigkeit, Unschuld und Seligkeit; Nasiräer, d. h. Enthaltsame (die Nasiräer durften keinen Wein trinken), die sich ihrer Lust, ihres Willens enthalten. Paulus: Enthaltet euch von den fleischlichen Lüsten. Das ist eure Weihe in der Taufe gewesen. Wo ihr ein Kind taufen seht, da erinnert euch an das Gelübde eurer Gevattern an eurer Statt, daß ihr wollet sein: Abgesonderte, Verlobte, Geweihete, Enthaltsame. Thut das Gelübde auch selber mit Gesang 573, 1: Dein bin ich, Herr, dir will ich mich —. Gesang 148, 3: Ich ward durch meine —.

2) **Seine Versuchungen.** V. 24. Der Knabe aber war noch jung, als er nach Silo in das Haus des Priesters Eli kam. Und was sahe er da! C. 2, 12: Aber die Söhne Eli waren böse Buben und fragten nicht nach dem Herrn. Also sie kehrten sich nicht an Gott und sein Gebot. Das sahe Samuel täglich. Wie die Priestersöhne, so das Volk im Ganzen. V. 17: Die Leute lästerten die Opfer; und C. 3, 1: Gottes Wort war theuer zu derselbigen Zeit, d. h. es war wenig davon in den Herzen der Menschen. Unter solchen Menschen, in solcher Zeit lebte Samuel. Das war Versuchung für ihn. Wie? Dieselbe Versuchung hat deine Kindheit und Jugend. Wie? Wie viel Sünde siehst und hörst du doch! auf dem Markt betrügen, auf der Straße fluchen, von den eigenen Eltern und den Hausgenossen oft lügen, wo Viele versammelt sind, schandbare Worte sprechen, spotten über Gottes Wort. Viel Böses seh ich als ein Kind. Die zweite Strophe ist auch wahr: und Böses lernet man geschwind. Nennt Sünden, die Kinder so leicht nachthun, wenn sie sie nur sehen. — Samuel auch? V. 26: Aber der Knabe Samuel ging und nahm zu, und war angenehm bei dem Herrn und bei den Menschen. Warum angenehm? Bist du fromm, so —; also in der Versuchung bestand er, that die Sünde nicht mit. Was mochte ihn abhalten? V. 19, seine Mutter besuchte ihn alle Jahre. Ihre Frömmigkeit (wo sehen wir sie?) flößte sie auch ihm ein. Du: wo die Versuchung lockt, erinnere dich, was fromme Eltern und Lehrer dir sagten. Dann, C. 3, 10: Gott rief ihn und er hörte auf Gottes Ruf. Gott ruft dich auch jetzt schon: durch Bibelsprüche, Gewissen, Eltern, Lehrer. Ein feierlicher Ruf ist die Con-

firmation. Dann geht ihr unter Menschen, und sehet und höret noch mehr Sünden als jetzt, die Versuchung wird dann größer. In der Confirmation ruft Gott: höret, d. h. erinnert euch da an die Gelübde, Gefühle, die ihr da haben werdet. Ps. 119, 9. Dazu sahe Samuel noch das Ende der Sünder, der Priestersöhne. Welches Ende? Also die Versuchung war groß. Samuel bestand darin. Er hörte auf Gottes Ruf.

3) **Sein Wirken.** Wir haben eben Samuel's Kindheit betrachtet. Was da noch? Dann sein Knaben- und Jünglingsalter. Jetzt wollen wir sein Leben als Mann ansehen. C. 3, 20 steht: Ganz Israel erkannte, daß Samuel ein treuer Prophet des Herrn war. Ein Prophet, d. h. ein Mann, durch den Gott spricht und handelt. So mußte er also auch sprechen und handeln, wie Gott wollte. Das hat er gethan, da steht: treu. C. 4, 1: Samuel fing an zu predigen dem ganzen Israel. Die Predigt war freiwillig, so mußte er selbst von Gottes Wort und Willen durchdrungen sein. Ein Stück aus solcher Predigt sehen wir C. 7, 3 und C. 12 V. 20 — 25. Als Gott im Kriege geholfen hat, setzt Samuel den Denkstein. Eben Ezer, d. h. Stein der Hülfe, C. 7, 12. In seinem Hause errichtet er dem Herrn einen Altar, C. 7, 17. Als das Volk einen König begehrte, betete er vor dem Herrn, C. 8, 6, besprach also die wichtige Sache mit Gott. Die Prophetenschulen sind wahrscheinlich von ihm, und er war ihr Aufseher, C. 19, 20. Also: Liebe gegen Gott.

Seine Treue im Prophetenberuf zeigt sich ganz besonders als Gehorsam gegen Gott ohne Menschenfurcht, ohne Ansehen der Person. Israel will einen König, C. 8. Das gefällt Samuel übel, V. 6. Warum wohl? Gott sagt, V. 7: thue es. Samuel gehorcht. Aber der neue König, der Gott für seinen Oberkönig halten sollte (C. 15, 17), thut nicht, was Gott befiehlt, C. 15. Da sagt ihm Samuel seinen Ungehorsam, C. 15, V. 16—19, seine Menschenfurcht, V. 24, seinen Geiz, V. 19, und kündigt ihm Gottes Urtheil an, V. 23 und V. 26. Das Alles spricht er ohne Scheu, weil Gott es ihm in der Nacht vorher gesagt hat, V. 16. Das ist Gehorsam gegen Gott ohne Menschenfurcht. Gott befiehlt, C. 16, V. 1: Wähle Isai's Sohn. Samuel fürchtet den Tod, V. 2. Gott spricht: Gehe hin, und — Samuel gehorcht. — 1 Cor. 7, 23. Also gegen Gott: Liebe und Gehorsam.

Und wie benimmt er sich gegen Volk und König? C. 12, 14 sagt er ihnen, was eigentlich Volk und König glücklich macht. Noch heute kann nichts Besseres gesagt werden, als: Fürchtet den Herrn, dienet ihm und gehorchet seiner Stimme. Das Volk spricht: Bitte für deine Knechte, V. 19. Er sieht es, V. 23, für eine Versündigung an, wenn er ablassen sollte, für sie zu bitten, und sie den guten und richtigen Weg zu lehren. Also fürbitten und lehren, V. 20—25. Früher war er auch jährlich umhergezogen und hatte

Israel gerichtet, C. 7, 15. 16. Eine schöne Ermahnung von ihm an das abgöttische Volk steht auch C. 7, 3. Das Volk wünscht seine Fürbitte V. 8 und 9: Er schrie zum Herrn für Israel. — Ein besonders schöner Zug in Samuel's Leben ist, was C. 15, 35 steht, daß Samuel Leide um Saul trug. Es muß viel gewesen sein; wie sehen wir das aus C. 16, 1? — Das Alles ist Liebe zu dem Volk und dem verworfenen König.

4) **Seine Freudigkeit.** Als Saul den König Nahas geschlagen hatte, versammelte sich das Volk zu Gilgal, um das Königreich daselbst zu erneuen, C. 11, 14. Da tritt Samuel, der schon alt war, auf und spricht, was C. 12, V. 1—3 steht. Das ist die Sprache des guten Gewissens. Ein Apostel spricht von dem „Bund eines guten Gewissens." Es ist das ein Bund, eine Verbindung in dem Wissen. Samuel wußte: was ich weiß, ich habe Niemandem Unrecht gethan, habe kein unrechtes Urtheil gegeben, das weiß Gott auch, und das Volk auch. So war's. Das Volk spricht, V. 4: du hast uns keine Gewalt gethan. Wie mußte es Samuel erfreulich sein, so zurück auf sein Leben blicken zu können. Vor Gott bin ich ein Sünder, vor Menschen will ich's nicht sein. Möchtet ihr so sterben, daß Menschen nichts auf euch bringen können? Wie fängt man jetzt schon damit an, das Verbündniß eines guten Gewissens zu haben? — Samuel's Ende ist kurz und schön erzählt, C. 25, 1: Und Samuel starb (etwa 70 Jahre alt) und das ganze Israel versammelte sich (also die ganze Nation) und trugen Leide (eine Bezeigung ihrer Liebe) und begruben ihn in seinem Hause zu Rama. — Sein Lob steht Sirach 46, 16—23.

David's Salbung zum König.

1 Sam. 16.

Wenn Israel das Gesetz Gottes gehalten hätte, wenn der Priesterstand, wie er das sollte, und dazu den Beruf hatte, über die Befolgung des Gesetzes gewacht hatte, so würde dadurch das israelitische Volksleben in Canaan eine ganz eigenthümliche Gestalt bekomman haben; man hätte in Wirklichkeit einen Gottesstaat, eine Theokratie an Gemeinschaft und Gottesfurcht. Schon von den Zeiten der Richter an lebte jeder Stamm für sich, richtete sich für sich ein, ohne sich sonderlich um die übrigen Stämme zu bekümmern. Debora schilt in ihrem Liede die Stämme, die sitzen bleiben, als der Feind das Land überzog, und lobt die Stämme, die das Schwerdt ergriffen. So ohne Einheit wurde es denn den feindlichen, heidnischen Nachbarvölkern leicht, in die von allen Seiten offenen Grenzen Israel's einzufallen und es in Dienstbarkeit zu erhalten. Durch Frömmigkeit wäre diese Gemeinschaft herbeigeführt, aber Gottes Wort war theuer im Lande, und treue Priester fehlten. Da richtete sich denn der Blick Israel's auf den König hin, der die verschiedenen Stämme zu Einem Ganzen vereinigen, und die verheißene Zeit, den Sieg und den Segen der Völker, herbeiführen sollte. Das Volk begehrte einen König, und Gott gab ihnen denselben. Der erste König war aus Benjamin's Geschlecht, der zweite, David, aus dem Geschlecht Juda, auf welches hin die Verheißung Jacob's ging, 1 Mos. 49, daß daraus ein Held kommen sollte, dem die Völker anhangen würden. Das erfüllte sich vorläufig und unvollkommen in David, ganz aber und wahrhaft in dem „Sohne David's", Christus.

Die Geschichte Saul's wird ohne weitere Betrachtung erzählt, und erst bei Saul's Tode sehen wir die Person an.

Die Unterredung.

Wir betrachten, wie Menschen sehen, wie Gott siehet.

1) Wie der Mensch siehet. 2) Wie Gott siehet. 3) Daraus nehmen wir eine Ermahnung, eine Warnung und einen Trost.

1) **Wie der Mensch sieht**. Samuel sahe den ältesten Sohn Isai's an, Eliab, und glaubte, der müsse es sein. Weshalb? Er sahe auf seine Gestalt und die große Person. Schöne Gestalt, große Person gefällt den Augen. Es ist bemerkbar, äußerlich. Nennt Anderes, was so äußerlich ist und was gefällt. Also: 1) Schönheit des Leibes. 2) Reichthum in Kleidern, Häusern, Gärten, Möbeln. 3) Vornehmheit und Ehre, die Andern und uns gegeben wird. 4) Verstand, Geschicklichkeit, feines Benehmen. 5) Gute Werke: Kirchgehen, Beten, Armengeben, Bibellesen. Das Alles ist mit den Augen zu sehen, ist äußerlich. Darauf sehen die Menschen. Und wenn ein Fremder an unsern Ort kommt, von dem Jedermann spricht, so ist es über eins der genannten Stücke. Der Mensch sieht, was vor Augen ist.

2) **Wie Gott sieht.** Worauf sieht denn Gott? V. 7: Es gehet nicht, wie ein Mensch siehet. Also nicht wie der Mensch. Nicht auf Schönheit, wovon in unserer Geschichte ein Beispiel ist, V. 6. Nicht auf Reichthum: der Reiche kam in die Hölle, Luc. 16. Nicht auf Vornehmheit: Jesus ist geboren von einer armen Jungfrau. Nicht auf Klugheit: Wohlan, wir wollen einen Thurm bauen; Pharao: Wohlan, wir wollen sie mit List unterdrücken. Nicht auf

gute Werke. (Versteht den Satz richtig. Wir sagen: Gott sieht auf gute Werke, wir sagen auch: Gott sieht nicht auf gute Werke.) Beispiel: Cain's Opfer gefiel nicht; Saul's Opfer in C. 15. Summa: Gott siehet nicht, wie die Menschen sehen.

Worauf denn? Er siehet das Herz an. Was denn da? C. 13, 14 sagt Samuel zu Saul: Der Herr hat sich einen Mann ersucht nach seinem Herzen. David hatte also ein solches Herz, das dem Herzen Gottes gefiel. Worauf der Mensch sieht, ist Aeußeres; Gegensatz: Inneres. Gott sieht auf das Innere. Ehe der Mensch die That thut (Beten, Armengeben), denkt er sie, will er sie, und hat im Herzen verborgen die Gründe, warum er sie will, die er im Herzen bewegt, und die ihn bewegen zur That, Beweggründe. Da heißt es denn bei Gott zu dem Einen: du hast andern Menschen viel gedient, ich liebe dich; und zu dem Andern: du hast andern Menschen eben so viel gedient, ich liebe dich nicht. Woher dies verschiedene Urtheil Gottes? Zwei thun dasselbe, und es ist vor Gott doch nicht dasselbe. Wie? Aeußerlich dasselbe, innerlich verschieden durch die Beweggründe. Nennt von früher her (Unterredung Cain und Abel) den höchsten Beweggrund im Herzen, aus dem die guten Thaten heraus kommen sollen. Liebe zu Gott. 1 Cor. 13, V. 1—3. — So ein Herz voll von Liebe zu Gott hatte David, wie ihr weiterhin hören sollt. Das sahe Gott an, und aus solchem Herzen kam all' das Gute, was er nachher that, hervor. Nur ein Beispiel heute aus seinem Leben als Beweis, 1 Cor. 30, besonders das Gebet V. 10—17.

3) **Ermahnung.** Dieses, wie Menschen so oft sehen, und wie Gott siehet, das nehmen wir für uns zur Lehre, zur Warnung, zum Trost. — Gott ist der Allerhöchste. Wer die Dinge ansieht wie Gott, der sieht sie gewiß am richtigsten an. Lehre: Siehe, wie Gott siehet; Siehe das Herz an. Welches? 1) dein eigenes. Sieh' nicht auf Aeußeres: Wie reich bin ich? wie hoch? Siehe auf das Innere. Was ist die schönste Blüthe der blüthenreichen Welt? Ein ruhiges Gemüthe, ein Herz, das Gott gefällt. — 2) Das Herz Anderer. Frage mehr: Was hat er für ein Herz, als wie viel Verstand hat er? Laß dir den Geringen mit einem frommen Herzen werther sein, als den Vornehmen mit einem schlechten Herzen. Die Lehre nimm heute an von Gott. Sieh' nicht auf's Kleid, sieh' auf den Mann, das Inn're, nicht das Aeuß're an.

Warnung. Menschen sehen auf das Aeußere. Was noch? und staunen es an. Da meinen solche, die dies Aeußere haben, denn leicht, Gott sieht auch darauf. Warnung: Täusche dich nicht, Gott werde dir deine Sünde zu Gute halten, weil du reich bist, weil du Armen viel giebst, fleißig zur Kirche gehst. Das wußte David wohl, 1 Chron. 30, 17: Ich weiß, mein Gott, daß du das Herz prüfest, und Aufrichtigkeit ist dir angenehm. Jerem. 17, 10: Ich, der Herr, kann das Herz ergründen, und die Nieren prüfen, und gebe einem Jeglichen nach seinem Thun, nach den Früchten seiner Werke. — Darum täusche dich nicht mit dem Schein, nicht durch der Tugend bloßen Namen. Sieh' nicht auf deine Werke allein, sieh' auf den Quell, aus dem sie kamen. (Gesang 570, V. 7.) So bei dir. Du kannst bei Menschen ganz anders stehen, als bei Gott. Wie? — Bei Andern: Richte nicht und verdamme nicht. Du kannst nur die That, das Aeußere sehen, und nicht das Herz. Der Schein trügt. 1 Cor. 4, 5: Darum richtet nicht vor —.

Trost. Du hast nicht, was in die Augen fällt. Menschen achten nicht auf dich, wie man auf David gar nicht geachtet hatte. Vor Gott ist der König nicht mehr geachtet als der geringste Unterthan. Warum? Trost, wenn du ungestalt bist, arm, gering, und thust Arbeiten, worauf Menschen wenig sehen: Dreschen, Schüsseln waschen, Kinder warten. Gott siehet darauf nicht, ob Leute regieren oder dreschen; er siehet das Herz an. 1 Cor. 1, 27. 28. — Du thust etwas. Menschen meinen, du hast schlechte Absichten dabei. Trost: Gott kennt mein Herz.

Wir lesen und betrachten nun noch den Gesang 570, der auch hierüber spricht: Wenn zur Vollführung deiner Pflicht dich Gottes Liebe —.

David und Goliath.

1 Sam. 17.

Die Unterredung.

David und Goliath.

1) Ihre verschiedenen Gaben. 2) Ihr verschiedenes Verhalten dabei. 3) Gottes Gericht darüber.

1) **Die Gaben.** Gesungen Gesang: Ein' feste Burg ist —. Goliath war ein Riese, d. h. groß, kräftig. Stärke ist etwas Gutes. Viele haben sie nicht. Gott hatte ihn gleichsam vor vielen Andern herausgezogen und ihm dies Gute gegeben: vor-ziehen, Vorzug. Goliath hatte einen Vorzug, d. h etwas Gutes vor andern Menschen voraus. — Auch David hatte Vorzüge. Was heißt das? — Harfe spielen, schleudern. So hat ein Mensch Vorzüge vor dem andern.

Die Hauptvorzüge: 1) Körperkraft. 2) Geisteskraft. 3) Geschicklichkeit, wo Geist und Körper zusammenwirken. 4) Vornehmheit. 5) Reichthum. — Wir fragen nun weiter mit 1 Cor. 4, 7: Wer hat dich vorgezogen? Was hast du aber, das du nicht empfangen hast? Antwort: Ich habe es empfangen. Es ist gegeben. Gabe. Alle Vorzüge sind Gaben Gottes. Beweis.

2) **Das Verhalten.** Wir sehen nun das Verhalten Beider an bei den Gaben, die Gott ihnen gegeben hat. Der Riese sieht seinen Vorzug nicht als Gabe an. Was meine ich? Beweis ist: er zeigt sich 40 Tage, daß man ihn bewundern soll; höhnet das Heer Israel's, V. 10; verachtet David, V. 42; fluchte ihm, V. 43; sprach: Bin ich denn ein Hund —. Also 1) er bildet sich etwas ein, d. h. hat eine ganz verkehrte Vorstellung von seinem Vorzug. Welche? V. 42: er verachtet David. Das ist Stolz. Wie zeigt sich der Stolz bei andern Vorzügen: Reichthum, Vornehmheit, Geschicklichkeit? — David dagegen. Daß er die Stirn traf, zeigt seine Geschicklichkeit im Schleudern; er gehörte zu denen, die Richter 20, 16 erwähnt sind. Davon spricht er gar nicht. V. 37: Der Gott, der mich von den Löwen —. Er sieht von seiner Geschicklichkeit ganz weg, Gott muß, wird helfen. V. 45: Ich komme zu dir im Namen des Herrn Zebaoth. —. Wir lesen V. 44—47. Also: Gott muß den Philister in seine Hände geben. Und wenn das Schleudern es auch thut, so thut's doch Gott. Was meine ich, wenn ich sage: David sahe den Vorzug als Gabe an? Das ist Demuth. Demuth — de, von einem alten Wort, das dienen, niedrig heißt: Ein Muth, Sinn, bei dem man sich niedrig, gering hält, denn es ist ja der Vorzug Gabe.

Wie zeigt sich nun die Demuth bei dem Vorzug Geisteskraft? Gott gab den Verstand zum Rathgeben, zum Aussinnen. Bei dem Reichthum? Gott segnete mein Werk, gab Gelegenheit. Bei der Vornehmheit? So war Paulus demüthig bei seinen großen Gaben, 1 Cor. 15, 10: Von Gottes Gnade bin ich, was ich bin.

3) **Gottes Gericht.** Goliath war stolz bei seinen Gaben und David demüthig. Welchen Erfolg hat nun das Betragen Beider? Der Stolze wird erschlagen und der Demüthige siegt. Das kam nicht von ungefähr, sondern das ist Gottes Gericht über Beide. Es konnte nicht anders kommen. Beweis gegen die Bibelsprüche 1 Petri 5, 5: Haltet fest an der Demuth; denn Gott widerstehet den Hoffärtigen, aber den Demüthigen giebt er Gnade, Matth. 23, 12: Wer sich selbst erhöhet, der —. Ps. 124, 8: Unsere Hülfe steht im Namen des Herrn, der Himmel und Erde gemacht hat.

Das Gedicht von Claudius (Wandsbecker Bote, B. 3) darf hier nicht übergangen werden, es ist den Kindern gar zu ergötzlich. Wir setzen es hierher.

War einst ein Riese Goliath, gar ein gefährlich Mann. Er hatte Tressen auf dem Hut und einen Klunker dran, und einen Rock von Golde schwer, wer zählt die Dinge alle her.

In seinen Schnurrbart sah man nur mit Gräsen und mit Graus, und dabei sah er von Natur pur wie der Böse aus. Sein Sarras war, man glaubt es kaum, so groß schier als ein Weberbaum.

Er hatte Knochen wie ein Gaul, und eine freche Stirn, und ein entsetzlich großes Maul und nur ein kleines Hirn; gab Jedem einen Rippenstoß und flunkerte und prahlte groß.

So kam er alle Tage her und sprach Israel Hohn. „Wer ist der Mann, wer wagt's mit mir? sei's Vater oder Sohn; er komme her der Lumpenhund, ich bax'n nieder auf den Grund."

Da kam in seinem Schäferrock ein Jüngling zart und fein, er hatte nichts als seinen Stock, als Schleuder und den Stein. Der sprach: „Du hast viel Stolz und Wehr, ich komm' im Namen Gottes her."

Und damit schleudert er auf ihn und traf die Stirne gar; da fiel der große Esel hin, so lang und breit er war. Und David haut in guter Ruh' ihm auch den Kopf noch ab dazu.

Trau nicht auf deinen Tressenhut, noch auf den Klunker dran. Ein großes Maul es auch nicht thut, das lern' vom langen Mann. Und von dem Kleinen lerne wohl, wie man mit Ehren fechten soll.

David's und Jonathan's Freundschaft.

1 Sam. 18—20.

Die Unterredung.

Die Freundschaft Jonathan's und David's.

1) Worauf sie sich gründete. 2) Wie sie sich zeigte; a. überhaupt, b. in Leidenszeiten besonders.

1) **Grund der Freundschaft.** Gesang 660: Habe deine Lust am Herrn. — Es heißt C. 18, 1: Und das Herz Jonathan's verband sich mit dem Herzen David's, und Jonathan gewann ihn lieb, wie sein eigen Herz. V. 3: Und Jonathan und David machten einen Bund mit einander, denn er hatte ihn lieb wie sein eigen

Herz. V. 4: Und zog aus seinen Rock und gab ihn David, dazu seinen Mantel, sein Schwerdt, seinen Bogen und seinen Gürtel. C. 19, 1: Jonathan hatte David sehr lieb. C. 20, 17: Jonathan schwur David, so lieb hatte er ihn; denn er hatte ihn so lieb als seine Seele. Also: Freundschaft ist die herzliche gegenseitige Liebe. Jonathan und David waren Freunde, heißt —.

Der Grund nun, warum zwei sich lieben und Freunde sind, ist sehr verschieden. Du und der bei dir sitzt, ihr seid Freunde. Grund: Ihr seid Beide jung. Jugendfreunde. Ich will euch Sirach 6, 6—13 vorlesen. Grund der Freundschaft ist da der Tisch, das gute Essen, Tischfreunde. — Handelsfreunde. — Solche Freundschaften sind nicht wahre, ächte. Warum nicht? Die herzliche Liebe fehlt; die Jugend, der Tisch, der Handel ist Gegenstand der Liebe, wie schon das Wort sagt. Hört das auf, so heißt es oft: das Blatt hat sich gewendet, die Freundschaft ist geendet. Höchstens dauert solche Freundschaft bis an den Tod.

Welchen Grund hatte denn Jonathan's und David's Freundschaft? Jonathan sagte bei Gelegenheit eines Krieges, C. 14, 6: Es ist dem Herrn nicht schwer, durch Viel oder Wenig helfen. Also der Glaube: Gott hilft. David: der Herr wird dich in meine Hand geben. Da ist derselbe Glaube. Das hatte Jonathan gehört. Grund ihrer Freundschaft: Eins sein im Glauben über göttliche Dinge. Davon spricht David C. 20, 8: Du hast mit mir einen Bund in dem Herrn gemacht. V. 42: Was wir geschworen haben im Namen des Herrn und gesagt: Der Herr sei zwischen mir und dir, das bleibe ewiglich. C. 23, 18: Sie machten Beide einen Bund mit einander vor dem Herrn. Vor dem Herrn: Sie fühlten Gottes Gegenwart; das ist auch ein Einssein ihres Glaubens über Gott. In dem Herrn, im Namen des Herrn: Beide liebten Gott, blickten auf ihn. Ihre Freundschaft hatte ihren Grund in Gott: Freundschaft in Gott. Solche Freundschaft muß ewig dauern, denn Gott und was auf ihn gegründet ist, dauert ewig.

Im Christenthum ist auch ein Bund, eine Verbindung aller Christen unter einander. Wir lesen Eph. 4, 4. 5: Ein Herr, Ein Glaube, Eine Taufe, Ein heiliger Geist. Also auch ein Einssein über göttliche Dinge. So im dritten Artikel: Gemeinschaft der Heiligen; der eine Heilige, der Christ, spricht: mein Herr ꝛc. und der andere auch. Auch ist das höchste Gebot im Christenthum brünstige Liebe. So stiftet das Christenthum eine große Freundschaft der Christen unter einander, die auf dem rechten Grunde ruht. Welchem? Ein weiser Mann hat die Christen Blutsfreunde genannt. Welche Bedeutung hat das Wort sonst? Welche Bedeutung hat es hier? Aber Freundschaft ist gegenseitige Liebe; und es sind so viele Maulchristen. Was meine ich? Wir lieben und sie hassen. Ihr seht, da will es der mit Freundschaft nicht. Wie findest du nun einen

Freund aus der Menge der Christen heraus? Sirach 6, 17 sagt es: Wer Gott fürchtet, dem wird's gelingen mit Freuden, und wie er ist, so wird sein Freund auch sein. Also erst sei selbst fromm. Dann suchst du Einen, der dir gleich ist. Gleich sucht sich, Gleich findet sich. Du findest den, der betet wie du und für dich; der Gott über Alles liebt; der ihm gegeben ist; der stets auf seinen Willen sieht; der Christum mit dir für seinen Erlöser hält; der die Brüder liebt; der auf die Ewigkeit stets hinblickt. Ihr habt Einen Glauben. Ihr habt eine Freundschaft in Gott gestiftet, sie dauert ewig. Gott, Christus ist der dritte im Bunde.

2) **Erweisung der Freundschaft.** Die herzliche Liebe der Freunde ist, wie die Liebe überhaupt, etwas Inneres. Das Innere giebt sich kund durch Reden und Thaten. Wir sehen nun an Jonathan's und David's Freundschaft, wie sich ächte Freundschaft zeigt. Die Weiber sangen: Saul hat Tausend geschlagen rc. Als Saul das hörte, C. 18, 8, ergrimmte er, und das Wort gefiel ihm übel, und er sprach: Das Königreich wird noch sein werden. Das war Neid, der Andern das Gute nicht gönnet; Eifersucht, die es allein haben will. Jonathan war auch ein Held, der schon früher die Philister geschlagen hatte. Es heißt aber in der Bibel bald nach dieser Geschichte: Jonathan hatte David sehr lieb. Also da ist kein Neid, keine Eifersucht. — Saul sagt einmal zu Jonathan, C. 20: So lange der Sohn Isai's lebt, wird dein Königreich nicht bestehen. Jonathan soll König werden, David erhält das Reich, da entsteht doch in Jonathan's Herzen Haß? Seht an C. 23, 17: Meines Vaters Hand wird dich nicht finden, du wirst König werden über Israel, so will ich der Nächste um dich sein. Das ist Uneigennützigkeit. Das heißt, er liebte ihn wie sein eigen Herz. Was David betraf, betraf ihn mit. So sollten es zwei oder drei Freunde halten: Alles Große, alles Schöne, jede Freude, jede Thräne sei zu Zweien oder Drei'n, nur das Schlechte steh' allein.

Besonders nun zeigt sich die ächte Freundschaft Beider in der Leidenszeit David's. Wir wollen ganz der Geschichte folgen. Saul ergrimmte wider David; das war Haß. Der brach nun aus dem Herzen durch Worte hervor, C. 19, 1: Saul redete mit seinem Sohne Jonathan und mit allen seinen Knechten, daß sie David tödten sollten. Was thut da Jonathan, der zwischen einem ergrimmten Vater und einem lieben Freund handeln soll? Er thut, was wir V. 1—8 sehen, welche Stelle wir versweise lesen und betrachten wollen. — So eine edle, herrliche, freie Sprache rührt das Herz Saul's, aber bald erhält der tiefer liegende Haß wieder die Oberhand; C. 20, am Neumondfest: Wo ist der Sohn Isai? Jonathan entschuldigt ihn: nach Bethlehem, zu opfern. (Da war keine Lüge, V. 19.) Da spricht Saul, V. 30: Du ungehorsamer Bösewicht. — Jonathan: Warum soll er sterben, was hat er gethan? — Da fliegt der Wurfspieß auf ihn. Und V. 34: Jonathan aß kein Brod, denn er war bekümmert um David, daß ihn sein Vater also verdammete. — Er geht zu David, und, V. 41, 42: sie küßten einander und weineten mit einander, David aber am allermeisten. Jonathan sprach: Gehe hin — — —. David irret nun in Wüsten und Felsenhöhlen umher. Noch einmal und zum letztenmal sehen sie sich, C. 23, 16, in der Wüste Siph: Da machte sich Jonathan auf und ging hin zu David in die Haide und sprach zu ihm: Fürchte dich nicht, meines Vaters Hand wird dich nicht finden, und du wirst König werden, so will ich der Nächste um dich sein. Und sie machten Beide einen Bund vor dem Herrn, und David blieb auf der Haide und Jonathan zog wieder heim. — David blieb noch lange flüchtig. Endlich kommt die Schlacht auf den Bergen Gilboa's. Saül tödtet sich selbst und Jonathan wird erschlagen. Da machte David das Trauerlied, 2 Sam. 1, wo die letzten Strophen heißen: Wie sind die Helden gefallen im Streit. Jonathan ist auf deinen Höhen (Gilboa) erschlagen. Es ist mir leid um dich, mein Bruder Jonathan; ich habe große Freude und Wonne an dir gehabt; deine Liebe ist mir sonderlicher gewesen, denn Frauenliebe. Wie sind die Helden gefallen und die Streitbaren umgekommen! — Später that David Jonathan's Sohn Gutes, wovon 2 Sam. 9, 1—13 steht. — So sei du wie Jonathan treu, und wie David werth eines treuen Freundes. Dazu die Bitte: Laß mich David's Glück erleben, gieb mir einen Jonathan, der sein Herz mir möge geben; der auch, wenn nun Jedermann mir kein Gutes gönnen kann, sich nicht lasse von mir trennen; sondern fest im Wohl und Weh' als ein Felsen bei mir steh'.

David's Flucht vor Saul.

1 Sam. 19—27.

Die Geschichte. Nach dem, was Cap. 18 erzählt ist, begab sich David auf die Flucht, zuerst hin zu Samuel gen Rama. Da besprach sich Jonathan mit ihm, C. 20. Von da floh er, C. 21, nach Nobe, wo die Stiftshütte war, und wo viele Priesterfamilien lebten; hiezu Ps. 27. — Von da flohe er zu dem Philisterkönig Achis zu Gath: hiezu Ps. 34 und Ps. 56. — Von Gath flohe er in die Höhle Adullam, nicht weit von Bethlehem, C. 22. Diese Höhle ist groß und faßt wohl 30,000 Menschen. Sie hat zwei Eingänge. Hier verfaßt er in großer Betrübniß Ps. 142. — Von da flieht er in das Moabiterland, wo seine Urgroßmutter Ruth herstammte. — Auf Anrathen des Propheten Gad ging er wieder nach Juda und kam in den Wald Hareth. C. 22, 5. Der künftige König

Israel's, bemerkt Roos (Fußstapfen des Glaubens Abraham's), sollte unter den Israeliten sein Licht leuchten lassen, damit sie seinen Glauben, seine Weisheit, seine Geduld und seine Unschuld kennen lernten. — Da erhält er Nachricht von Doeg's That, und verfaßte Ps. 52. — Nun zieht er hin nach der Gränzstadt Kegila, wo Gott ihn aus Saul's Händen errettet, C. 23; hiezu vielleicht Ps. 31. — Von da zieht er in die Wüste Siph, wo es Wälder und Höhlen gab, sich zu verbergen. Ein Krieg mit den Philistern muß Mittel werden, daß David gerettet wird in der Wüste Maon, C. 23, V. 26. Gerettet, dichtet er Ps. 54. — David begiebt sich nun in die Wüste Engedi, die ein Theil der großen Wüste Juda ist, C. 24. Hier schneidet er Saul den Zipfel vom Rock ab. — Dann entflieht er, nach Samuel's Tode, noch südlicher in die Wüste Paran, wo die Begebenheit mit Nabal vorfällt, C. 25. — Nun geht er wieder in die Wüste Siph, wo er Saul's Spieß und den Waffenbecher nimmt, C. 26. — Zuletzt entweicht er dem Philisterkönig Achis, der ihm Ziklag zur Wohnung einräumt. Da bleibt David ein Jahr und vier Monate bis zum Tode Saul's, C. 27, V. 7. Die ganze Zeit der Flucht David's vor Saul wird verschiedentlich angegeben. Richter's Bibel, B. 2, S. 326, setzt zehn Jahre; Zahn's Reich Gottes, B. 1, 3te Aufl., S. 238, hat nur drei Jahre.

Die Unterredung.

Die Feindesliebe.

1) Worin sie besteht. 2) Die Schwierigkeit derselben.
3) Die Ermunterungsgründe dazu.

Feindesliebe. C. 19, 1 heißt es: Saul redete mit seinem Sohne Jonathan und mit allen seinen Knechten, daß sie David tödten sollten. Also er sprach davon, dachte darüber nach. Zweimal warf er deshalb den Spieß nach ihm, mehrmals zog er deshalb aus. Alles zeigt, er wollte tödten, wollte schaden; zeigt, daß das Schaden vorsätzlich geschah. Feind Mein Feind ist, der mir schaden will, darüber nachdenkt, davon spricht. Der Schaden kann mir geschehen an meiner Ehre durch Verläumden; an meinen Gütern durch Diebstahl, Betrug; an meinem Leben und meiner Gesundheit durch Schlagen, Morden; an meiner Frömmigkeit durch Verführung. Welcher Schaden ist der größte? Warum? Aus Matth. 16, 26 gebt die Antwort. Welcher Feind ist also der größte? Von dem Seelenfeind, dem Verführer, und seiner Strafe spricht Christus Matth. 18, 6. 7.

1) Wie wir uns nun gegen den Feind benehmen sollen, das wollen wir heute von David lernen. Zweimal konnte David Saul wieder schaden (Zipfel, Spieß, Becher), er that es nicht. Leset auch C. 24, 5. Hätte er es gethan, so hätte er Böses (Was?) mit Bösem vergolten, er hätte sich gerächt. David rächte sich nicht, d. h. schadete dem nicht wieder, der ihm schaden wollte. So sollst du es auch machen gegen den, der dir schadet an deiner Ehre, deinen Gütern, deiner Gesundheit! Wie nemlich? Schelte nicht wieder, schlage nicht wieder. — Ich soll mich nicht rächen.

Wir haben gesehen, was David nicht that. Sehen wir auch an, was er denn that. Saul muß selber bekennen, C. 23, 18: Du hast mir Gutes bewiesen, ich aber habe dir Böses bewiesen. Ja, Jonathan spricht zu Saul, C. 19, 4: David's Thun ist dir sehr nütze; er hat den Philister getödtet. Auch als die Philister die Tennen in Juda beraubten, schlug David sie, C. 23. Und wer dem Lande Gutes thut, thut's dem König auch. Also: er that ihm Gutes. So thu' du auch. Sprich nicht allein nicht Böses von dem Feinde, sprich Gutes von ihm, wo und wenn du kannst. So wer dir schadet an deinen Gütern. Wie machst du es da?

Wer nun das läßt (Was? Rache) und das Andere thut (Was?), der übt Feindesliebe. Ich liebe meinen Feind, wenn ich mich nicht an ihm räche, und ihm Gutes thue.

2) **Schwierigkeiten.** Feindesliebe üben ist schwer. Nabal hatte sich als Feind David's gezeigt, hatte ihm geschadet an seiner Ehre, C. 25, 10. Da sprach David, V. 13: Gürte ein Jeglicher sein Schwerdt um sich; — er schwur, er wolle auch den Geringsten in Nabal's Hause tödten. Das ist Rache. Woher die? Aus dem Herzen kommen heraus arge Gedanken. Also das Herz ist von Natur zur Rache geneigt. Die Schrift nennt dies: die Sünde, die in uns wohnet. Abigail kam David entgegen und hinderte ihn durch ihre weise Rede. Da, V. 33, freuet sich David, daß er nicht gethan, wozu die Sünde, die in ihm wohnte, ihn trieb. Daß das sündhafte Herz die Feindesliebe schwer macht, das sieht man noch täglich. Wer gescholten wird, schilt wieder, und die gewöhnliche Entschuldigung heißt: er hat mir's zuerst gethan. Führt selbst andere Beispiele an. Wie sehr das Herz zur Rache geneigt ist, zeigen auch Sprüchwörter: Die Rache ist süß. Was heißt das? Wie du mir, so ich dir. Vergeben ist nicht vergessen.

Dazu hatte David zweimal die beste Gelegenheit, sich zu rächen. Wo? C. 24, 5 sprechen David's Leute: Siehe, das ist der Tag, wovon der Herr dir gesagt hat: Siehe, ich will deinen Feind in deine Hände geben. Sie meinten also, es wäre Gottes Fügung, daß er sich selbst helfen sollte. Die tausendfache Gelegenheit, die wir haben, uns zu rächen, macht die Feindesliebe schwer. Beispiele: Du wirst gescholten, du brauchst nur den Mund zu öffnen, wieder zu schelten; wenn du bei Tage nicht schaden willst, kannst du es bei Nachtzeit thun, u. a.

Dazu kommen noch die Freunde, die zur Rache rathen, C. 24, 5. — Auch C. 26, 8 spricht Abisai. Gott hat deinen Feind heute in deine Hände beschlossen, so will ich ihn mit dem Spieß in die Erde stechen, daß er's nicht mehr bedarf. So noch: Das leidest du? — Das lässest du auf dir sitzen? Das lässest du dir gefallen?

Die Schwierigkeiten der Feindesliebe liegen also in dem eigenen Herzen. Wie? — liegen in der vielfältigen Gelegenheit. Wie? — liegen in andern Menschen. Wie?

3) **Ermunterungsgründe dazu.** Und doch hat David alle diese Schwierigkeiten überwunden, er hat ungeachtet des eben genannten Dreierlei (Was noch?) seinen Feind geliebt. Laßt uns die Mittel kennen lernen. Wir lesen C. 24, 7. — Dann auch C. 26, 10. Also Gott, der Herr, das war sein Gedanke; Gott will's nicht haben. Denn so steht 5 Mos. 32, 35: Die Rache ist mein, ich will vergelten. — Uns ist das Gebot Gottes in dieser Hinsicht noch besser gesagt: Matth. 5, 44: Liebet eure —. Röm. 12, 19—21. — 1 Petr. 3, 9. Also Gott der Allgegenwärtige mit seinem Gebot stehe vor dir.

Ps. 103 spricht David: Lobe den Herrn, meine Seele, und vergiß nicht, was er dir Gutes gethan hat. Was denn Gutes? „Der dir alle deine Sünden vergiebt." Er fühlte also, Gott hatte ihm vergeben. An Gott nimmt er ein Beispiel: Gott vergiebt, David vergab auch. Auf das Beispiel Gottes werden auch wir hingewiesen in den Worten Matth. 5, 44. 45: Denn er lässet seine Sonne —. Wir Christen haben das Thun Gottes noch lebendiger vor Augen in der Person Christi. Matth. 11, 29: Lernet von mir, denn ich bin sanftmüthig. Ja, das zeigen seine Worte. Vater, vergieb ihnen —. 1 Petr. 2, 23: Welcher nicht wieder schalt —. Du führst den Namen Christ. Woher? Du bist kein Christ, wenn die obigen Sprüchwörter bei dir gelten. Wie so? Daher: Nimm an Gott und Christo ein Beispiel, dann überwindest du die Schwierigkeit der Rache. Das haben fromme Christen auch stets gethan. 1 Cor. 4, 12: Man schilt uns, so segnen wir —. Gott vergiebt durch Christum, und ich will nicht vergeben?

Welche Wirkung hatte nun die Liebe David's auf das Herz Saul's? Wir lesen sie C. 24, 17—22. So auch C. 26, 21. Also Saul schämt sich, erkennt seine Sünde, erkennt David's edle That, will ihm nicht mehr schaden. So war's auch bei Esau. Das steht auch Spr. 25, 21. 22. Diese Wirkung also, daß du dadurch den Feind zum Freund machst, soll dich zur Feindesliebe ermuntern.

Und der Herr wird dir's vergelten, hieß es eben. Das wußte David wohl. C. 26, 23 spricht David: Der Herr wird einem

Jeglichen vergelten nach seiner Gerechtigkeit und seinem Glauben. Was glaubte denn David, V. 24: Wie heute deine Seele in meinen Augen ist groß geachtet gewesen, so werde meine Seele groß geachtet vor den Augen des Herrn. Also der Glaube an den Gnadenlohn: Weil ich vergebe, vergiebt Gott. Durch die Erlösung ist dein Herz willig gemacht zu vergeben, thue es nun. Der Gnadenlohn; Vergebung von Gott, ermuntere dich zur Feindesliebe. Ein paar Sprüche lesen und erklären wir: Matth. 6, 14. 15. — Jac. 2, 13. Gottes Herz vergiebt, David's Herz vergiebt. Inwiefern heißt nun hiernach David ein Mann nach dem Herzen Gottes, C. 13, 14?

Andeutungen zu einer andern Unterredung über David's Flucht vor Saul.

Saul — das argwöhnische Herz. David — das vergebende Herz. Gott — der Retter.

Saul's argwöhnisches Herz zeigt sich besonders in der Stelle C. 22, 8. Argwöhnisch, wähnte Arges, Böses von David ohne sichern Grund, traute ihm böse Absichten zu; wie auch seinem Sohn Jonathan. Ursache: Sein eigenes Herz war boshaft, grimmig, rachsüchtig, und danach beurtheilte er auch Andere. Unglück eines solchen Herzens: C. 23, 21 sagt er zu den Siphitern, die ihm David's Aufenthalt verrathen: Gesegnet seid ihr dem Herrn, daß ihr euch meiner erbarmt habt. Darum Regel: So lange du nicht das Gegentheil von einem Menschen weißt, glaube lieber Gutes als Schlechtes von ihm.

David's vergebendes Herz. Wo zeigt sich dasselbe? — So thut Gott. David ist hier, wie ein Kind Gottes (Auf daß ihr Kinder seid eures Gottes —), ist der Mann nach dem Herzen Gottes. Wie beschämend für den argwöhnischen Saul, der selbst bekennt C. 24, 18: Mein Sohn David, du bist gerechter als ich; du hast mir Gutes erwiesen, ich dir aber Böses.

Gott, der Retter. Wie viel Gefahr war doch für David da, überblicken wir sie noch einmal. C. 18, 11 will Saul ihn an die Wand spießen. V. 25 soll er 100 Philister schlagen. C. 19, 1 redet Saul mit Jonathan, David zu tödten. V. 9 will er ihn nochmals spießen. V. 20 sendet er Boten in David's Haus, die ihn tödten sollen. Besonders ist C. 23, 25 u. f. die Gefahr in der Wüste Maon, und die Errettung daraus merkwürdig. Alles das schadet David nicht, da Gott ihn schützt. Ja, es muß ihm Alles dies nützen. Die Augen des Volks werden auf ihn hingelenkt. Zudem wächst sein Vertrauen auf Gott, wie er es schon in den Psalmen ausspricht.

Saul's Tod.

Der Fluch des Herrn liegt schwer. „Hast du je von den innern Stürmen des Herzens vernommen, wenn alte, wenn neue Gedanken sich unter einander verklagen und stören; wenn die Lust nicht ruhet, wenn der Neid naget, wenn der Zorn wüthet, wenn die lose Leidenschaft glühet und brauset und tobet? Wie finster, wie unselig und schwer, wenn die Erinnerung der Sünden-Stunden, wenn das höllen-helle Bewußtsein schwarzer Thaten, Wogen auf Wogen, sich über die ruhelose Gegenwart aufthürmen! Wie finster, wie unselig und schwer, wenn der Fluch von oben über diese Wogen-Fluth, über ein ganzes beflecktes und verwüstetes Leben, mit seinen schwarzen Flügeln wolkenschwer aufschlägt! — Mir ist immer Saul's Leben, unter solchen schwarzen Wolken, schauerlich und öde, wie er — von jenem Augenblick an, da Samuel zu ihm sprach: Weil du nun das Wort des Herrn verworfen hast, hat er dich auch verworfen, daß du nicht König seiest über Israel, C. 15, 23. 26; — keine Ruh', noch Freude, noch Glück mehr hat, in Frieden, in Kriegen, auf dem Throne; scheuer Argwohn, stetes Mißtrauen, lose Eifersucht, bitterer Haß, unselige Verfolgung des treuesten Dieners, des edelsten Sohnes, umlagern, wie so viele Schatten und Gespenster, sein düsteres Gemüth, und verwüsten sein müdes Leben; er sieht in der Menge seiner Knechte, in der Stärke seiner Streithelden, in der Blüthe seiner schönen Familie, in dem Gehorsam seines Volkes um ihn her, — in so vielen Vorzügen und Zierden seines gekrönten Lebens sieht er keine Freude, keinen Trost mehr, keine Liebe des Verhaßten, keine Liebenswürdigkeit des Verfolgten, keine Treue, keine Bitte, keine wehmüthige Klage, kein Psalterspiel des Liebenden und Unschuldigen kann seinen Haß beschwören, seine Wuth versöhnen. Er verläßt immer wieder seinen königlichen Sitz; er eilet mit seinen Pfeilen blutgierig ihm nach; er vergißt seine Ruhe, seine Würden, seine Freuden; ihm nach führet er, wie das Raubthier der Wüste, ein wanderndes, unstätes Leben in Juda's Einöden; er fühlet sich unselig. Er hat noch bessere Augenblicke, wie milde Strahlen, die da wieder suchen, vom Himmel herab, ein verwüstetes, verlassenes Heiligthum, einst heilig und lieb; er erkennet seine Thorheit; er bekennet seine Bosheit; er schämt sich, er weint, er bereut's; er bewundert David, er liebt ihn wieder, er wünschet ihm Gutes, er befiehlt dem König seines Königreichs seinen Samen nach ihm, und seines Vaters Haus; — taube Blüthen! ein wehmüthiger Nachklang, ein letztes Leuchten des Menschlichen, des Göttlichen, in den Tiefen der Sünde verloren: Alles vergeblich, ohnmächtig, unselig von neuen Fluthen und Wogen des Abgrunds bald wieder verschlungen, Alles wieder vergessen; — Saul neidet wieder, er hasset, wüthet und verfolgt wieder, und sinnet und gehet wieder auf Hinterlist, auf Blut und Mord gegen den Helden, den Retter des Königs und des Volks. Und Unsegen und Zorn eilen ihm, dem alten Könige auf dem Fuße nach, und Himmel und Erde werden ihm finsterer und unsicher um ihn her; die Stürme sammeln sich, die Blitze drohen, die Feinde erheben sich wieder zu Haufen; ihr Stolz ist ohne Furcht, ihr Trotz ist seiner Beute gewiß. Saul siehet der Philister Heer, er fürchtet sich, der selber ein Held war, an Siege gewöhnt, und sein Herz verzaget sehr; er sucht im Finstern sein Heil, sein Leben in Dem, was sein Gott verboten, und dem Tode gelobet; er suchet die Zauberin zu Endor, und siehet den Mann Gottes wieder, den Schatten und keinen, und höret abermals sein Gericht. Die Männer Israel fliehen vor den Philistern, und fallen erschlagen auf dem Gebirge Gilboa. Die Philister hängen sich an Saul und seine Söhne, und schlagen Jonathan und Abinadab und Malchisua, die Söhne Saul's und der Streit wird hart wider Saul; die Schützen treffen ihn mit Bogen, und er wird von den Schützen sehr geängstigt. Da spricht er zu seinem Waffenträger: Zeuch dein Schwerdt aus und erstich mich damit, daß nicht diese Unbeschnittenen kommen und treiben Spott mit mir. Aber sein Waffenträger wollte nicht, denn er fürchtete sich sehr. Da nimmt Saul das Schwerdt und fällt darein. — Was ist das? Das ist Fluch. Saul hat gegen sich einen Größern, als er ist; Gott hat ihn verworfen; der Himmel, die Erde, die Hölle können ihn nicht retten, sie müssen alle gegen ihn sein. Als Samuel ihm dieses Gericht Gottes verkündigt hatte, wandte er um, heißt es, daß er wegginge; da ergriff ihn der König bei einem Zipfel seines Mantels, und er zerriß, C. 15: Sein Glück, sein Segen, sein Leben, seine Ewigkeit, Alles war entzwei gerissen. Ja, der Fluch des Herrn liegt schwer." Naemann, oder Altes und Neues. 1841. S. 168.

In einem schönen Gedicht von A. Knapp, Gedichte, neueste Folge 1843, ist das Leben Saul's dem Leben David's auf eine sehr erbauliche Weise gegenüber gestellt. Das Gedicht, das ganz historisch wahr ist, stehe hier:

1. Blick' an die zween Verschied'nen: das dunkelgrimme Haupt, — und ihn, den Hochzufried'nen, der Gott in Liebe glaubt! Der Eine schwebt im Streite gleich Donnerwolken schwer; — der Andre schlägt die Saite, und schaut wie Sonnen her.

2. Dem Einen zuckt's in Nerven, tiefbrütend, schauerlich: „Du wolltest mich wegwerfen, darum verwerf' ich dich! — Dem Andern in der Seele ertönt's nach langem Schmerz: „Du bist's, den ich erwähle, ein Mann für Gottes Herz!" —

3. Der Eine strebt zu tödten den Freund im Feindesgrimm', der Andre tief in Nöthen schont, und vergiebt es ihm. — Der Eine forscht bei Todten um Lebenskunde nach; der Andre folgt Geboten: die Gott vom Himmel sprach.

4. Der Eine stürzt sich endlich verzweifelnd in sein Schwerdt; Der Andre unabwendlich blickt auf zum Opferherd, der seine Schuld versöhnet, wo psalmreich wird sein Trieb, und wo das Wort ertönet: „Komm her! du bist mir lieb!“

5. „Der Eine wird verlassen, den Andern nehm' ich an (Matth. 24, 40).“ So hat für alle Klassen der Herr den Spruch gethan. Was wird man für ein Wesen, wann Gott es offenbart, an deiner Stirne lesen? Saul's oder David's Art?

Die Unterredung.

Saul's Leben.

1) Als Gottes Geist über ihn gerieth. 2) Als ein böser Geist über ihn gerieth.

1) Als Gottes Geist über ihn gerieth. Nun das Leben Saul's ganz vor uns liegt, betrachten wir ihn. Als Samuel den Saul in der Stille (C. 9, 27 ff.) salbete, sprach Samuel, C. 10, 1, indem er ihn küßte: Siehest du, daß dich der Herr zum Fürsten über sein Erbtheil gesalbet hat. Also Gott macht dich zum König; er ist dein Oberkönig; ihm mußt du folgen. Ein König bedarf Vieles. Damit rüstete ihn Gott aus, V. 9: Als Saul von Samuel ging, gab ihm Gott ein anderes Herz. V. 10: Der Geist Gottes gerieth über ihn. Der Geist Gottes ist ein heiliger Geist. Er macht denn auch das Herz heilig, d. h. rein von Sünden. Saul war hoch gestellt, König. C. 9, 21: bin ich nicht von den geringsten Stämmen Israel's und mein Geschlecht das kleinste unter den Geschlechtern Benjamin's? Warum sagst du mir Solches? Das ist Demuth. Gelesen C. 10, 16. Also sagt Saul seinem Vetter wohl, was Samuel von den Eselinnen, aber nicht, was er von dem Königreiche gesagt hatte. Als ihn das Loos traf, hatte er sich unter die Fässer versteckt, V. 22. Alles ist Demuth. So einen Mann wollte Gott haben, C. 15, 17. Ist's nicht also, als du klein warst vor deinen Augen, wurdest du das Haupt unter den Stämmen Israel's. — In einem demüthigen Herzen will Gott wohnen; leset Jes. 57, 15. Wohnen heißt bleiben, Gott bleibt da mit seinem Geiste. In einer Wohnung wird gewirkt, Gott kann und will da etwas wirken. — Bei Saul wirkte der Geist Gottes noch mehr als Demuth. C. 10, 27. Als einige lose Leute sprachen: Was soll uns dieser helfen? und ihn verachteten, und ihm kein Geschenk brachten, da that er, als hörte er es nicht; Liebe gegen Feinde. So nachher C. 11, 12. 13: Wo sind die, die da sagten: Sollte Saul über uns herrschen? gebt sie her, die Männer, daß wir sie tödten. Saul: Es soll auf diesen Tag Niemand sterben, denn der Herr hat heute Heil gegeben in Israel. Liebe gegen Feinde im Hinlick auf Gott, der giebt und vergiebt. — Damals war auch Muth, zu streiten für's Vaterland. Wo? C. 11, gegen Nahas; und Gott gab Sieg. C. 11, 15 steht noch: Und Saul sammt allen Männern Israel's freueten sich sehr. Also Demuth, Liebe, Freudigkeit, das waren die Gaben des Geistes Gottes. Möchtest du auch den Geist Gottes und diese Gaben haben? Luc. 11, 13. Also Gott will ihn gerne geben, du aber sollst darum bitten. Dann auch das Haus deines Herzens rein machen, daß der heilige und hohe Gast einziehen könne. Was meine ich? — Wie ist das Menschenherz so klein! doch da will Gottes Geist hinein. O, halt das deine keusch und rein. So kommt er hin mit seinen Freuden, und wird nie wieder von dir scheiden!

2) **Als ein böser Geist über ihn gerieth.** C. 16, 14: Der Geist des Herrn wich von Saul, und ein böser Geist vom Herrn machte ihn sehr unruhig. Also der Geist Gottes ging von ihm, und die Gaben desselben (Welche drei noch?) gingen mit weg. Der böse Geist ging in das vom Geiste Gottes verlassene Herz und brachte das Entgegengesetzte hinein: (Demuth —) Hochmuth; (Liebe —) Haß; (Freude —) Angst, Furcht. Dies wollen wir nun aus seinem Leben nachweisen. C. 13: Saul und alles Kriegsvolk war zu Gilgal, sie wollten gegen die Philister streiten. Saul wartete auf die bestimmte Zeit, daß Samuel käme zu opfern. Als Samuel nicht kam, und das Volk sich zerstreute, opferte er selbst. Das war Ungehorsam, den ihm Samuel, V. 13, 14, auch vorwirft; auch Unglaube, er hätte denken sollen, wie Jonathan, C. 14, 6: Es ist dem Herrn nicht schwer, durch Viel oder Wenig helfen. C. 15, 12 hatte Saul sich ein Siegeszeichen aufgerichtet. Weshalb wohl? Das ist Hochmuth. C. 15 verschonte er die Amalekiter, „die Sünder," V. 18, auch gegen Gottes Willen (2 Mose 17, 16. 5 Mose 25, 17) theils aus Menschenfurcht (Wie folgt das aus V. 24?), theils aus Geiz, V. 19. Wo man aber Menschen und dem Gelde sein Herz hingiebt, da hat man's Gott entzogen. Auf seinen Ungehorsam macht ihn Samuel aufmerksam, V. 22, 23. Aller Ungehorsam ist Hochmuth. Wie so? Ungehorsam, Hochmuth, Abgötterei, nach V. 23 eins. Wie? V. 23 enthält das Gericht Gottes über ihn: Weil du des Herrn Wort verworfen hast, so hat er dich auch verworfen. So stand er mit Gott, als der Geist Gottes von ihm wich.

Wie steht Saul zu Menschen jetzt? Neid gegen David bei dem Gesange der Weiber; Verfolgung des unschuldigen David; Hinrichtung der 85 Priester, C. 22; seinen Sohn Jonathan nennt er einen ungehorsamen Bösewicht, C. 20, und wirft den Spieß auf ihn. Das ist Haß.

Und wie sieht's in seinem eignen Herzen aus? Früher war Freude darin. Jetzt, C. 28, 5, fürchtete er sich, und sein Herz verzagte, als er das Heer der Philister sahe. Furcht. Furcht vor David, der ihm nie schaden wollte. Er meinte, C. 22, V. 7. 8, Jedermann hätte sich verbunden gegen ihn für David. Furcht vor seinem eigenen Sohne Jonathan, C. 22, 8. C. 23, 21 spricht er z den Siphitern, die ihm ansagten, wo David verborgen war: Gesegnet seid ihr dem Herrn, daß ihr euch meiner erbarmet habt. Es ist ihm eine Erbarmung, eine Labung des Herzens, wenn man ihm nur ansagt, wo David ist. Wie ängstlich, argwöhnisch, furchtsam, unglücklich muß doch sein Herz gewesen sein. Denn C. 28, 15: Ich bin sehr geängstigt und Gott ist von mir gewichen. Da also spricht er aus, was die Ursache der Furcht bei ihm ist. Was? So zogen denn statt Demuth, Hochmuth, statt Liebe, Haß, statt Freude, Furcht in sein Herz ein, und beherrschten es. Die Gottlosen haben keinen Frieden.

That denn Gott nichts, daß Saul den Geist Gottes wieder erhielt? David's Liebe rührte sein Herz, C. 24, 18—20, und C. 26, 21. Das war Gottes Geist, der bei ihm anklopfte. Was meine ich? Solche Rührungen bewahrte er nicht, und es war nur ein Augenblick, er kehrte nicht um von seinem schlechten Wege. Das nennt die Schrift „den heiligen Geist betrüben," Eph. 4, 30. Und so ging's denn weiter. In dem Kriege mit den Philistern, C. 28, fragt er den Herrn, aber der Herr antwortet ihm nicht. Das war ein Wink Gottes sich zu demüthigen, um Vergebung zu flehen. Es heißt, V. 7: Da sprach Saul: Suchet mir ein Weib, die einen Wahrsagergeist hat, daß ich zu ihr gehe und sie frage. Ein Prediger sagt*): Bei diesen Worten wird Einem zu Muthe, als wenn Saul sagte: Will Gott nicht helfen, nun so soll der Teufel helfen. — So verachtet er Gottes Güte, die hier schwieg, damit er reden sollte. Und wie das Leben ist geführt ohne Gott, so wird's geendigt ohne Gott. Er legt Hand an sich selbst, geht unter und nimmt ein Ende mit Schrecken in Selbstmord. Das heißt, ein böser Geist kam über ihn.

Wir schaudern zurück und schlagen an das eigne Herz und beten: Verwirf mich nicht von deinem Angesicht, und nimm deinen heiligen Geist nicht von mir. Amen!

David wird König.

2 Sam. 1—5.

Wir gehen hier dem Gang der Geschichte nach, und geben für den Lehrer die hauptsächlichsten Bemerkungen. 2 Sam. 1. Als David den Tod Saul's hört,

*) F. Arndt, der Mann nach dem Herzen Gottes. 19 Predigten über David's Leben. 1836. S. 160.

V. 11, faßte er seine Kleider und zerriß sie, und alle Männer, die bei ihm waren, und trugen Leid und weineten und fasteten bis an den Abend über Saul und über das Volk des Herrn. — Sein erstes Gefühl ist also nicht Freude, daß endlich die Stunde seiner Erlösung schlug nach der Drangsal so vieler Jahre; daß ihm nun der Zugang zu dem Throne Israel's offen stand. Nein, sein Gefühl ist Trauer, tiefer Schmerz über den Tod des Mannes, der ihn bis in den Tod gehaßt hatte. — Was David mehrfach gekonnt hatte, und hatte es nicht gethan, das war hier von einem Fremdling geschehen; der hatte nach seiner lügenhaften Aussage, V. 14, sich nicht gefürchtet, seine Hand an den Gesalbten des Herrn zu legen. Im gerechten Zorn läßt David ihn tödten, und der Lügner empfängt so den Lohn seiner Lüge. — Das Trauerlied V. 17 ist eins der schönsten Lieder des A. T. Es leuchtet aber besonders darin die heilige Gesinnung des Mannes nach dem Herzen Gottes durch. David erwähnt darin mit keinem Worte, wie Saul ihn gehaßt und verfolgt hat, besingt nicht die sonstige Sünde des tief gefallenen Königs. Nein, er gedenkt nur des Edelsten und Schönsten an Saul, worin er seinem Volke Vorbild war. So fern ist sein Herz von allem Haß, von aller Feindschaft, die doch seine Person so nahe anging. Das zeigt uns das ganze Capitel.

David fragte nun C. 2, 1 den Herrn: Soll ich in eine der Städte Juda ziehen? Hier, wo eine so wichtige Veränderung in seinem Leben vorgehen soll, fängt er seine Sache mit Gott an. Wie immer, so will er auch hier ohne ihn nichts thun. Das ist Liebe zu Gott, Treue, Glauben. Das ist, was Gott gefällt. David ist hier wieder der Mann nach Gottes Herzen. Was man so mit Gott anfängt, das geht auch mit Gott fort, wie uns David's weitere Geschichte zeigt. — Vorher schon waren Viele nach Ziklag gekommen, und hatten sich David angeschlossen. Da aber David Manchem von ihnen nicht traute, so sagte er 1 Chron. 13, 17: Kommt ihr in Frieden zu mir, um mir zu helfen, so soll mein Herz mit euch sein; so ihr aber kommt mit List, um mir zuwider zu sein, so doch kein Frevel an mir ist, so sehe der Gott unserer Väter darein und strafe es. Aber V. 18: der Geist zog an Amasai, den Hauptmann über Dreißig: Dein sind wir, David, und mit dir halten wir es, du Sohn Isai's; Friede, Friede sei mit dir! Friede sei mit deinen Helfern! denn dein Gott hilft dir. — Das war eine edle Sprache. — Der Stamm Juda salbt ihn nun zum Könige, während die übrigen Stämme Isboseth, den Sohn Saul's, erwählen. Dieser wird Cap. 4 schändlich ermordet, und auch da nimmt David sich sehr edel, und spricht V. 9 und 11: So wahr der Herr lebt, der meine Seele aus aller Trübsal erlös't hat, diese gottlosen Menschen haben einen gerechten Mann in seinem Hause auf seinem Lager erwürgt. Er giebt den Mördern ihren verdienten Lohn. Jetzt, 1 Chron. 13, 38—40, kommt ganz Israel von ganzem Herzen gen Hebron, David zum König zu machen über ganz Israel; auch war alles andere Israel Eines Herzens, daß man David zum König machte, und waren bei David drei Tage, aßen und tranken, denn ihre Brüder hatten für sie zugerichtet; auch welche die nächsten um sie waren an Isaschar, Sebulon und Naphthali, brachten Brod, Mehl, Feigen, Rosinen, Wein, Oel, Rinder, Schafe die Menge; denn es war eine Freude in Israel. — So war denn ein Sinn, eine Freude in Israel, und zum dritten Mal gesalbt, besteigt David den Königsthron von ganz Israel.

Hier, wo ein neuer Abschnitt in seinem Leben beginnt, stehen wir einen Augenblick still. Aus seinem niedrigen, elenden Stande wird er in den königlichen emporgehoben. — Wie herrlich mußte es David sein, wenn er zurück blickte, und das Walten Gottes ansahe. Gott hatte ihn 8 bis 10 Jahre lang in Noth und Elend sein lassen, hatte ihm aber immer liebreich und mächtig geholfen, hatte ihn aus lauter Güte durch alle diese Noth hindurch zu sich gezogen.

Dies Alles, was Gott gethan hatte an ihm, ist an David's Herz nicht leer vorübergegangen. Wenn wir auf sein Leben in Elend zurück blicken, so preisen wir vor Allem seinen Glauben. Durch seinen Glauben hauptsächlich ist er ein Mann nach dem Herzen Gottes gewesen. Von Menschen verlassen, hielt er sich im Glauben an den, den er nicht sahe, als sähe er ihn: Vater und Mutter verlassen mich, aber der Herr nimmt mich auf. In Angst und Noth wendet er sich immer an Gott, und ist voll Glauben, daß Gott ihn erretten wird. Gott ist seine Burg, sein Schild, sein Schutz, sein Heil. Nach der Errettung aus aller Gefahr erkennt er die Hand Gottes, die es gethan hat, und sein Herz ist voll Dank und Preis Gottes; wie davon Zeugniß geben Ps. 111. Ps. 67. Ps. 18, 1—7. Ps. 34, 1—3. — Aus diesem Glauben an Gott gehen alle seine andern Tugenden hervor: Aufrichtigkeit und Treue gegen den König, der ihn als Feind wüthend haßte; Weisheit und Tapferkeit, wo er von Gefahr umringt war; Genügsamkeit, wo er wenig hatte; besonders aber rühmen wir noch seine Geduld. Er wählt keine bösen Mittel, um auf den Thron zu kommen. Das lasse der Herr ferne von mir sein, daß ich meine Hand sollte an den Gesalbten des Herrn legen. Er wartet, bis Gott ihn ruft, und sollten auch 8 bis 10 Jahre hingehen. Dann wartet er auch noch geduldig 7 Jahre, bis Gott ihn zum König über ganz Israel macht. Dies ist um so mehr zu loben, da David von Natur heftig und zufahrend war, und ihm so das lange Warten schwerer werden mußte. Aber er thut es, seinem Gott zu Lob und Ehre. Solches Hoffen, Dulden, Warten preis't die Schrift hoch, Klagel. 3, 26: Es ist ein köstlich Ding, geduldig sein, und auf die Güte des Herrn hoffen. Thut es David nach, und greifet nicht zu sündlichen Mitteln in Armuth, in Elend, in Verachtung, in Haß der Menschen. Einem solchen

Hoffen, Warten, Dulden ist auch in der Schrift große Verheißung gegeben, die wir an David reichlich erfüllt sehen. Jes. 30, 15. So spricht der Herr, der Heilige in Israel. Wenn ihr stille bleibet, so wird euch geholfen; durch Stillesein und Hoffen werdet ihr stark sein.

Dann tritt David mit dem Herrn die Regierung an. Ps. 101 zeigt uns seine Grundsätze, die er sich nimmt für sein Leben und für seine Regierung. Wir lesen den Psalm. V. 1. Gnade und Recht will er üben, und dadurch dem Herrn lobsingen. V. 2 und 3 drücken seine Grundsätze für sein Privatleben aus. Und V. 4—8 seine Regierungsgrundsätze.

Sprüche. Jes. 30, 15. Klagel. 3, 26. Ps. 115, 1. Ps. 34, 1—3. Ps. 101, 1—3.

Abholung der Bundeslade.

1 Chron. 16, 16. 17 und 2 Sam. 6.

Man muß bei Erzählung dieser Geschichte die beiden angeführten Bibelstellen nehmen, die sich einander ergänzen. Die Hauptpunkte der Geschichte sind kurz diese. Die Bundeslade war zu Eli's Zeiten von den Philistern genommen. Die Philister sandten sie bald zurück, und man brachte sie nach Kiriats Jearim in das Haus Abinadab's. 1 Sam. 6 u. 7. Da war sie bis jetzt geblieben. David sprach zu dem Volke, was 1 Chron. 14, 1 ff. steht, und holte die Lade mit 30,000 Mann junger Mannschaft ab, 2 Sam. 6, 1. Die Stiftshütte und der Brandopferaltar blieben zu Gibeon (wo auch Salomo opferte), bis zur Erbauung des Tempels, 1 Chron. 17, 39. — Usa wurde erschlagen von Gott. David ließ die Lade in das Haus Obed Edom's bringen. Ein Krieg mit den Philistern, 1 Chron. 15, unterbrach das Weitere. Dann erfolgte die zweite Abholung aus Obed Edom's Hause, 1 Chron. 16. David, in Levitenkleidung, tanzte vor dem Herrn. Michael verachtet David; David's Antwort, 2 Sam. 6. Die Beisetzung der Lade, 1 Chron. 17. Der Psalm dabei, V. 8—36. So zog das Volk hin, ein Jeglicher in sein Haus.

Wir nehmen hier Gelegenheit, Mehreres über die christliche Sitte beizubringen, das der Lehrer, wenn nicht hier in dieser Katechisation, doch sonst wohl benutzen kann. Eine Besprechung darüber mit den Kindern ist um so nothwendiger, da das Volk kaum mehr die Bedeutung vieler christlichen Gebräuche kennt, und dies Aeußere, wenn man die Bedeutung weiß, doch unverkennbaren Einfluß auf das Innere hat. Das dreimalige Gebet des Tages. Morgens, Mittags, Abends, wenn die Betglocke schlägt. Die Betglocke soll bewirken, daß das Gebet Vieler vor Gott soll zusammen kommen. Daniel betete dreimal des Tages. Dan. 6, 10. Das Stehen beim Gebet zeigt Ehrfurcht vor dem Könige der Könige. Der Pharisäer und der Zöllner standen. Das Knieen zeigt Demuth, Ergebung an. Jesus am Oelberge. Stephanus. Paulus sagt Eph. 3: Ich beuge meine Kniee; auch im A. T. Daniel, C. 6, 10. Die Morgenländer knieen stets, auch die Katholiken; Luther betete täglich knieend, auch König Christian III. von Dänemark. (Holberg, Reichshistorie, 2, S. 412). Von dem großen Admiral Coligny heißt es: Sobald er aus dem Bette aufgestanden war, verrichtete er knieend mit seinem ganzen Hause das Gebet, welches er selbst vorsprach. (Schrökh, Allgem. Biographie, 5, S. 358). Das Knieen am Buß- und Bettage, anfänglich bei außerordentlichen Trauerveranlassungen, vielleicht in unserm Lande zuerst zur Zeit des schwarzen Todes 1349. Aus der Zeit soll sich auch die Sitte schreiben, daß dreimal die Betglocke geschlagen wird. Um 1450 finden wir die Vorschrift, daß dreimal mit den Glocken ein Zeichen gegeben werden solle, im Geist von Ps. 55, 18. (Volquardts und Aschenfeldt, Luth. Kirchenbüchlein. 2te Ausgabe, 1841.) Die Hände zum Himmel erhoben beim Gebet ist alttestamentlich, 2 Mos. 9, 29. 1 Kön. 8, 22 und 54. Auch 1 Tim. 2. Jes. 1, 15. — Die Hände auf die Brust gelegt (so that der Zöllner), ist ein Zeichen des Bewußtseins der Allgegenwart und Allwissenheit Gottes. Das Händefalten kam erst in spätern Zeiten bei den Christen auf. Die Bedeutung: 1) Ein Wegthun alles Andern, die Hände sollen nichts vornehmen. 2) Ein Zusammengeschlossensein der Gedanken, Andacht. 3) (Beide Hände in einander) Gemeinschaft, Eintracht, Friede; wo getrennte Herzen sind, da gefällt das Gebet Gott nicht; je inniger das Gebet, desto fester die Hände in einander; Bedeutung: Die Hände sind mir gebunden, du mußt es thun, o Gott. 4) Das kreuzweise Ineinanderschlagen der Finger eine Erinnerung an das Kreuz Christi. (Scriver, Gotthold's zufällige Andachten. 20ste Ausgabe. S. 388.) „Das Händefalten ist eine feine äußerliche Zucht, und sieht so aus, als wenn sich Einer auf Gnade und Ungnade ergiebt und das Gewehr streckt.“ (Wandsb. Bote, 3, S. 162.) Das Hauptentblößen beim Gebet. Der Jude bedeckt das Haupt beim Beten. Einen Hut oder eine Mütze trug im Alterthum nur der freie Mann, der Sclave durfte es nicht. Der Hut ist also ein Zeichen der Freiheit, das bloße Haupt ein Zeichen der Knechtschaft. Die Christen wollen sich allezeit als Knechte Gottes darstellen, daher entblößen sie das Haupt vor dem Herrn. 1 Cor. 11, 3. 4.

Einige andere christliche Sitten. 1) Verneigen bei Nennung des Namens Jesu. Phil. 2, 10. 11. 1 Tim. 2, 8. — 2) Aufstehen bei Vorlesung des Evangeliums. Luc. 4, 16. 1 Kön. 8, 14. — 3) Zum Abendmahl gehen bei wichtigen Lebensveränderungen: Confirmation, Anderswohingehen, Heirath, Kranken- und Todtenbette. Warum? Jede Lebensveränderung giebt neue Gelegenheit zur Sünde, wogegen man im Abendmahl Kraft sucht. Welche Gelegenheit bei der Confirmation? rc. — Das gemeinsame Tischgebet u. a. m. Das Lutherische Kirchenbüchlein von Volquardts und Aschenfeldt. 2te Ausgabe. Schleswig 1841. 12 ßl., sollte keinem Lehrer fehlen. S. auch Alt, der christliche Cultus. Berlin 1842.

Die Unterredung.

Aeußeres Verhalten gegen das Heilige.

1) Unehrerbietiges. 2) Ehrerbietiges.

1) **Unehrerbietiges Verhalten.** Die Bundeslade, die hier von David eingeholt wurde, war eine hölzerne Lade mit Gold überzogen, worin die Bundestafeln, Gesetztafeln lagen. Sie ist beschrieben 2 Mos. 25, 10—22. Diese Lade war vor andern Laden abgesondert zum Dienst Gottes, war heilig, etwas Heiliges. Gott ist der Allerhöchste. Die Dinge, die Beziehung zu ihm haben, sollen uns wichtig sein, und wir sollen sie so brauchen, als es Gott anständig ist: ehrerbietiges Verhalten ist ein Verhalten, wodurch wir Gott die Ehre erbieten (geben), die ihm gebührt. Es war im Gesetz ausdrücklich gesagt, 4 Mos. 4, 15: — — „sie sollen es tragen, und sollen das Heiligthum nicht anrühren, daß sie nicht sterben." In unserer Geschichte aber fuhr man das Heiligthum. Usa berührte es. Michal lachte und sagte spottend, 2 Sam. 3, 20: Wie herrlich ist heute der König von Israel gewesen, der sich vor den Mägden seiner Knechte entblößet hat, wie sich die losen Leute entblößen. Also sie fand eine heilige Sache lächerlich. — Solche giebt es noch, die das Heilige gleichgültig behandeln. Abendmahlgehen aus Gewohnheit, ohne Reue und Scheu, Umhersehen in der Kirche, Plaudern während des Gesanges, der Predigt, bei Leichenbegängnissen. Dann giebt es auch solche, die das Heilige gar nicht achten, es lächerlich finden. Das Tischgebet, einen Gesang zu singen, den Abendsegen lesen, ein religiöses Gespräch führen; Solche, die biblische Sprüche scherzend und spottend im Munde führen. Alle erbieten und geben dem Höchsten und Heiligen nicht die Ehre, die ihm gebührt, und es trifft sie, was 1 Sam. 2, 30 steht: Wer mich ehret, den will ich auch ehren; wer aber mich verachtet, der soll wieder verachtet werden. So bei Michal, V. 23: Sie hatte kein Kind, war also

ohne Segen. Nadab und Elihu wurden von den Flammen verzehrt, als sie fremdes Feuer vor den Herrn brachten, 3 Mos. 10. Saul, der selbst opferte, 1 Sam. 13, wurde verworfen, denn zu den Zeiten Saul's fragte man nichts nach der Bundeslade, heißt es 1 Chron. 14, 3. Usa.

2) **Ehrerbietiges Verhalten.** Ganz das Gegentheil zeigt uns David. Feierlich fordert er Israel auf, 1 Chron. 14, 1, zieht hin, mit 30,000 Mann. So die erste Abholung. Die zweite ist noch feierlicher. Das Sündhafte (Fahren der Lade statt Tragen) wird abgestellt; die Sänger, 1 Chron. 16, 19—22, und die heilige Musik; der König ohne Königsschmuck, in Levitenkleidung, ging voran unter den Sängern; hüpfend (tanzend) als äußeres Zeichen der innern Freude. Der Psalm, bei der Einholung gesungen, steht 1 Chron. 17, 8—36. Auch die Psalmen 47, 48, 68. Dann die Opfer, der Segen, das Festmahl und das Geschenk, 2 Sam. 6, 17—19. David kommt zu Hause, Michal, seine Gemahlin, spottet. Er giebt die herrliche Antwort: Ich will vor dem Herrn spielen, der mich erwählet hat, ein Fürst zu sein über Israel, und will noch geringer werden, denn also, und will niedrig sein in meinen Augen und mit den Mägden, wovon du geredet hast, zu Ehren werden. — So zeigt Betragen und Wort, wie wichtig ihm Göttliches ist; es war ehrerbietiges Verhalten gegen das Heilige. — Andere Zeiten, andere Sitten. Was heißt das? Wir wollen Mehreres aufsuchen, wie wir uns ehrerbietig im Aeußern gegen das Heilige verhalten sollen. Das Haupt entblößen, wenn wir in eine Kirche gehen. Stille daselbst, daß man uns Ps. 82, 1—5 und 11 abfühlen kann. So das Gegentheil von dem früher Gesagten: beim Tischgebet, beim heiligen Abendmahl, bei Leichenbegängnissen, beim Vorlesen einer Predigt. — Alte christliche Sitten (nennt einige) sollten nicht abkommen. Dazu sollt ihr das Eurige thun (Wie?), und auch, daß es dabei ordentlich zugehe. Ein kleiner Spruch, den ihr lernen sollt, beschließe unsere Unterredung. „Sonst hielt man viel auf alten Brauch und Vätersitte, thu' es auch; eh' du von einer weichst, schau hin: Ist auch vielleicht ein Segen drin?" (Harms.)

David will Gott einen Tempel bauen.

2 Sam. 7.

Zeuch die Schuhe aus, der Ort, wo du stehst, ist heilig. Ja, wir erblicken hier einen Mann auf einer Höhe, wie wir es im A. T. nicht wieder sehen. Sehen wir erst die hier gegebene Verheißung an. Es ist unzweifelhaft, daß sie zunächst auf Salomo ging. David bezieht sie selbst nach einer näheren Offenbarung Gottes auf ihn, 1 Chron. 23, 9; und Salomo bezieht sie auch auf sich, 1 Kön. 5, 5. Eben so unleugbar ist aber auch, daß die Worte weiter hinausgehen, und (wie in der Weissagung Christi, Jerusalem's Zerstörung und das Weltende betreffend) Nahes und Fernes, Menschliches und Göttliches zugleich befassen. Ein neues Moment in dem Leben Jesu wird hier geweissagt: Christus ein König mit einem ewigen Reich. David's Königreich, wo sich Göttliches und Menschliches gegenseitig durchdringt, ist ein Vor-Bild (Typus) des Reiches Christi. David ahnet den hohen Sinn wohl, und sowohl sein Gebet V. 18 u. ff., als auch die sogenannten messianischen Psalmen von David und seinen Freunden, Ps. 2, 110, 45, 89, 132, sind voll von dem Inhalt der gegebenen Verheißung des Messias. Uns Christen sind übrigens die Ansprüche Jesu, der sich in den Psalmen schon vorfand (Matth. 22, 43. Luc. 24, 44) Beweis genug. Noch sterbend erfreute sich David seiner Psalmen mehr als aller seiner Thaten, und sagt ausdrücklich (2 Sam. 23, 1. 2): Der Geist des Herrn hat durch mich geredet, und seine Rede ist durch meine Zunge geschehen. David und Moses wurden der Offenbarungen Gottes gewürdigt. Sehen wir aber auf den Eindruck, den diese Offenbarungen auf Beide machten, so ist darin ein bemerkenswerther Unterschied. Den Eindruck, den Moses aus dem Umgange mit Gott erhielt, ist hohe Verehrung, das, was das Wort Adoration sagt; bei David ist es unbegränzte, hingebende Liebe, wie sie sich in den Dankworten unserer Geschichte ausspricht und in den Psalmen (auch 1 Chron. 30). Es ist merkwürdig, daß sich diese kindliche Liebe und Hingebung auch den Freunden David's, den Psalmendichtern Ethan und Assaph, durch den Geist Gottes mittheilte. Man lese Ps. 89, der von Ethan ist. Ist es nicht, als wäre er aus dem Herzen David's herausgedichtet in der Zeit gleich nach unserer Geschichte? Im ganzen Heidenthum, im ganzen A. T. findet sich solche glühende Liebe nicht wieder, als sie Assaph hat in Ps. 73, 25. 26: Wenn ich nur dich habe —. So etwas konnte nur aus solchen Herzen hervorgehen, die da „versichert waren von dem Messias des Gottes Jacob's," 2 Sam. 23; es ist neutestamentliche Liebe, wie wir sie im ersten Brief Johannis finden, hervorgegangen aus dem Glauben an den Erlöser, aus dem Glauben an die eigene Erlösung.

Die Unterredung.

David und Gott.

1) David's Entschluß. 2) Gottes Verheißung. 3) David's Dank.

1) **David's Entschluß.** Die Bundeslade war nun nach Jerusalem gebracht, und sie stellten sie an ihren Ort mitten in der Hütte, die David für sie hatte aufgeschlagen, C. 6, 17. Nun richtete David den Gottesdienst herrlich ein, wie 1 Chron. 24—27 steht. Es waren 24 Priesterordnungen, 2400 Leviten wurden zu Dienern der Priester bestellt, 4000 zur Tempelwache, und 400 zur heiligen Musik; Sängerchöre wurden gebildet, die täglich bei der Bundeslade heilige Lieder singen mußten, nemlich die Psalmen, gedichtet von David, Assaph, dem Obersten der Sänger u. A. Wie sehr David den Gottesdienst lieb hatte, das sehen wir aus folgenden Stellen, die wir lesen und betrachten wollen. Ps. 26, 6—8: Ich halte mich —. Ps. 27, 4: Eins bitte ich —. Wir ziehen dazu einen Psalm der Kinder Korah, Ps. 84, 1. 2. 11: Wie lieblich sind deine —. Bei solcher Liebe David's zu dem Dienst Gottes war es ihm in seinem Gewissen nicht recht, daß er in einem Cedernhause wohnte (C. 5, 11), während die Lade Gottes unter den Teppichen stand, d. h. in einer Zelthütte. Da faßte er den Entschluß, der Ps. 132, V. 2—5 steht: Ich schwur dem Herrn und gelobte dem Mächtigen Jacob's: Ich will nicht in die Hütte meines Hauses gehen, noch mich auf's Lager meines Bettes legen; ich will meine Augen nicht schlafen lassen, noch meine Augenlieder schlummern, bis ich eine Stätte finde für den Herrn, zur Wohnung dem Mächtigen Jacob's.

David war ein Mann nach Gottes Herzen. Was ist gemeint, wenn es umgekehrt heißt: Gott war ein Mann nach dem Herzen David's? Wir fragen uns dabei: *Habe ich auch so meine Lust an dem Herrn?* Wie zeige ich das in der Schule? in der Kirche? im Gespräch? in der Stille? Aus solcher Lust an dem Herrn kommt denn auch *Freude in dem Herrn*, Phil. 4, 4: Freuet euch in —. Darin hat der Christ hier schon das ewige Leben. Wir lesen nachher die Gesänge 509: Vom Geräusch der Welt —. 657: Deines Gottes freue dich —. 658: Ich freue mich —. 648: Aus ganzem Herzen —. 662: Wie schön leuchtet —. 663: Jesu, meine Freude —. 664: Wie wohl ist mir —.

2) **Gottes Verheißung.** Ps. 37, 4: Habe deine Lust an dem Herrn, der wird dir geben, was dein Herz wünschet. Gott gab mehr, als David verstand und bat. Leset 1 Kön. 8, 18. Also der Vorsatz David's gefiel Gott wohl. Doch sollte David ihn nicht ausführen. Nathan mußte ihm sagen, 2 Sam. 7, 11: Du sollst

mir kein Haus bauen, ich will dir ein Haus bauen. V. 12: Deinem Samen nach dir will ich sein Reich bestätigen. V. 16: Dein Haus soll ewiglich bestehen. Dies geht auf Salomo, 1 Chron. 23, 9. 1 Kön. 5, 5. Auch auf Christum, V. 14, und Hebr. 1, 5. Salomo heißt Friedefürst, so auch Christus, Jes. 9, 6. Das Reich Christi ist ewig. Das Ewig erwägt David vorzüglich, V. 19, vom fernen Zukünftigen; V. 24, zubereitet in Ewigkeit, V. 25, bekräftige dein Wort in Ewigkeit; V. 29, daß es ewiglich vor dir sei. Dies Ewig preis't auch Ps. 89. Den ersten Menschen war ein Dreifaches von dem Erlöser offenbart. Was noch? Mensch; die Sünde vertilgend; leidend, 1 Mos. 3, 15. Abraham war gesagt: aus seinem Samen —. Aus dem Stamm Juda soll der Held kommen, 1 Mos. 49, 10. Ein Prophet, 5 Mos. 18, 15. Hier: ein König wird er sein mit einem ewigen Reiche. Freuen wir uns denn, daß wir Unterthanen dieses Königs sind, in dessen Reiche wir leben sollen in ewiger Gerechtigkeit, Unschuld und Seligkeit. Du mein König, ich dein Knecht, ich darf dich preisen, das ist mein Recht.

3) **David's Dank.** David hört Alles an, was Nathan sagt, V. 4—16. Dann geht er in das Heiligthum, fällt vor Gott nieder und spricht, V. 13—29. V. 18 sagt: Wer bin ich? Wohin bringst du mich? V. 19: Du hast mir schon so viel Gutes erwiesen, aber es ist mir doch nicht genug. H.: Ist denn das eine Lehre von einem Menschen, Herr, Herr? Und du siehst auf mich bei der Beschreibung eines so hoch erhöhten Menschen, Herr, Gott? Also das Bekenntniß der Unwürdigkeit. V. 22—24 enthält Gottes Gnadenerweisung gegen Israel. V. 15—29 drückt Sehnsucht aus nach der Erfüllung der gegebenen Verheißung. So ist da Demüthigung. Wo? Dank. Wo? Sehnsucht. Wo? Nun hatte David sein Herz gefunden, V. 27, d. h. sein eigenes, und schüttete es aus in Dank für das, was er nie zu bitten gewagt hätte. Sonst hatte David Gottes Größe in der Natur besungen, Ps. 104, und als Höchstes den äußern Gottesdienst, Ps. 68. Jetzt sang er von dem ewigen Könige, dem Messias, Ps. 2, 45. 110. Von dieser Zeit an wurde der Messias „Davidsohn" erwartet. David's Leben ist nun Vorbild auf Christum. 1) Beide sind aus Bethlehem gebürtig. 2) Sie sind beide Hirten. Wie? 3) Beide waren verachtet. Wie? 4) David sammelte Männer um sich, die in Noth und betrübten Herzens waren, Jesus Zöllner und Sünder. 5) Beide Männer nach dem Herzen Gottes. Wie? 6) Beide gingen durch Leiden zur Herrlichkeit. Wie? — Das Glück, das die Unterthanen unter David genossen, ist ein Bild des höhern Glücks, das die Christen im Reich Christi genießen. — Wir sind Genossen des Reichs, sind Christen, und wollen David's Dankworte auf uns beziehen, V. 18: Wer bin ich, daß du mich bis hierher gebracht hast. Wohin denn? Ein Mensch; durch die Taufe ein Christ; die Schule; die tägliche Nahrung; das tägliche sonstige Gute. V. 19: Du hast noch von fernem Zukünf-

tigen mit mir geredet. Was? Nach dem 3ten Artikel; Auferweckung; ewiges Leben; Sein bei Christo. — Ihr seht, Kinder, euch ist mehr gegeben, als David. Habt ihr auch schon so gedankt, als David es hier thut? Was wir nicht gethan haben, wollen wir von nun an denn thun, und singend, d. h. gemeinschaftlich, unsern Dank und unser Gelübde bringen unserm Erlöser, nach Gesang 258, V. 4. 5: Solche Liebe kann ich dir — —.

David's Sünde und Buße.

2 Sam. 11. 12.

Welch' ein furchtbarer Abstand zwischen unserer Geschichte und der vorhergehenden! Dort die seligste Höhe, hier die niedrigste Tiefe! Man darf die Sünde David's nicht tuschen, entschuldigen oder beschönigen. Das thut David selber nicht, und Gott auch nirgends, wie wollten wir's denn wagen. Je höher uns David eben erschien, — und wie hoch nicht! — desto mehr gereicht ihm dieser Ehebruch, dieser Mord, dieses Hinleben ohne Gott zum Vorwurf. Ein älteres Buch hat Recht: „Es ist in diesem Handel des Königs mit dem Uria Alles so schwarz und häßlich, daß wir uns nicht ohne Ursache darüber entsetzen. Die fluchwürdigste Absicht, die Folgen seiner Schandthat unter dem Rechte eines heiligen Bundes zu verbergen; aller Arten von Versuchen, seinen Ungerechtigkeiten, mit Hintansetzung des Gewissens, den Fortgang zu verschaffen; die größte Falschheit unter der verbindlichsten Sprache der Zärtlichkeit; und endlich die recht grausame Hinrichtung eines in seinen Verdiensten so erhabenen Knechts. Welch' eine Sammlung von Ungerechtigkeit! Welch' ein fürchterlicher Blick in die Geheimnisse der Bosheit und Unzucht." A. E. v. Aken, Glaube und Sitten David's. 1746. — „Mit ernster Selbstprüfung sind die Stufen in David's Falle zu erwägen; die Entwicklungsgeschichte aller Sünden, von Eva's Apfelbiß an, bis auf die leiseste Regung der Selbstsucht, die täglich in des Menschen Herz aufsteigt, ist dieselbe. a) Wollust reizt, der Sieg wäre leicht gewesen. b) Die vollbrachte Sünde droht Schande, V. 5; die Umkehr wird schwer. Königsehre ist dem König mehr, als Ehre vor Gott; Buße und Demüthigung. c) Uria's Worte, V. 11, mögen in David's Herzen brennen; sie brennen, brechen aber nicht durch. d) Das Fehlschlagen verdoppelter List, V. 13, geht stumm an ihm vorüber; im Gegentheil, es reift der furchtbarste Entschluß. e) Der Tod Uria's und vieler Bürger läßt ihn unbewegt; er hat nichts eiliger zu thun, als des Getödteten Weib zu sich kommen zu lassen."

(Zahn.) — Daran reihen wir das Wort des Apostels: Darum, wer sich läßt dünken, er stehe, mag wohl zusehen, daß er nicht falle. Gilt dies von den Edelsten unsers Geschlechts, wie vielmehr gilt es uns, denen noch der Ruhm David's, wie ihn die vorhergehenden Geschichten hingestellt haben, ermangelt. Die tiefe Sündhaftigkeit des menschlichen Herzens überhaupt tritt uns in dieser Geschichte auf eine traurige Weise vor die Augen.

Eben so sehr verdient aber auch die andere Seite des Herzens David's beleuchtet zu werden: seine tiefe Reue. Dann findet das Kind und der Mensch in der Sünde David's keinen Entschuldigungsgrund der seinigen. Möchte nun Jemand sagen: David war nicht besser, als ich bin, oder: Ich bin doch nur ein Ehebrecher und kein Mörder, so lesen wir einem Solchen unsererseits Ps. 51 Vers vor Vers vor, und fragen nach einer ähnlichen Reue. Hier erblicken wir wieder den Mann nach dem Herzen Gottes. Er bereuet tief; er glaubt, daß die Sünde weggenommen ist. Mit welcher Ruhe, Geduld, Ergebung nimmt er Alles an, was Gott noch als heilsame Züchtigung ihm zuschickt; immer blickt er von Absalom weg, auf sich hin. Nur wer so im Staube und in der Asche wahrhaft Buße thut, nur der vergleiche sich mit David, und kein Anderer. — Die Unterredung ist etwas lang gerathen; es macht nichts, wenn man auch eine Stunde mehr darauf verwendet; wir finden eine solche Geschichte so bald nicht wieder. Nemlich diese Höhe, diesen tiefen Fall, diese Handreichung Gottes, diese Wiederaufrichtung, und daraus die Lehre für das eigene Herz: ein heiliges Erschrecken vor der Sünde, vor der Niemand sicher ist, und die mit so furchtbarer Gewalt zieht; und das zeitige Ergreifen der Gnade Gottes zu einem Wandel in einem neuen Leben.

Die Unterredung.

David und Gott.

1) David's Sünde. 2) Gottes Benehmen danach.
3) David's Buße. 4) Gottes Gnade.

1) **David's Sünde.** Es steht V. 1, daß im Frühjahr die Könige pflegten in den Krieg zu ziehen. Jetzt sollte der Krieg gegen die Ammoniter geführt werden. David schickte Joab, und er selbst blieb in Jerusalem. V. 2 lesen wir vom Liegen und Aufstehen von dem Lager, Umhergehen, Sehen. Also David machte sich nichts zu thun, ging müssig, Müssiggang. In dieser Zeit des Nichtsthuns sah er Bathseba, und bekam Lust, sie zur Frau zu haben. Hätte

er eine feste, ernste Arbeit sich vorgenommen, so hätte ihn dieselbe wohl von Bathseba ab auf andere Gedanken gebracht. Der Müssiggang gab die erste Veranlassung zur Sünde. So noch: die müssigen Kinder, Straßenbuben, Bettler, Herumtreiber sind auch in anderer Hinsicht die schlechtesten Menschen. Warum? Müssiggang ist des Teufels Ruhebank und aller Laster Anfang. Dies gilt besonders von der Sünde, worein David fiel, Wollust. Leset Gesang 738, V. 4: Der Mensch verläßt, zur Arbeit träge —.

Also durch eine Arbeit hätte er sich die sündhaften Gedanken aus dem Sinn schlagen, die Sünde unterdrücken sollen. Das that er nicht, sondern, V. 3, er ließ nach dem Weibe fragen. Sie war die Frau eines andern Mannes. Da hätte ihm das 6te Gebot einfallen sollen: du sollst die Ehe (worin Mann und Frau leben) nicht brechen. Also das Gebot Gottes; die Gegenwart Gottes; Abwendung der Augen, Hiob 31, 1; ein Gebet zu Gott um Stärkung; eine ernste Beschäftigung. Das Alles unterließ David. Er ließ Bathseba holen, und lebte mit ihr, als wäre sie seine Frau. So war die Sünde geschehen. Ehebruch.

Was soll aber Uria dazu sagen, wenn er es erfährt? Gebt David einen Rath. Er hätte seine Sünde bekennen und um Vergebung bitten sollen. Das ist der Weg, den Gottes Wort lehret. Jac. 5, 16: Bekenne Einer dem Andern seine Sünde. Das thut David nicht. Er läßt Uria nach Jerusalem kommen, und giebt ihm selbst einen Brief mit an Joab, worin steht: Stellet Uria an den Streit. — V. 15. Das that er gegen einen Mann, der ihm nie etwas zu Leide gethan hatte; der unter die 37 Helden David's gehörte, 2 Sam. 23, 39; der jetzt als Hauptmann sein Leben für König und Vaterland wagte. Was mag sein Gewissen dazu gesagt haben, als er den Brief schrieb? als er ihn Uria gab? Ob ihm auch das Gewissen schlug, er kehrte sich nicht daran. Joab that, was ihm gesagt war. War das recht? Uria wurde getödtet. So war David ein Ehebrecher und ein Mörder, und hatte das fünfte und sechste Gebot zugleich übertreten.

Das eben ist der Fluch der bösen That', daß sie fortzeugend Böses muß gebären. Wie geht's doch von Sünde zu Sünde fort! Erst ein Blick auf das, was man haben und thun möchte, und wovon man weiß, daß es Unrecht ist. Macht der was? Matth. 5, 28: Wer ein Weib ansiehet —. Der Blick erregt einen Gedanken; der Gedanke eine Lust. Die Lust kann noch unterdrückt werden; thut man es nicht, so gebiert sie die Sünde, Jac. 1, 13. Die Sünde ist gethan und bringt nun allerlei Verlegenheit dem Wollüstling. Welche? Dem Diebe, dem Verleumder. Das böse Herz weiß Rath: es thut, wie David, eine neue Sünde dazu; so geht es immer weiter in die Sünde hinein. Die ersten Menschen. Cain. Die Sünde gebiert endlich den Tod, d. h. die Seele lebt so hin, ohne nach

Gott und seinem Gebot mehr zu fragen. Des Lasters Bahn ist anfangs —.

Jemand möchte sagen: Ich will mich wohl hüten, so weit lasse ich es nicht kommen. Wer so spricht, der möge sich aus David's Leben belehren. Er hatte schon so viele Versuchungen überwunden. Wo? Rachsucht. Hatte auch ein zartes Gewissen. Wo? Das lasse der Herr ferne —; war auch sonst fromm. Wo? Demüthig. Und doch ließ ein so frommer Mann es so weit kommen. Warum? Er fing ein Spiel an mit der Sünde. Sei du klüger. Sich selbst bekämpfen ist der schwerste Krieg; sich selbst besiegen, ist der schönste Sieg. Beweiset den Spruch aus David's Geschichte hier, und mit Goliath. So hat Christus Recht, wenn er so oft sagt: Wachet. Was heißt das? Und der Apostel, 1 Cor. 10, 12: Wer sich läßt dünken, er stehe, mag wohl zusehen, daß er nicht falle. Der Mensch trägt den größten Feind in sich. Was heißt das? Nicht das Alter schützt: David war wenigstens 50 Jahre alt; nicht Ehrgefühl; nicht Frömmigkeit; nicht Einsamkeit; nicht Gesellschaft. Warum sage ich das? Daß ihr den Feind, die Sünde, kennen lernt, wie sie so mächtig ist; damit ihr nicht mit ihr spielet, sondern mit Ernst gegen sie kämpft, gleich im Anfange, wo sie sich regt. Wir betrachten noch Gesang 582, V. 12: Sei nicht vermessen, wach und streite —. Philipp. 2, 12: Schaffet, daß ihr selig —.

Die eine grobe Sünde ist von David geschehen, die zweite dazu. Fühlt denn David nichts nach der That? Joab schickt einen Boten, der von dem Kriege erzählt, und, V. 24, hinzusetzt: dazu ist Uria, dein Knecht, auch todt. Da mußte ihm sein Gewissen doch sagen: das habe ich gethan. Wenn auch, er stellt sich, als hörte er es nicht, und spricht, als ginge ihn das nichts weiter an. V. 24 zu dem Boten: Das sollst du Joab sagen: Laß dir das nicht übel gefallen, das Schwerdt frißt jetzt diesen, jetzt jenen. Dann nimmt er Bathseba in sein Haus, und sie wird seine Frau. So gehen ¾ Jahre hin, ohne daß er Gott sucht. Aber wer so schläft, ohne allen Kummer für der Seele Seligkeit, eingewiegt in tiefen Schlummer einer trägen Sicherheit: Ach, wie fürchterliche Schrecken werden endlich den erwecken! — Das werden wir gleich sehen.

2) **Gottes Benehmen.** Also David wollte nicht aus der Sünde heraus, worin er nun schon ¾ Jahr gegangen war. Freilich mußte er auch tragen die Last, die die Sünde auflegt. Er sagt selbst, Ps. 32, 3: Da ich es wollte verschweigen, verschmachteten meine Gebeine, denn deine Hand war Tag und Nacht schwer auf mir. Also das böse Gewissen: Gottes Gebot übertreten, Gott weiß es, verworfen sein von Gott. So ist es immer den Sündern ergangen: Cain. Wie? Jes. 57, 21: Die Gottlosen haben keinen Frieden, spricht mein Gott.

Wie benimmt sich nun Gott? David bekümmert sich nicht um Gott; Gott dürfte sich wieder nicht um ihn bekümmern. Nein.

Ob bei uns ist der Sünde viel, bei Gott ist viel mehr Gnade, sein Arm —. Gesang 452, V. 5. Die Wahrheit dieses Verses zeigt unsere Geschichte. Gott thut den ersten Schritt. Er geht dem nach, der von ihm abgeht. Gott sendet Nathan. Der erzählt eine Geschichte. Welche? David ahnet noch nichts. Da heißt es gerade heraus: Du bist der Mann. Und nun wird ihm weiter an's Herz geredet. V. 7: Ich habe dich zum Könige gesalbet, habe dich errettet, will noch dies und das dazu thun. Eine Erinnerung an alle Wohlthaten Gottes, wofür Gott wohl hätte Dank, Liebe, Gehorsam fordern können, und doch hatte er es mit der Sünde gehalten. V. 9: Hast das Wort (Gebot) des Herrn verachtet, und hast solch' Uebel vor meinen Augen gethan. Also ohne Erinnerung an die heilige Gegenwart Gottes. V. 14: Hast die Feinde des Herrn durch diese Geschichte lästern gemacht; also auch Andere weiter verführt. Dann folgt die Ankündigung des Unglücks: Ich will Unglück erwecken aus deinem eigenen Hause. — So enthalten diese Worte eine Erinnerung an Gottes Liebe, Allgegenwart, Strafgerechtigkeit, die durch die Sünde verachtet ist. Warum thut Gott dieses? Was soll es? Röm. 2, 4 sagt es: Weißt du nicht, daß —. Sie soll Erkenntniß des Elendes bewirken, und daß man von der Sünde umkehrt, sie erkennt und bekennt. — Gott geht noch so täglich dem Sünder nach. Wie? Er läßt ihn leben, giebt ihm sonst viel Gutes; läßt ihn erinnern durch eine Predigt, einen Freund, ein Leiden, das er schickt. Was soll es? Schon bei Menschen wirkt Liebe Gegenliebe. So dort. Und dies und das, was Gott bei uns Christen noch hat dazu gethan (Was?), soll den Menschen dahin bringen, daß er ausruft, was Gesang 5, V. 4 steht: Wie oft hab' ich mit Sünden dein Wohlthun dir gelohnt —. Ja, wenn das fühllose Herz dir gewonnen ist, dann erkennt man, was der zweite Vers des Gesanges 191: Ich hab' nun den Grund gefunden, sagt: Es ist sein ewiges Erbarmen, daß allen unsern Schaden heilt — — Weil ihm sein Herz vor Mitleid bricht, wir kommen oder kommen nicht.

3) **David's Buße.** Gott hatte David also vorgehalten: die Heiligkeit des Gesetzes, das man ungestraft nicht übertreten darf, und seine Liebe, die noch dies und das dazu thun wollte. Dies bricht David's Herz. Ich habe gesündiget. Warum sagt er nicht mehr? Darin liegt Alles: Eine Erkenntniß, ein Bekenntniß der Sünde. Ohne Entschuldigung (Anders bei Saul, 1 Sam. 15, 24, und bei Eva). Das ist ein Zeichen der wahren Reue. Diese spricht er noch tiefer aus in den sogenannten 7 Bußpsalmen, die wir nachher lesen wollen. Da heißt es: An dir allein habe ich gesündigt; er sieht also ganz von Menschen weg auf Gott hin. Ich schwemme mein Bette mit Thränen. — Verwirf mich nicht vor deinem Angesichte; eine Bitte um Gnade. Gieb mir einen neuen gewissen Geist; eine Bitte um Gottes Gnade zur Lebensbesserung. So hat noch kein Mensch vor ihm gesprochen. So hat von tausend Sündern

kaum Einer es ihm nachgesprochen. Wie groß steht David schon wieder vor uns, als ein Mann nach dem Herzen Gottes.

Ich thue einige Fragen an euch, worauf ich keine Antwort haben will. Bist du schon traurig gewesen über deine Sünde? Hast du über sie geweint? Hast du Gott um Vergebung gebeten? um einen neuen Geist gebeten? Du siehst, du bist noch nicht wie David. Mache die Bußpsalmen zu deinen Psalmen täglich, wenn du zur Beichte gehst. Dann bist auch du ein Mann nach dem Herzen Gottes. — Es giebt Leute, die ihre Sünden mit David's Beispiel beschönigen wollen, und sagen: David war ein frommer Mann und hat auch doch viele Sünden gethan, man kann es so genau nicht nehmen. Antwort darauf. Der Kaiser Theodosius hatte in seinem Zorn einmal 7000 Menschen getödtet, und entschuldigte diese That auch mit David's Beispiel. Da sprach der fromme Bischof Ambrosius zu ihm: Du hast David's Sünde gethan, thue auch David's Buße. Merkt euch die schöne Antwort, l. K. Wie hieß sie noch?

4) **Gottes Gnade.** Was thut nun Gott nach solcher Erkenntniß, solchem Bekenntniß, solcher Reue, solcher Bitte um Hülfe zur Lebensbesserung? V. 13: So hat der Herr deine Sünde weggenommen. Gott vergiebt ihm Alles. Diese Gnade Gottes, die da besteht in Vergebung der Sünden, die rühmt David. Wir lesen Psalm 32, V. 1. 2. 5. 10. 11. Ganz besonders aber wollen wir lesen und auswendig lernen Ps. 103, V. 1—13. — Wir kennen die Gnade Gottes noch besser, als David sie kannte. Was meine ich? Die Gnade Gottes in Christo. Was heißt das? Daß Gott uns um Jesu willen die Sünde vergiebt. Warum hat Gott das gethan? Nicht daß du fortsündigest, sonst wäre es vergeblich für dich geschehen; sondern daß dir solche Liebe Gottes und Christi zu Herzen gehe, du dich los machst von Lüge, Haß, Ungerechtigkeit, Wollust, Weltliebe, und aus Liebe thust, was Gott will, was Christus will. 2 Cor. 5, 15: Er ist darum für Alle gestorben, auf daß, die da —. Hebr. 10, 26: Denn so wir muthwillig —. So laß denn diesen Zweck der Erlösung, wie der Spruch: Er ist darum — ihn darstellte (Welchen Zweck?), an dir erreicht werden; wie David (nach einem biblischen Ausdruck) Gottes Geist Raum gab. Was ist damit gesagt?

Aber Gott verkündet ja Strafe, und sendet sie auch; was soll die denn? 1) Ihn die bittere Frucht der Sünde schmecken lassen, damit er sich davor hütete Das hat die Strafe auch bewirkt, David hat sich nicht wieder auf solche vorsätzliche Weise gegen Gott versündigt. 2) Dann auch ihn in täglicher Reue und Buße erhalten; auch das ist erreicht, wie die folgende Geschichte zeigen wird. So ist die Strafe noch ein Segen. Was meine ich? Hebr. 12, 6: Wen der Herr lieb hat —. Ja, mit seinen liebsten Kindern nimmt er es am genauesten. Moses. Wie das? Hier auch. Trifft es auch uns so, so wollen wir sagen: Soll's ja so sein, daß Straf und Pein auf

Sünde folgen müssen, so fahr' hier fort, und schone dort, und laß mich hier wohl büßen.

Gelesen und betrachtet werden die 7 Bußpsalmen: 6. 32. 38. 51. 102. 130. 143.

David bei Absalom's Empörung.

2 Sam. 14—20.

Die Unterredung.

David's Verhalten in der Strafe.

1) Demüthigung unter Gottes Hand. 2) Gebet. 3) Vergebung.

1) **Demüthigung unter Gottes Hand.** Gott hatte durch Nathan zu David gesagt, C. 12, 11: Siehe, ich will Unglück über dich erwecken aus deinem eigenen Hause. David hatte schon viel Unglück früher unter Saul gehabt; das war unverschuldetes Unglück. Dies Unglück, das aus seinem eigenen Hause kommen sollte, sollte eine Strafe für seine Sünde: Mord und Ehebruch, sein. Diese Strafe kam denn auch einige Jahre nachher durch Absalom's Empörung. Sie kam, wie Gott gedroht hatte, aus seinem eigenen Hause, von seinem eigenen Sohn. Dies war gewiß schwerer zu tragen, als wenn Gott ihm sonst eine andere Strafe gegeben hätte. Wie nimmt sich nun David dabei? Wenn sonst früher ein Krieg kam, so zog er heldenmüthig und tapfer dem Feind entgegen; hier aber ist es Alles anders, er ist wie geschlagen. Der Priester Zadok und die Leviten wollen die Bundeslade mitnehmen. Da spricht David die denkwürdigen Worte, Cap. 15, 25. 26: Bringet die Lade Gottes wieder in die Stadt. Werde ich Gnade finden vor dem Herrn, so wird er mich wieder holen, und wird mich sie sehen lassen und sein Haus; spricht er aber also: Ich habe nicht Lust zu dir; siehe, hier bin ich; er mache es mit mir, wie es ihm wohlgefällt. Hier spricht er nur von Gott; wünscht nur Gnade vor Gott zu finden; wie Gott es mit ihm macht, so ist es ihm recht; er ergiebt sich in den Willen Gottes, weil er weiß, was Gott thut, das ist gut. Wie er später spricht, Cap. 24, 14: Laßt uns in die Hand des Herrn

fallen, denn seine Barmherzigkeit ist groß. — Mit solchem demüthigen Sinn, der sich selbst Schuld giebt, und sich dem gnädigen Gott zur Strafe übergiebt, antwortet er auch seinem Freund Abisai, der dem lästernden Simei den Kopf abreißen will, 16, 10: Laßt ihn fluchen; der Herr hat es ihm geheißen: Fluche David; vielleicht wird der Herr mein Elend ansehen, und mir mit Güte vergelten sein heutiges Fluchen. Er sieht also da allein auf Gott, der Alles schickt, auch was Menschen thun; er nimmt, was Menschen ihm Böses thun, als aus Gottes strafender Hand kommend, an. — Die tiefe Demüthigung vor seinem Gott, die Trauer, Reue, sehen wir auch in der Art und Weise der Flucht, 15, 30: Er ging aus Jerusalem den Oelberg hinan; er weinte; er hat das Haupt verhüllet (vor Scham über seine Sünde); barfuß. — In allem diesen ist kein Blick auf seinen Sohn Absalom, der doch alles Unglück ihm bereitet hatte; er nimmt Alles still und demüthig an aus Gottes Hand als Strafe für seine Sünde. Das (Was?) spricht er auch aus in dem Psalm 7, den er in dieser Zeit gemacht hat. V. 12: Gott ist ein rechter Richter (wie er es also mit mir macht, so habe ich es durch meine Sünden verdienet), und ein Gott, der täglich dräuet; will man sich nicht bekehren, so hat er sein Schwerdt gewetzet, und seinen Bogen gespannet, und zielet, und hat darauf gelegt tödtliches Geschoß; seine Pfeile hat er zugerichtet zu verderben (er läßt die Sünde nie so hingehen, sondern straft). — Auch zu uns muß der liebe Gott oft mit der Ruthe kommen. Was meine ich? Weshalb denn mit Strafe? Jer. 2, 19: Es ist deiner Bosheit Schuld, daß du so gestäupet wirst, und deines Ungehorsam's, daß du so gestraft wirst; also mußt du inne werden und erfahren, was es für Jammer und Herzeleid bringet, den Herrn, deinen Gott, verlassen und ihn nicht fürchten, spricht der Herr, Herr Zebaoth. Du betrügst und Jedermann meidet dich; du verschwendest, und wirst arm; du bist wild und unkeusch, und hast Schande vor Leuten. Wie machst du es dann David nach? Suche in deiner Sünde die Schuld; schiebe es nicht auf andere Leute, denn Gott braucht sie oft, dich zu züchtigen. 1 Petr. 5, 6: So demüthigt euch nun unter die gewaltige Hand Gottes, daß er euch erhöhe zu seiner Zeit.

2) **Gebet.** Wir haben schon oben gesehen, mit wem es David in diesem ganzen Unglück zu thun hat; mit seinem Gott bespricht er es nun auch im Gebet. Die Bundeslade läßt er zurückkehren zum Zeichen, daß er sich nicht darauf, sondern auf Gott verläßt. Den Psalm 3 hat er auf seiner Flucht vor Absalom gemacht. Da klagt er V. 1 Gott seine Noth: Ach, Herr, wie sind meiner Feinde so viel, und setzen sich so viele wider mich. V. 4: Aber du, Herr, bist der Schild für mich. Auf Gott setzt er also sein Vertrauen, der ihn erretten wird. V. 5: Ich rief an mit meiner Stimme den Herrn, so erhöret er mich von seinem heiligen Berge. Also früher hat er Gottes Hülfe erfahren, dessen gedenkt er jetzt in der Noth. V. 7:

Ich fürchte mich nicht vor viel Tausenden, die sich wider mich legen. V. 8: Auf, Herr, hilf mir, mein Gott; denn du schlägst alle meine Feinde auf den Backen. V. 9: Bei dem Herrn findet man Hülfe, und deinen Segen über dein Volk. — Wie er so vor Gott und mit Gott redet, so handelt er auch hier 15, 31: Da es David angesagt ward, daß Ahitophel im Bunde mit Absalom war, sprach er: Herr, mache den Rathschlag Ahitophel's zur Narrheit. Denn 16, 23 steht: Wenn Ahitophel einen Rath gab, das war, als wenn man Gott um etwas gefragt hätte. David wußte also gleich, es ist Einer noch klüger als alle Klugen; wußte, Gott kann die Klugheit der Klugen zu Narrheit machen. Und zu dem Gott, von dem er dieses weiß, wendet er sich im Gebet um Hülfe. Marc. 11, 24: Alles, was ihr bittet im Gebet, so ihr glaubet, so werdet ihr es empfangen. Diese Verheißung über das Gebet ist hier auch bei David erfüllt: Ahitophel's kluger Rath wird von Absalom verworfen. Dies ist aber nicht von ungefähr gekommen, denn es heißt ausdrücklich 17, 14: Der Herr schickte es also, daß der gute Rath Ahitophel's verhindert würde, auf daß der Herr Unglück über Absalom brächte. So weiß Gott die Bösen Ahitophel und Absalom wohl zu finden; die ihn aber suchen, wie David that (wie suchst du Gott?), von denen läßt er sich auch finden. Was heißt das? Daher kann David aus eigener Erfahrung sprechen, Ps. 145, 18—21: Der Herr ist nahe Allen, die ihn anrufen, die ihn mit Ernst anrufen; er thut, was die Gottesfürchtigen begehren, und höret ihr Schreien, und hilft ihnen; der Herr behütet Alle, die ihn lieben, und wird vertilgen alle Gottlosen; mein Mund soll des Herrn Lob sagen, und alles Fleisch lobe seinen heiligen Namen immer und ewiglich. — So hat sich David durch die göttliche Strafe innerlich herrlich machen lassen; und das ist die Absicht, warum Gott uns Strafe zuschickt: Krankheit, Kränkung Anderer, Geldnoth und Verlegenheit. Jes. 26, 16: Herr, wenn Trübsal da ist, so suchet man dich; und wenn du sie züchtigest, so rufen sie ängstiglich. Thun wir das mit David. Denn wir sehen hier: Des Gerechten Gebet vermag viel, wenn es ernstlich ist. Das ist es grade, daß David wird ein Mann nach dem Herzen Gottes genannt. Ach, in der Sünde gehen wir so leicht diesem herrlichen Mann nach, gehen wir ihm doch auch in der Buße nach. Wie das? Demüthigung vor dem heiligen, gerechten Gott; Suchen der Gnade Gottes, Gebet.

3) **Vergebung.** So nimmt sich David gegen Gott in der Strafe. Wie nimmt er sich nun gegen Menschen? David weiß, wenn er Gott bittet, so hilft Gott ihm, und vergiebt ihm die Schuld. Vergiebt ihm Gott so viel, so macht das sein Herz geneigt, auch Andern zu vergeben. Wie liebevoll ist sein Herz gegen Absalom. Derselbe war doch ein schändliches Kind: Er hatte einen Bruder ermorden lassen, und David hatte es vergeben; er stahl dem Vater die Herzen des Volks, d. h. die Herzen des Volks sollen dem König zu-

gewandt sein, er aber machte, daß die Herzen des Volks dem König, seinem Vater, abgewandt wurden, indem er sagte: Deine Sache ist gut, aber du kommst nicht zum Verhör beim König; ach, wer setzet mich zum Richter im Lande, daß Jedermann zu mir käme, daß ich ihm zum Rechten hülfe. So machte er seinen eigenen Vater vor den Leuten schlecht. Dazu, V. 8. 9, spricht er zu seinem Vater: Ich will nach Hebron, zu opfern. Er wollte da aber ganz andere Dinge: Heuchelei, wer sich fromm anstellt, um seine schlechten Absichten zu erreichen. Und dann ergreift er das Schwerdt gegen seinen eigenen Vater. Schlechter kann kein Kind sein, als es Absalom war. Er hat seinen Lohn dafür bekommen von dem heiligen, gerechten Gott, der das vierte Gebot nicht umsonst gegeben hat. Cap. 18, 18 steht: Absalom hatte sich eine Säule aufgerichtet; denn er sprach: Ich habe keinen Sohn, darum soll dies meines Namens Gedächtniß sein; und hieß die Säule nach seinem Namen. Ein ganz anderes Gedächtniß wurde ihm aber V. 17: Sie nahmen Absalom, als er erstochen war, und warfen ihn in dem Wald in eine große Grube, und legten einen sehr großen Haufen Steine auf ihn. — Wie nimmt sich nun David gegen einen solchen Bösewicht? Es entfährt ihm kein böses Wort gegen Absalom, kein Fluch. Er spricht zu dem ausziehenden Volk 18, 5: Fahret mir säuberlich mit dem Knaben (Jüngling) Absalom. Und als er dessen Tod erfährt, klagt er V. 33: Mein Sohn Absalom; mein Sohn, mein Sohn Absalom; wollte Gott, ich müßte für dich sterben! O Absalom, mein Sohn, mein Sohn! — Welche Liebe! welche Vergebung von Herzen! Was mögen seine Gedanken gewesen sein? Ich bin Schuld an Absalom's Sünde: Welch' schlechtes Beispiel in Mord und Ehebruch gab ich doch meinem Sohn; so sündigte ich in Absalom mit. Was will ich ihn schelten, ich will mich selber schelten. Ich sündigte, und Gott hat mir vergeben, ich will Absalom auch vergeben. Ein großer Unterschied ist aber zwischen den beiden Sündern, David und Absalom: David hatte Gottes Gnade gesucht und hatte sie gefunden; das hatte Absalom nicht gethan, der war in seinen Sünden gestorben. Wie mußte das doch der fromme Vater tief, tief betrauern. Das ist die gewaltige Klage: Wollte Gott, mein Sohn, ich müßte für dich sterben; d. h. ich, bußfertig, begnadigt, in Frieden mit Gott dahinfahren; und du könntest noch leben, hättest noch Raum zur Buße, und suchtest auch Gottes Gnade; aber das ist aus!

Dies zum Vergeben so willige Herz zeigte David auch gegen Simei, der da fluchte, mit Steinen warf und rief: Heraus, du Bluthund, du loser Mann; der Herr hat dir vergolten alles Blut des Hauses Saul's, daß du an seiner Statt bist König geworden; nun hat der Herr das Reich gegeben in die Hand deines Sohnes Absalom; und siehe, nun steckst du in deinem Unglück, denn du bist ein Bluthund. Welches Schimpfen! und wie ungerecht, boshaft, lügenhaft. Mit Recht wird Abisai zornig, und spricht: Sollte dieser todte

Hund meinem Herrn, dem König, fluchen? ich will hingehen und ihm den Kopf abreißen. David's Antwort ist: Laß ihn fluchen, denn der Herr hat es ihm geheißen: Fluche David; siehe, mein Sohn steht mir nach dem Leben, warum nicht auch jetzt dieser Simei? laß ihn bezähmen, daß er fluche; vielleicht wird der Herr mein Elend ansehen, und mir mit Güte vergelten sein heutiges Fluchen. — O, wie sanft; wer von uns hätte wohl so gethan! Seine Hoffnung zu Gott, daß derselbe Simei's Fluch in Güte verwandeln werde, ist auch in Erfüllung gegangen. C. 19, 19 kommt nachher Simei, fällt vor dem König nieder und spricht: Mein Herr, rechne mir nicht zu die Missethat, und gedenke nicht, daß dein Knecht dich beleidigte, denn dein Knecht erkennet, daß ich gesündiget habe. Abisai will ihn getödtet haben; aber David spricht: Sollte heute Jemand sterben in Israel? meinest du, ich wisse nicht, daß ich heute ein König bin geworden über Israel? Darin liegt: Gott hat mir vergeben und mich heute wieder zu Gnaden angenommen; darum vergebe ich Simei *).

So hatte dem König die Strafe Gottes viel eingebracht. Was denn? Demüthigung unter die strafende, gerechte Hand Gottes, näheres Anschließen und Hinwenden an Gott im Gebet, Milde und Güte gegen Beleidiger und Feinde. Die Strafe hätte auch ganz das Gegentheil wirken können, wie wir an Pharao sehen, den Gott auch strafte. Was wirkte es bei dem? Haß gegen Gott und weiteres Abwenden von ihm, Ungehorsam gegen Gott, Verstockung, und Bedrückung gegen Menschen. — So nehmen wir denn von David heute die Lehre mit, Hiob 5, 17 ff.: Siehe, selig ist der Mensch,

*) Wie reimet sich aber hierzu der Befehl, den David auf seinem Todbette seinem Sohn Salomo über Simei giebt, 1 Kön. 2, 8 ff. Du hast bei dir Simei, der mir schändlich fluchte, und ich schwur ihm: Ich will dich nicht tödten; du aber, laß ihn nicht unschuldig sein; denn du bist ein weiser Mann, und wirst wohl wissen, was du ihm thun sollst, daß du seine grauen Haare mit Blut hinunter in die Hölle (in das Todtenreich) bringest! — Simei's Sünde war ein Majestätsverbrechen. Wir haben auch früher in David's Leben gesehen, wie hoch Solches in seinen Augen stand, wenn er mehrmals spricht: Das lasse der Herr ferne von mir sein, daß ich sollte meine Hand an Saul, den Gesalbten des Herrn, legen. Die schwere Sünde Simei's hatte er persönlich vergeben, und sie wegen seiner eigenen schweren Schuld nicht strafen dürfen. Sein Nachfolger konnte und sollte dem heiligen Gesetz Gottes gegen die Obrigkeit Gerechtigkeit verschaffen. Es ist also nicht, wie wohl Manche gemeint haben, auf späte Zeit verschobene Rachsucht. Wie David bei allen Dingen auf Gott und sein heiliges Gebot sehe, und von dem Gesichtspunkt aus auch in den Psalmen so oft den Uebelthätern wünscht, „daß Gott es ihnen auf ihren Kopf vergelten möge," so auch hier. Salomo sagt zu Simei 1 Kön. 2, 44: Der Herr hat deine Bosheit bezahlet auf deinen Kopf. So war es auch. Salomo befiehlt dem Simei bloß V. 36: Gehe nicht aus Jerusalem; und Simei sagt selbst V. 38: Das ist ein gutes Wort; wie mein Herr, der König, geredet hat, so soll dein Knecht thun. Doch mußten sich die Umstände so fügen, daß es offenbar wurde, nicht Salomo's Härte, sondern das Gericht Gottes hat Simei, den Königslästerer, gefunden und gerichtet.

den Gott strafet; darum weigere dich der Züchtigung des Allmächtigen nicht; denn er verletzet und verbindet; er zerschmeißet und seine Hand heilet; in sechs Trübsalen wird er dich erretten, und in der siebenten wird dich kein Uebel rühren; in der Theurung wird er dich vom Tode erlösen, und im Kriege von des Schwerdtes Hand.

David's Volkszählung.

2 Sam. 24 und 1 Chron. 22.

Die Unterredung.

David's Sünde. Ges. 731, 5. Nimm dein eignes Herz in Acht, denn es liebt die Sünde; daß, wenn ihre Lust erwacht, sie nicht überwinde; leicht bekrieget sie, und siegt, wenn wir selbst uns heucheln, fest zu sein uns schmeicheln. Was wir gesungen haben, sehen wir an David in der Geschichte der Volkszählung bestätigt. Eine Volkszählung ist an sich keine Sünde; sie geschieht auch jetzt noch oft, um darnach allerlei Einrichtungen zu treffen. Hier aber war es anders. Jacob spricht (1 Chron. 22, 3), der Herr thue zu seinem Volk, wie sie jetzt sind, hundertmal so viel; aber, mein Herr König, sind sie nicht Alle meines Herrn Knechte? warum fraget mein Herr darnach? Warum soll eine Schuld auf Israel kommen? Knechte; also David wollte das Volk noch mehr von sich abhängig machen. Joab, der doch sonst nicht viel nach Gott fragte, fürchtet eine Schuldaufladung. V. 6, des Königs Wort war Joab ein Greuel. So lag gewiß eine Sünde zum Grunde: Eitelkeit (2 Sam. 24, 3: Daß der König seiner Augen Lust daran sehe), Herrschsucht, Bedrückung des Volks. Diese böse innere Wurzel der Sünde (Welche?) brach nun als That in der Volkszählung hervor. David merkte gar nicht, was in seinem Herzen vorging (Was?), und so kam denn bald die böse That. Man nennt das: Er wachte nicht über sein Herz. Das sollen wir aber, denn aus dem Herzen kommen die argen Gedanken; und im neunten und zehnten Gebot gebietet Gott: Laß dich nicht gelüsten, was deines Nächsten ist. — Daß es dir nicht geht, wie David hier, so wache; was heißt das? Merke und beachte es, ob in deinem Herzen Lust zur Lüge oder zur Wahrheit herrscht: ob du im Herzen Eitelkeit und Weltsinn hast, oder himmlischen Sinn;

ob Rache oder Sanftmuth da ist. Wenn du das nicht thust (Was?), so bist du bald verloren; es wird gar nicht lange dauern, so bricht die böse Lust als That hervor wie hier, und wie im N. T. bei Petrus, der auch nicht that, wozu der Herr ermahnte: Wachet und betet, daß ihr nicht in Anfechtung fallet. Wache, fliehe, bete, denn durch das Gebet erhältst du die Gedanken auf Gott und auf sein Gebot gerichtet; und holst dir die Kraft zum Sieg über die Sünde von oben herab. Die Sünde liegt auch bei dir immer vor der Thür, und wärest du auch noch frommer wie David; darum laß ihr nicht ihren Willen, sondern herrsche über sie. Zu wem hat Gott das einmal gesagt? Er sagt es heute noch durch mich zu euch allen. Was ist die Meinung des göttlichen Worts?

Gottes Strafe. V. 1 steht: Der Zorn des Herrn ergrimmte wider Israel und reizte David —. Und 1 Chron. 22, 1: Der Satan stand wider Israel, und gab David ein, daß er das Volk zählen ließ. Gott ist also zornig über Israel. Es ist aber nur Eins, worüber der Zorn des Herrn ergrimmet: worüber? So muß sich Israel sehr gegen ihn vergangen haben. Auch der Satan, d. h. deutsch: der Widersacher, stand wider Israel, und verklagte Israel mit Recht wegen seiner Sünde vor Gottes Strafgerechtigkeit. Der Satan reizte David, er gab es David ein — derselbe Ausdruck kommt im N. T. vor Joh. 13, 2: Der Teufel, d. h. deutsch: der Verkläger, hatte es Judas in's Herz gegeben —. So ist es denn Lehre der Schrift: Hinter jeder Sünde steckt der Teufel. So hatte denn ja David keine Schuld? Jac. 4, 7: Widerstehet dem Teufel, so fliehet er von euch. David widerstand nicht der Reizung zur Sünde. 70,000 Mann kamen in Israel durch die Pest um. Das ist die göttliche Strafe. Wenn man so obenhin die Geschichte ansieht, so sieht es fast aus, als wenn David gesündigt hat, und das Volk wird dafür gestraft. Ihr könnt mir aber leicht beweisen, daß ganz besonders das Volk sündigt (V. 1: Der Zorn des Herrn ergrimmte wider Israel), und daß an der Sünde des Königs zugleich die Sünde des Volks mit zur Erscheinung kommt. So ist es auch, Kinder. Stimmet nicht ein in das Geschrei derer, die 2 Petr. 2, 10 „nicht erzittern die Majestäten zu lästern.“ Die auf Könige und Fürsten schimpfen, und nur auf die Sünden derselben sehen, wovon alles Unheil des Landes denn herkommen soll. Die heilige Schrift schließt uns in unserer heutigen Geschichte die Wahrheit der Sache auf. Wie? Volk und König hängen eng zusammen; es umschlingt sie Ein Band. Wenn aber der König sündigt, so sollte sich das Volk und Jeder im Volk fragen: Was habe ich Uebles dazu gethan, daß es so und so steht im Lande? So kommen wir am ersten dahin, Alle Buße zu thun. Vergesset es nicht. Was zeigt sich hier an der Strafe Gottes über Israel? Wie haben wir darum die Sünde David's hier anzusehen? Welche Warnung, die wichtig ist für unsere Zeit, nahmen wir uns daraus?

David's Buße. V. 10. 11: Ihm schlug das Herz. Also er fühlte etwas. Was denn? daß er eine Sünde gethan hatte. Sein Gewissen erwachte, nennt man das. Das ist der erste Schritt zur Buße. Ach, wie Viele folgen David in der Sünde und wachen nicht, und lassen Lüge, Rache, Geiz, Eitelkeit, Betrug und Falschheit in ihr Herz schleichen. Aber, es schlägt ihnen ihr Herz nicht dabei. Und wenn auch, sie merken und achten nicht darauf, und gehen weiter und weiter in der Sünde bis — in's Verderben. Eine Frage über euch Alle, worauf ich keine Antwort haben will: Schlägt dir auch manchmal das Herz, wenn ich hier spreche von Ungehorsam gegen die Eltern? Trägheit? Lüge? Gut dann. — Dann spricht David: Ich habe schwerlich gesündiget, daß ich das gethan habe. Ist das erste Erkenntniß der Sünde, so ist dies das Bekenntniß derselben. Wenn Jemand auch seine Sünde erkennt, das Bekenntniß will schwer über die Lippen. Kannst du bekennen deinen Eltern und dem Lehrer? Wohl dir, dann ist deine Erkenntniß der Sünde wahr und tief, und sonst noch nicht. Schämt euch dessen nicht, Kinder (Wessen?), es ist eine falsche Scham. Lernet von David; wie heißt noch sein schönes Bekenntniß? Wo solches Bekenntniß willig über die Lippen geht, da ist auch Reue, d. i. Traurigkeit, daß man Gott wegen seiner Sünde betrübet und beleidiget hat. Weiter V. 10: „Nun, Herr, nimm weg die Missethat deines Knechts." Das ist die Bitte um Gnade und Vergebung. Diese Bitte setzt Glauben an die Gnade Gottes voraus. Dies Vertrauen, das David zu der Gnade Gottes hat, zeigt sich noch schöner, als der Prophet Gad ihm die göttliche Strafe ankündigen muß, V. 14: Es ist mir sehr angst; aber laß uns in die Hand des Herrn fallen, denn seine Barmherzigkeit ist groß; ich will nicht in der Menschen Hände fallen. Er will mit Gott zu thun haben, denn er weiß aus Erfahrung von der großen Barmherzigkeit Gottes, und hält sich auch hier daran, und glaubt. Von dieser Barmherzigkeit Gottes spricht er Ps. 103, 10: Er handelt nicht mit uns nach unsern Sünden und vergilt uns nicht nach unserer Missethat; so hoch der Himmel über der Erde ist, läßt er seine Gnade walten über die, so ihn fürchten; wie sich ein Vater über Kinder erbarmet, so erbarmet sich der Herr über die, so ihn fürchten. — O wie ist David hier wieder ein Mann nach dem Herzen Gottes. Das Herz Gottes ist Barmherzigkeit, Gnade, Vergebung, wenn der Sünder mit Bekenntniß, Reue und Glauben zu ihm kommt. David's Herz glaubt an diese Erbarmung Gottes. Das gefällt Gott. Willst du sein ein Kind nach dem Herzen Gottes? Mache es wie David: Schäme dich nicht zu sagen, ich frage oder frage nicht: Ich habe es gethan, das und das; es ist mir leid; vergeben Sie es mir 2c. Sprich auch so mit deinen Eltern; sprich so mit deinem Vater im Himmel.

Gottes Gnade. 70,000 Mann waren schon an der Pest gestorben, V. 15; und V. 16: Der Engel streckte schon seine Hand aus über Jerusalem, sie zu verderben. Da reuete es dem Herrn über dem Uebel, und er sprach zu dem Engel, dem Verderber: Es ist genug; laß nun deine Hand ab. Was ist es, das diese Veränderung in Gott hervorgebracht hat? Es ist des Königs wahre Buße vor Gott. Was der Mann nach dem Herzen Gottes glaubt: Seine Barmherzigkeit ist groß, das thut Gott: Er ist barmherzig; er vergiebt die Sünde und straft sie nicht weiter. V. 17: Gott öffnet auch David das innere Auge, daß er den Würgengel, den Verderber, siehet die Hand ausrecken zum Verderben über Jerusalem. Da spricht er zum Herrn: Siehe, ich habe gesündiget, ich habe die Missethat gethan, was haben diese Schafe gethan? Laß deine Hand wider mich sein, und nicht wider mein Volk. Er bringt keine Entschuldigung seiner Sünde vor. Vielmehr nimmt er alle Schuld auf sich. Es kümmert ihn nicht, ob das Volk auch gesündigt hat, er sieht einzig und allein auf sich. Er will Alles, Alles tragen, wenn nur sein Volk leer ausgehen kann. Was sagt ihr dazu? — So macht die Gnade und Erbarmung Gottes auch den Menschen göttlich, wenn er diese große Barmherzigkeit erkennt und daran glaubt. — Der treue, barmherzige Gott trägt uns, ob wir täglich viel sündigen und wohl eitel Strafe verdienen. Möchten wir da in uns schlagen, und solche Gnade erkennen, daß wir nicht immer auf Andere sehen, was sie sündigen, sondern nur auf uns. Wie hieß noch der heilige Mann, der von Sündern spricht, und hinzusetzt: Unter welchen ich der vornehmste bin? 1 Tim. 1, 15. Paulus. Darum nennt er sich aber so, weil er V. 16 hinzusetzt: Aber mir ist Barmherzigkeit widerfahren, auf daß an mir vornehmlich Jesus Christus erzeigete alle Geduld, als ein Exempel denen, die an ihn glauben sollen zum ewigen Leben. — Nun denn, diesen beiden heiligen Männern nach in Buße, Glauben und Nächstenliebe.

David's Anordnungen zum Tempelbau.

1 Chron. 22 und 30.

Die Unterredung.

Der Ankauf. David mit den Aeltesten hatte den Engel, der seine Hand zum Verderben über Jerusalem ausstreckte, bei der Tenne (dem Dreschplatz) Arafna, eines frühern Königs der Jebusiter, der zu Jerusalem wohnte, gesehen, 2 Sam. 24, 15. Der Engel deutete dem Propheten Gad an, daß er David sagen sollte, er möge auf der Stelle dem Herrn einen Altar aufrichten. David kaufte den ganzen Platz von Arafna, bauete dort einen Altar und opferte Brandopfer. V. 26: Und da er den Herrn anrief, erhörte er ihn durch Feuer vom Himmel auf dem Altar des Brandopfers. So hatte Gott sein Wohlgefallen an dem Opfer bezeugt, und sprach nun auch zu dem Engel, V. 27, daß er sein Schwerdt in seine Scheide kehren sollte. Daselbst pflegte auch David nachher oft zu opfern. Und sprach 1 Chr. 23, 1: Hier soll das Haus des Herrn sein, und dies der Altar zum Brandopfer Israel's. Diese Tenne Arafna war auf dem Berge Morija, wo denn nachher der Tempel auch erbauet ist.

Der Reichstag und die Steuer zum Tempelbau. 1 Chron. 29. Der König hält kurz vor seinem Ende einen Reichstag, wo alle Fürsten und das Volk zusammen kommen. V. 2: Der König stand auf seinen Füßen (ungeachtet seines Alters ist er kräftig) und sprach: Höret mir zu, meine Brüder (Verwandten) und mein Volk. Der Bau des Hauses Gottes ist das Wichtigste, was ihm nun noch am Herzen liegt. Er erzählt der ganzen Reichsversammlung in kurzen kräftigen Worten die Sache. V. 2—8: Ich hatte mir vorgenommen, ein Haus zu bauen, da ruhen sollte die Lade des Bundes des Herrn. Aber Gott ließ mir sagen: Dein Sohn soll mir ein Haus bauen; ich will sein Königreich bestätigen ewiglich. Nun vor dem ganzen Israel, der Gemeine des Herrn, und vor den Ohren unsers Gottes (er erinnert an die Heiligkeit Israel's als der Gemeine Gottes und an die Gegenwart Gottes, um die nachfolgende Ermahnung feierlicher, eindringlicher, kräftiger zu machen). So haltet alle Gebote des Herrn, eures Gottes, auf daß ihr besitzet das gute Land, und beerbet es auf eure Kinder ewiglich. Darauf ermahnt er V. 9 seinen Sohn Salomo mit folgenden herzlichen, väterlichen Worten: Und du, mein Sohn Salomo, erkenne den Gott deines Vaters, und diene ihm mit ganzem Herzen und mit williger Seele. Denn der Herr suchet alle Herzen, und verstehet aller Gedanken Dichten. Wirst du ihn suchen, so wirst du ihn finden (denn der Herr läßt die Sehnsucht zu ihm, das Verlangen, ihn zu erkennen, ihm zu dienen, nie ungestillt); wirst du ihn aber verlassen, so wird er dich verwerfen ewiglich. Darauf übergiebt er Salomo das Modell des Tempels; ermahnt ihn nochmals V. 20, und wendet nun seine Rede an die Gemeine C. 30, 1. Er spricht von der Heiligkeit und Herrlichkeit des Tempels: Das Werk ist groß, denn es ist nicht eines Menschen Wohnung, sondern Gottes des Herrn. Er sagt darauf, daß er schon viel Gold, Silber rc. zum Hause Gottes gegeben hat, aber „über das, aus Wohlgefallen am Hause meines Gottes, gebe ich noch 3000 Centner Gold und 7000 Centner Silber." Er hat also eine herzliche, innere Freude, seinem Gott, der ihm so viel gegeben hat, wieder viel zu geben. Da er so den Fürsten und dem Volk in dem frommen Werk voraufgeht, kann er auch wohl V. 5 die Frage und die Anforderung thun:

Wer ist nun freiwillig, seine Hand heute dem Herrn zu füllen? (seine Hand voll zu machen an Kostbarkeiten, um sie dem Herrn zu geben?) Der Erfolg ist groß, wie die folgenden Verse zeigen. V. 9: Das Volk ward fröhlich (das Wohlgefallen des Königs am Geben theilte sich dem Volk mit), daß sie freiwillig gaben (eben wie ihr König), denn sie gaben es von ganzem Herzen dem Herrn freiwillig. Und David, der König, freuete sich hoch. Ja, daß er das Volk mit in seinen Sinn hineingezogen hatte. Wir sehen hier König und Fürsten und Volk in der höchsten Freude, in der Freude über Gott. O wohl dem Lande, wo es so steht. Die Freude kann der König nun nicht bergen, sie bricht in einem herrlichen Lob- und Dankgebet gegen Gott hervor: Weß das Herz voll ist, deß gehet der Mund bei ihm über.

Das Lobgebet David's. V. 10—19: David lobete Gott, und sprach vor der ganzen Gemeine: Gelobet seist du, Herr, Gott Israel's, unsers Vaters, ewiglich. Wie David Alle mitgezogen hat, daß sie willig und mit Freuden dem Herrn geben; so will er sie nun auch mit in das Lob Gottes hinein ziehen, daher spricht er sein Lob vor der ganzen Gemeine aus. Das Lob Gottes soll ewiglich währen, weil die Güte Gottes jeden Morgen neu ist, und in Ewigkeit währet: Alles währet seine Zeit, Gottes Güt' in Ewigkeit. — V. 11: Dir gebühret die Majestät und Gewalt, Herrlichkeit, Sieg und Dank. Wenn einem Menschen zur damaligen Zeit diese fünf Dinge beigelegt werden konnten, so war es David. Er hatte Majestät unter den Fürsten, Gewalt unter den Gewaltkgen, Herrlichkeit, Sieg und Dank. Aber dessen rühmt er sich nicht, preis't es nicht. Er giebt Gott die Ehre: Dir gebühret die Majestät —. Als Grund, warum Gott alle Majestät zukommt, giebt er an: Denn Alles, was im Himmel und auf Erden ist, das ist dein. Dein ist das Reich, und du bist erhöhet zum Obersten über Alles. Er will sagen: Alle Majestät, Gewalt, Herrlichkeit, Sieg auf Erden verschwindet ganz und gar gegen deine Majestät, da du Alles hast im Himmel und auf Erden. Dein ist das Reich der ganzen Welt und du bist Herr der Welt. Bei solchen Gedanken von Gott (Welchen?) muß denn wohl die Majestät David's als klein, nichtig, als nicht des Nennens werth, wegfallen.

V. 12: Dein ist Reichthum und Ehre vor dir, du herrschest über Alles; in deiner Hand stehet Kraft und Macht; in deiner Hand steht es, Jedermann groß und stark zu machen. Weil du Alles hast: Majestät, Kraft, Sieg; so muß jeder Mensch, der sie auch hat, solche Dinge von dir haben. In deiner Hand hast du Größe und Stärke, und giebst sie; Keiner hat sie also aus sich selbst. Gott behält seine Majestät, Herrlichkeit, Stärke, seinen Reichthum nicht, wie ein Geiziger für sich, sondern seine Liebe theilt von seines Reichthums Fülle den Menschen mit. — So kann er nun wohl fortfahren.

V. 13: Nun, unser Gott, wir danken dir, und rühmen den

Namen deiner Herrlichkeit. Nachdem nun David erkannt hat, wer Gott ist, und was er hat und giebt; so spricht er weiter davon, was im Vergleich damit der Mensch ist.

V. 14: Denn was bin ich? Was ist mein Volk, daß wir sollten vermögen Kraft (Kraft besitzen) freiwillig zu geben? Denn von dir ist es Alles gekommen, und von deiner Hand haben wir dir's gegeben. Wer bin ich? Mancher hätte sich groß gedünkt bei dem ungeheuern Schatz, der gegeben war, und der nun da lag. David nicht. Warum nicht? was weiß er? — Denn, fährt er V. 15 fort, wir sind Fremdlinge und Gäste vor dir; unser Leben auf Erden ist wie ein Schatten, und ist kein Aufhalten. Darin liegt: die Ehre, die Majestät, die Gewalt, der Reichthum eines Menschen ist bald dahin; deine Majestät ist ewig, darum ist auch dein Lob ewig.

V. 17: Ich weiß, mein Gott, daß du das Herz prüfest, und Aufrichtigkeit ist dir angenehm. Darum habe ich dies Alles mit aufrichtigem Herzen gegeben, und habe jetzt mit Freuden gesehen dein Volk, das hier vorhanden ist, daß es dir freiwillig gegeben hat. — Was er so eben ausgesprochen hat, das findet sich auch wirklich in seinem Herzen: Er giebt uns innere Freude über Gott und Gottes Werk. Er bezeugt dies vor dem allwissenden Gott, der Herzen und Nieren prüft.

V. 18: Herr Gott, bewahre ewiglich solchen Sinn (daß wir dir gerne und freudig geben) und solche Gedanken (daß wir Alles von dir haben; und sobald Alles verlassen müssen als Pilgrimme) im Herzen deines Volkes, und schicke (richte) ihre Herzen zu dir. Dieser Sinn und diese Gedanken mögen also nicht bloß dieses Eine Mal Aller Herzen bewegen; sondern es möge bleibender Sinn, es mögen bleibende Gedanken sein, die sie alle Tage haben, die das ganze Leben, alle ihre Handlungen durchdringen. — Dann bittet er Gott, den Geber aller guten Gaben, noch für seinen Sohn Salomo, daß Gott ihm möge ein rechtschaffenes Herz geben, „daß er halte deine Gebote." V. 20: Und David sprach zur ganzen Gemeine: Lobet den Herrn, euren Gott. Und die ganze Gemeine lobte den Herrn, den Gott ihrer Väter; und neigten sich und beteten an den Herrn und den König; und opferten dem Herrn Opfer; und aßen und tranken vor dem Herrn mit großen Freuden.

Wie wir geben sollen. David giebt uns in dieser ganzen Geschichte ein lebendiges Beispiel, wie unser Geben beschaffen sein soll.

reichlich. So geben David, die Fürsten und das Volk hier. Wie? 2 Cor. 9, 6: Wer kärglich säet, der wird auch kärglich erndten. Hast du Viel, so gieb reichlich, ermahnt Tobias seinen Sohn. Kann auch Jemand in Armuth reichlich geben? Marc. 12, 41 die arme Wittwe, die V. 44 ihre ganze Nahrung eingelegt hatte.

freudig. David und das Volk waren freudig und fröhlich zu geben. David gab aus Wohlgefallen am Hause Gottes. 2 Cor.

9, 7, Nicht mit Unwillen und aus Zwang; denn einen fröhlichen Geber hat Gott lieb. Wenn du auch nur einem armen Handwerksburschen im Winter etwas giebst, thue es mit Freundlichkeit, dadurch erhält deine Gabe doppelt Werth. Wann aber hat sie keinen Werth vor Gott? Denn Gott giebt selber mit Freundlichkeit: du sättigest Alles, was lebet, „mit Wohlgefallen."

als Haushalter Gottes. Von dir ist es Alles gekommen, und von deiner Hand haben wir dir's gegeben. So denke auch, so giebst du dir nicht die Ehre bei deinem Geben, sondern Gott, der dir's gegeben hat. Du giebst dann auch gerne, wie David, Gott wieder was Gotte ist; ich meine, du giebst gerne, wo für höhere und himmlische Zwecke etwas von dir gefordert wird. Ich nenne: Kirchen- und Schulbau; Mission; Arme und Elende, in denen du Christum speisest und tränkest. Spr. 19, 17: Wer sich des Armen erbarmet, der leihet dem Herrn, der wird ihm wieder Gutes vergelten. Was David hier sagt: Von dir ist es Alles gekommen, das sagt auch Christus im N. T. Joh. 3, 27: Ein Mensch kann sich nichts nehmen, es werde ihm denn von oben gegeben. Haltet diesen Gedanken bei euch rege, wenn ihr reich werdet, daß es nicht eure Klugheit gethan hat, euer Laufen und Rennen.

bald. Mitten in all seiner Majestät, Gewalt, Herrlichkeit erinnert sich David daran, daß er hier ein Fremdling ist, und daß sein Leben auf Erden ist, wie ein Schatten. Ja, wir sind hier fremde Gäste, und bauen uns oft so feste; und machen große Pläne, und ehe wir es uns versehen, liegen wir auf dem Rücken, und müssen all unser Gut hier lassen. Darum ermahnt der Herr: Machet euch Freunde mit dem ungerechten Mammon. Gieb, weil du noch lebest. Gieb bald, so wird der Dank alt.

aufrichtig. Ich weiß, daß du das Herz prüfest, und Aufrichtigkeit ist dir angenehm. Beim Geben besonders versteckt sich im Herzen Vieles, was nicht recht ist, denn man weiß, Menschen können mir nicht in's Herz sehen. Da giebt Einer, weil Andere geben, er schämt sich, und mag nicht zurück bleiben vor ihnen. Ein Anderer will sich zeigen, und Ehre und Lob davon haben. Ein Dritter will wieder haben, und mehr wieder haben. Alle Diese haben Nebenabsichten. Warum soll ich geben? Aus Freude über meinen Gott, der mir giebt; der mir's geboten hat; mir es in Gnaden lohnen will. Prüfe dich und dein Geben, und sprich David oft diesen schönen Spruch nach: Ich weiß, mein Gott, daß du —.

bewahre solchen Sinn, solche Gedanken im Herzen. Laß sie mit deinem Leben verwachsen; laß sie all dein Geben alle Tage leiten.

Nun, so gehet hin und gebet, wie David euch hier lehret. Gieb und vergiß, was du gethan, Gott wird es nicht vergessen; er sieht's von seinem Himmel an, und wird dir wieder messen. Amen!

Rückblick auf das Leben David's.

Die Unterredung.

David's äußeres Leben. David war der Sohn Isai, eines Mannes zu Bethlehem (griech. im N. T. Jesse). Sein Großvater war Obed, und seine Urgroßeltern Boas und Ruth. Er war aus dem Stamm Juda. Sein Leben fällt um das Jahr 1050 v. Chr. Er war der Jüngste von acht Brüdern, und hütete in der Jugend des Vaters Schafe. Noch jung wurde er von Samuel in aller Stille zum König über Israel gesalbet. Gott hatte ihn mit vielen natürlichen Gaben ausgerüstet, wie sich das zeigt in der Ueberwindung eines Löwen und eines Bären; so wie auch in den herrlichen Psalmen, die er gemacht hat, denn die Hälfte der 150 Psalmen ist von ihm verfertiget; und endlich in den großen Anlagen zur Musik, wodurch er an den Hof Saul's kam. Wenn David die Harfe spielte, so erquickte das Saul, und der böse Geist wich von ihm. Dadurch, daß er den Riesen Goliath erschlug, wurden die Augen des ganzen Volks auf ihn hingelenkt. Auch verband sich gleich Jonathan's Herz mit dem Herzen David's, und er gewann ihn lieb, wie sein eigenes Herz, und es knüpfte sich unter Beiden eine treue Freundschaft an, die erst mit dem Tode Jonathan's endete. Als aber die Weiber sangen: Saul hat Tausend geschlagen, aber David Zehntausend; da regte sich zuerst Neid und Haß in Saul's Herzen gegen David. Saul verfolgte ihn nun sein Lebenlang, und suchte ihn zu tödten. — Es folgt nun der zweite Abschnitt in David's Leben, die Zeit der großen Noth und der Verfolgung. Da er in täglicher Todesangst leben mußte, das hat mehrere Jahre gedauert. Mehrere Male, ein Mal besonders in der Wüste Maon, war er denn auch in solcher Gefahr, von Saul ergriffen und getödtet zu werden, daß nach menschlicher Ansicht keine Rettung möglich schien. Gott aber rettete ihn aus aller Noth. Als Saul sich selbst getödtet hatte, erwählte ihn sein Stamm, der Stamm Juda, zum König. Es beginnt hier der dritte Theil seines Lebens, seine Erhöhung zum König. Er war 30 Jahre alt, als er König wurde. Nach Isboseth's Tode wurde er von allen Stämmen „von ganzem Herzen" zum König über Israel erwählt. Er ist 40 Jahre König gewesen, und hat 7 Jahre zu Hebron und 33 Jahre zu Jerusalem regiert. Er eroberte Jerusalem und machte sie zur Hauptstadt, und wohnete auf der Burg Zion. Er eroberte nun Vieles, wie er überhaupt ein Held war, und erweiterte das Reich nach allen Seiten hin. Als König steht von ihm 2 Sam. 8, 15: Er schaffte Recht und Gerechtigkeit allem

Volk. Das Reich Israel ist nie wieder so reich, so angesehen, so mächtig, so ausgedehnt gewesen als unter ihm. Die glückliche Regierungszeit unter David ist daher ein Bild der noch glücklichern Regierungszeit unsers himmlischen Königs Christus. Er holt die Bundeslade feierlich nach Jerusalem, und stellt sie unter ein Zelt in Zion. Als er die Absicht hat, dem Herrn einen Tempel zu bauen, giebt Gott ihm eine große Verheißung; welche noch? Er fällt nun in die schwere Sünde mit Bathseba, und Absalom's Empörung ist eine Strafe dafür. Nach der Volkszählung und den Vorbereitungen zum Tempelbau erfolgt nun sein Tod, als er 70 Jahre alt ist. Kein König in Juda hat dies Alter nach ihm erreicht.

David's inneres Leben. David heißt: der Geliebte. Was der Name sagt, war David in der That: der Geliebte Gottes. 1 Sam. 13, 14 nennt Samuel ihn: einen Mann nach dem Herzen Gottes. Ap. 13, 22 nennt Gott selbst ihn: einen Mann nach meinem Herzen. 1 Kön. 14, 8 nennt Gott ihn: meinen Knecht David, der meine Gebote hielt, und wandelte mir nach von ganzem Herzen, daß er that, was mir nur wohlgefiel. Ein Mann nach dem Herzen Gottes, das ist wohl das schönste Zeugniß, was ein Mensch erhalten kann, und das giebt Gott ihm. David war also ein Mann, wie das Herz Gottes ihn gewünscht hat. 1 Kön. 15, 5: Er wich nicht von Allem, was der Herr ihm gebot sein Leben lang, ohne in dem Handel mit Uria dem Hethiter, wo er Gott untreu wurde. Wir wollen nun das Hauptsächlichste sehen, weshalb er ein Mann nach dem Herzen Gottes genannt wird, und wollen auch dabei die Psalmen zu Hülfe nehmen, weil wir ihn auch da so recht in's Herz sehen.

Vertrauen auf Gott. Von Menschen verlassen, hielt er sich in allen Nöthen im Glauben an den, den er nicht sahe, als sähe er ihn. Bei dem Riesen: Der Herr, der mich von dem Löwen und Bären errettet hat, wird mich auch erretten von diesem Philister. Und zu dem Riesen: Du kommst zu mir mit Schwerdt, Spieß und Schild; ich aber komme zu dir im Namen des Herrn Zebaoth, der wird dich heute in meine Hand geben, daß ich dich schlage. Bei der Pest: Ich will in die Hand des Herrn fallen, denn seine Barmherzigkeit ist groß. Gott hatte ihn immer geschützt in den größten Verfolgungen Saul's. Diesen Schutz schrieb er nicht, wie Menschen oft thun, diesem und jenem Zufall und Umstand zu, sondern, wie es in Wahrheit war, einzig und allein dem Herrn. Darum spricht er Ps. 91 aus Erfahrung: Wer unter dem Schirm des Höchsten sitzet, und unter dem Schatten des Allmächtigen bleibet, der spricht zu dem Herrn: Meine Zuversicht, und meine Burg, mein Gott, auf den ich hoffe. Eine andere Erfahrung: Befiehl dem Herrn deine Wege und hoffe auf ihn, er wird es wohl machen. Ps. 37, 5. Ganz besonders gehört hierher Ps. 91 ganz. Auch Ps. 23: Und ob ich schon wanderte — —.

Das Gebet zu Gott. Ps. 18, 7: Wenn mir angst ist, so rufe ich den Herrn an, und schreie zu meinem Gott; so erhört er meine Stimme von seinem Tempel und mein Geschrei kommt vor ihn zu seinen Ohren. Wie er hier sagt, so hat er auch gethan. Seine Psalmen sind fast alle Gebete: Bitten, wenn die Noth da war, z. B. die leibliche Noth: Herr: mache den Rath Ahitophel's zur Narrheit; Ps. 22, 20. 21: Sei nicht ferne mir zu helfen, errette meine Seele vom Schwerdt; — in geistlicher Noth Ps. 51 bei Bathseba: Gott, sei mir gnädig nach deiner Güte, und tilge meine Sünden nach deiner großen Barmherzigkeit. Bei der Volkszählung: Ich habe gesündigt; nimm weg die Missethat deines Knechts. — Lob und Dank nach der Errettung. Ps. 103: Lobe den Herrn, meine Seele, und vergiß nicht, was er dir Gutes gethan hat ꝛc. Ps. 138: Ich danke dir von ganzem Herzen; wenn ich in der Angst wandle, so erquickst du mich, und streckst deine Hand über den Zorn deiner Feinde, und hilfst mir mit deiner Rechten ꝛc.

Geduld und Harren. Er war schon längst zum König gesalbt, mußte aber noch viele Jahre warten, ehe er es wurde. Von Samuel gesalbt, kehrte er still zu seiner Heerde zurück. Bei allen Verfolgungen Saul's fällt besonders in die Augen, daß er nie ein unerlaubtes Mittel anwandte, sich dasjenige zu verschaffen, was Gott ihm verheißen hatte. Als Abisai sagte: Heute ist der Tag, davon der Herr gesagt hat: Ich will ihn in deine Hände geben; soll ich ihn mit dem Spieß in die Erde stechen? sprach er: Wenn Gott ihn nicht wegnimmt, von mir sei es fern, meine Hand an den Gesalbten des Herrn zu legen. Er hat einzig und allein seine Erhöhung von Gott erwartet. Dies Warten, diese Geduld jahrelang ist bei David um so viel edler, und ist aus wahrhaftem Glauben an Gottes Verheißung geflossen; da er von Natur heftig und zufahrend war, (wie wir ihn bei Nabal und sonst sehen). Der treue Gott hat auch sein Harren und Hoffen und seine Geduld nicht zu Schanden werden lassen. Daher spricht er aus Erfahrung Ps. 25, 3: Keiner wird zu Schanden, der deiner harret. Ps. 27, 14: Harre des Herrn, sei getrost und unverzagt (Gottes Stunde kommt wohl). Ps. 33, 20: Unsere Seele harret des Herrn, er ist unsere Hülfe und Schild. Ps. 62, 6: Meine Seele harret nur auf Gott, denn er ist meine Hoffnung. V. 9: Hoffet auf ihn allezeit, lieben Leute, schüttet euer Herz vor ihm aus, Gott ist unsere Zuversicht.

Freude über Gott, Ps. 37, 4: Habe deine Lust an dem Herrn, er wird dir geben, was dein Herz wünschet. So ist es zwischen David und Gott gewesen. Wie mit David? wie mit Gott? Seine Freude über Gott zeigt sich, als er die Bundeslade nach Jerusalem bringen läßt, und in seiner Herzensfreude vor der Lade her tanzt. Er schwört Ps. 132, 3—5: Ich will mich nicht auf das Lager meines Bettes legen, bis ich eine Stätte finde für den Herrn ꝛc. 1 Chron. 30, 3 „aus Wohlgefallen am Hause meines

Gottes" giebt er viel, und als das Volk auch seine Hände reichlich dem Herrn füllet, da V. 9. „freuete sich David hoch." — Daher hatte er auch seine herzliche Freude am Gottesdienst. Er sagt darüber Ps. 26, 6—8: Ich halte mich, Herr, zu deinem Altar, da man höret die Stimme des Dankens, da man prediget alle deine Wunder; Herr, ich habe lieb die Stätte deines Hauses, und den Ort, da deine Ehre wohnet. Ps. 27, 4: Eins bitte ich vom Herrn, das hätte ich gerne, daß ich im Hause des Herrn bleiben möge mein Leben lang, zu schauen die schönen Gottesdienste des Herrn, und seinen Tempel zu besuchen. — Wegen dieser Freude über Gott war auch Gottes Wort sein Schatz. Davon zeugt besonders Ps. 119. V. 24: Ich habe Lust zu deinen Zeugnissen (das Wort, das Gott überhaupt gesprochen hat, besonders auch die zehn Gebote, die Gott auf Sinai sprach, geben Zeugniß von Gott), die sind meine Rathsleute, d. h. meine Minister, meine geheimen Räthe. Aus Gottes Wort also holte er Rath, ob er dies und das thun sollte; wie er eine Sache anfangen sollte: ob es Gott wohl gefiele oder nicht. V. 99: Ich bin gelehrter, denn alle meine Lehrer; denn deine Zeugnisse sind meine Rede. V. 100: Ich bin klüger, denn die Alten; denn ich halte deine Befehle. Worin bestand also nach David's Meinung die wahre Weisheit? V. 104: Dein Wort macht mich klug. V. 105: Dein Wort ist meines Fußes Leuchte, und ein Licht auf meinem Wege. Ps. 19, 10—12: Die Rechte des Herrn sind köstlicher denn Gold, sie sind süßer denn Honig und Honigseim; auch wird dein Knecht durch sie erinnert (über Recht und Unrecht, bekommt Antrieb und Ermahnung); und wer sie hält, der hat großen Lohn. — Wegen seiner Freude über Gott war auch seine höchste Freude: Gott loben. Ps. 147, 1: Lobet den Herrn, denn unsern Gott loben, das ist ein köstliches Ding; solches Lob ist lieblich und schön. Ps. 92, 2: Es ist ein köstliches Ding, dem Herrn danken, und lobsingen deinem Namen, du Höchster, des Morgens deine Gnade und des Nachts deine Wahrheit verkündigen. Ps. 135, 3: Lobet den Herrn, denn der Herr ist freundlich; lobsinget seinem Namen, denn er ist lieblich. Ps. 104, 1: Lobe den Herrn, meine Seele; Herr, mein Gott, du bist sehr herrlich, du bist schön und prächtig geschmückt. Am höchsten war diese Freude, diese Wonne über Gott, als Gott ihm die Verheißung des Messias gab, daß sein Königreich ewiglich bestehen sollte durch seinen Sohn, den David selbst seinen Herrn nennt. Da floß auch sein Mund von Anbetung, Lob und Dank Gottes über 2 Sam. 7, 18: Wer bin ich, Herr, Herr, und was ist mein Haus, daß du mich bis hierher gebracht hast (vom Hirten zum König), das hast du noch zu wenig geachtet (deine Liebe, Freundlichkeit und Güte gegen mich hat da noch kein Ende), sondern du hast dem Hause deines Knechts noch von fernem Zukünftigen geredet; und was soll David mehr reden mit dir (ich kann meinen Dank, meine Freude und Seligkeit nicht in Worte fassen), du erkennest deinen Knecht, Herr, Herr (du siehst in mein Herz). — So sprach der Mann nach dem Herzen Gottes mit und vor seinem Gott. Es hat wohl nie im ganzen A. T. ein Mensch so ein Hochgefühl, so eine Seligkeit, oder wie soll ich es nennen, über seinen Gott gehabt, als David.

Demuth. Es konnte nicht fehlen, wenn David die Majestät, die unendliche Größe, Macht, Güte und Erbarmung seines Gottes erkannte und pries, daß dabei seine eigene Person ganz wegfiel, obgleich er als König auch herrlich, mächtig, geehrt und groß war. So war es denn auch: David war demüthig. Er erkennt, daß Gott ihn vom Hirten zum König gemacht hat: Wer bin ich, und was ist mein Haus ꝛc. Er weiß: Gott wird den Riesen in seine Hand geben. Als die reiche Beisteuer zum Tempelbau an Gold und Silber dalag, da sagte er 1 Chron. 30, 14: Wer bin ich und was ist mein Volk, daß wir sollten geben? Von dir ist es Alles gekommen, und von deiner Hand haben wir dir's gegeben. — Als er die Bundeslade nach Jerusalem holt, und vor dem Herrn tanzt, und sein Weib Michal ihn deshalb spottet, da spricht er die denkwürdigen Worte 2 Sam. 6, 21. 22: Ich will vor dem Herrn spielen, der mich erwählet hat ein Fürst zu sein über das Volk des Herrn, und will noch geringer werden denn also, und will niedrig sein in meinen Augen. — Aus solcher Herzensdemuth floß auch seine wahrhafte, tiefe Reue, wenn er seinen Gott durch Sünden beleidigt und betrübt hatte. Ps. 51: An dir allein habe ich gesündiget und vor dir habe ich Uebels gethan. Er vergißt Alles, was er doch an Urias Unrecht gethan hat, es ist gering gegen das, womit er seinen Gott beleidigt hat ꝛc. Ich schwemme mein Bette mit Thränen Tag und Nacht. Die Bußpsalmen überhaupt.

Offenheit vor Gott und Menschen. Er verhehlet nichts vor Gott und legt ihm ganz sein Inneres hin, denn er weiß, daß Gott „Herzen und Nieren prüft!" Du erkennest deinen Knecht, sagt er einmal. Ein ander Mal: Ich weiß, mein Gott, daß du das Herz prüfest und Aufrichtigkeit ist dir angenehm, 1 Chron. 30. — Dann kennt die Geschichte wohl keinen Menschen, der sich so offen vor Menschen gegeben hat, als David. Seine Nöthen, seine Aengsten, seine Thränen, seine Krankheiten, seine Sünden bespricht er in seinen Psalmen, die wurden öffentlich an heiliger Stätte gesungen, und Alles wurde vor Jedermann aufgedeckt.

Der Herr siehet das Herz an, 1 Sam. 16, 7. Die Worte sprach Gott zu Samuel, als dieser den Mann nach dem Herzen Gottes salben sollte. Wir haben nun David eben in's Herz gesehen, und haben so Einiges gesehen, was denn darin war, und was der Herr ansahe. Was? Glauben und Vertrauen zu Gott; Gebet; Geduld und Harren; Freude über Gott und Göttliches; Demuth; Offenheit vor Gott und Menschen. Auch bei uns läßt der, der Augen hat wie Feuerflammen, und der Herzen und Nieren prüft, sich nicht mit äußerm Flitter, und mit diesem und jenem guten Werk, weshalb

Menschen vielleicht uns loben, abweisen: Er siehet das Herz an. So habe denn dein Herz so, daß Gott es gerne ansieht. Wie? Heuchele nicht vor ihm. Habe (wie Zinzendorf zu sagen pflegte) wie David nur eine Passion, Ein Gefühl, Eine Neigung, Einen Wunsch, und der Wunsch sei Er.

O ich wünsche, ew'ge Güte,
Für mein Leben Eine Blüthe,
Einen Ruhm an meinem Grabe:
Daß ich Dich geliebet habe.

Salomo's Bitte.

1 Kön. 3. 4.

Die Bitte Salomo's um ein gehorsames (eigentlich „hörendes") Herz leitet unsern Gedanken hin zu den Gütern, die Gott giebt. Der Mensch besteht, nach einer schärfern, genauern Eintheilung, aus Leib, Seele und Geist. So hat es das N. T., und so erkennt es auch die Psychologie immer mehr an. Der Leib ist dann das Körperliche an dem Menschen, fast ganz der Verwesung anheim fallend, nur den Keim ausgenommen, woraus sich einst der neue Leib entwickeln soll. Die Seele ist das Belebende und Empfindende im Menschen. Sie reicht durch den feinsten unsichtbaren Duft, der die Nerven umschwebt, in das Leibliche hinein, und verliert sich durch Erkennen, Wollen, Gefühl und Bewußtsein im Geiste. Der Geist im Menschen ist das aus dem Geist Gottes Stammende. Er ist ursprünglich gegeben durch den Einhauch Gottes. Alle Völker, die noch irgend ein Bewußtsein davon bei sich erhalten haben, daß der Mensch mit der Gottheit in Gemeinschaft steht, alle Völker, die Religion haben, haben Geist. Bei denen, den allerrohesten, wo sogar dieses Bewußtsein mangelt, schlummert der ursprünglich gegebene Geist, kann aber geweckt werden durch Mittheilung des Göttlichen. Dieser Geist des Menschen ist durch die Sünde verderbt, durch die Erlösung und den Geist Gottes wiedergeboren. Der Geist beherrscht Seele und Leib, und zieht, wenn er der Sünde verfallen ist, — todt in Sünden, — Leib und Seele mit hinein; veredelt dagegen, wenn er aus Gott geboren ist, Leib und Seele mit. Diesen drei Haupttheilen des Menschen sind nun gewisse Güter beigegeben, die erworben werden können durch die jedem Theil gegebenen Anlagen und Kräfte. Der Leib kann durch Körperkraft sich Nahrung, Kleidung, Reichthum Wohlsein verschaffen. Die Seele kann durch das Erkenntnißvermögen (die Vernunft ist auch ein Vermögen der Seele mit), durch Gefühl und Wollen zwei Güter erlangen: Kunst und Wissenschaft. Die Kunst setzt auch körperliche Anlagen voraus: die Malerei und Bildhauerkunst eine dazu gebildete Hand, die Baukunst ein dazu gebildetes Auge, und ist somit eine Gabe des Leibes, und zugleich durch die Einsicht, die dazu neben dem körperlichen Talent erfordert wird, eine Gabe der Seele. Dagegen ist die Wissenschaft, die ein System von Kenntnissen ist, ganz eine Gabe der Seele, die durch die drei Seelenvermögen erworben werden kann. Die Gaben des Geistes beziehen sich ganz und gar auf Göttliches. Dasjenige Organ in dem Menschen, wodurch diese letztern Gaben erworben, oder vielmehr aufgenommen werden können, ist aus dem Geiste Gottes unserm Geiste gegeben. Diese Gaben aus dem Geiste Gottes, „Frucht des Geistes," sind genannt Gal. 5, 22: Liebe, Freude, Friede, Geduld, Freundlichkeit, Gütigkeit, Glaube, Sanftmuth, Keuschheit. Die Gabe der Liebe steht voran, weil das Wesen des Geistes Gottes Liebe ist: Gott ist die Liebe. Es sind also die Gaben: leibliche; geistige: Kunst und Wissenschaft; geistliche, aus dem Geiste Gottes mitgetheilte, die eben genannten, und alle andern, die aus Liebe zu Gott fließen. Solche Begriffsentwickelung nun nach der heiligen Schrift stellt sich auch aus der Sprachweise heraus*). Geistlich, mit der Endsylbe lich, sassisch glick, lick, gleich, ist gleich dem Geiste, macht das eigentliche Wesen desselben aus, sowohl des Menschengeistes, als des Geistes Gottes, dem auch Demuth (Herablassung), Liebe, Frieden, Gehorsam (die innere moralische Einheit im göttlichen Wesen) zukommt. Keuschheit, auch oben genannt, kann Gott, als bloß Geist, natürlich seinem Wesen nach nicht zukommen. Geistig, mit der Endsylbe ig, eigen, hat etwas mit dem Geiste eigen, gemein, nämlich das Abstracte, und ist darin dem Geistlichen ähnlich. Dann liegt auch das Geistige, Kunst, Wissenschaft, dem Geistlichen am nächsten, das heißt, es kann am ersten auf Göttliches bezogen werden. Denn auch die leibliche Gabe, z. B. die Gesundheit, muß erst bedacht (geistig) werden. Wird sie nun in Beziehung auf Gott betrachtet, und es entsteht Dank, Liebe, so ist die leibliche Gabe durch die geistige hindurch eine geistliche geworden.

Stellen wir nun noch eine Vergleichung zwischen diesen Gaben an. Unten an stehen die leiblichen Gaben, sowohl, weil sie dem Menschen so leicht können genommen werden, als auch weil sie der Mensch im Tode hier lassen muß. Höher stehen die geistigen Gaben, sie sind bleibend hier, und nach dem Tode hat der Mensch noch das davon, was in den Geist übergegangen ist. Aber weder leibliche noch geistige Gaben können das geben, was der „innere Mensch" bedarf: Frieden. Die höchste Kunst, die höchste Wissenschaft, sogar das Bewußtsein von Gott bringt nicht zum Frieden, denn die Teufel glauben

*) Siehe über beide Sylben ausführlich Weigand, Wörterbuch der deutschen Synonymen. 1842. Bd. 2. Nr. 1001.

auch, daß ein einiger Gott sei, und zittern, Jac. 2, 19. Auch Salomo hat das erfahren, Pred. 2, 3—11. Kunst und Wissenschaft an sich führen auch eben so sehr von Gott ab, als zu ihm hin, wie wir es bei den Griechen und Römern sehen. Doch kann und soll das Geistige sich mit dem Geistlichen vermischen, und wo das geschieht, da werden Kunst und Wissenschaft zu einem Pfund, womit man für den Geist für geistliche Güter wuchert. Das haben gethan, um nur einige Männer zu nennen: Paulus, der wissenschaftlich gebildet war, Keppler, Newton, Baco, Haller. Auch sind diese Männer zugleich ein sprechendes Beispiel davon, daß durch Aufnahme des Geistes Gottes in unsern Geist das eigene Denken und Forschen für die Wissenschaft durchaus nicht gelähmt und unterdrückt wird, sondern daß es vielmehr dadurch eine lebendige Anregung und gesunde Richtung erhält. Keppler's Schrift über die Harmonie der Welt endigt also: O du, der du durch das Licht der Natur in uns das Verlangen nährest nach dem Licht der Gnade, um uns dadurch in das Licht der Herrlichkeit zu versetzen, ich sage dir Dank, Schöpfer und Herr, daß du mich ergötzet hast durch deine Schöpfung, daß ich entzückt ward über das Werk deiner Hände. Ich habe den Ruhm deiner Werke den Menschen offenbaret, so viel mein beschränkter Geist deine Unendlichkeit fassen konnte. Ist etwas von mir vorgebracht worden, das deiner unwürdig ist, so verzeihe mir gnädiglich. Siehe Stirm, Apologie des Christenthums. 1836. S. 568. Tholuck, vermischte Schriften. 1839. Bd. 2, S. 384; auch Bd. 1 das dort Beigebrachte über Pascal, Leibnitz, Haller u. A. Von Haller, der schon in seinem 19ten Jahre die medicinische Doctorwürde erlangte, stehe noch folgende schöne, auch hierher gehörende Anekdote hier. Kaiser Joseph war an Voltaire, der auf seinem Gute Fernay wohnte, vorübergegangen und hatte den Greis Haller besucht. Ein Prediger bezeigte Haller seine Freude über diese Ehre: Haller antwortete: Freuet euch, daß eure Namen im Himmel angeschrieben sind.

Die ganze Religion ist geistlich, weil sie die Gemeinschaft unsers Geistes mit Gott ist. Alle Gaben sollen geistlich werden, daher hat die Bibel den Ausdruck „geistig“ gar nicht, sondern spricht nur von geistlichen Gaben, Gütern. Es ist auch die höchste Höhe des Menschen, geistlich und somit wahrhaft gottähnlich zu werden, der Geist ist. Der Friede Gottes ist höher, als alle Vernunft; da werden wieder Frieden und Vernunft einander gegenüber gestellt. Wir würden sagen: das Geistliche ist unendlich höher, als das Geistige, weil es das Edelste, Frieden, schafft.

Die Unterredung.

Betrachtung der Güter, die Gott Salomo gab.

1) Die Arten. 2) Der Werth.

1) Die Güter. Der Gang und das Opfer Salomo's waren feierlich, 2 Chron. 1, 1—6. Aehnlich wie seines Vaters Gang, die Bundeslade abzuholen. Das gefiel Gott, und er erlaubt ihm, sich etwas von ihm zu erbitten, ein Gut. Salomo bittet um ein gehorsames Herz, gehorsam gegen das, was gut und böse sei, 1 Kön. 3, 9, also hingehend auf Gott und sein Gebot. Dieses Gut, Gehorsam gegen Gott: das der Geist Salomo's haben möchte, hat etwas zu thun (Beziehung) mit dem Geiste Gottes. Gottes Geist selber ist gehorsam, oder, wie wir verständlicher sagen: heilig. Heiligkeit: Liebe am Guten, Abscheu am Bösen. Salomo erbittet sich etwas aus dem Geiste Gottes, er bittet um ein geistliches Gut. Geistlich, lich, glick, lick, gleich, was dem Geiste (Gottes) gleich ist; daselbst ist, und daraus unserm Geiste mitgetheilt wird. Gott ist die Liebe. Das Wesen des Geistes Gottes macht also Liebe aus, zuerst zu sich selber, als der Allerhöchste. Röm. 5, 5: Die Liebe Gottes ist ausgegossen in unser Herz durch den heiligen Geist, welcher uns gegeben ist. Was heißt das? Die Liebe zu Gott ist das hauptsächlichste geistliche Gut. Daraus folgen die andern geistlichen Güter, die Gal. 5, 22 genannt sind. Warum heißen sie dort „Früchte des Geistes?“ Warum ist nun Demuth ein geistliches Gut?

1 Kön. 4, 29—34. Also Salomo wußte viel, hatte viel Verstand. Das zeigte sich auch in dem Streit der beiden Frauen. Wie? Er wußte die Wahrheit heraus zu bringen, was Mancher nicht vermocht hätte. Wer viel weiß, hat auch ein Gut. Wo man das, was man weiß, nach den Gründen und in einer gewissen Ordnung weiß, da ist Wissenschaft. Einige Wissenschaften: Naturwissenschaft. Was ist sie? Rechtswissenschaft. Mathematik. — Ferner, Salomo ließ viel bauen, wie wir bald hören werden, und die Bibel rühmt das, was er bauen ließ, als schön. Salomo hat also nicht bloß vom Bauen gewußt, sondern sein Auge sahe auch gleich das Schöne und Häßliche im Bau heraus. Wo so der Körper (Auge, Hand, Ohr, Stimme) mit dem Wissen sich verbindet, da ist ein Können, eine Kunst. Die acht Künste sind: Baukunst, Bildhauerkunst, Malerei, Musik, Gesang, Redekunst, Tanz, Gymnastik (Uebung der Glieder). Welche von diesen Künsten trieb Salomo? Sehet nach Pred. 2, 4—10. Kunst und Wissenschaft sind auch Güter. Sie heißen geistige Gaben. Geistig, ig, eigen, sie haben das Eigene mit den geistlichen Gaben, daß man sie nicht mit Händen greifen, und so zu sagen, dem Menschen nicht ansehen kann, wie man ihm Gesundheit, Reichthum

ansieht. Nennt Menschen mit geistigen Gaben. Aerzte, Advocaten, Maler.

Auch gab Gott Salomo, V. 11, langes Leben, Reichthum, Landesfrieden. Das sind Güter des Leibes, leibliche Güter. Im ersten Artikel des christlichen Glaubens sind noch mehr genannt: Kleider und Schuhe —.

Gelesen 1 Thess. 5, 23. Die Schrift unterscheidet also in dem Menschen Leib, Seele und Geist. Der Leib ist das Körperliche, das Sichtbare; die Seele ist das Belebende des Leibes mit Erkennen, Wollen, Fühlen; Geist ist das aus Gottes Geist Gegebene. So gehen auch die Güter auf den Leib, auf die Seele und auf den Geist. Nennt leibliche, geistige, geistliche Güter. Zu welcher Art von Gütern gehörte, was Goliath hatte? Ahitophel? David, der solche Psalmen dichten konnte? Ich meinte, die Dichtkunst wäre eine geistige Gabe (eine Kunst), warum ist sie hier eine geistliche? (Dichtkunst — Gesang.) Leset 2 Sam. 23, 2.

2) **Ihr Werth.** Sie sind alle wirklich Gaben und Güter. Daher auch dankenswerth, z. B. Gesundheit, Kenntnisse, Frieden. Doch sind sie nicht gleich viel werth. Langes Leben, Landesfrieden, Reichthum konnte Salomo nur so lange haben, als er lebte. Die geistigen Güter, die Salomo hatte, dauerten mit seiner Seele fort und über den Tod hinaus. Beide aber, sowohl leibliche, als geistige Güter, können keinen Frieden geben. Das zeigt sich an Salomo. Gelesen Pred. 2, 2—10 und C. 1, 12—18. Er wird aber, V. 18, gewahr, daß Solches auch Mühe ist; und C. 2, 11. Als ich alle meine Werke und Mühe ansahe, siehe da war es Alles eitel und Jammer. 1 Cor. 13, 1. 2. Also alle Erkenntniß, aller Glaube, der nicht zur Liebe treibt, ist nichts nütze. Das hat die Erfahrung auch an Andern gezeigt: (Was?) an Saul, denn der Friede Gottes fehlte; an Ahab, 1 Kön. 21, 1—4. Die Frau von Rothschild in Paris zeigte Jemandem ihr Haus. Sie kamen in das Schlafzimmer, das der Fremde besonders prachtvoll fand. Ach, sagte die Frau von Rothschild, ich hätte es gerne besser eingerichtet, aber mein Mann wollte nicht mehr als 100,000 Fr. (über 50,000 Mark) für die Einrichtung meines Schlafzimmers hergeben. Denkt euch 50,000 Mark; dafür kann man fünf solche Schulhäuser haben, als dieses ist, und dies für die Gardinen, Stühle, Sopha's rc. einer Schlafstube! Und doch nicht genug! Auch der Besitz geistiger Gaben macht noch nicht glücklich: Göthe war und ist wohl noch der größte Dichter Deutschlands. Man sagte ihm das; Könige und Fürsten beschenkten ihn; hielten sich glücklich, mit ihm zu sprechen; er war Minister eines deutschen Fürsten, der ihn besonders ehrte; war gesund; wurde über 80 Jahre alt. Der war doch glücklich? Wir wollen ihn selbst fragen. Er sagt: Man hat mich immer als einen vom Glück besonders Begünstigten gepriesen, auch will ich mich nicht beklagen, und den Gang meines Lebens nicht schelten. Allein es ist nichts als Mühe und

Arbeit gewesen und ich kann wohl sagen, daß ich in 75 Jahren keine vier Wochen eigentliches Behagen gehabt; es war das ewige Wälzen eines Steins, der immer von Neuem wollte gehoben sein. Was heißt das Letztere? Warum erzähle ich euch das?

Was sollen denn die leiblichen und geistigen Gaben? Zuerst sollen wir damit nützen für die Welt. Wie geschieht das mit Körperkraft? Verstand? Wissenschaft? Dann weiter. Röm. 2, 4: Weißt du nicht, daß dich —. Also du sollst in den leiblichen und geistigen Gaben Gottes Güte erkennen, und so zur Buße, Demuth, Dank, Liebe zu geistlichen Gütern kommen. So mit allen geistigen und leiblichen Gaben. Wie kann man nun ein leibliches Gut, z. B. langes Leben, in ein geistliches verwandeln? Wie ein geistiges in ein geistliches, z. B. Wissenschaft von der Natur? So also sollen leibliche und geistige Güter Mittel werden, geistliche Güter damit zu erlangen.

Nun aber der Werth der geistlichen Güter. Pred. 12, 13, 14: Lasset uns die —. So hat Salomo doch noch gefunden, was wahrhaft beglückt: Gott fürchten und seine Gebote halten; also geistliche Gaben. Welche sind es noch? Welche ist die vorzüglichste? 1 Cor. 12, 31: Strebet nach den besten Gaben, und ich will euch noch einen köstlichern Weg zeigen. Der Weg ist gezeigt gleich in den folgenden Versen: Die Liebe zu Gott, die geistliche Gabe, V. 8, die nimmer aufhört; woraus die andern folgen, V. 4. Von Salomo heißt es auch, 1 Kön. 3, 10: Das gefiel dem Herrn wohl, daß Salomo um ein Solches bat. So führt er den Namen Jedidja (2 Sam. 12, 25), Liebling des Herrn, mit Recht. Die hohe Seligkeit solcher Geistlichen. Paulus, Röm. 8, 35—39: Wer will uns scheiden —. Assaph, Ps. 73, 24. 26: Wenn ich nur dich habe —. Philipp. 4, 7 wünscht Paulus der Gemeine den Frieden Gottes, der höher ist als alle Vernunft. Er sagt auch vor dem König Agrippa, Apostg. 26, 29: Ich wünsche vor Gott, daß Alle, die mich heute hören, solche würden, wie ich bin, ausgenommen diese Bande. Der große Apostel muß doch in seinem Herzen etwas gehabt haben, was Göthe und Salomo nicht hatten. Der alte Prediger Heinrich Müller, der so schöne Erbauungsbücher geschrieben hat, sagt von sich, es sei kein Tag seines Lebens gewesen, an dem er gesund, und frei von Schmerzen gewesen sei. Dieser Schmerzensmann hatte sich zu seinem Lieblingsspruch erkoren 2 Cor. 6, 10: Als die Traurigen, aber allezeit fröhlich.

Daraus nun ergiebt sich die Hauptsorge. 1 Cor. 14, 1: Fleißiget euch der geistlichen Gaben. Trachtet am ersten nach —. Unsere Geschichte lehrt, wie man dazu kommt: Gebet. Das sagt auch Jesus, Luc. 11, 13: So denn ihr, die ihr arg seid, könnet euren —. So bitten wir denn zum Schluß darum: Daß ich dein auf ewig sei, sei die größte meiner Sorgen, daß ich einst verklärt und frei steh' am Auferstehungsmorgen, diese Bitte, dieser Sinn nehme mich, o Jesu, hin.

Eines schenke mir hienieden: **Deinen Geist und deinen Frieden**, und den Ruhm an meinem Grabe, daß ich dich geliebet habe. Amen!

Salomo's Tempelbau.

1 Kön. 6—8.

Der König David war es, der Israel Ruhe verschafft hatte von allen seinen Feinden rings umher. Als Israel ruhig und fest saß im Lande, da gefiel es Jehovah, dem Gotte Israel's, in einem festen Hause unter seinem Volke zu wohnen, wie früher in einem Zelte. Der Tempel war das Symbol der besondern Nähe Gottes in Israel. Schon Mose wußte es, 5 Mos. 26, 15, daß der Himmel die heilige Wohnung Gottes ist, und Salomo spricht 1 Kön. 8, 27: Der Himmel und aller Himmel Himmel können dich nicht versorgen; wie sollte es denn dieses Haus thun, das ich gebauet habe? Wenn aber Salomo dennoch dem Herrn ein Haus erbauet, so ist ihm neben der Unermeßlichkeit und Unendlichkeit Gottes das besondere Verhältniß klar, in das sich Jehovah mit Israel hineinbegeben hat. Dies bezeichnen auch die Namen des Tempels. Er heißt gewöhnlich das Haus des Herrn, 1 Kön. 9, 1. Die Wohnung Gottes, 1 Kön. 8, 13. H.: Der Palast des Herrn, 2 Kön. 24, 13. Das Heiligthum, 1 Chron. 22, 19. Von der Einrichtung vieler Dinge im Salomonischen Tempel können wir uns jetzt keine klare Vorstellung mehr machen, da wir bloß an die kurzen Beschreibungen in den Büchern der Könige und der Chronika gewiesen sind. Diesen Salomonischen Tempel hat Nebucadnezar zerstört, und im zweiten Tempel, den besonders Herodes der Große nach griechischen und römischen Formen sehr verschönerte, war Vieles anders. Diesen zweiten Tempel beschreibt freilich Josephus genauer. — Man ist nun von Kind an gewohnt, sich den Salomonischen Tempel als ein Prachtgebäude, in ungeheurer Form, und mit allem Glanz irdischer Paläste ausgeschmückt zu denken. Alle solche Gedanken muß man für's Erste fahren lassen. Von den riesenhaften Tempeln Egypten's und Indien's, von den Kunstwerken Griechenland's und Rom's hatte dieser Tempel nichts. Manches Privathaus ist größer bei uns, als der Tempel an sich war, der nur 90 Fuß Länge, 30 Fuß Breite und 45 Fuß Höhe hatte. Aber die Herrlichkeit des Tempels liegt auch nicht in dem, was die Welt groß, herrlich und prächtig nennt, sondern sie liegt in der geistigen Bedeutung, die der Tempel hatte. Und diese geistige Bedeutung des Tempels haben wir zu suchen in der Bestimmung des Tempels und in den Gedanken und Ideen, die den einzelnen Theilen zum Grunde liegen. Es war das Haus des lebendigen Gottes, den der Himmel und aller Himmel Himmel nicht umfassen; der Gott offenbarte sich Israel dort Das ist sein Ruhm über alle Tempel Egypten's, Indien's und Rom's. Es bedurfte auch nicht einmal, daß der Tempel die Größe unserer gewöhnlichen Kirchen hatte. Unsere Kirchen sind zur Aufnahme der Gemeine da, und erfordern nothwendig einen großen Raum; der Tempel dagegen war nur da zur Aufnahme gewisser heiliger Geräthe, und zur Verrichtung gewisser heiliger Handlungen von den Priestern. Die meisten gottesdienstlichen Handlungen dagegen: Opfer, Reinigungen, öffentliche Gebete, geschahen unter freiem Himmel im Vorhofe der Priester, während das Volk sich im äußern Vorhofe versammelte. — Die in der Unterredung folgende Beschreibung des Tempels ist meistens nach C. F. Keil: Der Tempel Salomo's. Eine archäologische Untersuchung, 1839; wo alles Spätere des zweiten Tempels fern gehalten ist. — Ueber die Einweihung stehe hier eine Stelle aus Menken's Anleitung rc. „Die Erbauung dieses Tempels gehört zu dem Schönsten und Größten in Israel's Geschichte, und die Einweihung desselben hat, nur allein auf das Menschliche gesehen, in aller menschlichen Geschichte kein Gleiches. Kein Tempel, keine Kirche, kein Bethaus ist jemals so eingeweihet, auch schon in dem Sinne nicht, daß dies Salomonische Gebet, das erste in seiner Art, allen folgenden zum Muster gedient hat. Ganz unvergleichbar aber erscheint die Einweihung dieses Einen Tempels des lebendigen Gottes auf Erden, und sie gehört nicht nur zu dem Größten und Edelsten der menschlichen Geschichte überhaupt, sondern was viel mehr sagt, selbst zu dem Größesten der israelitischen Geschichte, insofern diese mehr eine Geschichte ist dessen, was Gott gethan hat, als eine Geschichte menschlicher Handlungen und Thaten, wenn man auf das Göttliche siehet, auf die heilige und herrliche Offenbarung des unsichtbaren, lebendigen Gottes, als des Jehovah's und Gottes Israel's, die dabei stattgefunden hat, in einer Art und Weise, daß das gesammte Gesetz und Zeugniß Gottes in Israel dem damals lebenden Geschlechte von Neuem unmittelbar von Gott, und so wie nun der Allmächtige es thun konnte, in seiner Wahrheit und Göttlichkeit besiegelt und bestätigt wurde, und zwar so, daß das ganze Volk Augenzeuge davon sein konnte." (Es ist hier zuletzt gemeint 2 Chron. 7, 1—3.)

Die Unterredung.

Der Tempel Salomo's.

1) Der Bau. 2) Die Einrichtung. 3) Die Einweihung.

Der Bau. Salomo erbauete den Tempel auf dem Berge Morija, der innerhalb Jerusalem lag, 2 Chron. 3, 1. In den Psalmen und den Propheten ist unter dem Namen Zion der Tempelplatz mit begriffen, und der Tempelberg wird immer Berg Zion genannt. Dieser Platz war auf göttliche Anordnung schon von David zur Zeit der Pest bestimmt. Auch hatte David schon Gold und Silber, Eisen und Erz und Cedernholz in Menge zusammengebracht; hatte auch seinem Sohne Salomo ein Vorbild des Tempels nach allen seinen Theilen und Geräthen übergeben, das nach göttlicher Unterweisung verfaßt war, 1 Chron. C. 23, 29. 30. Salomo machte ein Bündniß mit dem König Hiram von Tyrus. Es wurden 70,000 Lastträger und 80,000 Steinhauer unter 3300 Aufsehern nach dem Libanon geschickt, damit sie gemeinschaftlich mit den Tyrern große Steine und Balken zurichteten für den Tempelbau, 1 Kön. 5, 2 Chron. 2. Außerdem wurden noch 30,000 Mann aus Israel zum Frohndienst ausgegeben, von welchen je der dritte Theil abwechselnd einen Monat auf dem Libanon arbeiten sollte. Der Bau des Tempels, der im vierten Jahre der Regierung Salomo's anfing, ist in 7½ Jahren vollendet.

Die Einrichtung. Wenn in der Bibel von dem Tempel die Rede ist, so wird darunter oft nicht bloß das Gebäude des Tempels verstanden, sondern gewöhnlich der ganze Tempelraum mit allen Höfen, Hallen und Nebengebäuden. Der ganze Raum war mit einer Mauer, worin Thüren waren, umgeben. Der Tempel hatte die Einrichtung der Stiftshütte, und bestand also aus dem eigentlichen Tempelgebäude und aus dem Vorhof. Die Wände des Tempels waren von großen behauenen Steinen (Quadern) aufgeführt, inwendig mit Cedernholz getäfelt, und der Fußboden war mit Cypressenholz belegt. Dies Tafelwerk war aber nicht eben und glatt, sondern überall hatte es in viereckten Feldern eingeschnittene (halberhabene) Arbeit, nemlich Bilder von Cherubim, aufbrechenden Blumen und Früchten. Diese Bilder sollten wohl versinnlichen das göttliche Leben, Blühen, Wachsthum und Gedeihen in Israel. Dies Ganze des inwendigen Hauses war wieder mit Goldblech oder Goldplatten belegt, und zwar so, daß die in Holz eingeschnittenen Figuren sich in dem goldenen Ueberzug ausgeprägt darstellten. Der Tempel war im (Lichten) lang 60 Ellen (à 1½ Fuß unseres Maßes), breit 20 Ellen und hoch 30 Ellen, war also gar nicht sehr groß. Er hatte nur, wie die Stiftshütte, zwei Räume: das Allerheiligste und das Heilige. Auf der Vorder=

seite befand sich eine Vorhalle, die über die ganze Breite des Tempels ging, also 20 Ellen breit und 10 Ellen tief war. Sie war aus behauenen Quadern aufgeführt, und mit Cedernbalken gedeckt. Vor der Halle standen frei zwei Säulen von Erz (Kupfer) auf einem 12 Fuß hohen steinernen Gestell. Diese Säulen waren 23 Fuß lang, hatten 12 Fuß im Umfang und führten besondere Namen: Jochin, d. h. Feststellung; und Boas, d. h. Stärke. Warum diese Namen? Israel ist unter Jehovah fest, und in ihm stark. — Auswendig war um das Heilige und Allerheiligste herum auch ein Anbau angelegt, der das Tempelhaus von drei Seiten umschloß, so daß nur die Halle an der Vorderseite frei blieb. Dieser Anbau bestand aus Kammern, Gemächern und Sälen zur Aufbewahrung von Tempelgeräthschaften, Priesterkleidungen, Geräthen aus der Stiftshütte 2c., und hatte eine Höhe von 20 Ellen. Das Dach sowohl des Tempels als auch des Anbaues war platt, und hatte eine Brustwehr. Das Allerheiligste war der hinterste Theil des Tempels, 20 Ellen lang, 20 Ellen breit und 20 Ellen hoch; war also wie das Allerheiligste in der Stiftshütte ein Cubus, oder hatte Würfelform. Die 10 Ellen Höhe, die noch übrig sind, enthielten auch Gemächer, wie der Anbau. Im Allerheiligsten waren keine Fenster und es war völlig dunkel darin, so daß Salomo's Wort, 1 Kön. 8, 12: Der Herr hat geredet, er wolle im Dunkeln wohnen, seine eigentliche und volle Bedeutung behielt*). Es ist schon bemerkt, daß Wände, Decken und Fußboden mit Gold überzogen waren. Im Allerheiligsten war nur die Bundeslade mit dem Sühndeckel (Gnadenstuhl), aus der Stiftshütte dahin gebracht. Salomo ließ zwei große Cherubim machen von Oelbaumholz, mit Gold überzogen, unter deren ausgebreitete Flügel die Bundeslade gestellt wurde. Die Thür zwischen dem Allerheiligsten und dem Heiligen bewegte sich in goldenen Angeln, sie war von Oelbaumholz mit Schnitzwerk und mit Gold überzogen. So auch die Thür zwischen dem Heiligen und dem Vorhof. Die Thür zwischen dem Heiligen und dem Allerheiligsten stand offen; und die Einsicht in das Allerheiligste verdeckte ein bunter Vorhang, mit Cherubimgemälden durchwebt. — Das Heilige hatte 40 Ellen Länge, 20 Ellen Breite und 30 Ellen Höhe. Es waren darin Fenster angebracht, und vermuthlich, da der Anbau nur 20 Ellen Höhe hatte, über diesen Anbau. Diese Fenster waren aber nichts Anderes als Oeffnungen für das einfallende Licht, nach innen weit,

*) Wenn das A. T. sagt: Der Herr will im Dunkeln wohnen, und das N. T. dagegen: Gott wohnet in einem Lichte, wo Niemand zukommen kann, so widerspricht sich dies nicht. Beides bezeichnet nemlich das Unvermögen des menschlichen Geistes, Gott vollständig zu erkennen; eben wie das leibliche Auge im Dunkeln nichts erkennen kann, und auch nicht vermag in das Licht der Sonne zu schauen, um dort etwas zu erkennen. Doch bezeichnen: Dunkel und Licht auch wieder sehr hübsch die Verschiedenheit der Gotteserkenntniß im A. und im N. T., wie man es leicht beim weitern Nachdenken finden wird.

nach außen eng und mit eisernen Gittern verschlossen. Das Geräth des Heiligen war: Der Räucheraltar, 10 goldene Leuchter und 10 Schaubrodtische. Das Heiligthum der Stiftshütte hatte nur Einen Leuchter und Einen Schaubrodtisch. — Der Vorhof. Derselbe erforderte einen großen Raum, da er zum Versammlungsort der Gemeine Israel bestimmt war, wie es unsere Kirchen für die christliche Gemeine sind. Alle Opfer geschahen unter freiem Himmel im Vorhofe. Weil der Berg Morija kaum Platz hatte für den Tempel selber, und von allen Seiten steil und abschüssig war, so ließ Salomo eine eigene Mauer, an 400 Ellen hoch bis an den Gipfel des Berges aufführen, und den Zwischenraum mit Erde ausfüllen. Dadurch wurde der Raum oben vergrößert. Die große Zahl der Steinhauer mag also zum Theil da mit Arbeit gefunden haben. In spätern Zeiten wurden noch zwei Mauern mehr aufgeführt. In diesen Mauern, wovon man noch jetzt einzelne Theile sieht, sind Steine von 20 bis 30 Fuß Länge. Der Vorhof des Salomonischen Tempels bestand aus zwei Abtheilungen: dem Vorhof der Priester und dem äußeren Vorhof. Der Vorhof der Priester war bloß durch Säulen von dem Vorhof des Volks getrennt. In dem Priesterhof wurde geopfert, gesegnet, von den Priestern gebetet, von den Leviten Musik gemacht und gesungen. Da stand der große Brandopfer-Altar, 20 Ellen lang und breit und 10 Ellen hoch, von Steinen erbauet, und mit Kupfer überzogen. Dann war da das eherne, d. h. gegossene kupferne Meer, ein ungeheures Wasserbecken von 10 Ellen Durchmesser, das auf 12 ehernen Rindern, deren Köpfe nach außen gekehrt waren, ruhete. Dieses Becken enthielt Wasser zum Waschen für die Priester, die, ehe sie zum Dienst an den Altar gingen, Hände und Füße waschen mußten. Auch waren noch da 10 Waschbecken zum Abspülen des Opferfleisches, und sonstige zum Opfern nöthige Geräthe und Einrichtungen. Der äußere Vorhof war der Vorhof und Versammlungsplatz des Volks; derselbe war von einer Mauer, die Thore hatte, umschlossen. In diesem Vorhofe waren Priesterwohnungen, Vorrathshäuser und Wachthäuser.

Die Einweihung. Als der Bau des Tempels vollendet war, versammelte der König alle Aeltesten und Stammfürsten in Israel gen Jerusalem, und sie brachten die Bundeslade aus der Burg Zion in Jerusalem, wohin David sie gebracht hatte, hinweg in das Allerheiligste des Tempels, und stellten sie unter die Flügel der Cherubim. Dazu brachten sie die ganze Stiftshütte (die zuletzt zu Gibeon gewesen war), und alles Geräth darin auch in den Tempel. Als die Bundeslade hineingebracht wurde, gingen der König und die ganze Gemeine Israel vor der Lade her. Im Tempel standen alle Priester, angethan mit Priesterkleidern, und die Leviten, und lobten Gott mit Gesang und Saitenspiel, daß der Herr gütig ist, und seine Barmherzigkeit ewiglich währet. Da erfüllete eine Wolke das Haus des Herrn, eben wie sie die Stiftshütte erfüllet hatte, so daß die

Priester nicht stehen konnten zu dienen, denn die Herrlichkeit des Herrn erfüllete das Haus. Das ist denn die innere Herrlichkeit dieses Tempels, daß die Herrlichkeit des Herrn ihn erfüllete, wovon alle andern Tempel der Welt damals, die den todten Götzen geweihet waren, nichts hatten. Darauf hielt der König Salomo eine Anrede an die Gemeine Israel, und ganz Israel stand. Er sprach: Jetzt hat der Herr bestätigt das Wort, das er meinem Vater David geredet hat, und ich habe gebauet ein Haus dem Namen des Herrn, des Gottes Israel, und der Lade daselbst eine bleibende Stätte zugerichtet. Danach trat der König vor den großen Brandopferaltar, fiel auf die Kniee nieder vor der ganzen Gemeine Israel, und breitete seine Hände zum Gebet aus gen Himmel. Er sprach: Herr Gott Israel's, du hältst den Bund und die Barmherzigkeit deinen Knechten, die vor dir wandeln von ganzem Herzen. Da hast gehalten deinem Knechte David, meinem Vater, was du ihm geredet hast. (Hier rühmt Salomo die Treue Gottes, die hält, was sie verheißen hat.) Aber meinest du, daß Gott auf Erden wohne? Siehe, der Himmel und aller Himmel Himmel mögen dich nicht fassen; wie sollte es denn dieses Haus thun, das ich erbauet habe! (Hier rühmt er die Majestät Gottes, den nichts umschränkt: unendlich, unermeßlich, unbegreiflich, unerforschlich, unaussprechlich. Was heißt jedes dieser Wörter, aus dem Stammwort erklärt?) Wende dich aber, Herr mein Gott, zu dem Gebet deines Knechts, daß du erhörest das Bitten und Beten, das dein Knecht vor dir thut. Laß deine Augen offen sein über dieses Haus, wohin du deinen Namen zu stellen geredet hast. (Salomo fühlt also neben der unendlichen Majestät Gottes die besondere Gegenwart Gottes in diesem Gotteshause.) So höre nun das Flehen deines Knechts, und deines Volkes Israel, da sie bitten werden an dieser Stätte; höre es von der Stätte deiner Wohnung vom Himmel, und wenn du hörest, so wollest du gnädig sein. Wenn dein Volk Israel an dir gesündigt hat, und bekehret sich und bekennet deinen Namen, bittet und flehet vor dir in deinem Hause, so wollest du hören vom Himmel, und gnädig sein der Sünde deines Volks. Wenn der Himmel zugeschlossen wird, daß es nicht regnet, weil sie an dir gesündigt haben, und bitten an dieser Stätte und bekennen deinen Namen, und bekehren sich von ihren Sünden, weil du sie gedemüthigt hast: so wollest du hören im Himmel, und gnädig sein der Sünde deines Volkes Israel, und regnen lassen auf das Land. Wenn Jemand in deinem Volke eine Plage oder Krankheit hat, wer dann bittet und flehet und seine Hände ausbreitet in diesem Hause, so wollest du hören vom Himmel, vom Sitz deiner Wohnung und gnädig sein, und Jedermann geben, nachdem du sein Herz kennest; denn du allein kennest das Herz der Menschenkinder; auf daß sie dich fürchten und wandeln in deinen Wegen. Wenn auch ein Fremder, der nicht von deinem Volke Israel ist, kommt aus fernen Landen, um deines großen Namens und mächtiger Hand willen, und betet zu diesem Hause, so wollest du hören vom Himmel, vom Sitz deiner Wohnung, und thun, warum er dich anrufet. Auf daß alle Völker auf Erden deinen Namen erkennen und dich fürchten, wie dein Volk Israel, und inne werden, daß dies Haus nach deinem Namen genannt sei. So laß nun, mein Gott, deine Augen offen sein, und deine Ohren aufmerken auf das Gebet an dieser Stätte. Mache dich auf, Herr Gott, zu deiner Ruhe, du, und die Lade deiner Macht. Laß deine Priester, Herr Gott, mit Heil angethan werden, und deine Heiligen sich freuen über dem Guten. Du, Herr Gott, wende nicht weg das Antlitz deines Gesalbten, gedenke an die Gnaden, deinem Knechte David verheißen. So war das Haus Gottes eingeweiht zu einer Denkstätte der Treue Gottes, wo man seiner Majestät gedenkt, seine besondere Nähe fühlt, und zu einem Ort des Gebets. Mit solchen vierfachen Gedanken (Welche noch?) sollen wir auch jedesmal die Kirche betreten. Denket dem selber weiter nach. Hier habt ihr zugleich in diesem Gebet eine Probe der göttlichen Weisheit, die Gott Salomo in's Herz gab; denn so war nie ein Tempel geweiht, und alle spätere Einweihung von christlichen Kirchen ist nach diesem Weihgebet Salomo's geschehen. — O, wie herrlich ist Israel's Gott! wie herrlich ist ein Volk, dessen Eigenthum der Herr ist!

Nach diesem Weihgebet stand der König auf und segnete die ganze Gemeine Israel und sprach: Gelobet sei der Herr, der seinem Volke Israel Ruhe gegeben hat. Der Herr, unser Gott, sei mit uns, wie er gewesen ist mit unsern Vätern. Er verlasse uns nicht, und ziehe die Hand nicht ab von uns; er neige unser Herz zu ihm, daß wir wandeln in seinen Wegen, und halten seine Gebote. Und diese Worte, die ich von dem Herrn geflehet habe, müssen nahe kommen dem Herrn, unserm Gott; auf daß alle Völker auf Erden erkennen, daß der Herr Gott ist und keiner mehr. — Darauf opferte der König Brandopfer. Da fiel, eben wie bei dem ersten Opfer Aaron's, 3 Mos. 9, Feuer vom Himmel und verzehrte die Opfer, und die Herrlichkeit des Herrn erfüllete das Haus. Auch sahen alle Kinder Israel das Feuer herabfallen, und die Herrlichkeit des Herrn über dem Hause, und sie fielen auf ihre Kniee mit dem Antlitz zur Erde, und beteten an, und dankten dem Herrn, daß seine Barmherzigkeit ewiglich währet. — So offenbarte sich hier der Herr also dem ganzen Volke, daß es ihnen tief zu Herzen ging. — Darauf opferte der König Dankopfer, 22,000 Ochsen und 120,000 Schafe. Salomo machte dem ganzen Israel ein Fest 14 Tage lang (das Laubhüttenfest traf auch gerade damit zusammen). Danach ließ er das Volk gehen, und sie segneten den König, und gingen hin zu ihren Hütten, fröhlich und gutes Muthes über allem dem Guten, das der Herr an David und an seinem Volke Israel gethan hatte.

Ich habe euch, liebe Kinder, die schöne Geschichte der Einweihung nach den Worten der Bibel erzählt. Ich will nichts zu- und abthun durch Fragen und Wiederholungen. Wir sind auch das Volk Gottes, das neue Israel: Gehet hin in eure Hütten, der Gott Israel's segne euch!

Für fleißige Rechenschüler. In welchem Verse findet sich, 1 Kön. 7, das Verhältniß des Durchmessers zum Umkreis?

Salomo's letzte Tage.

1 Kön. 9—11.

Die Unterredung.

Salomo's Abfall von Gott.

1) Die Ursachen. 2) Die Folgen. 3) Die Umkehr von der Abkehr.

Die Geschichte. Die Erscheinung Gottes zum zweitenmal, Verheißung, Drohung. Die Drohung ist erfüllt, Jer. 33, 8. 9. Besuch der Königin von Saba (Süd-Arabien), 1 Kön. 10. Begünstigung der Abgötterei an seinem Hofe, C. 11. Strafe, C. 11, 11. Widersacher, V. 14—40. V. 40 zeigt, wie er die Strafe von Gott noch nicht annehmen will. Sein Tod, V. 40 u. f. Jesus erwähnt Salomo zweimal: Matth. 12, 42. Matth. 6, 29.

1) **Die Ursache des Abfalls.** Gleich nach Salomo's Geburt liebte Gott ihn und nannte ihn durch Nathan Jedidja, d. h. lieblich dem Herrn. Es heißt auch 1 Kön. 3, 3: Salomo hatte den Herrn lieb. Das war also ein schöner Bund, auf gegenseitige Liebe gegründet. Beweise dieser gegenseitigen Liebe haben wir schon in der Geschichte gesehen. Wo, daß Salomo Gott liebte? Wo, daß Gott Salomo liebte? Nun heißt es 1 Kön. 11, 4: Da er alt war, war sein Herz nicht ganz mit dem Herrn, seinem Gott, wie das Herz seines Vaters David, und V. 6: Salomo that, was dem Herrn übel gefiel. In unserer Geschichte werden als Ursache des Abfalls genannt die Weiber, an denen Salomo mit Liebe hing. In seinem Buch: der Prediger, nennt er selbst noch viele andere Dinge mehr, C. 2, 4—10. Alles sind geschaffene Dinge, Creaturen. Alles Geschaffene heißt auch die Welt. Unsere Liebe, d. h. unsere höchste Liebe,

kann nur auf eines dieser zwei Dinge gehen, entweder auf Gott oder auf die Welt. Wie stand es nun früher damit in Salomo's Leben? wie jetzt? Also die Ursache des Abfalls von Gott: er liebte die Welt (die geschaffenen Dinge) mehr als Gott. So ist es noch. Wie? Daher die Warnung, 1 Joh. 2, 15. 16. Warum kann Gott denn die höchste Liebe verlangen? Nehmt einen Bibelspruch dazu: Ich habe dich je und je geliebet. — Aber die Liebe Gottes und die Liebe der Welt im Herzen, ginge das nicht? Niemand kann zween Herren dienen, Matth. 6, 24. Dieselben Dinge, die Salomo von Gott abführten, führen auch uns noch von Gottes Wegen ab. Augenlust: Geld und was man für Geld haben kann, schöne Häuser, Gärten ꝛc.; Fleischeslust; bequemes Leben, schön Essen und Trinken, herrlich und in Freuden leben, Wollust; hoffärtiges Leben: über Viele Herr sein wollen, nach Menschenehre haschen. Der Welt Freundschaft ist Gottes Feindschaft. Was heißt das? Was heißt es umgekehrt: der Welt Feindschaft —. Kinder, ihr seid auch Jedidja's. (Was meine ich?) Sehet zu, daß es euch nicht gehet wie Salomo und Vielen, die das ganze Herz, alle Gedanken hinrichten auf Essen und Trinken, Bauen und Schauen, Reisen und Arbeiten bei Tag und Nacht, an Werk- und Sonntagen; damit einst nicht Gott sagt, Offenb. 2, 4: Ich habe wider dich, daß du die erste Liebe verlässest.

2) **Die Folgen des Abfalls.** Salomo suchte, was Jeder sucht: Frieden mit Gott. Er sucht ihn bei der Welt, d. h. bei den geschaffenen Dingen. Was findet er denn? In seinem Buche: der Prediger, sagt er bei all' den Dingen der Welt, die sein Herz eingenommen hatten, mehrmals: Es ist Alles eitel. Er sagt daselbst, C. 1, V. 3. 8. 17: Die Dinge geben Mühe; V. 18: Grämen und Leiden; sie werden uns alt, V. 10; geben eine Sehnsucht, die nie gestillet wird, V. 8; es ist Eitel und Jammer und nichts mehr. Also die Folge war Unfrieden. Wie versteht ihr nun diesen Ausspruch des alten Kirchenvaters Augustin: Gott hat den Menschen für sich geschaffen, und unser Herz ist ruhelos, bis es Ruhe findet in Gott*). Dieser Unfrieden wird noch vermehrt durch die be-

*) Was Salomo erfuhr, haben viele Andere, besonders Könige, die im vollen Weltbesitz waren, erfahren. Das Leben Ludwig's des Vierzehnten von Frankreich bietet viele Vergleichungspunkte dar. Man sehe in Becker, Weltgeschichte, Th. 9: die letzten Tage Ludwig's. Die Maintenon mußte auf immer neue Zerstreuungen denken, um nur die Sinne des alten Königs, der Alles genossen hatte, zu reizen, und doch wollte Alles nichts verschlagen. Wie wahr schildert Lord Byron (Hebräische Gesänge, in Theremin, Abendstunden, B. 2) das Herz Salomo's, als es im Besitz der vollen Weltfreude war, in einem Selbstgespräch so: „Einst waren Ruhm und Weisheit mein, und Jugend und mächtiges Walten. Ich trank aus goldenen Bechern Wein, umgeben von holden Gestalten. Ich sonnte mein Herz in ihrem Blick, und fühlte von Lieb' es erglühen. Was der Mensch sich wünscht und was spendet das Glück, war mir, als dem Herrscher, verliehen. — Ich lasse die

sondern Strafen, die Gott ihm schickt, V. 14, Widersacher; und V. 11, die Drohung, daß zehn Stämme abfallen würden von seinem Hause. So ist der Abfall von Gott noch verbunden mit Krankheit. (Wie?) Mangel, Schande. Die müssen die lustigen Tage hemmen. Warum?

3) Ja. **Salomo sollte umkehren von der Abkehr** und sich wieder zu Gott wenden. V. 40 steht, er wollte Jerobeam tödten, wollte also das noch nicht annehmen, was Gott gab. Doch hat er sich wohl noch vor seinem Ende bekehrt. Denn Gott verheißt, 2 Sam. 7, 14. 15, von Salomo: wenn er eine Missethat thut, so will ich ihn strafen, aber meine Barmherzigkeit soll nicht von ihm gewandt werden. 2 Chron. 11, 17 läßt es auch hoffen. Alles läßt sein Herz leer, wie wir eben sahen. Da erinnert er sich vielleicht an den Frieden, den er früher hatte, als er noch mit Gott in Gemeinschaft war. Was ist da natürlicher, als daß er zurückkehrt. Als daher sein Predigerbuch die Eitelkeit aller Dinge nachgewiesen hat, so sagt er zum Schluß die hochwichtigen Worte: Lasset uns die Hauptsumme aller Lehren hören —. Also 1) die Furcht Gottes, 2) der Gehorsam, 3) das dereinstige Gericht; wo diese Dinge lebendig vorstehen, da kehrt man in der Welt ab. Daher wenden wir uns mit unserm Gebet zu Gott, wo wir abgefallen sind, mit Gesang 448 V. 3: Von der ersten Liebe (ach, dies ist mein Schmerz!). Von der ersten Liebe wich mein wankend Herz. Herr, du bleibst Erbarmer, vollendest meinen Lauf! Sieh', hier fleh' ich Armer; Nimm, nimm mich wieder auf! Gott, der mich erschaffen! Gott, der mich versöhnt! Gott, der mich geheiligt.

Rehabeam und Jerobeam.

1 Kön. 12 u. f.

Die Geschichte mit kurzen Bemerkungen. Was Gott dem Könige Salomo gedrohet hatte, 1 Kön. 11, 11: Weil Solches bei dir geschehen ist —; das geschah unter Salomo's Sohn Reha-

verfloss'ne Zeit am Geist vorüberschweben. Möcht' ich bei all' der Herrlichkeit sie noch einmal verleben? Kein Tag, keine Stunde ist dahin gerollt, wo sanft mein Herz gerastet; und meine Würde schmückte kein Gold, das mich nicht schwer belastet — Die grimme Schlange auf dem Feld vermag der Mensch zu zähmen; die, so das Herz gefangen hält, wie ihr den Stachel nehmen? Sie horcht nicht auf der Weisheit Wort, auf Saiten, kunstvoll geschlagen; ihr Stachel brennet immerfort: der Geist, er muß es ertragen." — Religiöse Menschen dagegen haben nie eine Leerheit, eine Sattheit geäußert in der Freude an Gott, in der Liebe Gottes. Wie wahr ist doch, was Christus spricht vom lebendigen Wasser, wonach uns nicht mehr dürstet, das in's ewige Leben quillet!

beam. Der Abfall ist beschrieben C. 12. Eine gelinde Antwort stillet den Zorn, aber ein hart Wort richtet Grimm an. Spr. 15, 1.

Jerobeam. Es war ihm schon zu Salomo's Zeiten vom Propheten Ahia geweissagt, daß er König werden würde, 1 Kön. 11, 26 ff. Auch wurde ihm, V. 38, die Verheißung gegeben: wirst du in meinen Wegen wandeln und thun, was mir gefällt, so will ich dir ein beständiges Haus bauen. Jerobeam wich bald von Gottes Wegen ab. 1) Er führte den Bilderdienst ein, V. 26, und errichtete goldene Kälber zu Dan und Bethel, aus Furcht, das Volk möchte sich, und wenn es zum Tempel in Jerusalem ginge, von ihm abwenden. Er sündigte also nicht bloß gegen das Verbot: Du sollst dir kein Bildniß machen; sondern war auch der gegebenen göttlichen Verheißung ungläubig. Wie? — 2) Er besorgte selbst Priestergeschäfte, V. 33, und wählte Priester aus den Geringsten im Volk, die nicht aus dem Stamm Levi waren. V. 31 und C. 13, 33. 2 Chr. 11, 13. 14 heißt es: Die Priester und Leviten in Israel verließen ihre Vorstädte und ihre Habe, und kamen zu Juda gen Jerusalem, denn Jerobeam und seine Söhne verstießen sie. — 3) Verlegte er eigenmächtig die Feste, V. 32, damit Niemand nach Jerusalem ginge. Dies Alles nahm das Volk aus Unwissenheit und Bequemlichkeit an. Also Volk und König fielen ab. Von Jerobeam wird weiterhin wiederholt gesagt, z. B. C. 14, 16: der Israel sündigen machte. Ein Beweis, wie schrecklich und schwer auch das A. T. die Sünde der Verführung (des Aergernißgebens) ansieht, eben wie das N. T. Matth. 18, 6. Gottes Liebe sandte nun einen Propheten, der Jerobeam drohen mußte, C. 13, 1—10; aber es heißt, V. 33: nach dieser Geschichte bekehrte sich Jerobeam nicht von seinem bösen Wege. — Die Liebe Gottes kam zum zweitenmal zu ihm, C. 14 (das der Lehrer lieber selbst lies't, als daß er's lesen läßt). Jerobeam's Sohn wurde krank. Die Mutter des Kindes ging verkleidet zum Propheten Ahia. Der giebt ihr die Antwort, V. 7—16 (die poetisch ist): 1) ihr Geschlecht soll ausgerottet werden, 2) der Sohn würde sterben. Beides geschah. Das war die Strafe seines Unglaubens (Wo?) und seines Ungehorsams. (Wo?) Die Drohung Gottes beim ersten Gebot über den Bilderdienst, 2 Mos. 20, 4. 5, war: er wolle solche Missethat der Väter an den Kindern strafen bis in's dritte oder vierte Glied. Dies ist auf eine merkwürdige Weise in der Geschichte der israelitischen Könige erfüllt. Jerobeam's nächster Nachfolger, sein Sohn, war zugleich der letzte König aus seiner Familie. Dem Baesa folgte auch nur sein Sohn. In Amri's Familie blieb der Thron bis zu dem Enkel. Zufolge einer göttlichen Verheißung regierte Jehu's Familie bis in's vierte Glied. Von den andern Königen hat Keiner den Thron seinem Sohn auch nur einige Monate lang hinterlassen können, 2 Macc. 4, 17: Denn es ist mit Gottes Wort nicht zu scherzen, es findet sich doch zuletzt. — Jerobeam hatte nun den Bilderdienst, den er aus Egypten mitbrachte, eingeführt, und der Schritt zur förmlichen Abgötterei, den nachher Ahab that, war leicht. Neunzehn Könige regierten bis zur Zerstörung Israel's über dasselbe in 253 Jahren. (Jerobeam 975 v. C., Hosea, der letzte, 722 v. C.). Kein einziger war Gott treu, und sie übten entweder Kälberdienst oder Götzendienst.

Rehabeam war schon 41 Jahre alt, als er König wurde, C. 14, 21. Seine schlechte Regierung steht C. 14, 21—24. Er ließ bauen Höhen, Säulen, Haine, und sie thaten alle Gräuel der Heiden. Da ließ Gott aus Liebe Strafe und Unglück kommen. Sisak, König von Egypten, nahm die Tempelschätze weg, V. 25. 2 Chron. 12, 5. 6. Da sandte Gott den Propheten Semaja. So spricht der Herr: Ihr habt mich verlassen, darum habe ich euch auch verlassen. Da demüthigten sich die Obersten und der König und sie sprachen: Der Herr ist gerecht. Da sprach der Herr: sie haben sich gedemüthigt, ich will sie nicht verderben. Doch sollen sie Sisak unterthänig sein, daß sie inne werden, was es sei, mir dienen, und den Königen im Lande dienen*). Welch' eine liebevolle Erziehung des Volks. Wir erinnern uns auch dabei an das sanfte Joch und die leichte Last Christi, im Vergleich mit dem schweren Joch der Sünde, woran das Volk zog. — Das Königreich Juda hat 20 Könige gehabt in 387 Jahren. (Rehabeam 975 v. C., Zedekias, der letzte, 588 v. C.). Alle waren zufolge der Zusage Gottes aus dem Geschlecht David's. Mehrere wandelten in den Wegen David's. Weil der Tempel zu Jerusalem war, so hielt sich das Volk im Königreich Juda auch mehr an den wahren Gott und bestand länger. — Die Gränzen der beiden Königreiche Juda und Israel weiß man nicht. Das Königreich Juda bestand hauptsächlich aus dem Stamme Juda, C. 11, 13 u. 32. C. 12, 19, und aus dem kleinern Theil des Stammes Benjamin. (Bibl. Geogr. S. 109.)

*) Der französische Gelehrte Champollion, der sich um die Deutung der Hieroglyphen sehr verdient gemacht hat, kam 1828 zu dem Palast von Karnak, auf der östlichen Seite von Theben, und sah unter andern Wandgemälden auch eins von diesem König Sisak, wie er die Fürsten von dreißig besiegten Völkerschaften vor die Füße seiner Götzen schleppt. Unter diesen Fürsten ist auch eine Figur mit Hieroglyphen, welche Champollion deutete: „König Juda." Die Physiognomie ist ächt jüdisch. Jugendblätter von Barth und Hänel, Bd. 1, S. 213, wo auch das Bild abgedruckt ist.

Elias erster Auftritt.

1 Kön. 16, 28—34. C. 17.

Er heißt Elias der Thisbite, weil er aus Thisbe in Galiläa gebürtig war, und wird, V. 1, genannt aus den Bürgern (H. Fremdlingen) Gilead's, weil er dort wohnhaft gewesen war. Der Name Elias bedeutet: Gott ist meine Stärke. Was sein Name besagt, davon giebt sein ganzes Leben Zeugniß, nur Jehovah und weiter nichts war seine Stärke. Sein Leben hat etwas Großes, Majestätisches, und eine solche Persönlichkeit erscheint uns im ganzen A. T. nirgends. Kein Prophet hat mit einer solchen verdorbenen Zeit zu thun, als Elias unter Ahab und Isebel; kein Prophet ist so frei und muthig der Bosheit unter die Augen getreten, als er; kein Prophet hat so für Gottes Ehre geeifert, als er; keinen hat Gott auf solche Weise abgerufen ohne Tod, als ihn; kurz, kein Prophet ist durch Worte, Thaten, Wunder und Führungen so ausgezeichnet, als Elias es ist. Wenn er spricht, so ist es in kurzen, gewichtigen Sätzen, welche den Gottlosen wie Donnerworte und Richtersprüche Gottes sind. Die Begebenheiten werden nicht bloß von ihm verkündigt, sondern auch meistens von ihm bewirkt. Sein Wort brannte wie eine Fackel, Sir. 48. Auch die Geschichte hat sein Andenken bewahrt, und wenn der letzte der Propheten, Maleachi, den großen Tag verkündigt, der die Gottlosen wie Stroh verzehren wird, so wird unsers Propheten gedacht: Siehe, ich will euch senden den Propheten Elias, ehe denn da komme der große und schreckliche Tag des Herrn; und Elias soll noch einmal den Versuch machen, zu bekehren und zu belehren. Sirach spricht, C. 48, 1—17, sein Lob aus; der Koran erwähnt seiner, und eine persische Sage macht ihn zum Lehrer Zoraster's. Was aber mehr ist als dies Alles, er und Moses erscheinen dem Herrn bei der Verklärung und reden von dem Ausgang, den Jesus zu Jerusalem nehmen sollte. Dies Alles rechtfertigt denn eine genauere Betrachtung des Lebens dieses Mannes Gottes. Es ist Manches in Elias Leben, das unserer Denkweise hart und als zu großer Eifer vorkommen will; je mehr wir uns aber in die gottlose Zeit, wo das Volk Gottes so herunter gekommen war, versenken, desto größer wird uns nur Elias erscheinen gegenüber dem Ahab, der Isebel und dem Volk. Ueber Alles groß und herrlich zeigt sich aber auch in der Geschichte dieser Zeit das Walten des lebendigen Gottes in Treue und Ernst, Langmuth, Gnade und Liebe. Wir verweisen auf F. W. Krummacher, Elias, der Thisbiter, nach seinem äußern und innern Leben dargestellt. 3 Bde. Unser Blick wird in den Unterredungen aber hauptsächlich hingelenkt sein auf das verdorbene Volk, auf Gott und auf das Thun seines Knechts Elias.

Die Unterredung.

1) Das Verderben in Israel. 2) Elias.

1) **Das Verderben in Israel.** Wie es in Israel aussahe bei Elias Auftritt, zeigt uns C. 16, 28—34 Ahab regierte in Israel um 900 v. C. Da er 22 Jahre regiert hat, nach V. 29, so konnte sich das Unheil, wovon er der Urheber war, recht entwickeln. Was er that, steht dort. Er that, was dem Herrn übel gefiel, mehr als Alle, die vor ihm gewesen waren. Die Sünde Jerobeam's (Welche? Bilderdienst, Kälberdienst) war ihm ein Geringes. Dazu heirathete er Isebel*), eine sidonische Prinzessin. Er selber diente dem Baal und betete ihn an. Ein Tempel wurde dem Baal in der Hauptstadt Samaria gebauet und ein Altar darin. Auch einen Hain (H. ein Bild der Göttin Astarte) machte Ahab. So that er mehr als alle Könige vor ihm, den Herrn zu erzürnen. Dem Götzen Baal hatten freilich die Israeliten schon in der Wüste und zu den Zeiten der Richter gedient, aber er hatte doch keinen eigenen Tempel im Lande gehabt. Jetzt war Alles, wodurch sich bisher Juden und Heiden von einander unterschieden, aufgehoben, da Ahab und Isebel die Abgötterei zur Landesreligion machten. Der Dienst der Götzen hat auch von Ahab an nie wieder in Israel aufgehört. Wie sehr das Land vom Götzendienst durch Isebel angefüllt war, sehen wir C. 18, 19, wo 450 Baalspriester und 400 Propheten der Göttin Astarte erwähnt werden. Dazu hatte, C. 18, 4 und 13, Isebel die Propheten des Herrn ausgerottet und erwürgt. Das Volk läßt sich das Alles gefallen. Es war in Israel keine Spur vom Glauben Abraham's, vom Gesetze Gottes, alle Offenbarungen Gottes unter seinem Volke waren vergessen. So schlimm hatte es nie in Israel gestanden. So kann ein Volk herunter kommen! — O, das hat mit uns, die wir 2700 Jahre nach Elias leben, keine Noth; wir sind zu aufgeklärt. Meint ihr? Es sind

*) Isebel war die Tochter Ethbaal's, eines Priesters der Astarte (Astaroth, eine weibliche Gottheit der Sidonier), der sich des Throns von Sidon bemächtigt hatte und dort als König herrschte. Aus diesem Hause stammt noch Josephus, auch Dido (Urenkelin des Ethbaal, die Gründerin von Karthago, deren männlicher Charakter aus der Profangeschichte bekannt ist). Man sieht, welchen herrschsüchtigen, heroischen Sinn diese Frauen hatten; auch Isebel ist hier immer die handelnde, und Ahab läßt sich von ihr leiten. Ihre Tochter Athalia, vermählt an Joram, König von Juda, ist ganz ihr Bild, 2 Chron. 22 und C. 23. Zweierlei wird der Isebel in der Schrift Schuld gegeben, was mit dem Götzendienst immer in so enger Verbindung stand und noch steht: Hurerei und Zauberei. Und noch im N. T., Offenb. 2, 20, erscheint sie als Repräsentantin des falschen Gottesdienstes. Der phönicische Gottesdienst wird uns von Plutarch als ein abscheulicher, die Gottheit entehrender Aberglaube geschildert.

noch keine 50 Jahre her, als bei den Franzosen, einem Volke, das schon über 1000 Jahre christlich gewesen war, in der Revolutionszeit ausgemacht wurde, der Sonntag solle abgeschafft werden, ein Gott wäre nicht im Himmel, die Vernunft sei die Göttin; ein liederliches Weib wurde als Göttin der Vernunft in der Kirche in Paris auf einen Altar von Rasen gesetzt und vor ihr ein Altar errichtet, worauf ein Priester opferte, und das Volk kniete nieder und betete an. — Nun, wenn auch das nicht bei uns; die Götzen sind gefallen, aber ihr Dienst ist geblieben. Was meine ich? Hurerei, Fressen, Saufen, falscher Gottesdienst. Strebe Jeder, daß das im Lande nicht mehr, sondern minder werde.

2) **Elias.** Sein Auftritt, V. 1. Da tritt der Prophet Elias auf. Elias heißt: Gott ist meine Stärke. So war es mit ihm. Er tritt hier, C. 17, 1, plötzlich auf, wie Sir. 48, 1 steht: Er brach hervor wie ein Feuer, d. h. plötzlich, verzehrend, und von seinem frühern Leben wissen wir nichts. Gleich bei diesem ersten Auftritt lernen wir ihn kennen, V. 1: Und es sprach Elia zu Ahab: So wahr der Herr, der Gott Israel's, lebet, vor dem ich stehe, es soll diese Jahre weder Thau noch Regen kommen, ich sage es denn. In diesen Worten bemerken wir: 1) Der Gott Israel's lebt noch, wenn es auch mit seinem Dienste jetzt aus scheint. 2) Ich stehe vor ihm, bin sein Prophet. 3) Es soll kein Regen kommen, er kündigt eine Landesnoth an. 4) So wahr, dies beweis't die zweifellose Gewißheit, den Glauben des Propheten. 5) Ich sage es denn: Muth, indem er dadurch den Haß des Königs und des Volks auf sich ladet. 6) So spricht der Prophet nicht zu einem Freund, nein zu Ahab, dem eifrigen Verehrer des Baal und der Astarte. So ein Prophet war noch nie in Israel aufgetreten, mit solcher Bitte (Welcher?), solchem Muth (Wie?), solchem Glauben (Wie?).

Am Bache Crith, V. 2—6. Als er so gesprochen hat, wird ihm von Gott befohlen zu fliehen. Ihr könnt wohl wissen, warum! Ich habe den Raben befohlen —. Das schien wunderlich, warum? V. 5: Elias that nach dem Wort des Herrn, er hat also keine Einrede, keine Frage, wie? So ist der Mann Gottes gehorsam. Eben hat er Gott die Ehre gegeben dadurch, daß er glaubte, Gott ehrt ihn hier wieder durch wunderbare Hülfe in der Theurung. So verläßt Gott die Seinen nicht, damals nicht, jetzt nicht. Wir sehen hier die Wahrheit des Wortes, Jer. 17, 7. 8: Gesegnet ist der Mann, der sich auf den Herrn verläßt, und deß Zuversicht der Herr ist. Der ist wie ein Baum am Wasser gewurzelt (dem nichts mangelt), denn obgleich eine Hitze kommt (Theurung, Krankheit, Noth), fürchtet er sich doch nicht, sondern seine Blätter bleiben grün; und sorget nicht, wenn ein dürres Jahr kommt, sondern er bringet ohne Aufhören Früchte. Ps. 33, 18, 19: Siehe, des Herrn Auge siehet auf die, so ihn fürchten, die auf seine Güte hoffen, daß er ihre Seele errette vom Tode, und ernähre sie in der Theurung. Da hatte David erfahren, dasselbe Elias, das wirst du erfahren, wenn — du dich auf den Herrn verlässest; wenn — du ihn fürchtest.

Zu Zarpath, V. 7—16. V. 7: Der Bach vertrocknete, denn es war kein Regen im Lande. So ging das Wort des Propheten allmählig in Erfüllung. Elias bleibt noch, bis, V. 9, Gott ihm befiehlt, nach Zarpath, auch Sarepta genannt, zu gehen. Diese Stadt lag an der Gränze von Israel, nahe bei Sidon. Eine heidnische Wittwe soll ihn also versorgen. Von unserer Geschichte spricht Christus, Luc. 4, 25. 26: Es waren viele Wittwen in Israel zu Elias Zeiten, da der Himmel verschlossen war drei Jahre und sechs Monate, und zu deren keiner war Elias gesandt, denn allein zu Sarepta, zu einer Wittwe. Warum hat denn diese Heidin die Ehre, den Propheten zu versorgen, und nicht eine israelitische Wittwe? Wir wollen sehen. V. 13: Backe mir zuerst. Das war eine Prüfung, ob sie dem Worte Gottes, V. 14, glaubte oder nicht. Wie schwer war diese Prüfung, da sie schon vom Sterben spricht, V. 12. So wahr der Herr, dein Gott, lebet. Sie kannte Elias wohl als Juden, und bezeugt mit diesen Worten zugleich ihre Ehrfurcht vor Jehovah. V. 15: Sie gehorcht. Also Glauben an die Verheißung Gottes (Welche?) und Gehorsam, das rechnet hier im A. T. Gott so hoch an, eben wie Christus im N. T. So erwählt sich Gott oft das Unedle vor der Welt und das Verachtete, 1 Cor. 1, 28.

Auferweckung des Sohnes der Wittwe, V. 17—24. V. 17: Nach diesen Geschichten. So fängt auch die Geschichte von Isaak's Opferung an. Dies nemlich, was nun erfolgt, ist für den Propheten und für die Wittwe eine neue Prüfung ihres Glaubens. Wo war denn ihr Glaube geprüft sonst schon? Das Kind stirbt. V. 18: Was habe ich mit dir zu schaffen, heißt eigentlich: Was ist zwischen mir und dir. Du bist zu mir gekommen, daß meiner Missethat gedacht werde. Sie denkt sich die Heiligkeit des Propheten, wogegen ihre Unheiligkeit desto mehr vor Gott in die Augen falle. Das ist Demuth. Elias nimmt das Kind mit in das Obergemach (den Saal). Sein Gebet, V. 20: Herr, mein Gott, hast du auch der Wittwe, bei der ich ein Gast bin, so übel gethan, daß du ihren Sohn tödtest. Er spricht sein Bekümmerniß aus, und daß er das Warum nicht erkennt. Dann thut er, V. 21, die gewaltige Bitte: Herr, mein Gott, laß die Seele dieses Kindes wieder zu ihm kommen. So hatte nie ein Prophet, nie ein Mensch gebeten. Das hatte man nie gesehen, erfahren, daß ein Todter wieder lebendig wird. Elias erbittet es von Gott, glaubt also, Gott kann es. Welcher Glaube gehört dazu! V. 23: Erfolg dieser Bitte ist Erhörung. Gott thut, was sein Prophet glaubt, daß er thun kann. Wie sehr mußte das den Muth des Propheten stärken. Und einen solchen Gott haben wir noch, der aus dem Tode erretten kann. Die Schrift hat so viele Noth und Gott immer als den Retter. Was will sie damit? Ein Trost für uns, wenn wir ihm angehören. Was ist bis jetzt schon in der Geschichte vorgekommen? Noah auf den Wassern, Hagar und Ismael in der Wüste, Jacob auf der Reise, Joseph in der Fremde, Moses im Kästchen, David gegen mächtige Feinde, Elias hier. Und — noch ist das Mehl im Gefäß nicht all, und dem Oelkruge mangelt noch nichts, jetzt 2700 Jahre nach Elias. Was meine ich? Ja, du Herr bist unser Vater und Erlöser, von Alters her ist das dein Name, Jes. 63, 16.

Elias und die Baalspriester.

1 Kön. 18.

Im dritten Jahre seines Aufenthalts bei der Wittwe, V. 1, wird Elias zu Ahab gesandt. Nehmen wir den Aufenthalt des Propheten am Crith dazu, so kommen die im N. T. gesetzten viertehalb Jahre heraus. Elias ist dem Befehl Gottes gehorsam und geht zu Ahab. Dies zeigt sowohl seinen Glauben an Gottes Wort, als auch seinen Muth vor dem ergrimmten König. Der V. 3 erwähnte Hofmeister Obadja ist nicht der, von dem wir das prophetische Buch haben. Die Wuth Ahab's und Isebel's zur Ausrottung des wahren Gottesdienstes muß groß gewesen sein, dies sehen wir daraus, daß Isebel die Propheten Gottes tödten ließ, und sodann, daß Ahab die Mühe nicht gescheut hatte, Elias allenthalben in den umliegenden Königreichen suchen zu lassen; und wenn sie sprachen: Er ist nicht hier, nahm er einen Eid von dem Königreich und Volk, daß man ihn nicht gefunden hätte, V. 10. Dieses Alles wird Elias von Obadja gesagt, aber es schreckt ihn nicht; V. 15: So wahr der Herr Zebaoth lebet, vor dem ich stehe, ich will mich ihm heute zeigen. Er weiß also, daß der Herr auch Zebaoth ist, d. h. Herr der Heerschaaren ist. Elias wird von Ahab angeredet: Bist du der Mann, der Israel verwirret? Die Worte lassen in Ahab's Herz blicken. Die Noth war so sehr groß, denn man hatte für die Rosse des Königs nicht einmal Wasser mehr. Aber diese große Noth bringt den König nicht zur Besinnung, daß er fragt: Woher das wohl? Erst Elias muß es ihm aufdecken, V. 18: Du bringst Israel in's Verderben, und dann fügt er gleich die Ursache hinzu, dadurch, daß ihr den Herrn verlassen habet und Baal dienet. So war es auch wirklich. Denn es war schon im Gesetz Mosis bestimmt, 5 Mos. 28, 15 und 23. 24: Wenn du aber nicht gehorchen wirst der Stimme des Herrn, deines Gottes, daß du haltest und thuest alle seine Gebote und Rechte, so soll dein Himmel, der über deinem Haupte ist, ehern sein (d. h. fest, daß kein Regen hindurch kann), und der Herr wird deinem Lande Staub und Asche für Regen geben vom Himmel auf dich. Und hier war das erste, das Grundgebot übertreten: Du sollst keine andere Götter haben neben mir. Dann hat auch die Geschichte Israel's es bisher immer bestätigt, daß der Götzendienst nur Unheil nach sich gezogen hatte. Das Volk antwortete, V. 21, nichts auf Elias Anrede, denn es fühlt seine Verschuldung, V. 32: Eine Grube um den Altar, zwei Kornmaß weit, will sagen, zwei Maß Saat hätte man darauf aussäen können. Das Gebet Elias, V. 36, ist ein gewaltiges: Herr, Gott Abraham's, Isaak's und Israel's, laß heute kund werden, daß du Gott in Israel bist, und ich dein Knecht, und daß ich solches Alles nach deinem Wort gethan habe. Erhöre mich, Herr, erhöre mich, daß dies Volk wisse, daß du, Herr, Gott bist, daß du ihr Herz danach bekehrest. Also: Gott ist der alte Gott der alten Väter Israel's, wenn auch Israel es nicht erkennen will. Er möge sich heute so kund geben. Denn Elias Wort ist nur Gottes Wort, der Prophet will die Ehre nicht, nur die Ehre will er, daß er Gottes Knecht, und dem Wort des Herrn gehorsam ist. Erhöre mich; H. antworte mir, antworte mir. Denn jede Gebetserhörung ist eine Antwort auf das Gebet, das ein Gespräch mit Gott ist. Daher werden in der Schrift auch die Götzen stumme und todte Götzen genannt, weil sie nicht vermögen, Antwort zu geben, d. h. eine Bitte zu gewähren, zu erhören. Zweck des Kundgebens, der Offenbarung Gottes soll denn zweierlei sein, daß das Volk wisse, daß du Jehovah, Gott bist, daß du ihr Herz danach bekehrest: Also nicht seine Ehre vor dem Volke, nicht Rechthaberei gegen die Baalspropheten, keine eitle Vergnügung, keine leere Bewunderung. Nein, die Ehre Jehovah's, Umkehr von den todten Götzen zu dem lebendigen Gott, von dem Sündendienst zur Heiligkeit und Gerechtigkeit im Dienste Gottes, die Bekehrung der Herzen des Volkes. Das nur möge, so bittet Elias, die Wirkung des Wunders sein, wenn der Herr mit Feuer antwortet. Wie groß, wie majestätisch die Bitte: zur Ehre Gottes, zum Heil des Volks! Gott erhörte das Gebet seines Knechts und das Feuer fiel vom Himmel herab. Der Anfang des wahren Gottesdienstes wurde durch Feuer vom Himmel beglaubigt, 3 Mos. 9, hier wird es die Erneuerung desselben gegen den Baalsdienst. Elias befiehlt, die Baalspriester zu greifen, und er tödtet sie dann am Bach Kison. Wir müssen uns diese That des Propheten als rein aus dem Gehorsam gegen Gott hervorgegangen denken. Wir finden es stets in dem Leben Elias, daß er auf nichts Rücksicht nimmt, als auf die göttliche Stimme, die geht ihm über Alles; er ist gehorsam, wie er in dem Gebet sagt: Ich habe solches Alles nach deinem Wort gethan. Einen besondern Befehl, diese Götzenpriester zu tödten, hatte Elias zwar nicht, aber er bedurfte ihn auch nicht wegen des Grundgesetzes Gottes, 5 Mos. 13, und sonst im Gesetz, das die Vertilgung dieser falschen Priester und Propheten gebot. Im N. T. ist es freilich anders für uns, Luc. 9. Noch V. 41 ist Ahab bei Allem zugegen. V. 42: Elias bückte sich zur Erde und that sein Haupt zwischen seine Kniee, und in dieser Stellung verrichtete er das Gebet, wovon Jac. 5, 18 spricht; und V. 16: des Gerechten Gebet vermag viel, wenn es ernstlich ist; denn ein fruchtbarer Regen erquickte das Land nach viertehalbjähriger Dürre.

Die Unterredung.

1) Des Volks Unentschiedenheit. 2) Elias Entschiedenheit. 3) Gott.

1) **Des Volkes Unentschiedenheit.** Elias tadelt, V. 21, an dem Volk, daß sie sich nicht bestimmt entweder Baal oder Gott zuwandten, ihre Unentschiedenheit, die beiden dient. So ungefähr hatte auch schon Josua gesprochen. Gelesen Jos. 24, 15. In andern Dingen mag man sagen: es ist mir einerlei; was Seel' und Seligkeit anlangt, da verlangt die Schrift Entschiedenheit. Matth. 6, 24: Niemand kann zween —. Offenb. 3, 15. 16: Ich weiß deine Werke — Beispiele von Unentschiedenheit zwischen Gottes Willen und der Sünde Willen (Gottes Dienst und des Teufels Dienst): Wer in der Kirche ein Christ ist, aber auf einer Hochzeit nicht; wer Werktags arbeitet und fromm ist, und Sonntags schlecht; wer Armen giebt, aber ein Hurer und Ehebrecher ist; wer unter Frommen fromm ist, aber unter Spöttern spottet; wer zu stehlen sich scheut, aber nicht erröthet zu betrügen; wer öffentlich fromm ist, und heimlich gottlos; wer fleißig die Kirche besucht, aber viel fleißiger Gesellschaften. Alle hinken auf beiden Seiten; wollen's nicht mit Gott und auch nicht mit der Welt verderben. Das ist sündhaft. 1) Gott gehört das ganze Herz: er hat's erschaffen, er hat's erlöset, er heiligt es. Wenn du dein Herz theilst (Was meine ich?), so giebst du Gott nicht, was ihm gehört, was er haben will, was er sucht, das Herz. 2) Der Spruch, Offenb. 3, 15. 16, hält die Unentschiedenheit schlimmer als gar die Entschiedenheit für das Böse. In welchen Worten liegt das? Warum wohl schlimmer? Matth. 21, 31: Wahrlich, die Zöllner und Hurer (die offenbaren Sünder) mögen wohl eher in's Himmelreich kommen, denn ihr (Pharisäer). Jene fühlen ihr Elend, diese meinen, so wie sie sind, sind sie gut, gut genug. Es erfolgt dann natürlich eine Bekehrung. Daher gilt hier kein halbirtes Leben, Gott krönt kein getheiltes Herz.

2) **Elias Entschiedenheit.** Ganz das Gegentheil von solcher Unentschiedenheit, wo man heute Gott dient und morgen dem

Teufel, zeigt Elias. Er tritt dem erzürnten Ahab unter die Augen. Wo? Wirft ihm seinen Abfall von Gott vor, V. 18: Ich verwirre Israel nicht, sondern —; scheut sich nicht, allein öffentlich Widerstand zu thun, V. 22: Ich bin allein, jener sind 450 Mann; ließ die Baalspriester tödten. Sein Herz kannte nur Eins, V. 36: Du Gott, ich dein Knecht. Das ist Entschiedenheit. Die spricht: Alles von Gott, Alles in Gott, Alles für Gott, Alles zu Gott. (Von Gott: Elias betet; für Gott: er wagt sein Leben dran; zu Gott: Zweck: Volk und König zu führen.) Wo solche Entschiedenheit, da ist ein einfältiges Herz. Eine Falte, da ist nur Eins im Herzen: Wenn ich nur dich habe, so —. Vielfältig, viele Falten, da verbirgt sich Allerlei; Schmutz. In solcher Einfalt haben alle Männer Gottes gewandelt; Paulus, 2 Cor. 1, 12: Das ist unser Ruhm, daß wir —. Was will er damit sagen? Wir betrachten über die edle Einfalt, die wir hier an Elias wahrnehmen, noch folgenden schönen Vers: Wenn wir in der Einfalt stehen, ist es in der Seele licht; aber wenn wir doppelt sehen, so vergeht uns das Gesicht. Einfalt ist ein Kind der Gnade, eine kluge Ritterschaft, die auf ihrem schmalen Pfade nicht nach dem und jenem gafft. Einfalt denkt nur an das Eine, in dem alles And're steht; Einfalt hängt sich ganz alleine an den ewigen Magnet. (Spangenberg.) Magnet: zu dem es hin muß, der es hält, der es trägt. Daher die Bitte: Mache mich einfältig, innig, abgeschieden, sanfte und in stillem Frieden; mach mich reines Herzens, daß ich deine Klarheit schauen mög' in Geist und Wahrheit. Laß mein Herz himmelwärts, wie ein Adler, schweben, und in dir nur leben. (Tersteegen.) Wir haben an Beispielen gesehen, wie sich das unentschiedene Herz zeigt; Beispiele von Entschiedenheit, Einfältigkeit des Herzens. Das Leben ist gleichförmig: heute wie gestern, Sonntags wie Werktags; geheim eben wie öffentlich; die Spötter sitzen auf der Bank und spotten (Ps. 1), du nicht mit, sprichst ihnen ein ernstes Wort in's Herz; Alle thun's; auch gescheute Leute, du nicht; belegen die Sünde mit schönen Namen: Wollust — Liebe; Verführung — Spaß und Scherz; Saufen und Schwelgen — sich ein Vergnügen machen; Sprüchwörter: Mit Wölfen muß man heulen, Noth hat kein Gebot, Nothlügen sind nicht verboten; man nennt dich einen Sonderling. Da gilt Entschiedenheit.

3) **Gott.** Als das Feuer vom Himmel fiel und das Opfer Elias verzehrte, da rief das Volk: Der Herr ist Gott! So zeigte Gott seine Herrlichkeit gegenüber den todten Götzen der Heiden. Gelesen Jerem. 10, 6. 7: Dir, Herr, ist Niemand —. Dann zeigte Gott auch seine Strafgerechtigkeit gegen die Verführer, die Baalspriester, die auch jetzt nicht in das Bekenntniß des Volks: der Herr ist Gott, mit einstimmen. 5 Mos. 13, 5. C. 17, 2—5. C. 18, 20. Elias handelte da also recht nach Gottes Befehl und der

Ordnung des A. T., und nicht, wie oft gesagt wird, in der Hitze und für sich, gegen Gottes Willen. So thaten auch andere Könige: Jehu, 2 Kön. 10, 25, Josia, 2 Kön. 23, 20. Diese Strenge hat im N. T. nachgelassen, Luc. 9, 54—56. — Auch ist hier Gottes Liebe sichtbar gegen Elias: Ahab hatte ihn, V. 10, in allen umherliegenden Ländern suchen lassen, und durfte ihn jetzt nicht antasten, Gott schützte ihn; — gegen das Volk: der Zweck, warum die Landesnoth kam, war erreicht. (Welcher?) Da strömte ein erquickender Regen. Solche Liebe Gottes ist in der schönen Stelle des Propheten geschildert, Jes. 54, 7. 8 und 10: Ich habe dich einen —.

Hierher gehört auch der schöne Gesang von Lehr: Was hinket ihr betrognen Seelen — im Berliner Liederschatz Nr. 1807 der ersten Auflage.

Elias auf Horeb.

1 Kön. 19.

Die Unterredung.

1) Elias. 2) Gott.

1) **Elias.** Verfolgung und Flucht, V. 1—3. Ahab fährt unmittelbar nach der Geschichte auf Carmel und unter dem Regen nach seinem Palast in Jesreel. Elias war auch schnell dahin gegangen und hielt sich irgendwo dort auf, C. 18, 46; gewiß um den günstigen Eindruck zu bemerken, denn dies alles auf Ahab und Isebel machen würde. Ahab erzählt Isebel Alles, und sie läßt Elias sagen: Die Götter thun mir dies und das, wo ich nicht morgen um diese Zeit deiner Seele thue, wie dieser Seelen einer. Diese Worte lassen in ihr Herz blicken und zeigen die höchste Wuth. Das Ausbleiben des Regens viertehalb Jahre lang, die Erzählung dessen, was auf dem Carmel geschah, jetzt dieser erquickende Regen, was wollte Gott damit auch bei Isebel? Ja, das sollte es, was Offenb. 2, 21 steht: Ich habe Isebel Zeit gegeben, daß sie sollte Buße thun für ihre Hurerei (ihre Hurerei sowohl, als auch ihre Untreue gegen den lebendigen Gott), und sie thut nicht Buße. Das nennt das N. T. dem Geiste Gottes widerstreben. Der Herr macht nun ihren Rath zur Narrheit. Sie, die sonst so listig ist, läßt es Elias sagen. Das war dumm, warum? So erhaschet Gott die Weisen in ihrer

Klugheit, 1 Cor. 3, und weiß die Seinigen zu schützen. — Da Elias das sahe, V. 3 (Was?), flieht er, ohne zu wissen wohin, und kam nach Bersaba im Süden von Canaan, an der Gränze von Arabien, und von da geht er eine Tagereise in die Wüste.

Sein Unmuth, V. 4. Er bat, daß seine Seele stürbe, und sprach: Es ist genug, so nimm nun, Herr, meine Seele. Woher dieser Wunsch? Die Ursache seines Unmuths spricht er nachher aus, V. 10: Ich habe geeifert um den Herrn (Wo? aber — wollte er sagen — es ist umsonst gewesen), die Kinder Israel haben deinen Bund verlassen, und deine Altäre zerbrochen, und deine Propheten mit dem Schwerdt erwürget; und ich bin allein übergeblieben, und sie stehen danach, daß sie mir mein Leben nehmen. Eigentlich war dies eine Beschuldigung Gottes. Alles Eifern ist für Gott gewesen, und doch hatte Gott Alles hingehen lassen, das Verlassen des Bundes, das Zerbrechen der Altäre, das Morden seiner Propheten; und auch ich, der Letzte, mußte feige fliehen. Ich habe Mühseligkeit und Plage genug gehabt, und es hat nichts gefruchtet, es ist genug, nimm nun, Herr, meine Seele hinweg. — Doch hat sein Unmuth auch eine lobenswerthe Seite. Warum ist er traurig? Daß man des Herrn nicht gedenkt. Bist du auch wohl eher unmuthig gewesen, daß die Leute Gott und Gottes Wort nicht achteten? Wie groß ist uns hier Elias, und ach! wie klein sind wir, daß uns — mit Bibelwort — der Schaden Joseph's nicht kümmert.

2) **Gott.** Gottes Bewahrung. Elias hatte sich den Tod gewünscht, denn alle Hoffnung war ihm dahin geschwunden. Das war eine dunkle Stunde in dem Leben des großen Propheten. Er wußte nicht mehr, was er von Gott denken sollte, der gleichsam so stille saß. Es ist genug, sprach er. Aber nein! Gott war es noch nicht genug. Gott tödtet den Propheten nicht, er läßt ihn leben. Warum? Er sollte erst wegen seines Unmuths beschämt werden, wie wir bald sehen in den Aufträgen, die Gott ihm giebt. Er sollte Gott noch weiter treu dienen, dann erst war's genug, und er ging nicht in Unmuth, sondern in Herrlichkeit von hinnen. So hat Gott es immer mit den Seinen gemacht, und sie nie in dunkeln Stunden hinweggenommen: Jacob, wie? Moses. David. Ein Engel bringt ihm nun Brod und Wasser, und durch die Kraft dieser Speise ging er 40 Tage und 40 Nächte in der Wüste, wo auch Israel 40 Jahre gewandert hatte, umher. So kommt er zum Gebirge Horeb, wo auf Sinai vor 600 Jahren (Elias 900 J. v. Chr., Moses 1500 J. v. Chr.) der Bund gemacht war, 2 Mos. 19, 5. 6, mein Volk, mein Eigenthum vor allen Völkern. Damals hatte das Volk gelobt: Alles, was der Herr geredet hat, das wollen wir thun, und die Altäre waren die Zeugnisse des Bundes. Wie sah es dagegen jetzt aus? Die herrliche Vergangenheit, die traurige Gegenwart überdenkt er in der Höhle im Dunkel der Nacht, V. 9.

Gottes Offenbarung, V. 9—14. Elias, was machst du hier? oder wie es V. 13 heißt: Was hast du hier zu thun? in der Einsamkeit, in der Flucht, die ihm nicht geboten war. Er schüttet sein Herz und seine Klage vor Gott aus: Ich habe geeifert um den Herrn —. Nun offenbart sich ihm der Herr. V. 11: Der Herr ging an ihm vorüber, wie einst vor Moses, 2 Mose 33, 22. Vor dem Herrn her ging ein Sturmwind, der die Berge zerriß und die Felsen zerbrach. Nach dem Sturm kam ein Erdbeben, und danach ein Feuer. An Allem ist der Herr nicht*). Danach kam ein stilles, sanftes Sausen, darin ist der Herr. Die Deutung: Zuerst liegt in dieser Erscheinung kein Tadel Gottes über Elias Verhalten gegen die Baalspriester, denn diese That war recht; aber Elias war voll Unmuth und klagte gleichsam Gott an. Diese Naturerscheinungen sollten ihn belehren. Die drei ersten waren für Elias wohl Schrecken erregend**), aber er fühlte nichts von der Nähe Gottes darin. Dies Schrecken Erregende ging nur Gott selber vorher. So war Elias aufgetreten: seine Rede war gewesen wie ein Sturm und ein Donner (du bist der Mann, der Israel verwirret). Wie hier ein Erdbeben kam, so hatte Elias das Land geschlagen, daß kein Thau und Regen kam. Das Feuer erinnerte an die Flamme Carmel's und an das Blutbad dort. Davon nun hatte Elias sich Alles versprochen. Das war irrig; es erschreckt, wie es Elias erschreckte, und geht vor dem Herrn her und bereitet ihm das Herz. Gott selber aber kommt im stillen, sanften Sausen (H. in der Stimme des zarten Flüstern). Liebe ist sein Wesen, die erquickt und belebet das in Sünden erstorbene Herz wieder, wie ein sanfter Hauch die Pflanze. —

*) „Elias war ein Mensch, wie wir, sagt Jacobus. Aber was mußte desungeachtet dieser Elias für eine majestätische Seele sein, daß zu seiner Zurechtweisung und Belehrung gleichsam Himmel und Erde sich bewegen, die Felsen reißen, die Berge stürzen mußten, und wie mußte der große Gott ihn lieb haben, daß er solch' einer Herablassung ihn würdigte." Krummacher, Elias der Thisbiter, B. 2, 120.

**) Das Schrecken Erregende ist im Text nur sehr kurz angeführt, Krummacher hat es mit lebendigen Farben gemalt. Den Sturm: Welch' ein Heulen und Prasseln in den Bergen, als hätten alle Winde in einem Nu ihre Kerker gesprengt, um in zügelloser Wuth sich selber zu bekämpfen. Da fangen die Wälder an, sich zu neigen, wie ein Schiff im Wetter, das davon will, aber vom Anker gehalten wird, und es geht ein Rauschen durch ihre Gipfel, wie das Rauschen eines empörten Meeres. Da stürzen hundertjährige Bäume krachend dahin, als ob die Axt der Allmacht wider sie geschwungen würde, und die Wolken jagen am Himmel hin und her, gleich düstern Kriegsgeschwadern und wilden Reiterzügen, die zum Kampfplatze flögen. Die Sandsteppe geht in hohen Wogen, wie eine brandende See. Die Schluchten hallen wieder von fallendem Felsgetrümmer. Die Berge zerreißen und scheinen dem Umsturz nahe. Die Kuppe Sinai's donnert. Durch die Abgründe geht ein Brausen, Heulen, Schmettern, als würde eine mörderische Schlacht darin geschlagen, und in den Höhlen und Geklüften pfeift's und tobt's und prasselt's, als ob eine unsichtbare Heeresmacht in Anmarsch wäre.

Welch eine liebliche Belehrung Gottes in diesem Sinnbild. Wir nehmen sie für uns, vor uns. Fromme Leute möchten gern Andere bekehren, sie finden Widerstand, richten nichts aus. Da mochten sie es mit Gewalt thun. Nein. Durch Eifer für Gott und Gottes Sache wird Gott geehrt, eben so viel aber auch durch Geduld, wenn wir nicht gleich die Frucht sehen. Wer Geduld hat, ist im Glauben stark. Wie das? Wir betrachten noch einige Sprüche, wo dies Stillesein, dies Warten, dies Nichtzürnen befohlen und belobt wird, Ps. 37, 7: Sei stille dem Herrn und warte auf ihn. Erzürne dich nicht über den, dem sein Muthwille glücklich fortgehet, 1 Thess. 4, 11: Ringet danach, daß ihr stille seid. Warum steht da: ringet? Es ist schwer. 1 Petr. 3, 4: Der verborgene Mensch, unverrückt, mit sanftem, stillem Geist, ist köstlich vor Gott. — Jes. 30, 15: Durch Stillesein und Hoffen werdet ihr stark sein. Und noch folgenden schönen Spruch dazu: Nicht im wilden Sturm ist Er, nicht im lauten Wetter; sanft im Säuseln kommt Er her, unser Freund und Retter. Laß den Sturm vorüberziehn, Klagen, Seufzen, Weinen; leise, leise rufe Ihn, dann wird Er erscheinen.

Gottes Auftrag, V. 15—18. Was hast du hier zu thun, Elias? hatte Gott ihn gefragt. Gehe wiederum deines Weges, heißt es jetzt. Also die Einsamkeit war nicht für einen Mann Gottes, der sollte unter Menschen leben. Aber, fragen wir, wenn die Bosheit so groß ist, soll man da nicht lieber einsam für sich leben? Ja, wenn du schwach bist, damit die Bösen dich nicht verführen. Nein, wenn du stark bist, damit dein Beispiel leuchte. Phil. 2, 15: Seid ohne Tadel und lauter, und Gottes Kinder, unsträflich mitten unter dem unschlachtigen und verkehrten Geschlechts, unter welchen ihr scheinet als Lichter in der Welt. Matth. 5, 16: Lasset euer Licht leuchten vor den Leuten —. Und der Lohn? Matth. 10, 32: Wer mich bekennet vor den Menschen —. Warum ist dieser Lohn so groß? Jac. 5, 19. 20: Liebe Brüder, so Jemand unter euch irren würde von der Wahrheit, und Jemand bekehrte ihn, der soll wissen, daß, wer den Sünder bekehret hat von dem Irrthum seines Weges, der hat einer Seele vom Tode geholfen, und wird bedecken die Menge der Sünden. Also man witzelt und spöttelt in einer Gesellschaft über göttliche Dinge, wie willst du dann dein Licht leuchten lassen? Aber wenn sie dann deiner spotten? Nein, sie spotten Gott und sein Wort, wovon es heißt: Irret euch nicht, Gott läßt sich nicht spotten. — Drei Aufträge erhielt nun Elias. Zuerst: Gehe hin und salbe Hasael zum Könige über Syrien. Das war Antwort auf Elias erste Klage: Die Kinder Israel haben deinen Bund verlassen. Hasael, von Elisa zum König über Syrien gesalbt, fiel in Israel ein, 2 Kön. 8, 12, verbrannte die festen Städte, erwürgte die junge Mannschaft, zerschmetterte die Kinder und zerhieb die schwangern Weiber. Der war also der Sturmwind vor dem Herrn her. — Der zweite Auftrag hieß: Gehe hin und salbe Jehu, den Sohn

Nimsi, zum Könige über Israel. Das war Antwort auf die zweite Klage: Man hat deine Altäre zerbrochen und deine Propheten erwürget. Elisa salbete Jehu, 2 Kön. 9. Derselbe hat auch, wie ein plötzliches Erdbeben, in wenigen Tagen die zerbrochenen Altäre und den Mord der Propheten Gottes gerächt. Er stürzte (2 Kön. 9) Isebel aus dem Fenster, und ließ ihren blutigen Leichnam im Koth der Gasse zertreten. Er schlachtete die 70 Söhne Ahab's an einem Tage, ließ ihre Köpfe in zween Haufen vor den Thoren der Stadt Jesreel zur Schau stellen, erwürgete die Baalspfaffen in ihrem eigenen Tempel, warf die heiligen Geräthe desselben in die Flammen, und machte dem Dienst des Baal's in Israel ein Ende. — Der dritte Auftrag lautete: Gehe hin und salbe Elisa, den Sohn Saphat's, zum Propheten an deiner Statt. Und soll geschehen, daß, wer dem Schwerdt Hasael's entrinnet, den soll Jehu tödten, und wer dem Schwerdt Jehu's entrinnet, den soll Elisa tödten. — Ich will lassen überbleiben 7000, die ihre Kniee nicht gebeugt haben vor Baal. Das war Antwort auf die dritte Klage: Ich bin allein übrig geblieben. Wie tröstlich mußte dies Elias sein. Dazu die Verheißung, die sollen übrig bleiben, wenn die Gottlosen untergehen. Das tröstet auch uns. Wir sehen oft viel Gottlosigkeit, die sich frech öffentlich zeigt, und dagegen die Frömmigkeit nicht. Getrost, Ps. 63: In der Stille lobet man dich. Da betet einer in der Stille, das ist ein Tagelöhner, eine einsame Wittwe, ein Kranker, ein Kind, von denen man nicht weiß, und — die 7000 kommen zusammen. Hilf du, helfe Jeder von euch die Zahl mehren.

Ahab und Naboth.

1 Kön. 21.

Da diese Geschichte so lebendig spricht, so gehen wir am besten einfach ihrem Gang nach in der nachfolgenden Unterredung. Der Lehrer erzählt lieber den Inhalt, als daß er das Cap. lesen läßt. V. 21: Der an die Wand pisset, soll heißen das männliche Geschlecht; der verschlossen ist, d. h. der Freie (das Beste verschließt man), der verlassen ist, ist der Knecht, der Sclave (der preisgegeben ist).

Die Unterredung.

1) Ahab's That. 2) Gottes Gericht.

1) **Ahab.** Naboth's Weigerung. Ahab wollte den Weinberg Naboth's kaufen. Das ist die Ordnung, wenn uns etwas gefällt und wir es gerne haben wollen. Naboth, V. 3: Das lasse der Herr ferne von mir sein, daß ich dir meiner Väter Erbe sollte geben. Er will es also nicht, und Grund ist die Furcht Gottes. Wie das? Im Gesetz hieß es, 3 Mos. 25, 23: Ihr sollt das Land nicht verkaufen ewiglich; denn das Land ist mein, und ihr seid Fremdlinge und Gäste vor mir. Verkaufen wird hier also verboten, weil jeder israelitische Besitzer sich nur als einen Verwalter des Eigenthums Gottes ansehen sollte. Aber Ahab will den Weinberg eintauschen, V. 2. Das war freilich bei Grundbesitzungen nicht verboten, nur mit der Bedingung, daß sie im Jubel- oder Halljahr, d. i. nach 50 Jahren, wieder eingelös't werden sollten; der Grund steht 4 Mos. 36, 7: Auf daß nicht die Erbtheile der Kinder Israel fallen von einem Stamm zum andern; denn ein Jeglicher unter den Kindern Israel soll anhangen an dem Erbe des Stammes seines Vaters. Warum würde sich aber Ahab gewiß nicht an dieses Gesetz gekehrt haben? Naboth will also das Gesetz Gottes nicht übertreten, das ist der Grund seiner Weigerung. Er scheuet sich auch nicht, dies dem abgöttischen König zu gestehen. Ich glaube, jetzt kennen wir Einen von den 7000, die ihre Kniee vor Baal nicht gebeugt haben, wen? wie?

Des Königs Unmuth, V. 4. Warum gefällt uns dieser Unmuth und ihm nicht? Er war König und doch —. Wir sehen daraus, daß das Viel nicht glücklich macht, wie wir das schon an Saul und Salomo bemerkt haben. 1 Tim. 6, 6. 9: Es ist ein großer Gewinn (eigentlich: ein großes Erwerbsmittel), wer gottselig ist und lässet sich genügen. Sich genügen zu lassen, dazu sollte den König der Gedanke antreiben, wie viel er vor Andern voraus hatte. Wozu würde das ihn dann statt des Unmuths ermuntert haben?

Isebel's Anschlag. V. 7: Was wäre das Königreich in Israel, wenn es so hergehen sollte. Was will sie damit sagen? Der König konnte Naboth auch ja den Weinberg wegnehmen? Col. 4, 1: Ihr Herren, was recht und gleich ist, das beweiset den Knechten, und wisset, daß ihr auch einen Herrn im Himmel habt. Das meinte freilich Isebel nicht, was? Das sehen wir, wenn sie nach Naboth's Tode spricht, V. 15: Stehe auf, und nimm den Weinberg, denn Naboth lebt nimmer, sondern ist todt. Das klingt denn, wie man im Sprüchwort sagt: Es kräht weder Hund noch Hahn danach. Was wollen, die so sprechen, damit sagen? Die Schrift sagt aber anders, Spr. 14, 31: Wer den Geringen Gewalt thut, der lästert desselben Schöpfer. Ja, es waren hier drei göttliche Gebote von den zehn Geboten übertreten, welche? Durch das unrechtmäßige Begehren Isebel's das: Laß dich nicht gelüsten deines Nächsten Haus —. Dann: Du sollst nicht tödten, du sollst nicht stehlen. Aber war Ahab hier nicht ohne Schuld? Aus Isebel's Wort: Was wäre das Königreich in Israel, wenn es so zugehen sollte, ich will dir den Weinberg verschaffen; konnte er schon sehen, daß sie unrechte Wege wählen würde, und er ließ es geschehen. Dann machte er ihr auch nachher keine Vorwürfe; er hat nichts Eiligeres zu thun, als daß er, V. 16, hinabgeht zum Weinberge Naboth's, daß er ihn einnehme. Es war ihm also Alles Recht, was sie gethan hatte. So konnte Gott mit Recht ihm sagen lassen, V. 19: Du hast todt geschlagen und eingenommen. Das nennt die Schrift: sich fremder Sünden theilhaftig machen. 1 Tim. 5. Wie geschieht das von einem Hausvater, der Leute unter sich hat? Der sagt oft: Er ist ein guter Arbeiter, wie er sonst ist, das geht mich nichts an, und ermahnt nicht, warnt nicht, straft nicht.

2) **Gottes Gericht.** Naboth ist todt und lebt nimmer. Ich glaube, Einer hatte hinter'm Stuhl gestanden, als sie den Brief schrieb. Mit Schriftwort: Der Wächter Israel's schläft und schlummert nicht (was im Geheimen geschieht, was hier mit den Obern der Stadt Jesreel und den falschen Zeugen abgekartet war, weiß er). Er verstehet die Gedanken von ferne (auch die boshaften einer Isebel). Er hat Augen wie Feuerflammen (verzehrend). Ja, das Wort des Herrn kam zu Elia und sprach: Mache dich auf und gehe hinab, Ahab entgegen, siehe er ist im Weinberge Naboth's, dahin er ist hinabgegangen, daß er ihn einnehme. (So folgt ihm die göttliche Strafe auf dem Fuße nach.) Und rede mit ihm und sprich: So spricht der Herr: du hast todtgeschlagen, dazu auch eingenommen. Und sollst mit ihm reden und sagen: An der Stätte, wo Hunde das Blut Naboth's geleckt haben, sollen auch Hunde dein Blut lecken. Und will dein Haus machen, wie das Haus Jerobeam's, und wie das Haus Baesa's; um des Reizens willen, womit du mich erzürnet, und Israel sündigen gemacht hast. Und über Isebel redete der Herr auch; Die Hunde sollen Isebel fressen an der Mauer Jesreel's. Wer von Ahab stirbt in der Stadt, den sollen die Hunde fressen; und wer auf dem Felde stirbt, den sollen die Vögel unter dem Himmel fressen. — Wie klingen euch die Worte, Kinder? Freilich wie Donner und Feuerflammen. Elias gehorcht und geht hin, und findet Ahab in Naboth's Weinberg. Ahab, sobald er ihn siehet, redet ihn gleich an, V. 20: (H.) Hast du mich gefunden, mein Feind? Das war ein Wort aus seinem Gewissen, wie? Das Gewissen sagte Ahab, was der Mann Gottes wollte. Elias antwortet: Ja, ich habe dich gefunden. Dann beschuldigt er ihn dreierlei. V. 22: Du hast durch Reizen mich erzürnt: du hast Israel sündigen gemacht, und V. 25: Du hast dich verkauft, nur Uebels zu thun. Von dem Zorn Gottes

ist sonst auch in der Schrift die Rede. Hier sehen wir, daß der Mensch Gott zum Zorn reizen kann, wie Ahab es that. Nemlich Gott ist geduldig; er hat Nachsicht, warnt, drohet, weckt zur Buße. Das Alles hat aber auch ein gewisses Maß, ein Ende. Schon so viele Beweise der Liebe Gottes hatte Ahab erfahren, und immer wieder reizte er Gott, was heißt das? Welcher Mensch, welches Kind reizt noch so Gott zum Zorn? — Die zweite Beschuldigung war: Du hast Israel sündigen gemacht. Hier ist derselbe Ausdruck, den wir bei Jerobeam gesehen haben. C. 14, 16. Die Verschuldung Israel's hatte Ahab mit zu tragen, wie? Das ist wieder dasselbe, was der Ausdruck sagt: sich fremder Sünden theilhaftig machen. Sagt bei der Gelegenheit her den Spruch im N. T. von dem Mühlstein, Matth. 18, 6: Wer ärgert (ärger macht) dieser Geringsten Einen, die an mich glauben, dem wäre besser, daß ihm ein Mühlstein an seinen Hals gehänget würde, und er ersäufet würde im Meere, da es am tiefsten ist. — Die dritte Beschuldigung: Du hast dich verkauft, Uebels zu thun vor dem Herrn. Verkauft, das Wort betrachten wir einen Augenblick. Was verkauft wird, hat einen Preis, um den man es hingiebt. So die Frömmigkeit. Ahab verkaufte sich und seine Frömmigkeit, gab Gott und sein Gebot hin, und that Uebels um Isebel's Gunst, Judas um Geld, Absalom um Ehre. Wer sich so an Menschen und Dinge verkauft und ihnen zu Gefallen irgend eine Sünde thut, ist ihr Knecht, ihr Sclave. Wir Alle waren an die Sünde verkauft. Einer hat uns wieder losgekauft, nicht mit Gold oder Silber, sondern mit seinem heiligen, theuern Blute. Seitdem ruft uns die Schrift ganz besonders zu, 1 Cor. 7, 23: Ihr seid theuer erkauft, werdet nicht der Menschen Knechte.

Ahab's Strafe. Das Gericht ist geschlossen und das Urtheil wird gefällt, zuerst über Ahab selbst. Siehe, an der Stätte, da Hunde Naboth's Blut geleckt haben, sollen auch Hunde dein Blut lecken. Dies ist geschehen. Nicht lange nachher kündigte Ahab, C. 22, den Syrern den Krieg an, wider den ausdrücklichen Befehl und ungeachtet der Warnung des Propheten Micha (nicht der, wovon wir das prophetische Buch haben), der ihm zurief: Kommst du mit Frieden wieder, so soll der Herr nicht durch mich geredet haben; höret zu, alles Volk! — Und er kam nicht wieder. Ein Mann, heißt es, spannte wie von ungefähr seinen Bogen, und der Pfeil fuhr ihm zwischen den Fugen des Panzers ein in's Herz. Er sprach zu seinem Wagenlenker: Führe mich aus dem Heere, denn ich bin wund. Es geschah. Und des Abends starb der König, und das Blut floß von den Wunden mitten in den Wagen, und man fuhr seine Leiche nach Samaria und begrub sie daselbst. Und da sie den Wagen wuschen bei dem Teiche Samaria, leckten die Hunde sein Blut; es wuschen ihn aber die Huren. So richtet Gott!

Ahab's Haus. Ich will Unglück über dich bringen und deine Nachkommen ausrotten. Wer von Ahab stirbt in der Stadt, den sollen die Hunde fressen, und wer auf dem Felde stirbt, den sollen die Vögel unter dem Himmel fressen. Dies wurde vollzogen durch Jehu, 2 Kön. 9. Jehu, ein tapferer Kriegshauptmann, wurde auf Gottes Befehl durch einen Propheten zum Könige gesalbet über Israel. (Die Salbung wird sonst von keinem Könige Israel's berichtet.) Er unterwarf sich das Reich, und sein erster Kriegszug ging grades Weges gen Jesreel, wo sich der König von Israel, Joram, Ahab's Sohn, eben aufhielt. Da nun Joram von Jehu's Zug hörte, fuhr er ihm entgegen, um ihn friedlich zu stimmen. Auf dem Acker Naboth's begegneten sie sich. Ist's Friede? sagte Joram. Was, Friede? erwiederte Jehu; deiner Mutter Hurerei und Zauberei wird immer größer. Als Joram das hörte, wollte er fliehen. Da faßte Jehu den Bogen, spannte ihn, zielte und schoß Joram in den Rücken, daß der Pfeil durch sein Herz fuhr, und er fiel in seinen Wagen. Da sprach Jehu zu seinem Ritter Bidekar: Nimm, und wirf ihn auf den Acker Naboth's, des Jesreeliten, nach dem Worte des Herrn. Und es geschah also. Da floß Ahab's Blut, nach dem Buchstaben der göttlichen Drohung, aus den Adern seines Sohnes auf denselben Boden, den das Blut des unschuldigen Naboth geröthet hatte. Eben so wurden Joram's Söhne und alle Verwandten Ahab's hingerichtet mit dem Schwerdt, daß nichts von diesem abgöttischen Hause übrig blieb. So ist Gott ein Rächer, der die Missethat der Väter heimsuchet an den Kindern bis in's dritte und vierte Glied.

Isebel. Die Hunde sollen Isebel fressen an der Mauer Jesreel's. So kam's. Als Jehu nach Jesreel kam und die Königin Isebel solches erfuhr, schminkte sie ihr Angesicht, und schmückte ihr Haar, und kuckte zum Fenster hinaus. Aber ihre Hurenkünste gelangen ihr diesmal nicht. Jehu warf seine Augen in die Höhe und rief den Kämmerern, die neben ihr standen: Stürzet sie herab! Und sie stürzten sie, daß die Wand und die Rosse mit ihrem Blute besprengt wurden, und sie ward zertreten im Koth der Gasse. Und da Jehu gegessen und getrunken hatte, sprach er: Sehet doch nach der Verfluchten, denn sie ist eines Königs Tochter. Da man aber hinkam, fand man nichts mehr von ihr, denn den Schädel und die Füße und die flachen Hände. Und die Boten kamen wieder und sagten es Jehu an. Da sprach Jehu: Es ist's, das der Herr geredet hat durch seinen Knecht Elias, den Thisbiten, und gesagt: Auf dem Acker Jesreel sollen die Hunde der Isebel Fleisch fressen, und (H.) das Aas Isebel müsse wie Mist (der Name Isebel heißt: Gott wird düngen) auf dem Felde liegen im Acker Jesreel, daß man nicht sagen könne: Das ist Isebel.

Wir schlagen an unsere Brust. Wir sind auf Sinai gewesen und haben die Donner Gottes gehört und sein schreckliches Angesicht gesehen, und sprechen betend und bittend: Straf mich nicht in deinem Zorn und züchtige mich nicht in deinem Grimm; verwirf mich nicht on deinem Angesicht und nimm deinen heiligen Geist nicht von mir. nd gehen hin und schaffen unsere Seligkeit mit Furcht und Zittern.

Elias und Ahasja.

1 Kön. 22, 52 – 54. 2 Kön. 1.

Die Geschichte. (Für den Lehrer.) Nach Ahab's Tode wurde sein Sohn Ahasja König über Israel. Er wandelte in den Wegen seines Vaters und seiner Mutter, betete den Baal an, und erzürnte den Herrn, den Gott Israel's, wie sein Vater that. Es fielen zu seiner Zeit die Moabiter ab, die seit David (2 Sam. 8) zinsbar gewesen waren. Allein das änderte ihn nicht. Da brach einmal das Dachgitter (das Geländer auf dem Balkon) seines Palastes, worüber er sich lehnte, er fiel hinunter und wurde schwer krank. Auch dies war nicht von ungefähr geschehen. Er sollte in sich schlagen und einmal über sein Thun zur Besinnung kommen. Denn Vieles war doch geschehen zu seines Vaters Zeit, wovon er wußte, und wovon er vielleicht Zeuge gewesen war. Die Theurung, das Feuer vom Himmel auf Carmel, und der Ruf des Volkes: Der Herr ist Gott! der Herr ist Gott! seines Vaters Tod rc. Und dies Alles war herbeigeführt von dem Mächtigen in Israel. Dann stand auch dem Hause Ahab's ein ernstes und schreckliches Gericht noch bevor. Wenn sonst nichts, so hätte diese Krankheit und das stille Krankenlager ihn nachdenkend machen können, dazu war sie (es) ihm geschickt. Aber nein! statt des lebendigen Gottes sucht er den Götzen zu Ekron im Philisterlande. Der Götze heißt Baal Sebub, d. h. Fliegengott, wahrscheinlich so benannt, weil man seinem Zorne die Plage der Fliegen zuschrieb, wovon diese Gegend heimgesucht wird; oder auch, weil man ihn als den Abwehrer dieser Plage verehrte. Des Königs Befehl an die Boten lautet: Gehet hin und fraget Baal Sebub, den Gott zu Ekron, ob ich von dieser Krankheit genesen werde. Wie ist das Menschenherz doch ein so trotziges Ding. Täglich haben wir Beweise von der Macht und der Liebe unsers Gottes, von seiner Hülfe aus der Noth, von seiner Rettung aus schwerer Krankheit, von seinem Segen bei einem schwierigen Geschäft. Er läßt noch eine Trübsal kommen, damit man sich der alten Macht und Liebe erinnere, damit das Auge auf ihn sehe, die Hand zu ihm sich erhebe und wir ihn als das höchste Gut erkennen und lieben. Aber nein! man sucht eher alles Andere als ihn. Da soll der Arzt Alles thun oder die Arznei, äußere Umstände und Einrichtungen sollen der Noth wehren, und sind so noch die Götzen zu Ekron, zu denen man läuft. Statt der Antwort des Götzen bringen ihm die Boten die Antwort des lebendigen Gottes, geredet durch Elias, seinen Knecht: Gehet wiederum hin zu dem Könige, der euch gesandt hat, und sprechet zu ihm: So spricht der Herr: Ist denn kein Gott in Israel, daß du hinsendest zu fragen Baal Sebub, den Gott zu Ekron? Darum sollst du nicht kommen von dem Bette, worauf du dich geleget hast, sondern sollst des Todes sterben. Ja, mit Feuer wird gesalzen, was milde Zucht verschmäht, und was den Thau verachtet, mit Flammen übersä't. Wir sprechen mit Ps. 76: Gott, du bist schrecklich, wer kann vor dir stehen, wenn du zürnest! Wenn du das Urtheil lässest hören vom Himmel, so erschrickt das Erdreich und wird stille. Ja, das Erdreich wohl, deine leblose Kreatur, aber der dein Bild ist und sein soll, erschrickt nicht vor solchem Urtheil. Als man dem Könige den Mann beschreibt, der den Boten dies gesagt hat, spricht er: Es ist Elias, der Thisbite. Treten ihm denn da nicht alte Erinnerungen vor die Seele? Der Geist Gottes weckt sein Gedächtniß noch einmal, und bei dem Namen Elias, der Thisbite, was konnte ihm da doch Alles einfallen. So ist Gott die Liebe, und hat ein Mittel hier noch, da noch für den Sünder. Wenn der Herr hier spricht: Ist denn kein Gott in Israel? so erscheint uns Gott hier als ein eifriger Gott. So ist Gott auch. Jes. 42, 8: Ich der Herr, das ist mein Name, und ich will meine Ehre keinem Andern geben, noch meinen Ruhm den Götzen. Warum nicht? Warum will Gott das ganze Herz? Ihm gehört es, aller Ruhm gebühret ihm, so ist es die Wahrheit. Dann ist auch nur so, nemlich in Gott, unser höchstes Gut, unsere höchste Seligkeit zu finden, und die nur sucht Gott, weil er die Liebe ist, und nicht will, daß Jemand verloren gehe, und wäre er auch ein Ahab, eine Isebel oder ein Ahasja. Aber an diesem ist es Alles umsonst. Des Todes sterben, das rührt ihn nicht. Er sendet in der Bosheit seines Herzens einen Hauptmann mit 50 Mann, Elias zu greifen. Welch' entsetzlicher Trotz! Er hört bald, wie es dem Hauptmann mit seiner Schaar ergangen ist, und sendet einen zweiten Hauptmann mit seinen Funfzigen. Auch der hat mit dem frühern dasselbe Schicksal. Da — fast unbegreiflich ist es — sendet er den dritten. Wer ist nun der größere Bösewicht. Ahab oder sein Sohn? Und wenn Gott an Ahab's Familie die Sünde der Väter an den Kindern strafen will, so blicken wir hier hinein in die Sündengemeinschaft der Väter und Kinder. Als der dritte Hauptmann sich demüthiget, geht Elias mit ihm hinein zum ergrimmten Könige, ermuthigt durch das Wort des Engels des Herrn: Gehe mit ihm hinab und fürchte dich nicht. Sich für den Mund des Herrn haltend, wie es einem Propheten geziemt, verkündigt er dem König Wort für Wort das Gericht und das Todesurtheil Gottes. „Elias sprach's und ging. Aber das Wort, das er gesprochen, blieb im königlichen Gemache zurück. Wie ein dumpfer Donner rollte es fort und fort im Ohr des Königs, bis seine Gedanken sich verwirrten, und der zerschmetternde Klang in den nächtlichen Tiefen der Besinnungslosigkeit verhallte. Das Herz des Wütherichs brach. Er starb, sagt die Geschichte, nach dem Wort des Herrn, das Elias geredet hatte.“ Krummacher, Elias, B. 2. — Elias ist oft getadelt worden wegen seiner That, daß er zwei Mal Feuer vom Himmel fallen ließ über den Hauptmann und seine Funfzig. Es ist zuerst zu bemerken, daß dieser Tadel Elias nur zum Theil trifft, und anderntheils eigentlich Gott. Daß Elias die Bitte thut: Bin ich ein Mann Gottes, so falle Feuer vom Himmel und fresse dich und deine Funfzig, das rechnen wir ihm an. Daß Gott diese Bitte erfüllt, das kommt Gott zu. Diese Bemerkung lehre uns Vorsicht in unserm Urtheil. Die Bitte Elias sowohl, als auch die That Gottes rechtfertigt sich aber leicht, wenn man sich das Verhältniß Gottes zu Israel vorstellt und sich in die Zeit Ahab's und Ahasja's hineinsetzt. Gott ist in Juda bekannt, singt der Psalm, in Israel ist sein Name groß, zu Salem ist sein Gezelt, und seine Wohnung zu Zion. Und dadurch sollte Israel ein Salz der Erde werden. Dagegen erhob sich nun der Teufels- und Götzendienst in der furchtbarsten Gestalt unter Ahab und Ahasja. Wenn nicht alle Erkenntniß und Verehrung Gottes von der Erde verschwinden sollte, so waren gerade solche Thaten Gottes für das versunkene Geschlecht nothwendig. Je tiefer Jemand die furchtbare Gottlosigkeit und Gottesverachtung Ahasja's verabscheut, und dagegen, je mehr Eifer Jemand für die Heiligung des Namens Gottes auf Erden hat, desto weniger befremdend wird demselben diese That Gottes und seines Propheten vorkommen, sondern er wird sie natürlich finden. Wie verhält sich aber unsere Geschichte zu Luc. 9, 55? In einem samaritischen Flecken wollte man einst Jesum nicht aufnehmen. Da sprachen Jacobus und Johannes: Herr, willst du, so wollen wir sagen, daß Feuer vom Himmel falle, und verzehre sie, wie Elias that? Jesus aber wandte sich und bedrohete sie, und sprach: Wisset ihr nicht, welches Geistes Kinder ihr seid? Des Menschen Sohn ist nicht gekommen, der Menschen Seelen zu verderben, sondern zu erhalten. Und sie gingen in einen andern Markt. Geistes Kinder, das Wort giebt uns das Verständniß dieser Stelle. Die Erscheinung des göttlichen Geistes unsers Herrn, während er als Menschen Sohn wandelte, war Demuth, Sanftmuth, Tragen, Dulden, Vergeben, Suchen. Er hat es ausdrücklich gesagt, daß man dies von ihm lernen soll: Lernet von mir, denn ich bin sanftmüthig. Die Art eines solchen Geistes sollten die Jünger, sollen alle Glieder der Gemeine Christi haben (sollten Kinder solches Geistes sein). Den Geist aber kannte man im A. T. noch nicht, weil die Erscheinung Christi da fehlte. Da herrscht im A. T. das Gesetz vor, und das Evangelium blickt nur verschleiert durch. Das Gesetz aber ist ein Zuchtmeister: mit Ruthe, Zorn und Feuerflammen will und soll es treiben. Durch das Evangelium war diese Weise der Erziehung Gottes zurückgetreten, und die Liebe und Milde des Sohnes Gottes sollte der Pädagog und der neue Geist der Bildung sein in der neuen Gemeine des Herrn. Somit geziemt uns Christen denn Vergebung, wie der Herr am Kreuze den Hohn und den Spott der Feinde vergeben hat, und vom Vater auch Vergebung für sie erbat, und nicht Feuerflammen vom Himmel, wie Elias that.

Elias Himmelfahrt.

2 Kön. 2.

Die Unterredung.

Gesungen Ges. 629, 9: Seid getreu bis in den Tod, denn ihr glaubet nicht vergebens; nach dem Tode führt euch Gott zu der Wonne jenes Lebens, und auf einen kurzen Streit krönt euch seine Herrlichkeit. Was wir eben gesungen haben, das predigt uns das ganze Leben des Propheten Elias, besonders aber die Geschichte aus seinem Leben, die wir nun betrachten wollen.

Elias Stillschweigen. V. 1: „Der Herr wollte Elias im Wetter (im Sturmwind) gen Himmel holen. Dies wußte Elias, denn er sagt, V 9, zu Elisa: Bitte etwas, ehe ich von Dir genommen werde. Diese Begebenheit war so etwas Großes, daß er wohl Jedermann davon hätte erzählen und sagen können. Aber er spricht gar nicht davon, auch nicht zu seinem liebsten Schüler Elisa. Er besucht die Prophetenschulen zu Gilgal, Bethel und Jericho, wo er vielleicht noch die letzten Belehrungen und Ermahnungen giebt. Wie sein ganzes Leben, so waren auch die letzten Stunden dieses großen Propheten demüthig, still in dem Beruf wandelnd, worein Gott ihn gesetzt hatte. Es ist herrlich, wenn ein Mensch immer bereit ist, abzuscheiden, und wenn auch noch die letzten Stunden ihn in dem Dienst Gottes finden, wie immer früher schon.

Elisa's Bitte. V. 9. Elias sprach zu Elisa: Bitte, was ich dir thun soll, ehe ich von dir genommen werde. Irdisches Gut konnte das nicht betreffen, was Elias meinte; denn er war arm (eine rauhe Haut und ein lederner Gürtel, C. 1, 8) und Elisa hatte ja das Irdische verlassen, und war Elias gefolgt, 1 Kön. 19, 19 f. So meinte Elias geistliche Gaben, himmlische Güter. Welche sind die, die also Elias meinte? Allerlei göttliche Kraft, was zum Leben und göttlichen Wandel dienet, 2 Petr. 1, 3; und was da weiter genannt ist: Alles, wodurch ein Mensch der göttlichen Natur theil=

haftig wird; Glaube, Geduld, Gottseligkeit, brüderliche Liebe. Freilich kann kein Mensch dem andern diese Gaben geben, sondern Gott muß sie geben durch seinen heiligen Geist; und der Mensch muß, 2 Petr. 1, 5, Fleiß daran wenden, sie zu erhalten; muß nachjagen der Heiligung. Aber das Gebet des Gerechten vermag viel bei Gott; und Elias Fürbitte hatte schon große Dinge bewirkt (Todtenerweckung). Nun wollte Elias sagen: Kann ich in der andern Welt etwas auswirken bei Gott, sage es.*) Mit solcher Liebe will noch zu guter Letzt Elias alle Treue und Anhänglichkeit, die Elisa ihm gezeigt hat, lohnen (drei Mal spricht Elisa: So wahr der Herr lebet, ich verlasse dich nicht). — Die Antwort Elisa's heißt nun V. 9: „Daß dein Geist bei mir sei zweifältig. Das heißt: Ich bitte, daß die göttlichen Kräfte und Gaben, die dein Geist hat, im doppelten Maße mir zu Theil werden mögen. Elisa also hatte Elias so verstanden, wie dieser verstanden sein wollte. Wie so? — Elias antwortete: Du hast ein Hartes gebeten, d. h. etwas Großes, etwas schwer zu Versprechendes. Ja, es war eine große Bitte. Nicht um Dinge dieser Welt bittet Elisa; sondern um Himmlisches, Göttliches. Was hätten du und ich uns vielleicht erbeten, wenn uns die Erlaubniß zur Bitte wäre gegeben worden? — Elisa hatte allen Reichthum (1 Kön. 19, 19: Sein Vater hatte zwölf Knechte, die pflügten) verlassen, um dem Reiche Gottes zu dienen. Er wollte Elias Werk fortsetzen in Israel. Er wollte nun auch Andere trösten, lehren, stärken, Gottes Gericht ankündigen (strafen), und helfen. Er hatte aber die großen Schwierigkeiten dabei an seinem Meister gesehen. Darum: ein doppeltes Maß. Die Bitte ist groß, sie zeigt Demuth, wie? (ich kann es nicht, es muß mir gegeben werden) Eifer, wie? (Nur für Gott und Göttliches, darauf bezog sich die Bitte) Glauben, wie? — Wir sollen nicht wie Elisa Propheten werden; aber, Offenb. 1, Christus hat uns vor Gott, seinem Vater, zu Priestern gemacht, d. i. zu Personen, die geheiligt sind durch Christum, und nun auch der Heiligung nachjagen sollen. Alles nun, was dazu gehört (Wozu?), das können und sollen auch wir getrost erbitten. Z. B. daß wir so demüthig, so sanftmüthig, so weise, liebevoll, stark und fest und freudig sein mögen, wie unser Herr Jesus Christus, der Anfänger und Vollender des Glaubens war. Wenn du dir das erbittest, so erbittest du Göttliches, Himmlisches. Denn dadurch (Wodurch?) wird der Name Gottes geheiliget; dadurch kommt sein Reich; dadurch geschieht auf Erden sein Wille, wie im Himmel. So ist deine Bitte groß, wie Elisa's Bitte. Gott hat es gerne, wenn der Mensch um Großes bittet, und er giebt ihm dann das Kleine gleichsam in Kauf, so bei Salomo, der um ein gehorsames Herz bat, und

*) Die Anrufung der Heiligen wird damit keineswegs gelehrt. Denn Elias wollte nicht dafür angesehen sein, als ob er jede Bitte gewähren könne; wollte kein nothwendiger Vermittler sein; und wollte auch nicht von Elisa angerufen werden. Dies Alles aber ist bei der Anrufung der Heiligen.

er bekam es, und Reichthum und Ehre dazu. Große Bitten, große Gaben Ps. 81, 11: Thue deinen Mund weit auf, laß mich ihn füllen. Was sagt Gott damit? — Denkt nach, Kinder, was ihr bedürfet für die Ewigkeit, denn diese paar Lebenstage sind bald hin, und bittet, daß ihr nehmen möget. Denn der Vater will gerne den heiligen Geist geben, mit allen eben genannten himmlischen Gaben denen, die ihn darum bitten, Luc. 11, 13.

Die Himmelfahrt Elias. Sie wird uns V. 11 so erzählt: Da kam ein feuriger Wagen mit feurigen Rossen, und schieden die Beiden von einander, und Elias fuhr also im Wetter gen Himmel. Dies sehend ruft Elisa: Mein Vater, mein Vater! So war also das Verhältniß gewesen, worin die Beiden zu einander gestanden hatten. So zärtlich, liebevoll wie ein Vater war Elias mit Elisa umgegangen; und dieser war ihm folgsam gewesen, wie ein gutgeartetes Kind. — Wagen Israel's und seine Reiter. Mir bist du Vater gewesen und für Israel Wagen und Reiter. Elias nennt sich selber 1 Kön. 18, 36 Knecht Gottes; wir möchten ihn nennen Gottes Kriegsknecht. Nein, besser noch mit Elisa's Worten, die ganze Kriegsmacht Gottes wider die Feinde Israel's, wider die Diener und Götzen. Denn diese ganze Kriegsmacht Gottes (Streitwagen und Reiterei) war für die damalige gottlose Zeit in Elias Person vereinigt. Er kündigte gleichsam Ahab und Isebel im Namen Gottes den Krieg an dadurch, daß er die Theurung vorher verkündigte: So wahr der Herr, der Gott Israel's, lebet, es soll diese Jahre —. Durch ihn brachte Gott den Volksverderbern auf Carmel eine Niederlage bei. Die Worte Elias in Naboth's Weinberg (Wie heißen sie?) entwaffneten Ahab so, daß er seine Kleider zerriß, einen Sack anlegte, im Sacke schlief und jämmerlich einherging, C. 21, 27. Elias war es wieder, der ohne andere Waffen, bloß mit dem Worte Gottes: Fürchte dich nicht; — zu dem wüthigen König Ahasja in's Krankenzimmer ging, und Niemand durfte ihn antasten. Er schützte Israel in großer Noth, denn er betete auf Carmel, und der Regen kam. — V. 12: Elisa faßte seine Kleider und zerriß sie in zwei Stücke — zur Trauer über den Verlust, der ihn betroffen und Israel.

Die Himmelfahrt Elias war der reiche, göttliche Lohn für Alles, was er im Dienste Gottes gethan hatte. Ohne ihn den Tod fühlen zu lassen, nahm ihn Gott in den Himmel. Wie groß war doch in Gottes Augen der Mann, der hier unter Menschen so gering und armselig war! der in einem rohen Fell und mit ledernem Gürtel umherging, von Hohen und Niedern gehaßt, verfolgt, in Wüsten fliehend. Hier viel Leid (Es ist genug, Herr, nimm meine Seele hinweg), nun viel Freude; hier Arbeit und Kampf, nun Ruhe und Sieg. — Auch wir sind berufen, Kinder, Himmelfahrt zu halten. Was meine ich? Freilich müssen wir Alle erst durch den Tod hindurch. Aber unser Herr spricht Joh. 8, 51: Wahrlich, wahrlich, ich sage euch, so Jemand mein Wort wird halten, der wird den Tod nicht sehen ewiglich. Ihr möchtet auch gerne eine fröhliche Himmelfahrt halten, nicht wahr, Kinder? Ja wohl, hier ein Leben in Mühe, in Arbeit, in Duldung, in Kampf; dort eine Ewigkeit in Ruhe, in Friede, in Freude, in Ehre.

Aber willst du einst eine fröhliche Himmelfahrt halten, wenn deine Stunde kommt, wie Elias, so mußt du auch wie dieser himmlisch gesinnt sein, und hier für den Himmel leben. Elias und Henoch, den auch Gott ohne Tod wegnahm, führten ein göttliches Leben in einer höchst verdorbenen Zeit. Blicken wir noch einmal diesen himmlischen Sinn und dies Leben für den Himmel bei Elias an. 1) Wie furchtlos steht er da und tritt Ahab unter die Augen und Ahasja; wo? 2) wie so ganz und gar hält er es mit Gott, wenn auch Tausende schändlich und ungöttlich leben: Ich habe geeifert um den Herrn, das ist sein Ruhm; 3) wie gehorsam ist er dem göttlichen Wort und Gebot, ohne darauf zu sehen, ob es ihm Nutzen oder Schaden bringt: Gehe an den Bach Crith; er geht; gehe zu der Wittwe; zeige dich Ahab; gehe mit dem Hauptmann zu Ahasja; 5) welche kräftige, kühne Bitten thut er: Er erbat die Theurung; er erbat den Regen; er erbat die Erweckung des Sohnes der Wittwe; er erbat Feuer vom Himmel auf Carmel." — Habe du auch solchen himmlischen Sinn mitten unter den bösen Menschen: Halte dich für einen Pilger auf Erden, und den Himmel für deine Heimath; halte irdisches Gut und weltliche Lust nicht für dein Theil, sondern kenne und begehre etwas Besseres; siehe an die Belohnung. — Jac. 5, 17: Elias war ein Mensch gleich wie wir. Wie wir; war er das, so steht uns auch solche Aussicht offen aus dem Sturm und dem Ungewitter dieses Lebens in das stille Land der Ruhe. Freilich gründen wir Christen unsere Verklärung und Himmelfahrt auf einen andern Mann als auf Elias; aber das: wie wir; — tritt uns doch besonders nahe heute bei Elias Himmelfahrt. Das wollen wir denn heute aus Elias Leben mitnehmen, daß wir auch dem Herrn treu dienen, dem Herrn, unter dem wir es so gut haben; der uns freundlich ist, wenn er den Feinden ein verzehrendes Feuer ist; der uns noch schützen kann und schützt vor der Wuth der Gottlosen. Elias Himmelfahrt rufe uns Allen zu: Trachtet nach dem, das droben ist. Sei getreu, so will ich dir die Krone des Lebens geben. Ei du frommer und getreuer Knecht, gehe ein zu deines Herrn Freude. — Ja, Heimweh fühl' ich, Sohn vom Hause, draußen ist es kalt und kahl; birg auch mich vom Sturmgesause bald im stillen Friedenssaal. Amen!

Elisa.

Elisa war der Nachfolger des Propheten Elias, und hat das Prophetenamt unter den Israelitischen Königen Joram, Jehu, Joahas und Joas verwaltet. Elisa ist an 100 Jahre alt geworden und hat noch 50 Jahre nach Elias Hingang gewirkt. Auf seinem Todbette besuchte ihn der König Joas, weinte vor ihm, und rühmte auch ihn als Wagen Israel's und seine Reiter, C. 13, 14. Die Namen dieser beiden Propheten sind der Ausdruck ihres Lebens. Elias (Gott ist Kraft) ist das personificirte Gesetz mit seinen Donnern, Flüchen und Feuerflammen gegen die Uebertreter desselben; Elisa (Gott ist Heil) ist in seiner Wirksamkeit das Evangelium, heilend, wohlthätig, liebevoll, tröstend. Durch ihn wollte der Herr die zu Elias Zeiten in Israel geschlagenen Wunden wieder heilen. Elisa mußte locken und lieben, wo Elias drohte und schreckte; Elisa's Wirksamkeit ist das sanfte Sausen nach dem Erdbeben, Sturm und Feuereifer in Elias Leben. Heß, Gesch. der Israeliten, B. 9: „Etwas Stärkeres gegen Abgötterei und unisraelitische Regierung, als das Leben dieser beiden Propheten zeigt, läßt sich nicht denken." Er hat Recht. „Sie haben auf Jahre vorher Dürre und Theuerung verkündigt, und es kam weder Thau noch Regen; sie haben Regen verheißen, und die Fenster des Himmels öffneten sich. Sie haben Kranke geheilt, Arme wunderbar gespeiset und Todte wieder zum Leben erweckt. Ihr Wort hat Könige gestürzt, Könige gesalbet, Verderben geweissagt und Sieg gegeben. Feuer ließen sie vom Himmel fallen über die Gottlosen und riefen die wilden Thiere über sie. Sie haben Kriegsschaaren mit Blindheit geschlagen, und für die Wunder der unsichtbaren Welt manches Auge aufgethan. Sie haben die Starken mit Zittern und Beben geschlagen, und haben mit Trost des himmlischen Lebens die Trauernden erquickt." Naeman oder Altes und Neues 1841. S. 66. S. mehr: F. W. Krummacher, Elisa. 3 Bde. 1844—47.

Die Unterredung.

Elisa's Berufung, 1 Kön. 19, 19—21. Gott selber hat Elisa zum Propheten berufen durch Elias, V. 16; Salbe Elisa, den Sohn Saphat, zum Propheten an deiner Statt. Der Name Elisa heißt: Gott ist Heil. So war sein Leben, durch ihn heilte, tröstete Gott. Elias fand ihn mit 11 Knechten seines Vaters pflügend, und warf ihm seinen Mantel, die rauhe Haut, um. Das sollte sagen: Werde, was ich bin, ein Prophet, und folge mir. Elisa versteht, was Elias meint, er ist willig, und will nur zuvor

Abschied von seinen Eltern nehmen. Elias erlaubt es, sagt ihm aber dabei, H.: Gedenke, was ich dir gethan habe, d. h. denke an deinen hohen Beruf, wenn die Deinigen dich etwa zurück halten wollen. — Wir nennen uns Christen. Von solchen verlangt Christus: Wer mein Jünger sein will, der folge mir nach. Und so Vieles will uns von Christo ab-, und in die Sünde wieder hineinbringen: Fressen, Saufen, Menschengunst, Geiz. Christus aber sagt: Wer nicht absagt Allem, was er hat, der kann nicht mein Jünger sein. So that Elisa. Er schlachtete die Rinder zu einem Opfer und gab ein Abschiedsmahl, und folgte dann seinem Vater, wie er nachher Elias nannte. Wie folgen wir Christo, ohne daß wir unsern Beruf aufgeben? Das Höchste muß uns das Erste sein, denn Eins ist Noth. Und die Frage, wenn etwas geschehen soll: Was würde mein Herr dazu sagen?

Elisa's Bitte, 2 Kön. 2, 9—11. Elias: Bitte, was ich dir thun soll, ehe ich von dir genommen werde. Elisa: Einen doppelten Theil deines Geistes. In Elias, als Prophet Gottes, war der heilige Geist. Elisa erbittet sich ein doppeltes Maß dieses Geistes Gottes. Elisa erkennt, wie schwierig die Gewährung ist, und wie wenig er aus sich selber etwas thun kann, Demuth. Wen nimmt er da natürlich zu Hülfe? Jemand sagt: Je kleiner der Mensch, desto höher gehen seine Wünsche. Wie das? Ist das aber nicht Stolz, nach so hohen Dingen zu trachten? Nein, man will es Gott wieder geben, zu seinem Dienst die hohen Gaben, zu seiner Ehre. So thaten die Propheten; ist das unser Wunsch, unser Wille, so dürfen wir auch nach Jesu Vorschrift um das Höchste beten, um den heiligen Geist, Luc. 11, 13.

Elisa's Strafwunder an den spottenden Knaben zu Bethel, C. 2, 23. 24. In Bethel war der Kälberdienst herrschend. Die Kinder (eigentlich: junge Leute) riefen spottend, H.: Fahre auf, fahre auf. So heißt es eigentlich, denn V. 25 steht dasselbe Wort, das V. 11 von der Himmelfahrt Elias steht. Sie hatten also wohl von der Himmelfahrt Elias gehört. Mit etwas Großem, Göttlichem treiben sie ihren Spott. Den Fluch, d. h. das Wehe, das Elisa über die Knaben aussprach, bestätigte Gott: zwei Bären zerrissen 42 Knaben. Ein alter Prediger (Arnd) sagt dazu: Wenn man auf das Verderben der Kinder sieht, so geht es uns zu Herzen; wenn man aber auf Gott sieht, so muß man seine Gerechtigkeit preisen, denn er thut Niemand Unrecht. Wie Beides? Sie spotteten in Elisa Gott selber und das Göttliche. Die Schrift warnt, Ps. 1, man soll nicht sitzen, wo die Spötter sitzen. Warum nicht? Irret euch nicht, Gott läßt sich nicht spotten. Das sehen wir hier. Wo du also Spötter des Worts Gottes auf der Wirthsbank findest — was hast du da zu thun?

Elisa und die Sunamitin, C. 4. Vorher geht die Geschichte mit der Prophetenwittwe. Welche ist sie? Das Recht des

Gläubigers gründete sich auf 3 Mos. 25, 39. 40: Wenn dein Bruder verarmet, und verkauft sich dir, so sollst du ihn nicht lassen dienen als einen Leibeigenen, sondern wie ein Tagelöhner und Gast soll er bei dir sein, und bis an das Halljahr bei dir dienen. Warum hätte aber der Gläubiger von seinem Rechte hier keinen Gebrauch machen müssen? Hier war eine Wittwe. Lernt ein paar Sprüche, 2 Mos. 22, 22. 23: Du sollst keine Wittwen und Waisen beleidigen; wirst du sie beleidigen, so werden sie zu mir schreien, und ich werde ihr Schreien erhören. Sir. 35, 18. 19: Die Thränen der Wittwen fließen wohl die Backen herab, sie schreien aber über sich (Wohin?), wider den, der sie herausbringet. Luther sagt: Ich wollte lieber den türkischen Kaiser und alle Welt wider mich haben, als eine gottselige Wittwe. — Die Sunamitin war gastfrei gegen Elisa. Sie machte ihm, V. 10, eine kleine bretterne Kammer oben in ihrem Hause, und setzte ein Bette, Tisch, Stuhl und Leuchter hinein *) Für solche Liebe zeigte sich Elisa dankbar. Er versprach ihr im Glauben an Gottes Wundermacht einen Sohn. Als der Knabe nachher starb, wurde er durch Elisa's Gebet wieder erweckt (V. 34: Und stieg hinauf, soll heißen, auf das Bett). Als eine siebenjährige Theurung kam, hat er es der Frau zur rechten Zeit verkündigt, und sie vor der Noth bewahrt, 2 Kön. 8. Die Zeit war in Israel eine so sehr schlechte; um so mehr müssen wir die Frömmigkeit dieser Sunamitin loben, daß sie einen Propheten aufnahm. Der liebe Gott aber ist ein freundlicher Herr, er läßt sich nicht umsonst dienen, besonders wenn man mitten unter dem unschlachtigen und verkehrten Geschlecht scheint als ein Licht in der Welt. Was meine ich?

*) Heute thut man noch mehr, wenn man einem hohen Gast Ehre anthun will. Muß dir mit Scham bekennen, daß, als man mir auf mancher Reise nur eine Oberkammer mit den vier Wänden im Gasthof anwies, und darin nur Bett und Tisch, einen Stuhl und Leuchter, ein gewisser Mensch, der mir wohlbekannt ist, sogleich dachte bei sich selbst: Ei, das ist doch wenig. Da sprach wieder ein anderer Mensch bei mir: Ei, was willst du mehr? Bist du mehr, denn Elisa, und so viele Männer, deren die Welt nicht werth war? Und wie dieser so sprach, wurde Jener stille.“ Naeman oder Altes und Neues. S. 146.

Naeman durch Elisa geheilt.

2 Kön. 5.

Die Unterredung.

Die Berufung Gottes.

1) Gott, der ruft. 2) Naeman, der folgt. 3) Gehasi, der nicht folgt.

1) **Gott.** Was thut Gott in dieser Geschichte? Er läßt Naeman krank werden, alle Mittel helfen nicht; ein geringes Werkzeug, ein kleines Mädchen braucht Gott, das muß auf Elisa aufmerksam machen; Naeman muß nach Samaria und muß sich da die Gesundheit holen. Welche Absicht hat Gott dabei? Der Ausgang zeigt es. V. 15: Siehe, ich weiß, daß kein Gott ist in allen Landen, ohne in Israel. Das war Gottes Absicht: die Krankheit sollte ihn zu Gott führen. Dem wollte er, V. 17, fortan dienen. Gott beruft Naeman, ihn kennen zu lernen, um ihm zu dienen. Viele Andere, die von dieser Geschichte hörten, wurden zugleich mit (Wozu?) gerufen. Die Frau des Naeman; (Wie?) der König von Syrien, der den Brief schrieb; der König von Israel, der nicht viel von Gott wußte, V. 7; die Dienerschaft Naeman's. Alle erhielten hierdurch Gelegenheit, V. 9, inne zu werden, daß ein Prophet in Israel ist, — und ein Gott, dem man dienen soll. — Gott beruft noch (nach dem dritten Artikel) mich und die ganze Christenheit durch das Evangelium, das vom heiligen Geist ist. Viele Menschen stehen fern von Gottes Wort, halten es für überflüssig, suchen es nicht, leben nicht danach. Da bringt ihnen Gott auf allerlei Wegen sein Wort nahe, Beispiele: die Schule; (Wie?) die Kirche; eine Krankheit; ein Leichenbegängniß; ein Kirchhof; Krieg; Theurung; Armuth; plötzliches Ende der Bösen u. A. Einige besondere Fälle: ein Freund, wie bei David Nathan; eine Gefangenschaft, Manasse, 2 Chron. 33. Ein Jude schlief im Walde, ein Mörder, der eben Jemand umgebracht hatte, steckte dem Juden das blutige Messer in die Tasche. Der Jude wurde unschuldig in's Gefängniß gesetzt, lernte hier das N. T. kennen und wurde ein Christ. Ein Handwerksgeselle der ein wüstes Leben führte, und einst Nachts betrunken nach Hause ging, hörte, daß der Nachtwächter sang: Wach' auf, o Mensch, vom Sündenschlaf! Ermuntre dich, verlornes Schaf, und bessre schnell dein Leben! Wach' auf! Es ist schon hohe Zeit! Es kommt heran die Ewigkeit, dir deinen Lohn zu geben. Vielleicht ist es die letzte

Nacht, wer weiß, wie bald man sterben mag. — Dadurch bekehrte er sich.*) So ruft Gott, ihm zu dienen. Dich auch. Suche nur die Fälle auf, und merke sie dir.

2) **Elisa.** Gott wollte also, Naeman sollte den lebendigen Gott kennen lernen, und sollte ihm dienen. Naeman hätte auch, als er gesund geworden war, von Elisa wegreisen, und nach wie vor hinleben können. Er that es nicht, V. 15—19. Also er folgte dem Rufe Gottes. Was heißt das? Auch in den obigen Beispielen, wo Gott zur Bekehrung ruft, stehen dem Menschen zwei Wege offen. Welche? Er kann folgen, und kann auch in der Sünde fortleben. So Vieles läßt er dich sehen, hören, erleben. Alles ist ein Ruf zur Besserung. Du siehst eine Leiche, bedenke dein Ende; siehst, wie Säufer, Spieler, Betrüger, Wollüstige in Elend kommen —; eine Predigt, ein Spruch rührt dich, thu' was der Spruch sagt; u. A. im Buche Hiob steht: Gott thut dies einmal und zweimal, daß er die Seele wieder herum hole. So denke denn, es könnte das letzte Mal sein. Gesang 495, V. 9: Doch sprich auch nicht: es hat noch Zeit —.

3) **Gehasi.** Auch für Gehasi waren alle die Kostbarkeiten Naeman's ein Ruf: davon nichts zu nehmen auf eine ungerechte Weise. Den Ruf wußte er durch sein Gewissen und auch durch Gottes Wort. Er folgte nicht. Es sind eben zwei Prophetenschüler gekommen; das war eine Lüge. Ich bin weder hierher, noch daher gegangen, V. 25, das war auch eine Lüge. Daß er das Gut auf unrechte Weise an sich brachte, war Betrug und Diebstahl zugleich. Daß er den Ruf Gottes nicht achtete, dafür traf ihn die Strafe Gottes. Welche? Heute hören wir noch seinen Ruf, so laßt uns unser Herz nicht verstocken durch Ueberhörung, Nichtachtung desselben.

Andeutungen zu einer andern Unterredung, die mehr dem Gang der Geschichte nachgeht. Sie zeigt die Wege, die Gott geht bei seiner Hülfe.

V. 1. Es wird hier menschliche Hoheit und menschliches Elend so recht neben einander gestellt. Hoheit: Feldhauptmann, gilt viel bei dem König, hoch gehalten von Jedermann, durch ihn giebt Gott Sieg und Gewinn in Syrien. Aber — aussätzig. — Wir sagen so leicht, in dem und dem Stande kann man wohl glücklich sein; wir sehen oft nur den Schimmer, und nicht, was hinter all' dieser Herrlichkeit verborgen liegt. — Unter diesem Uebel, das Gott Naeman in's Haus schickt, sind Gedanken der Liebe verborgen: Wozu Glück und Herrlichkeit nimmer führt, dazu muß Unglück und Leiden in Gottes Hand dienen.

V. 2. Daß das kleine israelitische Mädchen von den syrischen

*) Siehe auch: Beispiele des Guten, Nr. 523. 524. Vorsehung und Menschenschicksale. B. 1. S. 103. 141. 147. B. 2. S. 75. Der Meeresstrom, Erzählung von Schubert.

Kriegern mit weggeführt war, schien ein geringfügiger, unbedeutender Umstand, doch hatte Gott mit dieser Wegführung, mit diesem kleinen Mädchen Großes im Sinn. Das Große, das aus Naeman's Heilung hervorging, war die Bekehrung Naeman's, der Eindruck, den dieses Wunder auf Naeman's Weib, Hausgenossen, auf den König, auf alle Syrer, auf den König Joram, auf alle Israeliten, und auch auf uns machen mußte, und machen muß. So ist in Gottes Augen und in seinen Fügungen nichts klein. Er übersieht dich nicht, und bist du auch Kuhhirte, Kindermädchen, und arm und gering.

V. 3. Ach, daß mein Herr wäre bei dem Propheten zu Samaria —. Das muß ein liebes, frommes Mädchen gewesen sein: mitleidig; voll Sehnsucht nach dem Lande ihrer Väter (ach!); der Wunderthaten des Propheten wohl gedenkend.

V. 6. Wenn dieser Brief zu dir kommt, siehe, so wisse, ich habe meinen Knecht Naeman zu dir gesandt, daß du ihn von seinem Aussatz los machest. Das war ein thörichter Brief. Das Mädchen hatte doch gesagt, der Prophet —. Es sollte sich aber bald zeigen, daß nicht syrische Aerzte, nicht die Wasser Amana und Pharphar (V. 12), nicht Könige, sondern allein der lebendige Gott helfen könne.

V. 7. Der König in Israel zerriß seine Kleider. Er weiß keinen Rath; er denkt gar nicht an alle Wunder, die Gott durch Elias und Elisa im Lande gethan hatte, und die er doch recht gut wußte. — So sind wir auch gleich zaghaft in der Noth, ohne unsere E r f a h r u n g zu Hülfe zu nehmen, die uns sagen würde: sovielmal hat Gott schon geholfen, da und da und da. — Naeman, der König in Israel, Alle sind rathlos und am Ziel, da — kommt Gott mit seiner Hülfe. Wissen wir erst keinen Rath, hilft er uns mit Rath und That.

V. 8. Laß ihn zu mir kommen. Darauf war es von Anfang an vor Gott bei Naeman abgesehen.

V. 9 und 10. Nach V. 24 wohnte Elisa in der Nähe von Samaria. Daß Elisa nicht selbst heraus kam, sollte den hohen, vornehmen Mann demüthigen, und sollte zugleich seinen Glauben wecken.

V. 11. Ich m e i n t e. Naeman meinte, auf die und die Weise müsse Gott helfen; aber Gott m e i n t e es ganz anders. Meine Gedanken sind nicht eure Gedanken —. Wir meinen auch so leicht, wenn Gott nicht so und so hilft, auf d i e Weise, so ist keine Hülfe möglich. Da hilft Gott oft anders. Er will damit unser Meinen zu Schanden machen, unsern Willen brechen, und Seine Herrlichkeit in der Hülfe zeigen. Denn „Weg hat er allerwegen, an Mitteln fehlt's ihm nicht;" sagt P. G e r h a r d t in: Befiehl du deine Wege.

V. 12. Sind nicht die Wasser in Syrien besser —. Die Wasser der beiden Flüsse Amana und Pharphar machten die Gegend von Damaskus zum Paradies des Morgenlandes. Naeman sahe die Sache natürlich an, aber der Glaube sieht, wo mit leiblichen Augen nichts zu sehen ist. Wie das hier? Hebr. 11, 1: Es ist aber der Glaube eine gewisse Zuversicht deß, das man hoffet, und nicht zweifelt an dem, das man nicht siehet. — Das war eine Glaubensprüfung für Naeman. Aehnlich als der Herr zu den Jüngern sagte: Gebet dem Volk zu essen. Sie: Für 200 Pfennig werth Brod ist nicht genug. — Er im Glauben: Schaffet, daß sich das Volk lagere.

V. 13. Herr und Diener erscheinen hier in einem schönen Licht. Das muß eine liebe Herrschaft sein, um den die Dienstboten so besorgt sind, dem sie so zutraulich zureden, den sie Vater nennen: Lieber Vater, wenn dich der Prophet etwas Großes geheißen hätte, solltest du es nicht thun? Wie viel mehr, so er sagt: Wasche dich, so wirst du rein.

V. 14. Er wäscht sich und wird rein. Das ist sein Glaube, der nicht mehr die Wasser von Syrien und Israel vergleicht wie vorhin, sondern der bloß auf Gottes Wort hin: Wasche dich, das der Prophet sagte, es that. Das ist die Ehre, die er Gott giebt, wie immer der Glaube es macht.

V. 15. Hier legt Naeman ein schönes Bekenntniß seines Glaubens ab, der eben die Probe so siegreich bestanden hatte: Siehe, ich weiß, daß kein Gott in allen Landen, ohne in Israel. Erst sagte er: ich meinte; nun: ich weiß. Woher weiß er es? Er ist es inne geworden, er hat es erfahren. Ein Glaube, der nur auf Hörensagen beruht, wirkt nichts, und ist todt. Wenn wir etwas erfahren haben, so wird erst unser Glaube fest. 2 Petr. 1, 16: Wir haben nicht klugen Fabeln gefolgt, sondern wir haben seine Herrlichkeit selbst gesehen. — Daß, V. 16, Elisa so uneigennützig ist und nichts nimmt, das muß Naeman's Hochachtung vor dem Gott noch vermehren, der solche Diener und Propheten hat.

V. 17 und 18. Naeman will seine Hochachtung vor dem lebendigen Gott auch äußerlich kund geben, und will von der Erde des Landes, wo man Gott anbetet, in seiner Heimath einen Altar bauen. Die Bitte sagt weiter: er will den Götzen Rimmon fürder nicht mehr anbeten; nur möge Gott es ihm gnädig nachsehen, wenn er seinen König zum Götzentempel begleiten muß, und dann niederkniet, daß der König sich auf ihn lehnt (Nicht vor dem Götzen will er niederknien). V. 19: Zeuch hin mit Frieden. Seine Bitte wird ihm gewährt.

V. 20—27. Die Schlechtigkeit des Gehasi erscheint hier sehr groß. Die Uneigennützigkeit und Hochherzigkeit seines Herrn hat er vor Augen, und doch ist er hier grade das Gegentheil —. „Von diesem Syrer," so verächtlich spricht er von Naeman, weil derselbe kein Israelit ist; so äußerlich sieht er, und weiß nicht, daß dieser Heide innerlich viel herrlicher da steht, als er, der doch Israelit ist. „So wahr der Herr lebet;" der Schwur war unnöthig. Die Anrede an Naeman, V. 22, zeigt seine Fertigkeit im Lügen und daß dies wohl nicht das erste Mal war. V. 24: Er ließ die Männer gehen; so schien es klug durchgeführt, Niemand weiß davon, kein Hahn kräht danach. Noch, V. 25, die ehrbare Anstellung und die freche Lüge vor seinem Herrn. — V. 26: Wandelte nicht mein Herz mit, da der Mann umkehrte von seinem Wagen dir nach? Denkt euch den Schreck Gehasi's, der ihn traf, wie ein Donnerschlag. Das Herz seines Herrn ist mitgewandelt, hat Alles angesehen, weiß von Allem. — Diese Geschichte wiederholt sich täglich. Du lügst, machst es fein und klug, Niemand kommt dahinter. Niemand? Gott ist stets Zeuge, sein Herz wandelt mit, auch wenn deine Füße im Dunkeln gehen, auch wenn Menschen es nicht wissen. Er spricht im Psalm: Ich will's dir unter die Augen stellen. Ja, das thut er hier schon oft wie an Gehasi, und dort wird er Alles entlarven, wird dir deine geheimen Sünden vorhalten, deine verstocktesten Schändlichkeiten. Kinder, Kinder, lasset euch warnen. Denkt an Gehasi, denkt an die Drohung Gottes: Ich will's dir unter die Augen stellen. — Gehasi wurde aussätzig. Was Naeman, dem Heiden, wegen Herzensbekehrung abgenommen war, das sollte Gehasi, dem Israeliten, wegen Herzensabkehr von Gott zur Strafe gegeben werden.

Elisa und die Syrer.

2 Kön. 6.

Die Unterredung.

Der Schutz der heiligen Engel.

1) Wer diesen Schutz hat. 2) Die Wirkung des Glaubens daran.

1) **Wer diesen Schutz hat.** Der König von Syrien wollte Elisa schaden. Warum? Elisa war zu Dothan. Der König sandte Kriegsvolk dahin. Das umlagerte die Stadt. Die Diener Elisa's fürchteten sich. Elisa nicht. Warum nicht? Derer ist mehr, die bei uns sind, denn derer, die bei ihnen sind, V. 16. Eine Menge himmlischer Heerschaaren schützten. Das ist der Schutz der Engel. Den hatte auch erfahren Jacob, 1 Mos. 32, 1. 2, als er sich vor Esau fürchtete. — Darf sich denn Jeder ohne Weiteres des Schutzes der heiligen Engel getrösten? Elisa war ein frommer Mann: auch Elias, der von einem Engel geschützt wurde, 1 Kön. 19, 5; Daniel, 6, 20. 21; Lazarus, Luc. 16, 10; Petrus, Apost. 12; Hagar, 1 Mos. 10. Alle waren Fromme. Dazu ein paar Bibelstellen:

Ps. 34, 8: Der Engel des Herrn lagert —. Also: die ihn fürchten. Hebr. 1, 14: Sind sie nicht allzumal dienstbare —. Luc. 15, 10: Also, sage ich euch, wird Freude sein vor dem —. Also: auch dem Sünder, der sich bekehrt. Sprüchwort: Trunkene Leute haben viele Engel um sich. Das ist ein Beweis der Gnade und Langmuth Gottes. Nirgends ist aber in der ganzen heiligen Schrift eine Bibelstelle: daß beharrliche Sünder und Gottlose sich des Schutzes der heiligen Engel zu erfreuen haben. Also: Nur Fromme und Bußfertige (Was heißt das?) haben den Schutz.

2) **Die Wirkung des Glaubens daran.** Der Diener Elisa's fürchtete sich, weil er von dem Schutz der Engel nichts wußte. Elisa bat: Herr, öffne ihm die Augen, daß er sehe. Da sahe er es mit Augen. Für uns heißt es: Sie haben Moses und die Propheten, laß sie die hören. Wir sind an die heilige Schrift gewiesen. Wir haben eben gesehen, was die in Geschichten und Lehren über den Schutz der Engel lehrt. Was noch? Das muß von uns geglaubt werden, d. h. so fest und zuversichtlich uns sein, als wenn wir es mit Augen sähen. Dann wirkt dieser Glaube Freude. Elisa spricht, V. 16: Fürchte dich nicht. Bei ihm war keine Furcht. Gelesen Matth. 18, 10: Sehet zu, daß ihr nicht —. Ihr Kinder, das sagt die Bibelstelle, habt ganz besonders den Schutz der Engel, der vornehmsten Engel. (In welchen Worten der Bibelstelle liegt das?) Wie hoch seid ihr doch geachtet vor Gott; freuet euch. Ps. 144, 3: Ach, Herr, was ist der Mensch, daß du dich sein so annimmst, und des Menschen Kind, daß du ihn so achtest! Die Freude wird sich mehren, wenn wir eine Bibelstelle etwas genauer ansehen. Ps. 91, 11. 12: Er hat seinen Engeln befohlen über dir, daß sie dich behüten auf allen deinen Wegen, daß sie dich auf den Händen tragen, und du deinen Fuß nicht an einen Stein stoßest. Anbefohlen, wie eine sorgsame Mutter dem Gesinde ein Kind anbefiehlt: Thut, was ihr thut, nehmt das Kind in Acht. Ueber dir, ohne Unterschied des Standes, Alters, Geschlechts. Behüten, von Hut, wird gebraucht von Hirten, Soldaten, Priestern. Die Engel haben so Achtung auf die Frommen, wie die Hirten auf die Heerde, daß keine Wölfe kommen; wie Soldaten auf das Lager, daß kein Feind kommt; wie die Priester auf das Heiligthum, daß es nicht entheiligt werde. Du bist das Schaf, das Heiligthum Gottes. Was ist der Wolf? Wie wird das Heiligthum entheiligt? Darauf sieht dein Engel. Freude. Auf allen ihren Wegen. Amts- und Berufs-Wege: Aerzte, Prediger, Verwandte bei gefährlichen, ansteckenden Krankheiten; Seefahrer u. A. Auf den Händen tragen, bildlich, wie Mütter die Kinder, wie ein Vater den Sohn, wie ein Hirt die Lämmer, wie ein Adler die Jungen auf den Flügeln. So war es hier bei Elisa. So will Gott durch die heiligen Engel uns thun. O, wie sollten wir uns darüber freuen! Ps. 27, 1: Der Herr ist mein Licht und mein Heil, vor wem sollte ich mich fürchten? Der Herr

ist meines Lebens Kraft, vor wem sollte mir grauen? Ps. 56, 5: Ich will Gottes Wort rühmen, auf Gott will ich hoffen, und mich nicht fürchten: was sollte mir Fleisch thun? — Wir haben noch zweierlei zu thun. 1) Dieses zu bedenken, wenn Leiden kommen, daß wir ruhig sind, wie Elisa, und nicht verzagen, wie sein Diener. Wir sind allenthalben von Blumen umgeben, und doch achten wir nicht darauf. Deutet das auf das von den Engeln Gesagte. Die Kinder haben der Eltern Liebe, Schooß und Alles, und doch erkennen sie es nicht. Deutet das. 2) Welche haben denn den Schutz der Engel? Welche Frage hast du dir darum zu thun? Bin ich fromm? Will ich gerne heiliger werden? Hüte ich mich vor Sünden? Heißt es in dir: Ja, so kannst du dich des Schutzes der Engel getrösten; heißt es in dir: Nein, so kehre um, daß sich die heiligen Engel deiner Bekehrung freuen. Ja, Herr Gott, laß uns mit diesen Chören ewig dich im Himmel ehren.

Jonas.

Der Prophet Jonas weissagte unter dem Israelitischen Könige Jerobeam II., um 800 Jahr v. Chr.; 2 Kön. 14, 25. Der Hauptbeweis, daß hier eine wirkliche Geschichte erzählt ist, ist außer der historischen Person und den geographischen Verhältnissen besonders das Zeugniß Jesu. Der Herr redet davon, als von einer Thatsache, daß Jonas drei Tage und drei Nächte im Bauche des Fisches war, redet von der Predigt Jonas in Ninive, und stellt diese Geschichte mit einer andern wirklichen Begebenheit, dem Besuch der Königin von Saba, auf eine Linie, Matth. 12, 39 u. f. Es ist in der ganzen Israelitischen Geschichte hier der einzige Fall, daß ein Prophet auf ausdrücklichen Befehl Gottes in eine heidnische Stadt gehen und dort predigen mußte. Dann ist auch der Erfolg dieser Bußpredigt merkwürdig und einzig. In dem heidnischen Ninive Bekehrung auf einmalige Predigt, und in dem versunkenen Israel nicht auf hundertmalige. Dadurch wird aber unsere Geschichte für alle Zeiten und besonders für die christliche Zeit denkwürdig, und diese Seite ist es, die Christus hervorhebt. Matth. 12.

Der Fisch heißt hier ohne weitere Bezeichnung bloß ein großer Fisch. Matth. 12 hat Luther Wallfisch übersetzt. Das griechische Wort dort bedeutet aber auch ganz unbestimmt einen großen Fisch. Wahrscheinlich war es ein Hayfisch (Carcharias, Menschenfresser), worüber man in jeder Naturgeschichte das Weitere findet.

Der Kürbis ist der sogenannte Wunderbaum (Ricinus), eine Pflanze, die sehr schnell wächst.

Ninive war die Hauptstadt des Assyrischen Reichs, erbauet von Assur, dem Sohn Sem's, 1 Mose 10, 11. Sie lag an den Ufern des Flusses Tigris: Was hier, C. 3, von ihrer Größe steht, stimmt überein mit dem, was alte Geographen von ihr sagen; Strabo: sie war weit größer, als Babylon. Diodor von Sicilien: sie hatte eine Ausdehnung von 6 Stunden Länge und 4 Stunden Breite. Rings umher ging eine Mauer von hundert Fuß Höhe, auf welcher drei Wagen neben einander fahren konnten. Auf der Mauer standen 1500 Thürme. Nach C. 4, 14 hatte sie 120,000 Kinder, was auf eine Einwohnerzahl von 2 Millionen schließen läßt. Die Buße der Niniviten muß nicht anhaltend gewesen sein, denn der Prophet Nahum weissagte bald die völlige Zerstörung der Stadt, die denn auch 115 Jahre nachher erfolgte von den Medern unter Arbaces. Sie wurde mehrmals wieder aufgebaut, aber immer wieder zerstört. Die gänzliche Verheerung (Nahum 1, 8. Zephanja 2, 13—15) ist so buchstäblich in Erfüllung gegangen, daß man auch nicht einmal gewiß weiß, wo man die Trümmer suchen soll. Die gewöhnliche Ansicht ist, daß Ninive lag an dem östlichen Ufer des Tigris, gegenüber der Stadt Mosul. Vor wenigen Jahren wurde dort ein ungeheurer Marmorblock ausgegraben, auf welchem Figuren von Menschen und Thieren eingegraben waren. Bald nachher aber wurde dieser Stein in kleine Stücke zerschlagen, um die Gebäude in Mosul damit auszubessern, und so ging dies unschätzbare Denkmal uralter Art und Kunst unwiederbringlich verloren, „als ob auch auf ihm noch der geweissagte Fluch lastete, der die Herrlichkeit Ninive's in Schutt verwandelt hat." Jugendblätter von Barth und Hänel. Bd. 1, S. 332. — Wir erinnern noch an das, was oben bei der Geschichte der Sündfluth über die Gnade und Langmuth Gottes gesagt ist.

Die Unterredung.

Die Erbarmung Gottes gegen den Sünder.

1) Ihn jammert das Sündenelend der Menschen. 2) Er läßt Buße predigen. 3) Er verschont nach der Bekehrung.

Wir sehen hier erst, wie Gott die Sünde wohl weiß. Ninive war groß, hatte drei Tagereisen im Umfange, C. 3, 3; es waren 120,000 Kinder darin, C. 4, 11. Bei dieser ungeheuern Menschenmasse (es waren eben so viele Kinder da, als in Hamburg Menschen sind), geschah viel, viel Böses. Ihre Bosheit ist heraufgekommen vor mich, sagt Gott C. 1, 2. Was also da auch im Geheimen geschehen mochte, das Auge Gottes hatte es gesehen; Gott weiß es. Das sehen wir auch in Jonas. Als er den Befehl erhielt, in Ninive zu predigen, wollte er es nicht, er flohe vor dem Herrn und wollte auf's Meer. Warum da? Er mochte glauben, auf dem einsamen Meere sehe ihn Gott nicht. O du thörichter Jonas! — Wo soll ich hingehen vor deinem Geist, und wo soll ich hinfliehen vor deinem Angesicht? — So thöricht sind noch Viele, die da meinen, sich vor Gott verstecken zu können, wie man es vor Menschen kann; die des Nachts Böses thun; im Geheimen. O Seele, sündigst du, und denkst, Gott sieht dich nicht; wie ist die Blindheit groß, wie klein der Einsicht Licht! Und sündigst du, und weißt, daß es sein Blick vernahm, wie ist die Frechheit groß, wie klein ist deine Scham *)! Nein, frevle in der tiefsten Höhle, verbirg dich in's Gewand der Nacht, stets steht die That vor deiner Seele, denn Gottes Auge hat gewacht. Wie das still gethane Gute hinauf kommt vor Gott (Cornelius, dein Gebet und deine Almosen sind hinauf gekommen in das Gedächtniß vor Gott), so auch das Böse. Darum fürchtet Gott, Kinder, auch wenn ihr im Verborgenen und in der Finsterniß seid, denn Gott wird an's Licht bringen, was im Finstern verborgen ist.

1) **Das Sündenelend der Menschen jammert ihn.** C. 4, 11. Mich sollte nicht jammern Ninive? Daß die Leute in Ninive sündigen, ist ihm also nicht gleichgültig und einerlei; es jammert ihn. So bei der Sündfluth auch: Es bekümmerte ihn in seinem Herzen. In einer Bibelstelle, Jer. 31, 20, sagt Gott, ihm bricht das Herz über die Menschen. So sagt man von einer Mutter, der das Elend, die Krankheit ihres Kindes so sehr zu Herzen geht. So steht hier abbildlich von Gott über die Seelenkrankheit der Menschen, welche? Aus diesem Jammern, das ein Innerliches ist, folgt die Erbarmung. Das deutsche Wort Erbarmen stammt ab von dem Wort parm, der Schooß **). Erbarmen heißt: im Schooß hegen, annehmen wie bei kleinen Kindern. Das Kind kann sich selbst nicht aus dem Elend heraus ziehen, die Mutter thut's. Deutet das auf die Niniviten! Was hier Gott in unserer Geschichte zeigt, Jammer und Erbarmung, über das Sündenelend der Menschen, das besagen auch die schönsten Bibelstellen, die wir hierbei besprechen und lernen wollen. Ps. 103, 13: Wie sich ein Vater über Kinder erbarmet —. Hes. 33, 11: So wahr ich lebe, spricht der Herr, ich habe keinen Gefallen am Tode des Gottlosen. (Ges. 418, V. 1: So wahr ich lebe, spricht dein Gott —.) Jes. 54, 8: Ich habe mein Angesicht im Augenblick des Zorns —. V. 10: Es sollen wohl Berge weichen —. Ges. 191, 2: Es ist sein ewiges Erbarmen —. Wie sind die beiden letzten Strophen zu verstehen: Wir kommen oder

*) Rückert, Weisheit der Brahmanen. Bd. 3.
**) Schmitthenner, kurzes deutsches Wörterbuch. 2. Aufl. 1837.

kommen nicht? So sagt also unsere Geschichte. Gott erbarmt sich. Wir Christen wissen aber noch mehr. Wir wissen nemlich, wie hoch und unendlich weit diese Erbarmung geht: Also hat Gott die Welt geliebt —. Was soll uns aber die Erkenntniß, daß Gott gegen Sünder, gegen uns, gegen mich barmherzig ist? Röm. 2, 4 steht's: Weißt du nicht, daß dich Gottes Güte zur Buße leitet?

Solche Erbarmung, die Gott selber hat, will er auch in Jonas Herz erwecken. Im Himmel ist Freude über einen Sünder, der Buße thut; so soll es auch auf Erden sein. Das soll die Geschichte mit dem Gewächs. Was soll die? Gott selbst deutet sie: Dich jammert des Kürbis — —.

2) **Er läßt Buße predigen.** Die Erbarmung Gottes geht hier gar auf Heiden. Denn Gott will, daß Allen Menschen geholfen werde, und Alle zur Erkenntniß der Wahrheit kommen. Die Bosheit der Stadt Ninive ist sehr groß, da muß ein Prophet in Israel auf Befehl Gottes den Heiden predigen. So etwas haben wir vorher in der Geschichte Israel's nie gefunden, und finden es auch im A. T. nicht wieder. Erst im N. T. findet es sich in noch größerm Maße. Luc. 24, 47: Christus muß predigen lassen in seinem Namen Buße und Vergebung der Sünden unter allen Völkern. So ist denn die Erbarmung gegen Ninive, die Gott durch Jona's Predigt zeigt, ein schwaches Abbild von der Erbarmung, die er gegen die Heiden hat seit der christlichen Zeit. Wie heißt nun die Predigt Jona's? C. 3, 4: Es sind noch 40 Tage, so wird Ninive untergehen. Mit dieser Drohung, Strafankündigung war es Ernst, denn weil Gott heilig ist, kann er die Sünde nicht leiden, und weil er gerecht ist, straft er sie. Ein paar Schriftstellen, Ps. 5, 5: du bist nicht ein Gott, dem gottloses Wesen gefällt —. Ich der Herr, dein Gott, bin ein starker —. Trübsal und Angst über alle Seelen, die da Böses thun. Wer auf das Fleisch säet, wird vom Fleisch das Verderben erndten. — Neben seiner Heiligkeit und Gerechtigkeit ist Gott aber auch die Liebe, und will deshalb nicht den Tod des Sünders, sondern daß er sich bekehre und lebe. Dazu läßt er Jonas predigen. So ist denn diese Predigt, wenn sie auch Drohung ist, doch Erbarmung; wie? Die Absicht Gottes ist, durch die Drohung zur Bekehrung zu führen. Das ist noch die Absicht Gottes bei allen Drohungen in seinem Wort. Nenne einige Drohungen.

3) **Er verschont nach der Bekehrung.** Die Absicht Gottes bei der Predigt: Es sind noch 40 Tage, so —, wird erreicht. Die Leute von Ninive bekehren sich. Sehen wir erst diese Bekehrung an. Zuerst heißt es, C. 3, 5: Die Leute von Ninive glaubten an Gott, nemlich daß Gott thun werde, was er durch Jonas gedroht hatte. Sie schlagen also nicht, wie Viele, die Drohungen Gottes in den Wind. Sie glauben, daß es Gott damit ein Ernst ist. Der König legte den Purpur ab, V. 6, und hüllte einen Sack um, und setzte sich in die Asche; äußere Demüthigung. Der Kö-

nig läßt sagen V. 8: sie sollen zu Gott rufen, also beten und bitten; und Jeder bekehre sich von seinem bösen Wege, und von dem Frevel seiner Hände; Umkehr also, und damit ein Beweis, daß die Buße ächt ist. Dann V. 9: wer weiß, Gott möchte sich kehren, und ihn reuen; Glauben an Gottes Gnade, wenigstens ein dunkles Gefühl davon. Da ist also wahrhafte Bekehrung; worin besteht sie? Der Erfolg dieser Bekehrung auf Seiten Gottes steht V. 10: Da der Herr sahe ihre Werke, da sie sich bekehrten von ihrem bösen Wege, reute ihn des Uebels, das er geredet hatte, ihnen zu thun, und that es nicht.

An diese Geschichte der Bekehrung der Niniviten durch Jonas' Predigt knüpft der Herr Jesus ein ernstes Wort, das uns angeht. Matth. 12, 41: Die Leute von Ninive werden auftreten am jüngsten Gericht mit diesem Geschlecht und werden es verdammen, denn sie thaten Buße nach der Predigt Jonas', und siehe, hier ist mehr denn Jonas. Also die Niniviten werden am jüngsten Gerichte gegen alle diejenigen auftreten und sie verdammen, die dem Worte Jesu nicht glauben und nicht folgen. Denn 1) dort hat ein Prophet Buße gepredigt, uns hat Gottes Sohn Buße gepredigt, Matth. 4, 17: Jesus fing an zu predigen, und zu sagen: Thut Buße, denn das Himmelreich ist nahe. Wahrlich hier ist mehr als Jonas. 2) Dort wurde die Buße Heiden gepredigt, jetzt wird sie Christen gepredigt, die Gottes Liebe viel mehr erfahren haben, und auch durch die Erlösung viel stärkere Antriebe zur Erlösung haben, 2 Cor. 5, 15. Er ist darum für Alle gestorben, auf daß die, so da leben — —. 3) Da war bloße Bußpredigt, ohne daß Gnade verkündigt war, und doch war da Bekehrung. Wir wissen, Gott will Alles vergeben, wenn wir bußfertig sind, und, die Sünde hassend, zu ihm kommen. Christus: Wer zu mir kommt, den will ich nicht hinaus stoßen: — und doch keine Bekehrung. 4) Da war einmalige Bußpredigt, bei uns wohl hundertmalige ohne Erfolg. 5) Da war Buße und Bekehrung; bei Vielen von uns fortwährende Unbußfertigkeit; keine Reue über die Lüge; keine Scham über Betrug und Diebstahl; kein Leidtragen über Zorn und Rache und Verläumdung; keine Scheu vor Gott, der doch in's Verborgene sieht. — Kinder, kann das gehen? Ich warne euch mit einem ernsten Wort: Kinder, laßt im Gericht die Leute von Ninive nicht gegen euch aufstehen! Wann werden sie es thun? Darum verstocket eure Herzen nicht.

Jonas ist ein Vorbild Christi; d. h. was mit Christo geschehen ist, ist schon vorher durch die Geschichte Jonas' abgebildet. Matth. 12, 40: Wie Jonas drei Tage und drei Nächte in des Wallfisches Bauch war, also wird des Menschen Sohn drei Tage und drei Nächte mitten in der Erde sein. Die Aehnlichkeiten sind: 1) Durch ein Wunder ist der Prophet errettet, nachdem er drei Tagenächte (Evenlied) dem Tode dahin gegeben war. 2) Nach dem Tode und dem neuen Leben des Propheten erging die Predigt des Worts Gottes an die Heiden. 3) Der Zweck war Bekehrung.

Zerstörung Israel's.

2 Kön. 17.

Wie sah es zur Zeit der Zerstörung Israel's dort im Volk aus? Was 2 Kön. 17 im Allgemeinen erzählt ist, dazu geben die Propheten Amos und Hosea in einzelnen Thatsachen die Belege. Beide Propheten lebten nicht lange vor der Zerstörung Israel und hatten es hauptsächlich mit diesem Reiche zu thun. Israel wurde zerstört 722 J. v. Chr. und Hosea weissagte etwa von 786 bis 726 v. Chr. Der Lehrer lese vor Erzählung dieser Geschichte beide Propheten, und hebe bei der Erzählung die Hauptstellen hervor, wie es die nachfolgende Unterredung thut, um ein anschauliches Bild der Verworfenheit Israel's zu geben. Dann bemerken wir weiter, besonders für höher stehende Klassen, dieses: So wie 2 Kön. 17 und die Propheten Amos und Hosea die Zeit schildern, als Israel reif war zum Verderben, so schildern uns auch die Evangelisten und Josephus die Zeit der Zerstörung Jerusalem's; so schildern uns ebenso die Geschichtschreiber die Zeit Ludwig's XIV. und Ludwig's XV. von Frankreich, als Frankreich für die Revolution reif war. Ueberall Glanz, Prunkhäuser; falsche Gottesdienstlichkeit; Ungerechtigkeit und Bedrückung; gränzenlose Sittenlosigkeit; Verlachung und Verspottung aller Religion; Nichtachtung aller Liebe Gottes zur Umkehr; und der Schluß: Wo ein Aas ist, da sammeln sich die Adler. So war es vor fast 3000 Jahren, so war es vor 1700 Jahren, so war es vor 50 Jahren, so wird's sein heute, morgen, wenn nicht Jeder danach strebt, daß sein Volk nicht so herunterkommt. Die römische Geschichte in den Zeiten der Kaiser giebt dasselbe Resultat, und die ewige Roma konnte sich nur ein paar hundert Jahre fortschleppen, bis auch ihre Stunde schlug. Es ist hier nicht der Ort, diese Vergleichung weiter auszuführen, wie es für den Unterricht geschehen muß. So behandelt aber wird die alte Geschichte neu und selber eine Prophetie. So soll denn auch der Lehrer sich umsehen, in sein Volk und seine Zeit hineinschauen, und mit dem Wort Gottes ein Prophet sein, wie Amos und Hoseas. Gott gebe uns Lehrern allen dazu Seinen Geist und Seine Gnade.

Wir geben hier nun noch die weitere Geschichte der 10 Stämme. Die Israeliten sind bis jetzt in Assyrien geblieben. „Es fehlt nicht an Spuren, welche auf eine fortdauernde Verbindung der Israeliten aus den zehn Stämmen mit dem

Tempel hindeuten. Die Geschichte Tobias enthält Beweise davon. Zu Herodes Zeit lebte eine Königin Helena von Adiabene (einer Provinz Assyriens) in Jerusalem, deren Grab ein Gegenstand der Bewunderung bis auf den heutigen Tag ist. Der Brief Jacobus, der ein Schreiben an die zwölf Stämme Israel's ist, setzt eine Verbindung der Gemeine von Jerusalem mit den zehn Stämmen voraus. Bei der Ausgießung des heiligen Geistes waren Parther, Meder und Elamiter in Jerusalem. Als Herodes Agrippa eine Rede an die Juden hielt, um sie vor dem Aufruhr gegen die Römer abzumahnen, sprach er: „Vergeblich richtet ihr den Hoffnungsblick auf die Länder jenseit des Euphrat's. Meinet ihr, eure Stammgenossen aus Adiabene werden euch zu Hülfe kommen? Wenn sie auch den Willen hätten, so würden es die Parther verhindern." Josephus sagt: Nur zwei Stämme seien den Römern unterworfen; die andern, ein Volk von vielen Hunderttausenden, wohnen noch jenseit des Euphrat's. Merkwürdig ist es, wie die 10 Stämme von dieser Zeit an aus der Geschichte verschwinden konnten. Die letzte Spur von ihnen finden wir in den Schriften des Hieronymus, der uns berichtet, daß sie sich zu seiner Zeit noch in dem Lande ihrer Gefangenschaft befunden haben. Im 12. Jahrhundert bereis'te der Jude Benjamin von Tudela Asien, um nach den verlornen 10 Stämmen zu fragen, ohne jedoch etwas Sicheres und Klares zu finden. Vor einigen Jahren durchreis'te Missionar Wolf einen großen Theil der Länder Asien's in gleicher Absicht, und fand Nichts, als einige starke Gründe zur Widerlegung derer, welche Ueberreste der 10 Stämme in den Afghanen entdeckt zu haben meinten. Erkundigt man sich bei den Rabbinern nach ihren Brüdern von Ephraim, so erhält man zur Antwort: Sie wohnen in dem Lande der Finsterniß, d. i. in dem Ort, den man nicht nennen darf, oder: Sie wohnen jenseit des Sabbathflusses, d. i. über den man nur am Sabbath, d. h. gar nicht gehen darf. Es war dahin gekommen, daß christliche Forscher vermutheten, die 10 Stämme seien in Folge der muhamedanischen Verfolgung zerstreut, und sofort unter den übrigen Juden aufgegangen, oder gar in den Weltvölkern aufgelös't, und würden wohl niemals wieder zum Vorschein kommen. Das hieße aber nichts anders, als: die Weissagung sei aufgelöst, und werde niemals in Erfüllung gehen. Wer könnte z. B. Hes. 37, 16 ff. lesen, und den Glauben an den Geist der Weissagung festhalten, zugleich die Möglichkeit zugeben, daß sich die 10 Stämme Israel's mit den andern Juden oder mit den Weltvölkern vermischt haben sollten? Nun aber hat Missionar Grant die 10 Stämme in ihren Wohnorten besucht, in welche in so manchem Jahrhundert kein christlicher Besuch mehr gekommen war. Der Gott Israel's hatte seine Hand über ihnen gehalten, weil sie diese lange Zeit über verborgen sein sollten. Die Namen der Flüsse Diaba und Adiaba, jetzt der große und kleine Zab, das Land Gosan, jetzt Zosan, der Fluß Habor, jetzt Chabur, die Volkssprache, die syrische oder arameische, die sonst von keinem andern Volk in der Welt mehr gesprochen wird, — kurz, die Beschreibung des Landes und des Volkes ist zugleich der vollständigste Beweis für die Wahrheit dieser wichtigen Entdeckung"*). Das alte Assyrien ist das heutige Kurdenland im Norden von Armenien. Unter der griechischen Herrschaft war es in sechs Provinzen getheilt: Arphachsad, Halah, Adiabene, Arbelitis (nach der Stadt Arbela, Schlacht Alexander's) ꝛc. Das Hochgebirg von Adiabene macht eine natürliche Mauer, und nur wenige, fast unzugängliche Felsenpässe führen in die Thäler, deren Bevölkerung wie von aller Welt abgeschnitten ist. Der schönen Weiden wegen hieß schon zu Sanherib's Zeit das Land: Gosan, syrisch Zosan, d. h. Viehweide. „Die Israeliten sind die einzigen Bewohner dieses Gebirges, und sind theils Christen, durch die Apostel selbst bekehrt, theils Juden. Auch unter diesen herrscht, wie überall, wo die Religion etwas Aeußerliches geworden, und das Bekenntniß nicht Glaube und Geist ist, eine große gegenseitige Abneigung. Die Juden sehen ihre zu Christen gewordenen Brüder für Abgefallene an, diese dagegen erklären die im Judenthum Verharrenden für Ungläubige. Desto nachdrücklicher bezeugt neben vielen andern Beweisen ihre gegenseitige Anerkennung als Stammgenossen und Brüder nach dem Fleisch ihren gemeinschaftlichen israelitischen Ursprung. Die Christen nennen sich Nazarani, d. h. Judenchristen; ihre Feinde haben ihnen den Namen Nestorianer gegeben, unter dem sie bei uns bekannt sind. Als kühne, tapfere Krieger wissen sie sich bei ihren Nachbarn, den Persern und Türken, und sonderlich bei den räuberischen Kurden, so in Respekt zu erhalten, daß diese sich nicht leicht in ihre Gebirge wagen. Noch ist kein Feind in diese Felsschluchten eingedrungen. Türken, Perser und Kurden haben das Schwerdt mit solcher Wuth gegen sie geführt, daß das Schlachtfeld an ihren Gränzen, von den Zeiten Omar's her, heute noch der Blutsee genannt wird. Steile Felsenwände, an welchen kaum die wilden Ziegen einen Fuß ansetzen können, Schluchten, wo die sicher gehenden Maulthiere keinen Weg finden, bilden die Schutzmauer, hinter welchen Gott einstweilen, bis die Stunde der Erlösung schlagen wird, sein Volk will sicher wohnen lassen. Hos. 2, 18: Ich will Bogen, Schwerdt und Krieg vom Lande zerbrechen, und will sie sicher wohnen lassen." (Bibl. Geographie.)

*) Biblische Geographie für Schulen und Familien. 5. Aufl. Calw 1844. S. 241. Ein liebliches Buch mit herrlichen Bildern, wohlfeil (12 fl.). Man findet da Vieles, was man in größern wissenschaftlichen Werken vergebens sucht.

Die Unterredung.

Die Ursachen der Zerstörung Israel's.

1) Falscher Gottesdienst. 2) Lasterhaftes Leben. 3) Verachtung aller göttlichen Ermahnung und Warnung.

1) **Falscher Gottesdienst.** Die Zerstörung Israel's geschah 722 v. Chr. Ungefähr 50 Jahre vor der Zerstörung hatte der Prophet Amos dem Reich Israel geweissagt (C. 3, 11): Man wird das Land rings umher belagern, und dich von deiner Macht herunterreißen, und deine Häuser plündern. Dasselbe hatte ihnen der Prophet Hosea geweissagt, der mit Amos zugleich lebte. Hos. 14, 1: Samaria wird wüste werden. — Was gedrohet war, kam nun, denn des Herrn Wort ist wahrhaftig, und was —. Unser Cap., 2 Kön. 17, giebt nun die Ursachen dieser Zerstörung an. Gelesen V. 7. 10. 11. 12. Also der falsche Gottesdienst, Götzendienst. Dasselbe wird ihnen von den Propheten vorgehalten. Gelesen Amos 4, 4: Ja, kommt her —. C. 5, 21—24: Ich bin euern Feiertagen —. Hos. 2, 8: Denn sie will nicht wissen —. C. 7, 1—3: Wenn ich Israel —. Auf dieselbe Weise kann in einem Lande noch falscher Gottesdienst stattfinden: 1) Wo man von Gott nichts wissen will. Hos. 2, 8. Unsere Klugheit thut's, daß es uns glückt; die Natur bringt es Alles so von sich selbst hervor. 2) Wo man sich selbst einen Gottesdienst macht. Mit Kirchen- und Abendmahlgehen, Morgen- und Abendsegenlesen ist es genug; wenn ich Andern helfe und diene, so übersieht Gott Hurerei und andere Dinge; äußerlich ehrbar leben ist vor der Welt genug, es ist auch vor Gott genug. Warum nenne ich dies einen selbsterwählten Gottesdienst? Er ist selbst erdacht, weil man von der Sünde nicht lassen will, und hat im Worte Gottes keinen Grund. Ihr sollt bei euch selbst und auch bei Andern dafür sorgen, daß solcher falscher Gottesdienst in unserm Land nicht aufkommt, damit wir nicht den Zorn Gottes auf uns laden wie Israel.

2) **Lasterhaftes Leben.** Wie du liebst, so lebst du. Liebst du die Sünde, so lebst du der Sünde. Was heißt das? So bei Israel auch. Gelesen 2 Kön. 17, V. 7 und die Verse 9. 15. 16. 17. Das lasterhafte Leben war die zweite Ursache der Wegführung. Wir wollen diese Lasterhaftigkeit doch etwas genauer besehen nach den beiden Propheten, die sie uns schildern. Zugleich wollen wir bei jeder Bibelstelle unser Land und unsern Ort ansehen und fragen: Wie steht's bei uns damit? Erst zwei Hauptstellen: Amos 6, 3—6: Die ihr euch —. Hosea 4, 1. 2: Höret, ihr Kinder Israel —. Dann Amos 2, 6. 7. — C. 3, 10. 11. — C. 4, 1. — C. 5, 11. 12. — C. 8, 4—6. — Hosea 11, 5. —

Um solcher Lasterhaftigkeit willen kam auch die Sündfluth und die Zerstörung Jerusalem's. Matth. 24, 37. 38. Spiegeln wir uns daran. Wie? Wenn wir uns nicht bessern (unbußfertig sind), so werden wir auch so umkommen. Helfet dazu, daß unser Vaterland nicht so herunterkomme und Gottes Zorn auf sich lade. Wie helft ihr dazu? bei euch selbst? bei Andern? Kindern? Dienstboten?

3) **Verachtung der göttlichen Ermahnung und Warnung.** Was that nun Gott, als es so stand in Israel, damit sie nicht durch Sünde verloren gingen? Er sandte Propheten, Amos, Hosea. Die hielten ihnen die Liebe Gottes und auch seinen Zorn vor. Gelesen Hos. 11, 7. 8: Mein Volk ist müde —. Wie dies aufgenommen wurde, sehet ihr Hos. 4, 6: Mein Volk ist dahin —. Amos 4, 6—11. C. 7, 10—17. Wenn es eben hieß: Du verwirfst Gottes Wort, darum will ich dich auch verwerfen, so wird da als Grund und Ursache der Zerstörung Israel's angegeben die Verachtung des göttlichen Worts. Auch in unserm Cap., 2 Kön. 17, steht dasselbe. V. 13: Und wenn —. V. 14: sie härteten sich, wollten also auf nichts hören, V. 20: darum verwarf sie —. Als Hiskias, der zu der Zeit in Juda regierte, feierlich das Osterfest beging, ließ er auch die Israeliten dazu einladen, aber sie verlachten die Boten des Königs und spotteten ihrer, 2 Chron. 30, 10. So ist es immer gewesen. Gelesen Matth. 23, 37. 38. Also die Juden wollten Jesum nicht hören, und die Folge davon war die Zerstörung Jerusalem's. Noch eine Stelle aus dem N. T., Röm. 2, 5: Du aber nach deinem verstockten —. Wir fragen: Wie steht's bei uns damit? Ein paar Fragen, worauf ich keine Antwort haben will: Nehmt ihr's an, wenn ich Jemand hier einmal muß ernsthaft seine Sünde sagen? Wird's in unserer Gemeine von den Leuten angenommen, wenn der Prediger, wie sie's nennen, schilt? Wenn ihr groß werdet, helfet dazu, daß es damit in unserm Lande besser steht. Wie thut ihr's an euch selbst? Wenn der Prediger Laster in der Gemeine rügt? Wie an Andern, wenn sie das Wort Gottes verachten möchten? Wir wollen uns in unserm lieben Vaterlande dazu den Segen Gottes erflehen, indem wir mit einander singen die drei Verse des Gesanges von Luther 476: Es woll' uns Gott genädig sein —.

Hiskias Errettung von Sanherib.

Diese Geschichte steht 2 Kön. 18, 13. — C. 19. — 2 Chron. 32. Jes. 36, 37 und alle drei Stellen ergänzen sich einander. Ein Engel des Herrn schlug im Lager der Assyrer 185,000 Mann. Vielleicht eine plötzliche, furchtbare Pest, bewirkt durch einen Würg=

engel, wie 2 Sam. 24. Das Wunderbare in dieser Geschichte ist neben der Thatsache auch die bestimmte Vorhersagung des Propheten, Jesaias: Sanherib soll keinen Pfeil in die Stadt schießen ꝛc. und die Erfüllung. Der griechische Geschichtschreiber Horodot erzählt 300 Jahre später diese Geschichte fabelhaft und entstellt also: Sanherib bekriegte den egyptischen König Sethon, und belagerte die Stadt Pelusium. In dieser Noth geht Sethon in den Tempel und klagt dem Bilde des Gottes seine Noth. Da erscheint ihm der Gott, und offenbart ihm, daß nichts ihm schaden werde. Ein Haufen Ratten und Feldmäuse fraßen und zernagten nun in Einer Nacht alle Schildriemen, Köcher und Sehnen der assyrischen Armee dergestalt, daß Sanherib genöthigt war, Tags darauf die Belagerung aufzugeben und zu fliehen. Deß zum Andenken stellte der König Sethon seine steinerne Bildsäule mit einer Maus in der Hand in den Tempel mit der Unterschrift: Wer mich ansieht, der werde gottesfürchtig. Prideaux 1, 33. Heß, Gesch. der Könige Juda's und Israel's B. 2. S. 32 und 54. Gerlach, A. T. B. 2.

Die Unterredung.

Hiskias. Der König Ahas, der Vater Hiskias, regierte gottlos in Juda, ärger als alle Könige vor ihm. Er verbrannte seine Söhne dem Götzen Moloch; that alle Greuel der Heiden, verschloß den Tempel zu Jerusalem, und richtete allenthalben im Lande Götzenaltäre auf. 2 Chron. 28. Landesunglück war, wie immer, die Folge dieses Abfalls von Gott. Nach ihm kam sein Sohn Hiskias, erst 24 Jahr alt, zur Regierung. Gleich nach dem Antritt seiner Regierung öffnete er den Tempel wieder, ließ ihn reinigen, und veranstaltete die Feier des Passahfestes mit Salomonischer Würde und Pracht, und ließ dazu auch Israel einladen, 2 Chron. 29 und 30. Die Freude des Volks und des Königs steht 2 Chron. 30, 24. — Die Folge ist Eintracht im Lande (V. 12: Es kam Gottes Hand in Juda, daß er ihnen gab einerlei Herz, zu thun nach des Königs und der Obersten Gebot aus dem Wort des Herrn); und Sieg auswärts (2 Kön. 18, 7: Und der Herr war mit ihm, und wo er auszog, handelte er klüglich, V. 8, und schlug die Philister). Denn die Gottseligkeit ist zu allen Dingen nütze und hat auch schon die Verheißung dieses Lebens. Die Zerstörung Israel's durch Salmanassar, die im siebenten Jahre der Regierung Hiskias erfolgte, gab dem Reiche Juda auch eine gute Lehre; welche?

Sanherib's Trotz. Hiskias war von dem assyrischen König abtrünnig geworden, und bezahlte den Tribut an denselben nicht mehr, wie sonst. Da zog der assyrische König Sanherib mit großer

Heeresmacht in Judäa, nahm alle festen Städte ein und kam vor Jerusalem. Wenn er den Einwohnern Jerusalem's sagen läßt, Jes. 36, 17: Bis ich komme und hole euch in ein Land, wie euer Land; so sieht man, daß er die Absicht hat, es mit Juda eben so zu machen, wie sein Vater Salmanassar es mit Israel gemacht hatte. Wie? Hiskias hatte schon vorher an Sanherib sagen lassen, 2 Kön. 18, 14 ff.: Ich habe mich versündiget, kehre um, was du mir auflegst, will ich tragen. Sanherib forderte einen Tribut; als er den aber hatte, zog er dennoch vor Jerusalem und belagerte sie. Die Noth wurde nun groß, denn Assyrien war herrlich, mächtig und groß, und Juda dagegen gering und arm, wie Rabsake, der assyrische Feldherr, in seiner trotzigen Rede an die Einwohner Jerusalem's es auch sagt, Jes. 36, V. 8: Ich will euch 2000 Pferde geben, aber ihr habt ja nicht einmal Reiter darauf. Du hast nichts, worauf du dich verlässest, V. 6, auf Egypten nicht. — V. 7: auf deinen Gott kannst du dich auch nicht verlassen. V. 8 und 9: auch nicht auf deine Macht. — V. 18: Laßt euch Hiskias nicht bereden: Der Herr wird uns erlösen. Haben auch der Heiden Götter ein jeglicher sein Land errettet von der Hand des Königs zu Assyrien? Wo sind die Götter zu Hamath und Arphad? ꝛc. Wie der Feldherr, so trotzte auch Sanherib selbst, Jes. 37, 10: Laß dich deinen Gott nicht betrügen, auf den du dich verlässest und sprichst: Jerusalem wird nicht in die Hand des Königs zu Assyrien gegeben werden ꝛc. — So kann das Glück, und wenn es dem Menschen Alles nach Wunsch geht, trotzig machen, daß er spricht: Wer ist der Herr? ich weiß nichts von einem Herrn im Himmel und will auch nichts davon wissen. Er setzt sich dann an Gottes Statt. Daher die Ermahnung des Apostels Eph. 6, 9: Ihr Herren, lasset das Drohen, und wisset, daß auch euer Herr im Himmel ist.

Hiskias und sein Volk. Diesem Uebermuth, diesem Trotz setzt Hiskias und sein Volk zuerst entgegen: Stillschweigen. Jes. 36, 21: Sie schwiegen aber stille und antworteten ihm nichts; denn der König hatte geboten und gesagt: Antwortet ihm (dem Feldherrn Sanherib's) nichts. Dies Stillschweigen ist groß und herrlich. Es zeigt an ihre Ruhe, daß König und Volk nicht erregt und bewegt und verzagt werden durch die trotzige, hochmüthige, gotteslästerliche Rede, weil sie wissen, woran sie sind, und was sie an ihrem Gott haben. Sodann auch, daß mit Reden nichts gethan ist. Auch Schweigen hat seine Zeit. Wohl dem, der die rechte Zeit weiß, wenn geschwiegen werden soll. Ihr Schweigen ist aber keineswegs Gleichgültigkeit gegen das, was Sanherib vornimmt. 2) Sie betrüben sich sehr über solche Gotteslästerung, Jes. 36, 22: Mit zerrissenen Kleidern zeigen die Räthe dem König Hiskias die Rede des Feldherrn an, und auch Hiskias, Jes. 37, 1, zerreißt die Kleider. So soll es dich in der Seele betrüben und dir wehe thun, wo man über Gott und sein heiliges Wort spottet; durch freche Reden ihn entehrt; durch ein unheiliges, gottloses Leben seine Strafgerechtigkeit verlacht. — 3) Das Gebet. 2 Chron. 32, 20. Aber der König Hiskias und der Prophet Jesaia beteten dawider und schrieen gen Himmel. In Buß- und Trauerkleidern, Jes. 37, 1, ging der König in das Haus des Herrn. Er ließ auch, V. 2—4, den Propheten um seine Fürbitte ersuchen: Du wollest dein Gebet erheben für die Uebrigen, so noch vorhanden sind. So ging denn der König zu der wahren Quelle, wo allein Hülfe in aller Noth zu holen ist; zugleich weiß er auch, daß das Gebet des Frommen viel vermag; wie das (Was?) eine Lehre ist sowohl im A. als im N. T. Gebet, das auf zum Himmel steigt, macht, daß sich Gott zur Erde neigt. Rufe mich an in der Noth, so —. Wenn Menschenhülfe dir gebricht, so hoff' auf Gott und zage nicht; wenn Niemand hilft, so hilft doch er, mit ihm ist keine Last zu schwer. Den gotteslästerlichen Brief, den Sanherib an Hiskias geschrieben hat, und den wir 2 Kön. 19, 10—14 lesen, nimmt der fromme König, geht damit in das Haus des Herrn, und breitet ihn aus vor dem Herrn, und thut dazu dies herrliche Gebet, V. 15—20: Herr Zebaoth (du Herr der Heerschaaren, wenn ich auch keine Kriegsmacht habe), du Gott Israel's (doch unser Gott, immer gewesen, und auch noch, mag jener uns auch deshalb spotten, daß wir es glauben), der du über den Cherubim sitzest (deine Gegenwart in Israel an die Bundeslade geknüpft hast), du bist allein Gott über alle Königreiche auf Erden, du hast Himmel und Erde gemacht (du allein, und keiner mehr und neben dir, wie die Heiden meinen, du hast alle Macht). Herr, neige deine Ohren und höre doch; thue deine Augen auf und siehe doch die Worte Sanherib's, die er gesandt hat, zu schmähen den lebendigen Gott. Wahr ist's, Herr, die Könige zu Assyrien haben wüste gemacht alle Königreiche, und haben ihre Götzen in's Feuer geworfen, denn sie waren nicht Götter, sondern Menschenhändewerk, Holz und Stein; die sind umgebracht. Nun aber, Herr, unser Gott, hilf uns von seiner Hand, auf daß alle Königreiche auf Erden erfahren, daß du Gott seist allein. Welches Vertrauen, welcher Glaube, spricht sich doch in diesem kräftigen Gebet aus! So wollen wir es dem frommen König nachthun. Kommt eine Bedrängniß, eine Noth uns nahe, so wollen wir uns an den wenden, der Alles in Händen hat, und es wenden kann; und wollen auch andere fromme Menschen zur Fürbitte mit auffordern. — 4) Die menschlichen Mittel gegen den mächtigen Feind versäumt der fromme König daneben auch nicht. Sie stehen 2 Chron. 32, 2—8: Er v rdeckte dem Feinde die Wasserröhren; bauete, was baufällig war; machte Waffen und Schilder; V. 6—8: redete herzlich zu den Hauptleuten und zu dem Volk, und sprach: Seid getrost und frisch, fürchtet euch nicht, und zaget nicht vor dem König von Assur, und vor allem dem Haufen, der bei ihm ist; denn es ist ein größerer mit uns, als mit ihm. Mit ihm ist ein fleischlicher Arm (menschlich, also hinfällig, schwach), mit uns aber ist der Herr unser Gott, daß er uns helfe, und führe unsern Streit. — So macht das Gebet, das Vertrauen auf Gott, fröhlich, muthig, getrost. Fleißig gebetet, ist über die Hälfte gesiegt. Solcher Glaube, solcher Muth, solche Freudigkeit in Gott zieht das ganze Volk mit, V. 8: Und das Volk verließ sich auf die Worte des Königs.

Die göttliche Hülfe. Herr, deine Augen sehen nach dem Glauben, Jer. 5, 3. Hier sieht der Herr wahren Glauben, der sich in herzlichem Gebet und in Demüthigung vor Gott kund giebt. Da ist denn auch 1) der göttliche Trost nicht fern. Jes. 37, 6. 7. Jesaias läßt dem König sagen: Der Herr spricht also: Fürchte dich nicht vor den Worten, die du gehöret hast, mit welchen mich die Knaben des Königs zu Assyrien geschmäht haben; siehe, ich will ihm einen andern Muth machen, und soll etwas hören, daß er wieder heim ziehe in sein Land; und will ihn durch das Schwerdt fällen in seinem Lande. Noch herrlicher, kräftiger lautet die göttliche Antwort, als Hiskias den Brief in dem Tempel ausgebreitet, und im Gebet nochmals Gott um Hülfe gebeten hat. V. 22—28. Es sind gewaltige, scharfe Worte. Der Sinn von V. 22: Du stolzirst und trotzest, ich aber verachte dich. V. 23: Wen schmähest du, wenn du Gott schmähest! du hebest deine Augen wider den Heiligen in Israel, vor dem besonders alles hochmüthige Wesen ein Greuel ist. V. 24, 25: Du meinest, durch deine eigene Macht und dein Vermögen bist du so hoch gekommen, V. 26, 27, und bedenkst nicht, daß ich Alles thue. Und nun folgt V. 29 die Ankündigung der Strafe: Weil du denn wider mich tobest, und dein Stolz herauf vor meine Ohren gekommen ist, will ich dir einen Ring an die Nase legen (wie man im Morgenlande die Thiere regiert) rc. Nach solcher gewaltigen Strafankündigung gegen den, der sich gegen den lebendigen und heiligen Gott setzt, folgt die liebliche Hülfeverheißung für den frommen Beter: V. 30: Esset dies Jahr, was die Feinde zertreten haben rc. V. 33 f.: Er soll keinen Pfeil in die Stadt schießen; er soll des Weges wieder gehen, den er gekommen ist; und soll nicht in die Stadt kommen. V. 35: Denn ich will die Stadt schützen. — 2) Die Hülfe. Nach dieser Hülfeverheißung Gottes folgt sogleich die Hülfe selbst: Der Engel des Herrn schlug im Lager der Assyrer 185,000 Mann. Dazu noch wurde Sanherib von seinen eigenen Söhnen erschlagen.

So schnell kann der Herr 1) die Stolzen demüthigen und die Geringen erhöhen. Ges. 672, 6: Wie leicht ist's nicht dem Herrn, die Großen, wenn sie nicht seine Wege gehn, von ihrer Höh' herab zu stoßen, und die Geringen zu erhöhn! ein Wort von ihm, so ist sogleich, wer reich war, arm, der Arme reich. — 2) Ein Gebet und eine Fürbitte ist nie vergeblich gesprochen. Ges. 686, V. 10: Wenn Niemand dich erquicken kann, so schaue deinen Heiland an; schütt' aus dein Herz in seinen Schooß, denn seine Huld und Macht ist groß. — Gelesen noch hiezu Ps. 76: Gott ist in Juda bekannt —.

Hiskias' Krankheit.

2 Kön. 20. Jes. 38.

Die Unterredung.

Die Zeit. 2 Kön. 20, 1. Zu der Zeit ward Hiskias todtkrank. Dies war kurz nach der Errettung von Sanherib. Da Hiskias 54 Jahre alt wurde, und noch 15 Jahre nach dieser Krankheit lebte, so wurde er davon im Jahre 39 seines Alters befallen. Menschlicher Ansicht nach schien diese Krankheit zu einer ganz ungelegenen Zeit zu kommen. Eben erst hatte Gott ihn auf sein und Jesaias Gebet hin errettet, er war in den Besitz großer Schätze gekommen durch die Beute im assyrischen Lager; in den besten Jahren, Jes. 38, 10: Da ich gedachte noch länger zu leben; hatte noch keinen Erben (sein Sohn Manasse war bei Hiskias' Tode erst 12 Jahre alt), der die Regierung hätte übernehmen können. — So kommt auch uns eine Krankheit gewöhnlich zur ungelegenen Zeit: Wir haben Arbeiten, die uns so nothwendig und nützlich scheinen; Gott hat uns eben erst durch Wohlthaten erfreuet, und unser Leben gleichsam verjüngt; wir haben so mancherlei Sorgen, die, wie wir meinen, gar nicht zulassen, daß wir krank sind. So dünkt es uns. Aber von Gott heißt es: Er thut Alles fein zu seiner Zeit. Vor Gott ist also auch die Zeit, wenn wir krank werden sollen, grade die rechte Zeit. Wie denn? fragen wir. Hiskias hatte jetzt Glück und Reichthum und hätte sich dessen leicht überheben können, wozu er auch Neigung hatte, Jes. 39, das wollte der gütige Gott verhindern. Er sollte fühlen, daß er mit Leben und Odem in Gottes Hand wäre, und sollte so demüthig vor seinem Gott werden. Willst du ein frommer Mensch sein; der mit Gott wandelt und vor seinem Angesicht, so soll es dir nie gleichgültig sein, um welche Zeit du krank wirst. Welche Fragen sollst du dir thun? Warum diese Zeit? Was will Gott damit? Was soll ich vielleicht ablegen? annehmen? bedenken?

Die Botschaft. Jesaias, der Prophet, bringt sie dem König, und sie lautet: So spricht der Herr: Bestelle dein Haus, denn du wirst sterben, und nicht leben bleiben. Eine harte Botschaft. — Bestelle dein Haus, d. h. bringe Alles in Ordnung. Welches Alles? Deine irdischen Angelegenheiten, daß du deinen Angehörigen nach deinem Tode keine Ungelegenheiten machst. Besonders aber bestelle deine ewigen Angelegenheiten, daß du mit Trost und Frieden von dannen gehen kannst. Welche sind die? Daß du jeden Abend dein Leben bedenkst; dir die Sünde leid sein lässest; Gott herzlich um

Vergebung bittest um Christi willen; gute Vorsätze für die Zukunft fassest, und sie mit Gottes Hülfe ausführest; fleißig die letzte Stunde und das Gericht Gottes bedenkst, und wie du darin bestehen willst. — Uns Allen ist es gesagt: Bestelle dein Haus, denn du wirst sterben. Denn Hebr. 9, 27: Es ist dem Menschen gesetzt, einmal zu sterben; und darnach das Gericht. Jede Leiche, die deinem Hause vorbei getragen wird, rufe es dir zu (Was?). Jedes Jahr, das du älter wirst. So viel, so täglich, ruft Gott es uns zu; und wie viel überhören wir es doch. Ges. 892, 2: Der Jüngling hofft des Greises Ziel, der Mann noch seiner Jahre viel, und zu viel Jahren noch ein Jahr, der längst schon reif zum Tode war. — Dazu kommt, daß wir einander es so leicht aus dem Sinn reden: Es hat keine Noth. Von Gott sollten wir hier lernen, nicht so gar weichlich in diesem Punkt gegen Kranke zu sein. Wie? Gieb dem Kranken leise Andeutungen, wie schnell oft das Leben hin ist. Gehe auf solche Gedanken gerne ein, wenn der Kranke davon anfängt, und rede es ihm nicht aus dem Sinn, wie man oft aus unverständiger Liebe zu dem Kranken thut; es betrifft hier Seel und Seligkeit. Bitte du aber Gott oft. Ges. 885, 4: Laß mich noch in gesunden Tagen mein Haus bestellen, daß ich, dir geheiligt, stündlich könne sagen: Herr, wie du willst, so schick's mit mir; und mach' es nur durch Christi Blut, o Gott, mit meinem Ende gut.

Das Gebet. Hiskias versteht Gott. Gott wollte ihm durch die Botschaft sagen: Bedenke, wie du zu mir stehst, wie du zu der Ewigkeit stehst. Hiskias besorgte nun auch das Wichtigste zuerst. V. 2: Er wandte sein Antlitz zur Wand (von den geliebten Angehörigen weg, nicht sehen wollend, was um ihn her vorging) und betete zum Herrn. Er hat es allein mit Gott zu thun, und will seine Sache mit ihm abmachen; alles Andere als gering liegen lassend. So gehe du auch in die Stille, habe in der Stille deine Gedanken, wo dir Gott mit der Mahnung entgegen kommt: Beschicke dein Haus, denn du wirst sterben; und sollte es auch nur sein, wenn du im Herbst die Blätter von den Bäumen fallen siehst. Ach, wie manche Kranke haben in ihrer Krankheit, in ihren letzten Tagen, in ihren letzten Stunden, wo der Tod ihnen, so zu sagen, schon auf den Lippen sitzt, noch allerlei eitle Gedanken, Tändeleien und weltliche Dinge im Sinne. Nein, Eins ist Noth im Leben und im Sterben; und dies Eine sollst du mir sein, Herr Gott, Herr Jesu! — Hiskias Gebet lautet nun V. 3: Ach, Herr, gedenke doch, daß ich vor dir treulich gewandelt habe und mit rechtschaffenem Herzen, und habe gethan, was dir wohlgefällt; — und Hiskias weinete sehr. Das Gebet Hiskias' hat etwas Wahres, Aufrichtiges. Er war es sich bewußt, daß er vor Gott gewandelt hatte, d. h. daß er in seinem Lebenswandel immer hatte seinen Blick auf Gott gerichtet; treulich, nicht heute es mit Gott haltend und morgen mit der Welt, nicht dann einmal im Glauben und dann wieder im Unglauben; mit rechtschaffenem Herzen, in Wahrheit, Aufrichtigkeit, und nicht in Heuchelei und Schein, weil er wußte, Gott siehet das Herz an; hatte auch in seinem Thun und Lassen gethan nach dem Wohlgefallen Gottes. Darauf beruft sich Hiskias. — Hatte aber Hiskias denn nichts zu bereuen? nichts wieder gut zu machen? Ja; in der Schrift, die er nach seiner Krankheit aufgesetzt hat, steht Jes. 38, 17: Siehe, um Trost war mir sehr bange; du aber hast dich meiner Seele herzlich angenommen, daß sie nicht verdürbe; denn du wirfst alle meine Sünde hinter dich zurück. Er rühmt es hier vor Gott, daß Gott es ihm habe wissen lassen, ihm seien seine Sünden vergeben. Er glaubt also nicht, daß seine paar guten Werke vor Gott ausreichen würden, sondern tröstet sich nur der Barmherzigkeit Gottes in der Vergebung seiner Sünden. So wie hier Hiskias ist, so sind alle Heiligen des A. u. N. T. Alle nehmen ihre Zuflucht zu der Gnade und Barmherzigkeit Gottes; womit sie aber ihr Leben da, wo es Gott wohlgefällig gewesen ist, nicht verdammen. So nennt Paulus sich den Größesten unter den Sündern; und sagt doch von sich: Ich habe einen guten Kampf gekämpfet, ich habe Glauben gehalten. So wahr, so aufrichtig, so in Einfalt, so ohne alles Affectiren rede und handle du auch mit deinem Gott.

Die Erhörung. V. 4: Da aber Jesaias noch nicht zur Stadt halb hinaus gegangen war, kam des Herrn Wort zu ihm und sprach: Kehre um, und sage Hiskias, dem Fürsten meines Volks: So spricht der Herr, der Gott deines Vaters David's: Ich habe dein Gebet gehöret, und deine Thränen gesehen; siehe, ich will dich gesund machen. — David spricht vor Gott: Ich weiß, mein Gott, daß du das Herz prüfest, und Aufrichtigkeit ist dir angenehm. So in Aufrichtigkeit hatte David, so hat hier Hiskias mit seinem Gott geredet. Das Wohlgefallen an Hiskias' Gebet zeigt Gott durch die Erhörung. O, es ist etwas Köstliches: Ich habe dein Gebet gehöret, und deine Thränen gesehen. Nehmt auch ihr, Kinder, aus unserer Geschichte das Bewußtsein mit in das Leben, daß eure Gebete und eure Thränen, wenn ihr aufrichtig vor Gott wandelt, und thut, was ihm wohlgefällt, hinaufkommen in das Gedächtniß vor Gott. — Gott aber hat das Gebet nicht blos gehöret, sondern auch erhöret, indem er Hiskias noch 15 Jahre zu seinem Leben hinzusetzt. So thut Gott hier um Hiskias' Gebets willen, was er sonst nicht gethan hätte, das ist Gebetserhörung. — Und wie b a l d. Der Prophet ist noch nicht aus der Stadt, da kommt schon die Erhörung. Ps. 30, 6: Den Abend lang währet das Weinen, und des Morgens die Freude. Laßt euch das, Kinder, eine Anreizung zum Gebet sein; was? — Auch ist es Gott nicht zuwider, daß Hiskias im Glauben ein Zeichen fordert; und er thut ein Wunder, um ihm dies Zeichen zu geben. Welches? Der Schatten am Sonnenzeiger Ahas geht zehn Stufen zurück*).

*) Wie die Sache auch geschehen ist, ob am Schatten oder an der Sonne; jedenfalls ist sie ein W u n d e r, wie sie 2 Chron. 32, 24 auch ge-

Der Dank. Jes. 38, 9—20: Dies ist die Schrift Hiskias', da er krank gewesen, und gesund geworden war. In dem ersten Theil der Schrift spricht er nun davon, V. 9—14, wie das Wort Gottes: Bestelle dein Haus, denn du wirst sterben, ihn traurig gemacht hat. V. 10: Da ich gedachte, noch länger zu leben. Dann folgt von V. 15 an sein Dank. O wie will ich noch reden (von Dank und Lob Gottes); ich werde mich scheuen all mein Lebenlang vor solcher Betrübniß meiner Seele (er will auf seiner Hut sein vor Hochmuth, daß der Herr ihm solche Betrübniß nicht wieder zuschicken muß). So ist es recht. Jede Krankheit, von der du genesen bist, sagt dir gleichsam Joh. 5: Siehe zu, sündige hinfort nicht mehr, daß dir nicht etwas Aergeres widerfahre. Dazu hatte sich Hiskias die Krankheit dienen lassen (Wozu?). V. 16: Herr, davon lebet man (von solchen Erfahrungen deiner Treue und Barmherzigkeit und Gnade Gottes). V. 20: Der Herr half mir (so heißt es eigentlich); darum wollen wir meine Lieder singen, so lange wir leben, im Hause des Herrn.

Nun, Kinder, dem frommen König nach. Macht auch solche Erfahrungen, wie sie Gesang 623, 4 stehen: Ich rief zum Herrn in meiner Noth: Vernimm, o Gott, mein Flehen! Da half mein Helfer mir vom Tod, und ließ sein Heil mich sehen; drum Dank, o Gott, drum dank' ich dir; ach danket, danket Gott mit mir; dankt ihm mit Freudenthränen.

Tobias.

Das Buch Tobias gehört schon zu den apokryphischen Büchern des A. T., die den heiligen Büchern nicht gleich zu achten sind.

Die Unterredung.

Das Leben in einer frommen Haushaltung.

1) Die Kindererziehung. 2) Der Gottesdienst. 3) Die Leiden. 4) Der göttliche Trost.

1) **Die Kindererziehung.** Die Hausgenossen einer Haushaltung sind fromm, wenn sie auch die geringsten Dinge aus Liebe

nannt wird. Denn der Prophet Jesaias konnte dies nicht wissen, und auch nicht veranstalten, als er dem König die Wahl ließ. Der Lehrer, dem die Schrift Wahrheit ist, hält sich auch vor den Kindern nicht lange dabei auf; es wäre auch thöricht, ein Wunder erklären zu wollen.

zu Gott thun (im Andenken an ihn und an sein Gebot). Eine solche Familie finden wir hier. Tobias Sohn hieß auch Tobias. Diesen, C. 1, 10, lehrte er Gottes Wort von Jugend auf, auf daß er Gott fürchtete und die Sünde meidete. So ist die Kindererziehung in einer frommen Haushaltung. Auf Gottes Wort wird gehalten; also früh zur Schule; fleißiger Schulbesuch; selbst lehren oder doch nachfragen, was über Gottes Wort gelehrt wird; Anhalten zum Gebet, zur Kirche; Halten auf alte christliche Sitten (Abend- und Morgensegenlesen, Vorlesen einer Predigt), Aufsicht; eigenes Beispiel. So wird das Haus zur Kirche. Wie so? So Tobias, wenn er, wie C. 4 sagt, seinen Sohn unterwies. Wir wollen daraus nur V. 5 und V. 22 besprechen. — Zweck des Lernens des Wortes Gottes sollte sein: Gott fürchten, d. h. vor ihm sich scheuen; und dies Gott fürchten (Gottesfurcht) besteht darin, daß man die Sünde meidet. Dann, V. 22, hat man Alles, und genug auch in der Armuth. Wie so? Wer Gott fürchtet, hat nichts Anderes zu fürchten. Warum nicht? So denken fromme (christliche) Eltern noch. Alles Wissen und Lernen ist nichts ohne Frömmigkeit. Warum? Alles Wissen und Lernen wird geheiligt durch Frömmigkeit. Wie? Wo solche Erziehung ist, da ist auch Gottes Segen dabei. Gute Zucht, gute Frucht. Was heißt das? Hier auch C. 5, 1. Tobias sprach zu seinem Vater: Alles, was du mir gesagt hast, mein Vater, das will ich thun. Da sehen wir Gehorsam. Raguel will Tobias noch länger bei sich behalten, da spricht dieser, C. 10, 10: Ich weiß, daß meine Eltern jetzt Tage und Stunden zählen, und sind meinethalben hoch bekümmert. Da sehen wir kindliche Liebe. Solche fromme Erziehung empfiehlt der alte Tobias auch seinen Enkeln, C. 14, 10. 11: Dienet dem Herrn in der Wahrheit, thut, was er geboten hat, und lehret Solches eure Kinder, daß sie auch Gott allezeit fürchten und trauen von ganzem Herzen. — Das eben Gesagte (Was?) könnt ihr jetzt noch nicht brauchen. Wenn ihr zehn, zwanzig Jahre weiter seid, und das Buch Tobias leset, so erinnert euch an das eben Gelehrte.

2) **Der Gottesdienst.** Gott hat den Menschen für sich geschaffen, d. h. er soll Gott dienen (Gottes-Dienst); darin soll der Mensch seine höchste Glückseligkeit finden, und er findet sie auch darin. Solchen Gottesdienst, wo Alles auf Gott und sein Gebot abgesehen ist, finden wir in Tobias' Hause, C. 1. Obgleich viele Israeliten abfielen, ist er dennoch von Gottes Wort nicht abgefallen, V. 2. Also nicht dem großen Haufen nach. Dies wird uns noch näher, V. 5 und 6, gesagt. Also Anbetung Gottes im Tempel; Gebet; die treuliche Entrichtung der Abgaben. V. 8: Solches hielt er von Jugend auf nach dem Gesetz des Herrn. Also es war Gewohnheit schon, wie man sagt, ihm zur andern Natur geworden. Er will nichts Gestohlenes im Hause haben, C. 2, 21, nichts mit Unrecht. Besonders wird seine Wohlthätigkeit gerühmt, C. 1, 3. 19. 20. Solche Wohlthätigkeit wird auch, C. 1, 27, ein reiner und unbefleckter Gottes-

dienst genannt. Er tröstete mit Gottes Wort, C. 1, 15. Bei der Abreise seines Sohnes gehen seine Gedanken auf Gott hin, C. 5, 23: So ziehet hin, Gott sei mit euch auf dem Wege, und sein Engel geleite euch. Ein solch frommes Leben giebt denn auch einen guten Ruf nah und ferne. Wir lesen zwei Stellen, wo wir wieder ganz in die Weise und Sitte einer andern frommen Familie eingeführt werden, C. 7, V. 1—7 und C. 9, V. 8—11. Dann dankt Tobias Gott, C. 11, V. 11 und 17, auch ein Gottesdienst. Zuletzt empfiehlt er noch, 102 Jahre alt, solchen Gottesdienst seinen Enkeln, C. 14, 10: Haltet euch zu ihm rechtschaffen. — Wir sind Christen. Ein christlicher Gottesdienst soll in unsern Häusern herrschen. Wie? — Erst hörten wir, das Haus soll eine Kirche werden, wie noch? Wer ist dann der Priester darin? Wie macht der Vater das? Leset es 1 Cor. 10, 31: Ihr esset nun, oder trinket, oder was ihr thut, so thut es Alles zu Gottes Ehre. — C. 3, 17: Alles, was ihr thut mit Worten oder mit Werken, das thut Alles in dem Namen des Herrn Jesu, und danket Gott und dem Vater durch ihn. Das ist christlicher Gottesdienst der Hausgenossen.

3) **Die Leiden.** Hausgenossen haben immer mit einander zu thun. Sie vergehen sich gegen einander, d. h. sündigen gegen einander; dies durch Worte und durch Thaten. Solche Vergehungen Anderer gegen uns sind uns unangenehm, sind ein Leiden. Sie machen uns oft zornig, geneigt zu schimpfen, schelten, uns zu rächen. So soll es nicht sein. Wie wir uns bei Vergehungen der Hausgenossen verhalten sollen, sehen wir an Tobias. Seine Frau sprach, C. 2, 22, im Zorn (bei welcher Gelegenheit?): Da siehet man, daß dein Vertrauen nichts ist, und daß deine Almosen verloren sind. V. 23. Mit solchen und andern Worten warf sie ihm sein Elend vor. Auch seine Freunde, C. 2, 15, sagten: Wo ist nun dein Vertrauen? und (V. 14) verlachten ihn. Da sagte Tobias die schönen Worte, V. 17: Saget nicht also, denn wir sind Kinder der Heiligen, und warten auf ein Leben, das Gott geben wird denen, die im Glauben stark und fest bleiben vor ihm. Also: er trug; er belehrte; er wies hin auf den Gnadenlohn Gottes. Das sollen christliche Hausgenossen ganz besonders. Die (Christen-) Liebe verträgt Alles. Warum? Christus hat Alles vertragen; für mich auch. 1 Petr. 2, 23: Welcher nicht wieder schalt —. Vertraget einander in der Liebe. Wie das, wenn die Frau einen zornigen Mann hat? Schweigen. — Wenn die alten Eltern wunderlich sind? Vergeben, nicht sieben mal, sondern siebenzig mal sieben mal. Gelesen Col. 3, 12—17. Das sind sechs goldene Sprüche für die Hausgenossen bei Vergehungen unter einander und Fehlern.

Aber auch Gott selber schickt allerlei Leiden in's Haus. Tobias verlor Alles, C. 1, 23. Er wurde blind, C. 2. C. 5, 13: Was soll ich für Freude haben, der ich im Finstern sitzen muß und das Licht des Himmels nicht sehen kann? — Er muß seinen einzigen Sohn wegziehen lassen in die Fremde. Der blieb über die bestimmte Zeit aus, C. 10, 1. — Solche Leiden schickt Gott noch: Nahrungssorgen; Krankheitsfälle; Todesfälle. Denkt an euer eigenes Haus. Warum dies Alles? C. 12, 13 steht die Antwort: Und weil du Gott lieb warst, so mußte es so sein; ohne Anfechtung mußtest du nicht bleiben, auf daß du bewähret würdest. Auch heißt es noch in seinem Alter, C. 14, 4: Er nahm zu an Gottesfurcht. Also bewährt; wie sich Gold im Feuer als Gold bewährt. Wie? (es verbrennt nicht, wird vielmehr noch schöner). So auch der Fromme im Hauskreuz (so nennt man die häuslichen Leiden). Was wird da gelernt? Liebe? Wie? Geduld; Sanftmuth; Gottvertrauen; Nichtigkeit des Irdischen; Sehnsucht nach der Ewigkeit, C. 3, 6. Sieh' zu, daß du diese sechs schweren Dinge lernst aus dem Hauskreuz, wie Tobias.

4) **Der göttliche Trost.** Gott legt eine Last auf, aber er hilft uns auch. Den göttlichen Trost erfuhr auch Tobias. Die Gnade des Königs Salmanassar, C. 1, 13. 14; ähnlich Joseph. Wie? Die Wiedererlangung des Gesichts, C. 11, 17. Er dankte Gott, daß er seinen lieben Sohn wiedersehen konnte. So sind die schönen Worte wahr, die Sarah in ihrem Gebet sagt, C. 3, 22. 23: Das weiß ich aber fürwahr: Wer Gott dienet, der wird nach der Anfechtung getröstet — —. Gelesen auch C. 12, 12: Da du heiß weinetest und betetest, standest von der Mahlzeit auf und begrubst die Todten, da brachte ich dein Gebet vor den Herrn. Also Gott sahe Alles, leitete Alles, endete Alles. Das auch unser Trost. Gesang 671, 9: Zuweilen mag's wohl scheinen dir, als verstellte er sich —. Was dann auch kommen mag, wir sprechen mit Ges. 683, 4: D'rum, mein Herz, verzage nicht; der im Himmel wird schon sorgen. O, sein Trost ist Sonnenlicht bei dem allertrübsten Morgen. Harre mit Gelassenheit, endlich kommt die rechte Zeit.

Die fromme, christliche Haushaltung.

1) O selig Haus, wo man dich aufgenommen, du wahrer Seelenfreund, Herr Jesus Christ; wo unter allen Gästen, die da kommen, du der gefeiertste und liebste bist; wo Aller Herzen dir entgegenschlagen, und Aller Augen freudig auf dich seh'n; wo Aller Lippen dein Gebot erfragen, und Alle deines Winks gewärtig steh'n.

2) O selig Haus, wo Mann und Weib in Einer, in deiner Liebe Eines Geistes sind, als Beide Eines Heils gewürdigt, Keiner im Glaubensgrunde anders ist gesinnt; wo Beide unzertrennbar an dir hangen in Lieb' und Leid, Gemach und Ungemach, und nur bei dir zu bleiben stets verlangen an jedem guten, wie am bösen Tag.

3) O selig Haus, wo man die lieben Kleinen mit Händen des Gebet's an's Herz dir legt, du Freund der Kinder, der sie als die Seinen mit mehr als Mutterliebe hegt und pflegt; wo sie zu deinen Füßen gern sich sammeln, und horchen deiner süßen Rede zu, und

lernen früh dein Lob mit Freuden stammeln, sich deiner freu'n, du lieber Heiland, du.

4) O selig Haus, wo Knecht und Magd dich kennen, und wissend, wessen Augen auf sie seh'n, bei allem Werk in Einem Eifer brennen, daß es nach deinem Willen mag gescheh'n; als deine Diener, deine Hausgenossen, in Demuth willig und in Liebe frei das Ihre schaffen, froh und unverdrossen, in kleinen Dingen zeigen große Treu'.

5) O selig Haus, wo du die Freude theilest, wo man bei keiner Freude dein vergißt; o selig Haus, wo du die Wunden heilest, und Aller Arzt und Aller Tröster bist; bis Jeder einst sein Tagewerk vollendet, und bis sie endlich Alle ziehen aus dahin, woher der Vater dich gesendet, in's große, freie, schöne Vaterhaus.

Spitta, Psalter und Harfe. S. 97.

Zerstörung Juda's.

2 Kön. 25. 2 Chron. 36.

Nach Hiskias regierte in Juda sein Sohn Manasse, der ärgste unter den Königen Juda's. Er bauete den Götzen Altäre im Tempel zu Jerusalem, hatte Wahrsager und Zeichendeuter, und opferte seinen eigenen Sohn dem Moloch. Der Götzendienst war nun in Juda schlimmer als bei den Heiden. Manasse wurde in Ketten nach Babel geführt, woselbst er sich bekehrte, 2 Kön. 21. Der fromme König Josias, der 31 Jahre zu Jerusalem regierte, that in Verbindung mit dem Propheten Jeremias Vieles zur Wiederherstellung des wahren Gottesdienstes, wie es 2 Kön. 22 und 23 zu lesen ist. Aber das Uebel lag zu tief, und da nach seinem Tode wieder schlechte Könige regierten, die die Abgötterei begünstigten, so eilte das Volk unaufhaltsam seinem Verderben entgegen. Im Jahre 606 vor Chr. wurde Jerusalem von Nebucadnezar, König zu Babel, zum erstenmal erobert. Von da fangen die 70 Jahre der babylonischen Gefangenschaft an, 2 Kön. 24, 1. Damals wurde auch Daniel weggeführt. Jojakim, der damalige König Juda's, wurde wieder abtrünnig, und Nebucadnezar eroberte Jerusalem zum zweitenmal, 603 v. Chr., 2 Kön. 24, 2—20. Gegen 40,000 Juden wurden weggeführt an den Fluß Chebar (Chaboras), und auch der Prophet Ezechiel. Der von Nebucadnezar eingesetzte jüdische König, Zedekias, empörte sich. Nun geschah die dritte Eroberung und zugleich Zerstörung Jerusalem's und die Auflösung des jüdischen Staats, 588 v. Chr., also 134 Jahre nach der Zerstörung Israel's. Die Kinder des Königs Zedekias wurden vor seinen Augen getödtet, ihm selbst wurden die Augen ausgestochen, dann wurde er in Ketten nach Babel geführt, und in's Gefängniß gesetzt, bis er starb. Der Tempel, der Palast des Königs, und alle Häuser in Jerusalem wurden verbrannt, die Mauern der Stadt wurden niedergerissen, und das Volk theils getödtet, theils weggeführt. So war's geschehen, was Micha, C. 3, 12, geweissagt hatte: Zion wird zerpflügt, wie ein Feld, Jerusalem zum Steinhaufen, und der Berg des Herrn zu einer wilden Waldhöhe werden. — Hier ist es nun, wo die Propheten ihren Mund müssen aufthun. In Juda weissagten Jesaias von (ungefähr) 760 bis 700 v. Chr., Micha auch zur Zeit Hiskias. Nahum und Joel waren Zeitgenossen Jesaias; Zephanja lebte zur Zeit Josias und wahrscheinlich auch Habakuk; Jeremias und Ezechiel lebten vor, in und nach der Zerstörung Jerusalem's. Um diese ganze Zeit kennen zu lernen, wird Folgendes gelesen: 2 Kön. 25. 2 Chron. 36. Jes. C. 1. 3. 5. 22. 24. 25. 29. Unter Ephraim, was oft dort vorkommt, wird Israel verstanden, wo Ephraim der Hauptstamm war. Jer. C. 1—9. Micha C. 1—3. Joel C. 1 und 2. Zephanja C. 1—3. Der Jammerstand nach der Zerstörung: Klagl. C. 1—5. Alle diese Stellen geben ein Bild von der Verdorbenheit des Volks, von der Langmuth Gottes, und von dem Ernst der göttlichen Gerichte. Der Lehrer läßt ununterbrochen fortlesen, und fragt nur dann und wann nach, was in dem Abschnitt gesagt ist. Die Bilder werden von den Kindern selbst ausgelegt, ohne viel Hin- und Herreden, sie sind die schönsten Denkübungen. Auf die Schönheit der Sprache wird dann und wann hingewiesen. Die alte Zeit findet sich noch heutiges Tages immer wieder, es sei auf dem Dorfe, oder in der Stadt; daher wird die Anwendung gar nicht schwierig, wenn der Lehrer nur sein Volk kennt. Auch der beschränkteste Lehrer sollte doch wohl ein Wort zu sagen wissen, z. B. über Micha 2, 1: Wehe denen, die Schaden zu thun trachten, und gehen mit bösen Tücken um auf ihrem Lager, daß sie es früh, wenn es Licht wird, vollbringen, weil sie die Macht haben. Versetzt man so die alte Zeit in die neue, so knüpft sich von selbst die Ermahnung daran, die Liebeshand Gottes nicht ferner durch Unbußfertigkeit von sich zu stoßen, damit nicht auch über uns komme der Tag der Rache und des Zorns. Hiernach ist die folgende Unterredung angelegt.

Die Unterredung.

Die Sünde in Juda. Welche Bosheit zur Zeit der Zerstörung Jerusalem's in Juda herrschte, steht kurz 2 Chron. 36. V. 12: Der König Zedekias that, das dem Herrn übel gefiel: V. 14: Auch alle Obersten unter den Priestern, sammt dem Volk, machten des Sündigens viel nach allerlei Greul der Heiden. Man sieht hier, daß das Verderben von oben anfing: König und Priester sündigten, und das Volk that es nach. Wer unter euch angesehen, vornehm wird, der sehe zu, was er thut. Deine Tagelöhner, Knechte, Gesellen, Burschen, Dienstmädchen sehen auf dich. Wie ladest du ihre Sünden mit auf dein Gewissen? Wer unter euch niedrig wird und gering und arm, der sehe zu, was er thut. Frage nicht: wie machen andere Leute es, vornehme Leute, gescheite, meine Vorgesetzten? sondern frage: was sagt Gott dazu, wenn ich ein Hurer bin, ein Unbarmherziger, ein rachsüchtiger Mensch? Gleiche Sünden, gleiche Strafen, wie ist das gemeint? — Ezechiel und Jeremias, die um die Zeit der Zerstörung Juda's lebten, schildern uns weiter die Gottlosigkeit Juda's. Ezechiel, C. 8, hatte eine Erscheinung. Der Herr sprach zu ihm, V. 9: Gehe in den Tempel, und siehe die bösen Greuel, die sie allhier thun. V. 12: Siehest du, was die Aeltesten des Hauses Israel's thun in der Finsterniß, ein Jeglicher in seiner schönsten Kammer? denn sie sagen: Der Herr siehet uns nicht. So mag noch Mancher meinen und sagen: Wer sieht es denn, wenn ich lüge, was ich im Herzen habe? Hören die ein Wort eines Propheten, Jes. 29, 15: Wehe, die verborgen sein wollen vor dem Herrn, ihr Vornehmen zu verhehlen (sie wollen nicht gestehen, wie schon manche Kinder), und ihr Thun im Finstern halten (wie auch manche Kinder, die in einen Winkel gehen und sündigen, oder auf's Feld, und nehmen noch Jemand mit, wehe!) und sprechen: Wer sieht uns? und wer kennt uns? O, Kinder! gebt ihr selbst Antwort. Gott sieht mich, die heiligen Engel sehen zu. Bei euch ist Jemand, der's in sein Buch schreibt, und der euch allenthalben hinterm Rücken steht. Gott spricht zu uns, Jer. 23, 24: Bin ich nicht ein Gott, der nahe ist, und ein Gott, der ferne ist? Meinest du, daß sich Jemand so heimlich verbergen könne, daß ich ihn nicht sehe? Bin ich es nicht, der Himmel und Erde erfüllet? Ja, Gesang 104, 6: Er wird, er wird euch finden; denn in den Höhen herrscht der Herr; herrscht in den tiefsten Schlünden; an allen Enden herrschet er; hat überall auch Wächter und Strafen mancher Art, zur Rache der Verächter, für sein Gericht verwahrt. Und plötzlich stürzen Flammen, wenn ihr Betrognen glaubt, er schlumm're tief, zusammen herab auf euer Haupt. — Weiter schildert uns Jer. 7, 8 — 11 dies Geschlecht: Ihr verlaßt euch auf Lügen (der falschen Propheten), daneben seid ihr Diebe, Mörder, Ehebrecher und Meineidige; danach kommt ihr denn, und tretet vor mich in diesem Hause (dem Tempel) und sprechet: Es hat keine Noth mit uns, weil wir solche Greuel thun. Haltet ihr denn dies Haus, das nach meinem Namen genannt ist, für eine Mördergrube? Siehe, ich sehe es wohl, spricht der Herr. Also eben so wie in Israel wollen sie alle Schande mit äußerlichem Gottesdienst (in den Tempel gehen, opfern) bedecken. Wie machen es jetzt noch manche Heuchler eben so? Daneben sprechen sie: Es hat keine Noth. Sie sind also sicher, wie man es nennt. Woher?

Sie meinten wohl, Gott habe schon vor 400 Jahren bei Salomo, 1 Kön. 9, 6, gesagt: Werdet ihr euch von mir abwenden, so werde ich Israel ausrotten vor dem Lande, und das Haus, das ich geheiligt habe; und es wäre noch nichts daraus geworden, es habe keine Noth. Es macht nichts, so sagt man auch noch heutiges Tages. Was sagt aber Gottes Wort zu solcher Rede? Ps. 50, 21. 22: Das thust du, und ich schweige; da meinest du, ich werde gleich sein wie du; aber ich will dich strafen, und will dir's unter Augen stellen. Merket doch das, die ihr Gottes vergesset, daß ich nicht einmal hinreiße und sei kein Retter mehr da. Und sei kein Retter mehr da, heißt es hier zuletzt, eben wie in unserer Geschichte, 2 Chron. 36, 16. Der Grimm des Herrn über sein Volk wuchs, bis daß kein Heilen mehr da war. Oft wenn der Sünder meint, es habe am wenigsten Noth, so ist schon eine Hand da, die ihm seine Sünde und seine Strafe an die Wand schreibt; an welche Geschichte denke ich? Belsazar, Dan. 5. Darum sprecht selber nicht so, was? Laßt euch Solches nicht vorsprechen, was? Wie hieß noch Ps. 50, 21? — Zuletzt heißt es noch, 2 Chron. 36, 16: Sie spotteten der Boten Gottes, und verachteten seine Worte. Darüber lesen wir eine merkwürdige Stelle, Jer. 44, 15—17. Jeremias hatte, V. 7, sagen müssen: Warum thut ihr doch so großes Uebel! Da gaben sie die Antwort, V. 16: Nach dem Wort, das Du im Namen des Herrn uns sagest, wollen wir dir nicht gehorchen, sondern wir wollen thun nach allen dem Wort, das aus unserm Munde gehet. Also: Wir wollen nicht; das ist wohl das Schlimmste, das je gesagt werden kann. Da ist denn auch auf Seiten Gottes nichts Anderes übrig, als was über Juda kam. Auch Christus sagte zu Jerusalem: Ihr habt nicht gewollt, und gleich darauf: Siehe, euer Haus soll euch wüste gelassen werden.

Die Langmuth Gottes. So war das Volk lange Zeit hindurch schon gewesen. Wie benahm sich denn Gott gegen sie? 2 Chron. 36, 15: Er schonte seines Volks und seiner Wohnung, und sandte zu ihnen frühe seine Boten. Frühe, ja schon von den Zeiten der Richter an bis hierher, das sind über 800 Jahre lang. Er schonte; schon Moses hatte gedroht, 5 Mose 30, 17: Wendest du dein Herz, und gehorchest nicht, sondern lässest dich verführen; so verkündige ich euch heute, daß ihr umkommen und nicht im Lande bleiben werdet. Und das war fast 1000 Jahre her. So einen langen Muth (Sinn), Langmuth hatte Gott, zuzusehen. Mit Recht sagt ein Gesang: Tag für Tag zu leiden, Tag für Tag zu dulden, so viel Millionen Schulden, und dazu ohne Ruh' lieben für das Hassen: Herr! wer kann das fassen! Das thut der Mensch nicht, er schlägt darein. Und wie herzlich ließ er durch seine Propheten bitten. Hören wir nur eine Stelle, Hes. 18, 31. 32: Werfet von euch eure Uebertretung, und macht euch ein neues Herz, und einen neuen Geist. Warum willst du also sterben, du Haus Israel? Ich habe keinen Gefallen am Tode des Gottlosen. Darum bekehret euch, so werdet ihr leben. Eben so Jer. 35, 15. Hier thut Gott im A. T., was Christus, das Ebenbild des Vaters, im N. T. Er ging den Zöllnern und Sündern nach (Zachäus) und die Apostel bitten: Lasset euch versöhnen mit Gott. Was soll dies Alles? Röm. 2, 5: Weißt du nicht, daß dich Gottes Güte zur Buße leitet? Solche Güte und Langmuth Gottes soll uns zu Herzen gehen (wie die warme Sonne das kalte Eis schmelzt), und unsere kalten Herzen warm machen, endlich doch Gott wieder zu lieben und ihm zu gehorchen. Israel that das nicht, sondern es wurde nur frecher. Willst du es auch so machen? Wie denn? Die Langmuth Gottes führte Israel durch eigene Schuld immer weiter von Gott ab; wozu willst du sie benutzen? Bei dir ist die Vergebung, daß man dich fürchte, Ps. 130, 4.

Das Gericht Gottes. 2 Chron. 36, 16: Bis der Grimm des Herrn über sein Volk wuchs, daß kein Heilen mehr da war. Also die Gnade Gottes, die Langmuth, die Geduld hatte auch ihr Ende, und nun trat ein, was hier Grimm, an andern Stellen Zorn Gottes, das Gericht Gottes genannt wird. V. 17: Er ließ erwürgen die junge Mannschaft, und verschonte weder der Jünglinge noch der Jungfrauen, weder der Alten noch der Großväter; V. 18: Alle Schätze im Tempel und im Königsschatz wurden weggeführt; V. 19: Er verbrannte das Haus Gottes und die Mauern Jerusalem's und alle Paläste; 2 Kön. 25, 7: Sie schlachteten die Kinder Zedekia's vor seinen Augen, und blendeten Zedekia seine Augen, und banden ihn mit Ketten, und führten ihn gen Babel; 2 Chron. 46, 21: Die ganze Zeit über der 70 Jahre war Sabbath, d. h. das Land lag wüst. Die Klaglieder Jeremia's zeigen uns weiter den Jammer des Landes und des Volks. Das heißt Zorn und Grimm Gottes. — Wir haben noch größere Gnaden von Gott empfangen als Israel. Welche? Was folgt daraus, wenn wir diese unendliche Liebe Gottes verachten? Hebr. 10, 26 steht's: So wir muthwillig sündigen (also auch sagen wie Israel: wir wollen nicht), so haben wir fürder kein Opfer für die Sünde, sondern ein schreckliches Warten des Gerichts und des Feuereifers, der die Widerwärtigen verzehren wird. Die Strafe trifft hier schon den, der ist wie Juda: Wer die Armen unterdrückt; Wittwen und Waisen beleidigt, Unzucht treibt, ungerecht, diebisch und geizig ist, Hochmuth übt, Gottes Wort verachtet u. A. Nennt Strafen. Schande, Gefängniß, Armuth, Krankheit, böses Gewissen, das ist irdische Strafe. Wir Christen wissen aber noch von einem schrecklichern Gericht, wovon im A. T. nicht viel steht, und das den Sünder trifft. Matth. 10, 28: Fürchtet euch nicht vor denen, die den Leib tödten, und —. Die Gottlosen werden in die ewige Pein gehen; wo ihr Wurm nicht stirbt, und ihr Feuer nicht verlöscht; gehet hin von mir, ihr Verfluchten, in das ewige Feuer, das bereitet ist dem Teufel und seinen Engeln. Die Langmuth

Gottes soll uns antreiben, ihn zu lieben. Wollen wir das nicht, so mag solch' schreckliches Gericht Gottes hier und dort uns antreiben, erst einmal ihn zu fürchten: Gott dräuet zu strafen, darum sollen wir uns fürchten vor seinem Zorn, und nicht wider solche Gebote thun. Wenn ich euch fragte: Was ist das größte Unglück? Ich sage, einen ungnädigen, zornigen Gott zu haben. Wodurch beleidigen wir denn Gott? Erst durch Sünden, und dann durch Unbußfertigkeit, d. h. wenn man sich nicht bekehren will.

Ich habe euch nun heute an der Geschichte Juda's Segen und Fluch vorgelegt, damit ihr das Leben erwählet. So laßt euch denn, l. K., durch Gottes Güte zur Buße leiten. Wir bitten um den Beistand Gottes dazu: Ach, Herr, strafe mich nicht in deinem Zorn, und züchtige mich nicht in deinem Grimm: verstoße nicht im Zorne deinen Knecht; sei du mir nur nicht schrecklich, meine Zuversicht: verwirf mich nicht von deinem Angesicht, und nimm deinen heiligen Geist nicht von mir. Amen!

Daniel's Jugend.

Dan. 1.

Daniel ist ein Mann Gottes, sowohl wenn wir auf die Größe und Herrlichkeit seines Charakters sehen, als auch wenn wir sehen auf das Reich Gottes, in welches hinein Gott ihn Blicke thun ließ, wie es Keinem unter den Propheten vergönnt wurde. — Es ist oft von gelehrten Theologen gesagt worden, das Buch Daniel mit seinen Weissagungen sei aus einer viel spätern Zeit, als aus der, worin sich das Buch selber stellt. Ich will nicht davon reden, wie bedenklich es ist, so etwas von einem biblischen Buch zu sagen; denn es heißt, ehrlich gesagt und auf gut deutsch: das Buch lügt. Ich will nur dies sagen, daß Gott in unsern Tagen solche Klugheit der Weisen, wie sie sich dünken, zu Schanden gemacht hat. Denn die Nachgrabungen auf den Trümmern des alten Babylon und Ninive, die jetzt mit so großem Eifer von den Engländern betrieben werden, bestätigen auf eine höchst merkwürdige Weise Alles, was die Bibel hat über die Geschichte der assyrischen, babylonischen und medischen Könige. S. Layard, Entdeckungen von Ninive und Babylon. — Und erst im Jahre 1854 hat Oberst Rawlinson, englischer Consul zu Bagdad, bei den Nachgrabungen eine Inschrift gefunden, in dem sogenannten Birs (Tempel) Nimrod, welche besagt, daß Nebucadnezar diesen Tempel wieder gebauet hat. Nebucadnezar rühmt stolz auch da, daß alle seine Bauwerke, die einzeln aufgeführt werden, ewig dauern werden, und daß seine Familie für immer den Thron einnehmen werde. — Wir betrachten nun das Einzelne in diesem wichtigen Buche ausführlich.

Die Unterredung.

Die Zeit. Die Zeit, in welcher Daniel lebte, wird V. 1 und 2 bezeichnet. Er wurde nemlich nach Babel geführt im dritten Jahre des Königreichs Jojakim. Nebucadnezar, König von Babel, hat drei Mal Jerusalem belagert und erobert, und das letzte Mal die Stadt zerstört. In V. 1 ist von der ersten Belagerung und Eroberung die Rede. Dies war im Jahre 606 v. Chr. und damit fangen die 70 Jahre der babylonischen Gefangenschaft an, und enden im ersten Jahre Kores. — Diese Zeit, nemlich das dritte und vierte Jahr des Königs Jojakim in Juda, wo die Wegführung Daniel's geschah, ist eine höchst wichtige in der Geschichte Israel's, wo ein ganz neuer Abschnitt der israelitischen Geschichte beginnt. Diese erste Eroberung Jerusalem's durch Nebucadnezar wird uns 2 Kön. 24, 9 ff. ausführlich erzählt. Juda war bisher frei und unabhängig gewesen, so lange es Könige gehabt hatte. Jetzt kam es zum ersten Mal unter eine fremde Weltmacht. Als Nebucadnezar im Jahre 588 v. Chr. die heilige Stadt völlig zerstörte, machte er dem Gottesstaat (der Theokratie) auf Jahrtausende ein Ende. Das Volk Gottes kam durch ihn unter die Weltmacht, blieb abhängig von den auf einander folgenden Weltmonarchieen, war nur eine kurze Zeit unter den Makkabäern selbstständig, bis es bei der zweiten Zerstörung Jerusalem's unter alle Nationen zerstreut wurde. Also einen Gottesstaat gab es seit dem dritten Jahr des Königreichs Jojakim's nicht mehr. Daher that der Prophet Jeremia eine wichtige Weissagung im vierten Jahr Jojakim's, welche wir lesen Jer. 25. Der Prophet muß da reden, V. 2, zu dem ganzen Volk Juda und zu allen Bürgern zu Jerusalem, und muß ihnen sagen, daß er nun 23 Jahre unter ihnen gepredigt hat, aber, V. 6 ff., ihr habt nie hören wollen, noch eure Ohren neigen, daß ihr gehorchet, und habt mich erzürnet durch eurer Hände Werk. Weil ihr denn meine Worte nicht hören wollt, siehe, so will ich ausschicken und kommen lassen alle Völker, auch meinen Knecht Nebucadnezar, den König zu Babel, und will sie bringen über dies Land, und über die, so darin wohnen, und will sie verbannen und zerstören, und zum Spott und ewiger Wüste machen; und sie sollen dem König zu Babel dienen 70 Jahre. — Hinein in den Anfang dieser merkwürdigen Zeit wird nun Daniel gesetzt. Die Weltmacht soll über Israel kommen; sie soll vergehen, aber das Reich Gottes soll bleiben. Das soll Daniel nicht bloß schauen, er soll es erleben. Daniel hat die ganze Zeit der babylonischen Gefangenschaft, die 70 Jahre, durchlebt, und so sahe er das Aufblühen der Weltmacht, und erlebte auch das Zerfallen derselben, und erkannte so die Nichtigkeit aller Weltmacht, und daß das Reich Gottes bei allem Druck siegen werde. V. 21 heißt richtiger übersetzt: Daniel erlebte das erste Jahr Kores. Nemlich er erlebte diese wichtige Zeit noch, wo die babylonische Gefangenschaft ein Ende haben sollte. Nach 10, 1 hat er noch eine Offenbarung im dritten Jahr Kores gehabt. — Wir sehen hier neben dem Zorn Gottes auch das liebreiche Walten desselben über sein Volk. Es läßt sich wohl denken, daß Daniel und seine Freunde, die bald so hohe Aemter im assyrischen Staat bekleideten und großen Einfluß bei den Königen hatten, Vieles zur Erleichterung der Gefangenschaft ihres Volks gethan haben werden.

Die Versuchung und Ueberwindung. Nebucadnezar war der größte, mächtigste und unüberwindlichste Monarch seiner Zeit. So grausam und willkürlich die Könige damals sonst herrschten, so war doch Nebucadnezar hier überaus gnädig und freundlich. Diese Jünglinge, die er aus dem königlichen Geschlecht David's aussuchen ließ, sollen nicht als Gefangene behandelt werden, sondern herrlich und ehrenvoll. Woher das? Spr. 21, 1: Des Königs Herz ist in der Hand des Herrn wie Wasserbäche, und er neiget es, wohin er will. Daher nennt Gott auch den König Nebucadnezar Jer. 25, 9 meinen Knecht. — Auch durch diese große Auszeichnung, die die königlichen Jünglinge erfahren, kommt zugleich eine schwere Versuchung über sie. Nebucadnezar hatte befohlen, sie sollten von des Königs Speisen essen, und von seinem Wein trinken. Daniel aber sahe ein, daß auf des Königs Tisch manche Speise kommen würde, die im Gesetz Mose für den Juden verboten war. Herrliche Speisen und Getränke zu genießen hat aber der Mensch von Natur Lust, so war hier eine Versuchung, eine Anreizung, Gottes Gebot zu übertreten. Ueber diese Versuchung wäre Mancher leicht hinaus gekommen, und hätte leicht irgend einen Vorwand gefunden, um all' die herrlichen Speisen und Getränke zu genießen. Von Daniel aber heißt es V. 8: Er setzte sich vor in seinem Herzen, daß er sich mit des Königs Speise und Wein nicht verunreinigen wollte. Er giebt da den Grund seiner Mäßigkeit an; welchen? sich nicht verunreinigen. Die Sünde aber macht allein unrein: er will nicht sündigen, er will Gottes Gebot halten. Der Grund der Mäßigkeit kann auch ein anderer sein. Spruch: Denkst du dein Leben hoch zu bringen, so halte Maß in allen Dingen, in Essen, Trinken, Freud' und Leid, in Arbeit und in Schlafenszeit. Der Grund ist da: langes Leben. Ein anderer Grund kann sein: Ehre vor Menschen. Die Gründe wollen wir nicht verachten. Welcher ist aber der beste Grund von den dreien? Gottes Wort und Befehl soll auch bei uns der Grund alles dessen sein, was wir thun oder lassen; dann werden wir am ersten in der Versuchung siegen. Mit welchem Wort überwand Jesus den Teufel in der Wüste? Drei Mal sprach er in den drei Versuchungen: Es stehet geschrieben;

und wie geschrieben stand, darnach richtete er sich. Luc. 10, 25 fragte ihn ein Schriftgelehrter: Was muß ich thun, daß ich das ewige Leben ererbe? Seine Antwort heißt: Wie stehet im Gesetz geschrieben? wie liesest du? Und dann sagte er zwei Mal V. 28 und V. 37: Thue das. So auch Daniel hier. Er bewies sich als einen echten Nachkommen David's, der sterbend zu seinem Sohn Salomo sagte 1 Kön. 2, 2: Sei getrost, und sei ein Mann und warte auf die Hut des Herrn, daß du wandelst in seinen Wegen, und haltest seine Sitten, Gebote, und Rechte und Zeugnisse. Daniel legt hier mitten unter Ungläubigen ein gutes Bekenntniß von seinem Gott ab. Das wollen wir ihm ablernen und nachthun, nach der göttlichen Regel Ps. 119, 105: Dein Wort ist meines Fußes Leuchte, und ein Licht auf meinem Wege*). — Es ist auch lieblich zu lesen, daß da steht V. 8: Er bat den obersten Kämmerer, daß er sich nicht müßte verunreinigen. Also nicht in Trotz, sondern mit Verstand und Würde suchte Daniel die Freiheit nach, daß er möchte nach seinem Gewissen leben.

Lohn. V. 9: Und Gott gab Daniel, daß ihm der oberste Kämmerer günstig und gnädig war. So wurde an Daniel das Gotteswort wahr Spr. 16, 7: Wenn Jemandes Wege dem Herrn wohlgefallen, so macht er auch seine Feinde mit ihm zufrieden. Weil Daniel Gnade bei Gott hatte, so fand er auch Gnade bei Menschen, und durfte und mochte sie nicht suchen mit Schmeichelei und sündlichem Anschließen.

Dann heißt es V. 15: Nach zehn Tagen waren sie schöner und besser bei Leibe, denn alle Knaben, so von des Königs Speise aßen. So lohnte Gott ihre Gottesfurcht auch mit leiblichem Wohlsein. Es ging hier wieder Spr. 3 in Erfüllung: Mein Kind, vergiß meines Gesetzes nicht, und dein Herz behalte meine Gebote; denn sie werden dir langes Leben und gute Jahre und Frieden bringen; Gnade und Treue werden dich nicht lassen; hänge sie an deinen Hals, und schreibe sie in die Tafel deines Herzens, so wirst du Gunst und Klugheit finden, die Gott und Menschen gefällt, das wird deinem Nabel gesund sein und deine Gebeine erquicken. Denn die Gottseligkeit ist zu allen Dinge nütze, und hat auch die Verheißung dieses Lebens, 1 Tim. 4, 8. Wie das hier bei Daniel? Daniel's Mäßigkeit als Gottesfurcht hat Gott mit langem Leben gelohnt, V. 21, denn Daniel erlebte noch das erste Jahr Kores, hat also die 70 Jahre

*) „Es ist darauf aller Nachdruck zu legen, mit welcher Treue und Gewissenhaftigkeit sich Daniel, dieser rechte Israelit ohne Falsch, von Jugend auf rein gehalten hat von allem heidnischen Wesen, mit welcher Lauterkeit er seinem Gott unter den schwierigsten Verhältnissen und versuchungsvollsten Umgebungen gedienet hat, auch wo es ihm an das Leben ging. Man darf sich nicht von den Leckerbissen und dem Weine der Welt nähren, wenn man göttliche Offenbarungen empfangen und auslegen will." Auberlen, der Prophet Daniel und die Offenbar. Joh. 1854.

der Gefangenschaft durchlebt, und ist, wenn er etwa bei der Wegführung 20 Jahre alt war, an 90 Jahre alt geworden.

Einen andern Lohn des treuen Gottes, dem sie so treu anhingen, zeigt uns V. 17: Der Gott dieser Vier (Gott ist ihr Gott, als der mit besonderm Wohlgefallen auf sie blickt) gab ihnen Kunst und Verstand in allerlei Schrift und Weisheit; Daniel aber gab er Verstand in allen Gesichten und Träumen. Pred. 2, 26: Dem Menschen, der ihm gefällt, giebt er Weisheit, Vernunft und Freude. Daniel ließ er besondere Blicke in die unsichtbare Welt thun, wie wir bald hören werden. Am Hofe der assyrischen und medischen Könige galt Wahrsagerei oder Traumdeuterei hoch und groß. Die hohen Gaben, die Daniel in dieser Hinsicht hatte, verwandte er ganz zum Dienst des lebendigen Gottes. — Drei Jahre sollten sie so unterrichtet werden. Als die Zeit um war, prüfte der König sie, und fand unter allen Jünglingen seines Hofes ihres Gleichen nicht. V. 20: Er fand sie in allen Sachen, die er sie fragte, zehn Mal klüger und verständiger, als alle Sternseher und Weisen in seinem ganzen Reich.

Die Jugend — das seid ihr — soll sich aber aus Daniel's Jugend diese Lehre merken, Ps. 119, 98—100: Du machst mich mit deinem Gebet weiser, denn meine Feinde sind; denn es ist ewiglich mein Schatz. Ich bin gelehrter, denn alle meine Lehrer, denn deine Zeugnisse sind meine Rede. Ich bin klüger denn die Alten, denn ich halte deine Befehle.

Das Traumbild Nebucadnezar's.

Dan. 2.

Dieses zweite Capitel im Buche Daniel ist ein unvergleichlich großes im ganzen alten Testament, so wie auch Cap. 7 und 9; denn es ist darin die ganze Weltgeschichte offenbart nach Anfang, Fortgang und Ende, und zugleich die Geschichte des Reiches Gottes auf Erden, dessen Verwicklung mit der Weltmacht, und der endliche völlige Sieg desselben. — In der Schule wird es wohl den besten Eindruck machen, wenn man einfach die Geschichte erzählt, bei den einzelnen Punkten inne hält, und ein kurzes Wort beigiebt, damit der Schüler nicht so leicht über die Geschichte hin sieht. Was hier denn besonders in die Augen fällt, ist 1) die Rathlosigkeit der Weisen bei der überspannten Forderung des Königs, und die Trostlosigkeit ihrer natürlichen Gotteserkenntniß, V. 11: Die Götter können wohl den Traum wissen, aber sie wohnen nicht bei den Menschen. Dagegen

2) Daniel V. 17 und 18. Er weiß, wo er Rath und Hülfe zu holen hat, und wendet sich mit seinen drei Freunden im Gebet an „den Gott vom Himmel", weil er glaubt und weiß, V. 28, Gott vom Himmel kann verborgene Dinge offenbaren. — 3) Daß Gott thut, was man ihn bittet und ihm zutraut, V. 19. — 4) Daniel's herrliches Lob= und Dankgebet, V. 20—23. — 5) Die Anrede an den König, V. 27—30. Sie zeugt V. 27 von Freimüthigkeit: der König verlangt zu Hohes; von Menschenliebe: er entschuldigt die Weisen V. 27: es steht nicht in ihrem Vermögen, und der König hatte sie V. 9 Lügner gescholten. Dann giebt er V. 28 Gott die Ehre: Gott vom Himmel, der kann verborgene Dinge offenbaren. In V. 30 leuchtet besonders seine Demuth hervor: Mir ist solches verborgene Ding (der Traum, den der König vergessen hat) offenbaret, nicht durch meine Weisheit, als wäre sie größer denn Aller, die da leben. Der Zweck des Traumes ist, V. 28, Gott vom Himmel will dir anzeigen, was in künftigen Zeiten geschehen soll; und V. 30, du sollst deines Herzens Gedanken erfahren (das, worüber du V. 29 nachdachtest). — 6) Dann folgt der Traum selbst und die Deutung V. 31—45. Die Deutung ist einfach, klar, bestimmt (V. 45: das ist gewiß der Traum, und die Deutung ist recht), demüthig (V. 45: Gott hat dem König angezeigt) und furchtlos (V. 38: Du das goldene Haupt, V. 37: König aller Könige, dem Gott vom Himmel Macht, Stärke und Ehre gegeben hat, aber V. 35: alle diese Herrlichkeit ist wie Spreu auf der Sommertenne, daß man sie nirgends mehr findet. Wie wahr ist da alle Weltmacht geschildert!). — 7) Dann folgt der gewaltige Eindruck, den dies auf den König macht, V. 46.

Für den Lehrer, der seine Freude daran hat, in die Herrlichkeit der Offenbarungen des „Gottes vom Himmel" hinein zu schauen, wollen wir in dem Folgenden weitere Deutungen und Andeutungen geben, mag er dann selber der Sache tiefer nachforschen.

Die Weltreiche. Es ist schon bemerkt worden, daß mit der babylonischen Gefangenschaft ein ganz neuer Abschnitt in Israel's Geschichte eintritt: Es kam zum ersten Mal bleibend unter die Weltmacht, aus der es bis zur heutigen Stunde noch nicht wieder heraus gekommen ist. Denn was die Makkabäer thaten, war Dan. 11, 34 „eine kleine Hülfe". Der König Nebucadnezar, der als Knecht Gottes dem Gottesstaat ein Ende macht, denkt V. 29 auf seinem Bette, wie es doch hernach gehen werde. Wir wissen aber aus anderweitigen Zeugnissen, und sehen es auch bald Dan. 6, daß er im Sinn hat, ein Weltreich zu bilden, und dasselbe auf sein Geschlecht zu vererben. Da hat er einen Traum, und darin wird ihm und uns Allen offenbar, wie und was es mit der Weltmacht ist, und zugleich mit dem Reich Gottes. Wir stehen jetzt an fast 2500 Jahre hinter dieser Offenbarung in der Weissagung, und können um so eher sehen, was an ihr ist. — Es erscheint hier Ein Bild zum Zeichen, daß alle Weltmacht Ein Ganzes, Eine Gesammtheit ausmacht. Das Bild hat vier verschiedene Metalle; so geht die ganze Weltmacht in vier verschiedene Weltreiche auseinander. Das goldene Haupt bist du, heißt es V. 38 zu Nebucadnezar. König und Reich werden hier als gleich genommen. Das goldene Haupt ist also das assyrische Reich. — Brust und Arme von Silber werden V. 39 gedeutet als ein Königreich darnach, „das geringer ist, denn deins.“ Es ist das medo-persische Reich, das im Buche Daniel's immer als Ein Reich genommen wird, z. B. Cap. 6, 12. 5, 28. In diesem Reich ist Darius der Meder (6, 1. 9, 1) der erste König, und Kores der Perser (6, 28) der zweite. — Bauch und Lenden von Erz (Kupfer) wird gedeutet als das dritte Weltreich, von dem nur V. 39 das gesagt wird, daß es über alle Länder herrschen wird. Es ist das griechisch-macedonische Reich unter Alexander, das auf das persische folgte. — Die Schenkel von Eisen ist das vierte Reich, V. 40: das hart sein wird wie Eisen; denn gleich wie Eisen Alles zermalmt und zerschlägt, ja wie Eisen Alles zerbricht, so wird es (dieses vierte Weltreich) auch Alles zermalmen und zerbrechen. Dies ist das römische Weltreich, welches das in vier Reiche auseinander gegangene Reich des Alexander wieder als Weltreich vereinigte. Die Römer waren auch, wie ihre ganze Geschichte zeigt, hart, unbeugsam im Unglück, in Eroberungen fest und nicht nachlassend, Alles niederwerfend. Die Füße, nemlich von den Knieen an, V. 33, waren theils Eisen, theils Thon. Dies wird V. 41 gedeutet als ein getheiltes Reich in diesem vierten Weltreich. Das ist wohl V. 42 eine äußere Zusammenwerfung von Reichen, theils stark, theils schwach, aber ohne innere Einigung, V. 43: „gleich wie sich Eisen und Thon nicht mengen läßt.“ Das römische Reich theilte sich in das morgenländische und abendländische. Die zehn Zehen, die Ausläufer des Fußes, sollen zehn Königreiche bedeuten, wovon im Cap. 7 weiter die Rede ist. Dies sind wohl die Nationen der Völkerwanderung und die germanisch-slavischen Völker besonders, worin das vierte Weltreich, das römische, auslief und ausläuft. So denkt auch Luther bei dem Thon an die Versetzung des römischen Reichs unter die Deutschen, und bei den Zehen an „Hispania, Frankreich, England und andere Stücke“, in die das Reich auseinander geht, wie der Fuß in die Zehen. Thon bezeichnet sehr treffend die Bildsamkeit dieser Völker, was ganz besonders auf die Deutschen paßt. Dies vierte Reich, sagt Luther, bleibt bis an den jüngsten Tag, und die besten Ausleger stimmen ihm bei. Wir leben also in der letzten Weltzeit, und es ist (1 Petr. 4, 7) nahe gekommen das Ende aller Dinge; auf uns (1 Cor. 10, 11) ist das Ende der Welt gekommen; wir leben (1 Joh. 2, 18) in der letzten Stunde. Das ist auch die Wahrheit des alten Gesanges: In dieser „letzten, betrübten Zeit“ verleih uns, Herr, Beständigkeit.

Das Gottesreich. Dies mächtige Bild, das glänzend und dauerhaft scheint, das aber auf thönernen, schwachen Füßen ruht, wird zerschlagen von einem Stein, V. 45, der herabgerissen wird ohne

Hände von einem Berge, und schlägt das Bild an seine Füße. Dies ist nach V. 44 das Gottesreich: Zur Zeit solcher Königreiche (nemlich dieser letzten zehn aus dem römischen Weltreich, s. Cap. 7) wird Gott vom Himmel ein Königreich aufrichten, das nimmermehr zerstört werden wird; es wird auf kein anderes Volk kommen (nicht abgelöset werden von andern Reichen und Völkern, wie die verschiedenen Weltreiche); es wird alle diese Königreiche zermalmen und vernichten; aber es wird ewiglich bleiben. — Die Beschreibung dieses letzteren Vorgangs ist in ihrer Einfachheit so göttlich großartig und heilig erhaben, daß man fühlt: das kann nicht etwas von Menschen Ersonnenes, sondern muß aus dem oberen Heiligthum geoffenbaret sein. Zermalmt wurden auf einmal Eisen, Thon, Erz, Silber und Gold, und waren wie Spreu von Sommertennen, und der Wind nahm sie fort, und keine Stätte ward für sie gefunden; aber der Stein, der an das Bild geschlagen, ward zum großen Berg und füllte die ganze Erde, V. 34. Wenn wir alle Dichter und Geschichtschreiber des Alterthums und der neueren Zeit zusammentragen, wo findet sich eine Stelle, die an Majestät und Einfalt mit diesen Worten sich vergleichen ließe? Und auch die Prophetie selbst hat in ihren blühendsten Zeiten und erhabensten Anschauungen, z. B. Jes. 2, 11 ff., 40, 15. 17 nicht majestätischer geredet. Das Weltwesen ist in seinem ganzen Glanze geschildert; aber der metallene Koloß steht auf schwachen, thönernen Füßen, ja die ganze Menschenherrlichkeit, die vorher so kostbar und so fest geschienen, ist in Wahrheit so werthlos und so hinfällig wie Spreu. Das Reich Gottes aber, dem prächtigen Koloß gegenüber so unscheinbar und unbeachtet wie ein Stein am Boden, und gleichwohl in sich compact und einig gegenüber der Weltmacht, die schon in ihrer wechselvollen Vielgestaltung das Zeichen der Hinfälligkeit an sich trägt, wird am Ende, in einer auch für uns noch zukünftigen Zukunft, all' dem gewaltigen Treiben mühelos ein Ziel setzen, und selbst auf Erden Platz greifen, Alles mit seiner Herrlichkeit erfüllend (vgl. 2 Theff. 2, 8. Matth. 5, 5. Offenb. 11, 15. 20, 4). Stein und Berg verhalten sich hierbei wie das Kreuzreich und Herrlichkeitsreich: in dem Moment, wo das Reich Gottes die Reiche dieser Welt zerschlägt, hört es auf ein Kreuzreich zu sein, und wird ein Reich der Herrlichkeit. Nicht leicht tritt irgendwo so scharf wie hier der Gegensatz der göttlichen und menschlichen Weltanschauung (Matth. 16, 23), der biblischen und profanen Geschichtsbetrachtung hervor. Wie Jesus seine Selbstbezeichnung Menschensohn aus Dan. 7 genommen hat, so lassen sich seine Grundgedanken über das Verhältniß des Himmelreichs zur Welt auf unsere Stelle zurückführen, auf die er auch Matth. 21, 44 ausdrücklich anspielt: „Auf wen der Stein fällt, den wird er zermalmen." Auberlen, der Prophet Daniel. S. 34. — Der Sieg des Gottesreichs über die Weltmacht, bei aller Unscheinbarkeit des erstern, und bei allem Glanz der letztern, fiel auch besonders Napoleon in die Augen. Der Graf von Montholon erzählt uns: die englische

Bibelgesellschaft schenkte dem Kaiser auf St. Helena eine prachtvolle Bibel. Darin hat der Kaiser oft gelesen, hat mit Ehrfurcht von ihr gesprochen, und hat während seiner Leiden auf dem Krankenbette oft den Namen des Heilandes auf seinen Lippen gehabt. Er sagte unter Anderm: „Es ist weder ein Tag noch eine Schlacht, welche der christlichen Religion in der Welt den Sieg verschafft haben. Nein, es ist ein Krieg, ein langer Kampf durch Jahrhunderte, begonnen durch die Apostel, und fortgeführt durch ihre Nachfolger und die Fluth nachkommender christlicher Generationen. In diesem Kriege stehen dann alle Könige und alle Kräfte der Erde auf der einen Seite, und auf der andern sehe ich keine Armee, sondern eine geheimnißvolle Kraft, einige Menschen, die hier und da in alle Theile der Erde ausgestreut sind, und die kein anderes Bundeszeichen haben, als einen gemeinsamen Glauben in den Geheimnissen des Kreuzes. Ich sterbe vor der Zeit, und auch mein Leib wird der Erde wiedergegeben werden. Das ist das nahe bevorstehende Schicksal des großen Napoleon. Welch' mächtiger Abstand zwischen meinem tiefen Elend und dem ewigen Reiche Christi, das da gepredigt, geliebt, angebetet ist, das über die ganze Welt sich ausdehnt. Heißt das sterben? heißt das nicht vielmehr leben! Der Tod Christi, es ist der Tod Gottes." Hierauf schwieg Napoleon. Als aber der General Bertrand Nichts antwortete, fügte der Kaiser bei: Begreifen Sie nicht, daß Jesus Christus Gott ist, so habe ich Unrecht gehabt, Sie zum General zu machen. —

Auf noch Eins möchte hier aufmerksam zu machen sein. Es ist wohl eine nachdenkenswerthe Sache, daß die heilige Schrift den Fortgang und die Geschichte des Menschengeschlechts nicht beschreibt als einen Aufgang zu immer größerer Vollkommenheit, sondern vielmehr als einen Abgang zu immer weiterer Verschlimmerung und Verschlechterung. Der Anfang des Menschengeschlechts beginnt mit Gottähnlichkeit, es hat seinen Fortgang in der Sünde, und es endigt mit dem allerschlechtesten Zustand, mit dem Antichrist. So auch hier. Das Metall, das die Weltreiche abbildet, wird immer geringer: Gold, Silber, Kupfer, Eisen, Thon. Dann steigen auch die Theile des Bildes von oben nach unten: das Haupt, Brust und Arme, Bauch, Lenden und Füße mit den zehn Zehen. Das Haupt ist das erste Weltreich, die Füße das letzte. Es mag uns wohl auf den ersten Blick befremdend erscheinen, daß wir im vierten Weltreich, mit all' unserer jetzigen Bildung, sollen den alten Babyloniern nachstehen. Wie ist es nun damit? Es kommt hier auf den Gesichtspunkt an, wovon man ausgeht. Die moderne Betrachtungsweise der Geschichte geht aus von dem Gegensatz von Natur und Geist, der ihr aber, da sie unter Geist im Wesentlichen nur den Menschengeist versteht, identisch ist mit dem von Natur und Cultur. Auch die heilige Schrift führt die ganze Weltentwicklung auf den Gegensatz von Natur und Geist zurück; nur nimmt sie denselben in anderem Sinn. Die heilige Schrift, schon dies ist bezeichnend, sagt nicht Natur und Geist, sie sagt Fleisch und Geist; hier ist der Gegensatz zur Natur nicht die Cultur, sondern die Gnade. Die ganze Geschichtsbewegung aus dem Naturzustand in den Culturzustand fällt nach der heiligen Schrift noch in's fleischliche Gebiet, in's Leben der natürlichen, unerneuerten M nschheit hinein, Col. 3, 11. Geist ist ihr nicht bloßer Menschengeist, sondern der Gottesgeist aus der Höhe, die Gnadengabe der überirdischen Welt. Dieser Geist bringt noch weit mehr zu Stande, als ein bloßes Leben der Cultur und Humanität, das nur verfeinertes, ausgebildetes, aber nicht umgebildetes Fleischesleben ist; er wirkt wesenhafte Geistigkeit, d. h. ein Leben aus Gott und in Gott, welches nicht dieser Welt angehört und in letzter Instanz Verklärungsleben ist. Verklärung im biblischen Sinn, Röm. 8, 17. 21, ist etwas Anderes als Bildung. Das ist die große Lüge unseres Geschlechts, daß man die Cultur für das Höchste nimmt, und man sie als Surrogat für die Gnade, für die Wiedergeburt aus dem Geist des lebendigen Gottes ansieht. Was nun Daniel in seinen vier Weltreichen darstellt, ist im Grunde nichts Anderes als jener Fortschritt von der Natur zur Cultur, oder vielmehr, da er lauter Culturreiche vor sich hat, von der naturwüchsigen zur ausgebildeten Cultur, von einem natürlich kräftigen, soliden Dasein, zu einem Leben der Verfeinerung und Intelligenz. Die ersten Metalle, Gold und Silber, sind edler, gehaltreicher; aber die letzten, Erz und Eisen, sind für Civilisation und Bildung unendlich wichtiger, ja sie sind die eigentlichen Träger derselben. Der Thon aber vollends, der das germanische Wesen darstellt, ist der allerbildsamste und bildungsfähigste Stoff. Die Entwicklung der Weltreiche ist also Culturentwicklung, und diese beschreibt Daniel. Nur beurtheilt und tarirt der Prophet und mit ihm das ganze Gotteswort diese Entwicklung geringer als wir. Die Schrift leugnet nicht, daß die Griechen in culturgeschichtlicher Beziehung höher stehen als die Perser oder Babylonier, und die neuern Völker höher als die alten; aber sie leugnet, daß das ein wirkliches Höherstehen sei, ein Höherstehen in dem, was eigentlich das Wesen und die Bedeutung des Menschen ausmacht. Das Wesen des Menschen liegt in der Gottebenbildlichkeit und Gottgemeinschaft; der wahre Menschensohn kann nur vom Himmel kommen (7, 13). Nun ist es aber eine unleugbare Thatsache, daß die fortschreitende Cultur den Menschen immer mehr von der Gemeinschaft Gottes abführt. Sie ist Erweiterung des Welt- und Selbstbewußtseins, und da diese seit dem Eintritt der Sünde in die Menschheit nun einmal faktisch dem Gottesbewußtsein entgegenstehen als Weltlust und Selbstsucht, so geschieht ihre Erweiterung im Allgemeinen nur auf Kosten des Gottesbewußtseins. Haben wir es doch vorhin aussprechen müssen, daß in unsern Tagen die Cultur an die Stelle der Gnade gesetzt werde; sie verdrängt das Leben in Gott, weil sie es glaubt überflüssig machen zu können. Nicht als ob die Cultur an sich etwas Böses und Sündhaftes wäre; sie ist für den sündigen Zustand des Menschen nothwendig und gottgewollt, wie ihr Träger, der Staat. Aber während die Kinder des Lichts in Gott leben, und dieser Welt brauchen, ohne ihr Herz daran zu hängen, weil sie wissen, daß das Wesen derselben vergehet, und daß Gott allein ewiges Leben hat, 1 Cor. 7, 31; während sie die Segnungen der Cultur zu dem rechnen, was ihnen von selbst zufällt, weil die Gottseligkeit die Verheißung auch dieses Lebens hat, und weil Alles ihnen gehört. Matth. 6, 33. 1 Cor. 3, 21. 1 Tim. 4, 8: sind dagegen die Kinder dieser Welt eben Weltkinder, sie leben ganz in der Welt der Sinnlichkeit und Sichtbarkeit, und suchen nur dieser Alles abzuringen, was sie zum Nutzen und Genuß darbietet. Sie trachten dasselbe von unten her zu erreichen, was jene von oben her zu erreichen wissen, nemlich ein wahrhaft menschliches, ein gottähnliches Dasein. Nicht durch eine geistliche Erneuerung aus Gott und Heiligung in Gott, sondern durch Ausbildung der natürlichen Kräfte des Menschen und der Welt will man hier, bewußt oder unbewußt, Gott gleich werden. — Von hier aus ist es nun klar, wiefern unsere Weissagung die frühern Weltreiche über die spätern, die orientalischen über die occidentalischen stellt. In äußerer Bildung, Verfeinerung und Verschönerung des Lebens, in Staatseinrichtungen, Künsten, Wissenschaften, Erfindungen sind freilich die spätern gegen die früheren ungemein fortgeschritten. Aber es giebt noch etwas Höheres als alle diese Lebensgüter, ein Etwas, das freilich nicht unsere moderne Denkweise, das aber die heilige Schrift als die Hauptsache ansieht, und wovon ebenso auch die Erfahrung und die Geschichte laut genug verkündigt, daß es in Wahrheit die unsichtbare Lebenswurzel für Völker und Reiche, wie für die Individuen ist. Das ist der ursprüngliche, zarte, geheimnißvolle Zusammenhang des Menschen mit Gott im Gewissen, die Pietät, die natürliche und gleichsam instinktmäßige Scheu vor den göttlichen Grundordnungen des Lebens. Gerechtigkeit erhöhet ein Volk. Diese Gerechtigkeit zeigt sich hauptsächlich in der Ehrfurcht der Menschen vor dem Heiligen, im Gehorsam der Unterthanen gegen die Obrigkeit, im Respekt der Kinder gegen die Eltern. Das sind die Grundmächte des menschlichen Lebens; darauf beruhen Religion, Staat, Familie, also die wesentlichen Potenzen, durch welche überhaupt ein Zusammenwohnen der Menschen möglich ist. Es sind die Gnadengaben der Schöpfung, welche Gott den Menschen, ganz abgesehen von der Offenbarung, und überhaupt von einer bestimmten Religion, mitgegeben oder gelassen hat, um ihnen eine geordnete Existenz und Entwicklung möglich zu machen. Wo dieser Lebensfonds der natürlichen Religiosität und Sittlichkeit angetastet, oder gar vergeudet und mit Füßen getreten wird, da vermögen alle Künste und Wissenschaften, da vermag die gesteigertste Bildung ein Volk nicht mehr zu retten, wie die Zeiten des Verfalls von Griechenland und Rom, wie unsere Zeiten zeigen. Ja die höchste Culturblüthe ist eben schon der Anfang des innern Verfalls, weil von dem klug gewordenen Geschlecht die substanziellen Lebensmächte angenagt, kritisch zersetzt werden. Das ist das tragische Loos der unter dem Bann der Sünde liegenden Menschheit. Jenen ursprünglichen, natürlichen Lebensfonds finden wir nun desto kräftiger, je weiter wir in der Geschichte zurückgehen; er muß namentlich im Orient, dem Mutterschooße der Religionen, kräftiger gewesen sein, als im Occident. Man wird z. B. schwerlich leugnen wollen, daß du babylonische und persische Religion in den Völkern, denen sie entsprossen sind, mehr wirklichen Wahrheitsgehalt, mehr heilige Scheu vor dem Göttlichen, tieferen Ernst im Kampf gegen das Böse voraussetzen, als die hellenische, die so viel reicher und schöner entwickelt ist; so wie man nicht leugnen kann, daß die älteren Griechen und Römer ein kernhafteres, frommeres, männlicheres Geschlecht waren, als die späteren, hochgebildeten der letzten Jahrhunderte vor Christo, in welchen die Weltherrschaft erst an diese Nationen kam. Während nun wir Menschen nur das sehen, und nach dem unser Urtheil bilden, was vor Augen ist, sieht Gott, der die Menschen und Völker mit der Wage der Ewigkeit wägt, und sieht der Geist der Weissagung jenen verborgenen Kern der Dinge, das Herz, an; und darum fällt sein Urtheil anders aus, als das unsrige." Auberlen, der Prophet Daniel.

Die drei Männer im glühenden Ofen.

Dan. 3.

Die Unterredung.

1) Ihre Noth. 2) Ihr Glaube. 3) Ihre Errettung.

1) **Ihre Noth.** Das Gebot des Königs war, V. 6: Wer nicht niederfällt, und das Bild nicht anbetet, der soll von Stund an in den glühenden Ofen geworfen werden. So that man nun mit den drei Freunden Daniel's, die das Bild nicht anbeten wollten. Denn der König war zornig, sie machten den Ofen siebenmal heißer als sonst, daß die Männer verbrannten, die sie hineinwarfen (wörtlich: hinaufbrachten auf den Ofenrand; der Ofen hatte oben einen Oeffnung zum Hineinstürzen, und an der Seite eine Oeffnung zum Hineinschauen). Da war denn eine Noth, worin die drei Männer unrettbar verloren schienen. In diese Noth kamen sie, weil sie nichts Böses thun wollten. Solches kommt auch vor bei Joseph, der in's Gefängniß kam, weil —. Dieses nennet Jesus: Um Gerechtigkeit willen verfolgt werden, Matth. 5, 10: Selig sind, die um Gerechtigkeit

willen verfolgt werden, denn das Himmelreich ist ihr. Solche müssen darum leiden, weil sie recht thun, und davon nicht lassen wollen. Das kommt auch noch jetzt vor. Ein Gesell will nicht wie die andern Gesellen mit saufen, schwelgen, und allerlei Schanden treiben, sie schimpfen ihn, verhöhnen ihn, schlagen ihn wohl gar. Jemand ist Vorsteher, Armenpfleger, Bauernvogt, oder hat sonst ein Amt, er will nicht durch die Finger sehen, sondern will das Recht, damit macht er sich oft Feinde. Eine Jungfrau, eine Hausfrau, eine Mutter, ist eine fromme Christin: man belegt ihre Christlichkeit mit allerlei Schimpfnamen: eine Pietistin, eine Betschwester. So geht es denn, wie Gesang 475 sagt: Jetzt tödten sie die Christen nicht, allein sie reichen bittern Spott in vollem Kelch uns zu. Was Uns nun für Solches trifft, das sollen wir nicht für ein so großes Unglück achten. Wie gering ist es doch gegen das, was den drei Männern geschah! Sie konnten ihr Leben hingeben, und wir können nicht einen Spott über uns nehmen! Nehmet einen Bibelspruch mit, 1 Petri 2, 19. 20: Das ist Gnade, so Jemand um des Gewissens willen zu Gott das Uebel verträgt, und leidet das Unrecht; denn was ist das für ein Ruhm, so ihr um Missethat willen Streiche leidet? aber wenn ihr um Wohlthat willen leidet und erduldet, das ist Gnade von Gott. Und einen Gesangvers, 190, 12: Soll ich vielleicht auch würdig sein, um deinetwillen Schmach zu leiden, so laß mich weder Schmach noch Pein von deiner Liebe scheiden.

2) **Ihr Glaube.** Als alles Volk auf die Kniee fällt, und die drei Männer stehen bleiben, da wird man es bald gewahr. Nebucadnezar läßt sie zu sich kommen, und sagt zu ihnen, V. 14: Wie, ihr wollt meinen Gott nicht ehren, und das Bild nicht anbeten? Wohlan, schicket euch und thut es, sonst sollt ihr von Stund an in den glühenden Ofen geworfen werden. Laßt sehen, wer der Gott sei, der euch aus meiner Hand erretten werde. Sie antworteten: Es ist nicht noth, daß wir darauf antworten; siehe, unser Gott, den wir ehren, kann uns wohl erretten aus dem glühenden Ofen, dazu auch von deiner Hand erretten; und wo er es nicht thun will, so sollst du dennoch wissen, daß wir deine Götter nicht ehren, noch das goldene Bild anbeten. Die drei Männer glauben hier etwas von Gott, wovon sie nie gehört und gesehen, und wovon sie keine Erfahrung hatten. Das Feuer verbrennt, verzehrt; sie glauben: Gott kann machen, daß uns das Feuer nicht schadet; Gott hat unbegrenzte Macht. „Wenn er es nicht thun will.“ Sie nehmen also auch an, daß das Feuer sie verbrennt, dann aber geschieht es mit Gottes Willen, und es ist so das Beste. Denn er ist weise, er weiß also das Beste; und ist gütig, und will also das Beste. Das ist Vertrauen auf Gott, wo der Mensch darauf traut und baut, Gott mag geben, was er will: Glück oder Unglück; wie er es giebt, so ist es gut. Durch nichts in der ganzen Welt wird Gott mehr geehrt, als durch solch ein Vertrauen. Dadurch zeigt der Mensch,

daß er Gott für seinen Gott hält, das heißt, für sein höchstes Gut. Gott steht ihm dann höher als die mächtigsten Menschen. So Luther, als er vor dem Kaiser stand und widerrufen sollte: Ich kann nicht anders, Gott helfe mir. Gott steht ihm höher als die zornigsten Menschen. V. 19: Nebucadnezar ward voll Grimm und stellete sich scheußlich wider sie. So drohen die Gottlosen dir, der du ein frommer Gesell bist. Laß sie, was sprichst du diesen drei Männern nach? Gott kann mich ꝛc. Denn auch an das Wort Jesu: Es fällt kein Haar vom Haupte ꝛc. Habe dies Vertrauen auch in andern Nöthen. Viele wissen recht gut, Gott kann helfen, aber glauben es doch nicht. Merkt den Unterschied, Kinder. Hätte man letzthin, als es so anhaltend regnete, die Leute gefragt: Kann Gott dem Regen wehren? so hätten Alle: Ja, geantwortet. Und doch, wie vielfach hörte man die Klage: Ach, was soll daraus werden, es wird Alles auf dem Felde verderben. Es fehlte der Glaube, das Vertrauen. Ihr anders, Kinder. Antwortet solchen Leuten: Gott kann uns wohl retten; der alte Gott lebet noch; seine Hand ist noch nicht verkürzt. Laßt es nur an der Bedingung nicht fehlen, Gebet: Rufe mich an in der Noth —; ihm gehorche.

3) **Die Errettung.** Jes. 43, 2 steht: Fürchte dich nicht, so du durch's Wasser gehest, will ich bei dir sein, daß dich die Ströme nicht sollen ersäufen, und so du in's Feuer gehest, sollst du nicht brennen, und die Flamme soll dich nicht anzünden. Die Wahrheit dieses Spruches haben die drei Männer erfahren, wie? V. 27: Das Feuer hatte keine Macht an ihnen bewiesen; ihr Haupthaar war nicht versenget, ihre Mäntel nicht versehrt, ja man konnte keinen Brand an ihnen riechen. So rettete Gott. Ja, sagt ihr, so rettet Gott jetzt nicht mehr. So will ich euch eine Geschichte erzählen, die in einem Hause passirt ist, das noch im Jahre 1837 stand*). Zur Zeit der Reformation wurde in Würtemberg ein Prediger, Johann Brenz, von den Päpstlichen sehr verfolgt und immer wunderbar gerettet. Zuletzt flüchtete er nach Stuttgart. Da ließ ihn einst der Herzog Ulrich rufen, und sagte ihm, er hätte heimlich Nachricht erhalten, daß morgen ein kaiserlicher Oberst mit Soldaten in Stuttgart einziehen würde, der Befehl hätte, Brenz lebendig oder todt zu bringen, er möge sich daher verbergen, so gut er könne. Brenz nahm ein Brod, ging schweigend aus seinem Hause fast bis zu Ende der Stadt. In das erste Haus, das offen stand, ging er hinein, kam unbemerkt die Treppe hinauf bis unter das Dach, wo er in einem Winkel hinter Holz sich versteckte. Am andern Tage kamen die Soldaten und durchsuchten 14 Tage lang die ganze Stadt, um Brenz zu finden. Endlich kamen sie auch in das Haus, wo er versteckt war. Obgleich sie auch ihre Spieße in das Holz stießen,

*) Siehe die ganze wahrhafte, höchst wunderbare Geschichte in der christlichen Kirchengeschichte. Calw. 4. Aufl. S. 189.

hinter welchem er saß, so fanden sie ihn doch nicht, und zogen endlich ab. Aber wie hat Brenz die 14 Tage lang Nahrung bekommen? Ich frage euch, was meint ihr? — — Nun hört, wie Gott heute Wunder thut, und nicht Wunder thut, wie man will. Gleich am ersten Mittag legte eine Henne ganz still, ohne, wie es sonst ist, zu gakern, ein Ei dahin, wo er saß; dies verzehrte Brenz mit etwas Brod. So kam die Henne täglich zu derselben Zeit, und Brenz wurde täglich versorgt. Nur an dem Tage, da die Soldaten abzogen, kam sie nicht mehr. So rettet Gott noch jetzt, und Mancher von euch, der seine Zeit ausleben soll, wird noch Aehnliches in seinem Leben erfahren. Thut dann aber, was Nebucadnezar that, als er solche Hülfe Gottes sahe. V. 28: Nebucadnezar sprach: Gelobet sei der Gott Sadrach's, Mesach's und Abednego, der seinen Engel gesandt und seine Knechte errettet hat, die ihm vertrauet haben, und haben ihren Leib dargegeben, daß sie keinen Gott ehren, noch anbeten wollten, ohne allein ihren Gott. — Hat dich Gott auch schon aus irgend einer großen Noth befreit? Hast du Gott auch gedankt? ich will keine Antwort. Hast du es nicht gethan, thue es heute Abend. Ein Kaufmann war aus den Händen der Räuber wunderbar errettet; derselbe feierte jedes Jahr den Tag seiner Erlösung als ein Dank- und Freudenfest in seinem Hause. Ja, mein Gott, dir will ich Dank opfern, und deinen Namen predigen. Amen!

Nebucadnezar's Schrift an die Völker.

Dan. 4.

Die Geschichte. Dieser Abschnitt von Cap. 3, 31 bis Cap. 4 zu Ende enthält eine Schrift, ein Ausschreiben des Königs Nebucadnezar an alle seine Unterthanen, worin er nach dem Gruß: Gott gebe euch viel Friede, gleich sagt V. 32: Ich sehe es für gut an, daß ich verkündige die Zeichen und Wunder, die Gott der Höchste an mir gethan hat; denn seine Zeichen sind groß, und seine Wunder sind mächtig, und sein Reich ist ein ewiges Reich, und seine Herrschaft währet für und für. Er nennt ihn hier den Höchsten, denn von den großen Eigenschaften Gottes hatte er einen Eindruck erhalten, von Gottes Allwissenheit in dem vorigen Traum Cap. 2; von Gottes Allmacht in der Errettung der drei Freunde Daniel's Cap. 3; und von Gottes Heiligkeit und Gerechtigkeit so eben V. 34: Alles sein Thun ist Wahrheit, seine Wege sind recht, und wer stolz ist, den kann er demüthigen. Er erzählt nun in der Schrift weiter, daß er einen Traum gehabt, der ihn sehr erschreckt hat. Niemand von seinen Weisen hat den Traum deuten können, bis Daniel gekommen ist, dem er den Traum erzählt hat. Es folgt nun V. 7 der Traum selbst. Ein herrlicher Baum, mitten im Lande, groß und dick, dessen Höhe bis in den Himmel reicht, breitet sich aus bis an das Ende des Landes: die Thiere auf dem Felde und die Vögel unter dem Himmel haben Nahrung, Friede und Freude unter ihm und in seinen Zweigen. Die Deutung ist V. 19 Nebucadnezar und sein herrliches Königreich. — Da fährt ein heiliger Wächter vom Himmel herab und giebt überlaut einen Befehl. Der heilige Wächter ist hier ein heiliger Engel, welchen Ausdruck auch Daniel V. 20 in der Deutung hat. Das ist ein lieblicher Ausdruck, den die heilige Schrift hat, und derselbe läßt uns einen Blick thun in den Dienst, den nach Gottes Rath die heiligen Engel bei den Menschen versehen. So als heilige Wächter erscheinen sie auch allenthalben in der biblischen Geschichte, z. B. in Jacob's Traum 1 Mos. 28. Die Sprache dieses heiligen Wächters ist nun eine überaus gewaltige: Hauet den Baum um, und behauet ihm die Aeste, nur den Stumpf mit den Wurzeln lasset in der Erde bleiben; er aber (hier wird das Bild des Baumes verlassen, und das Folgende nach der Deutung auf einen Menschen bezogen) soll in Ketten auf dem Felde im Grase gehen, soll unter dem Thau des Himmels liegen, soll naß werden und soll sich weiden mit den Thieren von den Kräutern. Ein menschliches Herz soll ihm genommen und ein viehisches Herz ihm gegeben werden, bis sieben Zeiten (entweder Monate oder Jahre) um sind. Solches ist im Rath der Wächter beschlossen, und im Gespräch der Heiligen berathschlagt, auf daß die Lebendigen erkennen, daß der Höchste Gewalt hat über der Menschen Königreiche, und giebt sie, wem er will, und erhöhet die Niedrigen zu denselben. — Es ist rührend, V. 16, die Theilnahme zu lesen, die Daniel, der treue Diener seines Königs, an dem traurigen Schicksal seines Herrn nimmt. Er betrübt sich und spricht: Ach, mein Herr, daß der Traum deinen Feinden und seine Deutung deinen Widerwärtigen gälte. Bei aller Theilnahme aber sagt er ihm die volle Wahrheit und verhehlt ihm nichts. Setzt auch liebend und ernst und theilnehmend hinzu, V. 24: Darum, Herr König, laß dir meinen Rath gefallen, und mache dich los von deinen Sünden durch Gerechtigkeit, und ledig von deiner Missethat durch Wohlthat an den Armen, so wird er Geduld haben mit deinen Sünden. — Nun deutet Daniel dem König den Traum, und wie er es deutete, so geschah es dem König ein Jahr darnach. Der König Nebucadnezar ging oben auf dem platten Dach der königlichen Burg, von wo er wohl die ganze Stadt Babylon übersehen konnte, die er sehr verschönert hatte. Da sprach er laut aus, was er dachte, V. 27: Das ist die große Babel, die ich erbauet habe zum königlichen Hause durch meine große Macht zu Ehren meiner Herrlichkeit. Ehe er aber noch die Worte ausgesprochen hat, fällt eine Stimme vom Himmel: Dir, König Nebucadnezar, wird gesagt: dein Königreich soll dir genommen werden. Nebucadnezar ward darauf wahnsinnig und hielt sich für einen Ochsen; wie man auch sonst Beispiele hat, daß Wahnsinnige sich für gewisse Thiere hielten, und sich dann auch wie solche Thiere benahmen. So ließ man auch hier den wahnsinnigen König gewähren, der sich für ein Thier hielt, Gras aß, unter freiem Himmel blieb, und nicht litt, daß man ihm Haare und Nägel abschnitt. — Es ist höchst bezeichnend, wenn der heilige Wächter V. 13 sagt: Das menschliche Herz soll ihm genommen, und ein viehisches Herz ihm gegeben werden. Nemlich dann hat der Mensch ein menschliches Herz, wenn er sich in seiner wahren Stellung zu Gott weiß, nemlich unter Gott: Gott der Herr, der Allerhöchste; und der Mensch gering, niedrig, ganz und gar von Gott abhängig. So erkannte Nebucadnezar Gott nicht, und sich nicht. Er gab sich selbst die höchste Ehre, und nahm sie Gott. So von Gott sich losmachen, ist das Allerschlimmste, was der Mensch thun kann, und zieht alles andre Schlimme nach sich. Daher heißt die erste Bitte im Vaterunser: Geheiliget werde Dein Name. Nun Nebucadnezar diese menschliche, wahre Stellung zu Gott in Selbstvergötterung verläßt, wird ihm ein viehisches Herz gegeben, er wird wahnsinnig, und sein Wahnsinn macht es nun offenbar, wie entwürdigend, thierisch, erniedrigend es ist, sich seiner Hoheit zu überheben. Mit solchen Augen lehrt die heilige Schrift Hochmuth, Selbsterhebung, Selbstvergötterung ansehen. V. 31: Da hob ich, Nebucadnezar, meine Augen gen Himmel, und kam wieder zur Vernunft, und lobete den Höchsten. In der tiefsten Erniedrigung des Thiersinns hat er also lichte Augenblicke, wo er Gott als den Allerhöchsten, und sich als den Allerelendesten erkennt. Da giebt Gott ihm aus Gnaden die Vernunft wieder. Dies erkennt Nebucadnezar als ein unverdientes Geschenk an, und dankt und lobet Gott dafür. Wir aber wollen uns von diesem heidnischen König sagen lassen: Sein Thun ist Wahrheit, seine Wege sind recht, und wer stolz ist, den kann er demüthigen. —

Belsazar's Gastmahl.

Dan. 5.

Die vorliegende Geschichte von Belsazar ist eine gewaltige an Ernst und Gericht Gottes. Darum läßt man auch am liebsten vor den Kindern die Geschichte reden, und geht nur leitend und mit einem Warnungsfinger nebenher. Zwischen Nebucadnezar's Tod 563 v. Chr. und der Eroberung Babels, wovon der Schluß des Capitels redet, i. J. 539 v. Chr., liegen 24 Jahre. Nebucadnezar wird in unserm

Cap. der Vater von Belsazar genannt; das kann aber nach biblischer Sprachweise (z. B. 1 Mos. 28, 13) auch Großvater heißen, was die Gelehrten richtiger finden.

Die Unterredung.

Das Gastmahl. Wir werden hier in ein Saufgelag hineingeführt, wo der König Belsazar und Tausend seiner Hofleute gegenwärtig sind. Im trunkenen Muth entweiht und verspottet der König das Heilige. Obgleich die Feinde, die Meder, bereits die Stadt Babylon belagerten, so waren doch diese Schwelgenden ganz sicher, denn der griechische Geschichtschreiber Xenophon erzählt uns, daß die Babylonier der Belagerung spotteten, da ihre Stadt hohe und breite Mauern hatte, und im Innern der Stadt Gärten und Saatfelder waren, so daß man auch keine Hungersnoth fürchten durfte. — So sicher in ihren Sünden sind noch Tausende: Sie sind ja reich, vornehm, angenehm, es ist ihnen Alles gelungen, darum muß ihr Trotzen köstlich Ding sein, und ihr Frevel muß wohlgethan heißen; was sie reden, das muß vom Himmel herab geredet sein; was sie sagen, das muß gelten auf Erden, Ps. 73. Daher meinen sie auch, es hat keine Noth; und sie schlagen alle ernsten Gedanken, wenn sie ihnen auch kommen, aus dem Sinn.

Die Schrift. V. 5. Eben zu derselben Stunde gingen hervor Finger, und schrieben an die getünchte Wand. Also mitten in ihrer Schwelgerei, ihrem Hohn des Göttlichen schreibt ihnen die Hand Gottes ihr Urtheil vor ihren Augen an die Wand. Denn der treue Gott warnt den Menschen ein Mal und zwei Mal; Belsazar war auch gewarnt, denn Nebucadnezar's Geschichte, die er wohl wußte, V. 22, hätte ihm ein Spiegel sein sollen. Wenn aber der Mensch das Alles nicht achtet, so kann jede Stunde die Gnadenzeit aus sein, wenn vor Gott das Maß der Sünden voll ist. Hier wird wahr, was 1 Thess. 5, 3 steht: Wenn sie sagen: Es ist Friede, es hat keine Gefahr, so wird sie das Verderben schnell überfallen und werden nicht entfliehen. Heut lebst du, heut bekehre dich; denn stürbst du unbekehrt zu Gott, wie schrecklich wäre nicht dein Tod.

Der Schrecken. V. 6. Als der König die schreibenden Finger sahe, da entfärbte er sich, und seine Gedanken erschreckten ihn, daß ihm die Lenden schütterten und die Beine zitterten. Er entfärbte sich, er wurde blaß; er, der eben noch in Glanz und Herrlichkeit, in Hochmuth, Vermessenheit und Gottesverachtung da gesessen hatte, erzittert im höchsten Grade vor der Hand eines Höhern. Seine Gedanken erschreckten ihn. Welche Gedanken? Obgleich der König die Schrift nicht lesen kann, so weiß er doch gleich: Für mich schreiben diese Finger; mir schreiben sie mein Urtheil hin; die Strafe für meine Sünde ist da hingeschrieben. Das ist das Gewissen, das vor der Sünde warnte, aber nicht gehört wurde, und nun die höchste Angst macht. V. 9. Als Niemand die Schrift lesen kann, erschrak der König noch härter, und verlor ganz seine Gestalt und seinen Gewaltigen ward auch bange. An die Hoheit und Herrlichkeit des Königs hatten sie alle ihre Hoheit geknüpft, sie hatten mit eingestimmt in die Verspottung des Heiligen, Niemand von Allen hatte gewagt, ein ernstes Wort in die Gottlosigkeit hineinzureden. Das Alles war ihre Mitschuld; und wurde ihr König gerichtet, wo wollten sie bleiben? — Allen Sündern ist längst ihr Urtheil geschrieben in dem untrüglichen Wort Gottes. Ich will nur Eins nennen: Gehet von mir, ihr Verfluchten, in das ewige Feuer, das bereitet ist dem Teufel und seinen Engeln. Ein Anderes: Die Hurer und Ehebrecher wird Gott richten; — die Diebe werden das Reich Gottes nicht ererben. Wohl dem, der ein heilsames Erschrecken hat vor solchem Wort, ehe es, wie in unserer Geschichte, zu spät ist.

Daniel. V. 10. Die Königin, d. i. vielleicht die Gemahlin Nebucadnezar's, erinnert sich nun Daniel's, und derselbe wird vor den König gebracht. Der König bietet ihm Allerlei an, was er hat, und was er als das Höchste schätzt, wenn Daniel die Schrift lesen und deuten kann: Du sollst in Purpur gekleidet werden, sollst goldene Ketten an deinem Halse tragen, und sollst der dritte Herr in meinem Königreiche sein. Daniel sieht in seiner Antwort diese Dinge mit ganz andern Augen an. V. 17: Behalte deine Gaben selbst, und gieb dein Geschenk einem Andern. Das will sagen: Was du so groß achtest, das halte ich gering, darauf lege ich wenig Werth; ich habe viel Edleres, Besseres, nemlich dasjenige, was du so eben frevelnd verspottet hast. Und — Daniel hatte Recht. Als der König mit seinen Tausend noch in derselben Nacht getödtet wurde, was nützte da der Purpur, die goldenen Ketten, der erste oder der dritte Herr im Reiche sein. Es ging wörtlich in Erfüllung, was von Babylon der Prophet Jesaias 14, 11 geweissagt hatte: Deine Pracht ist herunter in die Hölle gefahren, sammt dem Klange deiner Harfen; Motten werden dein Bette sein, und Würmer deine Decke. So geht alle Weltherrlichkeit hin, aber Daniel's Schatz blieb ihm. Daher: Schätze nicht das Eilende über das Weilende; setze nicht das Nichtige über das Wichtige. Was du hast, wär' überschwenglich, wär' es nicht vergänglich; deine Rast wär' ein Behagen, erwachtest du nicht zu Klagen; dein Palast wär' ein festes Thor, stünde nicht pochend der Tod davor. Halte dich nicht geborgen, denke heut an dein Morgen. (Rückert.) — V. 17: Ich will dennoch die Schrift dem König lesen, und anzeigen, was sie bedeutet. Das ist eine Rede, die in ihrer Sache fest und sicher ist. — Ehe er nun dem König die Schrift lies't und deutet, zeigt er ihm zuvor mit großem Ernst seine schwere Schuld. V. 18: Gott der

Höchste (also der, den du so eben gehöhnt hast) hat deinem Vater Nebucadnezar viele und große Macht gegeben. Da ward sein Herz stolz, und deshalb ward er vom königlichen Stuhl gestoßen, und verlor seine Ehre, und wurde thierisch und viehisch, bis er lernte, daß der Höchste Gewalt hat über der Menschen Königreiche, und giebt sie, wem er will. Du, sein Sohn, weißt das, aber du hast dein Herz nicht gedemüthiget, sondern hast dich wider den Herrn des Himmels erhoben, hast die Gefäße seines Hauses entweiht, und hast die Götter gelobt, die weder sehen, noch hören, noch fühlen; den Gott aber, der deinen Odem und alle deine Wege in seiner Hand hat, hast du nicht geehret. Das ist Furchtlosigkeit vor Menschen, die das Rechte thut, ohne sich darum zu kümmern, was darnach kommen kann. So etwas war dem König wohl noch nie gesagt worden. Wie konnte Daniel aber so etwas wagen? Er weiß, daß er in Allem in Gottes Hand ist, Gott selbst war sein Schatz, weshalb er auch alle Schätze Belsazar's nichts achtete. Es ist hier dieselbe Rede, wie zu Nebucadnezar 4, 24: Mache dich los von deinen Sünden durch Gerechtigkeit, so wird Er Geduld haben mit deinen Sünden. So sollen wir von den heiligen Männern der Bibel lernen mit Machthabern und Vornehmen zu reden. Das kann aber nur, wer Alles in seinem Gott hat, und es Assaph nachsprechen kann: Wenn ich nur Dich habe, so frage ich nichts nach Himmel und Erde —. Solche Furchtlosigkeit, die Kopf und Kragen daran setzt, macht den furchtsamen Gottlosen stutzig. Denn der Gottlose bebet sein Lebenlang, sagt das Buch Hiob; und Jesaias: Die Gottlosen haben keinen Frieden. Nebucadnezar und auch Belsazar thun dem Mann nichts, der ihnen hier Dinge gesagt hat, wie sonst Niemand. Im N. T. heißt es ebenfalls: Herodes fürchtete Johannes, denn er wußte, daß er ein heiliger Mann war (also mit dem heiligen Gott im Bunde, der zugleich der allmächtige und strafende Gott ist für die Sünder). Darum habe den Muth, getrost und mit Gott den Mund aufzuthun, wo du Sünde siehst, bei Hoch und bei Niedrig.

Die Deutung. Die Worte hießen: Mene, mene, tekel upharsin. Sie bedeuten: Gezählt, gezählt, gewogen, zertheilet. Jedes dieser Worte ist aber doppelsinnig, V. 26. Mene heißt sowohl gezählt, als auch: vollendet. Deine Lebenstage sind dir zugezählt, und nun sind sie geendigt. Tekel heißt gewogen, und auch: zu leicht befunden. Gott wägt den Menschen nach seinem Gesetz; zu leicht wird befunden, wer sich an Gott und Gottes Gebot nicht kehrt. Upharsin bedeutet zertheilet, und hat zugleich einen Anklang an den Namen der Perser. Peres, V. 28, ist dasselbe. Dein Reich wird den Medern und Persern gegeben.

Das Gericht Gottes. Dieses Urtheil Gottes wurde noch in derselben Nacht vollzogen, V. 30. Aber des Nachts ward der Chaldäer König Belsazar getödtet. Der griechische Geschichtschreiber Xenophon erzählt uns die Sache so: Der Feldherr, der Babylon belagerte, Cyrus (Kores), nachheriger Perserkönig, hatte Schleusen graben lassen, um zur rechten Stunde das Wasser des Euphrat, der unter der Mauer durch die Stadt floß, abzuleiten. Da erfuhr er, daß die Babylonier ein Fest feierten, wo Trunkenheit und Lärm herrschten. Als es nun finster wurde, befahl er, das Wasser des Euphrat in die geöffneten Schleusen zu lassen. Dadurch wurde der Fluß so seicht, daß das Heer durchwaten konnte. Sie dringen in die Stadt und kommen an den königlichen Palast. Die Wachen wehren sich, und es entsteht Geschrei und Geräusch. Der König läßt die Thore öffnen, um zu sehen, was es gebe, da stürzen die Krieger des Cyrus hinein. Der König und all' die Seinen werden überfallen und erwürgt. So war es Babel geweissagt Jer. 51, 57. 58: Ich will ihre Fürsten, Weisen, Herren, Hauptleute und Krieger trunken machen, daß sie einen ewigen Schlaf sollen schlafen, davon sie nimmermehr aufwachen, spricht der König, der da heißt Herr Zebaoth. Und V. 58: Die Mauern der großen Babel sollen untergraben werden (auch Jes. 14. Jes. 21. Habac. 3). So setzt der Herr die Gottlosen auf's Schlüpfrige, und stürzt sie zu Boden; wie werden sie so plötzlich zu nichte! sie gehen unter und nehmen ein Ende mit Schrecken, Ps. 73. — Daher lassen wir uns aus dieser Geschichte mit Ps. 1 die Lehre geben: Wohl dem, der nicht wandelt im Rath der Gottlosen, noch tritt auf den Weg der Sünder, noch sitzet, da die Spötter sitzen; sondern hat Lust zum Gesetz des Herrn, und redet von seinem Gesetz Tag und Nacht. Der ist wie ein Baum, gepflanzet an den Wasserbächen, der seine Frucht bringet zu seiner Zeit, und seine Blätter verwelken nicht, und was er macht, das geräth wohl. Aber so sind die Gottlosen nicht; sondern wie Spreu, die der Wind verstreuet. Darum bleiben die Gottlosen nicht im Gericht, noch die Sünder in der Gemeine der Gerechten. Denn der Herr lernet den Weg der Gerechten, aber der Gottlosen Weg vergehet. —

Es stehe hier noch über unsere Geschichte ein schönes Gedicht von A. Knapp.

1. Mene, Tekel, Upharsin! schrieb geheimnißvoll ein Finger vor des Königs Auge hin; bebend saß der Volksbezwinger, da die übertünchte Wand wunderbar gezeichnet stand.

2. Schnell entsinkt der Goldpokal, schnell das Scepter seinen Händen; kann ein Wort, wie Donnerstrahl, solchen Festesjubel enden? Kennt er doch die Sprache nicht, dennoch bleicht sein Angesicht.

3. Ja, den Sinn verstehest du, fehlt dir auch der Worte Zeichen; ruft dir nicht die Ahnung zu, vor dir selber zu erbleichen? Hören wirst du: „Wag' und Thron!" doch dich selber wogst du schon.

4. Noch vernahmest du kein Wort von dem untergrab'nen Throne, und du sitzest bebend dort, fühlest zittern deine Krone! Lauter ruft als ein Prophet, was in deiner Seele steht.

5. Sagt, ihr Herzen, arm und reich, die dem Gotte Babel's dienen: Ist an euren Wänden euch solch ein Finger nie erschienen, der die Freude, wenn er schrieb, fern von euern Tischen trieb?

6. Sieh, er schreibt von Gnad' und Licht Allen, die zum Himmel sehen, schreibt von Tod und Weltgericht, wo getünchte Wände stehen! Drückt er einst dein Auge zu, welche Züge hoffest du?

Daniel in der Löwengrube.

Dan. 6.

Darius der Meder war der Bruder von der Mutter des Perserkönigs Kores. Kores eroberte Babylon für Darius, als dieser schon 62 Jahre alt war. Darius regierte nur zwei Jahre das Land, und da er ohne männliche Erben war, verheirathete er seine Tochter mit Kores. Damit kam Babylon an Persien, d. i. an das zweite Weltreich, da das medische Reich nur ein Zwischenreich von ein paar Jahren war.

Die Unterredung.

Das gute Zeugniß. Daniel ist in dieser Geschichte schon ein Greis von an 90 Jahren, der hohe Ehrenstellen bekleidet hatte unter Nebucadnezar und dessen Sohn, der aber unter Nebucadnezar's Enkel Belsazar zurückgesetzt zu sein schien. Unter Darius von Medien, als derselbe durch Kores Herr von Babylon wurde, erlangte Daniel die höchste Ehrenstelle, die je ein Jude unter fremder Herrschaft erlangt hat. Daniel war einer der drei Fürsten, die über die 120 Landvögte gesetzt waren. Ja, der König hatte V. 3 im Sinn, ihn über das ganze Königreich zu setzen; denn er übertraf die Fürsten und Landvögte alle, und es war ein hoher Geist in ihm. Das erregt den Neid der Großen, daß einer von den Gefangenen der Juden ihnen Allen vorgezogen wird, und sie beschließen ihn zu stürzen. Aber wie wollen sie das machen? Wie immer schlechte Menschen es machen, V. 4, sie wollen eine Sache oder Uebelthat an ihm finden. Das ist aber gar nicht schwer, denn wenn man Jemandem etwas Böses thun will, so findet man leicht eine Ursache. Hier aber heißt es V. 4: Sie konnten keine Sache noch Uebelthat an Daniel finden. Denn er war treu, daß man keine Schuld noch Uebelthat an ihm finden konnte. Ja, sie sprechen das offen aus V. 5: Wir werden keine Sache zu Daniel finden, ohne über seinen

Gottesdienst. Das, so meinen sie, sei seine schwache Seite. Seine Gottesfurcht war aber gerade seine Stärke. Alles fürchtete sich vor dem königlichen Gebot, und that, was der König wollte, Daniel nicht, und dies aus Gottesfurcht. Denn die Gottesfurcht vertreibt Menschenfurcht. Auch daß sie keine Uebelthat an ihm finden konnten, kam aus seiner Gottesfurcht. Der Umgang mit Gott im Gebet, die Betrachtung des göttlichen Worts, worein Daniel sich vertiefte (9, 2), sein Leben in der Gemeinschaft mit Gott und nach dem Willen Gottes, dies Alles, was hier sein Gottesdienst genannt wird, machte, daß er in all den vielen und wichtigen Geschäften, die er unter Händen hatte, treu und fleißig und ohne Tadel war. Er erzählt selbst Cap. 8, 27: Darnach (nach dem Gesicht, das er so eben gehabt hatte) stand ich auf und richtete aus des Königs Geschäfte. Auch von uns fordert die Schrift, Phil. 2, 15, daß wir sein sollen ohne Tadel, und lauter, und Gottes Kinder, unsträflich mitten unter dem unschlachtigen (aus der Art geschlagenen) und verkehrten Geschlecht, unter welchem wir scheinen sollen als die Lichter in der Welt. Wie kommen wir aber dazu? Ps. 119, 9: Wie wird ein Jüngling seinen Weg unsträflich gehen? Wenn er sich hält nach deinen Worten. Ap. 24, 16: In demselben übe ich mich, zu haben ein unverletztes Gewissen allenthalben (unter allen Umständen), Beides gegen Gott und den Menschen.

Daniel's Treue an Gott. Daniel betet öffentlich, wie er es immer gethan hatte. Denn wahre Gottesfurcht läßt sich nicht verbergen, und will sich auch nicht verbergen, um vor der Welt ein Bekenntniß und ein Zeugniß abzulegen. Dann war hier auch nur Ein Weg möglich. Entweder Daniel mußte dem König dienen und Gott verleugnen; oder er mußte Gott dienen, und sich an des Königs Gebot nicht kehren. Er thut nach dem Grundsatz der Apostel: Man muß Gott mehr gehorchen als den Menschen. Damit giebt er Gott die Ehre, die ihm als dem „Allerhöchsten, als dem Gott vom Himmel" gebührt. So ist es natürlich, und so will es die heilige Schrift, Jer. 17, 5: Verflucht ist der Mann, der sich auf Menschen verläßt, und hält Fleisch für seinen Arm, und mit seinem Herzen vom Herrn weicht; V. 7. 8. Gesegnet aber ist der Mann, der sich auf den Herrn verläßt; der ist wie ein Baum am Wasser gepflanzt, und am Bach gewurzelt; denn obgleich eine Hitze kommt, fürchtet er sich doch nicht, sondern seine Blätter bleiben grün, und er sorget nicht, wenn ein dürres Jahr kommt, sondern er bringet ohne Aufhören Früchte. — Auch in unserm Leben kommen so oft Fälle vor, wo wir, um Gottes Freund zu bleiben, es mit Menschen verderben müssen. Jemand verlangt ein gutes Zeugniß, es ist aber gegen unser Gewissen, ihm ein solches zu geben. Jemand hat uns viel Gutes gethan, und nun verlangt er wieder einen Dienst; aber was er verlangt, ist Sünde. Da siehe Daniel an. Der König Darius hatte ihm viel Gunst erzeigt, und will ihm noch mehr thun. Daniel aber kennt einen Höhern, der ihm alle Tage noch unendlich mehr Gnade erweist, und dem hängt er mehr an, als er in den Fall kommt, nur Einem Herrn dienen zu können. — Und wie ruhig ist Daniel in seinem Gott. Der König entläßt den treuen Diener, den er selbst nicht mehr retten kann, mit dem Wunsch, V. 16: Dein Gott, dem du ohne Unterlaß dienest, der helfe dir. Daniel, der scheinbar Alles zu fürchten hat, wird in die Löwengrube hinab gestürzt, und ist ohne Klage, ohne Sorge, ohne Unruhe, voll Frieden. Dagegen der König, der scheinbar Nichts zu fürchten hat, V. 18, verschließt sich in seine Burg, mag nicht essen, und kann nicht schlafen. Das ist die Unruhe, der Unfrieden des Sünders gegenüber dem Frieden des Gottesfürchtigen. An wessen Stelle wünschest du zu sein? Lerne hieraus Zweierlei. Eins: Wenn ich nur dich habe, so frage ich nichts nach Himmel und Erde, und wenn mir gleich Leib und Seele verschmachten, so bist du doch, Gott, allezeit meines Herzens Trost und mein Theil. Das Zweite aus dem N. T.: Ist Gott für uns, wer mag wider uns sein?!

Die Errettung. Der Gott, dem Daniel so treu dienet, der dient ihm wieder, nach der göttlichen Regel: Wer mich ehret, den will ich wieder ehren. Der König ruft am andern Morgen mit kläglicher Stimme in die Löwengrube hinein: Daniel, du Knecht des lebendigen Gottes, hat dich auch dein Gott, dem du ohne Unterlaß dienest, mögen von den Löwen erlösen? Die Antwort Daniel's ist fröhlich, ohne Bitterkeit gegen den König, so ruhig und besonnen, daß er auch die gewöhnliche Anrede nicht vergißt: Herr König, Gott verleihe dir langes Leben; mein Gott hat seinen Engel gesandt, der den Löwen den Rachen zugehalten hat, daß sie mir kein Leid gethan haben; denn vor ihm bin ich unschuldig erfunden; so habe ich auch wider dich, Herr König, nichts gethan. Was ist es aber in Daniel's Leben, das vor Gott so würdig ist, ihn hier durch den Dienst der heiligen Engel zu retten? Wenn wir sagen nach dem Frühern: seine Gottesfurcht, so ist es richtig. V. 23 giebt noch eine andere Antwort: Denn er hatte seinem Gott vertrauet. Das Gottvertrauen also, oder der Glaube, woraus alle Gottesfurcht fließt. Auf unsere Geschichte hin zielt wohl Hebr. 11, 33: Durch den Glauben haben Einige der Löwen Rachen verstopfet.

Darius Edict. Den Eindruck, den die Errettung Daniel's auf den König macht, spricht er öffentlich in einer Schrift vor allen Völkern aus; ähnlich wie Nebucadnezar. Jedermann soll den Gott Daniel's fürchten und scheuen; denn er ist der lebendige Gott, er ist ein Erlöser und Nothhelfer. So hat der lebendige Gott sich auch den Heiden nicht unbezeugt gelassen, und sie haben ihn gefürchtet; wie vielmehr sollten wir ihm treu sein, da wir ihn noch besser als Erlöser und Nothhelfer kennen.

Wir nehmen aber von Daniel als Lehre und Trost mit aus unserer Geschichte: Wenn Menschenhülfe dir gebricht, so hoff' auf Gott, und zage nicht; wenn Niemand hilft, so hilft doch Er, mit

Ihm ist keine Last zu schwer. Und: Laß nie der Menschen Gunst allein dein einziges Vertrauen sein; Gott sei dein Freund, denn Er allein kann stets, kann überall erfreun. Und: Wer nur den lieben Gott läßt walten, und hoffet auf ihn allezeit, den wird er wunderbar erhalten in allem Kreuz und Traurigkeit; wer Gott dem Allerhöchsten traut, der hat auf keinen Sand gebaut. Aber auch: Sing', bet' und geh' auf Gottes Wegen, verricht' das Deine nur getreu, und trau' des Himmels reichem Segen, so wird er bei dir werden neu; denn welcher seine Zuversicht auf Gott setzt, den verläßt Er nicht.

Der Menschensohn und der Antichrist.

Dan. 7.

Die Weltreiche. Daniel sieht hier im Traum vier Thiere, und V. 17 wird gesagt, daß diese vier Thiere vier Reiche sind, so auf Erden kommen werden. Es sind die vier Weltreiche, wie Cap. 2, — V. 2 und 3: Als die Winde wider einander stürmen, steigen die vier Thiere aus dem Meer; so entstehen die Weltreiche in großen Völkerstürmen, und sind sämmtlich von unten her, von der Welt. — Das erste Reich, das assyrische, ist nach V. 4 wie ein Löwe stark, und wie ein Adler schnell seine Beute erreichend. Das zweite Reich, das medisch-persische, ist V. 5 wie ein Bär, d. i. schwerfällig, aber doch kriegerisch. Die drei großen Zähne sind wohl die vereinte Macht, woraus das persische Reich zuerst bestand: Medien, Persien, Lydien. Das dritte Reich, der Parder oder Panther, V. 6, ist das schnellste Raubthier, und die vier Flügel auf dem Rücken desselben deuten noch mehr auf die Schnelligkeit der Eroberungen Alexander's hin, der dieses dritte Weltreich, das griechisch-macedonische, gründete. Das vierte Thier hat keinen Namen, V. 7, übertrifft aber an Grauen und Schrecken alle drei vorigen. Die zehn Hörner entsprechen hier den zehn Zehen im zweiten Cap. und bedeuten nach V. 24 zehn Königreiche dieses letzten Reichs, des römischen. Es läßt sich wohl nicht genau sagen, welches diese Königreiche, diese Ausläufer des römischen Reichs sind, wie überhaupt eine Weissagung nie Alles bloß und zu Tage legen soll. In der Offenb. Joh. 13, 1 ff. kommen die zehn Hörner als zehn Königreiche wieder vor; und Cap. 17, 12 wird daselbst gesagt, daß diese Königreiche noch zukünftig sind. Wie nahe wir jetzt in unserer Zeit dem Erscheinen des Menschensohns gekommen sind, das wissen wir nicht. Soviel aber ist gewiß, daß wir in der letzten Weltzeit uns befinden, in der Zeit der zehn Königreiche, worunter die Weltherrschaft getheilt ist, und daß das Wort des heiligen Apostels Wahrheit hat, 1 Joh. 2, 18. Kinder, es ist die letzte Stunde. Daher auch die Ermahnung des Herrn uns um so mehr gilt: Wachet. — Alle diese vier Weltreiche, V. 12, haben nun ihre bestimmte Zeit und Stunde, wie lange sie währen sollen, und vergehen alle vor dem Königreich des Menschensohns, V. 14.

Der Menschensohn. Derselbe kommt, V. 13, vom Himmel, ist also nicht aus der Tiefe, aus der Welt, wie die Weltreiche mit ihren Königen. Hiebei erinnern wir uns an das Wort des Herrn Joh. 8, 23: Ihr seid von unten her, ich bin von oben herab; ihr seid von dieser Welt, ich bin nicht von dieser Welt. Und Joh. 3, 31: Wer von oben herkommt, ist über Alle; wer von der Erde ist, der ist von der Erde, und redet von der Erde; der vom Himmel kommt, der ist über Alle. — Daniel sahe weiter den Menschensohn kommen in des Himmels Wolken, V. 13. Auch diesen Ausdruck deutet der Herr Jesus auf sich, Matth. 24, 30: Alsdann werden alle Geschlechter auf Erden sehen des Menschen Sohn kommen in den Wolken des Himmels mit großer Kraft und Herrlichkeit. Es sind diese Worte offenbar aus Daniel genommen, worauf der Herr auch V. 15 hindeutet: Wovon gesagt ist durch den Propheten Daniel, wer das lieset, der merke darauf. Auch vor Kaiphas redet er so, Matth. 26, 64: Ich bin Gottes Sohn, und von nun an wird es geschehen, daß ihr sehen werdet des Menschen Sohn sitzen zur Rechten der Kraft, und kommen in den Wolken des Himmels. — Auch sagt Daniel, V. 14, daß diesem Menschensohn Gewalt, Ehre und Reich von Gott gegeben ward, daß ihm alle Völker, Leute und Zungen dienen sollten; seine Gewalt ist ewig, die nicht vergehet, und sein Königreich hat kein Ende. Die Weissagung, die der Herr auf sich bezogen hat, die ist erfüllt in den 1800 Jahren nach ihm, und wird täglich mehr erfüllt: die Weltreiche gehen unter nach einander, und das Wesen dieser Welt schwindet, aber das Reich des Menschensohns, der von oben her ist, und der einst noch kommen wird in den Wolken des Himmels, nimmt zu, und gewinnt an Macht und Ehre. In ihm sind alle Verheißungen Ja und Amen. — Der Menschensohn oder des Menschen Sohn — den Namen giebt sich der Herr sehr oft. Es ist unrichtig, was oft gesagt wird, daß der Herr damit seine Niedrigkeit bezeichnen will; denn er nennt sich oft dann grade Menschensohn, wenn er von seiner Herrlichkeit spricht, wie die so eben angeführten Stellen zeigen. Den Menschensohn, so sagen wir vielmehr, hat der Herr aus dem Buch Daniel sich angeeignet, als wollte er damit sagen: Ich bin der Menschensohn, wovon Daniel spricht. Was liegt nun in dem Ausdruck? Die Reiche der Welt, so wie alle Obrigkeiten, sind freilich von Gott, Röm. 13, 1; aber als die Sünde in die Welt kam, ist sie zu allen Menschen hindurch gedrungen, und durchdringt alle menschlichen Anstalten, so daß die Welt jetzt im Argen, d. i. im Teufel liegt, weshalb ihn auch der Herr den Fürsten der Welt nennt. Die unbegreifliche Langmuth und Geduld

Gottes läßt dies Weltwesen, das sich je mehr und mehr verschlechtert und verschlimmert, bestehen um der Auserwählten willen. „Hinter dem Thierwesen, das von unten her aus dem Meere stammt, und sich im Antichrist vollendet, steht der Teufel, wie hinter dem Menschensohn, dem Christ, der vom Himmel kommt, Gott steht. In der Schlange hatte der Teufel Thiergestalt angenommen, im Menschensohn erscheint Gott in Menschengestalt. Seit die Menschheit der Schlange gefolgt ist, hat sie das thierische Wesen in sich hereingelassen, ist thierisch geworden. Nun muß Gott Mensch werden, daß der Mensch aufhöre Thier zu sein. Wer aber dennoch dem Thierwesen nachhängt, der wird vom Menschensohn gerichtet, eben weil er des Menschen Sohn ist, Joh. 5, 27." Auberlen, Der Prophet Daniel. S. 43. — Jesus heißt des Menschen Sohn, d. h. Adam's Sohn, denn Adam heißt Mensch. Er ist der rechte Sohn Adam's, er ist wie Adam der ursprüngliche Mensch, der vor allen Menschenkindern Gottes Bild rein und ungetrübt an sich hatte. Er ist es auch, der den gefallenen Menschen zur ursprünglichen Reinheit, zur ursprünglichen Herrscherwürde über das Thierische, das Niedrige, 1 Mos. 1, 26—28, zurückbringen soll. — Dieser Menschensohn, der vom Himmel kommt in den Wolken, wird V. 13 vor den Alten gebracht, d. h. vor den ewigen Gott, und derselbe giebt ihm Gewalt, Ehre und Reich. —

Der Antichrist. Das vierte Weltreich, das in zehn Königreiche ausläuft, erreicht sein Ende in einem elften Horn, das einen König bedeutet, V. 24. Von diesem Horn oder König wird nun V. 8, V. 24 und 25 dieses gesagt: 1) Das Horn hatte Augen wie Menschenaugen und ein Maul, das redete große Dinge. Beide Merkmale weisen zurück auf die Schlange, 1 Mos. 3, die klug war und die Menschen klug machen wollte, daß sie würden wie Gott; und auf die gotteslästerlichen Reden derselben. 2) Dieser König wird den Höchsten lästern. 3) Er wird die Heiligen des Herrn zerstören. 4) Er wird sich unterstehen, Zeit und Gesetz, d. i. die Ordnung der Festzeiten und die heiligen, göttlichen Gebote zu ändern. 5) Die Heiligen werden in seine Hand gegeben werden eine Zeit und zwei Zeiten und eine halbe Zeit (Luther V. 25: eine Zeit und etliche Zeiten und eine halbe Zeit). 6) Darnach wird das Gericht über ihn gehalten; seine Gewalt wird ihm genommen, er wird umgebracht und in das Feuer geworfen. — Hier ist nun zum ersten Mal in dem A. T. von dem Antichrist, d. i. dem Widerchrist, die Rede, und das hier Geweissagte entspricht genau den im N. T. gegebenen Weissagungen, und findet daselbst seine weitere Entwicklung. Wir setzen einige der hauptsächlichsten Stellen hierher. 2 Theſſ. 2, 2 ff.: Christus kommt nicht, es komme denn zuvor der Abfall, der Mensch der Sünde, das Kind des Verderbens; der ein Widerwärtiger ist, der sich überhebt über Alles, das Gott oder Gottesdienst heißt, also, daß er sich setzt in den Tempel Gottes als ein Gott, und giebt vor, er sei Gott.

Aber der Herr wird ihn umbringen mit dem Geist seines Mundes, und wird seiner ein Ende machen durch die Erscheinung seiner Zukunft. Seine Kraftwirkung ist des Satans in allerlei lügenhaften Kräften und Zeichen und Wundern, und mit allerlei Verführung zur Ungerechtigkeit. Siehe auch 1 Joh. 2, 18 und 22, Offenb. Joh. 19, 20. — Es hat oft Zeiten, Reiche und Könige gegeben, die gleichsam das Vorspiel und die Vorentfaltung des Antichrist gewesen sind, besonders ist dies mit Antiochus Epiphanes der Fall, wovon Dan. 11 die Rede ist. Auch die französische Revolution hatte viele Elemente des Widerchrists. Die ganze Belehrung des Worts Gottes von dem Widerchrist soll uns „Kinder des jüngsten Tages," die wir in der letzten Weltzeit leben, aufmerksam machen auf die „Zeichen der Zeit," daß wir uns nüchteru halten, und nicht in das Wesen des Menschen der Sünde mit verstrickt werden. Dies sollen wir desto mehr uns gesagt sein lassen, da wir wissen, V. 26 und im N. T. vielfach, daß der Widerchrist zu Grunde vertilgt und umgebracht wird; aber das Reich, Gewalt und Macht unter dem ganzen Himmel wird dem heiligen Volk des Höchsten gegeben werden, dessen Reich ewig ist, und alle Gewalt wird ihm dienen und gehorchen. Diese Worte klingen wieder Offenb. 1, 5: Jesus Christus ist ein Fürst der Könige auf Erden, der uns geliebet hat, und hat auch uns zu Königen und Priestern gemacht vor Gott seinem Vater; dem sei Ehre und Gewalt von Ewigkeit zu Ewigkeit; Amen!

Die siebenzig Wochen.

Dan. 9.

In diesem wichtigen Capitel wird Daniel ganz bestimmt die Zeit der Erscheinung des Welterlösers von dem Engel Gabriel angezeigt. Wie sehr Daniel die göttlichen Dinge am Herzen lagen, das sehen wir hier gleich in den ersten Versen. Er erzählt selbst: Im ersten Jahre des Königreichs Darius merkte ich Daniel in den Büchern auf die Zahl der Jahre, davon der Herr geredet hatte zu Jeremias, daß Jerusalem sollte 70 Jahre wüste liegen. Siehe Jer. 25, 11 ff. Dies war also im Jahre 69 nach der Wegführung Daniel's, und eben so lange nach der babylonischen Gefangenschaft. Es war nur Ein Jahr mehr, so waren die 70 Jahre voll, wo der Herr seinem Volke Erlösung und Errettung zugesagt hatte. Daniel forschet nun in Gottes Wort; aber er forscht mit Gebet. So sollte alle Schriftforschung geschehen. Und welch ein Gebet ist das! „Es ist eins jener biblischen Gebete, wo Einem das Erklären vergeht, wo man fühlt, die Worte müssen sich selbst verklären in unsern Herzen, wenn man Sinn und Bedeutung derselben fassen will." Auf solcher Schriftforschung, auf solchem Gebet ruhte denn auch das Wohlgefallen Gottes, und der Engel Gabriel mußte ihm sagen 9, 23: Du bist lieb und werth, oder wie es eigentlich hebr. heißt: Du bist ein Kleinod. — Er erzählt: Ich kehrete mich zu Gott, dem Herrn, zu beten und zu flehen mit Fasten im Sack und in der Asche. Zuerst bekennt er seine und seines Volkes Sünden in Aufrichtigkeit und Demuth. Eben wie Esra, weiß auch Daniel sich mit schuldig, wo es sich um Israel's Sünde handelt. Dann rühmt er die Treue und Gnade Gottes, die seinem Volke immer nahe gewesen ist V. 18. Wir liegen vor dir mit unserm Gebet, nicht auf unsere Gerechtigkeit, sondern auf deine große Barmherzigkeit. Darauf bittet er um Befreiung Israel's aus dem Gefängniß, und um den Wiederaufbau der Stadt und des Heiligthums. Daniel wußte und g l a u b t e aus dem Worte Gottes, 70 Jahre werde das Exil dauern, und mochte wohl die Hoffnung haben, d a n n werde das Heil Israel's erscheinen. Da wird ihm aber gesagt, daß das Heil und die Erlösung Israel's noch 70 mal 7 Jahre weit hinaus liege. Diese Weissagung wird ihm gebracht durch den Engel Gabriel. Daniel erzählt V. 20: Als ich noch so redete und betete, und meine und meines Volkes Sünde bekannte, flog daher der Engel Gabriel, und berichtete mir, und redete mit mir. Derselbe Engel Gabriel also, der hier die Zeit der Welterlösung verkündigt, derselbe Engel, der vor Gott stehet, ist es, der ungefähr 450 Jahre später die Geburt des „Fürsten", des „Gesalbten", des „Christus" der Jungfrau Maria verkündigen muß. Wir haben hier also in V. 22—27 nicht mit einer Weissagung Daniel's zu thun, s o n d e r n m i t e i n e r W e i s s a g u n g, d i e e i n E n g e l, d e r v o r G o t t s t e h t, ü b e r b r i n g t. Sehen wir nun diese wichtige Weissagung selber an. V. 24: Siebenzig Wochen sind bestimmet über dein Volk, und über deine heilige Stadt, so wird dem Uebertreten gewehret, die Sünde zugesiegelt, die Missethat versöhnet, und die ewige Gerechtigkeit gebracht, und die Gesichte und Weissagung zugesiegelt, und der Allerheiligste gesalbet werden. 70 Wochen, d. i. 70 Jahre, wovon jedes 7 Jahre in sich befaßt, also 490 Jahre, dann kommt das Heil. Diese Jahre sind zu zählen V. 25 von der Zeit an, wenn ausgehet der Befehl, daß Jerusalem soll wieder gebauet werden. Wenn Gabriel V. 23 zu Daniel sagt: Als du anfingst zu beten, ging dieser Befehl aus; so sehen wir, daß es göttlicher Rathschluß ist, den der Engel verkündigt, und auch der Aufbau Jerusalem's göttlicher Rathschluß ist. Als solchen preiset ihn auch Esra 7, 27: Gelobet sei der Herr, unser Väter Gott, der solches hat dem König eingegeben. Der Befehl nun zum Bau Jerusalem's und zur Wiederherstellung des Volks ging aus nach Esra 7, 1. 7. 11 ff. im siebenten Jahr Arthasastha, d. i. im Jahr 457 v. Chr., denn die Edicte Kores und

Darius Esra 1 u. 6 beziehen sich nur auf den Tempelbau. Im siebenten Jahre Arthasastha oder Artaxerxes Langhand zog auch Esra nach Jerusalem. So reichen die 490 Jahre bis in das Jahr 33 n. Chr. (457 + 33 = 490 Jahre). — Diese 70 Jahrwochen werden nun in 7 und 62 und 1 zerlegt; die Wiederherstellung der Stadt und des Heiligthums und des Volks durch Esra, Nehemia und Maleachi hat ungefähr 49 Jahre, also 7 Jahrwochen ausgefüllt. Es sind die letzten heiligen Männer, von denen wir im A. T. Schriften haben. Darauf folgen die 62 Wochen, das ist nemlich die offenbarungslose Zeit, die „kümmerliche" Zeit. Dann wird in V. 27 ganz besonders die letzte Woche erwähnt, das sind die letzten 7 Jahre als Endpunkt der ganzen Zeit. 3½ Jahr war es ungefähr von Johannis des Täufers Auftreten bis zum Tode Christi, und 3½ Jahre die Wirksamkeit der Apostel zu Jerusalem bis zu Stephanus' Tode. (Es ist dabei zu berücksichtigen, daß unsere Zeitrechnung von der Geburt Christi an eigentlich zwei Jahre vor Christi Geburt ihren Anfang nimmt.) V. 27: „In der Mitte der Woche wird das Opfer aufhören"; das geschah am Schluß der ersten 3½ Jahre mit dem Tode Jesu. Als der Vorhang im Tempel zerriß, als ein für alle Mal das Opfer gebracht war, da schleppte sich das Opferwesen nur noch kümmerlich hin bis zum Jahre 70 n. Chr., wo es mit der Zerstörung des Tempels ganz aufhörte. In den letzten 3½ Jahren, dem Endpunkt der ganzen Zeit, wurde Israel das Evangelium verkündigt; als sie aber Stephanus mordeten, so war auch damit das Maß der Sünden voll: das Reich Gottes ward nun den Juden genommen und den Heiden gegeben, und auch die Geschichtschreibung in der Apostelgeschichte wendet sich nach Stephanus' Tode von den Juden weg zu den Heiden hin. In V. 27 ist noch von den „Gipfeln der von Israel verübten Gräuel" die Rede, welche die Verwüstung herbeiziehen. So ist nemlich der Sinn der bessern Uebersetzung, wo Luther hat: Und bei den Flügeln werden stehen Greuel der Verwüstung. Es waren nemlich die Greuel auf's Höchste gekommen durch die Verwerfung und Ermordung des Messias, dadurch, daß Israel nach der Ausgießung des heiligen Geistes auch demselben widerstrebte, Ap. 7, 51, und dadurch, daß es den treuen Zeugen Stephanus tödtete. Solche Gipfel von Greueln zogen denn die Verwüstung der Stadt und des Heiligthums herbei. V. 26: Ein Volk (die Römer) des Fürsten (Titus) wird kommen, und die Stadt und das Heiligthum zerstören. Mit der „Ausrottung des Christus" V. 26 und mit dem Widerstreben des heiligen Geistes war es schon mit Israel aus; aber die Vollstreckung des Urtheils verzog sich noch bis zum Jahre 70 n. Chr. — So sind denn die 70 Jahre der babylonischen Gefangenschaft Vorbild der 70 Jahrwochen; und die Erlösung aus dem Exil am Ende der 70 Jahre ist ebenfalls Vorbild der vollen Erlösung durch Christum. — Auf Grund dieser großen Weissagung durch den Engel erwartete man allgemein um die Zeit der Geburt Christi unter Juden und Heiden den Gesalbten, Fürsten, Christus, Messias. Jesephus schreibt von seinen Zeitgenossen: Was die Juden zum Kriege ermunterte, war ein alter, in den heiligen Schriften gefundener Ausspruch, daß um jene Zeit einer aus ihrem Lande die Welt beherrschen werde. Tacitus: Mehrere hatten die Ueberzeugung, es stehe in alten Priesterschriften, daß eben um diese Zeit der Orient sich mächtig erheben, und Männer aus Judäa sich der Weltherrschaft bemächtigen würden. Sueton: Im ganzen Orient hatte sich die alte und stehende Meinung verbreitet, es sei vom Schicksal bestimmt, daß um diese Zeit Männer aus Judäa sich der Weltherrschaft bemächtigen. — Auch die Frage der Weisen Matth. 2: Wo ist der neugeborne König der Juden? bestätigt das Obige. —

Die Rückkehr aus der Gefangenschaft.

Esra. Esther. Nehemia.

Wir geben hier die Geschichte in der Kürze mit wenigen Bemerkungen, und weisen für Lehrer, die es ausführlicher haben wollen, auf die Bibel, als die beste Quelle, hin.

Die Rückkehr. Im ersten Jahre Kores, Königs von Persien, und Nachfolgers Darius (Dan. 6), wurde erfüllet das Wort des Herrn, Jerem. 29, 10—14 und E. 44, 28. Kores erließ die Bekanntmachung durch sein großes Reich (Medien, Persien, Babylon, ganz Vorderassen), die Esra 1, 2—4 steht: So spricht Kores, der —. Dies war 536 Jahre v. Chr. und 52 Jahre nach Zerstörung des Tempels, denn die 70 Jahre der Gefangenschaft fangen an von der ersten Wegführung unter Jojakim. An 50,000 Personen machten Gebrauch von der Erlaubniß. — Serubabel, ein Fürst aus David's Geschlecht, war der Anführer. (Serubabel, d. h. bis gen Babel zerstört, war sein früherer Name; sein jetziger: Sesbazar, d. h. Erretter aus der Noth. Beide Namen sind bezeichnend.) Die Zurückbleibenden beschenkten die Hinziehenden. Kores gab die Gefäße zurück, die Nebucadnezar aus dem Tempel zu Jerusalem genommen hatte. In Jerusalem angekommen, errichteten sie zuerst den Brandopferaltar (Esra 3), und brachten das tägliche Opfer. Dann fingen sie den Bau des Tempels an. Gelesen Esra 3, 10—13: Und da die Bauleute den Grund legten —. Warum mochten die Alten weinen? warum die Jungen jauchzen? Der Bau hatte viele Hindernisse von den seit 733 v. Chr. in Samaria ansässig gewesenen Heiden, die den Dienst der Götzen mit dem Jehovahdienst vermischt hatten; 2 Kön. 17, 23—41. Diese Samariter wollten mitbauen; aber die Juden wollten dies nicht zulassen. So hatte die Gefangenschaft sie gebessert, daß sie jetzt selber danach strebten, ihre Religion von dem Götzendienst rein zu behalten. Vor der Gefangenschaft schien bei diesem Volk der Hang zur Abgötterei unaustilgbar, nach derselben haben sie sich dem Götzendienst nie wieder hingegeben. Aus Rache also hinderten die Samariter den Tempelbau bis an das Königreich Darius (Darius Hystaspis, Esra 4, 5), d. i. bis 521 v. Chr. Unter der milden Regierung Darius' änderte sich die Lage der Juden. Zu der Zeit weissagten (Esra 5, 1) die Propheten Haggai und Sacharja. Der erste Eifer für den Tempelbau war erkaltet; da mußte Haggai sagen, C. 1, 2—4: So spricht der Herr Zebaoth: Dies Volk spricht: die Zeit ist noch nicht da, daß man des Herrn Haus baue; aber eure Zeit ist da, daß ihr in getäfelten Häusern wohnet. Wie ganz anders David, der sich sein prächtiges Haus im Gegensatz zu der Zelthütte, worin das Heiligthum stand, zum Vorwurf machte. — Beide Propheten ermunterten nun den Hohenpriester Josua und den Fürsten Sesbazar zum weitern Tempelbau. Der persische Statthalter stattete Bericht darüber ab, und fragte bei Darius vor, ob es wahr sei, worauf die Juden sich beriefen: daß sie von Kores zum Tempelbau Erlaubniß erhalten hätten. Darius ließ nachsuchen, und man fand im Schloß zu Ametha (Ekbatana) die Schrift, die den Befehl Kores' enthielt. Da erlaubte Darius gerne den Bau, und fügte zu dem Edict des Kores noch seinen Willen hinzu: Die Arbeiter sollten auf königliche Kosten unterhalten werden; man sollte das Vieh zum Opfern auf königliche Rechnung herbeischaffen; es sollte im Tempel für den König und die königliche Familie geopfert und gebetet werden; die den Bau hinderten, sollten sterben. Er setzte hinzu: Ich, Darius, habe es befohlen, daß es mit Fleiß gethan werde, Esra, C. 6. Der Tempel wurde nun fertig und eingeweiht im Jahre 515 v. Chr., Esra 6, 15. Die Feier der Einweihung steht Esra 6, 16—22: Und die Kinder Israel —. So haten auch Heiden von der Herrlichkeit des lebendigen Gottes einen Eindruck erhalten, und Nebucadnezar (Daniel, C. 4), Kores (Esra, C. 1) und Darius (Esra, C. 6) sprachen dieses durch königliche Denkschriften öffentlich aus in ihren großen Reichen. Ja, Nebucadnezar erwähnt gar nicht einmal des Judenthums, sondern spricht nur von dem Einen ewigen Gott, gegen welchen Alle, so auf Erden wohnen, als nichts zu rechnen sind. So hat Gott, der da will, daß Allen geholfen werde, sich auch den Heiden nicht unbezeugt gelassen.

Esther. Nach Darius regierte sein Sohn Ahasveros, d. h. der Großmächtige (sonst Xerxes genannt), der die Jüdin Esther zur Gemahlin hatte. Die Geschichte wird erzählt nach dem Buch Esther.

Esra. Auf Ahasveros folgte Arthasastha (sonst Artaxerxes I. oder Langhand genannt), Esra 7, 1. 11. Neh. 2. Er gab den Juden neue Vergünstigungen, und Esra, ein Priester und Schriftgelehrter, führte einen neuen Zug Juden nach Jerusalem. Dies ist

Esra, C. 7—10, erzählt. Zu Jerusalem fand er es schlecht; das Volk und seine Obersten hatten sich mit Heidinnen vermischt. Das bewegt Esra tief. C. 9, 3: Er zerreißt seine Kleider, rauft Haupthaar und Bart aus und saß einsam. Und als man das Abendopfer opferte, erzählt er selbst, V. 5, stand ich auf von meinem Elend und fiel auf meine Kniee, und breitete meine Hände aus zu dem Herrn, meinem Gott. Nun folgt das erschütternde Bußgebet, das wir lesen V. 6—15. Die Frucht dieses kräftigen Bußgebets steht C. 10. Das Volk weinte sehr; sie beschlossen, die fremden Weiber hinauszuthun; sie machten einen Bund; Esra nahm einen Eid von ihnen, und sie schwuren, sprechend: Es geschehe, wie du uns gesagt hast. Wir finden hier wieder, was wir auch bei Jos. C. 22 bemerkt haben, daß das ganze Volk ein klares Bewußtsein hat von seinem Beruf, nemlich sich Gott zu weihen, und sich dem Herrn als ein Volk darzustellen, das zur Heiligkeit berufen ist. Etwas Aehnliches wird man bei keinem Volk der alten Welt finden. Das herrliche Bußgebet Esra's, C. 9, das der Lehrer ja nicht übergehen muß, hat die Folge, daß C. 10, 1, das Volk sehr weint, und Einer spricht, V. 2: Wohlan, wir haben uns an unserm Gott vergriffen, aber es ist noch Hoffnung in Israel über dem. Es wird nun ein neuer Bund mit Gott gemacht. So ist es auch Nehem. C. 9 und 10, wo es V. 20 heißt: Und sie kamen, daß sie schwuren, und sich mit einem Eide verpflichteten, zu wandeln im Gesetz Gottes, das durch Moses, den Knecht Gottes, gegeben ist, daß sie halten und thun wollten nach allen Geboten, Rechten und Sitten des Herrn, unsers Herrschers. — Esra las nun täglich unter freiem Himmel auf der Straße das Gesetz vor, stehend auf einem hohen, hölzernen Stuhl, den sie ihm gemacht hatten. Nehem. C. 8: Esra lobete den Herrn, und das Volk antwortete: Amen! Amen! Die Ohren des ganzen Volks waren zu dem Gesetz gekehrt, und es war eine große Freude. Ein allgemeiner Buß- und Bettag, Nehem. 9, war der Erfolg dieser Gesetzvorlesung. Es ist sehr wahrscheinlich, was die Juden von Esra behaupten, daß er die Sammlung der Bücher des A. T. veranstaltet und die Judenschulen (Synagogen) eingerichtet hat, wo am Sabbath das Wort Gottes gelesen wurde. Um die Schulbildung der Juden hatte er große Verdienste. Josephus sagt: Die höchste Sorge der Israeliten war, die Kinder wohl zu erziehen, und es wurde ihnen das Gesetz gleichsam in's Herz geschrieben, so daß sie, nach dem Gesetz befragt, dasselbe so fertig als ihren Namen wußten, sogar Knechte und Mägde: — So soll's sein, liebe Kinder. Leset dazu 5 Mos. 6, 6—9: Und diese Worte, die ich —. Darum nannten die Juden diesen herrlichen Mann, Esra, mit Recht den zweiten Mose.

Nehemia. Dreizehn Jahre nach Esra's Ankunft in Jerusalem, als von Josua dem Hohenpriester, und Serubabel dem Fürsten, und von den Propheten Haggai und Sacharja wohl Keiner mehr lebte, kam Nehemia nach Jerusalem. Esra heißt Hülfe, Nehemia heißt Tröster. Beide Männer, die zusammen wirkten, sind gewesen, was ihre Namen besagen. Nehemia hat in seinem Buch seine Geschichte sehr kindlich, treuherzig und mit religiösem Sinn erzählt. Es ist gut, wenn der Lehrer sie nach Neh. 1—4 und C. 13 ausführlich erzählt, und das Uebrige kürzer zusammenfaßt. Das giebt am besten das Bild des herrlichen Mannes Gottes. Nehemia war Mundschenk bei dem König in Persien Arthasastha, sonst auch Artaxerxes Langhand genannt, in der Hauptstadt Susa. Da kam ein Jude Namens Hanani aus Palästina zu Nehemia. Nehemia fragte ihn, wie es den Juden in Jerusalem ginge? Hanani antwortete: Die Uebrigen von dem Gefängniß sind daselbst im Lande in großem Unglück und Schmach; die Mauern Jerusalems sind zerbrochen, und ihre Thore sind mit Feuer verbrannt. Denn die heidnischen Völker umher waren bald nach der babylonischen Gefangenschaft in's Land gefallen, und drückten und plagten auch nachher die Juden sehr. Nehemia erzählt V. 4: Da ich aber solche Worte hörete, saß ich und weinete, und trug Leide zwei Tage, und fastete und betete vor dem Gott vom Himmel. Und nun folgt V. 5—11 das große, herrliche, kräftige Gebet Nehemia's: Ach Herr, Gott vom Himmel, großer und schrecklicher Gott, der da hält den Bund und Barmherzigkeit denen, die ihn lieben und seine Gebote halten. Laß doch deine Ohren aufmerken, und deine Augen offen sein, daß du hörest das Gebet deines Knechts, das ich nun vor dir bete Tag und Nacht, für die Kinder Israel, deine Knechte, und bekenne die Sünde der Kinder Israel, die wir an dir gethan haben; und ich und meines Vaters Haus haben auch gesündiget — —. Sie sind doch ja deine Knechte und dein Volk, die du erlöset hast durch deine große Kraft und mächtige Hand ꝛc. Mundschenk des Königs zu sein, das war ein hohes Amt, und Nehemia hatte an des Königs Hofe Alles, was die Sinne vergnügen konnte, und war reich und angesehen. Ach, wie Mancher hätte an seiner Stelle gedacht, was kümmert mich das Volk und Jerusalem, hätte sich an die Erzählung des Hanani nicht gekehrt, hätte Alles bald vergessen, und hätte in Weltlust und Weltfreude fortgelebt, und wäre dann auch dahingestorben, ohne aus diesem Leben etwas Höheres, Edles, Göttliches und Ewiges mitzunehmen. So aber Nehemia nicht; er war gottesfürchtig, daher ließ er auch sich die Noth und das Leiden des Volkes Gottes zu Herzen gehen. Der Eindruck, den die Erzählung des Hanani von den Leiden des Volks Gottes, und dem Elend der heiligen Stadt auf ihn machte, war tief und gewaltig, V. 4: Er weinte, trug Leide, fastete, und betete vor dem Gott vom Himmel. So suchte Nehemia Hülfe, wo allein alle Hülfe zu finden ist, und verließ sich nicht auf seine Klugheit und seinen Verstand, nicht auf seinen hohen Posten, nicht auf den König von Persien. David, Daniel und Nehemia, diese drei großen Männer, in hohen Würden, sind gläubige und kräftige Beter gewesen. In dem herrlichen Gebet bekennt Nehemia zuerst die Sünden Israel's; sagt aber dabei: Ich und meines Vaters Haus haben auch gesündiget. Dann bittet er um Gottes Gnade, und erinnert Gott an seinen Bund mit seinem Volk, und an alle Verheißungen, die er seinem Volk gegeben hat, wenn es Buße thut. Zum Schluß bittet er Gott noch, er möge ihm bei dem König Gnade geben, wenn er nun Israel's und Jerusalem's wegen mit demselben spricht. Den König von Persien nennt er aus Ehrfurcht vor dem Gott vom Himmel, dem König Israel's, einen Mann, V. 11: Laß deinem Knecht heute gelingen, und gieb ihm Barmherzigkeit vor diesem Mann. Denn ich war des Königs Schenke. „Nun war das Anliegen und das Vorhaben des Nehemia an den rechten Ort niedergelegt, und nun wartete Nehemia, was Gott thun werde." Roos, Abhandlungen, S. 186. — Einige Monate nachher verrichtete Nehemia das Mundschenkamt vor dem König mit trauriger Miene. Der König sprach zu mir, erzählt er 2, 2: Warum siehst du so übel? Du bist ja nicht krank? Das ist es nicht, sondern du bist schwermüthig (du hast Etwas auf dem Herzen). Ich aber fürchtete mich sehr. Denn vor dem großen König in Persien durfte man eben so wenig mit traurigem Gesicht, als in Trauerkleidern erscheinen, Esth. 4, 2. Er antwortete dem König offenherzig: Der König lebe lange. Warum sollte ich nicht übel sehen? Die Stadt, da das Haus des Begräbnisses meiner Väter ist, liegt wüste, und ihre Thore sind mit Feuer verbrannt. Nehemia hatte vorher, ehe er mit dem König redete, mit dem Gott vom Himmel geredet, und daher wurde er durch die Furcht nicht verwirrt, und brachte V. 5 seine Bitte vor: Gefällt es dem König und deinen Knechten vor dir, daß du mich sendest in Juda zu der Stadt des Begräbnisses meiner Väter, daß ich sie baue? (so wird es mir eine besondere Gnade sein). Der Prophet Sacharja hatte geweissagt, und Israel damit getröstet, Sach. 1, 12—17: Die Zimmerschnur soll in Jerusalem gezogen werden. So giebt sich hier Nehemia als Werkzeug seines Gottes her, in seinen Dienst will er treten, er will etwas zu Gottes Ehre thun, und die Mauern von Jerusalem bauen. Der König und die Königin, die neben ihm saß, sind ihm gnädig, lassen ihn reisen, und versehen ihn mit Empfehlungsbriefen an die Landpfleger (Satrapen), daß sie ihm Holz zum Bau liefern sollen. Nehemia sagt V. 8: Und der König gab mir nach der guten Hand meines Gottes über mir. Somit weiß er, daß Gott vom Himmel der Könige Herz lenkt wie Wasserbäche. Er zieht nun hin und kommt glücklich in Jerusalem an. Hier hat er aber, wie sich das in den folgenden Capiteln weiter zeigt, viel Mühe, Widerwärtigkeit und Kosten; Alles aber achtet er nicht. An des Königs Hofe hätte er Gemächlichkeit, Wohlleben und gute Tage haben können, aber Alles verschmäht er, um seinem Gott und dem Volk Gottes zu dienen. Er erzählt selbst: Ich ritt in einer Nacht um die Mauern Jerusalem's, aber an Stellen konnte mein Thier nicht gehen (vor Schutt). Es that mir wehe zu sehen, wie die Mauern zerrissen, und die Thore mit Feuer verbrannt waren. Da sagte ich den Obersten: Kommt, laßt uns die Mauern Jerusalem's bauen, daß wir nicht mehr eine Schmach seien; und sagte ihnen an die Hand meines Gottes, die gut über mir war, dazu die Worte des Königs, die er mir geredet hatte. Und sie sprachen: So laßt uns auf sein! Und wir baueten, und ihre Hände wurden gestärkt zum Guten. Da die Widersacher Jerusalem's das höreten, spotteten sie unser und sprachen: Was ist das, das ihr thut? Da antwortete ich ihnen: Der Herr vom Himmel wird es uns gelingen lassen. Da machten die Feinde einen Bund, daß sie kämen und stritten wider Jerusalem. Wir aber beteten zu unserm Gott, und stellten Hüter gegen sie Tag und Nacht (So thun sie also nach dem Wort: Bete und arbeite). Die Hälfte der Jünglinge thaten die Arbeit, die andere Hälfte hielten Spieße, Schild und Bogen. Die aber an der Mauer baueten, thaten mit einer Hand die Arbeit, und mit der andern hielten sie die Waffen, und ein Jeder hatte sein Schwerdt an seine Lenden gegürtet und bauete also, und der mit der Posaune blies, war neben mir. Selbst Jungfrauen halfen bauen, 3, 12. Und ich sprach: Unser Gott wird für uns streiten; so wollen wir am Werk arbeiten. So hielt die Hälfte die Spieße von dem Aufgang der Morgenröthe, bis die Sterne hervor kamen. Auch ich und meine Brüder, und meine Knaben, und die Männer an der Hut hinter mir, wir zogen unsere Kleider nicht aus, und ein Jeglicher ließ das Baden anstehen. Auch in den zwölf Jahren, daß ich Landpfleger war, nahm ich nicht das Gehalt der Landpfleger. Denn die vor mir Landpfleger gewesen waren, hatten das Volk beschwert, und hatten von ihnen genommen Brod und Wein und vierzig Säckel Silber, auch hatten die Knechte der Landpfleger mit Gewalt gefahren über das Volk. Ich that aber nicht also, um der Furcht Gottes willen. Auch speisete ich 150 der Obersten und Juden an meinem Tisch, denn der Dienst war schwer auf dem Volk. — So ist dieser herrliche Mann in Gottesfurcht und in Liebe zu dem Volk Gottes thätig gewesen. Dafür wünscht er von seinem Gott nur Eins, was er oft in seinem Buch als ein kleines Gebet wiederholt: Gedenke meiner, mein Gott, im Besten. Als Nehemia so 12 Jahre in Jerusalem thätig gewesen war, kehrte er wieder nach Persien zurück. Nach mehreren Jahren reisete er noch einmal wieder nach Jerusalem. Da trug sich dasjenige zu, was er uns Cap. 13 seines Buchs erzählt.

So ist Nehemia Jedermann, und besonders denen ein Vorbild, die in Reichthum, in hohen Ehren und Aemtern stehen. 1) Er ließ sich durch die Lust der Welt und ihre Freuden nicht blenden. 2) Das Werk Gottes und das Heil des armen Volks lag ihm am Herzen, und dafür giebt er Gemächlichkeit und gute Tage hin. 3) Er wendet sich in seinem Anliegen im Gebet zu Gott. 4) Er scheuet nicht Mühe und Beschwerden und Kosten, wo es die Sache Gottes gilt und das Wohl seines Volks. 5) Er vertrauet bei allen Schwierigkeiten dem Gott vom Himmel, der Alles wohl hinausführen wird; und sein Vertrauen ist nicht zu Schanden geworden. 6) Er wünscht nur bei Gott in Gnaden zu stehen.

Die Propheten.

Um die Zeit Nehemia's tritt auch der letzte Prophet, Maleachi, auf, um 400 v. C., und mit ihm schließen sich die canonischen Bücher des A. T. Wir lassen diese Männer Gottes, die wir bisher in der Geschichte Israel's verwickelt betrachtet haben, hier noch einmal für sich an uns vorübergehen.

Die Unterredung.

Die Propheten.

Was ein Prophet ist? Wir lesen 2 Mos. 7, 1: Der Herr sprach zu Mose: Ich habe dich zu einem Gott gesetzt, und Aaron soll dein Prophet sein. Was dies heißt, ist näher bezeichnet 2 Mos. 4, 14—16, wo Gott zu Mose sagt: Du sollst zu Aaron reden, und die Worte in seinen Mund legen; er soll dein Mund sein, und du sollst sein Gott sein. Also die Gedanken, Worte, Sachen, die Moses hatte, sollte Aaron reden; Moses sollte reden durch Aaron. Moses wird da Gott genannt, und Aaron sein Mund, der Mund Gottes. Durch den Mund sprechen wir; ein Prophet ist der Mund Gottes. Es heißt Jer. 1, 9: Der Herr sprach zu mir: Ich lege meine Worte in deinen Mund. Das heißt: Ich rede durch dich. So ist ein Prophet ein Mann, durch den Gott spricht. Es heißt sehr oft: da kam ein Mann Gottes zu ihm. Hier heißen also die Propheten Männer Gottes, weil sie nicht in ihrem Namen redeten und handelten, sondern im Namen Gottes. Wenn die Propheten etwas zu sagen haben, so fangen sie gewöhnlich an: So spricht der Herr, z. B. Gad zu David, 2 Sam. 24, 12. Was waren die Propheten sich also bewußt, wenn sie etwas verkündigten? Daß der Geist Gottes durch sie sprach, sagt auch das N. T., 2 Petr. 1, 21: Die heiligen Menschen Gottes haben geredet, getrieben von dem heiligen Geist. Gebt nun noch einmal an, was ein Prophet ist.

Ihr äußeres Leben. Der Priesterstand war nur aus dem Stamme Levi, Propheten finden wir aus allen Stämmen und aus allen Ständen. Jeremias und Ezechiel waren Priester; Amos sagt selbst von sich, C. 7, 14: Ich bin ein Kuhhirt, der Maulbeeren abliest; Daniel war aus königlichem Geschlecht. Schon 1 Sam.

19, 20 lesen wir von zwei Chören Propheten, die weissagten, und Samuel war ihr Aufseher. Auch C. 10, 5 findet sich ein Haufen Propheten. Sie schlossen sich also an einen berühmten Propheten an, machten einen eigenen Stand, eine Genossenschaft*) in Israel aus, und hießen später Prophetenkinder. So zu Elisa's Zeit, der auch ihr Aufseher war. Sie müssen in großer Zahl vorhanden gewesen sein, denn einmal, 2 Kön. 6, 1, war ihnen der Raum, da sie wohneten, zu enge. Sie wohnten also auch gemeinschaftlich. Obadja, 1 Kön. 18, 4, versteckte 100 Propheten in Höhlen. In der Stadt Jericho finden wir einmal 50 Kinder der Propheten, 2 Kön. 2, 15. 16.

Amt und Auftreten. Das Amt der Propheten ist zweierlei: sie treiben das Gesetz, und sie reden von der Zukunft, sie weissagen. Sprechen wir etwas weiter darüber. Das Gesetz Gottes war gegeben, aber ein todter Buchstabe in Schrift. Freilich sollte es alle sieben Jahre vorgelesen werden, 5 Mos. 31, 10—13, und Priester und Leviten sollten es lehren, 3 Mos. 10, 11. Aber diese Anordnung Gottes erhielt sich nicht, weil (schon unter den Richtern) der Priesterstand mit in das Verderben des Volks hineingezogen wurde. Da war denn eine Lücke auszufüllen, wohinein die Propheten traten. Durch das Gesetz brachten sie das Volk zurück von den falschen Bahnen hin auf den Weg Jehovah's. Ist Jehovah Gott, so hanget ihm an, rief Elias, und that, was das Gesetz befahl, 5 Mos. 13, 5, an den Baalspriestern. Vorwärts aber brachten sie Israel durch ihre Weissagungen, und dies ist das Eigenthümliche, wodurch sie vor dem Priesterstande hervorragen. Sie mußten lehren, so Samuel, 1 Sam. 4, 1, der anfing zu predigen dem ganzen Israel; ermahnen, Jes. 1, 16: Waschet, reiniget euch —; warnen, Jes. 1, 20: Seid ihr ungehorsam; so sollt ihr vom Schwerdt gefressen werden; strafen, d. h. schonungslos rügen, so Elias: Du hast todtgeschlagen und eingenommen, Nathan: Du bist der Mann, Gad bei David's Volkszählung, Ahia bei Jerobeam, 1 Kön. 14. Die Instruction der Propheten dazu steht Jes. 58, 1: Rufe getrost, schone nicht, erhebe deine Stimme wie eine Posaune und verkünde meinem Volke ihr Uebertreten, und dem Hause Jacob's ihre Sünde; trösten, auch dazu steht die göttliche Instruction Jes. 40, 1. 2: Tröstet, tröstet mein Volk, redet mit Jerusalem freundlich, und predigt ihr, daß ihre Ritterschaft (die schwere Streit- und Dienstzeit) ein Ende hat, denn ihre Missethat ist vergeben. Diesen Trost konnten sie freilich aus dem Gesetz nicht nehmen, denn dasselbe verfluchte nur. Dies führt uns auf ihre zweite Amtsthätigkeit: die Weissagung. Weil sie

*) Was man gewöhnlich Prophetenschulen nennt, — das Wort kommt in der Bibel nicht vor, — das ist dieses Zusammenleben der Propheten, diese Genossenschaft. Das Weissagen konnten sie von dem Aufseher nicht lernen, da war der Geist Gottes der Lehrmeister; aber an dem lebendigen Vorbild und Beispiel Samuel's, Elia's und Elisa's entzündete sich das Feuer des eigenen Geistes der jungen Propheten, bis „die Hand des Herrn" über sie kam.

hauptsächlich das Wort von der Zukunft reden, so haben sie besondere Namen: Schauer, 2 Kön. 17, 13; Seher, Jes. 30, 10; Wächter (Späher), Jes. 52, 8. Wenn sie die Zukunft als traurig anschauen, so drohen sie, z. B. Jes. 29, 1—5: Wehe Ariel (d. i. der Löwe Gottes, Jerusalem); schauen sie dieselbe als freudig, so verheißen sie, z. B. Jes. 62, 11. 12: Siehe, der Herr läßt sich hören —. Besonders schauen die Propheten oft in eine Zeit hinein, die sie die letzte Zeit*) nennen, und reden davon. Sie meinen eine Zeit, worüber hinaus nichts mehr von Gott gegeben und gewiesen ist. Sie lehren von dieser letzten Zeit dieses: 1) Israel ist dann im ruhigen Besitz des verheißenen Landes, und alle Feinde desselben sind besiegt. Dies erhellet aus Hes. 38. Die Weissagung wendet sich da an Gog (d. h. der Große), womit die Feinde Israel's bezeichnet werden. V. 8: Dieser Gog wird zur letzten Zeit in Israel einfallen, das lange wüste gewesen, nun aber zusammen gebracht ist aus den Völkern, und sicher wohnt, V. 12: und Nahrung und Güter erworben hat. Da Israel noch zerstreut unter den Völkern lebt, und das heilige Land noch nicht wieder besitzt, so ist diese Verheißung noch nicht erfüllt, sondern steht noch erst zu erwarten. 2) Der Gottesdienst ist wieder hergestellt und aufgerichtet, Jes. 2, 2: Es wird zur letzten Zeit der Berg, da der Tempel ist, fest sein, und alle Heiden werden hinzulaufen. Diese Zeit erfüllt sich täglich im Christenthum. Gläubige Israeliten waren die Ersten, die das Heil in Christo annahmen; die Menge der Heiden sind zu diesem Heil, das aus Israel kam, hinzugelaufen, worunter auch wir Europäer. Alle Heiden sind aber noch nicht zu diesem Heil, und so lange wird, wie Christus weissagt, Luc. 21, 24, Jerusalem zertreten werden, „bis der Heiden Zeit erfüllet,“ d. i. voll ist. Weil aber die Heiden jetzt dem Christenthum zulaufen, oder wie die Propheten H. sagen: zuströmen, und nicht dem Judenthum des A. T., so sagen wir mit Recht, daß das von den Propheten geweissagte Heil, und die Wiederherstellung und Aufrichtung des Gottesdienstes wahrhaft das Christenthum ist, das Israel zu seiner Grundlage hat. 3) Dies wird herbeigeführt durch einen Nachkömmling David's Jes. 11, 1: Eine Ruthe (Sproß, Reis) wird aufgehen von dem Stamme Isai; V. 11: Es wird geschehen, daß die Wurzel Isai wird stehen zum Panier (Versammlungszeichen) den Völkern, nach der werden die Heiden fragen. Das ist nun durch keinen andern geschehen als durch Christum. Wir sind dem wahren Israel zugezählt, und erlangen damit alle Güter, die dem gläubigen Israel verheißen sind. Ja, der Nachkomme heißt gar David selbst,

*) H.: Das Ende der Tage, — ein Wort, das im A. T. sehr oft wiederkehrt, und welches Luther gedeutscht hat: die letzte Zeit, die künftigen Zeiten. Schon der alte Jacob braucht diesen Ausdruck, 1 Mos. 49, 1. Wir verdeutlichen hier die Sache etwas weiter, weil sie so wichtig ist, und uns den Hauptschlüssel zum Verständniß vieler prophetischer Stellen liefert.

Hosea 3, 4. 5. Die Gläubigen in Israel erkannten zu Jesu Zeit Jesum für diesen verheißenen Vermittler an, wenn sie ihn David's Sohn nennen; die zwei Blinden am Wege, Matth. 20, 30: Ach, Herr, du Sohn David's, erbarme dich unser. — So fängt also „die letzte Zeit" mit Christo an. Wir dürfen nun keines Andern warten; eine neue Offenbarung nach Christo giebt es nicht; durch ihn ist Alles erfüllt. Aber das Ende dieser Zeit ist noch nicht da. — Den ersten Propheten in Israel finden wir in den Zeiten der Richter, Richter 6, 7. 8, als die Midianiter Israel unterjochten. Dieser Prophet fing schon seine Rede an: So spricht der Herr, der Gott Israel's. Der zweite Prophet muß dem Hohenpriester Eli das Unglück seines Hauses ankündigen, 1 Sam. 2, 27, und heißt daselbst schon ein Mann Gottes. Die Wirksamkeit der beiden Propheten Elias und Elisa wird uns besonders ausführlich erzählt. Diese Beiden haben auch hauptsächlich Wunder gethan. Weiter ist merkwürdig, daß die Propheten oft durch Thaten etwas lehren und weissagen mußten. Jeremias mußte sich ein Joch (Band, Riemen, als Bild der Dienstbarkeit) um den Hals legen, C. 27, 2. Ezechiel mußte, C. 5, einen Theil seiner Haare zerstreuen; einen andern Theil verbrennen, und den dritten Theil aufbewahren. Die Lehre? — Jeremias mußte sich vom Töpfer einen irdenen Topf kaufen, mußte dann die Aeltesten und Priester versammeln, und den Topf vor ihnen zerbrechen, C. 19. Wozu? V. 11 steht's: So spricht der Herr: Wie man eines Töpfers Gefäß zerbricht, daß nicht mag wieder ganz werden, so will ich dies Volk und diese Stadt auch zerbrechen. Dadurch wurde die Lehre lebendig, handgreiflich, haltbar.

Falsche Propheten. In den Zeiten Ahab's finden wir zuerst falsche Propheten, das sind solche, die vorgaben, daß der Herr durch sie rede. Die beiden Könige, Ahab in Israel und Josaphat in Juda, 1 Kön. 22, brachten 400 falsche Propheten zusammen, gegen die der wahre Prophet Micha (nicht der, der das Buch geschrieben hat) sprach. Sie predigten, Micha 3, 5, es solle wohl gehen, wenn man ihnen zu fressen gebe; wo man ihnen aber nichts in das Maul giebt, da predigten sie, es müsse ein Krieg kommen. Sie predigten also, was ihnen etwas einbrachte. Jer. 23, 14: Bei den Propheten zu Jerusalem sehe ich Greuel, wie sie ehebrechen, und gehen mit Lügen um, und stärken die Boshaften, auf daß sich ja Niemand bekehre von seiner Bosheit; sie sind Alle vor mir gleich wie Sodom und Gomorrha. An ihren Früchten soll man die falschen Propheten erkennen, sagt Jesus, Matth. 7, 15. 16. Hier seht ihr ihre Früchte.

Schicksal der wahren Propheten. Die Propheten hatten einen schweren Stand. Sie sollten der Menge der falschen Propheten widerstehen, und wie schwer schon dies war, sahen wir eben an Micha. Dann mußten sie gewöhnlich dem verdorbenen Volke und ihren Königen Unglück weissagen; damit verdarben sie es denn mit beiden und zogen sich ihren Haß zu. Micha wurde geschlagen und in's Gefängniß gelegt; speiset ihn mit Brod und Wasser der Trübsal, sagte der König Ahab. 1 Kön. 22, 24 und 27. So ging es auch Jeremias, C. 20, 2. Isebel tödtete die Propheten des Herrn. In Höhlen versteckt, mußten 100 Propheten bei Wasser und Brod ein kümmerliches Leben führen, 1 Kön. 18, 4. Der König Joas ließ den prophetischen Priester Zacharias steinigen, 2 Chron. 24, 20. 21, weil er den Abfall Israel's rügte. Dies führt Christus an als ein Beispiel, wie Israel die Propheten Gottes aufgenommen hat, Matth. 23, 35. Jeremias wird geschlagen und gefangen, C. 37, und nachher, C. 38, 6, in eine Schlammgrube geworfen, dann herausgezogen und, V. 28, blieb im Gefängniß bis auf den Tag, da Jerusalem (von den Chaldäern) genommen ward.

Ihre Schriften. Fast alle Propheten haben geschrieben. Von ihren Schriften haben wir viele nicht mehr, 2 Chron. 30, 29. Elias schrieb einen Brief an den König Joram, 2 Chron. 21, 12. Die Propheten, von denen wir Schriften haben, erhielten von Gott Befehl, zu schreiben, Jes. 30, 8: Gehe hin und zeichne es in ein Buch, daß es bleibe für und für ewiglich. Jer. 30, 2: Schreibe dir alle Worte in ein Buch, die ich mit dir rede. Dies Aufschreiben war nothwendig, denn die Weissagung wird erst vollständig verstanden, wenn sie erfüllt ist. Soll sie aber bis dahin nicht nutzlos sein, so muß sie aufgeschrieben werden. Durch das Aufschreiben wird sie verwahrt, oder, wie die Propheten es nennen, versiegelt, Dan. 12, 4, 9. Jes. 8, 16. Dies: versiegelt — schließt aber auch das Dunkle, Geheimnißvolle der Weissagung in sich, wie man den Inhalt eines versiegelten Briefes noch nicht weiß.

Haben wir nun eben die Propheten als Männer Gottes kennen gelernt, so ehren wir auch ihr Wort als ein Gotteswort. Dasjenige, was schon von ihren Weissagungen erfüllt ist, giebt uns die Bürgschaft, daß auch das noch nicht Erfüllte gewißlich kommen wird. Um so lieber lesen wir ihre Bücher, nach dem Befehl Christi: Sie haben Moses und die Propheten, laß sie die hören.

Die messianischen Weissagungen.

Mit dieser Unterredung blicken wir noch einmal zurück in's A. T. und thun zugleich einen Blick in's N. T. hinein. Je besser die Kinder schon mit der Geschichte Jesu bekannt sind, desto besser wird die Unterredung gelingen. Wissen sie noch zu wenig von ihm, so ist es passender, diese Unterredung erst am Ende der Geschichte Jesu anzustellen. Die Bibelstellen werden gelesen, das darin Geweissagte wird herausgehoben, und es wird die Erfüllung aus der Geschichte Jesu nachgewiesen. Dies ist bei jeder Stelle der einfache Gang. — Es ist sehr merkwürdig, daß, so wie in der Geschichte ein Neues eintritt, auch fast jedesmal eine neue Weissagung vorkommt, die den Messias und seine Geschichte gerade von **der** Seite schildert, die auch dort geschichtlich ist, und die also eine Vorausdarstellung der Person und des Werks Christi giebt. Bei der ersten Menschengeburt ist die Weissagung, daß der Erlöser ein Mensch ist: bei dem ersten Stammvater des Volkes Gottes, daß aus seinem Samen der Segen aller Völker kommen soll: wo die Familie ein Volk wird, da lenkt die Weissagung den Blick hin auf den Stamm Juda; bei dem größten Propheten (5 Mose 34, 10) ist die Rede von dem Propheten; bei dem ersten König aus Juda, David, von dem ewigen König; bei dem ersten Weltherrscher, Nebucadnezar, von **dem** Weltherrscher, der alle Weltreiche in sich vereinigen wird. So hatte man im voraus ein vollständiges Bild des Erlösers. Dies führt die nachfolgende Unterredung weiter aus.

Die Unterredung.

Die Weissagungen auf Christum im A. T.

Jesus führt, Joh. 5, die Zeugnisse an, die es bezeugen, daß er der Erlöser der Welt ist, und sagt, V. 39, von der Schrift, d. i. von dem A. T.: sie ist es, die von mir zeuget. Luc. 24, 27: Und er fing an von Mose und allen Propheten, und legte ihnen alle Schriften aus, die von ihm gesagt waren. Mit dem Wort: Es stehet geschrieben, das so oft im N. T. vorkommt, weis't das N. T. in das alte hinein. Das ist uns Beweis genug, daß schon im A. T. von dem Heiland die Rede ist. — **Weissagen heißt Weisung geben***). Die Weissagungen geben Weisung von Christo im voraus, ehe er geboren wurde. Diese Weisung geben sie theils durch die Geschichte Israel's im A. T., theils durch die Lehre daselbst. Wenn nun eine Weissagung des A. T. an Christo sich bestätigt, so sieht man, daß sie voll ist, Fülle hat, sie **erfüllt** sich; ohne diese Erfüllung wäre sie leer und gehaltlos. Weissagung und Erfüllung kann nur von Gott kommen. Er muß schaffen, daß das Späterkommende durch etwas Früheres vorgebildet wird, und daß es voraus gesagt wird; er muß schaffen, daß das Vorgebildete und Vorgesagte eintrifft. Wir wollen nun die hauptsächlichsten Weissagungen des A. T. auf Christum durchgehen, und ihre Erfüllung im N. T. nachweisen.

Der Weibessame, 1 Mose 3, 15: Ich will Feindschaft setzen zwischen dir und dem Weibe, und zwischen deinem Samen und ihrem Samen; derselbe soll dir den Kopf zertreten, und du wirst ihn in die Ferse stechen. Die Schlange wird hier angeredet. Der Weibessame ist ein Mensch, der vom Weibe herkommt. Schlangensame ist das Böse, die Sünde, die von der Schlange herrührt. Den

*) Das ist der schöne, einfache Begriff aus dem Wort. Die Sylbe: sagen — hat darin weiter keine Bedeutung, auch im Altdeutschen nicht. S. **Hoffmann**, Weissagung und Erfüllung, 1. 12.

Kopf zertreten, heißt besiegen, unschädlich machen, wie die Schlange es ist, wenn man ihr den Kopf zertreten hat. In die Ferse stechen heißt verwunden; der Sieg über die Sünde also wird durch Leiden erkämpft. Hier wird ganz allgemein die Verheißung gegeben: 1) das Böse, die Sünde soll vertilgt werden; 2) dies soll durch einen vom Weibe Gebornen geschehen; 3) es wird nicht ohne Schmerz und Leiden geschehen. Diese Stelle ist das erste Evangelium, d. h. die erste frohe Botschaft von der Erlösung.

Der Same Abraham's, 1 Mose 12, 3: In dir sollen gesegnet werden alle Geschlechter auf Erden. Dieselbe Verheißung gab Gott, C. 26, 4, Isaak, und C. 28, 14, Jacob. Gal. 3, 16: Er spricht nicht: Durch die Samen, als durch viele, sondern als durch Einen: durch deinen Samen, welcher ist Christus. In Christo ist also die Verheißung erfüllt. Segen ist die Mehrung. Wie denn durch Christum ein Segen über alle Völker gekommen ist, steht Eph. 1, 3: Gelobet sei Gott, der uns gesegnet hat mit allerlei geistlichem Segen in himmlischen Gütern durch Christum. Christus, der dem Fleische nach von Abraham abstammt, hat himmlische Güter: Vergebung der Sünden, Leben und Seligkeit gebracht. Das erkennen schon 200 Millionen Menschen, die Christen sind, an.

Der Held aus Juda, 1 Mose 49, 10: Es wird das Scepter von Juda nicht entwendet werden, noch ein Meister von seinen Füßen, bis daß der Held komme, und demselben werden die Völker anhangen. Scepter ist der Herrscherstab, und bezeichnet die Herrscherwürde. Mit David bekam der Stamm Juda, der schon sonst immer die meiste Mannschaft zählte, den Herrscherstab, die königliche Würde. In Juda, der auch der Hauptstamm nach der Rückkehr aus der babylonischen Gefangenschaft war, erhielt sich durch den hohen Rath eine eigene Herrschaft in Israel bis zu Christi Zeit. Bald darauf machten die Römer durch die Zerstörung Jerusalem's einer jeglichen Herrschaft in Israel völlig ein Ende, und sie ist bei dem Volk bis auf unsere Tage hin verloren. Der Held (H. der Ruhebringer) ist Christus. (Kommet her zu mir, so werdet ihr Ruhe finden für eure Seelen.) Er ist geboren aus dem Stamme Juda und heißt Offenb. 5, 5: der Löwe aus Juda, der überwunden hat. Ihm hangen die Völker an. Die dreifache Verheißung ist hier: aus dem Stamm Juda, die Zeit, der Erfolg; wo sich Alles an Christo erfüllt hat.

Der Prophet, 5 Mose 18, 15: Einen Propheten wie mich wird der Herr, dein Gott, dir erwecken, aus dir und aus deinen Brüdern; dem sollt ihr gehorchen. Dies spricht Moses. Moses als Prophet und alle Propheten des A. T. stellten im voraus und unvollkommen dar, was Christus als Prophet sein sollte. Die Propheten hatten zweierlei zu thun: sie mußten das Gesetz lehren, und sie mußten von der Zukunft weissagen. Sie waren Männer, Sprecher Gottes, Gott redete durch sie. Hebr. 1, 2: Zuletzt hat Gott zu uns geredet durch seinen Sohn. Er heißt, Joh. 1, 1, nicht bloß der Sprecher Gottes, sondern das Wort Gottes. Die Propheten hatten Gottes Wort (Jer. 1, 9: Ich lege meine Worte in deinen Mund), Christus ist Gottes Wort. Er ist auch ein Gesetzgeber wie Moses (die Bergpredigt. Es stehet geschrieben; ich aber sage euch), und ein Eiferer über das Gesetz, wie Elias (er trieb sie zum Tempel hinaus: Mein Haus soll ein Bethaus sein, stehet geschrieben). Was alle Propheten dunkel sehen, das hat er deutlicher geweissagt (Himmel und Erde werden vergehen 2c. Es wird Ein Hirt und Eine Heerde werden; die Auferstehung, das Gericht 2c.). Auch that er, wie Moses und Elias, zu seiner Beglaubigung Wunder. Für den von Moses geweissagten und von den alten Propheten im voraus dargestellten wahrhaften Propheten erkennen ihn seine Zeitgenossen an, Joh. 6, 14: Das ist wahrlich der Prophet, der in die Welt kommen soll. Er heißt hier der Prophet, d. h. der wahrhafte, der vollkommene, mit dem alles Prophetenthum ein Ende hat, mit dem es erfüllt ist: Mit ihm hat Gott zuletzt geredet zu uns, Hebr. 1, 2.

Der Erlöser. Was Christus als Erlöser der Menschheit sein sollte, das wurde hauptsächlich durch die Erlösung Israel's aus Egypten durch die Opfer und durch das Priesterthum vorgebildet und dargestellt. Die Macht Egypten's hielt Israel gefangen, und drückte dasselbe. So war die ganze Menschheit in der Macht der Sünde, und das Ende davon war der Tod: der Tod ist der Sünde Sold. Gott überwand alle Macht Egypten's und befreiete sein Volk. Ich habe die Welt überwunden, spricht Christus, Joh. 16, 33, und V. 11. Der Fürst der Welt ist gerichtet (und ausgestoßen, C. 12, 31). Fürst dieser Welt heißt aber in der Schrift der Teufel, weil er durch die Sünde in der Welt herrscht. Aus der Knechtschaft der Sünde hat Christus uns erlöset. Israel feierte Ostern, warum? Wir feiern auch Ostern, warum? Israel wurde durch die Befreiung aus Egypten ein Volk Gottes; wir sagen mit Paulo nun, Col. 1, 13: Gott hat uns errettet von der Obrigkeit (Macht, Herrschaft) der Finsterniß, und versetzt in das Reich seines lieben Sohnes. Israel sahe die Egypter todt am Ufer des Schilfmeers, 2 Mose 14, 30, und Moses sang einen Lobgesang, C. 15; wir singen, 1 Cor. 15, 55: Tod, wo ist dein Stachel? Hölle, wo ist dein Sieg? Gott sei Dank, der uns den Sieg gegeben hat durch unsern Herrn Jesum Christum*). — Die Opfer. Die Opfer (d. h. Darbringung, Gabe) des A. T. stellten den Tod Jesu für die Sünden der Menschen dar und bezeichnen Jesum auch als Erlöser. Besonders wird dieses bei dem Sündopfer offenbar, wovon 3 Mose 4 steht. Es wird da gesagt: wenn der Priester, oder die ganze Gemeine, oder ein Fürst, oder ein Einzelner aus der Gemeine sündigt, so soll dies Opfer gebracht werden. Es ist also die Sünde der Grund des

*) Siehe auch den Abschnitt: Der Gottesdienst in Israel, das Opferfest.

Todes des Opferthieres. Und zwar eine fremde Sünde; wie? Durch den Tod des Opfers ist, V. 35, „die Sünde versöhnt und sie wird vergeben.“ Johannes der Täufer nennt schon Christum: das Lamm, das der Welt Sünde trägt. Die Opfer mußten immer wieder und wieder in dem alten Israel gebracht werden, sie konnten also nur unvollkommen erlösen; dagegen sagt Hebr. 10, 12: Christus hat Ein Opfer für die Sünde geopfert, das ewiglich gilt; und V. 14: Mit Einem Opfer hat er in Ewigkeit vollendet, die geheiligt werden. Alles, was bei dem Opfer des A. T. unvollkommen war, das ist bei dem Opfer Christi auf Golgatha vollkommen: 1) Der Grund des Opfers; was im A. T.? was im neuen? 2) Der Zweck desselben. 3) Reinheit des Opfers (das Opfer mußte ohne Fehl sein). 4) Stellvertretung des Opfers (bei Christo vollkommen), Ein Opfer, Sein Opfer gilt in Ewigkeit. Hebr. 10, 26. 27: So wir nun muthwillig sündigen, haben wir kein Opfer mehr für die Sünde, sondern ein schreckliches Warten des Gerichts und des Feuereifers, der die Widerwärtigen verzehren wird. — Der Hohepriester. Derselbe war unvollkommen und vorbildlich im A. T., was Christus wahrhaft und vollkommen im N. T. und in Ewigkeit ist. 1) Der Hohepriester war aus der Gemeine Israel ausgesondert (aus dem Stamme Levi und aus dem Geschlecht Aaron. Auch Christus, Hebr. 2, 17, mußte in allen Dingen seinen Brüdern gleich werden (an ihrer Schwachheit Theil nehmen), daß er barmherzig würde, und ein treuer Hoherpriester vor Gott, zu versöhnen die Sünde des Volks. 2) Der Hohepriester war heilig. Dies aber von Natur nicht, sondern er wurde erst als heilig dargestellt, z. B. am großen Versöhnungstage, wenn er erst für sich und dann für das Volk opferte. Dagegen Christus vollkommen, Hebr. 7, 26: Einen solchen Hohenpriester sollten wir haben, der da wäre heilig, unschuldig, unbefleckt, von den Sündern abgesondert, und höher, denn der Himmel ist. Wer ist aber der? Hebr. 4, 15: Wir haben einen Hohenpriester, der versucht ist allenthalben, gleich wie wir, doch ohne Sünde. Weil er selbst ohne Sünde war, so konnte er auch vollständig die Sünde wegnehmen. 3) Der Hohepriester mußte Gott nahen. Besonders mußte er einmal im Jahre in's Allerheiligste gehen und für die Sünde der ganzen Gemeine 1) das Opfer darbringen. Hebr. 9, 12: Christus ist durch sein eigenes Blut einmal eingegangen in das Heilige, und hat eine ewige Erlösung erfunden. Sie opferten Thiere, er sich selbst; sie immer wieder, er Einmal; ihr Opfer konnte, Hebr. 10, 11, nimmermehr die Sünden wegnehmen (an sich nemlich nicht, sondern nur als stellvertretend für das Opfer Christi), dieser aber, V. 12, hat Ein Opfer für die Sünde geopfert, das ewiglich gilt. Nun wird kein Opfer wieder in Ewigkeit gebracht; der, den sein Volk erwürgte, der hat es ganz vollbracht, Ges. 269, 5. Durch das Opfer nahete sich aber nicht bloß der Hohepriester Gott, sondern auch 2) durch Gebet und Fürbitte für das Volk. Christus spricht: Ich bitte für Alle, die durch ihr (der Jünger) Wort an mich glauben; Röm. 8, 34: Christus ist zur Rechten Gottes, und vertritt uns (tritt durch seine Gerechtigkeit und Reinheit für jeden Sünder vor Gott hin, und macht den Sünder vor Gott gerecht, d. h. recht, d. h. so wie Gott ihn haben und annehmen will); 3) segnete der Hohepriester das Volk mit dem Segen, 4 Mose 6, 24: Der Herr segne dich und behüte dich 2c. Was dieser als im Namen Gottes giebt, das giebt Christus durch sich selbst: Vergebung der Sünden, Leben und Seligkeit. So ist er in Wahrheit der Hohepriester, auf den das ganze Hohepriesterthum hinweis't. In ihm und mit ihm hört es auch auf — oder (so könnte ich auch sagen) in ihm hört es nie auf, in Ewigkeit ist es gültig.

Der König. Dem Stamm Juda hatte der Erzvater Jacob sterbend die Herrschaft verheißen. Das geschah schon vorläufig durch David, der aus diesem Stamm war, und der ein mächtiges Königreich aufrichtete, das sich auf seine Familie forterbte. Als nun David die Feinde besiegt hatte, und dem Herrn ein Haus bauen wollte, da gab ihm Gott diese Verheißung, 2 Sam. 7, 12: Wenn deine Zeit hin ist, will ich deinen Samen nach dir erwecken, dem will ich sein Reich bestätigen. Der soll meinem Namen ein Haus bauen, und ich will den Stuhl seines Königreichs bestätigen ewiglich. Wenn David, V. 19, in seinem Dankgebet sagt: Du hast dem Hause deines Knechts noch von fernem Zukünftigen geredet, so ahnet er wohl, daß die Verheißung Gottes nicht vollständig an Salomo erfüllt wird. Die Psalmen David's und seiner Freunde sind auch voll von diesem König (Gesalbten, Messias), besonders Ps. 2. 110. 45. 72. Jesus sagt zu den beiden Jüngern, Luc. 24, 44: Es muß Alles erfüllet werden, was von mir geschrieben ist im Gesetz Mose, in den Propheten und in den Psalmen. So meinen also die Psalmen, wenn sie von dem Gesalbten sprechen, ihn. Wir sehen sie darauf näher an. Ps. 2, 2: Könige lehnen sich auf wider den Gesalbten; aber V. 10: ihr Könige der Erde, küsset den Sohn, daß er nicht zürne. Ps. 72, 11: Alle Könige werden den Gesalbten (V. 1) anbeten, alle Heiden werden ihm dienen; V. 17: Sein Name wird ewiglich bleiben, so lange die Sonne währet; V. 12: Er wird den Armen erretten, der da schreiet, und den Elenden, der keinen Helfer hat. Das sind so einige Stellen. So mächtig nun auch das Reich David's war, so glanzvoll, so friedevoll, so genußreich es auch Salomo regierte, so zeigte sich doch schon damals, daß mit David und Salomo diese Verheißung Gottes nicht erfüllt sei. David sündigte nachher; er fühlte schwer den Druck der Sünde (Bußpsalmen); und führte durch seine Sünde auch Unglück über Israel (Volkszählung). Salomo beklagt mitten in seinem Glanz, daß Alles eitel ist. Seine Regierung war dem Volk eine Last („Dein Vater hat unser Joch zu hart gemacht"). David klagt das unheilige Volk an, Ps. 14, und Assaph hält ihnen ihren äußerlichen Gottesdienst vor, Ps. 50. Bald gar trennten Israel und Juda sich unter Rehabeam; wo war nun die Verheißung? Man mußte weiter hinausblicken. Und dies thaten die Propheten. Die Regierung David's und Salomo's gab ihnen ein, wenn auch nur schwaches Vorbild des verheißenen Davidssohns. David hatte durch viele Mühe und Streit das Königthum Juda's begonnen, und Salomo hatte es durch Friede, Genuß und Pracht vollendet. Das Alles waren Güter, die Israel früher nie gekannt hatte, die sie nie gemeinschaftlich genossen hatten. Nach diesen Gütern verlangten sie wieder, die sollte ihnen der Sohn David's, den Gott erwecken würde, wiederbringen. Aber die Propheten wissen es wohl und sagen es, daß Israel nur dann diese Güter des Gesalbten erlangen kann, wenn es sich wahrhaft zu dem Herrn bekehret, z. B. Hos. 3, 5: Danach werden die Kinder Israel sich bekehren, und werden den Herrn, ihren Gott, und ihren König David suchen, und werden den Herrn und seine Gnade ehren in der letzten Zeit. — Wir sagen nun: dieser König, Gesalbte, Messias, Christus ist Jesus von Nazareth. Er ist aus dem Geschlecht David's, der Engel Gabriel sagt ausdrücklich Luc. 1, 32. 33: Gott wird ihm den Stuhl seines Vaters David geben, und er wird ein König über das Haus Jacob's sein ewiglich, und seines Königreichs wird kein Ende sein. Er hat sich selbst König genannt (dann wird der König sagen zu deinen zu seiner Rechten; bei Pilatus); Könige beten diesen Gesalbten an; die Heiden dienen ihm; sein Reich besteht schon über 1800 Jahre; und die Aussichten sind da, daß es in Ewigkeit währen wird; er hat durch Mühe und Leiden in Gethsemane und auf Golgatha sein Reich gegründet, das nicht von dieser Welt ist, sondern inwendig in uns; er giebt uns wahren Frieden, ewigen Genuß, und ewige Herrlichkeit und Seligkeit. Was also David und Salomo nur unvollkommen und äußerlich gaben, das giebt er vollkommen und wahrhaft: das Reich Gottes ist Friede und Freude in dem heiligen Geist, Röm. 14, 17.

Der Weltherrscher. Wir lesen Dan. 2, 31—44. Merkt, was ich hiezu sage. Zu Daniel's Zeit geschah in der Geschichte der Völker etwas ganz Neues, vorher nie Geschehenes. Nebucadnezar, König von Babel, hatte Judäa und noch viele andere Länder dazu erobert. Vor ihm gab es auch mächtige Könige, die sich aber damit begnügten, in die Nachbarländer einzufallen, da zu rauben, zu zerstören, Zins zu nehmen, und es damit gut sein ließen. Nebucadnezar ging weiter. Er hatte zuerst den Gedanken von Weltherrschaft, und führte ihn auch aus. Nebucadnezar vermengte zuerst die eroberten Völkerschaften, und zwang sie, in eine bestimmte und gemeinschaftliche Lebensordnung sich zu fügen. So lesen wir, Dan. 3, 2, daß er alle Fürsten, Herren, Landpfleger, Richter, Vögte, Räthe, Amtleute und alle Gewaltigen im Thal Dura versammelte, sein Bild zu weihen, und, V. 7, daß auf gegebenes Zeichen alle Völker, Leute und Zungen niederfielen, das Bild anzubeten. Was ein Weltherrscher ist, das hat er zuerst der Welt gezeigt. Die Geschichte kennt nun vier solche Weltreiche mit Weltherrschern an der Spitze. In diese kommenden Weltreiche hinein läßt Gott Daniel, der unter Nebucadnezar lebte, einen Blick thun, C. 2 und 7. Diese Weltreiche sind gewesen: das babylonische, das medisch-persische, das griechische und das römische. Die Weltherrscher an der Spitze dieser Reiche sind gewesen: Nebucadnezar, Cyrus, Alexander, Augustus. Nun heißt es C. 2, 44 weiter: Zur Zeit solcher Königreiche wird Gott vom Himmel ein Königreich aufrichten, das nimmer zerstöret wird, und sein Königreich wird auf kein anderes Volk kommen; es wird alle diese Königreiche zermalmen und zerstören, aber es wird ewiglich bleiben. Welche Unterschiede von den andern Weltreichen sind hier genannt? Und C. 7, 13: Es kam Einer in des Himmels Wolken wie eines Menschen Sohn bis zu dem Alten (d. i. Gott), der gab ihm Gewalt, Ehre und Reich; seine Gewalt ist ewig, die nicht vergehet, und sein Königreich hat kein Ende. Eine solche Weltherrschaft nun hat Christus aufgerichtet, ein solcher Weltherrscher ist er. Er sagt selbst: Mir ist gegeben alle Gewalt rc., und sein Apostel: In dem Namen Jesu sollen sich beugen Aller Kniee rc., also Ehre; und Jesus: Ich will euch das Reich bescheiden, wie mein Vater mir es beschieden hat. 1 Cor. 15, 24. 25: Danach das Ende, wenn Jesus das Reich dem Vater überantworten wird, wenn er aufheben wird alle Herrschaft und alle Obrigkeit. Er muß aber herrschen, bis er alle seine Feinde unter seine Füße lege. Wie viel ist nicht schon von diesen Weissagungen erfüllt! Wie viele Königreiche in allen Welttheilen hat doch dieses Weltreich in sich vereinigt und mit sich vermengt, und thut das täglich mehr und mehr! Der einen bestimmten Lebensordnung dieses Weltherrschers fügten sich gehorsam alle Gläubigen*); Ein Geist, Ein Herr, Ein Glaube, Eine Taufe, Eph. 4, 5. Eine Liebe, Eine Hoffnung, Ein Ziel. Schon 200 Millionen Unterthanen tragen „das sanfte Joch" und die „leichte Last" dieses Weltherrschers. Alle Aussichten sind schon jetzt da, daß dieses Reich alle Weltreiche in sich aufnehmen wird. So sind also auch die Weltreiche Weissagungen und Darstellungen der Weltmacht und des Weltreichs Christi, das nicht von der Welt war, aber in die Welt einging (eben wie jener Stein, der das Bild zertrümmerte, Dan. 2, 45, von oben kam, und nicht aus dem Bilde war). So sind auch die Weltherrscher Nebucadnezar, Cyrus (der Gesalbte Jehovah's genannt, Jes. 45, 1), Alexander, Augustus Abbilder Christi; freilich nur schwache, wie die Weissagung es auch hervorhebt. Ihre Reiche vergehen, und werden von andern Reichen verschlungen, sein's bleibt und kommt auf kein anderes Reich; sie selber sterben, er bleibt ewiglich; ihre Reiche sind Weltreiche und haben weltliche Absichten, sein Reich ist vom Himmel, ist ein Himmelreich; ihre Herrschaft ist mit Tyrannei und Sün-

*) Ein Corpus Juris, die heilige Schrift; Eine Politik, die Weisheit von oben; Eine Tapferkeit, der Glaube; Eine Pracht, Gerechtigkeit und Heiligkeit; Eine Kriegskunst, die apostolische, Eph. 6; Ein Vorzug, die Kindschaft in Christo. M. F. Roos.

den vermischt; in seinem Reiche herrscht Friede und Freude in dem heiligen Geist, Röm. 14, 17. Freuen wir uns, daß wir in seinem Reiche unter ihm leben. So wollen wir ihm denn auch dienen in ewiger Gerechtigkeit, Unschuld und Seligkeit!

Nun wir den wahren Kern der Weissagung aus Mose, den Psalmen und Propheten herausgenommen haben, sehen wir noch auf Einzelnes, das geweissagt und an Jesu von Nazareth erfüllt ist. Seine Leiden, Ps. 22 und Jes. 53. Er wird zu Bethlehem geboren werden, Micha 5, 1. — Zur Zeit des zweiten Tempels, Hagg. 2, 7—10. — Er wird in den Tempel kommen, Mal. 3, 1. — Er ist Gott, Micha 5, 1: Sein Ausgang ist von Anfang und von Ewigkeit her gewesen. Jer. 23, 5. 6: Man wird ihn nennen Herr (Jehovah), der unsere Gerechtigkeit ist. Jes. 9, 6. 7: Uns ist ein Kind geboren —. Ihm wird Jemand den Weg bereiten, Mal. 3, 1 (Matth. 11, 10). — Er wird Wunder thun, Jes. 35, 5. 6. (Matth. 11, 5). — Er wird in Jerusalem einziehen, Sach. 9, 9. — Ein Jünger wird ihn verrathen, Ps. 41, 10 — für 30 Silberlinge, Sach. 11, 12. 13. — Er wird auferstehen, Jes. 53, 10. — Ist zur Rechten Gottes gesetzt, Ps. 110, 1. Und noch viel Anderes, worauf das N. T. aufmerksam macht mit den Worten: Da ist erfüllet, was gesagt ist durch den Propheten, der da spricht.

Alle diese Weisungen der Propheten auf den Heiland der Welt hin, und alle diese Erfüllungen durch die Person Jesu beweisen uns mit, daß er derjenige ist, wofür er sich ausgab und wofür unser Herz ihn hält. Die Bibel fängt mit Christo an und endigt mit ihm; er ist das A und das O, der Anfang und das Ende, der Erste und der Letzte. In dem Namen Jesu sollen sich beugen Aller Kniee, die im Himmel und auf Erden und unter der Erde sind, und alle Zungen sollen bekennen, daß Jesus Christus der Herr sei, zur Ehre Gottes des Vaters. So beten wir dich an, Herr Jesu, Amen!

Die Weissagungen über Israel mit der Geschichte zusammengehalten.

Friedrich der Große fragte einmal seinen frommen Leibarzt Zimmermann: Sag' Er mir doch einen Beweis für die Wahrheit Seines Evangeliums; aber kurz, nicht viele Worte. Ew. Majestät, die Juden, antwortete dieser. — Was in der Antwort liegt, das möchte dieser Aufsatz entwickeln und hinstellen. Sehen wir hauptsächlich im A. T. nach, was Alles über Israel geweissagt worden, und halten dieses an das Licht der Geschichte unserer Tage insonderheit, so muß derjenige anbetend vor dem Worte der Schrift verstummen, der noch sonst irgend einen Zweifel an seiner Göttlichkeit hatte. „Wenn wir das jüdische Volk uns vor die Augen stellen, stehen wir vor einem Wunder, und ich wage zu behaupten: wer nur aufmerksam sein will, kann nicht ungläubig sein. Was auf die Juden Bezug hat, ist Alles glaublich; denn ihre Verheißungen und ihre Zukunft ist nicht erstaunlicher, als was vor Augen ist, und geschehen. Wunder ist Alles bei diesem unvergleichlichen Volke, welches seit so vielen Jahrtausenden keine menschliche Kraft weder zerstören, noch sammeln, weder herstellen, noch bekehren, weder von der Bibel trennen, noch ihr unterwerfen, weder von Moses losreißen, noch Christo geben konnte. Alles ist ein Wunder: seine Geschichte, sein Ursprung, sein Fall, seine Zerstreuung, seine Züchtigungen und Demüthigungen, seine Erhaltung, seine Verbannung und häufig versuchte, nie gelungene Ausrottung; seine merkwürdige Menge, seine Einheit, seine Halsstarrigkeit, unverwüstliche Volksthümlichkeit, seine Verbreitung über die ganze Erde, die unvermischte Erhaltung seines Stammes mitten unter den alten Völkern; seine Synagogen, wo es seit 3300 Jahren jeden Sabbath die Weissagungen lieset, die es verdammen; seine Ehrfurcht vor der Schrift, von der sie die Buchstaben zählten, und sein Widerstreben gegen dieselbe Schrift; sein ausdauernder Reichthum, der so oft wieder aufblühte, als es geraubt wurde; die Verwüstung seines Landes, welches nach seiner natürlichen Beschaffenheit das reichste auf Erden und seit 1800 Jahren das unbebauteste ist*); das Aufhören seiner Opfer seit dem Opfer Jesu Christi, weil, während es auf der ganzen Erde zerstreuet ist, der Berg Morija, der einzige Ort, der ihnen verboten ist, auch der einzige ist, wo es ihnen erlaubt war, zu opfern: die Verachtung selbst, mit der Völker ihnen begegnen, die ihnen Alles verdanken, die den Ruhm ihrer Vergangenheit und den noch größern Ruhm ihrer Zukunft kennen, und die da glauben, daß Gott sich im Fleisch in der Person eines Juden offenbart hat. Alle diese Züge, wären sie auch nicht vorhergesagt, würden schon einen ungeheuren Zusammenhang von Wundern bilden. Dazu kommt die unerhörte Thatsache, daß dieses Volk, allein unter allen Völkern, nur Eine Familie bildet, und daß diese Familie, wenn gleich umherirrend und elend, sich von der übrigen Menschheit abgesondert erhalten hat, deren Geschlechter sich seit 3700 Jahren unter einander vermischt haben. Diese Thatsache würde schon an und für sich als ein unläugbares Wunder gelten, hätte auch nicht ein Prophet vor 34 Jahrhunderten an der Gränze Moabs gesagt, 4 Mos. 23, 9: Von

*) Der Judenmissionar Herschel aus London, der vor ein paar Jahren Palästina besuchte, erzählt (s. 14ter Bericht des Vereins von Freunden Israel's, 1844): Ich habe 50 Städte ohne Einwohner längs dem Jordan gezählt. Ich traf unzählige Häuser ohne Einwohner. Als ich eines Abends meinem Zelt gegenüber eine Stadt sahe, und die umherstehenden Araber fragte: Wer wohnt in dieser Stadt? so sagten sie: Kein Mensch, und als ich sie fragte: Wem gehört denn dieses Land? so antworteten sie: Es gehört uns; wo wir gehen, da können wir uns setzen. Und es ist wirklich sonderbar, daß jetzt das heilige Land keinem Menschen gehört, sondern herrenlos ist. Der jetzige Besitzer, der Sultan, kann es nicht halten.

der Höhe der Felsen sehe ich ihn wohl, und von den Hügeln schaue ich ihn; siehe, das Volk wird besonders wohnen und nicht unter die Heiden gerechnet werden. Aber was soll man denn von allen diesen Zügen sagen, die für sich selbst so wunderbar sind, wenn man sie in der heiligen Schrift zum Voraus beschrieben findet, vorausgesagt sieht in derselben Schrift, die von den Juden schon vor dem Trojanischen Kriege gelesen wurde?" Gaussen, die Verkündigung des Evangeliums unter den Juden und ihre nahe Erlösung. Hamburg. Perthes, 1844. S. 18. Der geneigte Leser wird wohl gerne die eben angezogene herrliche Stelle noch einmal lesen, und bei jedem Punkte mit seinen Gedanken einen Augenblick verweilen. Zum nähern Verständniß derselben fassen wir hier die Hauptmomente der Weissagung zusammen, und schauen die Wunder Gottes in der Geschichte der Juden.

Ihre Zerstreuung. 3 Mos. 26, 33: Ich will euch unter die Heiden streuen und das Schwerdt ausziehen hinter euch her, daß euer Land soll wüste sein, und eure Städte zerstöret. 5 Mos. 28, 64. 65: Der Herr wird euch zerstreuen unter alle Völker von einem Ende der Erde bis an's andere. Dazu wirst du unter denselben Völkern kein bleibendes Wesen haben, und deine Fußsohlen werden keine Ruhe haben, u. a. St. Diese Zerstreuung der Juden ist bei der zweimaligen Zerstörung Jerusalem's in Erfüllung gegangen. Christus weissagete, Luc. 21, 24: Jerusalem wird zertreten werden, bis daß der Heiden Zeit erfüllet wird. Schon Origenes sagt: „Giebt es ein überzeugenderes Wunder? sind es nicht schon 150 Jahre, seit Jerusalem zerstört wurde, und die umherirrenden Juden sich über die ganze Erde verbreiten, um die Weissagung zu erfüllen?" Was würde Origenes jetzt sagen, nun das Wunder 1600 Jahre länger geschehen ist! Ist es nicht ein immer zunehmendes Wunder? Unter alle Weltvölker zerstreuet, wie die Weissagung lautet, das ist buchstäblich an Israel in Erfüllung gegangen. Man erstaunt hierüber um so mehr, wenn man die Ausdehnung und Entfernung der einzelnen Länder bedenkt, worin die Juden zerstreut leben. Man findet sie eben sowohl in dem Schnee Sibirien's, als in dem brennenden Sand der Wüste; auf unsern Märkten sowohl, als in den Städten von Persien, Ostindien, China ꝛc. Als Denham und Clapperton im Jahre 1820 wähnten, die Ersten zu sein, die durch die große Wüste an die Ufer des Tschad-See's kamen, bemerkten sie bald, daß der herumirrende Jude längst ihnen vorangegangen war; als die Portugiesen sich zuerst in Ostindien niederließen, waren Juden dort; als die Engländer neulich von Aden, im südlichen Arabien, Besitz nahmen, bestand die Mehrzahl der Einwohner aus Juden. Es ist kein Land auf der Erde zu finden, wohin der Jude nicht zog. Das heißt doch wohl: Deine Fußsohlen werden keine Ruhe haben.

Ihr Fortbestehen und ihre Einheit. 4 Mos. 23, 9 spricht der Geist der Weissagung: Dies Volk wird besonders wohnen, und nicht unter die Heiden gerechnet werden. 3 Mos. 26, 44: Auch wenn sie schon in der Feinde Land sind, habe ich sie gleichwohl nicht verworfen, und ekelt mich ihrer nicht also, daß es mit ihnen aus sein sollte, und mein Bund mit ihnen sollte nicht mehr gelten; denn ich bin der Herr, ihr Gott. Jer. 46, 28. — Bei der ausgedehnten Zerstreuung Israel's, die sonst in der Geschichte irgend eines Volkes nicht ihres Gleichen hat, und die nun schon über 1800 Jahre besteht*), sollte man vermuthen, sie hätten sich, wie es sonst in der Geschichte vorkommt, mit den andern Weltvölkern vermischt, oder sich auch unter ihnen verloren; besonders wenn man die Bedrückung dazu nimmt, die dies Volk erfahren hat. Beides ist aber nicht der Fall gewesen, zufolge der Weissagung. Sie sind das einzige Volk von allen alten Völkerschaften, das nun schon fast 4000 Jahre fortbesteht. Ein Waadtländischer Pfarrer, der einsam wohnte, hatte eine sechsjährige Tochter, die er nach der Bibel erzog. Einst kam ein jüdischer Trödler an die Thür des Pfarrers und ging dann weiter. Was ist das für ein Mann? fragte das Kind. Der Vater: Das ist ein Jude. Voll Verwunderung sagte das Kind: Was, ein Sohn Jacob's? Der Vater: Ja wohl! Das Kind: Aus Abraham's Familie? Der Vater: Ja. Das Kind: O, wie möchte ich den gerne sehen. — Und wir sehen täglich die Juden, und sind gleichgültig, die Wunder Gottes zu schauen, in der Erhaltung dieses Volks. Werdet wie die Kinder! — Weiter bilden die Juden, ungeachtet der Zerstreuung über der ganzen Erde, nur Eine große Familie, die sich nur unter sich vermischt und Einen gemeinschaftlichen Stammvater hat, wie sich dies Letztere auch nur von den „Söhnen Ismael's," den Arabern, sagen läßt**). Im Jahre 1753 ging in England eine Bill durch, daß die Juden der Nation einverleibt werden sollten; aber nach ein paar Monaten mußte sie wieder zurückgenommen werden, weil die Stimme des Volks dagegen war. So, sagt Vietheer Monatsschrift für Bibelverbreitung und Missionen, 1. Jahrg. S. 166, so stand gar jene Parlamentsverhandlung unter dem Einfluß jener alten Weissagung. „Die Juden sind das einzige Volk, das seine Volksthümlichkeit behauptet hat, inmitten der Umwälzungen, der Niederlagen und der Versetzungen, in so vielen Jahrhunderten der Barbarei, wie der Civilisation; unter Nebucadnezar und Alexander, wie unter Carl dem Großen und Napoleon. Die Königreiche sind wie Schatten vorübergegangen, die Völker sind in der Geschichte auf einander ge-

*) Bei den eigentlichen Israeliten noch länger, seit der Babylonischen Gefangenschaft.

**) Ueberhaupt bietet die israelitische Geschichte viele eigenthümliche Seiten dar, wodurch dieselbe ganz einzig in der Weltgeschichte da steht. Wir führen als Merkwürdigkeit (auch freilich nach der Verheißung) noch dieses an, daß das Haus David's fast 500 Jahre auf dem Thron saß, und der Sohn immer dem Vater in der Regierung folgte. Man wird weder in der ältern, noch in der neuern Geschichte etwas Aehnliches finden.

folgt, ohne mehr als ihren Namen zurückzulassen; sie sind untergegangen, ihre Stätte kennet sie nicht mehr; aber die Juden sind noch vorhanden, gesondert von allen andern Völkern, wie zu den Zeiten Jesu Christi; stehen noch da als ein und derselbe Volksstamm, während alle übrigen Geschlechter sich vermischt haben; sind reich, ob sie gleich tausendmal ihrer Güter beraubt wurden, nehmen zu an Zahl, und sind mehr verbunden als je, obgleich ein 1800jähriger Sturm sie in alle Winde zerstreute." Gaussen, S. 4.

Ihre Furcht und Feigheit. 3 Mos. 26, 36: Und denen, die von euch übrig bleiben, will ich ein feig Herz machen in ihrer Feinde Land, daß sie soll ein rauschendes Blatt jagen, und sollen fliehen davor, als jagte sie ein Schwerdt, und fallen, da sie Niemand jaget. 5 Mos. 28, 65 ff.: Der Herr wird dir ein bebendes Herz geben, und verschmachtete Augen, und verdorrete Seele, daß dein Leben wird vor dir schweben; Tag und Nacht wirst du dich fürchten. — Die Juden, deren Tapferkeit und Todesverachtung man in ihren frühern Kriegen bewunderte, sind jetzt durch ihre Furchtsamkeit und Feigheit bei uns zum Sprüchwort geworden, wie Jedermann weiß.

Ihre Unterdrückung, Verfolgung, Beschimpfung, ihr Elend. 5 Mos. 28, 37: Du wirst ein Scheusal, und ein Sprüchwort und Spott sein unter allen Völkern, da dich der Herr hingetrieben hat. V. 66: Tag und Nacht wirst du dich fürchten und deines Lebens nicht sicher sein. V. 67: Des Morgens wirst du sagen: Ach, daß ich den Abend erleben möchte! Des Abends wirst du sagen: Ach, daß ich den Morgen erleben möchte! Vor Furcht deines Herzens, die dich schrecken wird, und vor dem, das du mit deinen Augen sehen wirst. V. 48: Du wirst deinem Feinde dienen in Hunger und Durst, in Blöße und allerlei Mangel, und wird ein eisern Joch auf deinen Hals legen, bis daß er dich vertilge. — Die ganze Geschichte kennt kein Volk, das so verhöhnt, gedrückt, verfolgt ist, als das Volk der Juden. Es giebt kein Land, wo die Juden nicht hätten leiden müssen Plünderung, Verhöhnung, gezwungene Auswanderung, Raub ihrer Frauen und Kinder, grausame Hinrichtungen, und Morden ohne Mitleid. Und dies Unglück hat sie nicht einmal verfolgt, sondern durch alle Zeiten hindurch bis auf den heutigen Tag. Ihre ganze Geschichte seit ihrer Zerstreuung ist der einzige Seufzer: Ach, daß ich den Abend erleben möchte ꝛc. Es fehlt hier an Raum, das Gesagte im Einzelnen zu belegen. Man findet die Belege kurz in Keith, die Erfüllung der biblischen Weissagungen aus der Geschichte und den Mittheilungen neuerer Reisenden. 1844. S. 76. Nur ein paar Thatsachen: Wie furchtbar es bei Jerusalem's Zerstörung durch die Römer zuging, ist wohl genugsam bekannt. Im zweiten Jahrhundert wurden wieder 580,000 Juden erwürgt, und Judäa ward von Neuem zur Wüste. Im dritten Jahrhundert ward ihnen bei Todesstrafe verboten, sich Jerusalem zu nähern. Im vierten Jahrhundert wurden ihnen die Ohren abgeschnitten, ehe sie aus Rom verbannt wurden. Im fünften Jahrhundert wurden sie aus Egypten vertrieben, und litten in Persien, wohin sie sich geflüchtet hatten, die grausamsten Verfolgungen. Im sechsten Jahrhundert wurde ihr Geschlecht beinahe ausgerottet, und Palästina ward zum dritten Mal zur Wüste. „Wenn nicht alle Geschichtsschreiber dieser grausamen Zeiten übereinstimmten, wäre man geneigt, die Erzählung so vieler entsetzlicher Thaten für Erfindungen der Hölle zu halten. Die Päpste, Concile, Bischöfe, Mönche, die Könige und die Völker scheinen gleich erbittert gegen sie. Mehr als einmal bereitete man ihnen den Untergang durch ein allgemeines Blutbad; man erwürgte ihrer Tausende in Spanien, in Italien, Deutschland, England, und in allen Provinzen Frankreichs. Den Tod zogen sie dem Leben vor. Oft sahe man sie sich schaarenweise in die Flüsse stürzen. Oft geschah es, daß sie ihre Häuser verrammelten und sich gegenseitig tödteten, um grausameren Händen zu entgehen. Zu Beziers forderten die Bischöfe selbst jedes Jahr in der stillen Woche das Volk auf, gegen die Juden auszuziehen, um, wie sie sagten, die Mörder Christi zu bestrafen. Man zwang sie allenthalben, ein Schandzeichen an sich zu tragen, als: einen ledernen Gürtel, oder einen gelben Hut, um sie der feigen Unmenschlichkeit des Pöbels Preis zu geben. Vieler Orten zwang man sie sogar, um den Leib eine Art von Klotz zu befestigen, welchen sie bei jedem Schritt hinter sich her schleppten. Nach Frankreich wurden sie für große Geldsummen sieben Mal von den Königen zurückgerufen, und sieben Mal verbannt und ausgeplündert. In Deutschland verfuhr man ohne alles Erbarmen. In England, sagt Walter Scott, verband sich von den raubgierigen Baronen bis auf das leichtgläubige, unwissende Volk herab, die ganze Nation, um die Juden zu verfolgen, und ich meine, daß (den fliegenden Fisch vielleicht ausgenommen) es nie eine Art Wesen gegeben hat, weder auf der Erde, noch in der Luft, noch im Wasser, welche einer so allgemeinen, so unbarmherzigen, anhaltenden Verfolgung ausgesetzt war." Gaussen, S. 8. Jetzt sind freilich einige europäische Völker gegen sie milder geworden, in andern Gegenden bleibt aber ihr Elend dasselbe. Erst kürzlich, 1828, untersagte Papst Leo XII. ihnen, mit Christen vertraulich umzugehen, und befahl, sie jede Nacht von 8 Uhr an in ihre Stadt-Viertel einzuschließen. Missionar Gobat erzählt: wenn ein Missionar mit den Eingebornen von Abyssinien sprechen will, so muß er darauf verzichten, Juden anzureden, denn dadurch würde er sich in den Augen der Abyssinier so sehr erniedrigen, daß Niemand ihn auch nur anhörte. Im ganzen Orient, sagt ein neuerer Reisender (wie Gaussen anführt), sind die Juden der Gegenstand einer so langen und allgemeinen Verachtung, daß diese sich gleichsam daran gewöhnt haben, und niemals das geringste Mitleid erwarten. Eine wohlwollende Handlung, oder auch nur eine gerechte That eines europäischen Reisenden gegen sie erfüllt allemal die Juden mit Erstaunen und die Eingebornen mit Unwillen. In Hartley's Mission bei den Türken und Griechen wird gelesen, daß man dort den Mord eines Juden für keinen Todtschlag ansieht, und daß, so wie nach der Landessitte ein Schwein nie ohne Entschuldigung genannt werden darf, so auch der Grieche mit demselben Ernste sagt: Ich habe, mit Erlaubniß zu sagen, einen Juden gesehen; dies ist ein Jude, mit Ihrer Erlaubniß. Es ließe sich noch viel davon sagen; wir lassen es damit gut sein, sehen aber die Wahrheit der Weissagung Christi. Luc. 21, 23: Es wird ein Zorn (Strafgericht Gottes) über dies Volk sein.

Ihre Aussichten und ihre Wiederherstellung. Hosea 3, 4. 5: Die Kinder Israel werden lange Zeit ohne König, ohne Fürsten, ohne Opfer, ohne Altar, ohne Leibrock und ohne Heiligthum bleiben; danach werden sich die Kinder Israel bekehren, und den Herrn ihren Gott, und den König David suchen, und werden den Herrn und seine Gnade ehren in der letzten Zeit. — Diese Weissagung kann nur auf die Zeit nach Christo gehen, weil bis dahin die Juden, wenn auch nicht Könige, doch wenigstens Fürsten hatten rc. — Die Rückkehr Israel's nach Palästina, ihre Vereinigung dort zu einem Staat, und ihre Bekehrung (zu Christo) ist sehr schön in der Weissagung, Ez. Cap. 36 und 37, ausgesprochen. Man wolle erst beide Capitel lesen. Wir geben kurz den Sinn. Die Gebeine liegen verdorrt umher (so die Juden seit 1800 Jahren). Der Prophet muß den Gebeinen weissagen: So spricht der Herr: Ich will Leben in Euch bringen. (Das Leben des Evangeliums wird ihnen verkündigt.) Die Wirkung ist: es rauschte, regte sich, und die Gebeine kamen zusammen, es wuchsen Adern und Fleisch darauf, und es überzog sich mit Haut, aber es war kein Odem in ihnen (sie sind ein Körper, eine Vereinigung, aber ohne Leben noch). Es wird gewiß eine Zeit kommen, und es läßt sich in unserer Zeit schon dazu an, daß Israel wieder ein Staat in Palästina wird, und sich dort vereinigt. Im Bewußtsein der Juden auf Grund des A. T. liegt dies auch. Als der Sultan, in Geldnoth befindlich, dem Frankfurter Rothschild neulich Palästina zum Ankauf anbot, gab dieser die treffende Antwort: Wir kaufen es nicht, wir haben es schon durch Erbschaft. Die Hälfte aller Juden auf der Erde kommen auf die Länder am Mittelmeer; es sind an 4 Millionen Juden in den Berberei-Staaten, Egypten, Syrien, Kleinasien, Südrußland rc., als gleichsam den Blick hingewandt auf das heilige Land. Dann muß der Prophet neue Anstrengungen machen, und weissagen, daß der Geist aus den vier Winden die Getödteten anblase und sie wieder lebendig mache. Der Prophet ist gehorsam; es kommt ein Odem in sie, sie werden wieder lebendig, und richten sich auf ihre Füße. Nun heißt es V. 11—14 ausdrücklich: Diese Gebeine sind das ganze Haus Israel. Jetzt sprechen sie: Unsere Gebeine sind verdorret, und unsere Hoffnung ist verloren, und es ist aus mit uns. Aber siehe, ich will eure Gräber aufthun, und will euch, mein Volk, aus denselben heraufholen, und euch in das Land Israel bringen. Ich will meinen Geist in euch geben, daß ihr wieder leben sollt. Ihr sollt erfahren, daß ich der Herr bin. Ich rede es und thue es auch, spricht der Herr. — Gewiß sagt Paulus mit Beziehung auf diese Weissagung, und das Bild beibehaltend, Röm. 11, 15: Denn so die Verwerfung der Juden der Welt Versöhnung ist; was wird die Annahme sein, denn ein Leben von den Todten (griech.). — Jesus, Luc. 21, 24: Jerusalem wird zertreten werden von den Heiden, bis daß der Heiden Zeit erfüllet wird. Als die Jünger, Apostg. 1, 6, den Herrn fragen, wann er das Reich Israel wieder aufrichten werde, versagt er ihnen die Offenbarung des Zeitpunkts, verneint aber die Sache selber gar nicht. Paulus, Röm. 11, 25. 26: Liebe Brüder, ich will euch ein Geheimniß nicht verhalten: Blindheit ist Israel widerfahren, so lange bis die Fülle der Heiden eingegangen ist (in die Christenheit), und also wird ganz Israel selig werden. — Die Zeit, von der diese Weissagungen reden, scheint in unserer Zeit zu beginnen. Wer etwas von der Geschichte der Mission weiß, wird wissen, daß gerade zu unserer Zeit die Fülle der Heiden eingehet, wie sonst zu keiner andern Zeit. Denn im 16. Jahrhundert waren 100 Millionen Christen, jetzt sind an 200 Millionen. Die andern Zeichen der Zeit, daß die Erfüllung dieser Weissagungen nicht ferne ist, sind in der Kürze diese: 1) Die ganz neue Liebe, mit der die protestantische Kirche sich Israel zugewandt hat. Seit 1800 Jahren hatte Israel nichts der Art erfahren, da wurde 1808 in London die Gesellschaft „zur Verbreitung des Christenthums unter den Juden" gegründet, die noch fortbesteht. Sie hatte vor zwei Jahren 23 Missionsstationen in Europa, Asien und Afrika, unterhielt 49 Missionare, von denen 23 bekehrte Juden waren, und nimmt jährlich 2500 Pf. Sterl. ein. Viele andere Gesellschaften sind seitdem entstanden in Deutschland, Schottland, Amerika, Ostindien, und wirken kräftig. Durch Veranstaltung des Königs von Preußen wurde in Verbindung mit England 1841 ein evangelischer Gottesdienst in Jerusalem unter einem Bischof eingerichtet, der auch vorzüglich die Wiederaufrichtung des alten Volks Gottes vorbereiten sollte. Der Gottesdienst wird in hebräischer Sprache auf dem Berge Zion gehalten von dem ordinirten Bischof Alexander, der vor seiner Bekehrung Rabbiner an der Synagoge in Plymouth war. Eine bekehrte Judengemeinde findet sich auch in Pesth in Ungarn, und eine dritte in London. Es arbeiten jetzt 70 Missionare an der Bekehrung der Juden in allen Weltgegenden. S. 14. Bericht rc. 2) Die häufigen Bekehrungen unter den Juden. Tholuck hat behauptet (Gaussen, S. 37), daß sich in den letzten 25 Jahren mehr Juden freiwillig bekehrt hätten, als in den 1700 Jahren vorher. Von den kaum 7000 Juden in Berlin sind an 1000 bekehrt; Prediger Kuntze daselbst hat allein in 12 Jahren 150 getauft. In den Russischen Besitzungen sind in 15 Jahren fast an 2000 Juden zum Christenthum übergegangen. Bis zu Anfang dieses Jahrhunderts würde der, welcher den Namen Jesu von Nazareth in ihren Synagogen mit Ehrfurcht genannt hätte, verflucht und wohl gar zerrissen worden sein. Heut zu Tage sind die Missionsblätter voll von den rührendsten Zügen über die Aufnahme, die den Missionaren wird, sowohl in Polen und Preußen, als in Tunis, Egypten und besonders in Palästina. 3) Die Wiederbelebung des Hebräischen. Die Juden haben seit der Rückkehr aus der Babylonischen Gefangenschaft nicht mehr hebräisch, sondern aramäisch (chaldäisch) gesprochen. Jetzt wird die heilige Sprache von den Juden mehr als je gelernt, wozu die gelehrten Arbeiten in Deutschland viel beitragen. In Jerusalem wird bei den dortigen Juden das Hebräische wieder die Umgangssprache. In den christlichen Gemeinden der bekehrten Juden wird, sowohl in Pesth, als in London und in Jerusalem hebräisch gepredigt, gebetet und (selbst von den Kindern) gesungen. So wird die heilige Sprache selbst, die seit 2400 Jahren todt gewesen ist, auch das Ihrige zur Wiederherstellung Israel's beitragen; und namentlich auch die von der Londoner Gesellschaft besorgte hebräische Uebersetzung des N. T. Durch das Hebräische findet man immer Eingang, sagt ein Missionar, und die Juden sagen: der heiligen Sprache können wir nicht widerstehen. 4) Die Zunahme der jüdischen Bevölkerung in Jerusalem. Seit 1500 Jahren ist diese nicht so stark gewesen, als jetzt. Noch vor Kurzem erlaubten die Türken nicht, daß mehr als 300 Juden daselbst wohnten; im Jahre 1845 waren 8000 Juden dort. Als Gegensatz beachte man die Ohnmacht und das Dahinsinken des türkischen Reichs. Aus Mangel an Türken geht das türkische Reich unter, sagt ein neuerer Reisender. Fassen wir das Alles, und noch manches Andere zusammen, so scheint die Zeit nahe, wo der Gott Israel's sich seines Volks annehmen, und sie von den Enden der Welt sammeln wird; welche Hoffnung sich auch bei den jetzigen Juden mehr als je findet

Nach der Wahl habe ich sie lieb, sprechen wir zum Schluß mit Paulo, Röm. 11, 28. Welcher Christ sollte auch Israel nicht lieb haben, denn es ist das Volk der Wahl, das Gott sich vor allen andern Völkern auserkohren hat. Das Heil kommt, ist gekommen von den Juden. Ein Jude nach dem Fleisch war der Sohn Gottes. Nur mit den Juden verkehrte er meistens, und wich auch nur wenig aus den Gränzen des heiligen Landes. Juden sind die Ersten gewesen, die als Apostel des Herrn uns das Evangelium gebracht haben. Aus Juden bestand die erste Christengemeine. Auch noch jetzt ist ein Segen in Israel nicht zu verkennen. Dazu rechnen wir außer dem noch bestehenden Gesetz hauptsächlich den Segen ihrer Mehrung. So wie dieser Segen zu den Zeiten des A. und N. T. sichtbar gewesen ist (nach Josephus hatte Galiläa, ein Ländchen von 12—15 Meilen Länge und 6—8 Meilen Breite, 204 Städte und Flecken, und der kleinste Flecken bei 15,000 Einwohnern. Heß, Ueber die

Lehren, Thaten und Schicksale unsers Herrn. S. 35); so zu allen Zeiten, wo Gott Israel seine Gnade zuwandte. Oft wähnte man, die Juden beinahe ausgerottet zu haben, und immer erhoben sie sich neu. Auch jetzt nimmt ihre Zahl überhaupt und namentlich in Palästina sehr zu. Doch wird die Herrlichkeit Israel's, wie es wahrhaft das Volk Gottes ist, erst vollständig zum Vorschein kommen, wenn ganz Israel sich hingewandt zu dem, der allein Israel's und aller Welt Retter ist. Darauf hin deuten sowohl die Weissagungen des A. als die des N. T. Die Gesammtzahl aller Juden auf der Erde wird auf 7 bis 9 Millionen angegeben. — Thun wir denn auch nun an unserm Theil durch Gebet und Liebesgaben, daß Israel einkomme zur Freiheit der Kinder Gottes; das erfordert die Dankbarkeit, die lange ist von der Christenheit zurückgesetzt worden, da man der Heiden gedachte und der Juden vergaß. Freilich geschah das, damit die Weissagung erfüllet würde, aber das entschuldigt die Christen nicht. Wir aber lassen uns zum weitern Nachdenken von Paulo sagen, Röm. 11: Da du ein wilder Oelbaum warest, bist du unter sie gepfropfet, und theilhaftig geworden der Wurzel und des Saftes im Oelbaum. So rühme dich nicht wider die Zweige. Rühmest du dich aber, so sollst du wissen, daß du die Wurzel nicht trägst, sondern die Wurzel trägt dich. Du sprichst: die Zweige sind zerbrochen, daß ich hineingepfropft würde. Ist wohl geredet. Sie sind zerbrochen um ihres Unglaubens willen; du stehest aber durch den Glauben; sei nicht stolz, sondern fürchte dich, hat Gott der natürlichen Zweige nicht verschonet, daß er vielleicht deiner auch nicht verschone. Darum schaue die Güte und den Ernst Gottes; den Ernst an denen, die gefallen sind, die Güte aber dir, so ferne du an der Güte bleibest; sonst wirst du auch abgehauen werden. Und jene, so sie nicht bleiben in dem Unglauben, werden sie eingepfropfet werden: Gott kann sie wohl wieder einpfropfen. Denn so du aus dem Oelbaum, der von Natur wild war, bist ausgehauen, und wider die Natur in den guten Oelbaum eingepfropfet; wie vielmehr werden die natürlichen eingepfropfet in ihren eigenen Oelbaum!

Der Gott Israel's aber, der Sein Volk in Seine Hände gezeichnet hat, und der die Morgenröthe der Erlösung desselben uns sehen läßt, gebe weiter Seinem Volke Seine Gnade, daß bald der volle Tag erscheine, von dem es heißt: Sie werden mich ansehen, den sie zerstochen haben. (Sach. 12.) Amen!

CPSIA information can be obtained
at www.ICGtesting.com
Printed in the USA
LVHW101338160422
716387LV00003B/91

9 783752 597615